EDIÇÕES BESTBOLSO

Um farol no pampa

Leticia Wierzchowski nasceu em Porto Alegre em 1972, e estreou na literatura em 1998 com o romance *O anjo e o resto de nós*. A autora é considerada uma das maiores revelações do início do século XXI no Brasil. Uma das raras escritoras a perceber e a traduzir, em palavras, a personalidade, o sentido e o poder de ação de personagens e cenários brasileiros. Desde então Leticia publicou 12 livros, de ficção adulta e infantil, entre eles *A casa das sete mulheres*, que foi adaptado para a TV, em uma minissérie de sucesso da Rede Globo. É também autora de *Os aparados*, *Era outra vez um gato xadrez*, *Prata do tempo*, *De um grande amor e uma perdição maior ainda*, *Uma ponte para Terebin*, *O pintor que escrevia* e *Cristal polonês*. Leticia Wierzchowski tem livros publicados na Espanha, em Portugal, na Grécia, na Itália e em Sérvia e Montenegro.

Leticia Wierzchowski

UM FAROL NO PAMPA

A CASA DAS SETE MULHERES
PARTE 2

EDIÇÕES
BestBolso
RIO DE JANEIRO – 2010

CIP-BRASIL. CATALOGAÇÃO-NA-FONTE
SINDICATO NACIONAL DOS EDITORES DE LIVROS, RJ

Wierzchowski, Leticia, 1972-
W646f Um farol no pampa / Leticia Wierzchowski – Rio de Janeiro: BestBolso, 2010.

ISBN 978-85-7799-155-6

1. Romance brasileiro. I. Título.

CDD: 869.93
09-4888 CDU: 821.134.3(81)-3

Um farol no pampa, de autoria de Leticia Wierzchowski.
Título número 159 das Edições BestBolso.
Primeira edição impressa em março de 2010.
Texto revisado conforme o Acordo Ortográfico da Língua Portuguesa.

www.edicoesbestbolso.com.br

Design de capa: Carolina Vaz

Impresso no Brasil

ISBN 978-85-7799-155-6

"Yo tengo pintada en la piel
la lágrima de esta ciudad,
la misma que dá de beber,
la misma te hará naufragar.

...

El mar que me trajo hasta aquí,
el puerto en que habré de zarpar,
un día pensando en volver,
un día volviendo a escapar.

Un día cualquiera me iré
dejando su lágrima atrás
la pena que me haga partir
la misma me hará regresar."

Montevideo – Jorge Drexler

"Sou só um lembrador, seu doutor."

O livro da Guerra Grande – Augusto Roa Bastos

Esta ficção se debruça sobre personagens reais,
mas é apenas a coisa imaginada.

Para Mariana e João,
que trazem o futuro.
E para Marcelo.

A herança I

Rio de Janeiro, cais do porto, ano de 1902.

Antônio Gutierrez, parado no meio do porto, observa a intensa algaravia de gentes que circulam numa ânsia apressada.

Aos trinta anos, é um homem alto e de constituição bem-definida. Seus cabelos são negros e um tanto rebeldes, a pele é muito clara, herança da ascendência francesa da mãe, cuja família chegou ao Rio de Janeiro em 1822. O porte é esguio, e o rosto, de traços angulosos, exibe um par de olhos oblíquos de uma doçura quase tímida.

Antônio Gutierrez abandonou a Faculdade de Direito há cerca de três anos. O caso é que nunca apreciou os estudos; a ele mais lhe aprazíam a leitura e as longas tardes no comércio do pai à rua do Ouvidor, onde Matias Gutierrez cuidava do armazém e da loja do sogro desde a época do seu casamento com Ticiana de Oiny. As malas repousam aos seus pés, enquanto Antônio, momentaneamente confuso com a agitação reinante ao seu redor, respira o alívio daquela partida inesperada. A viagem é também uma chance de repensar a sua vida.

Misturando-se uns aos outros, entre risos e adeuses, seguem passageiros, familiares e carregadores negros, e tudo tem um colorido inquieto que a baía faz sobressaltar num contraste alucinante com o azul do céu e com o verde muito suave e brando do mar. Atrás de Antônio, o antigo Paço Imperial observa tudo resignadamente.

Antônio olha a multidão que se ocupa da partida do *Itaipava*. Negros e brancos acotovelam-se e se movem num único compasso, como se fossem a mesma coisa despertada e incoerente, este somatório de gestos, de pressas e de vaguezas. A mão que acena em despedida. O grito do fiscal na Alfândega. O ranhido das rodas no chão de pedras.

A lágrima que escorre no rosto da jovem senhora que fica. O medo dentro da alma do esposo que vai. Tudo do mesmo, esta eterna fábula humana. E, pairando sobre gentes e coisas, os navios, o céu e o mar.

Ao longe, as encostas e as ilhas do Rio de Janeiro são discretas sombras verdes cercadas de mistério e de brisa, na plácida contemplação da eternidade. É a gente que se agita, que despreza o tempo e que é por ele desprezada. As encostas e as ilhas somente veem, imóveis, esta pressa desnecessária de morrer.

Antônio Gutierrez aprendeu uma coisa recentemente. Talvez tenha sido esta a única lição da sua vida. O tempo não vale nada. As coisas perecem. Tudo ao pó reverte, como dizem os padres nas missas das quais ele foge desde menino, a despeito da insistência materna. Somente o céu e a terra é que ficam. Somente a terra onde se pisou – era assim mesmo que seu pai dizia? – é que conhece a alma de um vivente.

No meio da agitação do porto, neste sábado abrasador, Antônio Gutierrez sorri.

Seu sorriso é pleno dessa certeza que lhe veio com a morte do pai. Com a morte repentina daquele pai que ele amava. Num momento, Matias Gutierrez sorria e servia-se de vinho e, no outro, como num sopro, tinha deixado de existir para sempre.

Durante todos os anos em que Matias Gutierrez tinha vivido no Rio de Janeiro, nunca ele conseguira se apartar de algumas palavras. "Vivente", "pampa", "entonces", "minuano", "cousa". Era assim que falava, e era nesses minúsculos detalhes que ele se remetia à sua origem. À sua terra. Ao Rio Grande. Aquela terra que o tinha conhecido, que tinha visto a sua meninice, que tinha visto os seus "causos", e depois a morte da mãe, do pai e de D. Antônia. Aquela terra que Matias abandonara aos vinte e cinco anos por causa de um segredo.

Aquela terra, dizia Matias, era mais do vento do que das gentes. As tardes infinitas e regadas de silêncio, o pampa e o céu, que se desdobrava até os joelhos de Deus. Era assim mesmo que o pai falava.

Para as gentes do Rio de Janeiro, o pampa era talvez o fim do mundo. Pouco se sabia dele, e eram raros os que se dispunham a viajar para aquelas lonjuras. Para o pai de Antônio, o pampa era um outro mundo, o maior de todos. Lá era triste de se morrer, porque então o silêncio crescia. A cada morto, mais crescia o silêncio. Matias gostava de contar que tinha vindo embora por causa disto. Era um jeito seu de remendar o que não tinha mais conserto, de brincar com o destino, negando-o.

Agora Antônio Gutierrez está prestes a embarcar, e o navio apita angustiosamente o seu primeiro aviso de partida. Nunca se sentiu assim tão só. Isso veio depois da morte do pai. A morte do pai empurrou-o para uma outra coisa, uma percepção estranha de que o mundo onde vivia, o mundo das coisas conhecidas, não era o dele. Estava ali por inércia, apoiado a uma vida que não era a sua. Quando morreu Matias, o apoio onde Antônio se escorava ruiu. A casa e as coisas, o escritório, tudo se cobriu de uma estranheza cegante, perdendo qualquer vestígio do seu passado, como se ele estivesse ali tão somente por um engano. Até a mãe transformara-se aos seus olhos, tingindo-se de uma estranheza sutil, mas que doía ainda mais. Era o pai quem lhe contava histórias, os "causos". Era o pai quem lhe falava de um outro mundo feito de terras e de ventos, no qual o tempo passava mais devagar. Era o pai que se despia do seu interminável silêncio, da sua placidez, para ensinar-lhe coisas de um passado que Antônio trazia no sangue. Nas vezes em que se punha a contar do Rio Grande, Matias Gutierrez tornava-se loquaz e quase alegre, e era assim que ele queria se lembrar do pai, o pai daquelas tardes, o pai das longas histórias sobre o pampa.

Engraçado como somente agora podia perceber que aquele pampa vivia dentro dele. Dentro dele como uma semente plantada por Matias. Tantas histórias, tantas aventuras e invenções e guerras que o pai buscava somente para ele, e agora, agora que aquela voz tinha se calado para sempre, vinha a surpresa. Aquele lugar, o lugar do seu pai, palpitava nele como uma herança. Como o vento nas frestas das venezianas das histórias que ele contava. Mas não aquele vento marinho do Rio de Janeiro, aquele vento frívolo. Um vento frio e voraz. Aquele vento que dançava na alma de Antônio, mas que somente agora tinha se dado à vista. Porque as coisas aconteciam na hora certa.

Nunca antes, nunca depois.

Um negro alto oferece seus serviços de carregador e, com o consentimento de Antônio e o pagamento de alguns réis, toma suas bagagens e segue num passo rápido de quem tem experiência em andar por entre as gentes do porto, rumo à plataforma do navio.

Esta é a primeira vez que Antônio Gutierrez está indo para o Rio Grande. O pai jamais o levou para conhecer as terras onde cresceu, onde teve seus sonhos e onde também os perdeu. Aquelas terras que formam a grande estância que agora pertence a Antônio. A Estância do Brejo.

É estranho para Antônio que a longíssima província do Rio Grande seja um lugar que ele conheça tão bem e tão pouco ao mesmo tempo. Talvez por isso, enquanto atravessa o cais com passos rápidos, é que Antônio Gutierrez sente esta emoção que é uma mistura de alegria e de angústia, de saudade e de curiosidade. Reverbera dentro dele alguma coisa que lhe é atávica e que o chama, tendo despertado depois de tanto tempo por causa da morte de seu pai. Também um pouco de Antônio está lá no sul. Uma parte sua que lhe é desconhecida e que o espera.

Na água suja de óleo do mar da baía da Guanabara, o grande vulto do paquete *Itaipava* aguarda placidamente que as suas entranhas recebam as bagagens, caixas e pertences de toda a gente que segue com ele rumo ao sul do Brasil. O paquete é um bicho grande e sereno que todos os sábados refaz o mesmo caminho, indo e voltando da província, exalando seus vapores ardentes, cavando as águas do Atlântico com uma tenacidade irremediável.

Antônio sobe pela prancha do portaló e é encaminhado ao seu camarote de primeira classe, que fica na popa do *Itaipava*. O carregador entrega a bagagem a um subordinado que traz a carga para bordo, depois desaparece tranquilamente na efervescência do cais.

A passagem de primeira classe no paquete *Itaipava* custa 168 mil-réis, e dá direito a um quarto confortável e privado, de tamanho reduzido.

É neste quarto que Antônio Gutierrez vai gastar seis dias para chegar até Pelotas, a cidade onde sua avó (a avó que ele nunca conheceu e que se chamava Mariana) nasceu e viveu até a Revolução Farroupilha.

Sobre Mariana, o pai lhe contou várias coisas, mas principalmente que tivera a coragem de amar um bugre, um mestiço de branco e de índio, e que este amor lhe custou muito, mas foi também o esteio da sua vida tão curta. Antônio imagina o rosto desta avó de quem viu apenas um pequenino retrato pintado a óleo: uma moça miúda, de traços bonitos e tez pálida, de cabelos escuros e pesados, de olhos vívidos, agudos, e com um sorriso doce, tímido. Não lhe pareceu mulher capaz de qualquer coisa de excepcional, mas quando soube que sua avó foi deserdada e passou grande parte da gestação trancada em um quarto a pão e água, algum mistério revelou-se dentro daqueles olhinhos vívidos de menina, e Antônio passou a admirá-la.

Matias Gutierrez falava pouco de si, era um homem silencioso e analítico. Gostava de escrever e, às vezes, escrevia longas cartas para uma tia solteirona que vivia em Pelotas e que se chamava Manuela. Matias tinha contado a história de Manuela e Garibaldi ao filho, e também lhe dissera que a velha, que outrora tinha sido talvez a mais bela das moças da província, vivia trancafiada em uma casa, e que falavam que estava louca.

Antônio gostava de ouvir as histórias do pai sobre a família que jamais conhecera. Todas juntas, as reminiscências do pai formavam um conjunto de sonhos e barbaridades que tinham encantado e chocado Antônio em doses iguais. As histórias da revolução e da Guerra do Paraguai, as velhas tragédias de amor de uma gente que, na sua maioria, já tinha morrido havia muitos anos, e as doces, ternas, inquietantes histórias sobre D. Antônia, a mulher que tinha realmente criado o menino filho de Mariana e do mestiço João Gutierrez. Não fazia muito que Matias chamara o filho único e lhe entregara uma chave.

– Fique com ela para quando eu morrer.

Antônio não estava acostumado com aqueles arroubos vindos do pai, mas guardou a chave em local seguro sem comentar coisa alguma com Ticiana. Guardou a chave com medo, não que o pai tivesse fama de ser um homem cognitivo; para quem o conhecia, era somente uma criatura cheia de método, que vivia a vida em perfeita ordem e, ainda por cima, era ateu. Aquela ideia de morte, tão súbita, deixou um gosto estranho na boca de Antônio, mas um homem tinha lá o direito de ser precavido, de modo que a chave foi parar numa gaveta, entre outros pertences que Antônio guardava com maior desvelo.

Um mês depois, Matias Gutierrez efetivamente morreu, apesar de estar tão bem de saúde como sempre estivera. A morte veio para ele como um raio, fulminando-o numa noite absolutamente igual às outras, logo depois do jantar. Estava em casa com a esposa e o filho, a família havia acabado a ceia e falava de política. Bastou-lhe um segundo de hesitação, um longo segundo em que a dor foi maior do que tudo, maior até mesmo do que a surpresa (ele sabia que ia morrer, ele tinha sonhado com aquilo). Caiu estatelado no tapete da sala, o rosto emborcado no chão. Em completo silêncio, sem dar sequer um grito, nada.

Foi depois do enterro que Antônio usou a chave que o pai lhe dera. Depois de experimentá-la, descobriu que abria a última das gavetas da secretária, e encontrou um maço de papéis com suas anotações feitas à pena e velhas cartas sobre um amor que se tinha perdido na poeira dos anos. Havia também os documentos da Estância do Brejo e instruções sobre seu testamento.

Antônio passou os olhos pelo documento redigido pelo pai e descobriu que Matias Gutierrez tinha deixado alguns imóveis na cidade em nome de Ticiana. Com aqueles imóveis, mais a herança que o pai lhe havia deixado, a esposa viveria com todo o luxo possível.

Para Antônio ficavam as terras no sul, que já estavam em seu nome. Antônio sentiu um leve torpor, como que uma emoção desconcertada, enquanto corria os olhos por aquelas linhas escritas pelo pai, aquelas linhas que o punham ali, ao lado do filho, naquela noite morna de verão na capital da República, como se Matias ainda vivesse e lhe desse, então, o seu derradeiro presente. O seu destino.

Por fim, no último lugar do pequeno maço de documentos cuidadosamente arranjado, estavam as passagens de primeira classe no *Itaipava*, compradas havia pouco pelo próprio Matias. Naquela noite, crescendo da dor pela perda do pai, foi que nasceu de dentro da carne de Antônio Gutierrez a certeza abrasadora de que o Rio Grande o esperava. Ele não podia escapar do passado, e isso era um alívio.

Dentro da cabine diminuta, Antônio desarruma suas malas e começa a organizar algumas coisas. Trouxe pouca bagagem para esta viagem cuja duração ele desconhece. A incerteza, este sopro novidadeiro que lhe vem pela primeira vez na vida – um futuro misterioso que se há de moldar segundo seus desejos e vontades – enche seu peito de uma euforia desusada.

Enquanto guarda uma pilha de camisas e casacas no pequeno armário da cabine, ele pensa na mãe. Ticiana não veio, ficou em casa, metida no seu luto. A mãe jamais visitou as terras do marido quando este seguia nas raras viagens para tratar de assuntos da estância.

Antônio sorri, desconcertado com tudo isso, que lhe parece tão absurdo. Esta guinada. Há poucos dias, levava a velha vida sem gosto, o trabalho, a casa, os cafés, as noites com os amigos. Há poucos dias, e parece que já faz tanto. Ele nunca soube desenhar como o pai, mas agora, nesta cabine rumo ao sul, sente a euforia do desenhista diante da folha em branco.

Nesses seis dias de viagem, há de organizar as coisas na sua cabeça. Ainda não leu o maço de cartas que o pai lhe deixou junto com os documentos e papéis da estância. Sente que ali há um segredo. Não se atreveu a mostrar nada daquilo para a mãe, mas guardou tudo na mala, trouxe aquelas cartas consigo. Para entender o pai, para entendê-lo como jamais o fez enquanto Matias Gutierrez era vivo. O pai teria algum segredo que só ousasse revelar ao filho depois de morto?

Antônio Gutierrez espia através da escotilha e vê o mar, verde e sereno, como um tapete que se estende até o infinito. Sempre viveu no Rio de Janeiro, na efervescência daquela cidade que é a mola propulsora de todas as coisas que sucedem no país, viu o fim do Império, viu a República nascer nas ruas daquela cidade. Sempre foi feliz ali. Mas é engraçado que uma coisa se remexe em sua carne, uma vaga sensação de que não vai sentir saudades da capital. Apesar de jamais ter cogitado tal viagem antes, ele agora quer seguir para o Rio Grande. Quer ouvir o apito derradeiro do navio, avisando da partida. E está ansioso, sua cabeça fervilha de pensamentos, e a alma vai pendurada por um fio. Tem trinta anos, e a coragem cresce dentro dele como se estivesse seguindo para uma batalha. Para uma "peleja", era assim que o pai diria, ele pensa com um sorriso.

A Revolução Farroupilha terminou em 1845 com a assinatura do Tratado de Paz de Ponche Verde.

Os anos seguintes seriam de um laborioso silêncio na Província de São Pedro do Rio Grande. A guerra era um assunto proibido. As condições do acordo de paz feriram o brio de alguns dos comandantes rio-grandenses que, por falta de opção, foram obrigados a ceder às exigências do Império após dez longos anos de uma guerra sangrenta.

Os chefes da Revolução tomaram rumos diversos. O general Antônio Netto exilou-se no Uruguai, onde viveria até morrer, em 1866, durante a Guerra do Paraguai. Bento Gonçalves da Silva, adoentado, recolheu-se à Estância do Cristal com a esposa, Caetana, e os filhos.

E a vida prosseguiu no Rio Grande dizimado.

A família I

Estância de Pedras Brancas, 18 de julho de 1847.

Caetana Joana Francisca Garcia Gonçalves da Silva borda as iniciais do esposo num lenço de linho branco. Começou este trabalho na noite anterior, e agora não pode pará-lo, não ousa deixá-lo de lado, como se tudo dependesse dele, a vida e a morte, dessa finíssima fímbria de algodão.

Desde que o jovem doutor Sebastian veio lhe falar sobre o marido, o general Bento Gonçalves, é que ela se dedica com tanta faina a esse trabalho.

A cunhada, Antônia, diria: é para não pensar.

Mas não.

Caetana borda é para não sentir. O pensamento, esse lhe escapa, inquieto, rondando o trabalho laborioso da agulha, tecendo com ela a trama dos fios de seda, e segue, como um cavalo sem freio, rumo aos despenhadeiros da sua angústia. O pensamento sempre lhe foi muito desobediente. Só com muito esforço pôde controlá-lo nesses anos todos, quando o sofrimento se avizinhava com a próxima guerra, o próximo outono, a próxima noite.

Mas agora ela já não tem mais essa capacidade, não é mais a Caetana de outros tempos, e já não são mais pequeninos os filhos – sim, era por eles que se mantinha serena. Era o seu dever de mãe.

Muito tempo se passou desde que os primeiros deveres lhe vieram, junto com o amor. Muito exigiram-lhe. Porém, agora, agora ela vê os olhares quase compadecidos que os outros lhe lançam. Há algum alívio nisso, em ser uma mulher que *já viveu,* mas há muito de derrota também. Caetana sabe que sempre, de um modo ou de outro, se perde para a vida – ela é a grande vencedora nas pelejas. Aos perdedores somente cabe recolher suas cousas, seus trapos, seus amores perdidos e lembranças, e uma ou outra tarde de genuína alegria, enfiar tudo numa trouxa e partir para o nada. Como um sopro de vento. Só isso.

"Estou por demás melancólica hoje", pensa, olhando o céu recoberto de nuvenzinhas muito finas.

E a agulha, como que aquiescendo a esse pensamento, torna a seguir seu traçado, numa pressa que repentinamente só existe nela e naquela mão pálida, e naqueles dedos de unhas bem-feitas onde brilha uma aliança de ouro.

Caetana sorri tristemente. Talvez este bordado seja sua última tarefa para o esposo. Depois haverá de cuidar dos filhos, é claro. Ainda há que casar as duas meninas mais moças; agora, mais do que nunca, é preciso dar-lhes um rumo, um homem que as honre, que lhes dê filhos e rendas e uma boa casa e todas aquelas ocupações das quais não há jamais de se esquivar uma mulher. Porém, agora, nada é mais importante do que este singelo lenço.

Um quadrado de linho. Com o nome dele escrito.

Tantas vezes Caetana já disse este nome que nem mais é preciso pensá-lo. Ele próprio escreveu-se sobre o linho.

Bento Gonçalves da Silva.

Ela sussurra-o ainda uma vez, "Bento Gonçalves da Silva". Cuidadosamente. Saboreando cada letra, vogal e consoante, deleitando-se com elas, uma por uma. Vivendo este nome como o fez durante cada dia desde que o conheceu em Cerro Largo, quando ainda era somente uma menina de quinze anos. Vivendo o que o nome dele significou para o Rio Grande – o comandante dos homens, o líder dos soldados, o senhor do Continente – e o que ele significou para ela.

Seu único homem.

O único corpo que a envolveu durante todos esses trinta e três anos de casamento. A única carne que ela conheceu. O único beijo. O pai dos seus oito filhos.

"Coitado do Bento", é o que ela pensa entre um ponto e outro da sua agulha prateada. "Coitado do Bento, e é tão cruel sentir pena dele..."

"Ah, como ele odiaria isso."

No entanto, agora está solito numa cama, solito como todo hombre na sua última peleja, face a face com a morte. Uma morte triste e lenta que o consome faz tempo. Desde a guerra, essa morte vem bafejando em seu rosto o cheiro do horror e da doença.

"Coitado do Bento, e coitada de mim", pensa Caetana, enquanto seca o rosto úmido com o dorso da mão esquerda, um tanto gasta pelo tempo.

Seu rosto ainda guarda beleza. As feições bem-proporcionadas, os olhos verdes, a pele que tem um leve matiz de canela. Há uma certa fadiga em seus traços, um tremor discreto dança nos seus lábios. Há angústia nestes olhos. Mas faz tempo que vive assim. Desde que entendeu que para Bento tinha chegado a encruzilhada do seu destino, dois anos atrás, quando ele voltou da guerra tomado pela doença e pelo abatimento.

Caetana segue bordando.

Quem a vê deve crer que ela está calma. Os olhos baixos escondem o sopro de um medo, e em tudo o mais ela é a imagem da serenidade.

As mãos trabalhando.

Sempre.

Uma mulher não deve ser dolente.

Nem mesmo quando vai ficar viúva do único homem de toda a sua vida. O senhor de tantas esperas, nas quais ela rezou e chorou e arrancou os cabelos, desacreditando de Deus e do mundo. Tudo em vão.

Caetana deveria ter sabido antes. A nulidade das rezas é algo que somente o tempo comprova. (Claro que nunca há de revelar isso às filhas... O que teria sido dela mesma sem o consolo, mesmo que vão, das orações sussurradas ao pé do altar na Estância da Barra?)

Mas, um dia, chega-se ao fim.

Como Bento.

Agora mesmo, há um altar ali perto, mas Caetana não vai rezar. Sabe que chegou a hora. Não há mais atrasos possíveis. Não há mais qualquer reza que desencoraje o destino. E o destino de Bento não findou num campo de batalha. A lança de um inimigo. O fragor e o sopro da coragem e da glória. Nada disso. Bento agora vai morrer sob o olhar de um padre, perto dos amigos, tendo um médico formado em Buenos Aires para auscultar-lhe o pulmão. E de que isso lhe vale, se morre, se fica a sua mão, a sua mão calejada das pelejas e das invernadas, entre as dela, e já fria e tão inerte quanto uma folha arrancada de um livro?

Sim, Bento Gonçalves da Silva vai morrer, Caetana sabe disso. Ele vai morrer e talvez nem passe de hoje. Vai morrer sob esse céu embalado em nuvens pálidas, e em nada consola esta cena bucólica e doce, se a sua essência final é a morte. É por isso que ela espera nessa varanda.

Bordando para não sentir.

Esperando pacientemente, porque foi assim que aprendeu. Grita-se para receber a vida (a alegria dá certas liberdades), mas a morte – a morte deve ser recebida em silêncio mui contrito. Gritos e lágrimas não hão de apiedar Deus, e Caetana sempre soube disso.

A agulha penetra a fina pele do linho e deixa uma marca de seda vermelha na superfície branca. Como um ferimento que não sangra, mas desenha-se: a medalha no peito de um herói.

Há algum movimento no corredor que leva à casa. Ações comuns de uma manhã absolutamente comum. A voz das negras na lida doméstica. Um negrinho que serve na cozinha e canta uma milonga desafinada. O tilintar das panelas.

Caetana está num canto escondido da varanda. Inconscientemente, postou-se ali com seu bordado, para que o médico se retarde um pouco com as notícias. Alguns passos. O suficiente para uns frágeis instantes de esperança.

Suspira. Sabe que logo o médico virá chamá-la. É preciso esperar enquanto ele finda o seu exame matinal. Gomes Jardim, que também é médico, contou-lhe que o argentino é mui cuidadoso, que se prolonga em exames. Ela deveria ter paciência, tudo ficaria bem, pediu-lhe o amigo de Bento. José Gomes Jardim chamou pela ajuda do outro em busca de um socorro que talvez a medicina mais moderna, da qual o jovem argentino, recém-egresso da universidade, é pleno conhecedor, possa dar no caso do general.

Então ela se deixa a bordar.

Um ponto e outro e outro.

Pensamentos sendo cosidos entre as linhas que formam as iniciais de Bento. Pensamentos traiçoeiros, inimigos da paciência.

O bordado, lento, não rende. Ela pensa nos filhos, na Estância do Cristal. Eles também aguardam. Mas é que não viram os olhos do doutor Sebastian, olhos azuis e tão tristes, que dizem a verdade que a boca se recusa a revelar.

– E este bordado que não anda!

Caetana assusta-se com a própria voz. Fugiu-lhe. Parece que seu corpo e sua alma estão a se rebelar por inteiro. Olha, inquieta, para os lados. Mas não há ninguém ali; nada mais que os ruídos da cozinha, e o negrinho cantando, cantando, como um passarinho desafinado.

Ela consola-se. Daqui a pouco Joaquim há de chegar. Então terá com quem dividir este medo e esta solidão. Volta a bordar. O fio entrando no buraco da agulha com perfeição. Apesar do medo, sua mão não treme. A manhã já vai pelas dez, é preciso terminar o trabalho. Talvez ainda possa acabar o último nome. As cinco letras que faltam para que *Bento Gonçalves da Silva* esteja perfeito, inteiro. Ao menos no pequeno quadrado de linho.

E então passos soam no chão da varanda.

Passos apressados de um médico aflito. Passos deste médico de tristes olhos azuis que tenta salvar um general. O presidente de uma república extinta. Um homem que comandou exércitos e desafiou um imperador. Mas que agora está numa cama, tão mortal e efêmero quanto qualquer outro. Por isso (Caetana sente), os olhos do médico argentino são tristes. Porque ele sabe.

– Señora?

A voz do médico é doce.

Caetana, dando um último ponto, tem medo de erguer seus olhos para os olhos do outro.

Olhos daquele azul.

Ela vai ler ali dentro a resposta da única coisa que jamais quis saber.

As botas bem lustradas do doutor Sebastian soam no chão da varanda, chamando por ela.

Caetana ergue o rosto. A figura do médico se desdobra para ela: as botas limpas demais, como se ele não pisasse no chão, a calça escura, a barra do avental branco, e lá em cima, no topo de tudo, aquele rosto de linhas bem-feitas, ensimesmado e sólido. E os olhos que a fitam, ah, os olhos que sabem de tudo.

Sob o vestido de lã fina, uma tênue camada de suor cobre o corpo de Caetana. É o medo.

Mas os olhos do doutor Sebastian acalmam-na.

Nada mais há neles além da mesma tristeza de sempre. Então ela regozija-se com seu pequeno alívio: não ainda... Ele vive.

Caetana percebe que há algum tempo para ela e o marido. Minutos, talvez, ou algumas horas lentas e doces durante as quais poderá segurar a mão de Bento e ser forte para ele, forte como quase nunca soube ser.

– Como ele está?

O jovem médico lhe estende a mão.

Caetana sente um misto de atração e repulsa por aquela mão pálida e bem-feita que manuseia o corpo do marido.

– Está desperto, señora... Mui fraco, mas resiste – diz ele com gravidade. (Sabe que está numa peleja das bravas e que vai perder, cedo ou tarde.)

Caetana ergue-se, deixando o bordado sobre a cadeira.

– E a febre?

– Mui alta, señora.

Não há mais nada a ser dito.

Talvez o jovem médico pudesse lhe informar quanto ainda resta para Bento, mas ela não vai formular essa pergunta. Jamais. Viverá cada minuto como se fosse o último. Vai distender os minutos até o limite.

E é com essa certeza que Caetana acompanha o médico, atravessando a varanda rumo ao bangalô que fica atrás da casa e que, desde a guerra, funciona como uma espécie de hospital.

Joaquim Gonçalves da Silva guia seu zaino pelo caminho que leva à Estância de Pedras Brancas. O sol aparece de vez em quando por entre as nuvens, tingindo seus cabelos escuros. Joaquim é um homem alto; acabou de completar trinta anos. O chapéu de barbicacho, enterrado na cabeça até o meio da testa, esconde nas sombras um par de olhos perdidos no campo invernal.

A viagem foi longa até ali – dois dias e duas noites de cavalgada, e precisou trocar de animal duas vezes. Cruzou o rio nas costas da balsa quando o dia amanhecia, o ar frio cortava as águas do rio e lambia seu rosto com sua língua úmida.

Agora Joaquim está muito perto da estância de José Gomes de Vasconcelos Jardim, um dos poucos amigos que restaram ao seu pai. (Gomes Jardim e Bento Gonçalves tinham feito juntos aquela República, e quando tudo perdera o sentido, a amizade de Gomes Jardim permanecera, leal e honesta.)

A verdade é que, depois da revolução, daqueles dez anos de guerra no pampa, tinha sobrado muito pouco de valia no Rio Grande. Poucos amigos, pouco dinheiro, terras pobres, estâncias saqueadas e abandonadas, mesas vazias onde outrora famílias inteiras se reuniam em longas refeições. Alguns tinham partido, como o general Netto, para quem existir sob a insígnia da derrota era por demais insuportável, encontrando seu único caminho naquele autoexílio no Uruguai.

"Tudo por um sonho", reflete Joaquim, olhando o campo queimado pela geada das últimas noites. "E o final não poupou ninguém."

Seu pai, Bento Gonçalves, viu sua vida reduzida a restos depois da Revolução Farroupilha. Foi preciso pedir empréstimos a alguns amigos para levantar outra vez a Estância do Cristal, e Bento o fez engolindo seu orgulho de grande senhor de terras, seu orgulho já tão maculado pelos eventos da guerra, pelas desavenças e acusações políticas das quais fora alvo até o dia em que abandonara a presidência e os exércitos. Mas então já estava tudo perdido, e a vida do general entrava em seu ocaso.

Mesmo assim, Joaquim nunca chegou a imaginar este dia, este sol tímido e morno que não consegue espantar o frio, que não aquece o campo, aqui e ali esbranquiçado pelos sobejos da geada noturna.

Joaquim incita o zaino a andar mais depressa. Não dormiu nem três horas; porém, mais do que o cansaço, o que o vence é a apreensão da chegada. Sabe o que vai encontrar em Pedras Brancas. A missiva da mãe havia sido explícita: Bento Gonçalves estava morrendo. A pleurisia que lhe atacara os pulmões já havia cometido todos os estragos, e agora ele já não tinha mais forças para lutar contra a doença. A carta não foi mais do que uma formalidade. Joaquim, mais do que todos, sabia que o pai estava com os dias contados.

Viu o pai cair muitas vezes durante a guerra. Tinha ido encontrá-lo em Piratini, naquele 11 de novembro de 1837, quando o general voltava da Fortaleza do Mar, em Salvador, de onde fugira a nado depois de dois anos de cárcere. Mil caminhos o tinham trazido desde a Bahia até o Rio Grande, e quando Bento Gonçalves surgira em Piratini cavalgando um corcel, seguido por centenas de cavaleiros que lhe davam vivas e sacudiam as espadas no ar, Joaquim viu o inferno dentro dos olhos do pai.

Joaquim esteve ao lado de Bento quando este recebeu a notícia da morte do primo, Onofre Pires, após o duelo entre ambos, quando o general buscava limpar a honra das calúnias que Onofre lhe havia atribuído. Esteve ao lado do pai quando ele se afastou definitivamente da presidência da República Rio-grandense, em agosto de 43, e tinha visto o seu rosto pálido e magro ao estampilhar a carta de renúncia. E esteve ao lado do general quando da assinatura do Tratado de Paz de Ponche Verde, quando Bento se recusou a ir e, derrotado e infeliz, e já corroído pela doença, deixou-se ficar junto com seus poucos aliados, remoendo aquela capitulação sem honras.

Apesar de todos esses reveses, Joaquim nunca viu se apagar a centelha de força que guiava o general Bento. Sempre havia um objetivo a ser seguido, e era dessas cousas que viviam os homens do Continente. De peleja em peleja, lutando pelas suas terras, a única coisa que lhes era sagrada. Sim, Joaquim tinha visto o pai dizer muitas vezes que o eterno não estava no céu, mas na terra. No chão. Naquele chão que Bento tinha honrado com seu sangue e a sua vida. Naquela terra que ele deixaria para os filhos no dia da sua morte.

"E talvez o dia da sua morte seja hoje."

É difícil pensar assim.

Nada no mundo, neste dia de frio invernal, no céu de um azul baço, nada, absolutamente nada, deixa entrever que este é o último dia para o seu pai.

Porém, Joaquim está errado. Ele sabe disso.

Há algo, sim. Um leve odor no ar. Uma cousa impalpável, sutil como um suspiro, que se levanta da terra que o zaino pisa em sua trajetória.

Há no ar alguma coisa que D. Antônia, a irmã mais velha de Bento, chamaria de presságio.

E é para lá que Joaquim viaja. Para o fim de um tempo que se vai com o general Bento Gonçalves. O fim de um tempo que deixará cicatrizes para sempre. Mesmo quando todos os inválidos desaparecerem, mesmo quando as estâncias recobrarem a sua antiga prosperidade e o gado engordar, e as crianças crescerem e parirem seus próprios filhos, e estes ouvirem às vezes algumas velhas histórias sobre a Revolução. Mesmo quando a figura de Bento Gonçalves se transformar numa lenda; ainda assim, nunca mais o Rio Grande se esquecerá daquela guerra e daquela derrota.

Nunca mais.

A coisa estará entranhada nos continentinos para sempre. Como uma adaga que se perde dentro da carne. Uma úlcera invisível que jamais deixará de arder. Uma maldição. E talvez seja mesmo por isso que seu pai morra: o último ato de uma grande ópera.

Os olhos de Joaquim ardem, e ele açoita o zaino. Quer deixar para trás este pensamento como quem esquece uma moeda sobre o balcão de um bolicho. Mas o pensamento segue e se posta ao lado dele, cavalgando a montaria invisível da angústia. A morte do pai nada mais é do que um epílogo tardio.

Um quero-quero canta na várzea ao longe.

O pai vai morrer de uma morte barata. Um castigo, na sua singeleza de morte comum.

Joaquim já começa a reconhecer os arredores de Pedras Brancas. O general virou um moribundo que feneceu aos poucos, e essa foi a sua grande tragédia. A inquietude apunhala a carne de Joaquim com sua lâmina fria. O horror de um soldado. Segurar a mão do pai no silêncio de uma alcova de hospital, a mão do pai que tinha nascido para empunhar a espada e arregimentar homens. O zaino resfolega e avança. A construção ao longe é um fantasma no meio do campo de inverno. Mais um entre tantos fantasmas. Joaquim tem um sorriso estranho dançando em seu rosto.

O quarto de paredes caiadas é simples e cheira a remédios. No centro está a cama, com um dossel barato, com seus lençóis úmidos de febre, com este corpo exaurido por tantos suores. O corpo de Bento Gonçalves na camisola branca do hospital de campanha parece mais magro e frágil. Um corpo velho. Gasto.

Bento Gonçalves da Silva respira com dificuldade, e o ar expelido pelos seus pulmões perde-se na atmosfera pesada do quarto. Sua tosse profunda parece reverberar nas paredes, dando voltas como um animal inquieto em sua jaula.

Na peça mal há espaço para o médico e para Gomes Jardim, que olha o companheiro com ares de desengano.

– Um grande hombre – diz Gomes Jardim, num sussurro de quem fala sozinho.

Quase disse *foi*. Engoliu o verbo no último instante. Sempre haviam tido coragem, naquela vida *mui perra*, de fazer guerras e manter fronteiras. Não tencionava afrouxar agora.

Gomes Jardim toma o pulso de Bento Gonçalves e sacode a cabeça.

O médico argentino espera ouvir dele alguma palavra. Mas Gomes Jardim não quer falar da carne. Quer falar do homem que Bento foi. Da alma corajosa que sempre o guiou.

– Um dos soldados mais fortes que já vi, le digo, doutor Sebastian. Pelejava como um gigante. E era o melhor dos chefes, o mais humanitário. – Lembra coisas que viveram juntos. Lembra dos meses de prisão que Bento purgou no Forte, em Salvador, e da sua fuga. Então diz: – Era o mais firme de todos quando sucedia uma derrota, uma adversidade qualquer.

O argentino aquiesce, fitando o doente.

– Pois bem o sei, señor. Um outro menos forte já teria se finado faz dias. Porém, el general está lutando.

"Pena que vai perder a batalha", pensa o doutor. Mas isso é sempre assim. Luta-se contra o inevitável.

Bento Gonçalves da Silva tem os olhos fechados. Quando tosse, alguma coisa se inquieta por trás das suas pestanas, e seu rosto se contrai numa agonia atroz. Parece que vai expelir a alma pela boca. Mas não; logo serena novamente.

Não sofre, assim quando sonha com a mulher que lhe sorri com seus olhos verdes de mata, a pele trigueira, o colo bem-feito a saltar das rendas de um vestido amarelo de verão. Tem quinze anos esta Caetana que ficou no tempo. E tem o cheiro dos lírios que estão nos vasos da casa da estância, tem o cheiro de uma tarde de calor morna e azul, perto de um rio de águas uruguaias. Casaram faz poucos dias numa grande festa em Cerro Largo, e ele ainda anseia a todo instante por tê-la nua entre seus braços. "A vida sabe ser buena", Bento sorri nas lonjuras do seu sonho, quando Caetana se aproxima com um beijo nos lábios rosados. Mas então aparece Onofre Pires, o gigante. Ele vem sangrando como um boi. Seu dólmã já perdeu a cor azul, agora é um pano vermelho e encharcado em que não se percebem mais as divisas. Onofre Pires olha para Bento. Seus olhos cintilam de ódio e tristeza porque ele sabe que vai morrer, sabe que vai morrer da cutilada que o primo lhe deu naquele duelo, então ele grita: "Assassino! Assassino! Você era meu amigo, e você me matou, Bento Gonçalves da Silva!" Bento quer responder... Onofre o acusou de ladrão de fortuna, ladrão de vida, ladrão de honra e ladrão de liberdade; mas a voz não lhe sai, a voz é uma coisa pastosa que fica presa na sua garganta e que, enrolada aí, sufoca-o completamente.

– Um outro acesso de tosse!

O doutor ergue a cabeça do general num esforço vão.

A tosse é sempre assim. Vai e vem, no meio da febre, com seus acessos intermitentes, sacudindo aquele corpo exangue.

Bento Gonçalves está delirando.

A cabeça, empapada de suor, revira-se entre as mãos do doutor.

– Este hombre já não aguenta más... – diz o médico. – Seria bom que se entregasse de uma vez por todas.

Gomes Jardim está a olhá-lo, tristemente. Aquele jovem doutor acha que um hombre de brio pode se entregar antes da última batalha. Bento lutará até o final, até que suas forças se extingam completamente. Gomes Jardim sabe disso e renega o raciocínio lógico que a medicina lhe impõe: é preciso ajudar aquele homem de algum modo, dar-lhe um paliativo para tal sofrimento. É preciso abreviar, como seja, esta guerra que já dura tantos dias sem descanso!

Segura os ombros de Bento, tentando imobilizá-lo nas contrações provocadas pela tosse. Sente a carne ardente de febre sob as suas mãos.

A angústia daquela luta vã o aniquila. Estar ali, observando a agonia do general, é demais para Gomes Jardim. Ele não sabe o que fazer diante desta morte lenta que não vem do fio de uma espada. Ele não sabe ver morrer assim um general como se fosse outro homem qualquer, mesmo sendo um médico.

De um momento para o outro, interrompendo os pensamentos de José Gomes Jardim, Bento Gonçalves se perde novamente no túnel da sua tosse frenética.

O doutor Sebastian ergue os olhos e, quase gritando, pede:

– Hay que aplicar um outro emplastro!

José Gomes Jardim arregaça as mangas e põe-se ao trabalho.

Alguns minutos mais tarde, o ataque começa a serenar. Os dois homens se olham. Uma súbita trégua, mas até quando? O rosto de Bento Gonçalves está tingido de uma palescência perolada. No lençol, as manchas de sangue não deixam dúvida quanto ao desfecho que está por vir.

– Vou chamar a senhora Caetana – diz Gomes Jardim. – É um direito dela estar aqui.

– Sí, como quiera – responde o argentino, recolhendo o lençol sujo para dar melhor aparência à cena.

José Gomes Jardim sai do quarto.

Caetana está do lado de fora, esperando. Seus olhos logo se alarmam ao ver a figura do outro.

– Que passa?

– Um acesso, senhora Caetana. Mais forte desta vez. – Ele baixa os olhos. – Não há mais como controlar a coisa.

Caetana, dona de uma serenidade de quem está há muito acostumada a lidar com esses momentos de vida e de morte, avança para o quarto. No caminho, empurra gentilmente o corpo de José Gomes Jardim, que se deixa ficar no corredor.

A tosse rouca e angustiada de Bento Gonçalves trespassa a porta que se abre.

Caetana faz o sinal da cruz e, depois da breve dança das suas mãos, desaparece dentro do quarto, fechando a porta atrás de si.

No corredor gélido fica apenas o silêncio.

Gomes Jardim senta-se na única cadeira que há no lugar.

Cerca de uma hora mais tarde, quando Joaquim apeou em frente à varanda da casa de José Gomes Jardim, não viu ninguém. Uma negra da cozinha apareceu por ali e lhe disse que o doutor Gomes Jardim e os outros deviam estar no bangalô que ficava algumas dezenas de metros para trás, perto da sanga.

– Uma construção branca – explicou a negra. – O hospital. – Disse aquilo com orgulho.

Joaquim aquiesceu. Já tinha estado lá com o pai havia alguns meses. Então tomou o rumo indicado, e seu coração batia forte dentro do peito.

Caetana estava em frente à casa onde funcionava o hospital.

Era um vulto alto e delgado, muito ereto, parado no meio do terreno. Enrolava-se num grosso xale azul, cujas franjas dançavam, sacudidas pelo vento frio. Seus cabelos negros, soltos do coque, pendiam em torno do rosto pálido.

Joaquim correu para ela. Não precisou lhe perguntar nada. Dentro daqueles olhos verdes havia uma tal tristeza que, por si só, explicava tudo.

Caetana estendeu os braços para o filho. Abraçaram-se. Estavam sozinhos ali, e o silêncio daquele final de manhã pareceu-lhes medonho e carregado de agouros.

– E então, madre? Então?

Duas grossas lágrimas escorreram pelo rosto da mulher.

– Ele morreu nos meus braços, hijo. – A voz, a princípio corajosa, foi desmoronando até se tornar confusa, carregada de uma dor pujante: – Eu nunca pensei, nunca... Sempre tive tanto medo, hijo... Tanto medo de perdê-lo. Nunca más le ver... Mas entonces, morreu nos meus braços... – Mirou seus braços por um átimo, como se ali, naquela carne, estivesse escondido um segredo, e mirou as mãos por fim, as mãos pálidas e trêmulas. – Por Diós, essas manos le fecharam os ojos, hijo... Para todo o sempre... Ah! – E desatou a chorar, derreada nos braços de Joaquim.

Joaquim acalmou-a. Ele já não sabia mais sofrer. Tinha sofrido naqueles últimos anos. A perda de Manuela. Aquela eterna negação que a prima lhe destinava vinha-lhe minando a alma. E, depois, a doença do pai, aquele definhamento que ele podia adivinhar e calcular, passo a passo, antes de todos, conscientemente. Suspirou fundo.

Dentro do bangalô, o corpo de Bento esperava, iluminado por um par de velas.

– Vamos, hijo – disse Caetana em determinado momento. – Hay cosas a providenciar. – E depois, sussurrando as palavras: – Vosmecê deve ver seu padre.

Foram andando rumo ao pequeno hospital.

– Como foi que sucedeu? – a pergunta escapou dos lábios de Joaquim.

– Ele morreu serenamente, entre um e outro acesso de tosse. Después, quando vi, já não respirava mais. A vida simplesmente sumiu de dentro dele – completou ela, com tristeza.

– Não havia outro jeito, madre.

– Eu sei.

Um cusco enrodilhava-se num canto da varanda. Joaquim fitou o bicho e achou que ele tinha uns olhos de bêbado. Entraram na casa, ambos em silêncio. Algumas velas ardiam num canto, apesar do dia. Vozes vinham do fundo da construção.

Caetana seguiu. Estava forte outra vez, dona de si. Em frente ao quarto, pararam. A porta estava entreaberta. Caetana fez sinal para que o filho entrasse com ela.

Uma freira velava a um canto. A semiescuridão do quarto, que estava com os postigos firmemente cerrados, confundiu os olhos de Joaquim. De dentro vinha um bafio pesado, de doença. Duas velas de sebo iluminavam a cabeceira de Bento Gonçalves da Silva.

Joaquim sentiu-se a vagar num sonho. O pai, sobre a cama, parecia dormir. Mais do que tudo, aquele era o vulto de outro homem. Um homem exaurido. Manchas cinzentas ao redor dos olhos marcavam-lhe o rosto emagrecido.

Joaquim percebeu que seus músculos se contraíam e que seu próprio peito se apertava num espasmo de tristeza. Mas seus olhos estavam secos. Nem o bálsamo de um choro, somente aquele sofrimento frio, a ferro e fogo.

Então o pai acabava-se ali. Apenas carne, como todos. Ajoelhou-se e, sem fé alguma, começou a rezar para esconder seu rosto dos olhares da mãe.

(Em seu escritório, na casa sede da estância de Pedras Brancas, José Gomes Jardim manda estafetas para diversos pontos do Rio Grande, avisando da morte do general Bento Gonçalves da Silva.)

Cristal, 19 de julho de 1847

A Estância do Cristal é uma grande extensão de terra às margens do rio Camaquã. Seus campos, coxilhas e regatos estiram-se pela planície a perder de vista. O pampa, como um animal sestroso, multiplica-se de um lado a outro como um oceano de verdores, de quando em quando pontilhado por pequenos capões. Ali, as árvores espalham-se como por gosto, numa combinação não desprovida de senso estético. Dentro dessa paisagem, que de longe se pode definir como um tanto fastidiosa, há, na verdade, o encanto da delicadeza. Nada é grandioso somente por si, nem terras, nem rios e regatos, nem árvores; mas o seu conjunto, o seu todo, unido e ponderado, produz, mais do que encantamento, certa paz.

Tudo o que se vê em derredor é terra de Bento Gonçalves da Silva. Foi para cá que ele voltou depois da guerra, com Caetana e os filhos.

Foi aqui que deixou suas últimas energias, no esforço de reconstruir, quase do nada, a grande propriedade avassalada pelos dez anos da Revolução Farroupilha.

O dia amanhece na Estância do Cristal.

Um sol muito pálido alumia, de leve, o pampa que desperta. Choveu durante a noite, e há um laivo úmido sobre o campo, um acúmulo de água no chão do terreiro atrás da casa, onde ciscam algumas galinhas.

Os trabalhos da manhã já se iniciam. Na cozinha, as negras aquecem água para o mate e preparam a mesa da primeira refeição. Falam baixo, como convém. Desde que Joaquim partiu para encontrar a mãe, não vieram notícias de Pedras Brancas.

Essa espera paira sobre todos, principalmente sobre D. Antônia. Aos sessenta e dois anos, a idade não lhe pesa. Permanece alta, ereta e magra; emana-se dela a mesma força que sempre fez com que Bento Gonçalves lhe viesse pedir conselhos sobre a terra e sobre guerras. Os cabelos têm um tom plúmbeo. Os olhos são ávidos, nada lhes escapa. É com esses olhos que D. Antônia observa a lida da cozinha, dando ordens às negras sobre o almoço.

Não demonstra, mas alguma coisa lhe turva a alma, um medo deste retardo nas notícias. "Coisa ruim no ar", dizia sua madre; mas mesmo assim queda-se neste pressentimento, e D. Antônia já não sabe mais se esta angústia é um presságio do mau estado de Bento ou se é apenas saudade de Matias, a quem não vê faz mais de mês, desde que veio para o Cristal para estar com Caetana.

– Vosmecê está sonhando com o quê, Xica? – pergunta D. Antônia para a negra parada num canto da cozinha. – Hay muito que ser feito. Vá lá ver se a Clara e o menino já levantaram.

– Sim, senhora.

Xica sai apressada.

D. Antônia queda-se para tratar dos últimos preparativos para o dia. Enquanto examina umas laranjas e escolhe um pote de compota no armário de guardados, alguma coisa lhe diz, calando no fundo da sua alma, que logo a casa vai estar em alvoroço.

"Ai, que saudade do Matias", ela pensa, mais uma vez, vendo na sua frente os olhinhos muito negros e vivos do filho de Mariana.

Congo caminha pelo terreiro, e os pés descalços pisam a terra fria. Nunca usou sapatos. O general dera-lhe, certa vez, umas botas velhas, mas Congo somente usa-as no quartinho, longe de todos. Então se deita no catre com os pés grossos calçados nas botas, os pés estrangulados naquela prisão de couro e, apesar de sentir-se muito bonito, acha mesmo melhor e mais decente andar descalço.

As botas fazem-no pensar no general. Um cusco latindo no fundo do terreiro remexe, com seus ganidos, a ordem do seu pensamento. Mas a imagem do patrão não se apaga.

Zé Pedra aparece e oferece-lhe um mate. Não diz nada, apenas estende a cuia cheia na sua direção. É assim que eles se compreendem, quase sem palavras. Congo aceita o mate, ainda pensando no general, mas parado e à espreita, como aprendeu a estar em tantos anos de refregas. Os olhos miúdos observam o dia com alguma inquietação.

O danado do cachorro continua latindo.

– Está vindo gente.

Zé Pedra fareja o ar.

– É cedo pra visitas.

Os olhos escuros de Congo cintilam. Ele passa a mão pela carapinha matizada de um tom cinzento.

O cachorro corre para os lados da casa. Congo e Zé Pedra vão atrás. Lá no fundo, rente à cerca, é possível divisar, contra o céu de um azul sem brilho, o vulto de um cavaleiro que vem a galope.

– Quando sucedeu?

A voz de D. Antônia vacilava, mas ela falava baixo. Temia que Bentinho ou Caetano, ou até mesmo uma das meninas, entrassem ali sem aviso.

O estafeta respondeu:

– Ao final da manhã de ontem, senhora.

D. Antônia fez meia-volta e postou-se em frente a uma estante repleta de livros. Os livros de Bento.

Não queria chorar na frente do homem. Esses brios, dos quais ela se orgulhava, acentuavam-se com a idade. Agora – ela sabia – havia poucos sofrimentos reservados para si. Já os tinha vivido até a sua cota. A morte de Bento devia ser o seu último calvário.

– Dê-me uma hora para arreglar tudo – disse sem se virar. – Vou mandar preparar uma carroça, chamar meus sobrinhos. Seguimos com vosmecê.

Quase ousou perguntar como estava Caetana, mas não teve coragem.

– Sim, senhora – respondeu o homem antes de se retirar.

Somente quando se viu sozinha foi que D. Antônia deixou o corpo cair numa cadeira. Apoiou a cabeça entre as mãos. As lágrimas molhavam a saia do seu vestido negro. "Eu não estive ao lado de Bento nos últimos tempos", ela pensou, desalentada.

Aqueles dois anos tinham sido de solidão para Bento. Ela vira nos olhos do irmão aquela coisa arisca de bicho que não quer companhia – um nervosismo úmido de febre, que parecia se agravar na presença de outros.

D. Antônia ouviu os ruídos da casa. Uma voz de homem. Era Caetano, que decerto ia tomar seu desjejum. Então secou as lágrimas como pôde, ergueu-se e ajeitou os cabelos. Caminhou até a porta do escritório e agarrou o trinco com a mão trêmula. A folha de madeira se abriu e ela respirou o ar frio do corredor.

Caetano passava por ali.

– Filho – disse D. Antônia de chofre –, preciso falar com vosmecê.

A voz dela, módica e triste, ficou pairando no ar por alguns instantes que lhe pareceram infinitos.

Caetana Joana Francisca Garcia Gonçalves da Silva estava recostada na cadeira. O semblante, embora exausto, exibia serenidade; as mãos, que seguravam o rosário de madrepérola, repousavam sobre a saia do vestido que ela usava desde o dia anterior. Ninguém haveria de vê-la fracassar naquela última tarefa, e era com esse pensamento que se mantinha ereta no seu lugar, na sala da casa de Gomes Jardim que fora preparada para o velório de Bento Gonçalves.

Fazia quase um dia inteiro que estava ali, sentada ao lado do morto. Vendo a gente desfilar em torno do caixão. Recebendo condolências. Lendo nos olhos alheios, nos olhos daqueles homens do campo, nos olhos da soldadela e nos olhos de alguns políticos proeminentes da Província, a dor que era aquela perda para a gente do Rio Grande. Vez que outra, um homem que envergara a roupa do Império na Revolução se prostrava ao lado do caixão alumiado pelas velas, parecendo sofrer mesmo com aquela morte. Noutro momento, um companheiro de Bento lhe dera os pêsames com os olhos tão duros que Caetana sentiu como se tivesse sido apunhalada. Todas as verdades daquela guerra se tinham dissipado. No entanto, ela mesma, enquanto estava ali, hora após hora, culpava somente a Revolução pela desgraça do seu Bento.

Todos aqueles dez anos... Caetana vira a saúde do marido extinguir-se pouco a pouco. Cada vez que chegava na Estância da Barra, Bento parecia mais cansado e fraco. E tudo aquilo para quê? Aquela guerra deixara-lhe uma ferida sob a pele que, aberta, ainda ardia ao menor sopro. E depois daquela guerra viriam outras. Sim, ela sabia mui bien. Seus cinco filhos certamente teriam de usar o uniforme para pelejar pela bandeira do Império. Logo viria outra guerra. E outra, e outra. No Rio Grande, as guerras sucediam-se como os elos de uma corrente.

Caetana deixava o tempo passar, metida em seus pensamentos. Às vezes, dava ouvidos a um comentário de Gomes Jardim ou permitia-se levar pelo abraço leve do filho, que vinha se postar ao seu lado, sempre solícito. Rostos se desdobravam, multiplicavam-se. E vozes. E palavras que Caetana mal ouvia.

Respondia a tudo com um movimento de cabeça. Pensava nos outros filhos, que decerto estariam por receber a notícia. Principalmente, com uma alegria quase débil, pensava na menina que Perpétua havia parido há poucos dias, no Boqueirão, e que ela, Caetana, ainda nem conhecia. Como seria a criança? Perpétua lhe tinha escrito dizendo que pusera na filha o nome de Benta...

Assim as horas se iam. Caetana por vezes olhava para dentro do ataúde, para o rosto imóvel e pálido de Bento. Era só um instante.

Depois se quedava, frouxa, remexendo em suas lembranças como quem fia. Nem todas eram boas. Noites insones, numa ou noutra guerra. Homens feridos. O choro da cunhada, Ana, na noite em que soubera da morte de Pedro, seu filho caçula... O casamento de Perpétua. As visitas de Bento, sempre de surpresa. E um ou outro sorriso que, por vezes, pegava nas criadas, quando da chegada intempestiva do patrão. Sacudiu a cabeça para expulsar dali a angústia e a emoção que aquelas coisas – acabadas, todas – podiam lhe causar.

No Cristal, D. Antônia acabava de redigir a última carta. Avisava as irmãs, Ana e Maria Manuela, e Inácio, marido de Perpétua. Tinha também escrito para Mariana, João e Matias (pensou no menino, apartado de todos, que mal tinha conhecido o tio-avô, e sentiu aquela mesma velha vontade de protegê-lo das agruras do mundo).

Depôs a pena no tinteiro. A cabeça pesava-lhe.

Tinha pressa. Caetano e Bentinho esperavam-na para partir. Leão, já ciente da morte do pai, ficaria na estância junto com Marco Antônio para cuidar das meninas. Imaginou Maria Angélica e Ana Joaquina, frescas de sono, ouvindo, naquela manhã invernal de sol fraco, o que o irmão tinha para lhes contar.

D. Antônia levantou-se após selar as quatro cartas. Congo esperava-a num canto, imóvel. Dentro dos olhos do negro havia uma sombra de sofrimento que comovia D. Antônia.

– Leve-as – ela pediu. – Não dará tempo de eles chegarem a Pedras Brancas para o funeral. Mas creio que virão para cá.

Congo aquiesceu.

– Se precisar de ajuda, chame um peão de sua confiança. Essas cartas têm que chegar logo.

D. Antônia olhou através do vidro da janela. Viu a bela Clara despedindo-se de Caetano, usando um vestido de lã esverdeada que fazia rebrilhar o loiro de seus cabelos.

Congo esperava num canto. Tinha sido alforriado havia tempo, mas ainda era, para todos, "o negro do Bento".

D. Antônia disse-lhe com tristeza:

– Cuide de tudo por aqui, Congo. – Seus olhos doloridos piscaram lentamente. – Volto assim que puder. E trago Caetana de volta para a casa. Coitada... – Pensava na cunhada com muita pena.

Saiu do escritório pisando leve. A última coisa que D. Antônia desejava era encontrar alguém no caminho.

Maria Angélica remexeu-se na cama. Gostava de dormir até tarde, ficar embaixo das cobertas de lã gastando os restos do sono. A mãe não se importava, mas quando o pai estava em casa, todos tinham que levantar cedo, porque era assim que Bento Gonçalves queria.

Pensar no pai era uma coisa estranha para ela.

Crescera longe dele... O General. O Presidente. Seu nome era pronunciado com júbilo por todos da casa. Mas ela, Maria Angélica, sempre tivera medo daquele homem alto, sisudo, comedido e febril.

Bento Gonçalves era-lhe quase um estranho. Durante toda a Revolução Farroupilha, tinham vivido apartadas naquela casa de mulheres à beira da Lagoa dos Patos. Fora viver na estância de D. Ana aos cinco anos e saíra de lá somente aos quinze. "Uma vida de claustro", pensou Maria Angélica, contrariada. O pai vinha vê-las furtivamente, sempre apressado e cercado de oficiais, desaparecendo delas na calada da noite sem um adeus.

Com o fim daquela guerra que ela abominava, quando todos tinham ido viver na casa do Cristal, empobrecidos e cansados, Bento Gonçalves já estava doente. Ele olhava tudo com seus olhos febricitantes, discretamente tristes, e sempre havia alguém para sussurrar baixinho, cheio de dó, coisas como "ele não era assim", ou, "o General está malzito", ou ainda, como a madre sempre dizia, "esta guerra esvaziou o Bento".

Maria Angélica não tinha certeza de nada. No começo, pensava mesmo que a vida era aquilo de as mulheres viverem amontoadas, sem homens, sempre com medo de qualquer cousa, sempre acendendo velas pros santos. Achava mesmo que os homens adultos deviam viver apartados das senhoras, e que todos, até mesmo seus irmãos, cresciam simplesmente para partir. Perpétua, que era tão boa para ela, explicara-lhe as coisas. A guerra. O medo. As tropas. Perpétua dissera tudo. Que a vida não era aquela, mas outra. Doce. Com festas e tertúlias. Com homens em casa e na cama das suas esposas. Com cidades e ruas onde se podia passear e fazer compras e encontrar os amigos. Aquilo, aquela solidão, era por culpa da guerra. Mas a guerra haveria de passar, dissera Perpétua. "Quando?", indagara-lhe Maria Angélica. "Um dia", respondera a irmã, mirando-a nos olhos. Mas um dia era coisa impalpável demais para uma menina de nove anos que não tinha memória de outra vida, de modo que Maria Angélica cansou de esperar pelas festas e pelas cidades e pela tal da paz, crescendo sem entender bem a ordem das coisas.

A guerra passara, e quando Maria Angélica finalmente transpôs a porteira da Estância da Barra, quando o mundo enfim alargava seus horizontes para ela, tudo o que pudera ver fora destruição e miséria. Conduzidas por um pai adoentado e por uma dúzia de peões maltrapilhos, elas todas rumaram para a Estância do Cristal, cheias de esperança naquela súbita normalidade.

A chegada fora tristíssima.

Bento tinha mandado seus homens caiarem a casa e arrumarem os quintais, porém nada havia de belo ali na estância. Uma construção nua, branca e esquálida, sem flores, encravada no alto da colina. Um cachorro preto deitado na varanda desprovida de cadeiras. A terra ainda sem lavrar, com uns poucos cavalos que pastavam naquele campo extenso e amarelado pelo inclemente sol do verão. Quase nenhum móvel dentro da casa, além do estritamente necessário. A guerra tinha dilapidado a fortuna de seu pai, mas Maria Angélica não soubera disso.

Teria feito qualquer coisa para voltar para a Estância da Barra, que subitamente, apesar das suas lembranças cheias de solidão, lhe parecera um pequeno paraíso. Mas a madre pusera-se a dizer, numa voz alegre porém enérgica, que não admitia repostas: "Em dois meses haveremos de deixar esta casa mui linda, Bento."

– O que le falta é a vida, o que le falta é solamente nosotros! Vamos ser felizes aqui, todos juntos outra vez.

A casa estava bonita agora.

Mas dois anos tinham se passado. E Maria Angélica sabia, pela conversa dos irmãos, das dificuldades financeiras em que a família vivia. Naqueles dois anos, tampouco tinha sido feliz. Nada havia de festas e alegrias. A maioria das famílias ainda chorava seus mortos e tentava reconstruir a vida. Naqueles dois anos, que representavam toda a sua vida livre, Maria Angélica só tinha conhecido uma única festa. O casamento de seu irmão Caetano. De resto, viviam muito discretamente, ocupados com o gado e os negócios, e com a saúde cada vez mais deteriorada de Bento Gonçalves.

Maria Angélica, rolando na cama a remoer aqueles pensamentos, ouviu os ruídos de Ana Joaquina. Dormiam no mesmo quarto. Na cama ao lado, a irmã mais moça acabava de despertar. Maria Angélica fechou os olhos e meteu-se outra vez nos seus devaneios.

O casamento de Caetano... Uma festa comedida, de acordo com a derrota da República Rio-grandense. Não houvera alegria na festa. Tinha sido mui triste ver as famílias tão desfalcadas dos seus, a falta de homens, todos mortos na guerra. Entre os conhecidos, não havia uma família que tivesse permanecido intacta durante aqueles anos. Como, então, dançar e ser alegre? Naquela festa, sua única festa, usara um vestido que tinha pertencido a Perpétua e que Caetana reformara.

No quarto, alheia, Ana Joaquina acabava de lavar-se e cantarolava baixinho. A alegria da irmã irritava-a ainda mais.

Por fim, Ana Joaquina saiu. Maria Angélica respirou aliviada por aqueles instantes de privacidade. Não suportava dividir suas noites com a outra, mas não tinha jeito.

Maria Angélica sentiu a fome enrodilhar-se no seu estômago. Através dos postigos da janela, entrevia a claridade diáfana lá fora. Devia ser pouco mais de nove horas da manhã. Manhã de inverno, fria e silenciosa. Estava em dúvida entre ficar mais um tanto na cama e ir tomar seu desjejum quando bateram à porta.

Era Xica, a negra que tinha sido sua ama de leite. Seus olhos, sempre buliçosos, estavam baixos. Ela entrou na penumbra do quarto.

– O que foi, Xica? – perguntou Maria Angélica.

– É que seu irmão tá le chamando lá pra dentro.

– Qual deles? Tenho cinco irmãos, Xica.

A negra sorriu de leve.

– É o Leão, Angélica. – Gostava demais daquela menina que tinha se criado no seu peito. – Diz que quer le ver com urgência.

Maria Angélica jogou-se para fora da cama, já tomada de um leve sentimento ruim. Xica ajudou-a a lavar-se e vestir-se. Maria Angélica sempre reclamando de frio.

– Mas vosmecê nasceu e cresceu aqui nesse pampa, Angélica, como é que não acostumou o corpo? – perguntava a outra, caçoando das birras da rapariga.

– E alguém há de se acostumar a sofrer, Xica?

Maria Angélica estava vestida. Bonita. Os cabelos escuros desciam pelos seus ombros. Tinha olhos verdes como os de Caetana. Ana Joaquina não era bonita, mas Maria Angélica era a mais linda das três filhas de Bento Gonçalves.

"E que esperta é, esse diacho! Tem sempre um dito na ponta da língua!", ria-se Xica ao contemplá-la, momentaneamente esquecida do sucedido em Pedras Brancas.

– Estou bem?

– Sim, menina. Agora vai – a voz da negra tornou-se triste. – Vai que le esperam.

E a moça saiu para o corredor silencioso.

Maria Angélica abriu a pesada porta do escritório e ouviu o ruído de vozes que falavam baixo. Ao fundo, havia um choro miúdo que reconheceu como sendo de Ana Joaquina. Apareceu sob o batente, apreensiva.

A sala, de poucos móveis, parecia mergulhada num ar angustiante, que o silêncio, cortado por aquele lamento quase infantil, só fazia aumentar. Maria Angélica percebeu o vulto da cunhada a um canto da peça, seus cabelos loiros e muito lisos, os olhos perdidos no campo, quase grudados na vidraça. Até mesmo Clara parecia triste, tanto que nem notara a sua presença, enquanto retorcia entre os dedos pálidos um lencinho de renda amarela. (Clara, tão elegante, para chorar usava rendas.) Os outros – Leão, Marco Antônio e Ana Joaquina – estavam sentados em torno da escrivaninha de Bento e de costas para a porta. Ninguém dizia nada.

Clara percebeu Maria Angélica parada na soleira.

– Vosmecê estava aí desde quando?

Maria Angélica nem chegou a responder. Olhava para Leão:

– O que sucedeu?

– Venha até aqui, Angélica. Preciso le contar uma cousa.

Na voz do irmão havia um tom de força, de irremediável, que trouxe nova onda de medo a Maria Angélica.

Ela sabia o que Leão tinha a dizer-lhe. Sabia e, de repente, não queria mais ouvir. Pensara muito, durante os últimos meses, na morte do pai... Tanto, que o acontecimento chegara a lhe parecer quase banal, um fato como outro, uma morte igual a tantas, que sequer lhe trazia abatimento ou um pesar muito intenso. Mas então, quando vinha a se tornar realidade, aquela morte a apavorava mais do que tudo no mundo.

Maria Angélica não se mexia do lugar.

– Angélica?

A voz do irmão fê-la tremer.

– Sim?

– Angélica, preciso le contar... O pai morreu. Em Pedras Brancas.

A moça sentiu-se ligeiramente tonta. As palavras de Leão voejavam como insetos ao redor dos seus olhos.

Morreu. O pai. Pedras Brancas. Morreu. Morreu. Morreu.

Sentia o torpor tomar conta do seu corpo.

E o irmão seguia falando:

– D. Antônia, Bento e Caetano foram para lá. Vão encontrar a madre e Joaquim. Para o enterro... Amanhã. Não podíamos seguir todos. Não dava tempo, Angélica.

No sofá, Ana Joaquina tinha cessado de chorar e acompanhava a cena com os olhos congestionados. Ao seu lado, em pé, empertigada e calma, Clara também mirava tudo.

O enterro, pensava Maria Angélica. Um caixão sob a terra, para sempre. Ela nem mesmo tinha conhecido aquele pai. O General. E agora ele tinha morrido.

Não dizia nada. Só sentia desgosto e um medo irrefreável que lhe gelava os membros, que lhe subia para o rosto e fazia arderem os seus olhos. Sabia que haveria de chorar a qualquer momento. Sentiu um súbito rancor, não queria sofrer mais. Não queria chorar o pai ou chorar qualquer outra coisa. Estava cansada de desgraças. Parecia que a sua vida ia ser um emaranhado de ruindezas que se sucediam, uma após a outra.

Então, como quando era pequena e não queria crer nas coisas que lhe contavam, atalhou:

– O pai não morreu cousa nenhuma.

E saiu correndo da sala, arrastando atrás de si a fímbria do vestido que tinha escolhido com tanto gosto havia pouco.

– Intempestiva – disse a voz quase inaudível de Clara, a quem a ausência súbita de Caetano incomodava mais do que tudo.

– Os arroubos de Maria Angélica... – ponderou Marco Antônio. – Ela sempre foi assim... Solamente não le agrada chorar na frente dos outros.

– Vamos deixá-la em paz, coitada. De qualquer modo, logo chegam os outros – disse Leão, e saiu da sala caminhando devagar.

Ele sabia que D. Ana, José e Inácio estariam ali antes do fim daquele dia. Antônio e Manuela provavelmente chegariam no dia seguinte. Viriam sozinhos; a tia Maria agora já não se ausentava mais da casa em Pelotas.

Sim, havia muito o que fazer, e ele agradecia por essas tarefas todas. A última coisa que queria era ter tempo para ficar sozinho e pensar.

Súbito, veio-lhe à mente a imagem da mãe a sofrer. Inconscientemente, apressou o passo rumo à varanda, tentando livrar-se daquela angústia.

Congo chegou à Estância da Barra ao cair da noite.

Do caminho conseguia ver, meio encoberta pela neblina gélida, a grande silhueta da casa que se esparramava às margens da lagoa, naquela parte de água rasa onde os barcos grandes não podiam navegar por causa dos baixios.

Erguendo-se para o céu, como um braço descarnado furando a névoa, estava a carcaça do farol que D. Ana estava construindo. O farol que ajudaria a navegação naquelas águas, e que Giuseppe Garibaldi, durante sua estada ali, tinha desenhado e planejado.

Congo tinha ouvido tal história muitas vezes... Zé Pedra contara-lhe das vontades de D. Ana, irmã de Bento, que depois da morte do marido e do filho mais novo, Pedro, tomara-se de gostos pela construção do tal farol. Chegara até mesmo a obter ajuda do governo, pois a Lagoa dos Patos carecia de iluminação que facilitasse o curso dos barcos de comércio.

Sentia-se inquieto. Trazer tal notícia para D. Ana era muito difícil. Ele foi seguindo pela noite gélida e úmida, enrolado no poncho, olhando o vulto triste do farol em construção. A luz que não rebrilhava na noite lembrava-lhe a morte do general. Era como uma ausência.

Congo tinha visto um farol por ocasião daquela peleja em São José do Norte, na noite da desdita das tropas rio-grandenses. Aquele ali, o farol de D. Ana, seria menorzito e, quem sabe, iluminaria noites mais pacíficas. Mas, em todo caso, Congo não gostava de faróis. Eles sempre lhe apareciam em noites de coisa ruim. Sempre.

Apeou do cavalo na varanda dos fundos.

Ao longe, as fileiras de moirões cravados na terra, nus, trespassados por varas transversais, eram os vultos de um pequeno exército capturado pelo inimigo. Os secadores de charque estavam vazios naquela época do ano, quando havia tão pouco sol e o gado não estava gordo o suficiente para ser carneado.

Congo bateu palmas, chamando alguém de dentro da casa. Um rosto surgiu na porta da cozinha.

Era D. Rosa.

– Congo!

A voz perdeu-se na noite.

O negro apressou-se para dentro da cozinha, onde o forno a lenha dava a tudo um calor aconchegante.

D. Rosa esperava, olhando-o. Ele tirou a carta da guaiaca sem dizer palavra, e depois avisou:

– Vim trazer isto para D. Ana. Solamente entrego nas mãos dela ou do José.

D. Rosa aquiesceu, enrolando-se mais no xale que trazia sobre os ombros.

– É cousa ruim?

Congo pestanejou. De todas as tarefas que tinha cumprido naquela sua vida, aquela era a mais dura de todas.

Disse apenas:

– D. Ana depois le conta.

– Vou chamar o José.

Não demorou muito para que o filho de D. Ana aparecesse na cozinha. Fazia tempo que Congo não via José, desde o fim da guerra. Achou-o mudado. Mancava da perna direita, por causa de um ferimento que tinha sofrido na batalha do Ponche Verde. Estava um pouco mais cheio de carnes, mais plácido, o rosto pálido tinha uma expressão sonolenta. Usava uma barba espessa que lhe quedava bem.

– Congo!

José alegrou-se ao rever o negro, e alguma coisa desanuviou-se no seu semblante. Tinham lutado juntos muitas batalhas. Mas a satisfação de José desapareceu rapidamente. Viu nos olhos do outro que alguma coisa não ia bem. Pensou logo em Bento Gonçalves.

– Sucedeu algo, hombre?

Congo lhe entregou a carta.

– D. Antônia le mandou.

José abriu o envelope lacrado e leu as poucas linhas num passar de olhos, o rosto contraído.

– Cheguei a pensar que o tio se curava – disse, seco. – Mas no fundo eu sabia que esse dia estava perto, Congo. Todo mundo morreu nesta guerra, e ela ainda está levando os retardatários.... – Mudou o tom: – Quando foi, Congo?

– Foi ontem. D. Antônia seguiu para Pedras Brancas. Mas estão esperando vosmecês no Cristal.

José aquiesceu tristemente.

– E nós vamos hoje mesmo. – Depois fechou os olhos, pensando em Bento Gonçalves morto. O fim de todos os homens era aquele, ser comido pelos bichos debaixo da terra.

Congo deu dois passos para trás e cerrou o poncho outra vez. José, parado no meio da cozinha, tinha os olhos perdidos.

– Entonces... – disse o negro, cortando o silêncio. – Tenho outras cartas para levar.

Despediram-se. José quedou-se olhando a chama do fogo que se esgueirava pela abertura do fogão a lenha.

A mãe devia estar bordando na sala àquela hora. Como le contar que Bento tinha morrido?

Através da vidraça embaçada pelo calor da cozinha, podia ver a noite escurecendo lá fora. Teriam de pôr-se em viagem o mais rápido possível.

D. Rosa apareceu na cozinha.

– Onde está a madre, Rosa?

– Lá para o escritório.

– Pois arrume umas roupas numa mala, que eu e ela vamos sair logo mais. – Os olhos de D. Rosa ardiam de curiosidade. E José emendou, numa voz cansada: – Bento Gonçalves morreu ontem.

Três horas mais tarde, Congo apeou na Estância do Brejo. Tinha vindo a galope, estava exausto e com fome. Mas aquela carta ainda queimava na sua guaiaca. Até que era bom varar a noite fria. Sentir o bafio úmido do ar em seu rosto e perder os olhos na escuridão, adivinhando, com um certo alívio, que a alma de Bento Gonçalves, solta, soltinha nos ares do mundo, andava por ali, cavalgando ao lado dele em perfeito silêncio, como tinham feito em tantas outras noites ao longo dos anos.

A vida sem o patrão não le parecia ter qualquer atrativo. Atravessou a varanda e bateu na porta. A luz de um candeeiro ardia dentro da casa, na sala.

Alguém apareceu sob o postigo. Era Mariana, que o reconheceu imediatamente, sem no entanto alterar a expressão do rosto.

A moça abriu a porta. Tinha a leveza da juventude, os traços bem-feitos e pele clara. Os cabelos negros, presos numa única trança, grossa e pesada, caíam-lhe pelo peito.

– Boa-noite – disse ela.

De longe, veio uma voz de criança:

– Quem é, mamãe? É vó Antônia que voltou?

– Não – respondeu Mariana, virando-se para dentro. – Não, Matias. Vó Antônia ainda demora, vosmecê sabe. É um chasque que está aqui.

E voltando-se para Congo, sorriu pela primeira vez:

– Quer entrar, Congo? Está muito frio aí fora.

– Não, sinhá. Le deixo esta carta, que D. Antônia le mandou. Depois dou a volta e me ponho lá na cozinha, que estou em viagem desde mui cedo.

– Está tudo bem com a tia? – sussurrou a moça, segurando a carta nas mãos.

Congo baixou os olhos.

– As senhoras estão todas bem.

Engoliu em seco e saiu pelos lados da casa, apressado.

Mariana fechou a porta lentamente. João vinha entrando na sala.

– Entonces? Vosmecê falava com quem?

Ela fitou o marido. Havia uma luz estranha naqueles olhos escuros. João ficou esperando a resposta, que não tardou:

– Era Congo. Trouxe uma carta da tia Antônia.

– Sí?

Sem abrir o envelope que estava em suas mãos, Mariana disse baixinho, para que Matias não a ouvisse:

– Bento Gonçalves morreu.

João chegou-se mais perto.

– Mariana, está escrito isso na carta? Vosmecê leu?

Ela estendeu o envelope lacrado para o marido.

– Não. Mas leia vosmecê mesmo. Tenho absoluta certeza.

Num canto da sala, um menino de cinco anos brincava com meia dúzia de soldadinhos de chumbo. Era moreno, de pele mateada e olhos negros muito vivos.

João foi até ele e acarinhou seus cabelos.

– Brincando, hijo?

– Sí, padre. Estamos ganhando a guerra.

– Mui bien – disse João, voltando para o lado de Mariana, que agora se sentava numa poltrona perto do fogo.

Ele acomodou-se também. Com a única mão, abriu o envelope sem muito trabalho. Fazia anos que aprendera a viver daquele jeito. Leu o seu conteúdo com alguma dificuldade.

– Bento morreu ontem – disse ele numa voz emocionada. – Depois mirou a mulher: – Mas como vosmecê sabia?

Mariana deu de ombros.

– Ele estava para morrer, João. Não ia demorar muito. – Seus olhos iam perdidos no fogo que crepitava. – Ademais, estava escrito na cara do Congo. Aquele negro era a sombra do meu tio, e me pareceu tão perdido, tão desolado... – E acrescentou: – Coitada da tia Antônia!

Matias veio correndo com um soldadinho na mão, gritando:

– Ganhamos, padre! Ganhamos a peleja. O Rio Grande é nosso!

João sorriu.

– Mui lindo, hijo! Vosmecê é um grande guerreiro.

Matias estufou o peito de orgulho.

– Agora vai lá pra cozinha e pede que le preparem de comer – disse Mariana. – Vosmecê sabe que já é hora dos meninos irem dormir?

Matias deu de ombros. Se a vó Antônia estivesse ali, era certo que ele poderia ficar muito mais tempo acordado, e que eles veriam juntos as estrelas andando pelo céu.

Saiu da sala carregando seu pequeno exército vencedor.

Então João Gutierrez perguntou à moça:

– Vosmecê quer ir lá?

– Eu já não faço parte daquela família, João. Não tem sentido a gente ir.

Perpétua está deitada em sua cama, de olhos fechados, sem dormir. Há um grande silêncio na casa, pois já é tarde. As meninas estão dormindo faz tempo. Inácio deve estar no escritório, cuidando dos seus papéis. Ela mesma deveria dormir. Mas não consegue, quer saciar-se desse momento. Dessa maravilha do instante em que, tendo-se desdobrado, tem junto de si a filha recém-nascida.

Olha a menina que ressona ao seu lado, ainda tão pequena, tão frágil. Faz vinte dias que nasceu. Perfeita, serena, mamando com força. Talvez por isso tenha decidido que devia se chamar Benta. Parecia ser uma criança de muito boa disposição.

Na verdade, para esta filha Perpétua tinha um nome de menino. Rodrigo. Queria que fosse um menino e que se chamasse Rodrigo. Porém, seu ventre só sabe engendrar meninas. É um fato. Esta é a quarta que lhe nasce.

Mas não faz mal. Na hora do parto, em meio à faina de trazer ao mundo a cria que se guardava na sua carne, quando sentiu a cabeça coroar, saindo de dentro de si, depois os ombros, depois o resto do corpinho, quando viu que a parteira segurava em suas mãos a criança, reuniu as últimas forças para perguntar: é menino? Ao receber a resposta de que não – era menina de novo –, Perpétua sequer se importou. Já havia em si o amor por aquela criaturinha, fosse o que fosse. Maior do que ela mesma, aquele amor.

A pequena Benta remexe-se ao seu lado, enrolada na manta de lã. Perpétua acarinha a cabecinha de cabelos escuros.

– Será possível que vosmecê já está com fome, menina?

A criança geme e volta a dormir sossegadamente.

Perpétua recosta-se no espaldar da cama e fecha os olhos. O rosto da mãe lhe vem à mente. Está com saudades de Caetana. Nessas horas, como é bom estar com a mãe e, mesmo tendo já três filhas crescidas, ouvir-lhe os conselhos de como cuidar da pequenina. Queria-a ali. Mas sabe bem que Caetana não podia se ausentar por causa do pai. Bento Gonçalves está cada vez pior. Aquela doença acabava produzindo estragos não somente nele, mas também em Caetana.

"A menina há de alegrá-los", pensa Perpétua. Assim que passar o repouso, vai pedir a Inácio que a leve até o Cristal. Então ela e as meninas ficarão por lá algum tempo, para estarem com a família.

A porta do quarto range, avisando da chegada de alguém.

Perpétua abre os olhos. À meia-luz, o vulto de Inácio avança para ela. Há uma carta em suas mãos.

Ele sorri, estendendo esse sorriso à menina que ressona, enrolada nos seus xales rosados, e guarda a carta, dobrada, no bolso da calça.

– Ela dorme?

– Sim. É um anjo.

Inácio senta-se na beirada da cama e acarinha os cabelos da esposa, ligeiramente desgrenhados. Há nela alguma coisa de Bento Gonçalves. Aqueles olhos escuros, sestrosos e brilhantes. A esse pensamento, Inácio desvia o rosto.

Recebeu a carta de D. Antônia por um portador. Ficou no escritório pensando num jeito de dar a notícia a Perpétua. Mas no estado em que ela está... Impossível!

Inácio sorri para a esposa.

– Vosmecê precisa dormir, Perpétua.

– Não estou com sono.

– Mas é bem tarde.

Perpétua fita o marido. Há alguma coisa nele, algo de impalpável que se traduz neste olhar oblíquo.

– A menina vai bem? – pergunta ele.

– Come e dorme.

Inácio debruça o corpo sobre a menina. Ele sente, dentro do peito, aquela alegria enérgica, pura, de fitar a filha e de amá-la.

– É linda – diz. Vira-se para Perpétua. – É linda e dorme. Quero ver a madre fazer igual à filha... – Fala-lhe como a uma criança e pensa: “Amanhã. Amanhã digo-lhe tudo.”

– Agora dorme, Perpétua. Vosmecê precisa repousar. O dia há de ser longo.

Perpétua sorri.

– Todos os dias são longos para quem tem quatro crianças em casa.

– Que seja. Mas vosmecê vai dormir agora.

Perpétua fecha os olhos.

– Fique comigo, então.

– Claro que sim – diz ele, acomodando-se, de roupa e botas, ao lado da mulher. E pensa que neste momento devem estar velando o sogro lá em Pedras Brancas.

“A vida é um sopro. Não somos mais do que uma vela acesa.”

Perpétua remexe-se na cama.

– Vosmecê disse alguma coisa, Inácio?

– Eu? Nada. Veja se dorme, Perpétua.

E a imagem do sogro, morto, fica cravada em seus olhos como uma estaca.

O quarto inundado pela brisa gelada da noite.

E ela ali.

Sentindo o ar que penetra o tecido da sua camisola. Mirando as estrelas no alto do céu. Respirando o ar gelado. Lentamente. Com prazer.

Gosta de ficar à janela, postigos abertos, aquele vento lambendo seu rosto, como se estivesse na proa de um navio imaginário. Um daqueles barcos que ela viu nascer e crescer no estaleiro que ficava nas terras de D. Antônia. Um daqueles barcos que tinham brotado das mãos dele, das amorosas mãos do seu amado. Um daqueles barcos cheios do viço que dele emanava.

(Aqueles barcos, ah!, aqueles barcos já tinham sido engolidos pela água e pelo fogo havia tanto tempo...)

Giuseppe!

Não havia um só dia em que ela não pensasse nele. Uma só hora em que aquele nome não lhe brotasse das frestas da alma, não lhe escapasse pela boca como um sopro, como uma coisa que vivia dentro dela. Pulsando. Pulsando. Um outro coração.

Ela enche a boca com o ar que vem da janela. Um gosto acre, de muitas coisas. Semelhante ao gosto que certa vez ela provou da boca de Giuseppe.

Nunca esqueceria aquele sabor.

Era o mundo.

E ela, nos braços de Giuseppe Garibaldi, alçada à condição de pássaro. Tão volátil como se não fosse mais do que aragem pronta a se perder para sempre no infinito.

Os cabelos de Manuela escapam dos grampos, caindo sobre sua testa pálida.

(Imunes ao sofrimento de Manuela, aqueles cabelos cresceram outra vez. Faz anos que ela os cortou, no dia em que soube da lagunense Anita.)

Manuela sorri. Nos últimos tempos, somente quando está sozinha. Dentro do quarto, à noite. Onde tudo parece tão distante, tão desimportante, é que ela pode senti-lo por perto. Pode até mesmo sentir o hálito marinho de Giuseppe, e o seu calor, como um halo a circundá-la, aquentando-a tal um abraço.

Raramente fica com a mãe. Porém, estar com Antônio às vezes lhe faz bem. Antônio costuma rememorar a guerra, e então parece que o tempo andou para trás e que ela não está ali, na casa de Pelotas, mas na estância de D. Ana, onde Giuseppe Garibaldi facilmente poderá encontrá-la. E como é intensa essa sensação de revivê-lo! Dedilhar o tempo como se ele fosse as teclas de um piano, e voltar, voltar, voltar até o trecho escolhido, repetindo-o sempre. À espera de uma exaustão que jamais lhe chegará. Ouvir seu irmão, Antônio, contar da guerra e depois se trancar ali, no quarto. Isso é tudo que ela tem feito dos seus dias.

Isso, e esperar.

Mas ninguém sabe que ela espera.

É um segredo. Somente a noite e as estrelas. Elas veem-na à janela, esperando. Colecionando madrugadas. Com essa esperança que não há de fenecer. Essa esperança que chega a ser uma doença, e que ela esconde, porque é sua última riqueza – e tão frágil.

Às vezes, veste alguma das roupas daquele tempo. Um vestido especial, que usou com Giuseppe em certo passeio. Às vezes, repete frases, relê as cartas que ele lhe escreveu. Conhece-as de cor, linha a linha. Palavra por palavra.

Manuela debruça-se sobre o peitoril. Aspira a noite. A noite liberta-a. A noite é das esperas.

Mas ninguém sabe. Ninguém.

Um trote urgente quebra o silêncio da rua. As pedras do calçamento suspiram, assustadas. Manuela rapidamente fecha os postigos.

Não gosta que a vejam ali, naquelas cerimônias.

Ela percebe que um homem apeia em frente à casa. Um estafeta. Faz tempo que não recebem cartas assim, noturnas como presságios.

Ela anda pelo quarto. As paredes estão um tanto desbotadas, mas este ainda é um quarto elegante, digno de gosto. Manuela não chega a notar essa riqueza um tanto decadente, agora somente pensa no homem lá fora e na carta que deve trazer em sua algibeira.

O que será?

Desde a guerra que ela teme essas missivas noturnas.

– Vou descer – diz Manuela para si mesma, e enrola-se no xale negro.

Sai do quarto descalça, e no corredor um pensamento extravagante vem-lhe à mente: e se for carta de Giuseppe?

Seus olhos brilham no escuro como os olhos de um gato. Se for carta de Giuseppe, ela há de encher de velas o pequeno oratório que fica na sala. Se for carta de Giuseppe, ela há de cantar pela casa, dançar e rir, e vai pentear seus cabelos e trançá-los no alto da cabeça como para uma festa, e vai vestir seu mais belo vestido, e se fazer linda para ele. Para esperá-lo.

Porque então, se for carta de Giuseppe, é porque ele não tarda a retornar.

Manuela chega na sala com seu coração arejado pelo sonho. Mas não. Logo que vê o irmão parado ao batente, falando baixo por alguns instantes para depois despedir o tal mensageiro e passar a tramela na porta, ela sabe que não.

Ainda não é ele. Ainda. Mas Giuseppe há de vir.

Antônio, sob a luz fraca de um lampião, os cabelos desgrenhados e o rosto ansioso, lê atentamente a carta que acabaram de lhe entregar.

Manuela corta o silêncio da casa:

– O que sucedeu, Antônio?

O rapaz ergue os olhos, assustado.

– Manuela! Que mania vosmecê tem de andar no escuro, como se fosse um fantasma! – Então sorri docemente para a irmã. – Como vosmecê pode flanar assim pela casa, sem um ruído?

Manuela ergue a barra da camisola.

– Estou descalça – diz. E depois, numa voz mais ansiosa: – É carta de quem? A esta hora da noite...

Antônio dobra o papel e guarda-o no bolso da calça.

– Carta de D. Antônia.

– E então?

A voz do irmão é cheia de pesar:

– Tio Bento morreu, Manuela. A essa altura devem estar velando-o.

Manuela recorda Bento Gonçalves.

Tinha sido um homem corajoso. Mais do que um político eminente, um soldado incansável e um patriarca. Era nele que estavam depositadas todas as esperanças das mulheres da Estância da Barra naqueles anos de guerra; era ele quem solucionava os problemas ou tomava a decisão final numa contenda familiar.

Sorri com tristeza. Também tinha sido Bento Gonçalves quem procurara Giuseppe Garibaldi para dissuadi-lo dos seus planos em relação a ela. O general tinha outros projetos para o seu corsário. Os lanchões no Tramandaí, a tomada de Laguna. Sim, seu tio tinha levado Giuseppe para longe, para a cidade onde Anita o esperava, e onde tudo se acabou.

Parada no meio da sala, Manuela olha o nada.

"O que importa esta vida?", pensa ela.

Bento Gonçalves morreu. Giuseppe voltou para a Itália. Ela está envelhecendo sozinha na antiga casa onde nasceu. A vida não vale nada mesmo.

– Manuela?

Antônio mira a irmã com alguma curiosidade. Nestes últimos tempos, tem dado para ausentar-se de tudo.

– Vosmecê está me ouvindo, Manuela?

Ela se dá conta de que seu pensamento outra vez voejou para longe. Coisa frequente nestes tempos de agora. E responde para o irmão que sim, que o ouvia.

– Pois arrume uns vestidos numa mala. Vamos para o Cristal.

Manuela toma um susto.

Não quer sair dali e rumar para o Cristal. Está esperando a carta, a carta de Giuseppe, que não tardará a chegar. Os olhos verdes ficam úmidos de lágrimas.

– Antônio, não quero ir.

– Vá arrumar suas cousas, Manuela. – A voz do irmão é inflexível. – Vou falar com a madre. Decerto que ela não vai. Mas vosmecê vai comigo. É sua obrigação para com a tia Caetana.

Manuela pensa em todos aqueles anos. As mulheres sempre juntas. E Caetana, quantas vezes não a tinha consolado depois da partida de Garibaldi?

Aquiesce, finalmente.

– Vou arrumar minhas coisas – diz ela, antes de sumir pelo corredor.

D. Antônia olhou o campo que rebrilhava ao alvorecer. Certas partes do mundo ainda estavam mergulhadas na neblina, como se dormissem. Como se tudo estivesse nascendo naquele exato minuto. Brotando da bruma.

Bento e Caetano cavalgavam em silêncio ao lado da carroça. Durante a travessia na balsa, ninguém ousara dizer uma palavra. No entanto, como os olhares eram cheios de coisas silenciosas!

D. Antônia podia ver nos olhos daqueles dois sobrinhos a infinita tristeza que ambos tinham aprendido a disfarçar. Não ousava dizer-lhes que aquilo tudo abrandaria dentro em pouco. A vida era uma bruxa incansável.

Ao longe, apareceu o grande contorno de Pedras Brancas. Uma leve réstia de sol lambia a fachada da casa.

Havia um agitório de cavaleiros apeando. D. Antônia recordou o último velório ao qual estivera presente. O lento escorrer das horas de vigília e de oração. Aquela tristeza pesada de dedos percorrendo contas de rosários, de frases sussurradas e pensamentos lastimosos.

Ainda naquela manhã, Bento Gonçalves seria enterrado. D. Antônia experimentou uma dor aguda no peito ao pensar nisso. O enterro do seu irmão mais amado. Ah, como tinha sofrido por ele naqueles anos todos, em tantas guerras! Quantas promessas, quantas horas gastas em rezas e desassossegos. Agora, com a sua morte, uma parte dela morria também.

– Estamos chegando, tia Antônia.

A voz de Bentinho cortou o caudal das suas divagações.

Ela agradeceu a interferência.

Devia controlar-se. Não chorar, principalmente. Não se deixar esmorecer. Tinha que dar o exemplo. O exemplo da sua força. Os outros não precisavam saber o quanto era fraca, o quanto os anos a vinham desgastando. Isso era uma espécie de segredo. Uma falha que ela só revelava a Matias.

Para o menino, mostrava-se inteira. Somente ele haveria de conhecê-la até os pilares. Suas angústias, seus arfares, suas dores e seus medos noturnos. Tudo, tudo. Com aquele menino, o filho de Mariana, tinha a maior comunhão da sua vida. Nem com o finado marido, que morrera tão cedo, tivera tamanha cumplicidade. O menino precisava saber de tudo para que a vida, tão aleivosa, não le pegasse em desprevenção. Era nisso que D. Antônia pensava sempre.

Chegaram. Estavam em frente à casa. Grandes portas abriam-se para fora.

Na primeira sala, cuja entrada D. Antônia podia divisar, reinava certa obscuridade. Mas um chiado de vozes baixas parecia subir e descer no ar gelado da manhã.

D. Antônia guardou a imagem de Matias dentro da alma, como quem guarda um amuleto, e ergueu os ombros, corrigindo a postura. Depois passou a mão na cabeça, ajeitando os cabelos.

Ao entrar na grande sala, onde dezenas de cadeiras se espalhavam ao longo das paredes brancas, D. Antônia teve um baque. Soltou-se rapidamente do braço que o sobrinho lhe estendia. Não queria que ele percebesse a sua dor; ficou ali parada em frente ao morto, olhando o corpo do irmão.

Dois círios ardiam, um de cada lado do esquife de madeira. Ela pensava somente: "Ele morreu. Eu vou morrer. Não falta muito. Mas Matias ainda viverá. Preciso explicar a morte ao menino. Antes que ele seja pego desprevenido."

Depois de uns instantes, ergueu o rosto. Seus olhos estavam secos e ninguém jamais poderia mensurar o tamanho da dor que lhe atravessava as entranhas. Viu Caetana num canto da sala e dirigiu-se para lá, apressada. O farfalhar das suas saias produzia um suave rumor que a inquietava.

Caetana tinha os olhos pisados. Usava um vestido negro que realçava a palidez do seu rosto.

As duas mulheres abraçaram-se com força.

– Ai, Diós, por que isso foi le acontecer? Ai, Diós, coitado do meu Bento...

A voz de Caetana tremia.

Tremia mais ainda quando ela dizia "Diós". Ela tinha um jeito alongado de dizer esta palavra, sempre em espanhol, que era como uma sua marca, uma espécie de garantia de que aquela frase, dita com pressa ou com calma, saía era da sua boca e não da boca de outra uruguaia qualquer.

D. Antônia segurou as mãos frias de Caetana entre as suas:

– Miles e miles de coisas sucedem neste mundo, Caetana, e Deus não tem explicação para a maioria delas.

Olhou o caixão por um instante, depois completou:

– Bento sabia mui bien disso, que um dia ia morrer.

Caetana fixou seus olhos verdes e tristes na figura daquela mulher que era tão parecida com seu marido. Não disse nada. Logo apareceu um negrinho trazendo duas cadeiras para que elas se acomodassem.

D. Antônia sentou-se ao lado da cunhada e, desviando os olhos do caixão à sua frente, pôs-se a pensar em Matias.

Era verdade, precisava explicar a morte ao menino.

Olhos de vidro

Tum, tum. Tum, tum.

Seu pé batia no assoalho de madeira.

Tum, tum. Tum, tum.

Tum.

Tentava fazer um ritmo que parecesse música. Sim, porque o pai lhe tinha dito na noite anterior que um dia, se ele tivesse jeito pra música, iria lhe dar a viola.

Acho que o Matias tem jeito pra música, dissera o pai.

A mãe tinha respondido:

Puxou vosmecê, João!

O menino ficara todo feliz. Feliz de ficar vermelho na cara. E tinha pensado na vó Antônia, que não estava na casa. Se ela estivesse, haveria de rir, rir até estourar. Rir de alegre, por causa dele. Sim, vó Antônia e o menino eram muito felizes, um por causa do outro. E cantavam milongas quando saíam pelo campo. Cantavam alto, como dois loucos.

Vó Antônia dizia,

Estamos parecendo dois loucos.

E aí cantavam mais alto ainda. Ah, como ele gostava daquilo!

Agora o pai falava em le dar a viola. (Coitado do pai, sem uma mão, como é que ia tocar a viola?)

O menino imaginou vó Antônia e ele andando no meio do campo, cantando como dois loucos e tocando viola. Como dois loucos.

Pena que ela não estava ali naquela hora. Vó Antônia tinha ido ver "eles". Era assim que a madre dizia sempre, nas ausências da vó Antônia.

Eles.

Não explicava mais nada. Não gostava de explicar aquele assunto. E quando o menino às vezes perguntava sobre "eles", os olhos da madre se enchiam de lágrimas, e logo alguém dizia,

Vai brincar, meu filho. Vai ver os potros. Não incomoda a sua mãe.

Então o menino ia.

Ver potros.

Andar.

Quase sempre sozinho. Porque não havia "eles" na sua vida. Só o pai, a mãe e vó Antônia.

Mas até que era bom.

O menino gostava da estância e gostava do silêncio. Às vezes, passava a tarde atirado no meio do campo, olhando o céu. As nuvens que andavam, os pássaros que voavam. Sentia os insetos passando bem pertinho do seu rosto, muito cuidadosamente, fazendo uma espécie de zum-zum que era quase uma cócega.

Deitado no campo, o mundo tinha um cheiro. Era bom. De coisa fresca, de flor, de zum-zum de inseto. Um cheiro de água da sanga. Um cheiro de água do rio. A água da sanga e a água do rio cheiravam diferente. Ele podia perceber bem.

O cheiro do rio era forte.

O cheiro da sanga era leve. Brincar na sanga era bom.

Mas ele gostava mais do rio.

Rio Camaquã, le tinha dito o pai.

Ri-o Ca-ma-quã, a madre le ensinara a escrever.

Rio Camaquã, dizia vó Antônia, com voz cheia de sonhos e de lembranças que ela gostava de contar para ele.

E que o menino gostava de ouvir.

Uma das coisas de que ele mais gostava era sentar perto da vó Antônia e ouvir as histórias.

De dia, de noite, vó Antônia contava causos pra ele.

No Rio Camaquã, tinha le dito a vó, é que Giuseppe Garibaldi navegava com seus barcos e pelejava contra os imperiais. Ele sempre ganhava, porque era mui guapo e mui inteligente. Ele tinha uns barcos pequenos. Leves, dizia vó Antônia, que podiam se esconder entre as plantas ribeirinhas. Aí ele atacava os imperiais e fugia. Pras margens do Camaquã. E os imperiais não o achavam e ele virava um herói.

Mas cadê ele, vó Antônia?

E vó Antônia ria e batia com a palma da mão na saia do vestido, bem de leve – era um jeito que ela tinha.

Cadê ele, vó?

Ah, meu filho, ele foi embora. Ele não é um tipo de hombre que fique num lugar só, meu filho. Ademais, a guerra acabou. E Garibaldi gostava era de pelejar. Agora deve estar na sua Itália...

E o que é Itália, vó?

Ai, Matias. Itália é um outro lugar. Fica bem longe daqui. É preciso atravessar um oceano.

Oceano?

É, Matias. Muita água junta. Cousa muito maior do que o Camaquã. Um dia, vosmecê vai conhecer o mar, filho. E eu vou junto, que eu não conheço o mar.

Mas por que é que Garibaldi não le mostrou o mar, vó?

Ele não tinha tempo pra essas cousas, Matias. Ele tinha que pelejar. E tinha que varar o mundo. Era um hombre mui atarefado.

A vó sorria, porque falar do Garibaldi era cousa boa.

E o menino também achava aquilo uma cousa boa.

Um dia eu também vou embora, vó Antônia.

A vó ficava um pouco triste.

Passava a mão no cabelo preto do menino e sorria. Sorria um meio-sorriso.

Vai embora pra quê? Esta terra toda é sua, filho. Vosmecê vai ter que cuidar dela. Además, a nossa gente não é de ir, filho. Nós sempre ficamos. Para o bem e para o mal.

O menino ouvia. Não gostava de deixar a vó Antônia triste, com aquele sorriso torto.

Desculpa, vó. Eu não vou mais embora. Vou ficar com a senhora aqui.

E vó Antônia então ficava leve um segundo. Depois sacudia a cabeça.

Não. Não. Vosmecê vai fazer o que seu peito le mandar fazer, Matias. Se quiser partir, que se vá. Esquece o que le disse, filho. Até porque você tem metade do sangue do João, seu pai, e o mundo é bem maior do que esse Rio Grande. Vosmecê não há de precisar ficar aqui comigo. Um dia eu morro. Não quero ficar pra semente. Um dia todo mundo tem que morrer... Até eu.

Não morre, não, vó...

Morro sim, filho. Mas vai levar tempo. No dia em que eu morrer, vosmecê já vai ser hombre.

E o menino respirava aliviado.

Tempo, tempo. O tempo demorava a passar.

Até ele virar hombre, capaz que o Rio Camaquã mudava de lugar.

O pai era meio índio e dizia isso com orgulho.

Era um homem hermoso, o João Gutierrez.

O menino achava ele bonito, corajoso.

Faltava nele uma mão, que ele tinha perdido na tal da guerra (a madre tinha dito a Matias que ele nascera no meio da guerra, quando o pai estava pelejando).

Sim, faltava no pai uma mão. Mas era cousa pouca.

Perder uma mão na guerra até que era bonito!

E o menino nem se apercebia daquela mãozinha pequenita de nada que faltava no pai. O pai até montava mui bien com uma mão só!

O pai sabia muitas cousas:

– sabia ver a chuva

– sabia cheirar o ar

– sabia fazer o parto das éguas

– sabia montar com uma mão só

– sabia onde acabava o Rio Grande.

O Rio Grande acabava num rio, o Mampituba.

O pai tinha conhecido aquele rio, uma vez, na guerra. E o pai até sabia que Mampituba queria dizer "o pai do frio".

Porque lá, na beira daquele rio, era um frio danado na época do inverno, e até na época do verão era frio, por causa da "aragem".

Mampituba era um nome índio, e o pai tinha sangue de índio, por isso que ele entendia aquelas palavras e podia explicá-las pro filho.

O pai e a mãe eram felizes. Eles se amavam, era o que a vó Antônia sempre dizia. Vó Antônia também dizia que nunca tinha visto um amor igual ao deles, a não ser, talvez, o do Bento e da Caetana.

O menino gostava de ver os dois, à noite, falando baixinho, esperando o sono chegar.

Às vezes, João até cantava (não tocava mais a viola por causa da mão perdida). João cantava para Mariana, sua madre.

E Mariana parava seu bordado e derramava os olhos no marido, uns olhos doces, castanhos, redondos, uns olhos de chorar e de rir.

Então vó Antônia cutucava o menino e dizia baixinho,

Esses dois já começaram, meu filho. Vamos deixar eles sozinhos, que nós somos demais por aqui.

Vamos, vó.

O menino dizia isso morrendo de rir.

Dava um beijo no rosto da madre, pedia a bênção do pai e escapava lá para dentro. Para o quarto.

E lá no quarto era que a vó Antônia contava mais histórias.

Ela sempre dizia,

Umas histórias são de verdade, outras são de mentira. Mas eu nem sei mais qual é o quê.

E desfiava suas histórias.

A moura-torta.

A teinaguá.

O dia em que Bento Gonçalves fugiu a nado de um forte.

A história da noite em que Mariana conheceu João.

O estaleiro.

A história do farol de Donana.

O menino ficava ouvindo e ouvindo.

Era bom demais.

Ouvir a voz mansa da vó, deitado embaixo das cobertas. Vó Antônia tinha uma voz calma, que dedilhava as palavras como se as palavras fossem música.

O menino não sabia, enquanto era pequeno e ouvia as histórias da vó antes de dormir, que aquela voz nunca mais que ia lhe escapar dos ouvidos. Que aquela voz ia se quedar para sempre ali, enroladinha dentro da alma dele. Como um presente.

E que um dia, bem longe dali, ele ia chorar de saudade.

O menino não sabia disso.

Nem vó Antônia, enquanto contava histórias, sabia disso.

E ela dizia,

A história do farol começou bem antes da guerra, meu filho. O farol ficava, naquele tempo, num quartinho da casa da minha irmã Ana.

(Matias conhecia aquela irmã, Ana, e um filho que ela tinha, porque vó Antônia levava ele lá às vezes.)

E vó Antônia falava e falava,

A casa da minha irmã Ana é mui grande e fica na beira da Lagoa dos Patos, filho. Perto daqui, vosmecê sabe. Pois todo mundo que navegava na beira da lagoa à noite somente andava no escuro, guiado pela luz das estrelas.

E quando chovia? E quando não tinha estrelas no céu, vó Antônia?

Bem, aí era mui duro, filho. Muitos hombres morreram afogados naquelas águas, quando não tinha estrelas no céu. Foi por isso que minha irmã Ana teve a ideia.

Do farol?

Do farol. Na casa dela, bem na beira da lagoa. Para ajudar os viajantes nas noites sem estrelas.

E como era, vó Antônia?

Era que, toda noite, Ana acendia um lampião numa janela bem no alto da casa. E um peão ficava lá, segurando o lampião pra marcar o caminho dos barcos. Então, quando os viajantes viam aquela luzinha no alto, no meio da noite sem estrelas, sabiam que aquela era a casa da Estância da Barra e podiam pedir refúgio ali.

Que bonito, vó...

D. Antônia fazia carinho nos cabelos do menino e ria, contente.

Sim, era bonito, Matias. Mas agora vai ficar mais bonito ainda.

Por quê?

Porque o Garibaldi fez o desenho de um farol pra ser construído perto da casa da Ana. Pra nunca mais a lagoa ficar no escuro.

Mas, vó, esse Garibaldi era batuta mesmo!

Vó Antônia ria.

Pois a Ana está construindo esse farol que eu le falei. E, quando ficar pronto, a gente vai lá conhecer. Eu e vosmecê.

O menino sentiu uma certa apreensão. Sempre sentia, quando falavam em sair da estância.

(O causo era que a madre não gostava muito de soltá-lo no mundo.)

Será que eu vou poder ir, vó?

Buenas, filho! Claro que sim. Comigo vosmecê pode ir a qualquer lugar que sua madre não se apoquenta...

Então, vó, eu quero ir ver o farol.

Entonces vosmecê vai. Mas não agora. Agora é fechar os olhos, Matias, e dormir.

O menino fechava os olhos.

Boa-noite, vó Antônia.

Boa-noite, meu filho. Mas, antes de dormir, vosmecê me reze um Santo Anjo.

E ela saía sorrateiramente do quarto, a barra da saia roçando no chão. Siss, sass. Siss, sass.

E o menino então rezava,

"Santo anjo do Senhor
meu zeloso guardador
O Senhor a ti me confiou
a piedade divina
sempre me rege
me guarda
me governa
e me ilumina,
Amém."

Siss, sass. Siss, sass.

Vó Antônia deslizava no corredor, e falando sem falar, naquele seu modo de se entender com os anjos, ela pedia:

"Ai, meu Deus, ai, meu Deus, faz esse menino feliz."

Cadernos de Manuela

Pelotas, algum dia do ano de 1875.

Ah, tudo isso vai perder-se para sempre, como tudo se perde inexoravelmente nesta vida. Do pó ao pó, dizem os padres segurando seus livros ensebados, recheados de orações e de apontamentos sobre vidas e mortes e outros percalços de interesse divino. Eles têm razão neste ponto; tudo há de desaparecer um dia. Mesmo assim, tomada dessa certeza não tão bela quanto a que uma dama deveria acolher no intuito de guiar por ela os seus dias; mesmo assim, dedico-me a este passatempo de desfiar em linhas a vida de certas pessoas, porque a minha... Ah, a minha vida ficou para trás, enrodilhada para sempre nos passos do meu Giuseppe. Tentando aqui ser fiel ao que sempre digo (sim, eu creio nisso), meu Giuseppe voltará em determinado tempo, voltará com seu sorriso de salteador, com suas botas cheias de lodo, com sua boca de animal predador, sua boca sensual (hoje mais enrugada do que naquele tempo), mas ainda cheia de sorrisos e de galanteios. Voltará nem que seja alquebrado, posto que o tempo deve passar também para ele, já que o tempo, esse egoísta, não concede obséquios a ninguém, nem mesmo aos heróis, nem mesmo ao homem mais amado de toda a história desta reles humanidade. Pois quando Giuseppe voltar, terei minha vida de volta; então serei considerada uma dama digna de comentários gentis, e me tornarei em assunto para as moças nas rodas vespertinas, nos chás... Ah, sim, é verdade, já me ia esquecendo que sou hoje uma velha. Tenho cinquenta e cinco anos, e já era mais do que momento de estar eu brincando com os meus netos; porém, jamais os terei, e então me quedo aqui, sob esta janela, esperando, esperando – e escrevendo.

Sequer me recordo do exato ponto em que eu havia parado na tarde anterior, quando a criada veio me interromper com o jornal que quase nunca leio; ademais agora, que a Guerra do Paraguai chegou ao fim e que nem mesmo meu querido Matias vive aqui, e os meus laços com o mundo se vão desfazendo de tal modo que, em certas tardes, mal posso enxergar a rua ali embaixo, mas apenas um leve esfumaçar-se de pedras, um fragilíssimo sopro de gentes, de sonhos e de ambições que a chuva do fim de tarde faz se apagar para sempre nas ranhuras da terra gretada pelos cavalos e carroças...

Não vou me erguer daqui e entregar-me à ridícula tarefa de vasculhar meus cadernos – pois hoje, enfim!, começo um caderno novo –, e é dado a esse fato que estou um pouco confusa. Dado a esse fato, e não à idade, já que pertenço a uma família cujas mulheres morrem centenárias e lúcidas como profetas. Pois que decido recomeçar a escrever da época em que o farol de D. Ana estava sendo construído lá na Barra, uns meses depois da morte do general Bento Gonçalves...

Na remotíssima possibilidade de que um vivente qualquer venha a ler estes alfarrábios numa tarde ou outra depois da minha morte, que ele me perdoe se repito aqui algumas linhas ou qualquer cousa que já tenha narrado no último caderno, que está guardado no gavetão sob o roupeiro. Não lembro exatamente como sucederam as cousas desde que o tio morreu, mas a vida seguia seu curso normal, posto que ela jamais para um segundo que seja, esta *perra* vida, para prantear um morto ou saudar um recém-nascido; ai, esta vida tem muita pressa, e já o tinha naquele tempo.

Entonces, quando meu tio morreu, vitimado pela pleurisia que vinha consumindo seus pulmões, nenhum de nós naquela família espalhada por fazendas e terras e casas, nenhum de nós era o mesmo de outros tempos. Havia-se perdido tudo com a guerra, mas principalmente, mais do que ouro, vidas ou lágrimas, havia-se perdido a capacidade de sonhar. Sim, naquele ano de 1847 o futuro era uma esteira à nossa frente, mas ninguém tinha forças de erguer os olhos, de levantar os pés, de altear o rosto para espiar por cima dos mistérios do horizonte – naquele tempo, cada dia era uma carga pesada demais para se suportar.

Eu estava na Estância do Cristal quando do retorno de minha tia Caetana, de Joaquim, de Bentinho e Caetano, e de D. Antônia. Tinham eles estado nas exéquias de meu tio, o general, na Estância de Pedras Brancas, e voltavam daquilo que Caetana considerava uma espécie de fim para a casa onde deveriam recomeçar os seus dias. Ah, lembro-me bem do céu triste, pulverulento, coberto de estranha luz cinzenta, que os aguardava no Cristal. Era um dia de inverno pesado e úmido; estávamos todos lá, eu e meu irmão Antônio (ah, como sinto falta dele!), minha tia D. Ana, que talvez fosse a única criatura realmente viva naquela manhã cinzenta e acabrunhada – porque D. Ana tinha um sonho que crescia nas franjas da sua lagoa: o farol; e quem tem um sonho, ah, este vive, sim senhor; todo o resto não passa de retórica ou falácia religiosa, pois creio eu, después de tudo que já vi, que são os sonhos, tal alavancas invisíveis, que nos empurram para a frente, rumo à floresta de dias ainda não vividos... Ai, com o tempo me veio esta mania de fugir do assunto, e aqui retomo minha narrativa, aqui esqueço o sonho – eu que sonhei a vida inteira, eu, aquela que adentrou a floresta e se perdeu para sempre em seu coração úmido e verde.

Bueno, estávamos todos no Cristal, D. Ana com seu filho José, que então mancava de uma perna e me parecia um homem triste e mui confiável, um homem precisando de amor. Estavam lá também a noiva de Bentinho, Tomázia, e seus pais, mais Clara, esposa de Caetano, com seu filhinho pequeno (como se chamava mesmo a criança?), e os meus primos, filhos do general, que não tinham seguido para o enterro do pai: Leão, Marco Antônio, Ana Joaquina e a bela Maria Angélica. Uma família esperando a confirmação, na figura pálida de sua viúva, da morte do patriarca.

Foi exatamente assim que sucedeu. Alguns momentos depois de o menino de Clara chorar e aquietar-se em seu colo, quando uma das negras da casa servia o mate e Zé Pedra mandava calar os cachorros, foi que Caetana Francisca Gonçalves da Silva adentrou a sala um pouco fria, olhando-nos a todos com seus grandes olhos verdes – aqueles olhos que haviam virado lenda na província. Tinha então um olhar que jamais esquecerei: nebuloso, úmido, lívido. Era o olhar de uma mulher acuada. Durou um instante aquele pesaroso brilho, até que suas pestanas se arquearam, desceram por sobre as suas retinas lentamente, como um cerimonial que todos apreciávamos sem dizer palavra. Havia apenas o silêncio em torno dela, e então Caetana abriu os olhos outra vez, e nesse exato instante entraram os filhos, e entrou D. Antônia, que disse em voz alta e pesarosa:

– Meus queridos...

Foi a primeira e talvez a única vez que ouvi tal expressão da boca de D. Antônia, mas teve ela tal fascínio sobre todos nós (até mesmo sobre Caetana, que suspirou fundo e trouxe à tona, sabe-se lá com quais esforços, uma outra fisionomia, o rosto da dona da casa), teve tal poder sobre nós a voz de D. Antônia, que nos pusemos a andar, a falar, a seguir para a viúva e seus filhos, a fim de dizermos as velhas palavras sempre repetidas, a fim de fazermos continuar a vida, empurrando-a para a frente.

Sim, a vida deve ser empurrada para a frente em alguns momentos, como uma boa e velha mula que empaca em seu caminho. Isto sucede amiúde, e se nós não nos apercebemos disso é porque outros vão lá e, sem palavras, sem quaisquer alaridos, empurram a vida para a frente, desempacam-na, e fazem girar a manivela das horas uma outra vez. Naquela manhã, teria sucedido que, se não fosse D. Antônia – sempre ela, a pessoa mais forte que jamais conheci –, teríamos restado todos encantados, imóveis, talvez para sempre, naquela sala fria, a mirar Caetana, vendo no seu rosto entorpecido as mesmas nossas tristezas. Mas D. Antônia tocou a vida, e então Ana Joaquina correu a chorar para os braços da mãe, e todos nós fizemos alguma coisa, nem que fosse apenas encher de ar os pulmões para soltar em seguida um longo suspiro de pesar.

Chorava-se ali a morte de um homem misterioso, cuja força de caráter tornara-se famosa. Caetana chorava o fim da parte mais bela da sua vida, pois tinha nascido para ser a esposa do general Bento; e então, naquele dia, ainda estava em busca de uma outra identidade subsequente, de um galho em que pudesse se agarrar. Quando Ana Joaquina se atirou nos seus braços, aquela menina magriça de doze anos, aquela menina que não era bonita, que era tímida e mal tinha conhecido o pai, surgiu para Caetana a verdade: dali em diante, seria ela a mãe, a avó, o cerne daquela família, a alma daquela casa. Ganhava ela o espaço deixado por Bento, e não era por gosto que o assumia, não era por gosto que seu olhar se tornou um tantinho mais firme e sua voz mais dura, mais decidida; era apenas porque não tinha ela outra escolha. E desde então, desde aquele dia, desde aquele exato momento daquela manhã, Caetana Gonçalves da Silva mutou-se na alma daquela casa, daquela estância que tinha dívidas, mas que se reergueu à custa sabe-se lá de quais sacrifícios; Caetana transformou-se na peça fundamental daquele tabuleiro, e era para ela que os filhos vinham pedindo conselhos e abrigo, era para ela que os netos corriam em busca de amor e de passado. Caetana aprendeu mui bien as lições de D. Antônia, e aprimorou-as porque tinha filhos, tinha uma prole onde semear seus sonhos (ah, os sonhos, outra vez), e foi talvez a grande dama do seu tempo, a derradeira mulher...

Escrevo estas linhas com lágrimas nos olhos, isso para meu próprio espanto – há muito que me imaginava incapaz de chorar. Pois que eu amei tia Caetana, por sua beleza, por sua força, por seu caráter. Muito depois, quando eu já me tinha transformado nesta criatura triste que ora sou, ela ainda me escrevia, convidando-me a visitá-la, numa vaga esperança de que eu deixasse a vida entrar outra vez em meu caminho, eu, a sua tola Manuela... Se teve mágoas de mim, nunca as cultivou. Não era criatura dada a cultivar seus ódios, e mesmo depois, quando Joaquim casou com a criatura insípida que escolheu para dividir os anos, mesmo depois, Caetana ainda se esforçava por mim, muito embora jamais tenha tido êxito. Morreu velha, no último ano da Guerra do Paraguai. Morreu talvez triste, porque seus filhos homens, seus verdadeiros amores, estavam todos longe, lutando naqueles charcos imundos onde tantos soldados pereceram. Mas morreu digna, a minha querida tia Caetana, e ainda era bonita como uma velha boneca enrugada, com seus olhos verdes aquosos, e aquela voz rouca que sabia contar histórias às crianças.

Ah, mas dou um pulo de vinte e cinco anos, instável que sou – é que um menino grita lá embaixo o meu nome (*Manuela! Manuela, a louca!*) –, e me perco por um instante a espiar seu pequeno vulto pelas vidraças embaciadas, porque é preciso cultivar nossos minúsculos e misericordiosos amores, e esses meninos da rua me amam, amam a louca que eu sou, e que às vezes lhes acena da janela, usando seu vetusto traje de noiva.

Oh, não ria, meu improvável leitor confidente. Se vosmecê um dia ler estas páginas, não ria de mim. Mereço de um tudo, até mesmo rosas, até mesmo insultos, mas jamais um riso. Porque eu fui trágica, eu fui apaixonada, eu fui fatal, mas nunca leviana. Talvez tenha sido esse o meu erro, porém agora é tarde para voltar atrás. A roldana do tempo é enferrujada e cruel.

Bueno, naqueles tempos depois da morte do meu tio, enquanto o Rio Grande se recuperava silenciosa e doridamente da longa guerra civil que não tinha deixado uma família sem chorar um seu defunto, muitas cousas aconteceram. Cousas boas e ruins. Tudo igualzinho a sempre. Uns nascendo, outros morrendo. Uns amando, outros enfiando a lança no fundo da carne. Vendendo e trocando. Uns casando em frente ao pároco, outros carneando uma vaca. Uns mijando (ah, com que prazer eu escrevo essa reles palavra e vejo o rosto furioso de minha mãe a recriminar-me como um velho fantasma que não consegue morrer), outros assando a carne. Esta mesma faina tantas vezes repetida. E foi assim também conosco. As cousas empilhando-se umas sobre as outras sem qualquer outra ordem que a da vida.

José apaixonou-se por Maria Angélica naquela manhã no Cristal (fazia muitos anos que não via a prima, pois quando partira para a guerra, Angélica não passava de uma menina); porém a moça enamorou-se nesse mesmo dia de um recém-chegado primo de Clara que tinha por nome Ricardo, cujo passado nebuloso o acompanhava junto com um índio que fazia as vezes de seu criado. Ah, isso aconteceu naquele mesmo dia, ainda por sobre o cadáver de meu tio.

Eu tinha visto os olhares de José, tinha-os visto e reconhecido neles a posse, o gosto, o gozo do amor insano que também a mim me possuíra certa vez ao caírem meus olhos sobre a figura de Giuseppe Garibaldi... Eu estava numa poltrona, fingindo folhear um livro, e mirava-o. Lembro exatamente da cena: Maria Angélica à janela, olhando o nada, olhando o nubiloso futuro que tanto lhe trazia medo, pois é fato que as mulheres belas são mui medrosas. Um pouco além estava

José, fumando. Ele tentava distrair-se numa conversa banal com meu irmão acerca das próximas charqueadas e da venda do charque para Cuba (aqui vale dizer que, após um momento de pânico como o que tínhamos vivido à chegada de Caetana, logo a vida voltou a correr nos seus miseráveis trilhos, e a dor da perda do general cambiou-se numa nova e atroz preocupação com o futuro, pois nós, naquela sala, nós estávamos vivos!). Bueno, José tentava distrair-se, mas era impossível: entre uma frase e outra, desobediente, seu olhar corria até Maria Angélica.

José não era um homem de todo feio, tinha lá os seus atrativos; mas para Maria Angélica, cuja beleza exasperante resplandecia no auge dos seus dezessete anos, José não passava de um primo manco e velho demais (tinha ele mais de trinta), talvez um primo inteligente, talvez um bom amigo – mas Maria Angélica não estava em busca de amigos. Por isso mirava o campo firmemente, com os olhos pregados. Tinha chorado um pouquito nos braços de Caetana, que se recolhera para trocar a roupa suja da viagem; e então estava ali, parada, pensando sabe-se lá em quais mistérios. Sentindo os olhos de José na sua nuca, os olhos tímidos mas ambiciosos de José. Ah, Maria Angélica sabia disto: tinha notado no primo aquele amor. Qualquer mulher o nota depois que completa seus quatorze anos. Talvez por isso ignorava-o; aquele amor era-lhe uma ofensa ou um perigo, ou ambas as cousas, posto que vivíamos numa família cujos membros tinham o hábito de casar entre si.

Estavam ambos nesta dança, José com meu irmão, Maria Angélica com sua janela, quando se ouviu um trotar de cavalos, e a voz de Zé Pedra, enrolado no seu poncho de lã à varanda, se fez ouvir naquele canto da sala.

– Buenas, amigo, que le passa?

– Vim trazer meus sentimentos à família do general.

Fez-se um silêncio. Aquela resposta não era suficiente para o investigativo e fiel negro de minha tia. Ergui meus olhos sem muito interesse, e foi então, foi então que vi o rosto de Maria Angélica: pasmado, lívido, belíssimo. Um rosto tomado nas mãos de um anjo, um rosto caído no abismo de um feitiço.

Arqueei-me. Não tinha sido somente eu a notar a súbita mudança nas feições da prima, mas também José, que agora nitidamente deixara de ouvir as falácias de Antônio e tinha os olhos à espreita da moça.

– Sou Ricardo Ferreira, primo da senhora Clara.

A voz lá fora fez-se ouvir outra vez. E então o encanto selou-se. Não para sempre, porque o destino guarda suas cartas na manga. Não para sempre, porque alguns amores (como o meu) têm a sina do inconformismo, não são amores de se amar, mas pássaros que pousam um momento, destruindo almas com seu brilho, para então desaparecer no céu e para sempre.

Ricardo Ferreira adentrou a sala, logo recebido por Clara, e era um homem bonito, alto e moreno, o homem ideal para os sonhos de uma moça como Maria Angélica. Trazia consigo, inclusive, os signos do passado. Bem como gostam as mocinhas, essas frutas que vivem querendo cair do pé antes da madureza. A chegada do moço causou certo mal-estar em D. Antônia, que sabia sobre ele uma série de histórias malfadadas que incluíam, além de muitos amores proibidos e uma provável sina para fazer sofrer as raparigas, uma noiva morta em Buenos Aires, que se matou de tiro após ser abandonada uns dias antes do casamento.

D. Antônia, sendo o monólito que sempre foi, sabia de tudo; era como uma espécie de deus. E recebeu mal o moço, mas nada pôde contra as regras da boa educação, e assim Ricardo Ferreira pernoitou na casa, e o amor fez seus joguetes, até que no outro dia pela manhã, Maria Angélica estava já irremediavelmente apaixonada pelo tal, e ambos tinham trocado olhares de fazer corar o pobre José.

Depois daquele dia, ficaram muitos meses sem se ver, mas Maria Angélica esperava Ricardo com a certeza inabalável de que era ele o homem da sua vida, e recebia as visitas do primo com um olhar vago e uma simpatia de irmã. Foi este amor o primeiro percalço de Caetana no seu novo papel de senhora de vidas: soube pela cunhada que o tal Ricardo tinha feito cousas tenebrosas com outras moças, que tinha vivido anos para os lados argentinos, e tentou dissuadir, sem muito êxito, a bela filha. Em vão; Maria Angélica era tão bonita quanto voluntariosa, e estava mui decidida a casar com Ricardo assim que ele le pedisse a mão (o que, parece, tinha sido uma promessa do moço em algum momento em que ambos estiveram a sós, um desses momentos roubados aos olhares vigilantes das velhas da casa).

As cousas foram correndo, disso me lembro mui bien. No dia seguinte ao encontro familiar, voltamos todos às nossas casas, deixando no Cristal a tia Caetana com seus filhos. Eu segui com Antônio para Pelotas, onde nos esperava a madre, que já então não saía do sobrado e andava mais triste e dura do que nunca. Lembro que tive de me despedir de Joaquim... Lembro do seu olhar, aquele olhar sereno, firme, que me dizia cousas impronunciáveis... Ah, eu era mui triste naquele tempo, mais do que sou agora. A velhice pode ser uma bênção para certas criaturas, e eu me incluo entre elas. Hoje tenho paz, finalmente o sei. Hoje, tudo que deveria ter sucedido já passou; talvez ainda eu tenha o doce gosto de rever Giuseppe uma única vez, porém creio que a velhice o impediria de uma tão longa viagem da Itália até aqui, mas sei que estaremos juntos, aliás, como sempre estivemos – e não, não estou delirando.

Antes que partíssemos do Cristal, Joaquim chamou-me ainda um instante e me disse:

– Ainda le espero, Manuela.

Pedi-lhe que não nos fizesse sofrer ainda mais, a mim me bastava destruir minha própria vida – a dele era uma dádiva que eu recusava –, mas Joaquim então tomou-me a mão e beijou-a com tal doçura, e era tamanho o arder das suas retinas, que recuei um instante, pensando se era amor ou loucura o que me fazia tão dura. Dura como uma pedra. Eu jogava minha vida fora, seria por um capricho?

A pergunta voejou na minha alma por um único instante; então Antônio chamou-me à carroça, pois fazia frio e uma garoa fina caía do céu naquele alvorecer, e tudo esfumaçou-se para sempre. Eu corri. A minha mão ainda estava quente do beijo de Joaquim. Talvez jamais eu tivesse estado tão perto de um sim, tão perto de uma capitulação; mas aquele instante já era então passado. Subi na carroça, olhei uma última vez a casa, jurei silenciosamente que nunca mais eu lá voltaria. Os cavalos começaram a andar muito vagarosamente, a carroça rangeu por um instante como um bicho que não quer se esforçar, mas saiu se arrastando pelo caminho, e Joaquim ficou diante da casa, triste, triste. Um menino que perdera a grande brincadeira da sua vida.

Fecho meus olhos por um instante e vejo-o. Triste. Sim, é um menino com olhos de órfão; quedou-se para sempre cristalizado dentro de mim como naquele momento, enquanto o pai apodrecia em seu túmulo, enquanto a mãe chorava secretamente em seu quarto, enquanto uma das irmãs amava e outra amamentava sua filha recém-nascida; enquanto a mulher que ele amara partia para sempre, para o misterioso país do esquecimento.

Dois meses después, Bentinho casou-se com Tomázia, e eu voltei ao Cristal muito a contragosto. Foi esta, sim, a minha última visita àquela casa. Nenhum morto nem nenhum casório jamais me levou de volta àquelas terras. Mas fui ao casamento de meu primo por uma insistência de Antônio, e por fraqueza minha. Casamentos me entristeciam mais do que funerais. Sim, a alegria nos outros pode ser uma grande afronta. Por isso vi de longe o padre abençoando os noivos e senti que seriam felizes, um casal cuja vida não guardava nem céus nem despenhadeiros. Tiveram sete filhos, o primeiro nasceu ainda no ano seguinte, e era um menino que levou o nome do avô general.

Fechei meu caderno por um instante, e pus-me à janela. Começa a escurecer lá fora, uma luz avermelhada banha a ruazinha onde vivo, e uma velha senhora atravessa a calçada em meio às poças da água de uma chuva recente. Gosto de ficar longos intervalos mirando a gente nas suas fainas nessa rua onde vivo há tantos anos, e onde também hei de morrer. Sinto-me liberta deste meu corpo, desta minha pele, destes cabelos já branqueados nas têmporas. Sinto-me liberta como quando escrevo estas linhazitas, e como é bom, como é bom deixar de lado as nossas ninharias, nossas pequenezas cotidianas, e pensar nas ninharias alheias!

Tenho agora a vontade de falar sobre D. Antônia – D. Antônia, cuja vida jamais foi feita de pequenezas. Ah, como era forte e lúcida. Como eu a amei. Lembro-me como se fosse então daquela tarde em que, tomada de uma loucura terrível, corroída pelo ciúme daquela outra, tomei da tesoura e cortei meus cabelos, na falta de coragem suficiente para cravar a lâmina na minha carne. Foi D. Antônia quem esteve ao meu lado. Foi D. Antônia quem me ergueu, quem me aninhou, quem disfarçou aquele desastre, poupando-me assim de um castigo materno – pois naquele tempo já minha mãe começava a chapinhar na crueza que depois se tornou sua marca pessoal, e que tanto feriu a doce Mariana até o dia da sua morte.

D. Antônia, que gastou viúva a maior parte dos seus anos. Que tomou como filho o filho da minha irmã, o menino Matias. Sim, D. Antônia criava-o como uma joia; era o filho que Deus jamais lhe dera. Era o brilho dos seus olhos e o único motivo para o transcorrer dos dias. Para ele seria o futuro, era exatamente assim que minha tia nos falava.

No casório de Bentinho, quando da volta, depois de meses, do tal Ricardo Ferreira, D. Antônia vaticinou uma tragédia de amor. Estava-lhe mui claro que a bela Maria Angélica se casaria com Ricardo para ser infeliz para sempre; foi esse seu único erro, porque Angélica jamais se casou com o tal moço; coitado, virou um noivo defunto que dizem que era lindo de fazer chorar as rezadeiras do velório. Tirante esse juízo, em tudo o mais D. Antônia teve razão em sua vida. Até quando Mariana anunciou que estava grávida, D. Antônia teve um pressentimento em sonho, e poucas semanas depois minha irmã deitou fora o filho, em meio a sanguinolências e dores das quais jamais se recuperou – talvez por causa disso tenha morrido, mas creio que o que a levou foi a tristeza.

Se minha irmã era triste, embora vivesse com seu João e com o filho, a culpa foi sempre de minha mãe – que ela arda nas brasas do inferno. Oh, perdoem-me se assim eu cometo pecado mortal; pensando bem, seria melhor apagar o que eu escrevi, pois tudo o que jamais desejo é encontrar Maria Manuela numa outra vida que não esta, ainda mais nesta paragem que chamam "purgatório"... Somente depois que minha madre morreu, deixando de exercer sobre mim a força do seu egoísmo, das suas ideias rígidas, do horror da sua tristeza, é que pude ter uns laivos de paz. O mesmo não sucedeu com Mariana, cuja sentença de eterno exílio da família, imputada por nossa mãe, feriu-a no mais profundo da sua carne, crescendo odiosamente ali como cresce um câncer.

As tristezas recônditas de Mariana acabaram por florescer no menino Matias, apesar dos muitos cuidados de D. Antônia, que zelava pelo menino, que lhe contava histórias de Giuseppe (sim, o pequeno Matias queria ser um herói e queria singrar os mares como o meu italiano), que lhe ensinava as leis da aritmética e as leis, mais duras ainda, desta vida. D. Antônia amava o menino com todos os seus nervos, com o miolo da sua alma. O menino era a flor dos seus dias: filho de um pai amoroso mas feito de silêncios e de uma mãe igualmente fugidia, foi na avó emprestada que ele se amparou, como uma árvore pequenina que cresce à sombra de outra, frondosa e centenária.

Ah, devo dizer aqui (e com isto, com a pequena fraqueza que me escapa nestas linhas, mostro que não sou de todo rude, de todo egoísta, e que em meu coração há, sim, um rastilho de amor), devo dizer aqui que sempre amei este meu sobrinho, e muito mais do que os hijos de meu irmão Antônio, crianças às quais, a despeito do amor que me unia ao pai delas, eu jamais pude querer verdadeiramente. Não, eu só amei aquele menino... Com seus ares de indiozinho, com seus olhinhos pretos, olhinhos como os de um cusco vadio, desses que vagam pelas noites frias quase sem esperança de um naco de carne, de um canto acalentado.

Lembro bem do menino, que después cresceu, se foi para as lonjuras da guerra, sofreu o horror que jamais um vivente deveria sofrer, e então se escafedeu desta terra para tentar sobreviver longe da sombra de um amor que nunca deixou de espinhá-lo (e o espinha até hoje). Aquele menino de nome Matias não é o hombre que hoje vive para os lados do Rio de Janeiro, e que teve a fraqueza e o bom-senso de fugir deste sul; pois não se engane, meu improvável leitor, que o bom-senso é sim senhor a maior de todas as fraquezas à qual se pode entregar uma criatura. Por ele, nada se fazia nesta vida, nem a guerra nem o amor. Mas Matias em menino era dado a romanticismos, gostava dos desenhos, gostava da solidão do velho estaleiro onde meu Giuseppe viveu, e onde o gurizito um dia achou um tal lenço encarnado que, aos seus olhos mágicos de infância, devia ter pertencido ao herói italiano. Después o menino cresceu, como crescem todas as pessoas quando são picadas por aquilo que espicha os membros e deveras encurta a alma, e entonces foi a fazer a guerra, e perdeu-se de mim para sempre.

Como sei de todas essas cousas? Ah, não sou loroteira; muito menos sei desses causos pelas cartas que troco com o filho de minha irmã, umas cartas de poucas linhas que me vêm lá da Corte, às vezes até com alguma prata bem escondida nas dobras do papel... Nessas cartas, Matias faz questão de me dizer que é hombre, que o passado morreu para ele, e que esta terra nada mais guarda do que velhos fantasmas um pouco tristes. Ele mente, mente, mente. Mas não se pode esperar outra cousa de um meninito com medo, mesmo que ele tenha cara de hombre, cicatriz e tudo, e até muitos dinheiros num banco português.

As cousas que sei me foram contadas em sua maioria por D. Antônia. Pois, sim, seu maior gosto era falar daquele menino. Dos seus desenhos, do seu amor pelo estaleiro, daquela mania que ele tinha de se perder em pensamentos, tal um peixe nas águas do Camaquã. Não queria o menino construir um navio e singrar os mares, tal o Garibaldi? E não queria o menino – dizia D. Antônia – varar o mundo e ser um herói? A tia falava muito no seu "netinho", e foi mesmo por causa do guri que deixou para sempre de falar com minha mãe. Muito bem o fez, minha mãe não era merecedora dos seus juízos.

Foi a tia quem me contou que, estando já Mariana doente do filho perdido, com aquelas fraquezas da carne e aquelas outras, mais fundas, da alma, sucedeu uma visita de Perpétua para ver minha irmã convalescente. Foi-se Perpétua para o Brejo, levando consigo a filhinha menor, e mais a outra, maiorzita, que se chamava Inácia. Foi um amor que nasceu cedo, dizia D. Antônia. Pois que Matias mal pôs os olhos na menina Inácia, no dia mesmo em que ela chegou de mão dada com uma negrinha da estância, e nele nasceu uma expressão de tal gozo que nunca mais haveria de abandoná-lo, mesmo depois de moço, sempre que via Inácia. Foi um amor de semente, disse-me a tia, há muitos e muitos anos...

Deixei estas páginas um tanto de lado; después de uma certa idade, a vista falseia se uma velha como eu escreve demais; meus olhos saem à deriva feito um barco sem tripulantes, pulando linhas, subindo e descendo na folha branca. Fiquei um tempo à janela, vendo a noite lá fora. Não faz calor nem faz frio, há em tudo uma luz baça e mortiça que vai engolindo as casinhas mais miúdas, deixando os andares superiores dos sobrados como que vagueando feito pássaros pesados demais, acomodados na densa névoa que sobe do chão. Pelotas à noite é dos fantasmas, dos fantasmas mortos, e dos vivos – como eu.

No meio desta bruma, sinto falta de uma luz entre tantas outras. E essa luz me faz pensar em D. Ana. Volto, entonces, para as minhas folhas; quero registrar este juízo, como um bom pescador que fisga seu peixe no prateado de um rio. Faz tempo que D. Ana morreu, mas a luz do seu farol ainda brilha lá para as franjas da lagoa, na Estância da Barra. Eu nunca que tinha visto um farol; aquele, o farolito de minha tia, foi o primeiro e único que jamais vi. E como era lindo, alto, branco, postado na beira das águas, brilhando e rebrilhando na noite como se fosse o olho de Deus.

Certa feita, ela me mandou uma carta. Dizia ali que estava construindo um farol na estância, um farol para iluminar as águas da Lagoa dos Patos, e que aquela ideia, de pôr luz às águas, era do meu Giuseppe. Numa noite qualquer da Revolução, fez ele um desenho de como era um farol e entregou-o a D. Ana, semeando nela um sonho que a faria feliz por muitos anos, después da morte do filho mais moço, Pedro.

Quando a guerra se acabou, D. Ana tratou de costurar o seu sonho. Em meados 1847, tocou-se para Porto Alegre, e lá encontrou um tal de engenheiro de nome Caetano José Travassos, um português construtor de faróis. No ano seguinte, em 48, quando o general Francisco José Soares Andréa subiu ao governo, iniciou-se no Rio Grande a construção de três faróis para iluminar as águas internas da província – o de minha tia Ana seria o quarto. Todos eles foram construídos pelo empreiteiro português que, em cousa de um ano, plantou à beira da lagoa o belo farol branco, que devia ter uns quinze metros de altura, todo de madeira; lá em cima, como um ventre aceso de vida, ardia a luz do fogo que, refletida por duas grandes lentes côncavas vindas da Europa num navio e alimentadas incessantemente por dois pretos, jogavam sua luz sobre as águas modorrentas da lagoa, ajudando o ir e vir dos barcos. D. Ana tinha muito orgulho do progresso que trouxera para a região, e quedava-se noites sem conta, esquivando-se de dormir, com o único gosto de ver a luz do farol da Barra, que tinha um alcance aproximado de nove milhas náuticas.

Meses depois veio outra carta, desta vez trazida pelo próprio José, que tinha vindo à cidade em negócios, e que fora incumbido da tarefa de levar-me com ele para a estância. Na carta, D. Ana convidava-me para conhecer o farol.

Vosmecê pensa que não fui? Toquei-me correndo, como uma menina que corre para ver um milagre anunciado. Fui porque qualquer cousa que me lembrasse água, que me lembrasse um barco, que me lembrasse aqueles velhos tempos vividos havia tanto, era um pedacinho de Giuseppe que voltava para mim. Fui-me, um dia inteiro de viagem na carroça, sentindo o medo da planura dentro de mim como um bicho a roer minhas tripas, porque, de muito ficar-se entre quatro paredes, a gente ganha medo do mundo.

Fui e fiquei uns dias ao lado de minha tia. De todas as irmãs do general Bento, era a mais alegre, a mais vivaz. Até aquele farol, com toda a sua magia, guardava em si o sonho de uma menina que envelhecera, porque D. Ana às vezes olhava para a gente com uns olhos de menina...

Na sala da sua casa, à luz do candelabro, disse-me então:

– A toalete das cousas é um mistério lindo de se ver. Eu estive ao lado deste farol enquanto ele crescia, todos os dias, preparando-se como uma mulher que vai a um baile... E agora ele está lá fora rebrilhando, espie pela janela, menina!

Caminhei até a janela, afastando os postigos, e vi a luz amarelada que cintilava. Naquele tempo, sendo luz de fogo, era contínua; después, com o progresso e os anos, ganhou lá um mecanismo que a tornou intermitente, como uma mulher que pisca para o seu eleito nos salões de um baile qualquer.

– Queria vê-lo, tia.

Ela sorriu e mirou-me com seus olhos vívidos.

– Pois, vamos.

Tocou uma sineta e vieram dois negrinhos para acompanhar-nos. Seguimos pela escuridão fresca de uma noite primaveril. A luz fraca dos candelabros que os meninos levavam quase nada podia contra a noite e as ramagens que cobriam as estrelas. Chegamos perto do farol, cuja alvura dava-lhe uma resplandecência quase mágica.

Perdi a respiração por um único instante, pensando que aquela beleza toda havia estado um dia dentro das ideias de meu Giuseppe.

– Não é hermoso, Manuela?

– É lindo.

Conheci o farol mais de perto, e depois tornamos a voltar para a casa, ainda com os dois negrinhos a alumiar nosso caminho. Quase à varanda, D. Ana me disse:

– Recebi dia desses uma carta de Garibaldi... Ele volta para a Itália. Ele, Anita e os quatro filhos.

A faca se cravando na carne, silenciosamente. Olhei para a tia com desgosto. Contava-me aquilo como alguém que atira para a frente um toco de madeira em brasa, com medo de queimar as mãos. Ela sorriu-me tristemente, que eu a perdoasse, mas era justo que eu soubesse. Se o Uruguai era longe (desde que Giuseppe partira do Rio Grande, tinha ido viver no Uruguai), imagina a Itália? Eu estava jogando fora a vida...

Falou-me isso enquanto o farol ardia lá para os lados da água. Faz muitos anos. Ela já morreu. O farol, será que ele ainda alumia a lagoa? Enfim, tudo passou. Tudo, menos eu. Eu ainda estou aqui, esta velha alquebrada, que não acredita nem em Deus nem no diabo, que não tem esperança em nada, a não ser, talvez, na morte; eu ainda estou aqui jogando fora a minha vida, parcimoniosamente, entre as páginas deste caderno.

Olhos de vidro

Então foi que, numa madrugada, Matias se acordou com gritos.

"Ai, ai! Aaaii! Aaaiiii!

Meu Deus Nosso Senhor!

Ai, ai!"

O menino ficou deitado na cama, tremendo de medo dentro do pijama de flanela.

E se fosse alma penada? Se fosse alma penada não tinha tanto bulício no corredor.

No corredor era um ir e vir de negras falando baixo, pisando leve, acendendo velas. Velas pros santos de casa. Até vela pro diabo alguém acendeu no susto da hora.

E Matias lá, sob as cobertas.

"Aaaiii, ai, ai!"

Meu Jesus Cristo, meu Santo Anjo, faz alguém vir aqui.

E então alguém veio.

Era o pai. Tinha os olhos saltados das órbitas e um cansaço de quem não dormira. Tinha um ricto no canto da boca e um cigarro de palha enfiado no bolso da camisa um pouco suja. Tinha ares de louco.

Matias jogou-se nos seus braços.

Paizito, o que houve?

E João Gutierrez teve que respirar fundo, teve que fazer um esforço maior do que o esforço de matar um homem pra segurar sua tristeza a unha,

Não foi nada, hijo. Sua madre ficou um pouco adoentada, mas mañana vai estar melhor. Tem um médico aqui.

O menino sentiu o medo ir subindo pelas suas entranhas como se fosse um bicho rastejante e gosmento.

Mas o que foi, pai? Ela vai morrer?

Não vai morrer nada, hijo. Já está quase boa. Agora vosmecê fique calmo aqui na sua cama. Vou mandar uma das negras le dar uma atenção.

O menino teve vergonha de chorar,

Tá bom, pai.

Quando João Gutierrez saiu, o menino correu até o seu esconderijo das coisas perfeitas.

O esconderijo das coisas perfeitas era uma velha caixa de madeira que ficava sob o armário. Lá dentro estava o lenço vermelho.

O menino pegou o lenço e o amarrou no pescoço.

Agora não vou ter mais medo.

Mas sucedeu que a negra não veio le dar uma atenção, conforme tinha dito o pai, nem veio vó Antônia, nem ninguém.

Então ele foi.

Saiu pelo corredor de fininho, pisando mais leve do que uma alma, com seu pijama branco, com seu lenço encarnado no pescoço, com seus pezinhos descalços.

Era um fuzuê. Negras iam e vinham, entrando e saindo do quarto dos fundos, que era o quarto da mãe e do pai.

E foi então que ele viu a coisa mais horrível da sua vida, e da qual jamais pôde esquecer.

A mãe deitada na cama, num charco de sangue, gemendo,

Aaaii, ai, ai.

A mãe de cabelos desgrenhados, rosto branco de faiança, gemendo, no meio do sangue,

Aaiii, ai, ai.

O menino não atinou.

Seus olhos envenenaram-se, seu coração pesou. Saiu correndo pela casa.

O lenço vermelho amarrado ao pescoço não le deu coragem nenhuma. (As coragens de Garibaldi eram para a guerra, não pra ver mãe se esvaindo em sangueiras.)

E ele foi e foi.

Atravessou o corredor, atravessou a sala. Passou pela varanda.

E sumiu no meio da noite.

(Um bichinho assustado. Os olhos cheios de lágrimas olhando no escuro não atinavam o contorno das coisas.)

Parada no meio do quarto de Mariana, vó Antônia, com o rosto pálido e as mangas do vestido arregaçadas, chorou pelo menino. Vó Antônia não chorava na frente dos outros (era um hábito de família), mas a tristeza foi maior do que o costume.

Algum cristão tem que achar esse gurizito,

Disse o médico, que tinha acabado de chegar e lavava as mãos numa bacia com água.

João Gutierrez estava ajoelhado ao lado da cama, vendo a mulher deitar fora o filho que tinha no ventre. O coitado não se atinava de nada.

Então vó Antônia disse,

Pois vou eu. Sei onde está o menino.

(Ela sabia tudo daquele menino.)

Vó Antônia secou as lágrimas, enrolou-se num xale.

E foi pro estaleiro.

Tem cousas na vida que parecem castigo, pensava vó Antônia enquanto varava o escuro pelos caminhos que ela conhecia de um sempre. Tem cousas na vida que parecem castigo, mas são apenas sina.

Chegou no estaleiro. Uma luz fraca tremeluzia num canto.

(Matias tinha ali um reservatório de coisas para serem usadas numa emergência. Um galão de água. Um maço de velas. Um pouco de lenha para o fogo. Um velho cobertor de campanha. Um desenho do navio de Garibaldi. Três nacos de charque. Dois soldadinhos de chumbo. Um tijolo de goiabada. Um laço de fita que a mãe usava nos cabelos em dia de domingo.)

Vó Antônia foi se aproximando de fininho e viu que, sentado no chão, a cabeça apoiada nos joelhos, seu menino chorava.

Ela sentiu uma fraqueza no peito.

Tudo neste mundo, pensou, menos ver esse menino sofrer.

O que ela disse foi,

Matias, eu sei que vosmecê é um menino valente. Que vai ser um herói. Entonces é por isso que vim le falar.

O menino ergueu-lhe uns olhos cheios de lágrimas.

A mamãe vai morrer, vó Antônia. Está toda cheia de sangue.

Sua mãe vai ficar boa, meu filho.

Parece que ela estava na guerra, vó.

As mulheres vivem suas próprias guerras, meu filho. Sempre foi assim neste mundo.

Vó Antônia sentou-se ao lado do menino.

Suas chinelas estavam sujas de terra. Seus olhos estavam vermelhos, mas ela agarrou com força a mão de Matias entre as suas e achou um sorriso para le ofertar.

Aconteceu uma cousa triste com a sua mãe. Uma cousa muito triste. Mas é cousa que acontece na vida das mulheres, meu filho. E que passa. O tempo cura.

Essa cousa que aconteceu com ela já aconteceu com a senhora, vó?

Não, Matias. Não aconteceu porque eu não tive filhos. Deus não me deu este gosto. Deus me deu vosmecê... Era tão somente o que eu queria. Mas sua madre tem as cousas dela pra viver. E tem as cousas dela pra morrer também, meu filho.

Como assim, vó?

Vó Antônia respirou fundo,

Segure seu lenço encarnado, meu filho, que eu vou le contar uma cousa mui triste.

O menino agarrou o lenço, apertou-o bem entre seus dedinhos roliços.

E então vó Antônia contou,

que Mariana tinha um nenê na barriga,
que esse nenê era uma semente,
um sopro de gente.
Um sopro de gente que minuano levou.

O menino olhou vó Antônia com seus olhos escuros.

Não entendi.

É difícil mesmo de entender, meu filho. Nem os adultos entendem. Eles aceitam, e só porque não tem outro jeito.

Matias torcia e retorcia seu lenço. Ai, Giuseppe Garibaldi, ajuda esse menino, ajuda!

O nenê que estava na barriga da sua mãe morreu, meu filho. As gentes são iguais aos bichos. Vosmecê lembra daquele potrinho que nasceu adoentado, fraco das pernas, e que después morreu?

Lembro.

Pois é. O mesmo acontece conosco. Quando Deus dá um filho a uma mulher, esse filho começa a crescer dentro da barriga dela e essa barriga é um cofre. Aí Deus fica de olho. Deus pastoreia, Matias. Às vezes sucede das cousas não irem mui bien. E Deus vê que o nenê, dentro daquela barriga, não está crescendo como deveria. E aí leva ele pro céu outra vez.

Mas Deus volta atrás no que fez, vó? Ele não é perfeito?

Deus é como a gente, meu filho. Erra e acerta. E às vezes volta atrás.

Então quer dizer que a gente pode morrer antes mesmo de nascer?

Vó Antônia ficou olhando aquele menino sentado no escuro do velho barracão.

De onde saíam aquelas cousas que ele dizia?

O menino esperava, esperava. Torcendo e retorcendo seu lenço encarnado. E vó Antônia falou,

Tudo pode acontecer nesta vida. Basta ser a hora.

O menino tinha parado de chorar, mas estava triste por causa da mãe. Teriam eles já tirado todo aquele sangue de cima dela?

Ele pôs-se de pé e respirou fundo. A vó le sorriu, cheia de orgulho,

Vosmecê não vai amarrar este lenço no pescoço, Matias? Garibaldi usava-o amarrado no pescoço. Sempre.

Matias amarrou o lenço no pescoço com muito cuidado, e aí, engraçado, ele sentiu-se melhor. Não queria mais chorar. As cousas iam se resolver, a vó tinha dito. E vó Antônia não mentia nunca.

Vamos voltar, vó?

Vamos voltar, meu filho.

Vó Antônia e o menino refizeram o caminho.

O dia começava a clarear.

Já circundando a casa rumo à cozinha, Matias falou,

Sabe o que me incomoda, vó? É que a mamãe vai ficar ainda mais triste do que ela já é.

E vó Antônia não encontrou o que dizer àquele menino. Ficou calada por um instante, olhando a criança metida no seu pijama sujo de barro, o lenço vermelho amarrado ao pescoço, e aqueles olhos, grandes, líquidos, negros e angustiados derramando-se nela como dois farolins brilhando na neblina. Era um menino bonito, com um coração sensível demais.

Temia por ele, porque sabia que o mundo haveria de lhe endurecer o couro à força.

Afinal de contas, por que era que alguns não poderiam ficar para sempre assim, como crianças, com aquela doçura que não sabia erguer uma espada ou faca ou punhal?

Quando a sua madre estiver bem boazinha, vou levar você para ver o farol – disse vó Antônia, enternecida.

O menino sorriu.

E só então eles entraram na casa, que agora estava silenciosa outra vez.

Depois da noite em que viu a mãe encharcada de sangue, Matias passou a ir mais vezes ao estaleiro.

Ia todos os dias. Pela manhã e à tarde.

Levava lápis e um caderno, e ficava lá desenhando o seu barco.

Um dia ia ter um barco. E ia navegar com ele por todos os sete mares (como lhe tinha dito a vó Antônia, que sabia tudo do céu e da água, e até daquelas águas dos mares, que eram salgadas como uma salmoura de fazer gargarejo).

Agora, gostava mais de pensar nos mares, no mundo, e numa guerra bem grande, bem braba, que fizesse dele um herói. Gostava mais de pensar nisso do que na mãe.

A mãe andava doente. A mãe andava triste.

Deus tinha levado a semente de dentro dela, tinha aberto o cofre na sua barriga, e de lá tinha saído tanto sangue, tanto sangue, e uma coisa disforme como carne crua que era para ser um bebê (isso era cousa que as negras le tinham contado).

Desde então a mãe se quedara silente. Olhos perdidos no pampa. Olhos perdidos dos quais às vezes escorriam umas lágrimas.

E o menino não entendia.

O pai lhe tinha dito,

Sua madre ainda está cansada, hijo, ainda tem febre. Para o verão ela fica boa. Aí vamos todos tomar banho de sanga.

Matias queria tomar banho de sanga.

E assim o menino esperou.

Dia após dia (ele anotava os dias no seu caderno). E um mês se passou e depois outro e mais outro. E as primeiras flores nasceram no campo. E os pessegueiros e as macieiras e pereiras floriram. E o sol amornou as manhãs.

Então era setembro.

E todas as tardes, depois do almoço, o menino fugia pro estaleiro.

Lá era feliz. Lá a madre não estava doente. Lá os quero-queros cantavam pra ele, e havia um brilho nas cousas, aquele brilho do sol entrando pelas frestas, e o menino podia ficar horas a pensar em Giuseppe Garibaldi.

Nas façanhas de Garibaldi, que era muito façanhudo.

Nas moças que ele amou, pois era muito namorador.

Nas terras que navegou e onde lutou e atracou seus barcos de vento.

Nos hombres que ele tinha matado com o fio da sua espada.

Nos causos que ele contava, porque era apreciador de bons contos.

Lá no estaleiro era feliz, o menino Matias.

Lá, onde o tempo se refratava em milhares de instantes cheios de calma e de cor, com o mundo todo recortado pelas frestas das velhas madeiras que erguiam o barracão, como se o pampa lá fora fosse um gato sonolento, pequeno e manso, que ele pudesse carregar no colo.

Como se o pampa fosse todo dele, todinho dele.

Dele e do seu navio.

Dele e dos seus sonhos.

Dele e do seu exército sem mãe doente nem mulher malvada que não queria conhecer neto.

Dele e do seu futuro de varar terras com vó Antônia na garupa de um alazão.

E ali ficava o menino. Sonhando cousas.

Para sonhar, não tinha limites.

Volta e meia vinha vó Antônia espiar pelas frestas para ver se estava tudo bem. Estar tudo bem era ver Matias sentado num canto, escrevendo ou desenhando, ou simplesmente mexendo nas velhas madeiras bichadas com as quais ele construiria seu invencível navio.

Estar tudo bem era vó Antônia voltar para a casa com o peito apertadinho de angústia e chamar João Gutierrez num canto e le dizer,

Este menino é sonhador como um violeiro. Só pode ter puxado vosmecê.

Ele está triste, dizia João. Por causa de Mariana.

E vó Antônia baixava os olhos para o chão recém-lavado pelas negras. Ficava procurando uma sujeira que fosse, só para reclamar, só para botar ordem na casa, porque ela também estava triste por causa de Mariana. E ela também ia querer fazer um navio e ganhar o mundo só para aliviar sua alma, que já tinha visto cousa demais.

E os dias iam passando.

O sol ia esquentando o pampa.

E vinha a época das charqueadas.

Matias não gostava do cheiro, daquele cheiro enjoativo de sangue que ficava grudado nas cousas (esse cheiro que o fazia lembrar da noite em que vira a madre naquele charco).

Agora vou ter meu navio, agora vou ter meu navio,

ele dizia e dizia isso.

E seu pai solamente pensava,

De onde foi que este menino tirou estas cousas?

O pai de Matias nunca jamais tinha visto o mar.

Nem na guerra tinha visto o mar.

Era um homem do pampa. Era um homem das charqueadas, dos bois, dos cavalos xucros e da lua no céu.

Então Matias ficava desenhando no estaleiro.

Desenhava de tudo. Flor, céu, barco, cavalo.

Desenhava um exército, desenhava um general.

Desenhava a mãe de vestido novo e sorriso novo, igualzinha a antes.

Desenhava os outros (aqueles que nunca vinham).

Desenhava o farol.

E um dia, de tanto e tanto desenhar as cousas, ele dormiu.

Fazia um silêncio dourado no mundo.

O campo se estendia sob o sol até o infinito, e todas as coisas vivas e inanimadas silenciavam sob a morneza da tarde.

Matias dormiu um minuto. Não mais do que isso.

Depois abriu os olhos e ele estava ali.

Igualzinho ao jeito que vó Antônia le tinha descrito. Nem alto nem baixo.

Os olhos azuis.

Uns olhos de água. E um sorriso de herói, brilhante como as pedras lavadas pelo rio.

Usava um poncho e o lenço amarrado ao pescoço. Dobrava a perna direita um pouquinho, levemente, como se estivesse parado na proa de um barco invisível.

Matias não disse nada.

Ele também não disse nada. Apenas sorria. Seu corpo balouçava-se, embalando-se imperceptivelmente para a frente e para trás, para a frente e para trás. *Shiiuuii, sniiuuáá. Shiiuuii, shiiuuáá.* E um vento vindo dos confins varria seus cabelos dourados.

Naquela noite, o menino chorou. Coisas especiais também faziam meninos chorarem.

Depois correu ao quarto de vó Antônia.

(No caminho, passou pela sala e viu sua mãe, pálida, palidazinha, sentada perto da janela. Deu-lhe um beijo cheio de medo e fugiu.)

Vó Antônia abriu a porta do seu quarto.

Vó, queria que a senhora escrevesse uma carta para mim.

Vó Antônia não retrucou; sentou-se à secretária, pegou papel de uma resma, tomou da pena e molhou-a na tinta.

Pode ditar a carta, meu filho.

Tia Manuela, eu nem conheço vosmecê, mas sei que queria se casar com Garibaldi, e eu também gosto muito dele e uso o lenço dele amarrado no pescoço. Acho que ele foi embora para a sua terra. Acho que um dia isso ia mesmo acontecer.

Acho também que a mamãe vai morrer, mas não tenho certeza. Venha visitar a gente, por favor,

Matias.

Vó Antônia tremia quando acabou de escrever.

O menino ficou olhando por um longo tempo, depois perguntou,

Vó, a senhora não vai selar a carta?

Cadernos de Manuela

O sono me vem, e pisa leve como um gato. É nesta hora que mais me contenta escrever. Cerrando os olhos... Sim, pois hay cousas que se pode ver somente com os olhos cerrados. Espreitando-as pelas frestas da memória, para depois, num suspiro, roubá-las do seu esconderijo de tempo, enfiando-as nas malhas de uma palavra, de um juízo, de uma frase, pintando-as com esta tinta negra que mancha o papel. Como o rosto de meu Giuseppe... Esse rosto antigo, tão vivo dentro de mim, que surge das névoas do sono para me visitar a cada noite. A derradeira visita de cada noite. Mas nem sempre escrevo dele – os segredos da alma merecem inusitado respeito; se muito o descrevo nestas folhas, sei que ele deixaria de vir me ver, é um fantasma esquivo e exigente este meu marinheiro italiano.

Hay, porém, um outro rosto que me visita nesta hora macia... De olhos cerrados, também posso ver Maria Angélica naquela tarde da sua desdita, quando o noivo Ricardo foi morto numa tocaia. Não, eu não estava lá. A mim me contaram, palavra por palavra, o que sucedeu naquele dia na Estância do Cristal. Hay certas cousas das quais se sabe mais quando não se está presente, e essa é uma delas...

Pois foi numa tarde mui quente de verão, daquelas em que a soalheira cria visões dentro da cabeça da gente, quando se fita por demais o pampa ondulante de luz. Nenhuma folha em nenhuma árvore ousava se mexer naquela hora, o calor era em si uma espécie de fim, e as plantas e os animais iam morrendo sem o saber; mas Maria Angélica estava à varanda, bordando. Ou melhor, fingia que bordava, mas deixava o pensamento seguir o rumo do noivo, que tinha partido da estância ainda mesmo naquela manhã. Era uma tolice estar ali, debaixo daquele calor, quando as gentes da casa estavam em roupas íntimas e deitadas em suas camas, esperando que o pampa encontrasse alguma serenidade, fosse chuva ou fosse brisa. E ela ali. Creio que esperava sem o saber, porque há cousas nesta vida que a gente nasce com elas dentro da carne, são como um apito que dorme, que dorme, que dorme... para um dia apitar assim do nada, avisando que chegou a hora.

Era a hora de alguma cousa para Maria Angélica, e creio que ela tampouco se espantou muito quando viu ao longe, tal qual uma alucinação produzida pelo calor, o vulto daquela carroça que se aproximava no rumo da casa. Sei que ela sentiu uma dor, como um repelão nas entranhas. Sei que seus olhos ficaram úmidos de lágrimas e, por isso, ainda mais verdes. E a carroça aproximava-se da casa mui lentamente, como num sonho ou cousa que o valha. Quando estava tão perto que ela podia discernir os dois cavalos velhos e o homem que vinha na boleia com seu chapéu de barbicacho, Maria Angélica chamou pelo irmão:

– Joaquim!

Joaquim tinha aquele jeito de se fazer sofrer, de modo que enfrentava os calores todos a trabalhar numas contas ali mesmo no escritório, e o grito da mana atirou-o contra as ondas de calor, até que ele se postou na varanda.

– O que houve? – quis saber.

– Vem lá uma carroça. E numa hora dessas só pode ser cousa ruim.

Joaquim sentiu o tremor na voz da irmã, e não ousou retrucar; desceu os dois degraus que separavam a varanda do campo e foi se haver com o carroceiro.

Tudo isso Maria Angélica olhou de longe. As bocas dos dois homens a mexer e as palavras deles minguando sob o sol. Depois o irmão deu uns passos, ergueu um pano, mirou fundo dentro da carroça.

Joaquim voltou para a casa muito devagarito. Subiu os dois degraus; fitou a irmã.

– E então, o que é?

Ele escolheu as palavras:

– Uma tocaia, Angélica.

Não precisou dizer mais nada. Estava tudo dito nos olhos dele (é verdade que Joaquim tem destes olhos que falam por si). Maria Angélica soltou um único grito, de desconsolo, de desespero. E a certeza dentro dela bateu asas, finalmente liberta daquela angústia. Porque ela sempre tinha sentido que não ia ser, que era muita felicidade, muito fervor.

Com o seu grito veio Caetana, veio Bentinho, veio Zé Pedra e o velho Congo. Os dois negros levaram o morto lá para dentro, e confiaram después que ele estava degoladinho de orelha a orelha. Mas tinha sido um morto bonito, me disse uns anos depois a pobre Ana Joaquina que, de meninota, amara (em silêncio invejoso) o noivo da bela irmã.

Enquanto Maria Angélica estava a chorar em seu quarto e Joaquim mandava avisar os parentes do tal Ricardo, Ana Joaquina fugiu ao controle materno e foi lá espiar o degolado. Estava numa cama onde Zé Pedra o tinha acomodado, e era lindo e branco feito cera de vela. Ana Joaquina debulhou-se em lágrimas, porque tanto tinha querido que aquele matrimônio não desse certo, tanto tinha querido o noivo da irmã para si, que chegou a achar que a culpa daquela tragédia era sua, como se ela mesma tivesse empunhado a faca que tão elegantemente degolara o homem.

Foi um enterro famoso, muito después ainda se falava no causo, e na noiva tão linda, que perdia seu primeiro amor para o destino. Passados uns meses, prenderam para os lados de Jaguarão o tal índio que servia de criado a Ricardo, e dizem que foi ele quem degolou o moço por vingança de umas cousas que ele tinha cometido no passado contra uma patroa sua lá das bandas orientais.

Assim ficou o causo. E os dias foram passando. Maria Angélica sofreu, comeu o pão sovado pelo diabo, emagreceu e ficou triste. Mas a vida não dá ponto sem nó, e a uma altura dessas foi que José, filho de minha tia Ana, pulou no lombo do destino, indo ver Angélica toda semana, e ouvindo de suas dores quando já ninguém mais queria ouvi-la, plantando no terreno devastado pelo incêndio daquele amor uma outra cousa, um outro amor, mais brando, de raiz mais forte, feito para resistir às intempéries.

É verdade que há corações que podem viver dois amores de igual intensidade, corações tão diversos deste meu, esse imprestável, para sempre consumido na lembrança de Giuseppe. Maria Angélica tem um desses corações, creio. Não era apenas bela, tinha sua fibra. Aquela cousa impalpável que se dizia de algumas mulheres da família, e que em mim se transformou nesta teimosia que me vai levar ao túmulo.

Eu sirvo uma taça de vinho em teu nome, Maria Angélica. Já se faz tão tarde que quase é cedo. Para além das casas do outro lado da rua, a tênue luz do alvorecer começa a lançar seus primeiros brilhos no chão de pedras úmidas e sujas. Eu não dormi esta noite, e a criada lá embaixo amanhã vai dizer ao vendeiro que, entre as minhas loucuras, agora há este hábito de ficar acordada madrugadas inteiras, como um fantasma. Mas tu, Maria Angélica, tu sabes que não é nada disso. Façamos um brinde. Sim, eu sei que as damas não devem beber; mas me diga, ainda não te disseram que eu jamais fui uma dama?

A família II

As sombras crescem nos teus olhos, Maria Angélica. Como se a noite de súbito brotasse deles, e os teus olhos, sendo o útero dessa noite que te apaga, não mais iluminam teu rosto como outrora. Mas o caso é que tu nunca sofreste tanto, Maria Angélica. Tu nunca sofreste tanto, nem na guerra, nem quando teus tios ou teus primos morreram. Naquele tempo tu não entendias, tu dedilhavas os dias como quem brincava de viver. Naquele tempo a vida te parecia bela e repleta de misteriosos segredos que sequer tinham nascido, mas que esperavam virginalmente por ti.

Depois, quando tu já eras moça, teu pai também morreu. Foi uma morte chorada por tantos, Maria Angélica, mas cujo sofrimento a tua alma tratou de amortecer, porque teu pai era para ti um homem distante. Teus anseios não se apoiavam nele, posto que tu tinhas crescido apartada daquele general de fala mansa e irremediável. Tu podias contar nos dedos os beijos que teu pai te deu, e não que ele não te tivesse amor, mas a vida o levou para muito longe, para pelejas insuspeitadas e traições misteriosas, e tu sequer o viste enquanto crescias no minúsculo mundo feminil da estância de tua tia. E, logo depois, a doença o abateu tanto, que era para ti um suplício estar com ele, que era para ele uma angústia estar contigo sem a serenidade necessária para amar-te como deveria.

Tua mãe tem estado muito presente nestes dias lúgubres, Maria Angélica, e tu gostas. Tu gostas bem lá no fundo, quando o olhar dela pousa em ti, ou quando a sua voz um pouco rouca te pergunta se tu não sentes fome, ralhando contigo porque a tua saúde é muito importante; e tu andas pálida, muito pálida. Tu andas pálida e tão bonita, Maria Angélica – até parece que a tristeza te lapidou ainda mais os traços. Até parece que a dor espicaçou a tua graça, num jogo irrefreável entre o sofrimento e o sublime, como se o que te vai por dentro estivesse a duelar com o que por fora te reveste. E tu te miras ao espelho do teu tocador, Maria Angélica. Tu te miras sem gosto com esses teus olhos tristes, e sequer te espantas com o mistério desta tua perfeição tardia e sobrenatural. Logo tu, que sempre foste tão vaidosa, Maria Angélica, e agora estás como um avaro que não sente nada pela sua fortuna, ou como um náufrago que não se alegra ao encontrar a terra, porque sente falta do navio que foi a pique.

Alguma coisa em ti se quebrou naquela tarde. Naquela tarde em que a morte de Ricardo foi para ti como a tua própria morte. Tu vês tua mãe com certa dor, Maria Angélica. Tu sentes mágoa, como se a culpa disto tudo fosse dela. Pois se o teu casamento tivesse acontecido antes, como tantas vezes tu lhe pediste, e ela sempre recusando – são rígidas as normas de conduta na tua casa –, se tu tivesses casado antes, talvez ainda agora estivesses grávida. E a vida para ti, com um filho de Ricardo no teu ventre, não seria certamente tão vazia. Ah, como tu pensas, Maria Angélica. Tu pensas e cismas, sopesando frases e imaginando cenas que teus olhos não viram, como se tu pudesses reverter o tempo, corrigindo coisas aqui e ali. Corrigindo coisas até que nada disto jamais tivesse sucedido, até que a grande tragédia da morte do teu noivo passasse ao largo, refeita desde o começo dos tempos a ordem das coisas, e Ricardo então estivesse ao teu lado agora, e tu lhe sorrisses teu sorriso mais enlevado, e até mesmo tua mãe fosse feliz, e, num arroubo de imaginação, teu pai estivesse vivo ao lado dela, e o mundo então, perfeito na cadência dos teus sonhos, volvesse a andar numa estrada segura e boa.

Mas a vida nunca é como deve ser. As coisas constroem-se, Maria Angélica, dos retalhos dos nossos sonhos. E é por isso que tu agora miras o pampa, Maria Angélica, com tamanha dor dentro dos teus olhos. Porque faz dez dias que ele morreu, e tudo segue tão serenamente igual, e todas as horas se desdobram em tão perfeita sincronia, que a ti até parece que ele ainda vive.

E então tu miras a janela do teu quarto.

Tu esperas ver o cavalo dele. (O cavalo que jamais voltará para um reencontro que jamais há de existir.)

Tu miras o campo à tua frente como se ele fosse o rosto do teu noivo, e tu ainda te espantas que tal coisa tenha sucedido, que ele tenha morrido e te deixado aqui, nesta casa, nesta estância, nesta vida tão serenamente igual e árida que isso tudo – casa, estância e solidão – é para ti o teu maior castigo. Ah, as coisas que tu imaginas jamais poderão ser refeitas, mas quisera ao menos que tu tivesses morrido com ele, Maria Angélica. É assim que tu pensas, eu sei, nas noites em que choras com o rosto enterrado entre os lençóis, enquanto tua irmã, perto de ti, empanzinada de remorsos e de tristeza, finge dormir.

Teu noivo parecia-te invencível, e tanto que nem o tempo nem as coisas jamais roçariam sequer a sua pele. Para ele, nunca feridas, cicatrizes ou rugas. Para ele, somente os minutos sem custo, as longas horas de amor, e o prazer. Ele era como um cavalo de bom sangue que corria solto pelas coxilhas. Ele era a essência dos teus dias e o único dono dos teus pensamentos. Quem mais haveria de sê-lo, Maria Angélica? E sendo ele assim tão crucial para ti, nada mais justo que o mundo se curvasse aos seus pés, nada mais justo do que a perfeição para vocês.

Por ele teu sangue se exaltava, por ele teus lábios tremiam, angustiosos, por ele é que tu te vestias de sedas, é que tu te miravas, achando-te linda pelos olhos que também eram os olhos dele.

Mas o que era impossível sucedeu. Tu mesma viste, na noite do velório, o rosto branco e os olhos abertos do teu amado. Tu mesma viste o corpo sem vida, o lenço que escondia a ferida por cuja embocadura aquela vida se esvaiu como qualquer outra, porque, no fundo, a vida vale mesmo pouca coisa. A vida de qualquer vivente se dissipa num sopro. Num minuto igual a qualquer outro, foi assim que Ricardo morreu. E tu te quedaste a vasculhar ansiosamente tua alma, tentando em vão recordar o que tu fazias no exato momento em que ele morria.

Mas tu não sabes, Maria Angélica.

Tu jamais haverás de saber, porque aquele minuto, para ti, mesmo sendo o mais terrível da tua vida, gastou-se tão discretamente como ou-

tro qualquer. Gastou-se na solidão da tua própria existência, essa existência que em ti persiste apesar de tudo, vibrando a despeito da dor, deixando-te ainda mais bela nesta engenhosa manobra que tanto te espanta, Maria Angélica. O teu peito nada acusou, e a tua alma nada sentiu quando faltou no mundo a pessoa que a ti mais importava. Porque a vida é assim mesmo, Maria Angélica, e a carne só percebe o que nela se passa. A carne é carne, Maria Angélica. E cega e frágil. A carne é egoísta, Maria Angélica.

Então que a única pessoa que tu amaste neste mundo morreu. Todos os outros teus amores, dos pais, dos irmãos, dos sobrinhos, todos estes amores a vida deu-os para ti; somente este, que tantos sofrimentos tu viveste para fazê-lo gloriosamente teu, que tantas noites de ansiedade consumiu, somente este amor é que te foi subtraído.

Tu estás muito só, Maria Angélica.

Tu sofres tanto, e tudo te fere. Todo amor te fere. Os choros do teu sobrinho te ferem. Os olhares tímidos da tua irmã te ferem. Cada segundo, cada folha que o vento leva, cada dia de sol e cada hora fresca da noite, tudo te fere. A pena te fere. O medo te fere.

Tu és tão frágil, Maria Angélica, mas tu hás de sobreviver. Bem no fundo de ti, na mais ínfima instância da tua alma, no mais remoto do teu ser, é que lateja a semente sob a terra.

Tu vais sobreviver. Tu não sabes o quanto és parecida com os teus. Tu não sabes o quanto hão de te custar os próximos dias, os longos meses, a passagem deste primeiro ano. Mas depois, Maria Angélica, depois de tudo, como se tu atravessasses um tenebroso rio de correntes perigosíssimas, tu hás de encontrar, do outro lado destas horas frias, o teu destino.

Daqui a um ano, tu serás como teu sobrinho que agora chora com gritos que pedem o leite. Tu serás exatamente como ele – tu terás renascido da tua própria morte. Desta guerra pessoal que tu travas absolutamente sozinha. E então, exatamente neste dia, estarás pronta para o mundo, Maria Angélica.

E, quando te deres conta, a despeito de tudo,
da dor,

da morte,
da tua beleza,
do teu medo,
tu terás sobrevivido, Maria Angélica.
E então a vida será tua, irremediavelmente tua.

Mas tu ainda não acreditas nisso. Eu sei, eu sei.

José rumava para a Estância do Cristal. O silêncio da noite, que descia como um véu sobre as coxilhas, era também o silêncio da sua alma. Os restos do calor do dia tinham um cheiro de plantas e de couro. O céu levava uma cor ambígua; para os lados do horizonte ainda uma extensa faixa era puro vermelho incandescente e arrebatado. José tinha os olhos perdidos, e seu pensamento, como um bicho preguiçoso, arrastava-se de coisa em coisa.

Ele ia ao Cristal para ver Maria Angélica. Não era hábil nessas tarefas, não era um galanteador. E não queria macular o luto da moça com a inconveniência do seu amor. No fundo, porém – e isso ele podia admitir para si mesmo –, queria fazer aquela viagem.

Aos trinta e cinco anos, era um homem envelhecido pela guerra. O ferimento na perna direita, sofrido numa peleja nos últimos anos da Revolução, doía-lhe quase constantemente, e, em função disso, ele mancava um pouco. Mas ainda era um bom cavaleiro e gostava das coisas do campo.

O que José não queria era outra guerra. Quando Paulo, seu pai, ainda era vivo, e quando Bento Gonçalves reunira os outros estancieiros da Província a fim de lutarem juntos contra os disparates do governo imperial naquele longínquo ano de 1835, ele tinha acreditado que a guerra poderia melhorar o Rio Grande. Havia dado dez anos da sua vida pela República Rio-grandense, e vira mais homens morrerem do que poderia contar. Depois da rendição infeliz que ainda lhe pesava na alma, ele desacreditara das guerras, começando a ver por trás de tudo uma iminente trapaça política. Agora, queria paz. Almejava para si uma vida calma, os tratos da terra. Da política queria distância.

Enquanto seguia pelo pampa imerso nas primeiras sombras da noite, José não deixava de pensar nas turbulências políticas que vinham inquietando o Prata. Acompanhava o cerco promovido por Oribe a Montevidéu e Maldonado com desconfiança crescente. A guerra uruguaia, aquela briga entre Oribe, que comandava os blancos, e Rivera, que era colorado, e a união de Oribe com o ditador argentino, Rosas, eram coisas a se temer. Era muito perto, perto demais para a fumaça não chamuscar os rio-grandenses.

"Se a guerra estourar para os nossos lados, não estarei no campo de batalha", pensou, não sem um laivo de mágoa. Não era mais um homem apto para a guerra.

Guiava o cavalo pelo meio da campina viçosa e deserta. Os ruídos do campo, o estalar do capim, o canto das aves, tudo reverberava dentro dele numa espécie de música. A sutileza do pampa era uma coisa que José apreciava. Não havia a beleza indócil, a força do mar, a magnitude das serras que se erguiam cheias de brio contra o céu. O pampa era quieto e facilmente subestimado por um olhar menos atento. Mas havia naquele chão uma fúria escondida, uma dignidade serena que facilmente podia chegar à crueldade. O inverno do pampa. O calor escaldante do pampa numa tarde de fevereiro. Aquela terra sabia ser terrificante, mas nada na noitinha quente de novembro dava qualquer indício da sua irremediável fúria.

José era também constante e razoavelmente previsível, porém dado a grandes cóleras e sentimentos intensos. E quando pensava nas poucas opções da sua vida, pensava invariavelmente em Maria Angélica. Pensar nela era um alívio insuspeitado. No entanto, isso sequer era uma coisa concebível. Maria Angélica era moça e bonita, e não havia qualquer chance para ele. Tinha anos demais, era galante de menos – Maria Angélica via-o como um velho primo silencioso, e talvez um pouco pertinaz, que tinha lutado na guerra e que agora cuidava da mãe e da Estância da Barra.

Não queria alegrar-se no sofrimento da prima; mas, às vezes, como agora, enquanto ia no rumo do Cristal, quando seu coração se acelerava um tanto ao vislumbrar a imagem do rosto dela, às vezes, como um deslize, quase podia crer que tudo aquilo era um sinal do destino. E que o destino lhe dava uma chance. Não uma chance de ser amado, porque jamais pediria tanto – era mesmo um homem de juízo e parcimônia –, mas uma chance de amar.

Olhos de vidro

Essas cousas de morrer são sempre traiçoeiras, tinha le dito a vó certa vez.

Vó Antônia falava muito de morte.

Parecia que estava adivinhando.

Então, um dia, como se tudo se encaixasse, a mãe do menino morreu.

Para o menino, ela morreu de repente.

Mas para todo mundo ela vinha morrendo aos poucos, com uma febrezita que não largava nem por Cristo, todo o dia cozinhando Mariana. Como se Mariana fosse sopa.

Os adultos tinham dito que era infecção. Uma cousa malcurada, por causa do filhinho que ela tinha deitado fora.

Qualquer mistério assim.

Porque a vida, quando não dava certo, dava errado. Não havia comedimento para essas cousas. E para as cousas que não tinham comedimento também faltava a explicação.

A mãe do menino foi emagrecendo de pouco em pouco, ficando pequenina como se de repente tivesse decidido virar criança outra vez, passada pelo avesso dos anos, como se fosse um vestido na pilha de roupa suja.

Encolhidinha. Amarrotada.

E a mãe foi ficando cansada, deitada na cama por tardes inteiras, a mão sobre a colcha, olhando para o seu menino com uns olhos lastimosos que já não eram deste mundo.

Olhando para o menino quando ele vinha vê-la, quieto, quietinho, porque era proibido incomodar a mãe. Porque ele estava ali "só pra fazer companhia".

Porque era proibido sentir medo daquilo.

Medo do silêncio que vinha da mãe como um aviso.

Medo da voz dele que ficava presa na garganta sem achar nada que pudesse ser dito.

Medo do medo dele.

(O medo dele era caudaloso como o rio Camaquã, e dava para se afogar, dava mesmo. Mas o menino era muito obediente e batia as pernas, e batia os braços, nadando, nadando nas águas do seu medo.)

Um dia a mãe olhou para ele, olhou para ele bem lá no fundo e falou,

Tente ser feliz, meu filho.

O menino ficou olhando a mãe com a cabeça sobre o travesseiro, a mãe de cabelos escuros, que lhe pedia aquela cousa impossível. E assentiu, dizendo que estava tudo bem.

Mas nada, nada estava bem.

Estava tudo muito, muito ruim mesmo.

O mundo começara a ficar de um tom esverdeado de pão velho, e tudo parecia sujo de tinta verde, molhado de um verde de folha morta, de um jeito que até mesmo os olhos da mãe foram esverdeando... E o menino então começou a chorar e fugiu do quarto.

Plact-plact-plact.

Os passos do menino voando pelo corredor verde.

Plact-plact-plact.

Os passos do menino estalando de medo.

O exército-do-menino-tente-ser-feliz-está-bem fugiu do campo de batalha e atravessou a casa rumo ao pampa. Era um exército apavorado porque tinha perdido sua primeira grande peleja.

O menino não entrou no estaleiro, mas seguiu adiante.

Correu até onde as suas perninhas podiam correr.

O lenço vermelho amarrado ao pescoço,

e o mundo, verde.

Os olhos grandes demais alagados de medo. E aquela dor, aquela dor, tum-tum-tum, batendo dentro do peito.

Tum-tum-tum. Verde, verde.

Estava então com sete anos, e foi naquele dia que sua mãe morreu.

Era verão e o pampa inteiro andava buliçoso e cheio de cores. Zum-zum de insetos e água e passaredo, mas era uma beleza que não valia. Era uma mentirosa beleza de dezembro que deixou o menino dolorido por dentro como se tivesse tomado uma surra de rebenque. Uma surra de rebenque que tirou sangue da alma do menino.

Correndo no meio do pampa, ele se sentiu um pouquinho melhor. Ia correr para sempre.

Ia correr até cair de sono, e então dormiria no campo, para correr novamente ao despertar; ia correr até o Uruguai e depois mandava buscar Inácia para casar com ele.

Então o menino correu e correu.

Correu com as perninhas apressadas, pulando os desvãos do terreno, sentindo os insetos cruzando pelo seu rosto numa euforia que ignorava a sua dor. Correu com o sol ardendo na sua cabeça. O sol bonito de dezembro.

Correu da morte, correu do verde bolorento da casa onde a mãe se acabava. Correu para Inácia.

Correu sentindo raiva daquela vida burra. Sentindo raiva do pai. Sentindo raiva até mesmo da vó Antônia.

Porque todos eles sabiam.

Mas ninguém tinha le avisado.

Mais do que de todos os outros, o menino sentia raiva da mãe. Como é que ela podia pensar em morrer e deixar ele ali?

Ele ali, com aquele medo?

Era um menino de apenas sete anos e corria feito assombração.

Pulou cerca, atravessou porteira, varou sanga.

E ainda corria tanto que quase virava pássaro.

Quando o menino cansou já era de noite. Pela sua conta, estava perto do Uruguai. E ele dormiu ao relento, pensando: "Amanhã estou no Uruguai. E mando buscar minha Inácia."

Acordou no dia seguinte.

Estava deitado na cama de vó Antônia, e a primeira cousa que viu foram os olhos do pai cravados nele. Aqueles olhos que miravam com um amor tão grande que parecia cera de passar no chão. Amor de brilhar os olhos. Aqueles olhos alagados como duas lagoas no inverno.

Vosmecê nos pregou um susto danado, Matias.

A voz do pai doía de ouvir porque era mui triste.

O menino não respondeu.

Procurou num canto do quarto e encontrou vó Antônia. Parada, paradinha. Com seu rosto grave a espiá-lo tão quietamente que mais parecia um passarinho.

Vó?

Ela achegou-se, pousando sua mão magra no ombro de João Gutierrez, (ela sabia que tinha de cuidar do homem e do menino), e então perguntou,

Sim, meu filho?

Cadê a madre?

Ela morreu ontem, meu filho.

Vó Antônia era daquele jeito. Ela não sabia mentir. Mentir era cousa pros fracos, e fraqueza era um defeito que vó Antônia temia mais do que velhice.

Ela disse aquilo e o pai do menino fechou os olhos. Fechou os olhos como quem fecha os ouvidos, como quem fecha a alma. Depois João resmungou uma reza em guarani, uma reza qualquer que ele tinha ouvido da boca da mãe certa vez, e que le tinha ficado na alma tão somente para ele repetir ali, naquele dia.

O menino suspirou fundo.

Mas por quê, vó, se ontem eu falei com ela? Por que foi que ela morreu?

A voz da vó Antônia tremeu um pouco, hesitante como uma mariposa que não se decide pela luz,

Porque era a hora dela, meu filho. Deus chamou, e então ela foi. Mas eu e seu pai vamos cuidar bem de vosmecê.

E foi assim que a mãe do menino morreu num dia bonito.

Era impressionante mesmo, aquele sol.

E o menino pensou que as pessoas só deviam morrer era no inverno, em dia de chuva. Mas não disse isso pra ninguém.

No enterro, todo mundo chorou muito, e o menino ficou lá, paradinho, entre o pai e a vó Antônia, ouvindo umas cousas que o padre dizia, segurando forte forte a mão da vó,

fazendo o sinal da cruz,
Pai Nosso que estais no céu,
santificado seja o Vosso nome,
minha mãe morreu e eu não sei por quê,
ela era boa e era linda,
tem um buraco na minha barriga que ninguém vê,
não leve a vó Antônia pro céu também,
pela Sua graça,
perdoai-nos as nossas ofensas,
a gente não faz por querer.

Vó Antônia falava muito de morte.

Parecia que estava adivinhando.

A família III

Boqueirão, inverno de 1849.

Perpétua senta-se numa banqueta e puxa a filha pequena para junto de si. Tem uma fita entre as mãos e está arranjando os cabelos de Benta. A menina tem dois anos e é parecida com o pai.

– Achegue-se mais, Benta – diz ela com doçura.

A menina dá um grito impaciente:

– Ai, mamá!

É inquieta; parar um tanto às expensas de arrumar-se é para ela tarefa terrível, já que o mundo, e até mesmo este quarto repleto de móveis, tudo, tudo pede sua atenção e sua curiosidade.

Perpétua deixa que a criança vá para os seus descobrimentos, e ela escapa dos seus braços como um passarinho e vai remexer num baú onde estão alguns velhos vestidos de Perpétua.

Um murmúrio de vozes se eleva no corredor; é Caetana, que fala com uma das meninas. Uma porta se abre. A uruguaia, ainda esguia para os seus cinquenta e um anos, entra na peça trazendo Inácia pela mão.

Caetana veio estar com a filha por um par de meses neste outono. O Cristal, com o novo silêncio de Maria Angélica, com as viagens de Joaquim por causa dos negócios, anda um pouco triste. A falta de Bento não se atenua, mas parece crescer dentro dela como uma espécie de doença.

Perpétua olha o rosto da mãe. Os vincos do tempo ao redor da boca e dos olhos verdes. Na sua face ainda suspiram os últimos laivos de uma beleza que a impressionava na infância.

– Senta aqui ao meu lado, madre.

– Hija, vou levar Inácia para visitar o Brejo, se vosmecê permitir. Uma visita breve, um par de dias.

Perpétua olha para a filha. Inácia cresce impacientemente, alguma coisa da sua meninice se perdeu dentro daqueles olhos inteligentes. Inácia quer estar com Matias, Perpétua sabe bem que este é o motivo da pequena viagem. Alguma coisa liga as duas crianças, pensa Perpétua, sem desconfiar que alguns amores nascem muito cedo.

– Está bem – diz ela. – Vosmecês podem ir. Eu mesma peço ao Inácio para levá-las.

Estão casados há onze anos; no entanto, este nome ainda lhe escorre dos lábios feito um sopro. Ah, com que leveza ama esse homem! Com que gosto vê nas quatro filhas os vestígios de Inácio.

– Posso levar um presente pro Matias, madre?

– Vosmecê quer levar o quê?

Inácia pensa um pouco. Depois da morte da tia Mariana, viu Matias uma vez, embora ambos tenham aprendido a escrever pequenos bilhetes que acabam nas guaiacas dos chasques à menor oportunidade.

– Bem, podemos levar um doce.

Caetana afaga os cabelos da neta enquanto a outra, a pequenina, revira as saias de um velho vestido amarelo muito compenetradamente.

– Vou pedir que separem um bom doce de pêssego – diz Perpétua.

Lá fora não há sol, é o que Caetana percebe com certa melancolia. Tem dado para essas pequeninas tristezas, uns desgostos que remói noite e dia à guisa de ocupar a alma. Discretamente. Caetana faz as contas e recorda que Perpétua está com trinta e quatro anos, no auge da madureza.

– Vosmecê precisa ir ao Cristal, estar com Angélica um pouco. Como ela está mudada... Muito quieta desde que Ricardo morreu, o coitado. Sabe quem me lembra? Sua avó, de quem vosmecê herdou este nombre.

– Coitada da Angélica, madre.

Perpétua diz isso com medo. Todos os dias, antes de dormir, é para este medo que reza. Este medo que os outros chamam de Deus.

Tem sido muito feliz, e quando vê os outros que sofrem, quando confronta sua própria vida, tão repleta de coisas boas, com a vida dos outros, ah, é medo que ela sente. Tudo em volta parece frágil, prestes a esfacelar-se.

– Maria Angélica tem permitido que José a visite – diz Caetana.

– O primo José?

O que a mãe diz é bom, muito bom. Que benfazejo seria se os sofrimentos dos outros se corrigissem. Como o pequeno Matias, que ficou órfão. Como Maria Angélica, que perdeu o noivo naquela desdita. Ah, se todos fossem mais felizes seria tão mais simples para ela viver sem ter de descer das alturas da sua própria alegria diariamente, a fim de sentir-se mais perto dos outros.

– José vai vê-la sempre. E eles conversam muito. Eles apenas conversam... Eu penso que era de um hombre como José que sua irmã precisava. Mas não posso le dizer isso, não posso.

– Fale com ela sobre José, madre.

– Seu primo se quedaria mui ofendido. É melhor deixar isso com o tempo. E com Diós.

– Deus tem muitos afazeres, e não custa dar uma ajuda.

Caetana dá de ombros.

– Bueno, essas cosas não são para agora. Mas le digo que José gosta de Maria Angélica, gosta dela como um cão.

Está na hora do almoço, e Perpétua chama as filhas:

– Vamos, já devem estar esperando por nós.

Caetana, submissa como se também fosse uma das meninas de Perpétua, esquece seus problemas com o futuro de Maria Angélica e segue para a sala onde o almoço vai ser servido.

Num canto da sala, coisa rara nas estâncias do Rio Grande, uma estante exibe dezenas de brochuras encadernadas em couro e organizadas em ordem alfabética. Inácio está ali, folheando desatentamente um livro, enquanto uma das negras chama Teresa e Isabel para que lavem as mãos para o almoço. Ele sorri das meninas, que não querem ir.

Inácio anda preocupado, tem sentido certas dores. Uns achaques do peito. Coisas passageiras que não parecem necessitar de um médico, muito menos de alarmes e sustos. Por isso ele não disse nada à esposa. Perpétua tem um temperamento nervoso e não convém angustiá-la.

Na verdade, este inverno não começou bem. Ele sente um aviso no vento, e tem ouvido coisas. Chico Pedro, o Moringue, agora nomeado barão de Jacuí, vem aproveitando a desordem reinante no Uruguai, onde a guerra entre blancos e colorados está cada dia mais braba. O alarife assaltou fazendas, roubando gado e causando grande consternação na campanha uruguaia. Uma atitude lastimável. Esse assalto impensado e absurdo, que já andam chamando por aí de "Califórnia do Chico Pedro", numa alusão ao ouro descoberto nas terras americanas, poderá trazer consequências lastimáveis para os rio-grandenses.

Guerra, sempre guerra. Não se passa no Rio Grande uma trinca de anos em paz. Inácio pensa nessas coisas enquanto as meninas retornam com as mãos lavadas e acomodam-se à mesa.

A voz de Perpétua corta o emaranhado dos seus pensamentos:

– Será que amanhã é um bom dia para levar a madre e a Inácia até a estância?

Inácio fita a esposa, que acabou de chegar junto com as outras filhas e com Caetana. Olha-a com enternecimento.

– Levo as duas amanhã – diz ele. – Mas posso saber a razão do passeio, e com este frio?

A pequena Inácia baixa os olhos, num arroubo de timidez.

– Inácia quer rever seu amigo.

– Amigo?

A menina mira o rosto do pai.

– Sim, papai. O Matias, a mãe dele morreu.

Inácio devolve-lhe um sorriso.

– Bueno, Inácia, se é por motivo nobre, vamos amanhã cedo.

No dia seguinte, ao raiar da alvorada, a carroça está pronta para seguir até a Estância do Brejo. Inácio e um peão da fazenda arrumam as coisas. O sol dá os primeiros sinais de vida na manhã de neblina espessa. Faz muito frio.

Perpétua, enrolada num grosso xale de lã, beija a filha e faz algumas recomendações. Que obedeça à avó, que coma bem, que tenha modos e que tome cuidado ao falar de Mariana para o coitado do Matias. Inácia assente – sabe que essa é a senha para seguir viagem e rever o primo. Sobe na carroça ao primeiro chamado do pai e acomoda-se ao lado da avó Caetana.

Antes de partir, Inácio despede-se da esposa com um beijo.

– Volto à noite... Cuidem-se.

Perpétua roça de leve a face na pele escanhoada do marido.

– Dê minhas lembranças a tia Antônia. E ao menino também.

A carroça parte, cortando o campo ainda úmido. Perpétua está parada diante da casa, os olhos perdidos no pampa, até que o vulto do marido desapareça em meio à vastidão daquele céu lavado pela chuva noturna.

Olhos de vidro

Vó Antônia se esforçava para fazer de conta que a vida era igual a antes.

Antes, quando *ela* estava viva.

Então, por causa de umas cousas que vó Antônia achava, um dia chegou na estância um professor, e vó Antônia disse ao menino,

Vosmecê está ficando grande. Tem que aprender umas cousas.

Mas eu sei tudo o que eu quero, vó.

Não sabe nada, menino. Vosmecê tem que estudar, porque eu le quero doutor.

E se eu quiser ser peão? E se eu quiser casar com a Inácia?

Se quiser casar com a Inácia, que seja, oigalá. Quando vosmecês ficarem grandes, faço votos. Mas essa cousa de ser peão, nem por Cristo! Deus faça que eu já esteja morta, pois le digo que jamais hei de ver vosmecê seguir pra uma guerra.

E se eu quiser ser herói, vó?

Não me diga bestagens, Matias. Eu já vi muitos heróis sem braço e sem perna, e isso eu não quero pra vosmecê.

Mas, vó, e o Garibaldi não era um herói? Pois se ele não perdeu nem braço, nem perna!

Oigalá, menino, ele não perdeu nem braço nem perna, mas também não me consta que tenha sido feliz. E, además, vosmecê vai estudar com professor e está resolvido. Pois le digo que o próprio Garibaldi sabia ler e escrever mui bien.

O menino matutou um pouquito. Não adiantava retrucar a vó. As verdades eram todas dela, dela que já tinha visto de tudo na vida.

Entonces eu vou aprender o que com esse tal de professor?

Vai aprender a fazer cálculos e ler nos livros. Vai aprender onde terminam os rios e onde começam as cidades. Eu prometi pra sua madre que le ia fazer um doutor, entonces vosmecê vai estudar como o diabo.

Mas e a sanga, vó? E o estaleiro?

Vão se quedar nos mesmos lugares, Matias. Vosmecê vai poder ir lá después que terminar as lições.

Mas, vó, o Garibaldi não estudou pra ser herói!

Ora, meu filho, isso foi antes. Agora tem essa cousa do progresso. Ferrovias, barcos a vapor. É preciso estudar para entender dessas cousas. Hoje em dia não se pode mais ser herói num cavalo.

E como vó Antônia era mais teimosa do que o tempo, sucedeu que o menino começou a aprender a vida nuns cadernos que o professor trazia.

Corria o ano de 1849.

O professor sempre escrevia "ano de 1849" no começo de cada página, e depois falava na guerra e nas batalhas que se travavam no Uruguai.

O Uruguai era ali pertinho, bastava andar uns dias num cavalo.

O professor era um homem quieto que tinha vindo dos Açores quando era criança, e que tinha vivido em Porto Alegre lecionando nas casas de família. O professor tinha medo de guerra e medo de rio fundo, mas gostava de ler uns poemas de amor, que o menino ouvia pensando em Inácia.

O amor é andarengo, dizia o professor, ele não tem pouso certo, mas os poetas o perseguem pra fazer seus versos.

E o menino pensava que o amor não era andarengo coisa nenhuma, o amor era aquela cousa boa que ele sentia quando pensava em Inácia.

Mas tinha outro amor. O amor triste. Era aquela cousa doída que ele via agora nos olhos do pai, nos olhos índios do pai que vagueavam pelas coxilhas sem pouso, uns olhos tristes de saudade *dela*.

Tem vários tipos de amor, disse o menino ao professor.

Tem sim, Matias.

O professor era triste e um pouco gordo, usava umas calças estranhas e cheirava um pozinho de nome rapé, mas era boa gente e gostava de conversa.

Um dia, o menino mostrou o estaleiro ao professor.

O estaleiro era um galpão velho e cheio de frestas por onde entrava o vento no inverno e, no verão, entrava o sol. Mas, para o menino, aquele lugar era o melhor do mundo.

Garibaldi lutou aqui.

O professor persignou-se. Não gostava de lutas.

Garibaldi lutou aqui, repetiu o menino, aquela peleja brava em que o Moringue tomou o lugar de assalto, e Garibaldi defendeu tudo isso solito no más, peleando contra mais de cem. Pum, pum, ele atirava e atirava. Pum, pum, ele era um herói.

Deus em credo, disse o professor, morrendo de medo do passado.

(Nessa vida, todo mundo aprende com todo mundo.)

E, na aula seguinte, o professor contou da Itália ao menino.

O menino ouvia tudo, enlevado.

As lutas,

a política,

os três mil homens da *Anzani*,

e também tinha aquela tal de Anita.

Tem aí outro amor, disse o menino.

E não era mesmo verdade que o amor de Garibaldi era andarengo, sim senhor?

E então ele contou ao professor a triste história de Manuela.

Assim se iam as cousas.

O menino aprendia, o professor aprendia.

O menino lia um poema,

o professor tomava um mate.

O menino escutava que os mares eram sete e que a Inglaterra importava seu algodão da América.

O professor escutava que o minuano durava três dias e três noites, e que a Teinaguá tinha olhos de fogo.

O tempo ia passando, deixando poeira sobre a lápide de Mariana. Poeira pra vó Antônia limpar, que era só ela quem podia mexer naqueles lugares, e era só ela quem trocava as flores e acendia as velas.

O tempo ia passando, e o menino escrevia em seu caderno,

ano de 1849, maio

junho,

julho.

Então, em agosto chegou visita.

O menino correu pra varanda e ficou olhando, de olhos arregalados, de peito inquieto, a chegada de Inácia.

Eu gosto dela, disse o menino, baixinho, no ouvido do professor.

Descendo da carroça, a menina Inácia sorria de contente.

O amor é andarengo, repetiu o professor muito sério, há de ter ciência dele.

Tenho ciência de que vou crescer e casar com ela.

Pois gosto me faz, queira Deus que eu esteja vivo para ver.

Mas Deus não quis.

O professor acabou morrendo na Guerra do Paraguai, num charco de lama, de boca aberta, com um balaço bem no meio dos olhos. E depois disseram que le faltava um pé, mas o certo é que ninguém viu bem. Tinha muito sangue e muitas moscas.

Coitado do professor.

Mas nada disso tinha nascido na imaginação dos dias enquanto Inácia esteve na estância.

Era bom demais estar com Inácia. Tinha gosto de laranja madura a presença de Inácia, tinha som de água o seu riso.

E o menino foi mais menino do que em toda a sua vida naqueles cinco dias em que Inácia e sua avó restaram na fazenda.

Acenderam velas pro Negrinho do Pastoreio,
cantaram milongas na sala à noite,
fizeram uma revolução,
passaram as tardes no estaleiro,
e um dia, num anoitecer frio, dormiram de mãos dadas sob o caramanchão, cobertos com uma velha manta de tropeiro, pensando que aquilo sim era vida, e que Deus era muito bom porque eles estavam juntos.

Pra sempre,
disse o menino.
Pra sempre,
tinha respondido Inácia, de rosto corado.

Mas pra sempre era cousa que não existia.

Vó Antônia sabia disso muito bem (vó Antônia sabia de muitas cousas que ela guardava em segredo).

Toda fruta tem seu caroço, mas tem seu gosto.

As crianças que fossem felizes enquanto podiam.

A família IV

Outubro de 1849.

Manuela está lendo em seu quarto. Lá fora a manhã de sol morno esparge suas luzes sobre a cidade quieta. É um sábado. A mãe ausentou-se para ir à missa, o irmão está pela rua, decerto envolvido em assuntos de política, pois só se fala nesta guerra contra Rosas.

As frases do livro que lê se emaranham ante seus olhos sonolentos, e Manuela recosta-se um instante à beira da cama, a cabeça apoiada no travesseiro de penas. Teve sonhos estranhos esta noite, e não dormiu bem. Acordou aos gritos de madrugada. Estava no meio da cama, o rosto úmido de suor, a camisola aberta, e chorava.

A mãe veio vê-la, e ao saber que tinha gritado por algum sonho, disse-lhe:

– Vosmecê está cada dia mais misteriosa, tampouco tem ido à missa. Deus é bom nessas horas, quando a alma da gente está sofrendo.

Manuela respondeu que sua alma não sofria nada, e que talvez o jantar, comido em seu quarto, como ela fazia sempre, lhe tivesse caído mal.

– Vosmecê gritava como louca – retrucou Maria Manuela.

Sabe que a mãe tem dito a Antônio que ela está louca. Sabe que os outros, os vizinhos, olham-na com certo receio quando sai à rua. Um misto de pena e de desconfiança é o que ela vê nesses olhares lânguidos e pesarosos.

Pouco se importa. Um bando de gente que se consome em vidas mesquinhas em que jamais conhecerão um amor na intensidade do seu, é isso que Manuela pensa dos vizinhos, até mesmo da própria mãe. Pois Maria Manuela não pôde abandonar uma das filhas à própria sorte? Talvez seja essa a verdadeira loucura, pensa ela, deitada em sua cama.

A voz do irmão ecoa no corredor.

Manuela senta-se e fica olhando a porta fechada. O irmão chama por ela, e é estranho o tom da sua voz, em que alguma urgência se salienta. Talvez a guerra finalmente tenha estourado, depois de tantas escaramuças e das tais aventuras do odioso Moringue nas terras uruguaias.

– Estou aqui! – grita ela, sentada na cama, compondo os cabelos desfeitos, mais por hábito do que por vaidade.

Os passos de Antônio ecoam no chão de madeira, e um instante depois a porta de abre.

– Vim le dizer uma cousa, Manuela.

Os olhos dele, inquietos, luzem como os olhos do menino que ele foi há tanto tempo.

– Que houve?

Antônio aproxima-se, senta-se ao lado da irmã, depois de tantas desditas, a única que lhe restou. Ele a ama muito, mas é essa irmã uma criatura tão sestrosa, tão escorregadia, que não sabe lhe dizer desse amor. No entanto, mirando-a, Antônio quase se sente feliz por ela. Porque tem uma cousa importantíssima a le dizer.

– Tenho um amigo que voltou de viagem – fala ele.

Manuela sorri:

– E aí, irmão? Vosmecê quer agora convencer-me a viajar pelo mundo afora? Também é, como a madre, um inconformado com a minha calmaria?

Antônio afaga os cabelos escuros da irmã.

– Eu tampouco concordo que vosmecê se enterre em vida, Manuela, mas o que vim le dizer nada tem a ver com isso. Ou melhor, tem a ver, de todo modo. – Lembra-se de uma coisa muito importante: – Cadê a madre?

– Foi à missa.

Antônio aproxima-se mais.

– Pois bem, entonces posso le falar com franqueza. Se a madre sabe que le conto essas cousas, me mata. Como le disse, tenho um amigo que chegou de viagem faz dois dias, veio pelo porto de Rio Grande, esteve no Rio de Janeiro e na Europa.

– Sim? E ele fez boa viagem?

– Mui buena, mas isso não vem ao causo, Manuela. O causo é que na Europa ele leu num jornal, e era cousa que se comentava na França, que a tal Anita Garibaldi morreu.

Manuela dá um pulo. De repente, um invencível medo das palavras do irmão a domina. Um medo misturado a certo alívio. Será que Antônio está a lhe dizer verdades? Tanto ela quis, tanto ela quis, naqueles anos da guerra e nos seguintes, quando Giuseppe vivia com a outra no Uruguai, tanto ela quis ouvir cousas parecidas – e que medo tinha de ouvi-las!

– Vosmecê tem certeza, Antônio? Vosmecê tem certeza do que le disse este seu amigo?

– A mais absoluta. Ele me mostrou um recorte de jornal. Era em outra língua, mas eu vi o nome dela escrito. E vi a data. Parece que foi em agosto.

– Faz dois meses...

– Agora vosmecê fique calma, e não me diga à madre que le contei estas cousas. A vida segue, Manuela.

Manuela ouve a voz do irmão como um sopro distante. Anita morreu, morreu e deixou Giuseppe com os filhos pequenos. Com os filhos que ela criaria para ele com todo o amor que vem acumulando em seu peito nestes anos todos. Giuseppe deve estar sofrendo, e isso, essa certeza, é como uma faca que se crava na sua carne. Giuseppe amava Anita, trocou-a por Anita. Partiu do Rio Grande com Anita, e levou-a para a sua Itália.

Manuela olha o irmão e não resiste a dizer:

– Quis muito que ela morresse, todos esses anos, Deus me perdoe.

– Ela morreu de doença. Mas lutou ao lado do marido até o fim. Era uma mulher brava.

– De todas as pelejas que venceu, a maior foi ter levado Giuseppe de mim. – Seus olhos estão úmidos. – Vosmecê me entende, Antônio? Entende que eu queria que ela morresse?

– Entendo, Manuela. De qualquer modo, a culpa não foi sua. Vosmecê estava aqui, a Anita estava na Itália. Ela teve uma vida cheia de riscos.

– Uma vida ao lado dele.

E então, como um pássaro que vem pousar à janela, a verdade daquilo tudo lhe surge, inconfundível: Giuseppe, viúvo, voltará para o sul, para buscá-la.

Mira o irmão, que já se levanta, preparando-se para sair do quarto.

– Não diga a ninguém, Antônio, mas Giuseppe vai vir me buscar. Não há de demorar muito agora. Tenho certeza.

Antônio olha a irmã, que tem o rosto alvoroçado por uma emoção intensa, os olhos ardentes. Arrepende-se de ter-lhe dado a notícia da morte de Anita, porém isso seria do seu conhecimento de um modo ou outro. Antes de sair, diz:

– Não sonhe demais. E não diga tais tonterias para a madre. Vosmecê sabe que ela seria capaz de uma loucura.

Manuela nem responde. Na sua mente forma-se já a cena da chegada de Giuseppe Garibaldi àquele sobrado triste onde ela gasta seus dias à sua espera.

Maria Angélica atravessou a casa rapidamente enquanto todos os outros dormiam. O sol estava cravado no alto do céu sem nuvens, e o calor da tarde deixava o ar viscoso e denso. Cruzando a sala de visitas rumo à varanda, viu que as cortinas se quedavam como tristes enforcados. O tom esverdeado do tecido pareceu-lhe que fosse a cor da pele de um morto.

A morte agora era uma coisa recorrente nos seus pensamentos. Era através dessa retina lúgubre que ela via tudo. Pensava sempre em Ricardo a apodrecer sob a terra, seus restos exalando o odor pútrido da carne decomposta. Era horrível saber que até mesmo Ricardo, que fora tão belo e garboso, encontrava o destino de pestilência que esperava todas as criaturas no fim do caminho. No entanto, às vezes, em alguns ternos minutos antes de adormecer, seu peito se tranquilizava naquele amor consumado. De um modo estranho, Ricardo passara a ser dela mais do que de qualquer outra pessoa no mundo, e talvez isso fosse um bom consolo, como lhe tinha dito D. Antônia certa vez, logo após o enterro do noivo.

Maria Angélica saiu para o pátio, e o calor ardente da tarde esbofeteou-lhe o rosto com sua mão pegajosa. Encheu de ar os pulmões, preparando-se para seguir seu caminho sob o sol abrasante, que gretava a terra e que fazia as flores do jardim desfalecerem de murchidão.

O caminho até o galpão tinha uns quinhentos metros de chão fustigado pelo sol. Maria Angélica lançou um olhar ao seu redor. Por um brevíssimo instante, percebeu que chegaria lá totalmente descomposta, mas então recordou que aquele não era um encontro de amor.

Iria ver José, e José era seu primo. Mesmo que a vida a levasse para o lado dele, mesmo que aquele desencanto que lhe amargava o peito nunca mais abrandasse e ela escolhesse virar sua esposa, ainda assim teria para ele não mais do que o mesmo afeto que sempre lhe dedicara, o afeto de uma boa amiga que agora encontrava nele o ombro de um confidente.

Seguiu apressada, enquanto o suor empapava seu vestido escuro e escorria no vão de pele entre seus seios. No caminho não encontrou ninguém, a não ser um pobre cão que estava, decerto, em busca de alguma sombra. O cachorro olhou-a com os grandes olhos remelentos e tristes. Maria Angélica compadeceu-se do bicho, porém não achou forças para voltar à casa e lhe dar água fresca e talvez um osso.

Chegou ao galpão com a respiração alterada e o suor a gotejar-lhe nas têmporas. Tinha dezenove anos e um corpo firme e delgado, cujas formas o vestido escuro, de algodão leve e quase sem adornos, fazia apenas ressaltar. Exibia uma palidez intensa, e do seu rosto claro, quase lívido, saltavam dois olhos de um verde aquoso.

Suspirou fundo. Era preciso achar alguma coragem dentro de si. Do outro lado da velha construção de madeira havia um homem a esperá-la. Não era o homem que imaginara, não era Ricardo. Era um homem sereno, de olhos mansos, que claudicava de uma perna. Mas, naqueles dias, seria impossível conceber a sua vida sem aquelas pequenas, doces, misteriosas visitas que ele lhe fazia. Sim, José viera vê-la vezes sem conta e, ao contrário dos outros, em cujos olhos começara a perceber certa angústia, às vezes enfado, quando falava em Ricardo e no casamento, em José ela via somente compreensão. Ele escutava-a com paciência, exortando-a a pensar no noivo, a guardá-lo em sua alma como uma espécie de relíquia, uma coisa preciosa da qual ela não devia, não precisava se libertar. No entanto, Maria Angélica sabia que o primo a amava. Dentro daqueles olhos escuros e brandos ardia a chama de uma paixão que a deixava angustiada.

Na tarde anterior, logo após o almoço, foi que Maria Angélica recebera o bilhete de José. Em duas linhas, ele pedira-lhe aquele encontro. Não havia qualquer explicação, somente a letra bem-posta, clara, solicitando vê-la na tarde seguinte, às duas horas, no velho galpão.

Maria Angélica estava ali. Com um único gesto, abriu a porta do galpão e entrou. Era uma construção grande e mal-ajambrada, cheia de pó. Alguns anos atrás, naquele lugar os negros salgavam a carne do charque, mas agora nada mais havia além de um silêncio leve, uma penumbra entrecortada de raios de sol que penetravam pelas amplas frestas das paredes de madeira, formando no chão de capim seco uma bonita teia de luz.

Maria Angélica foi imediatamente engolida por uma aura de frescor que lhe trouxe alívio. Olhou para os lados, porém não viu José.

A voz dele nasceu das sombras, alguns segundos depois:

– Vosmecê veio, enfim. Tive medo de que não viesse.

Maria Angélica experimentou um ligeiro sobressalto.

José estava a um canto do galpão, sentado sobre uma pilha de achas de lenha.

Ela sorriu com recato.

– Esperei que Ana Joaquina dormisse. Vosmecê sabe como aquela menina é curiosa.

José ergueu-se e caminhou em sua direção mancando levemente.

Maria Angélica olhou-o. Não que fosse feio, mas era um homem entristecido. Seus olhos tinham o mesmo torpor da tarde mormacenta; porém, quando a fitavam, tornavam-se mais vívidos, quase alegres. Seu rosto era bem-proporcionado, e os cabelos tinham um castanho esmaecido pelo sol.

– Tenho uma cousa a le falar, Maria Angélica; penso que já seja tempo.

Ele sorriu, os olhos se contraíram. Parecia incomodado com aqueles sentimentos que não conseguia esconder.

– Pois diga.

Incentivado por aquelas palavras, José deu mais um passo em direção à moça.

– Vosmecê sabe que desejo ser mais do que seu amigo, Maria Angélica.

Ao silêncio que se seguiu, ele acrescentou:

– Tenho trinta e cinco anos, vosmecê tem dezenove. Eu nunca me casei nesta minha vida. – Ele pigarreou: – Nunca quis ninguém antes de vosmecê, antes de vê-la, depois de todos aqueles anos, quando o general Bento morreu.

Maria Angélica olhava-o com certo estupor. Dentro dela, medo e ansiedade imiscuíam-se a um leve, um levíssimo prazer: ver nos olhos de José aquela adoração.

– Não sei o que le dizer, José.

Ele abriu um meio sorriso.

– Não hay que dizer nada, Maria Angélica. Deixe que eu le diga tudo o que me vai pela alma.

Contou-lhe então do seu encanto ao revê-la naquele inverno de 1847. Contou o quanto sonhara com ela, discretamente. Naqueles tempos já havia a presença de Ricardo Ferreira, e ambos já se mostravam comprometidos um com o outro.

– Ele era um hombre feito para uma moça como vosmecê. E eu bem entendo que vosmecê acabasse por ouvir os apelos da juventude.

Maria Angélica sorriu tristemente.

– Eu amei Ricardo. Foi muito mais do que um capricho de moça. Ainda penso nele. Há cousa de quinze dias fez um ano que ele morreu... Foi para mim como se tivesse sucedido então, de tanto que sofri.

Lá fora, o cusco gania sob o sol forte como se estivesse chamando alguém.

José aproximou-se um tanto mais e segurou-lhe ambas as mãos.

– Minha cara – sua voz era doce e paciente. – Vosmecê pensa que desconheço os seus sofrimentos? Por mais que eu le amasse, nunca desejei que uma cousa como aquela acontecesse com seu noivo. Digo-o com sinceridade.

Maria Angélica sorriu:

– Eu sei, José. Vosmecê tem sido muito bom.

– Quis le ser útil, Angélica. O amor é mui custoso, traz sofrimentos. E eu jamais quero vê-la sofrendo outra vez. Matutei muito antes de le falar, antes de le contar do meu amor... E o que vim aqui le propor é exatamente isto: que vosmecê permita que eu le ame. Que vosmecê se case comigo e deixe que eu le faça feliz. O amor é um vendaval, Maria Angélica. Mais vale a paz e a serenidade que eu posso le oferecer.

– Paz e serenidade são cousas que eu desconheço.

José apertou ainda mais aquelas mãos entre as suas.

– Pois deixe que eu cuide de vosmecê. Deixe que eu le ame, e prometo le dar uma vida protegida de todos os sofrimentos.

Por um momento, Maria Angélica achou semelhança entre aqueles olhos castanhos que a fitavam e os olhos do cusco que tinha visto lá fora no quintal. Ambos exibiam uma grande tristeza. Eram olhos carentes de amor. Talvez ela mesma mirasse assim sem saber.

Sentiu sua voz trêmula ao responder ao primo:

– Eu não buscava uma vida apartada de sofrimento, José. Eu buscava amor.

– Sucede que o destino tem planos diferentes dos nossos, Maria Angélica. E, de qualquer modo, o sofrimento é inerente ao amor. – Levou uma das mãos ao rosto dela. – Ouça a proposta que le faço e pense nela o tempo que vosmecê desejar. Sou um hombre paciente, vosmecê já o sabe. Case-se comigo, Maria Angélica, e eu le darei conforto, filhos e paz. Eu farei de vosmecê uma mulher feliz como poucas. Se vosmecê não me ama, não há de sofrer nesta vida, conquanto eu le prometa tudo neste mundo. É uma proposta justa e tudo que le peço. Afinal, eu posso mais com o sofrimento do que vosmecê.

Ela baixou os olhos enquanto sentia que José a puxava para um abraço. Deixou-se levar suavemente para o refúgio daqueles braços, deitando a cabeça no seu peito por um breve instante.

Depois ergueu o rosto. Seus olhos ardiam numa espécie de febre, e ela sussurrou com uma voz quase inaudível:

– Quando tiver uma resposta, mando le avisar.

José não disse uma palavra. Não teve tempo.

Maria Angélica desvencilhou-se dos seus braços e saiu correndo do galpão, tropeçando nas saias do vestido, ganhando o campo inundado de sol, onde o velho cusco ainda a esperava de orelhas baixas.

Cadernos de Manuela

Pelotas, inverno de 1876.

Volto às minhas páginas; sempre volto. Às vezes, penso em esquecê-las para sempre, remediando-me à condição de velha solteirona que sou, mas creio já que este vício é cousa impossível, e que vai morrer dentro de mim. Quem sabe um dia abrirão minha cova para encontrar os restos do meu cadáver a escrever garatujas invisíveis.

Ah, sei que estou mui tétrica hoje... Há um cheiro de morte no ar. Aqui no Rio Grande, aprendemos a farejá-lo desde sempre, e não o imagine ruim, fedorento, cheiro de carniça. Oh, não! O cheiro de morte, de morte verdadeira de quem ainda não morreu mas que se vai em breve, ah, esse cheiro é doce feito flor velha. É um olor assim nauseabundo, deveras açucarado, que se vai entrando pelas narinas da gente até fazer fundo lá nas carnes, até dar enjoo.

Por isso, fechei as janelas. Para deixar o cheiro lá fora.

Hoje recebi uma carta dando conta de que Inácia, filha de Perpétua, está mui adoentada. Pensei em escrever ao Matias lá na Corte, mas falta-me coragem de chamá-lo ao passado assim à queima-roupa. É por isso que estou aqui, defronte a este caderno.

Se não escrevo a Matias, escrevo aqui. Mas é preciso escrever alguma cousa.

Da última vez que aqui estive, eu contava de Maria Angélica e seus amores. Creio que escrevi de José, que, se não era assim belo, tinha lá os seus brios, e andava a fazer a corte à filha do general. Eram primos numa família em que os primos casavam entre si, o que é grande sorte.

Tudo isso era no fim daquele ano de 1848...

Andava a sombra da guerra a flanar sobre as cabeças dos rio-grandenses, e Moringue (aquele perverso cabeçudo que um dia quase matou meu Giuseppe, mas que por ele foi ferido, ah, e sentiu, o detestável, o gosto do seu próprio sangue); sim, o velho Moringue andava aprontando das suas, atacando estâncias de uruguaios, sob a desculpa de que esses eram inimigos dos brasileiros da fronteira. Ia lá o governo blanco praticando das suas contra brasileiros residentes no Uruguai, e os ataques do tal Chico Pedro, o Moringue, só fizeram apoquentar ainda mais os ânimos. Naquele tempo, a cidade de Montevidéu, cidade que durante tantos anos acolhera meu Giuseppe, vivia um cerco prolongado. Dizia-se que era um sofrimento. E o governo brasileiro resolveu interceder na situação – o Império temia mesmo era uma nova revolta do Rio Grande para que nos unissemos aos colorados; mas foi cousa fácil dizer que todo o país ia lutar contra os blancos, que eram aliados do argentino Rosas. Rosas, o grande fantasma daqueles anos. Tão temível, tão temido; deveras não passou de um tolo, que na última hora se safou com as calças na mão para Londres.

Creio que foi por esse tempo que Joaquim conheceu Josefina Azambuja, cujo pai, um comerciante, fazia negócios com sua família. A moça deve ter-se enamorado de Joaquim, que era mui galante e tinha grande fama de ser imune aos laços do casamento, por culpa – meu Deus –, por culpa minha! Pois o que é do gosto regala a vida: a tal Josefina deu-se de amar aquele hombre tristonho, bonito, tão dedicado à família, e tanto fez que ambos se casaram alguns anos depois, tendo vencido um longo noivado.

Também naquele tempo foi que Maria Angélica aceitou unir-se em bodas com o primo; aquele velho amor, recordável apenas sob as cobertas da cama, cicatrizara. Foi então que, aqui neste quarto, me pus a costurar o meu vestido de noiva. Havia tantos casamentos na família! Nada mais justo que eu, pobrezita, preparasse as minhas bodas, mesmo com o suposto noivo ausente, carregando pela Europa uma penca de filhos e uma tropa de soldados.

Mandei comprar cetim branco e pus-me então a costurar o mais demorado vestido que jamais se fez nesta terra. Eu era a Penélope esperando Ulisses, e a cada dia dava um ponto ou dois no meu trabalho. Ficou bom, certamente. Levou mais de dois anos para estar feito como eu queria. Ainda hoje, vinte e seis anos después, ainda o uso todas as noites.

Lembro de uma certa tarde em que eu estava a fazer nele um bordado e alguém tocou à porta. Era minha mãe. Andava já muito doente dos pulmões, e triste, posto que seu filho mais amado, o único varão que suas carnes lhe deram, estava para casar e ir viver no campo.

– Me disseram que vosmecê comprou seda branca. É para quê?

Ninguém jamais há de imaginá-la parada à porta, com seu rosto encovado, os olhos duros, a mirar-me com desgosto.

– É para um vestido – eu lhe disse.

– Para o casamento de Antônio?

– Não, para o meu mesmo.

Ela não se deu ao trabalho de pronunciar aquele nome que lhe era tão odioso. O nome de Giuseppe. Apenas sorriu com escárnio:

– Vosmecê está louca. A segunda das minhas filhas. Louca, louca. Isto só pode ser uma punição.

E saiu para o corredor batendo as botinas no chão.

É verdade, madre, a senhora teve duas filhas loucas, uma outra que morreu moça e um varão que morreu na Guerra do Paraguai. Não foi realmente um desfecho digno dos seus sonhos.

Aqui, quase me desconcentro! A criada faz barulho lá embaixo, trancando as portas da casa. Mas que ladrão haverá de entrar neste velho sobrado sem riquezas? Levar-me-ão quais joias, que dinheiros? Mas não vou descer os dez degraus até a sala, não vou me erguer da cadeira. Há de ter os seus divertimentos, a pobre criada. Este pequeno caderninho é o meu...

Bueno, onde eu estava mesmo? Eram os idos de 1850, e o menino Matias crescia vigorosamente, a ponto de D. Antônia mandar trazer de Porto Alegre um professor que lhe ensinasse as cousas da vida. D. Antônia queria ver o menino virar doutor. Queria-o longe do destino desta terra de homens que morrem cedo; queria-o na estância, talvez com um consultório na cidade. E pôs o menino a estudar.

Vi-o uma vez naquele tempo. Acabava de sair do escritório, caminhava atrás do professor, pois tinham terminado uma lição de álgebra. Vinha sorrindo, lépido. Custava-lhe ficar duas horas numa cadeira, a mente pousada nas páginas do caderno; ele queria o pampa, queria o rio Camaquã, queria o estaleiro. Eu estava lá para ver D. Antônia. Quando Matias me olhou, abriu um sorriso:

– Manuela!

E atirou-se nos meus braços. Era um bichinho. Era um boneco morno e macio. Por um momento, eu quis ter um filho. Mas o gosto se perdeu no instante seguinte – não se pode retroceder nos caminhos desta vida.

Inácio morreu em dezembro de 1850. Lembro-me dele. Era um homem forte. Morreu num sopro, como uma vela que se apaga. Jamais se queixara de dores, mas certa noite, no meio de uma madrugada quente, soltou um único grito, e enquanto Perpétua tratava de acender uma luz, ele desaparecia para sempre deste mundo, deixando a mulher sozinha na vida, com as quatro filhas pequenas por criar.

Perpétua não estava preparada para a morte do esposo – nem todas as mulheres desta estirpe são de pedra. Algumas vergam-se. Rosário, Mariana, Perpétua... Perpétua quase se deixou ir, mas buscou em si alguma força, tinha aquelas quatro raparigas na barra da sua saia, e después de longos dias de apatia e choro, fez as malas, deixou o Salso e as lembranças para trás e foi com suas crias viver uns meses com Caetana, lá no Cristal. Creio haver sido isso que a salvou, este voltar-se para fora, para o mundo, fugindo de afogar-se nos seus próprios rios interiores.

Desfiado o ano de 1850 (quão pouco há para se dizer da vida, enfim!, tudo, tudo, morte e alegria, resume-se numas poucas linhas num caderno...), chego à nebulosa guerra contra o ditador Rosas, que desembestou a acontecer lá pelos idos de 51.

Contaram naquele tempo que o general Antônio Netto voltara ao Rio Grande para arregimentar homens para a sua Brigada de Voluntários Rio-grandenses, e com ele partiram Bentinho, Leão, Marco Antônio e Caetano. Joaquim deixou-se ficar, noivando placidamente: estava cansado de guerras, de sangue e de desilusões políticas. Os outros filhos hombres de Caetana botaram o pé no mundo, promovendo outra vez o altar cheio de velas, e a viúva do general ajoelhada em frente à santa, a rezar, a rezar.

A luta sucedeu fora das fronteiras do Rio Grande, mas por aqui havia muito medo do tal Rosas. A guerra é uma doença que deixa cicatrizes; voltaram as igrejas a botar fiéis pelo ladrão, era só Deus a segurar o tal demônio argentino que, diziam, planejava invadir o Rio Grande. Foi uma alegria quando correu a notícia de que Urquiza, governador de Entre-Rios, se unira aos brasileiros na luta contra Rosas.

Lembro pouco daquela guerra de conversas de comadres – por aqui não sucedia nada, e os jornais traziam nota de que Caxias marchava para destruir o perigoso ditador. Foi uma guerra que só fez vento, segundo a definição de D. Antônia.

Enquanto os hombres iam outra vez para a peleja, passava a vida por estas lonjuras. Antônio, meu irmão, casou e foi-se embora para sempre (bendita seja a sua sabedoria de abandonar este teto maldito); um mês depois, minha mãe morreu de um mal pulmonar. Vinha já muito malita, nem dizia mais seus venenos contra mim, ficava somente na cama, à espera das visitas do médico e dos cuidados da criada. Tampouco eu ia vê-la com a devida frequência... Muito me custava entrar na atmosfera lúgubre daquele quarto e ver o rosto que eu outrora amara e odiara já tão desfeito, já tão desvalido, que nada mais me causava, a não ser um certo asco. Esquecia de ministrar-lhe os remédios por dias (a criada tampouco era boa nesses assuntos), e então, quando me ocorriam essas faltas, ia ao quarto dela, vertendo uma por sobre a outra todas as colheradas de xarope que eu não lhe dera. Finou-se, por fim, e tão deploravelmente que jurei para mim mesma que, ao morrer, jamais hei de dar espetáculo semelhante.

Com o desaparecimento de Maria Manuela, fiquei irremediavelmente só neste sobrado, como eu sempre almejei. A esperar por Giuseppe Garibaldi sem nenhum impedimento de família. Dia e noite, dia e noite, eu esperava por ele então. Enquanto a guerra se desfiava lá para os lados uruguaios, eu esperava.

Ele não veio naqueles tempos, ocupado em lutar por sua Itália. Mas eu usava meu vestido de noiva, este que visto hoje; era tão mais belo naquele tempo, tão vívido, nacarado e lustroso... Lembro que certa vez a criada entrou aqui e me viu usando-o; que susto tomou a coitadinha, pensando que eu ia a uma festa. E que susto depois, maior ainda do que o primeiro, quando entendeu que não, que eu botava semelhante trajo para ficar à janela, aguardando o nada.

Bueno, voltando às cousas para além destas paredes, ao final de 1851, Oribe, o chefe blanco, capitulou. Montevidéu foi finalmente libertada de um cerco que durava quase dez anos, e as tropas de Caxias e de Urquiza seguiram no rumo de Buenos Aires, para lutar contra o famigerado Rosas. Em fevereiro do ano seguinte, sucedeu a batalha de Monte Caseros; os aliados venceram a peleja e o grande e temido Rosas fugiu, después de deixar um bilhete escrito a lápis no qual abdicava do poder.

E foi assim, uma guerra em poucas linhas. Uma guerra de interesses; não como aquela outra, aquela que eu vivi na carne e na alma, uma guerra por excelência, com direito a heróis e ilusões...

Ah, estas tolices que escrevo. Não passam das tonterias de uma velha que sente sono. Dizem que os velhos dormem pouco; não eu. Sou instável até mesmo para o repouso, dormindo por dias seguidos, para depois quedar-me desperta por uma ou duas madrugadas consecutivas. Mas hoje estou cansada, e não há pena nem tinta capazes de segurar nesta página o fio das minhas memórias. Flanarei deste caderno para a minha cama, e quem sabe eu seja feliz por algumas horas, sonhando com ele...

O cheiro de morte já se desfez lá fora, por certo a brisa da noite o levou para outras paragens. Guardo o bilhete que conta de Inácia e de sua doença. Talvez eu escreva a Matias, talvez.

A única cousa certa é que amanhã, bem cedo, os meninos estarão à minha janela. Passam aqui no caminho da escola, e eu, eu que gosto das crianças, eu não devo decepcioná-los.

A família V

Perpétua desceu da carroça e parou em frente à casa, que em tudo estava igual à que ela levava em sua memória. Fazia um ano e meio que não vinha à Estância do Salso, tendo vivido às expensas da mãe no Cristal desde a morte de seu marido.

Olhou em derredor e constatou, entre aliviada e receosa, que nada havia mudado. A casa esparramava-se pelo campo como um bicho moroso, saboreando o sol de abril. Um vento leve soprava em golfadas, as janelas estavam abertas de par em par, e o jardim da frente estava cuidado ao seu gosto. Era como se aquela estância, a despeito da sua ausência, habitasse um mundo paralelo de perfeição e de calma, onde tudo funcionava segundo as velhas ordens que ela costumava dar no tempo em que vivia ali.

Por um momento sentiu um laivo de esperança em seu peito. Tudo tão igual; a casa, a varanda com os jarros de flores, o jardim, os campos por onde corria a cavalhada. Era como se Inácio também estivesse ali, escondido em algum lugar, esperando apenas para materializar-se, o mesmo Inácio de outrora. Era como se, a qualquer momento, o esposo morto viesse correndo ao seu encontro. Tal sentimento a confundia enquanto ela avançava quase com medo. A cada passo que dava em direção à casa, sentia-se mais próxima de Inácio e daquela outra existência, bruscamente interrompida naquele mês de dezembro, quase dois anos atrás.

Inácia tomou Perpétua pela mão, arrancando-a do seu breve devaneio. O sol ardia nos cabelos escuros da menina, tão parecida com o pai, e Perpétua deu-lhe um brevíssimo sorriso, que era também um agradecimento.

– Vamos entrar, madre?

Havia um certo temor em todas elas, exceto em Benta, que era pequena demais para compreender a situação. Perpétua segurou a mão da filha, tentando insuflar coragem em Inácia. Tentando, ela mesma, acreditar naquele chiste – nunca fora uma mulher intrépida, e era a primeira vez que tomava para si o prumo da sua própria vida e da vida das quatro meninas.

– Vamos entrar – disse ela, por fim.

Duas negrinhas da casa e a governanta esperavam-nas à porta.

Teresa e Inácia adentraram a casa primeiro, depois se seguiram Isabel e Perpétua, que trazia Benta em seus braços.

Na sala, parada à soleira da porta, Perpétua sentia o coração aos pulos dentro do peito, olhava tudo com receio. Era possível que surgisse, detrás de algum móvel e inesperada como uma visita arrogante, alguma reminiscência perigosa – a lembrança de um bom momento vivido com o esposo, de um sorriso, de um beijo, dos planos que tinham feito juntos durante os anos de casamento.

Seus olhos correram pela sala sem pressa. Viu os vasos com flores frescas, a mesa posta para a refeição, viu a poltrona onde o marido se sentava noite após noite, nas tertúlias à beira do fogo. Tudo parecia doer dentro dela. Tudo a afrontava com a sua existência, mesmo depois de o dono, o dono de cada uma daquelas coisas, já não existir mais. Ao longe, alguém cantava uma velha milonga castelhana, e a voz masculina, triste e melodiosa, entrava pelas janelas. Perpétua conteve com esforço a vontade de chorar. Não ali, não ali, pensava ela, na frente das quatro filhas e das criadas.

A governanta aproximou-se:

– Fez boa viagem, dona Perpétua? Esperávamos as senhoras desde mui cedo.

Era uma boa senhora na casa dos cinquenta anos, magra e vestida de negro. Tinha cuidado de Inácio desde os tempos do seu casamento com Teresa, a primeira esposa, mas Perpétua a levava em boa conta.

– A viagem foi calma – disse Perpétua em voz baixa.

Sentia que uma espécie de desfalecimento estava por vir. A porta que levava ao corredor dos quartos permanecia entreaberta. Temia erguer os olhos e ver Inácio ali, como em tantas outras oportunidades já o tinha visto.

– Posso mandar servir o almoço?

Tentou concentrar-se na conversa.

– É preciso lavar as meninas. Tinha muita poeira no caminho.

As meninas foram para o lavatório com uma das negras. A cantoria prosseguia, baixa e ritmada, entrando em cheio pelas janelas.

– Quem está cantando? – quis saber Perpétua.

– Deve ser o Tião.

– Mande parar, por favor.

A governanta exortou a negrinha remanescente a correr até o peão que cantava e ordenar que cessasse com aquilo. Perpétua, parada no meio da sala, mirou a mesa mais uma vez e, com a voz já trêmula, anunciou:

– Sirva as meninas, eu vou para o meu quarto. Não estou em condições de comer, me desculpe.

Nem ouviu a resposta da criada; correu para o quarto com os olhos cheios de lágrimas.

Depois daquela primeira tarde do seu retorno, Perpétua foi recolhendo um a um os pertences do marido, para trancá-los a chave no escritório, onde ninguém tinha permissão de entrar, nem as meninas. Reuniu tudo, desde roupas e objetos pessoais até os móveis preferidos de Inácio, e seus papéis e mapas e a sua sela e as esporas de prata que tinha mandado fazer no Uruguai. Uma vez ao mês, uma das negras fazia a limpeza da peça, sempre com a presença de Perpétua, que se punha sentada em uma das poltronas de couro onde o marido outrora despachava, chorando baixinho aquela saudade que o tempo jamais haveria de sossegar. O escritório tornou-se uma espécie de santuário, onde acorria no fim de cada dia, e onde buscava asilo cada vez que tinha de tomar uma decisão importante.

Inácia crescia na estância; tomava aulas com uma preceptora que ensinava a ela e às irmãs a leitura e a escrita, e mais uma série de prendas indispensáveis às boas damas de família. Perpétua fazia questão daquilo, prometera a si mesma ver as quatro filhas bem casadas e bem assentadas na vida. Era uma obrigação que tinha com a alma do finado marido. Assim, as quatro meninas passavam as tardes em companhia da professora, e as manhãs eram gastas pela estância.

Inácia tinha dez anos naquele inverno de 1852, quando o Rio Grande mergulhava outra vez num período de paz que haveria de durar até o começo da década seguinte. Não sabia, nem ela nem ninguém, que o Império e todo o Prata se encaminhavam então para a maior guerra jamais vista na América.

Naqueles dias frios de inverno, entre uma aula e outra, a menina pensava em Matias... Viam-se pouco, mas continuavam a manter uma extensa correspondência, frequentemente facilitada pelos favores de D. Antônia e de sua avó Caetana. Inácia gostava de imaginar-se casada com o primo. Eram muito parecidos, embora ela tivesse um temperamento expansivo e Matias tendesse ao silêncio e à contemplação. De resto, desde pequenina, o que mais gostava era de estar com ele, e então se diziam coisas, e ela era tão sincera como jamais havia sido com qualquer uma das irmãs.

O retorno para casa, naquele inverno depois que os tios vieram da guerra, havia sido um triste episódio. Após a morte do pai, o Salso tornara-se um lugar silencioso, e a vida na casa da avó Caetana, rodeada de primos e tias, era mais alegre e mais condizente com o seu espírito do que o rigoroso silêncio das aulas no escritório de sua mãe. Mas a Perpétua cabia cuidar das coisas da família, e por isso tinham voltado. Inácia sentia saudades da avó e de Maria Angélica, cujo casamento, para seu prazer, avizinhava-se rapidamente. Naquela festa, depois de meses, quase um ano, reencontraria o primo Matias.

Uma tarde, depois de terminar as lições e de ajudar Perpétua com um bordado que estava fazendo para o enxoval de Maria Angélica, Inácia correu para o seu quarto, pegou papel e pena e começou a escrever uma breve carta para o primo:

Meu querido Matias,

A vida aqui em casa tem sido mui rigorosa desde que mamãe decidiu que temos cousas a aprender antes que nos chegue a idade do casamento. Ainda não le disse, mas em hora boa vou le contar que nós dois vamos cumprir bodas assim que ficarmos adultos, e que por isso todos esses estudos de nada me servem, pois quando vosmecê me conheceu eu nem sabia escrever, e ainda assim vosmecê gostou de mim e quis se casar comigo. Ademais disso, não há o que contar, ainda bem que falta muito pouco para o casamento da tia Maria Angélica, e lá nós nos vamos ver, se Deus não ajudar que nos encontremos antes do Natal. De qualquer modo, hei de pedir a mamãe que me leve até aí, e rogo-lhe que faça o mesmo com D. Antônia, porque, enquanto não crescermos e nos casarmos, este nosso compromisso vai sempre depender da boa vontade dos adultos.

Fique com um beijo e todo o carinho da sua prima,

Inácia.

Esqueci de lhe dizer que eu às vezes tenho sonhos mui tristes com o papai, e queria saber se passa o mesmo com vosmecê, se tem sonhos tristes com a tia Mariana.

Olhos de vidro

Nunca lhe tinham falado nada sobre o amor.

O amor, naquela casa, era feito de silêncios e de olhares. O amor era uma coisa inominável que fazia maravilhas e cortejava tragédias.

Ademais, sempre le tinham dito que os grandes soldados, os homens que guiavam suas cavalarias, esses não amavam.

As mulheres e a guerra eram coisas mui contrárias, e ambas guardavam em si perigo igual.

Quando o menino viu-se à beira do precipício da vida, quando entendeu que crescia para virar homem e que seu corpo, seus braços e suas pernas e sua voz mudavam a cada manhã, foi que conheceu o novo.

O novo era aquele corpo que se transformava.

O novo era um sentimento estranho, o aperto no seu peito cada vez que dizia o nome dela assim, trancado em seu quarto, baixinho, repetindo-o centenas, milhares de vezes, até que sua boca e sua língua desentendessem cada vogal e cada consoante.

O novo era aquela cousa que os peões, maldizendo e fazendo troças, chamavam de amor.

E o amor, para ele, era Inácia.

Crescendo assim tão drasticamente, o menino sentiu medo. Era um medo diferente de todos os outros que tinha experimentado.

Era um medo quase bom. E mudava todos os dias, conforme le andasse a alma. Era um medo que pedia, que clamava por silêncios. Pela primeira vez, tinha vergonha da vó Antônia.

Sempre dissera tudo a vó Antônia.

Tinha sido herói, tinha sido órfão, vencera pelejas e experimentara o escuro das noites de mãos dadas com vó Antônia.

Tinha chorado no ombro de vó Antônia o seu primeiro tombo e tinha comemorado no seu colo a sua primeira palavra; alimentara-se dos ditos de vó Antônia e acreditava mesmo que ela sabia todas, mas todinhas, as verdades deste mundo.

Isso até o dia em que amou sua Inácia.

O causo era que vó Antônia não podia entender daqueles calores. Vó Antônia não podia entender das noites intermináveis em que ele pecava sozinho no seu quarto, sob a luz concupiscente das estrelas. Pecava bem no meio da noite, quando tinha certeza de que até mesmo Deus estava dormindo.

Pecava e não dizia nada a ninguém,
daquele aperto no peito,
daquele mar nas suas carnes,
daquela cousa que crescia dentro dele,
que espichava suas pernas,
que alongava sua voz,
que o fazia sonhar com ela e acordar assustado num charco de suores.

De uma hora para outra, findaram os fantasmas.

A moura-torta entortara-se de vez, e a teinaguá fartara-se para sempre dos olhos das crianças deste mundo.

Agora, era somente Inácia quem assombrava as noites do menino. O perigo passou a ter o perfume dela.

E cada madrugada, vazia dos mistérios anteriores, era somente um hiato, um caminho para que eles se aproximassem, era somente a ferramenta para sonhar com ela, para estar mais perto de Inácia, e para querê-la com uma ânsia recém-descoberta que era o maior de todos os seus segredos.

Então que o menino todos os dias se olhava ao espelho.

Estava crescendo.

Ia virar um homem em breve e pensava: "Talvez eu seja homem amanhã."

Mas o amanhã era como a colcha que vó Antônia tecia, era um sem-fim de pontos atrelados, eram os dias que se desdobravam, enquanto ele virava homem, bem, mas bem devagarzinho mesmo, porque crescer, mais do que tudo, exigia um grande quinhão de paciência e de coragem.

Enfim, era um menino preso entre um amor e a infância. Num limbo de noites às quais Deus fechava os olhos e D. Antônia fechava os ouvidos.

A família VI

Inverno de 1853.

Manuela gastou alguns instantes mirando a mala feita antes de cerrá-la. Havia muito que ela mesma arrumava suas coisas e suas roupas, a criada cuidava da casa e da cozinha. Não tinha mais negras, e a pouca terra que lhes sobrara era cuidada por Antônio, que se transferira para o campo com a esposa. Não queria partir, mas se deixasse de comparecer ao casamento de Maria Angélica, era certo que as tias viriam no dia seguinte para vê-la. Havia compromissos que nem mesmo ela ousava ignorar, sob pena de reprimendas e sermões.

Depois que a mãe morrera, vivia sozinha naquela casa com a criada. O silêncio era um elixir para a sua saudade; passava horas inteiras recordando o rosto de Giuseppe, traço por traço, sem fazer uso do único retrato que tinha dele. Era um despropósito que tivesse de mirá-lo num pedaço de papel, tal gesto jamais seria digno de um amor. Não, Giuseppe estava sempre, inteiro e vívido, em sua alma, latejando dentro de si como um outro que dividisse com ela aquele seu corpo.

Fazia quatro anos que o esperava tenazmente, desde o dia em que soubera da morte de Anita. Mesmo com o passar do tempo, sua certeza do retorno de Giuseppe jamais se abalara. Quando seus préstimos tivessem terminado na Europa, quando sua muito amada Itália estivesse unificada e em paz, tinha certeza de que Giuseppe Garibaldi voltaria ao sul do mundo para buscá-la.

Manuela fechou a mala, atando-a com força. Levava pouca coisa, nem sequer tinha feito um vestido novo para as bodas da prima. Caminhou até o armário, onde o traje branco estava guardado com esmero. Pensou em levá-lo consigo, mas temia a viagem por aqueles campos alagados de inverno. O vestido tinha de estar inteiro para quando seu Giuseppe viesse enfim buscá-la.

Tocou o vestido de noiva, delicadamente bordado com minúsculas pedras nacaradas. Ainda não estava completamente terminado o trabalho de preencher as flores do peitilho – a cada dia inventava um novo arranjo, um bordado a mais, qualquer coisa que permitisse o seu lavoro, infindável.

Bateram à porta.

Manuela guardou o vestido com cuidado, rapidamente.

– Pode entrar.

Era a criada.

– O coche chegou, senhora Manuela.

– A mala está pronta.

A criada pegou a mala. Não era pesada. Antes de sair, mirou Manuela e disse com muita timidez:

– A senhora está mui linda hoje.

Manuela tomou um susto. Antes que soubesse responder qualquer coisa, sentiu um rubor em seu rosto, uma ansiedade, quase uma espécie de medo.

Quando a criada saiu para ter com o cocheiro, olhou-se ao espelho e o que viu foi uma mulher alta, magra, de longos cabelos escuros, rosto muito pálido e uns olhos verdes que eram graves. Havia uma certa fadiga na figura banhada pela luz fraca que entrava pelas janelas, de onde se podia ver o céu cinzento daquela manhã de agosto.

"Mudei muito desde o tempo da República", pensou tristemente.

Fazia quatorze anos que tinha visto Giuseppe pela última vez, quando se haviam despedido com a promessa de um breve reencontro e do casamento. Mas então ele seguira para Laguna com os lanchões farroupilhas e lá conhecera Anita. Naqueles anos todos, sofrera resignadamente todas as aflições que lhe cabiam; era uma vida mesquinha e vazia, mas seu amor abnegado suportava tudo. "Porém, eu estou viva e ela, não."

Sim, a vida haveria de recompensá-la. Um dia. Ela tinha paciência e perseverança. Mesmo que estivesse envelhecendo, mesmo aqueles anos todos tendo escorrido feito água, ainda era uma mulher digna da paixão do seu Giuseppe.

Manuela saiu para o corredor, desceu as escadas, atravessou a sala e ganhou a rua, onde a criada a esperava.

Com a ajuda do cocheiro, acomodou-se no carro.

– Siga com Deus – disse a mulher, acenando-lhe da calçada ainda deserta de gentes.

Era muito cedo, e um sol fraco, incipiente, apontava no horizonte. Manuela lançou um raro sorriso à criada. Ultimamente, era sua única companhia – não que fizesse questão de pessoas ao seu redor. O cocheiro açoitou levemente o cavalo, e este se pôs a andar lentamente.

"Um dia, a noiva serei eu", era o que pensava Manuela enquanto o coche seguia pelas silenciosas ruas da cidade de Pelotas, sob a luz embaciada da manhã de inverno.

Ainda não eram sete horas; na rua, somente alguns negros estavam na faina de buscar água ou fazer algum serviço para os patrões, e a maioria das casas tinha ainda os postigos cerrados.

Pela janela do teu quarto, tu vês em loucas correrias as negras da casa. Finda o agosto deste ano de 1853, e mesmo assim o dia amanheceu ameno; em tudo o mais não há qualquer brandura, somente a agitação e a ansiedade que prenunciam as grandes festas e comemorações.

É que tu te vais casar, Maria Angélica. Não em tua casa, como um dia decerto sonhou o teu pai, mas na casa da tua tia D. Ana Joaquina da Silva Santos, cujo filho te esperou tenazmente durante estes anos todos, de luto em luto, entre guerras, nascimentos e uma desdita, enquanto teu velho amor se fossilizava, transformado então numa vaga tristeza que somente te surge às vezes, em certas noites de ventos ou em vagos dias de verão, como aquele em que tu soubeste que teu Ricardo tinha sido assassinado.

Tu te vais casar, Maria Angélica.

Sobre a tua cama, o teu vestido espera. Veio da Corte, como convém a uma dama como tu, pois disse o teu noivo que a ti daria somente o mais fino e o melhor, e assim tem feito para o teu deleite esse José que tanto te quer e que tamanhas juras fez à tua felicidade.

Teu vestido é alvo, misterioso, e perfumado de alecrim, Maria Angélica, e nas suas sedas é que se esconde o teu futuro. Nesta brancura perolada é que se apagam os dias do teu porvir. Ainda hoje, nada mais há do que esta tênue felicidade que não mais te enganará com suas ofertas de para sempre. Hoje tu conheces a vida, Maria Angélica, e esta brancura de inocência talvez não te assentasse tão própria, posto que tua alma já viveu tanto, mesmo que teu corpo seja tão puro quanto prome tem as rendas das tuas anáguas de noiva. A inocência não vive somente na carne, dirias tu se a ti perguntassem, Maria Angélica.

As negras lá fora arrumam as duas carroças que te levarão até as margens da Lagoa dos Patos, nas terras onde tu cresceste e onde amanhã hás de conhecer homem com a bênção de Deus Nosso Senhor.

Tuas malas, teu enxoval bordado em tantas tardes modorrentas de velhos verões suados, tudo isso – tua mocidade e teus sonhos, teus vestidos novos e teus antigos vestidos de menina, teus cadernos de poemas e tuas partituras de música, teus medos, tua vontade de ser feliz e tua coragem –, tudo isso vai nos fardos que as negras ajeitam sob os olhares auspiciosos da tua mãe.

Passou-se enfim o tempo, Maria Angélica, dos lentos dias sem mais fazer do que sonhar com o futuro. A partir de amanhã tu terás algo de teu, um marido e uma família que há de crescer e firmar seus pés neste chão meridional. Tu terás filhos, Maria Angélica, e serão muitos. Tu terás dores de parto e dores de morte, mas em todos os minutos esse homem que te escolheu há de estar ao teu lado, posto que jurou que te amará, e assim será feito até o último dia desta tua vida farta e cheia de gozos, Maria Angélica.

Tens muitos anos pela frente, desde este instante em que tu miras pela janela e vês o rebuliço em frente à tua casa, desde este tremor que te vem, de ansiedade e de alegria. Tu ainda tens que terminar tua toilette *para seguir viagem com tua mãe e tua irmã, mas há alguma coisa que te segura nesta cadeira a mirar o pampa. É um certo adeus, Maria Angélica. Mais do que do teu Ricardo, tu te despedes de uma outra que tu foste e já não és. Mais do que medo, tu sentes a audácia de tomar as rédeas da tua vida.*

Amanhã, se assim quiser Deus e os fluidos mágicos da vida, tu podes estar abrigando um filho no teu ventre. É isso que pensas, posto que tu te debruças sobre as cercas do futuro, Maria Angélica. E o futuro que te espera tem onze almas que da tua carne virão. Tu hás de enterrar quatro deles com as fibras do teu corpo, com esta coragem que te sobra e que será consumida nos vastos anos da tua vida.

Te digo, Maria Angélica, que Nicanor, teu segundo filho, há de morrer à flor da idade, aos vinte e três anos. Que teu quinto filho, Francisco, vai ser assassinado na segunda grande tocaia que te marcará a existência. Que Boaventura, a sexta cria a nascer das tuas carnes, falecerá em criança e te perseguirá em sonhos. Que Cândida, tua última filha, morrerá em teus braços antes de completar dez anos. Que Palmira, tua filha, te dará dez netos, vindo a falecer no parto do décimo primeiro deles. Que Maria Faustina, a sétima criança que darás ao mundo, há de casar com um seu primo e será muito feliz. Que Faneca, tua quarta filha, casar-se-á com o filho que teu irmão Joaquim há de ter. Que Antônia, tua terceira filha, cujo nome escolheste em homenagem à tia que agora tu muito adoras, há de ter nove crias, e que perderá quatro ainda em tenra idade. Que Bento, teu primeiro filho, dar-te-á fartíssima descendência, sendo ao todo doze netos do seu casamento, mais outros três tidos por fora, o primeiro com uma preta de nome Florinda, e os outros dois com moças do seu gosto, pois esse Bento há de ser homem de muitos apetites. Dito tudo isto, saibas que teu marido há de viver todos os anos da tua vida e que, depois da tua morte, somente viverá mais quatro meses, incapacitado de seguir adiante sem a tua adorada companhia.

Essa é a tua vida, Maria Angélica. São esses os segredos todos que nas dobras do teu vestido se escondem. Por ora, tu nada sabes que não seja o movimento das negras lá fora, o riso do teu sobrinho, a fala cadenciada da tua mãe que ordena pressa, posto que a manhã já se vai e há ainda muito chão pela frente até a Estância da Barra.

Batem à porta, tu te ergues, Maria Angélica. Tu perguntas se é de urgência, e a voz da tua irmã Ana Joaquina responde que sim, que te esperam para partir.

Tu não sentes medo quando abres a porta. De um momento a outro te aprumas. Vem uma das negras e guarda com todos os zelos o teu vestido de noiva. Os signos deste teu futuro se vão para dentro da mala de couro, entre os metros de seda branca e de rendas de passamanaria, Maria Angélica, enquanto tu segues pelo corredor desta casa que já foi tua e da qual agora tu te despedes.

E tu não sentes medo algum, Maria Angélica, somente uma irreprimível curiosidade de viver.

D. Ana, em seu vestido de festa, olhava com alegria a reunião de familiares e de amigos. Soprava uma aragem fria, mas o sol era forte e o céu, azul. Ao fundo, à beira da água, como se fosse um dos convidados, o farol apontava na manhã límpida.

A claridade ofuscava seus olhos, enquanto D. Ana seguia falando com um e com outro. Não cabia em si de felicidade. Fazia pouco, tinha ido ver Maria Angélica, que se aprontava com a ajuda de Caetana. Era uma moça linda. E José estava tão feliz! Mal tinha dormido na noite anterior: D. Ana ouvira seus passos pela madrugada afora, decerto pensando na noiva e no futuro que teriam juntos. A felicidade, quando era demais, roubava o sono, D. Ana sabia bem.

D. Antônia estava a um canto, perto da igrejinha, com Matias e João Gutierrez. Matias tinha crescido muito, estava alto, um tanto magro. Seus grandes olhos ligeiramente puxados miravam as gentes com uma espécie de ansiedade; naquele rosto misturavam-se expressões de homem e de menino.

D. Ana achegou-se, cumprimentando João e pegando a irmã mais velha pelo braço.

– Está uma festa linda, não?

– Uma festança mui digna. – D. Antônia sorriu para a irmã: – Vosmecê, entonces, parece que vai explodir de contentamento.

– Ver o José feliz é tudo que eu quero.

– E ter seus netos. Vosmecê não me engana. Sempre gostou de família grande.

– Quero muitos netos, pelo menos uma mão cheia. – Fez um gesto abarcando as terras ao redor. – Isto aqui é mui extenso, quero que fique bem cuidado después que eu morrer, Antônia.

D. Antônia sorriu. Pelo canto do olho viu quando Matias disse qualquer coisa ao pai e tomou o rumo da casa. Sabia que o menino estava ansioso por rever Inácia; fazia um ano que não se viam.

– Matias foi procurar a filha de Perpétua – contou D. Antônia. – Creio que meu menino está apaixonado.

– Eles sempre foram mui amigos – respondeu D. Ana, correndo os olhos pelo terreiro onde as pessoas conversavam alegremente, enquanto as negras da estância serviam coisas de comer e de beber.

– Hay amores que começam cedo, irmã.

– Vosmecê crê nisso?

– Creio – disse D. Antônia, e baixou a voz: – Li uma carta deles, certa vez. Não foi por gosto, pois não sou intriguenta, vosmecê sabe. A carta estava no escritório com outras cousas, li por engano. Havia algo... E se não era uma espécie de amor, aprendi pouco nesta vida.

D. Ana sorriu:

– Bueno. Nossa família costuma casar entre si. Não há de ser novidade.

– Tenho medo desses amores de promessa... E eu não queria ver meu Matias sofrendo.

D. Ana cutucou a irmã, convidando-a a seguirem pelo jardim adornado com flores. De quando em quando, acenava para um convidado.

– Vosmecê se apoquenta por demais, Antônia. Deixe que a vida siga o seu curso.

– Vosmecê tem razão... Eu estou é ficando velha.

– Buenas, vou lá ver se a noiva está pronta – disse D. Ana. – Afinal de contas, está na hora, e o padre não tem gosto em esperar.

D. Antônia seguiu pela festa.

Procurava Manuela. Queria muito falar com a sobrinha desde que recebera de Caetana a notícia de que Joaquim ia ficar noivo de uma moça chamada Josefina, cujo pai tinha negócios com a família. Como estaria Manuela? Decerto que não sofreria pelo noivado do primo, tantas vezes o rechaçara, porém sentia-lhe pena. Por todos aqueles anos guardara dentro de si a esperança de um casamento entre Manuela e Joaquim. Agora nada mais havia a ser feito, e Manuela seguiria naquela vida vã e misteriosa, na solidão do sobrado em Pelotas. Bem no fundo, achava que Manuela vinha sofrendo um certo desconcerto emocional. Aquele amor tão tenaz, aquela esperança sem qualquer fundamento, não era cousa natural. Não dizia nada a ninguém, mas talvez Manuela realmente estivesse enlouquecendo, ou então a lógica daquele amor era cousa por demais intrincada para uma velha tosca como ela.

D. Antônia notou um certo movimento para os lados da casa. A noiva aparecia à varanda, toda vestida de branco, reluzindo ao sol do inverno.

As pessoas ao redor silenciaram, naquele misto de emoção e orgulho que a figura de uma moça que se vai casar inspira aos outros. Abriu-se um espaço da varanda até a pequena capela onde o padre e José, muito bem-composto e sorridente como raras vezes D. Antônia o tinha visto, esperavam a noiva. A um sinal de D. Ana, o povo dirigiu-se para a capela e tomou seus lugares em perfeito silêncio.

D. Antônia acomodou-se ao fundo; sentia os olhos úmidos de emoção. Mais uma sobrinha que casava. Mais um giro na ciranda do tempo. Se Bento Gonçalves estivesse ali, conduziria a filha até o altar. Mas era Joaquim quem levava a irmã pelo braço. Era Joaquim quem pisava firme, segurando a mão enluvada de Maria Angélica.

Num canto da capelinha, Manuela observava tudo, os santos do altar pareciam mirá-la com seus olhos assustadores. Não gostava de santos, não gostava de casamentos. Vendo uma noiva, dava-se para sofrer como se estivesse à morte.

Pediu licença para umas pessoas, abrindo caminho até os fundos da capela. Saiu para o campo, andou um pouco, contornando a grande casa branca, onde tinha vivido durante todos aqueles anos de guerra, e seguiu rumo ao pátio. A cantoria de alguma negra que preparava as comidas na cozinha pairava no ar como um lamento cadenciado. Manuela lembrou-se das inúmeras vezes em que seguiu exatamente aquele trajeto, quando rumava para a lagoa a fim de esperar por Giuseppe Garibaldi.

Contornou a casa e não seguiu para a beira da água. Saiu correndo pelo campo sem saber muito bem para onde, pisando a grama úmida e fofa, na qual seus pés, calçados nas botinas novas, afundavam. Sobre a sua cabeça, o céu azul, onde corriam nuvens sopradas pelo vento, era interminável. Dentro do peito, seu coração palpitava como se fosse explodir. Enquanto corria, Manuela começou a chorar.

Caetana olhou a filha avançando pelo meio das gentes. Maria Angélica estava tão linda! Fazia-a lembrar-se do seu próprio casamento, tantos e tantos anos atrás, em Cerro Largo. A filha seguia rumo ao pequenino altar, passando pelas noras, por Clara, esposa de Caetano, que esperava outra criança, por Bento e Tomázia, que tinham acabado de ter o terceiro filho, ao qual chamaram de Jango. A nora ainda estava inchada da gravidez, com aquelas feições lânguidas que caracterizavam as mulheres recém-paridas.

"Se Bento estivesse aqui", pensou Caetana. "Se ele estivesse aqui, sentiria um grande orgulho da família que fizemos juntos."

Pensava em Bento dia e noite. Era Bento quem teria dito o sim ao filho mais velho, quando este lhe viera pedir permissão para noivar com Josefina Azambuja. Caetana tinha concordado imediatamente, não porque tivesse qualquer predileção pela moça, a quem mal conhecia, mas somente por não poder mais ver Joaquim sozinho; o casamento era cousa boa e necessária.

Maria Angélica chegou ao altar e o padre pôs-se a falar; sua voz rouca ecoava na pequena capela. Caetana concentrou-se nos ditos do padre. Estava muito feliz. Marco Antônio também tinha ficado noivo, e agora somente faltavam Leão e Ana Joaquina. Cumpria o seu dever de viúva. As terras seguiam bem, as finanças tinham melhorado outra vez, os filhos tomavam seus rumos. Não estava fazendo vergonha às cunhadas nem à alma do finado marido, que Deus Nosso Senhor le guardasse na santa paz.

Assim que a noiva disse o sim ao noivo, Inácia aproveitou que sua mãe estava entretida na cerimônia e escapou de mansinho. Uma das irmãs, Isabel, fez um gesto para que ela ficasse no seu lugar, pois ambas sabiam que Perpétua era muito exigente e, se descobrisse a fuga de Inácia, certamente iria recriminá-la; mas a menina não fez caso – Matias a esperava lá fora, conforme tinham combinado.

Inácia precisava estar um pouco com ele. Na igreja, seu coração pulava sob o veludo do vestido de festa a cada vez que seus olhos cruzavam com os do primo. Desde a chegada tinham trocado pouquíssimas palavras, mas haviam combinado aquele encontro. Não sabia por que a mãe dera agora de vigiá-la, dizendo-lhe que estava ficando uma moça e que não ficava bem aquilo de correr pelas campinas ao lado de um menino, mesmo que ele fosse seu primo. Porém Inácia estava decidida a não obedecer às novas regras que Perpétua lhe impusera desde que chegara à conclusão de que ela e Teresa estavam crescendo.

Inácia atravessou o corredor pisando leve enquanto o padre benzia os noivos no altar. Às portas da capela, deu com D. Antônia, que a fitava com um brilho alegre dentro daqueles seus olhos miúdos. "Bueno, agora deu tudo errado", pensou a menina. Mas D. Antônia então piscou um olho, rindo um riso de conchavo, e Inácia entendeu que podia sair da igreja de fininho, pois a avó postiça de Matias não diria nada aos outros.

Fora da capela, um ventinho frio brincou com seus cabelos. Inácia saiu correndo na direção do farol; era lá que tinham marcado encontro.

Matias esperava-a. Era com gosto que ficava ali, o farol era um bicho enorme e teso que erguia seu pescoço para o céu azul. Das águas vinha um ventinho frio. Ele fechou melhor o casaco e ficou contando as nuvens que passavam lá em cima.

– Vosmecê está aí faz tempo?

Matias virou o rosto em sobressalto.

Parada a dois metros, Inácia sorria para ele. Estava alta e magra, seu rosto bonito, corado, tinha os olhos brilhantes da correria.

– Faz uns dez minutos – disse Matias, tentando dominar o nervosismo.

Aquela ansiedade era passageira. Sempre que revia Inácia, sentia um medo muito grande de que ela tivesse deixado de gostá-lo durante a última ausência. No começo, quando eram pequenos, às vezes até fugia dela por algum tempo, para depois buscá-la em todos os recantos, ansioso. Agora, não. Agora, tudo o que queria era vê-la, era andar ao lado dela e escutar suas reminiscências, suas novidades. Agora, até mesmo ousava tocar de leve a sua mão. Era uma coisa urgente, aquilo de querer segurá-la pela mão, sentindo o calor morno que emanava daqueles dedos inquietos.

– A madre não me tirava os olhos, Matias. Faz alguns meses que ela deu de ficar me cuidando o tempo todo. – Inácia riu. – Ela diz que estou crescida.

Matias mirou-a nos olhos. Viu que ela se ruborizava, e sentiu na própria pele um calor ardente. Encheu-se de coragem:

– Vosmecê está mesmo crescida, e mais linda.

Inácia baixou os olhos.

– Estou com onze anos.

– Eu também.

Matias aproximou-se devagarinho. O vento fazia marolas na superfície da lagoa, que gemia tristemente. Tocou na mão da menina. Sentiu um calor morno e bom aquecendo seu corpo, levando o inverno para longe. Queria prolongar aquele momento.

– Vosmecê ainda gosta de mim?

Inácia respondeu numa voz quase inaudível:

– Gosto sim.

Bem de longe, chegavam os gritos e vivas. Os noivos decerto estavam casados.

– Um dia, teremos a nossa festa de casamento – disse Matias.

Inácia sorriu, e a sua mão, dentro da mão dele, um pouco maior, tremeu de leve.

– Vosmecê acha que demora muito?

– Só mais um pouco. Quando eu tiver quinze anos, peço vosmecê em casamento.

– Pede mesmo? Não vai ter vergonha?

– Nunca! Quando eu tiver quinze anos, não vou ter medo nem vergonha. No dia do meu aniversário, me levanto, me visto com uma roupa boa, pego o meu cavalo e vou lá falar com a sua mãe. Vosmecê vai ver, Inácia!

– Vou ficar esperando na janela, igual às moças que a gente vê nos livros.

O vento começou a apertar, o sol de inverno quase não vencia de aquecer o mundo.

– Acho melhor a gente voltar, Matias. A madre deve estar me procurando.

Matias segurava a mão dela entre as suas. Sentia-se muito corajoso e forte. Sentia-se como um alguém que tudo podia. Atreveu-se a dizer-lhe:

– Só solto sua mão se vosmecê me der um beijo.

A menina teve um sobressalto.

– Um beijo? De primos?

– Não. Um beijo na boca. Um beijo de amor.

– A minha mãe me mata, Matias.

O menino pediu:

– Não tem ninguém aqui pra nos ver...

Inácia então fechou os olhos e levou o rosto, muito de leve, na direção do rosto de Matias. Seu coração batia acelerado, seus cabelos, sacudidos pelo vento, faziam cócegas no seu pescoço. Com os lábios, tocou a boca úmida do primo. Como um sopro.

Abriu os olhos, trêmula. Matias, imóvel, mirava-a com uns olhos brilhantes. Então a vergonha foi maior do que tudo e Inácia saiu correndo, contornou o farol e desapareceu.

Matias ficou ali. De tão feliz, não sentia mais nem o frio nem o vento. Só aquele gosto, cítrico, levíssimo, o gosto do primeiro beijo da sua vida.

Durante toda a manhã Joaquim escoltara a noiva, apresentando-a à família. Josefina portara-se muito bem, sempre elegante, de fala pouca e ditos alegres. Era uma moça agradável, que não chegava a ser bonita, mas que tinha certa graça. Seu encanto estava nos olhos, que não guardavam cor definida, variando de um azul cinzento até o verde claríssimo.

À hora do casamento, Joaquim vira os olhos da moça escurecerem, focados em algo que ele não conseguia divisar. Perguntou-lhe então o que ela via, e Josefina, sem fazer um gesto, respondeu:

– Reconheci Manuela, parada a um canto da igreja.

– Deixe de lado essas cousas, são desimportantes.

Ela sorriu tristemente:

– Agora entendo por que vosmecê não consegue esquecê-la. É a mulher mais bonita que já vi.

– Eu já esqueci Manuela.

Josefina acarinhou sua mão e, num tom doce, retrucou:

– Esteja em paz. Sei bem onde amarrei meu cavalo; sou uma mulher sensata e paciente.

Calaram-se então. Um pouco depois, Joaquim correu os olhos pela diminuta igreja, mas não pôde ver Manuela, que já tinha fugido para chorar longe dos olhares alheios.

Inácia, as irmãs e a mãe pernoitaram na Estância do Brejo. A família dividira-se entre as duas estâncias, a de D. Ana e a de D. Antônia, que eram vizinhas. Por saber dos afetos do seu pequeno Matias, D. Antônia manejara as coisas para receber Perpétua em sua casa.

Naquela noite, deitada em sua cama, ouvindo o vento zunir nas persianas, Inácia não conseguia dormir. Ao seu lado, Teresa ressonava largamente, cansada da festa e da viagem. Em outra cama dormiam Benta e Isabel. Uma negra sonhava num colchão perto da parede; era a ama de Benta.

O beijo que tinha dado em Matias ardia nos seus lábios. Era um pecado que nenhuma reza atenuaria. Ah, se a mãe soubesse... Se a mãe soubesse, certamente teria que cumprir algum castigo. Por isso não tinha dito nada a ninguém, nem a Teresa. O beijo era um segredo seu e de Matias.

Encolhida na cama, tentou identificar os ruídos da casa. Um estalar de madeiras, uma árvore roçando a parede, passos leves, levíssimos, de alguém que, como ela, não conciliava o sono. Uma coruja gritou ao longe. Inácia arrepiou-se. A noite era uma coisa gelatinosa que não se movia, envolvendo-a com seus braços de silêncio. Será que Matias, como ela, estaria acordado? Será que os passos que ouvira no corredor, aquele suave arrastar de chinelas, eram os passos dele?

A semiescuridão do quarto inspirava um certo medo, mas ela sentou-se na cama. Podia divisar as três irmãs dormindo calmamente. Pela janela cerrada entrava a luz baça da noite. A negrinha, em meio a um sonho, soltou um riso em sua enxerga.

Inácia saiu da cama com cuidado. Sentia frio, mas procurar um agasalho na desordem das roupas na mala acordaria alguém. Com todo o cuidado, abriu a porta. Do corredor vinha um sopro gélido. Descalça, saiu para a casa deserta.

De quando em quando, um castiçal iluminava o caminho; a madeira estalava suavemente sob seus pés. Lá fora, um dos cachorros da estância ladrava para algum bicho noturno.

Inácia chegou à sala e não divisou ninguém. Apenas os móveis pesados, a grande mesa, as portas cerradas, um cheiro de laranja seca que vinha da cozinha, do fogão onde decerto ardia um resto de lenha. Caminhou para lá, os pés descalços pisando no chão frio. Será que Matias estava dormindo em sua cama? Será que Matias tinha conseguido dormir depois daquele beijo?

Na cozinha, Inácia tomou um susto quando viu D. Antônia sentada numa cadeira de balanço ao pé do fogo. Longas cascas de laranja, cortadas em tiras, secavam no calor das brasas.

– Entonces vosmecê está acordada numa hora dessas? – A voz de D. Antônia era amigável, quase alegre. – Já passa da meia-noite, menina.

Inácia deu de ombros.

– Perdi o sono, tia Antônia.

– Que uma velha como eu não tenha sono, qualquer santo entende. Mas vosmecê?

Puxou uma cadeira para mais perto do fogão.

– Sente aqui comigo, menina. Me conte o que está le apoquentando.

Inácia sentou-se ao lado da velha senhora enrolada nos seus xales. Pegou de uma laranja descascada sobre a mesa e começou a comer bem devagarinho.

– A senhora acredita que as cousas acontecem como a gente quer nesta vida? – perguntou de boca cheia.

D. Antônia espantou-se:

– É por isso que vosmecê não consegue dormir, porque queima os pensamentos numa questão que não tem resposta. O futuro a Deus pertence. – Riu. – Às vezes, nem a Ele.

– Mas a senhora acredita que querer muito uma cousa ajuda?

– Bueno, ajudar, ajuda. Mas não basta querer, tem que lutar pela cousa. A vida não é fácil, minha filha, mas também não é difícil, apenas caprichosa. – Mirou a menina: – Vosmecê quer o quê?

Inácia deu de ombros:

– É um segredo. Não posso contar.

– Eu sou um túmulo para guardar segredos.

Olhos de vidro

Então foi naquele tempo que o menino começou a conhecer "os outros".

Vó Antônia levava-o à casa de Donana e à casa de Caetana. Passavam vários dias entre a primalhada, conversavam na varanda à noite quando o inverno largava o pampa, passeavam pelo campo quando a soalheira de verão dava uma folga.

Devagarinho, "os outros" começaram a ganhar rosto e nome e jeitos e até uns afetos que, misteriosos, surgiam da boca do menino, enrolados nas palavras. Sentia-se parte de alguma coisa, um elo daquela corrente que, mais do que um grilhão, como sua mãe pensara até morrer, era um apoio.

O menino gostou de ter uma família.

Dizia "tio" e dizia "primo", e sua boca se enchia de orgulho; era como se as palavras tivessem, mais do que sentido, gosto. As palavras eram caramelos guardados na prateleira mais alta da estante, e agora ele podia alcançá-los.

O mundo abria as porteiras da estância e se oferecia àquele menino.

O mundo eram os primos, os filhos do general, que le mostravam os cavalos e le contavam cousas e causos da guerra. O mundo era Caetana e sua voz rouca e seus cabelos que começavam a branquear. O mundo era o farol que Donana tinha plantado aos pés da sua lagoa, e que rebrilhava na noite como a maior estrela jamais vista pelos olhos do menino.

O mundo era um monte de coisas que o pai le permitia mas das quais jamais participava, porque naqueles tempos João Gutierrez andava mais com a cavalhada do que com as gentes.

Apesar da falta do pai, aquela era uma vida boa, e o menino gostava.

Gostava principalmente quando ia à Estância do Cristal e topava-se com Inácia. Era uma alegria que incendiava seu rosto, era uma alegria que dava mais cores às cousas e mais sabor às comidas.

Ele e Inácia inventavam desculpas para escapar aos adultos e fugiam para o campo, onde a ousadia de andar de mãos dadas era um segredo do céu e das coxilhas.

Ele e Inácia faziam planos e chupavam laranjas e galopavam pelo campo até que uma das negras viesse buscá-los porque D. Perpétua estava pelas ventas com a menina.

Ele e Inácia, meu Deus, podiam tudo e tudo ousavam, e um dia haveriam de ser mais felizes que o imperador. Simplesmente porque eles queriam e porque o menino tinha descoberto que a vida era boa.

Assim andava o tempo para Matias naquele ano de 1853, que veio e se foi.

No ano seguinte, o verão foi ardente e o gado sofreu uma seca de meses. O menino viu os bichos emagrecidos, os novilhos caindo doentes, e ficava triste, mas ainda mais triste ficava João Gutierrez, que então já gostava mais dos animais do que das pessoas.

Foi somente em março que veio a chuva. Choveu e choveu durante uma semana, e o menino ficou olhando a chuva cair e pensando em Inácia,

que estava longe,

que estava no Salso,

que um dia vestiria um vestidinho branco,

e levaria um maço de flores,

para casar com ele e ser feliz para sempre,

como queriam Deus Nosso Senhor e todos os anjos do céu, bem igualzinho ao casamento de Marco Antônio com a sua noiva Deolinda, que tinha sucedido uns dias antes da alagação, lá na Estância do Cristal.

Quando a chuva deixou de chover o seu atraso de meses, e então já se vivia o mês de abril, foi que chegou na estância um próprio trazendo carta de Caetana.

O menino correu para receber o homem, porque junto com aquelas cartas é que vinham os bilhetes de Inácia.

Correu com o coração acelerado dentro do peito; daquela vez, a sua Inácia não le tinha mandado umas linhas, somente aquele silêncio moroso, de céu de azul lavado e tarde de outono, e o homem, coitado, de roupa suja e chapéu de barbicacho, tirou um envelope do bolso e disse,

Pois tá aqui a única cousa que vim le trazer, vim a galope por dois dias e uma noite, que notícia de morte não é cousa que me agrade portar.

O menino pegou o envelope com as mãos em alvoroço, morrendo de medo daquela mania que a morte tinha de ceifar os seus quereres.

É notícia de alguém da família?, quis saber o menino, e tinha dito família com um aperto no peito.

Sei não, meu amigo. Isto é cousa pra vossa vó, D. Antônia. Foi a ordem que me deram lá na casa-grande do Cristal.

Matias encontrou vó Antônia na sala, fiando. Somente então le veio na alma a certeza de que aquela vó, que o tempo perdoava, já tinha idade de morte havia mais que um punhado de anos.

Mandaram le entregar esta carta, vó.

A voz dele engasgou um pouco.

Como a vó estava ficando fraquinha!, ele notara naquele momento. Era alta e delgada a tal irmã do general, mas então já se encurvava um pouco; levar o peso da cabeça parecia tarefa mui dura de cumprir com aprumo.

Uma carta? perguntou vó Antônia.

Ela leu com dificuldade, porque as letras matreiras fugiam-lhe dos olhos. Depois soltou um suspiro bem longo, à moda de conformação.

O menino conhecia toda a coleção de suspiros da vó.

Quem morreu, vó Antônia?

Morreu a noiva, meu filho.

Mas que noiva?

Vó Antônia suspirou,

A noiva do Marco Antônio, meu filho. Morreu de noite, coitadinha. E fazia uma semana que eles se tinham casado.

O menino lembrava da noiva, tão bonita que era ela.

A morte é mui malvada, vó.

A morte é cega, Matias.

O menino fez o sinal da cruz e ficou quieto. Morrer era uma cousa que ele não entendia bem. Se a gente tinha que morrer, nascia para quê?

D. Antônia cocava o menino com seu rosto sério de quem já tinha visto muita morte.

Vosmecê tá pensando em quê, Matias?

Tinha cousa da Inácia aí, nesta carta?

Não, meu filho. Era só cousa da morte da Deolinda, que Deus a guarde na eternidade.

O menino encolheu-se todo.

E se eu casar com a Inácia, se eu esperar todos esses anos que estou esperando até crescer e casar com a Inácia, e ela morrer no dia seguinte, igualzinho a Deolinda?

Vó Antônia riu,

Isso não vai acontecer, meu filho.

Ué, como a senhora sabe?

Tenho meus assuntos com Deus, naturalmente. Ou vosmecê pensa que vivi todos estes anos em vão? Desde já le prometo que vosmecê vai ser mui feliz. Nada de noivas mortas de madrugada.

A senhora tem certeza, vó Antônia?

Eu nunca que menti nesta minha vida, meu filho. Eu penhorei minha alma por vosmecê. E, ademais, vamos parar de desalentos. Nem só de ruindades é feita a vida. Esta carta também trouxe uma boa nova.

E o que é, vó Antônia?

Aqui diz que Maria Angélica está prenhe. Vai ter filho este ano, lá para as bandas do Natal. É assim que as cousas andam, meu filho. Um passo para trás, dois pra frente.

E o menino contou nos dedos os meses que faltavam até o começo de dezembro.

Quando o filho de Maria Angélica nascesse, ele já teria doze anos.

Mas era mesmo uma cousa estranha...

De adaga,
de tocaia,
de febre,
de tristeza,
de fome
ou de apoplexia,
se a gente tinha que morrer, nascia para quê?

Do seu canto, vó Antônia cocava o menino e pensava lá os seus pensamentos, quiçá se não seriam os mesmos.

Auroras e poentes e crepúsculos I

Estância do Brejo, novembro de 1862, noite.

O quarto está imerso numa claridade fraca. Duas lamparinas ardem perto da cama da doente. As janelas estão fechadas; apesar do calor que fez durante o dia, agora sopra um ventinho frio, e Caetana teme que D. Antônia, tão fraca, sofra com a súbita mudança de temperatura.

Caetana está com sessenta e quatro anos. Os cabelos branquearam nas têmporas, mas o rosto ainda é liso e os olhos têm um lume macio. É uma velha feliz, costuma dizer para os netos – já os tem tantos agora que perdeu as contas. Se a coitada da Teresa, filha mais velha de Perpétua, não tivesse perdido seu menino aos nove meses de uma febre, ela teria até mesmo um seu bisneto. Mas a vida não é justa, não é mesmo.

– A vida não é justa – resmunga Caetana em voz muito baixa.

Perto dela, D. Ana ergue o rosto do bordado com o qual se ocupa.

– Vosmecê disse alguma coisa, cunhada?

D. Ana definhou nos últimos anos, mas ainda é uma mulher ágil e lúcida. Caetana muitas vezes lembra-se da sogra, D. Perpétua, quando vê a energia da cunhada que, aos setenta e um anos, ainda comanda as coisas na Estância da Barra e brinca com os três netos, filhos de José e de Maria Angélica.

– Disse que a vida não é justa. A gente vive tanto para después morrer neste sofrimento, nesta gastura.

– Deus é quem quer, cabe a nós seguir a sina que nos foi dada – retruca D. Ana. – Cadê o Matias?

– Está lá para dentro. Daqui a pouco ele vem, Ana. Ele fica horas ao pé da cama de Antônia. Por Diós, como é dedicado a ela, como se fosse um hijo.

– É o filho que a Antônia não teve.

D. Antônia remexe-se na cama. Lá fora, um cusco começa a ganir incessantemente.

– Que bicho dos diabos, vai acordar a coitada – reclama D. Ana.

Caetana ergue-se e toca a fronte da cunhada. Arde em febre. Impossível não se lembrar da última noite do marido. Do seu rosto convulso e pálido. A magreza de D. Antônia é a mesma magreza de Bento – até na hora da morte esses irmãos se parecem.

D. Antônia abre os olhos. Uma névoa fina cobre seu olhar cansado. Faz dois meses que não sai da cama, teve dois achaques do peito desde o inverno e anda cuspindo sangue. Faz dois meses que tem sonhos ruins, sonhos tenebrosos em que gentes aparecem aos pedaços, sem um braço, sem uma perna, com os miolos para fora da cabeça. O doutor disse-lhe que esses sonhos são coisa da febre.

D. Antônia sabe perfeitamente que está à morte. É uma coisa lógica e até necessária. Não quer virar um matusalém de saias, se arrastando eternamente pelos cômodos da casa como um fantasma que somente se esqueceu de morrer. A única coisa que lhe dói nisso tudo é o Matias. Tem vinte anos e negou-se a ir para a Corte estudar; é o melhor maneador da estância, o melhor cavaleiro. Tem aqueles olhos pretos, intensos, e aquele riso tímido, o mesmo de quando era um meninote que andava agarrado às suas pernas. Como é que vai morrer e deixar Matias à mercê da vida?

– Que horas são? – pergunta D. Antônia com uma voz fraca, inquieta.

– Deve ser pelas oito, cunhada – diz Caetana. – Vou pedir para Beata le trazer uma sopinha.

D. Antônia dá um sorriso que parece um esgar. O rosto tem a pele colada nos ossos por causa dos suadores da febre.

– Não quero sopa nenhuma, Caetana. Desde quando se morre de bucho cheio?

Caetana sorri. Conhece bem a cunhada. Agorinha mesmo, D. Antônia está tentando alegrar o ambiente. Não quer que a chorem depois de morta.

– Quer um chazinho, entonces?

D. Antônia suspira.

– Tive um sonho horrível. Outro daqueles.

D. Ana aproxima-se da irmã. Acarinha seus cabelos ralos, úmidos de suor.

– Vosmecê tem que esquecer esses sonhos, irmã. São cousas da febre, o doutor já disse. – D. Ana fala baixo, mansamente. – Quer tomar um banho? Eu mando chamar uma das negras para ajudar.

D. Antônia sacode o rosto num misto de impaciência e de raiva. Lá fora, o cachorro põe-se a ladrar outra vez.

– Vosmecês querem parar de me tratar como criança?

Ela ergue a voz e se engasga. A tosse volta outra vez. Caetana corre a pegar a bacia, levando-a para perto do rosto da cunhada.

O escarro vem cheio de sangue. D. Antônia fecha os olhos para não ver. Sempre achou que morreria dormindo, sem alaridos.

Caetana segura as lágrimas dentro dos olhos. Igualzinho a Bento, igualzinho.

– Viu, Antônia? – A voz de D. Ana é muito doce. – Vosmecê não deve se angustiar, isso le faz mal.

– Eu sei que vou morrer, é cousa de dias. Sei que não sobrevivo ao Natal... – D. Antônia fala baixo, escandindo as palavras, controlando a inquietude do peito, esse desgraçado que não mais a obedece. – Sei de tudo... Mas vosmecês não precisam me tratar feito uma boba. Esses sonhos... Esses sonhos não são por causa da febre. – Suspira fundo. – Tenho um pressentimento, um pressentimento ruim. Vem guerra por aí. Eu sei o que está sucedendo no Uruguai, o tal blanco, o Berro, ele está pelejando com os rio-grandenses, eu sei... E isso não é cousa boa.

D. Ana afaga a mão da irmã. Antônia não tem jeito. Sua mente é um filtro, nada le escapa. Teria dado uma grande política, era por isso que ela e Bento sempre se haviam entendido tão bem. O mesmo raciocínio.

D. Ana também tem medo do governo de Bernardo Berro. Ele vem criando problemas com os brasileiros residentes no Uruguai, cobrando imposto sobre o gado em pé, fechando rios à navegação brasileira. Limitando os escravos. E, principalmente, corriam boatos de que os blancos estavam se unindo aos paraguaios, aquela gente misteriosa de quem tão pouco se sabia. Não contente, o tal Berro se indispunha também com os argentinos liderados por Bartolomé Mitre. D. Ana ouviu falar que Antônio Netto pensava até em ir à Corte pedir ajuda para os rio-grandenses residentes no Uruguai, que vinham sofrendo todo tipo de perseguições, alguns até tinham sido mortos.

D. Ana desvia a alma desses pensamentos angustiosos.

– Bueno, vou chamar alguém para me ajudar com vosmecê. Um banho vai le refrescar as ideias.

D. Antônia derrama seus olhos arregalados no rosto da irmã:

– Vosmecê, Ana, não está com medo das cousas?

A outra suspira:

– Não se vive sem medo, Antônia. Mas tenho fé que vai ficar tudo bem.

– Se fosse algum tempo atrás, vosmecê não teria coragem de me mentir assim, descaradamente.

Sorri de leve. Seus olhos febris cintilam na luz fraca do quarto.

– Mas eu le entendo, irmã, eu le entendo.

– Vou chamar uma das negras – desconversa D. Ana.

– Espera um pouquito.... Chame antes o Matias. Quero falar com o menino.

– Pode deixar – responde D. Ana, antes de sair da alcova da doente.

Caetana fica sozinha com a cunhada. Caetana também tem medo do tal Bernardo Berro. Os rio-grandenses não vão aguentar muito tempo a pressão dos blancos. Joaquim contou-lhe que volta e meia aparece um rio-grandense decapitado numa picada uruguaia.

– Vosmecê quer água? – pergunta Caetana.

– Quero.

A água vem e é fresca. D. Antônia toma-a em goles pequeninos como os de uma criança. Depois ergue o rosto para a viúva de Bento:

– Vosmecê sempre foi muito boa. Sempre le tive em grande estima...

Caetana sente um aperto no peito. Disfarça a emoção.

– Por que vosmecê está dizendo essas tonterias, Antônia?

– Antes tarde do que nunca. Sou mui quieta, vosmecê sabe. Mas não quero morrer com palavras de menos.

Caetana vira-se para depor o copo vazio sobre uma mesa e, discretamente, seca os olhos úmidos. Tem um pressentimento de que a cunhada não passa do fim da semana.

Toca a testa febril com as costas das mãos. É experiente nestas coisas, cuidou de oito filhos e de um monte de netos.

Antônia arde em febre.

– Se vosmecê não quer um banho, vou le fazer umas compressas.

D. Antônia sorri:

– Después que eu falar com Matias, vosmecê faça o que quiser... Mas le digo que já nem sinto mais esta febre. O pior é a suadeira que me vem quando estou dormindo.

– Vai passar – responde Caetana tristemente.

Batem à porta. Um instante depois surge o rosto de Matias no vão da porta.

– Está acordada, vó?

A voz do rapaz é doce e carinhosa.

D. Antônia abre um sorriso:

– Achegue-se, meu filho.

Caetana vê Matias atravessar o quarto com meia dúzia de passos decididos. É um jovem bonito, alto, bem-apessoado. Os olhos oblíquos do pai, escuros e vívidos, concentram a energia do rosto. Tem a tez queimada pelo sol do campo, os cabelos são negros e lisos. O sorriso que ele dirige a Antônia faz Caetana lembrar de Mariana.

Caetana sente uma súbita tristeza. Tanta gente que ela já tinha amado estava morta! Sobrinhos, cunhados, seu marido... Ela já tinha enterrado até um bisneto.

Matias ajoelha-se ao lado da cama de D. Antônia. Caetana vai ocupar uma cadeira perto da porta, em silêncio. Aquele menino bonito, cujo amor se derrama sobre o semblante de Antônia, quem sabe se casará com Inácia... É um alívio, uma minúscula compensação por tantas perdas. Matias e sua neta. Eles têm um compromisso que Perpétua permite. Eles falam em casamento. Inácia sonha viver no Brejo. A vida dá voltas e ata as pontas da meada.

– Vou lá fora ver onde anda a Ana – diz Caetana em voz baixa, de repente.

Quer deixar os dois sozinhos, como eles merecem. Quer ver onde está Ana e pedir que le dê um chá, pois seus nervos estão à flor da pele.

– Pode deixar que eu cuido dela – responde Matias, segurando a mão de Antônia.

Caetana ganha o corredor quase com alívio. Mal fecha a porta do quarto, começa a chorar baixinho.

– Meu filho?

– Diz, vó Antônia.

– Quero le pedir uma cousa...

– Pode pedir tudo, vó. A senhora sabe. Mas também pode pedir amanhã ou daqui a um mês. A senhora pode pedir quando quiser, vó. A senhora não vai morrer, eu sei. Ainda vai viver é muito.

D. Antônia abre um sorriso.

– Estou na minha hora, meu filho. Eu já vivi foi demais. Vivi para criar vosmecê, que agora é um moço bonito... Vivi para deixar estas terras para vosmecê.

– Não fale assim, vó.

– Falo, meu filho. Eu sei o que estou dizendo.

D. Antônia começa a tossir. Um escarro de sangue.

– Tente se acalmar, vó.

– Não queria fazer estas cousas na sua frente, Matias... – Suspira. – Cadê seu pai?

– Está lá para dentro.

– Seu pai é um bom hombre, Matias. Perdoe os silêncios dele.

– Pode deixar, vó. Vou cuidar do meu pai.

– Eu sei, eu sei... Queria le pedir uma cousa, uma cousa séria, mui importante.

– Pode pedir, vó Antônia.

D. Antônia titubeia.

– Todo mundo acha que eu estou variando...

– A senhora não está variando.

– Vem guerra grande por aí... Tenho tido uns sonhos, e meus sonhos sempre foram tiro e queda. Vai ser guerra dura, das mais tristes de que já se ouviu falar. Eu sei por causa dos meus sonhos, Matias. Vai ser uma guerra horrível.

– Se a guerra vier, eu irei, vó.

– Vosmecê sempre quis ser um herói, meu filho... É por isso que quero le pedir uma cousa.

– Peça, vó Antônia.

– Se a guerra vier e vosmecê for lutar nela, não se deixe matar... Viva por mim, Matias. Viva muitos anos. Não há mérito em morrer, meu filho. Não se deixe apanhar pela morte, é isso que eu le peço. A vida é mui buena, Matias.

A voz de Matias é triste:

– Eu juro, vó. Eu juro que, se um dia vier a guerra, eu não vou morrer nela.

– Vosmecê vai voltar, Matias... Vai voltar e casar com Inácia, e vai ter filhos e vai ser mui feliz. Vosmecê jura, meu filho?

– Juro pela alma da minha mãe.

D. Antônia sorri. Seu olhar está turvo de lágrimas.

– Entonces agora posso morrer descansada.

Quando D. Ana volta para o quarto trazendo ajuda e uma bacia com água morna e toalhas, Matias sai para o corredor.

A casa silenciosa atormenta-o, pois há em tudo uma expectativa cheia de tristeza. Já viveu aquilo uma vez, quando ainda era um menino assustado demais para compreender que aqueles silêncios todos, os passos cerimoniosos das negras da casa, as velas ardendo no altar, tudo é um prenúncio da morte. Dentro da sua alma há a leve lembrança da doença da mãe.

Matias sai para a varanda. A noitinha fresca, perfumada de jasmins, espalha seus rumores pelo campo. Os grilos ciciam nas macegas e uma cantilena vem de longe, a voz lânguida e um tanto desafinada de algum peão que entoa uma milonga de amor.

Na verdade, ele sabe que D. Antônia vai morrer. Sabe por intuição que a hora dela chegou, e está tão triste como se tivesse onze anos, e não os vinte que agora leva no rosto em que a barba escurece os contornos do queixo.

Corre os olhos por toda aquela terra onde cresceu, onde viu tantas coisas e onde aprendeu a vida em meia dúzia de ditos que D. Antônia usava sempre para explicar a lógica das relações humanas, que para ela eram simples. Havia o amor e o ódio, a coragem e a infâmia, a família e a honra. O resto desimportava, eram tolices que as gentes inventavam por capricho ou por burrice.

Matias senta-se numa cadeira e olha o céu; as estrelas espalham-se como que jogadas por algum par de mãos distraídas. O pai ensinou-lhe o nome da maioria das constelações que o céu austral exibe, mas faz muito tempo que João Gutierrez decidiu viver uma vida à parte, e desde então Matias foi esquecendo o nome daquelas estrelas todas... D. Antônia tinha lhe dito muitas vezes que um homem devia olhar para a frente. Devia pisar na sua terra. As estrelas eram para os marinheiros e os poetas – D. Antônia é mulher prática demais para apreciar as rimas.

Medo é a palavra que o define neste momento. E se tivesse coragem de dizer, caso a velha e boa Antônia lhe pergunte, também há a ansiedade. (Ansiedade é uma coisa abominada por D. Antônia, para quem tudo carece de um tempo certo, como a água para a fervura.)

O ronco de um acesso de tosse chega-lhe aos ouvidos. Matias ergue-se e sai pelo campo, onde a brisa balança a copa das poucas árvores que se levantam na campina.

Sempre teve muito medo de que D. Antônia morresse; a consciência de que era ela quem o moldava à vida sempre foi mui forte. A mãe tinha uma doçura e uma tristeza que a impossibilitavam para a praticidade, e o pai, o pai é um índio guasca de coração maior que o mundo, cujo único amor foi sua alegria e sua desgraça: desde a morte de Mariana que João espera somente a sua vez de finar-se.

Matias tem sido muito solitário. Somente três criaturas lhe haviam tocado a alma: D. Antônia, sua tia Manuela e Inácia. Agora, ele e

Inácia estão para ficar noivos, veem-se com frequência e planejam um casamento. Matias sabe que Perpétua esperava para a filha um marido com nome mais importante, que lhe desse uma vida de refinamento, mas eles se amam desde crianças, e Inácia tem um temperamento forte o suficiente para impor à mãe o seu desejo. Ademais, este tipo de casamento é um costume na família.

Ele anda pelo campo silencioso, contorna o velho depósito de lenha e segue rumo ao estaleiro. Sempre gostou daquele lugar. Foi lá que chorou a morte da mãe. Foi lá que viveu seus sonhos de viagens mirabolantes e de aventuras ao lado de Giuseppe Garibaldi. Foi lá que declarou seu amor a Inácia, e lá também prometeram casar. Nesses anos todos, cuidou do velho estaleiro com as próprias mãos, e agora a construção de madeira, pintada de branco e com as janelas consertadas, descansa à beira da água na noite fresca de primavera.

A grama estala sob seus pés, a porta range seu velhíssimo gemido, Matias entra no estaleiro e acende um lampião à porta. A luz fraca, amarela, enche o lugar. Matias olha em derredor. Num canto, acomodado sobre um monte de lenha, está João.

– O que o senhor faz aqui?

– Estava pensando na vida... Como vai D. Antônia?

– Piorando sempre.

João acende um palheiro. A brasa rebrilha no ar, dançando entre os dedos da sua única mão.

– A muerte é triste – diz o índio. – D. Antônia foi a melhor pessoa que cruzou o meu caminho e o da sua madre.

Matias mira o pai. É um homem cansado e vencido. Embora seu rosto não mostre a passagem do tempo, os olhos são lúgubres, baços.

– D. Antônia me disse que uma guerra vem aí.

João Gutierrez sorri, desinteressado:

– As guerras vêm e vão. Não hay uma como a outra. Eu mesmo já vi muitas, e tudo continua no seu lugar, como tem de ser. Mas a morte se regala nas pelejas.

Pela janela aberta entra a brisa da noite. Matias respira fundo. Ali não há quaisquer vestígios das velhas milongas do peão desafinado.

– Já le disse que vou me casar com Inácia... A morte faz a gente pensar essas cousas, faz a gente querer viver logo. – Ele suspira. – Queria que Inácia estivesse aqui comigo. Queria que ela estivesse comigo lá dentro, naquele quarto onde vó Antônia está desaparecendo.

– Usted está enganado. Não tenha pressa de viver. Não case com Inácia. Ela não é mulher para vosmecê.

Matias olha o pai. O espanto faz seus olhos brilharem.

– Por que o senhor diz isso?

João Gutierrez apaga o palheiro no chão de pedras. Sua voz é baixa:

– Usted é um bastardo. Filho de um índio. E Inácia é moça rica, de família importante. Sei o que le digo, hijo.

– De um modo ou outro, somos primos. Temos o mesmo sangue e casamos ano que vem. Vó Antônia deu-nos a sua bênção.

João Gutierrez ergue-se do seu lugar com exímia ligeireza, como um felino.

– A vida é sua. Gaste-a como bem quiser. Mas um padre tem o direito de dar um conselho a um hijo, e esse é o primeiro que eu le dou.

Fica um segundo calado e depois acrescenta numa voz cansada:

– D. Antônia sabe lo que diz. Os moribundos têm olhos de ver a muerte, a guerra vem por aí.

Matias vê João Gutierrez sair do velho estaleiro sem fazer qualquer ruído, como uma sombra. O braço aleijado colado ao corpo, a única mão balançando no ar.

Sente uma vontade grande de rever Inácia, de estar com ela por algumas horas. Sentir o cheiro dos seus cabelos, ouvir sua voz. Consolar-se nela como se ainda fosse aquele menino que usava um lenço encarnado e que tinha medo do vento sussurrando nas janelas.

Dentro do seu quarto, D. Antônia escarra sangue sob os olhares piedosos da irmã e de Caetana. Apesar do grande desconforto e da dor que sente, seu rosto parece sereno.

Na última gaveta da sua velha secretária está o testamento que fez há poucos meses, no qual deixa tudo de seu para Matias.

Estância do Salso, Boqueirão.

Inácia não conseguia dormir e não era por causa do calor. O lampião aceso ao lado da cama iluminava um livro em que seus olhos se perdiam, pulando palavras e contextos. Deitada ao seu lado, sua irmã Isabel decerto que sonhava.

A casa ia imersa em profundo silêncio. Perpétua deitava-se muito cedo, e desde que Teresa e o marido tinham ido viver ali, logo depois da morte do menino Inácio, aquele hábito de dormir com as galinhas se tinha intensificado. Em seu quarto, Inácia ouvia os choros da irmã mais velha, que pranteava o filho perdido noite após noite, naqueles últimos três anos. Sua tristeza jamais parecia arrefecer. Agora, Teresa estava grávida novamente, e Inácia rezava sempre, pedindo que a irmã parisse uma criança saudável e deixasse de sofrer tanto – o primeiro filho de Teresa tinha morrido de um espasmo cardíaco aos nove meses de idade.

O Salso era um lugar triste. A mãe jamais se conformara com a morte do marido, e entregara sua alma a uma certa lugubridade que vivia nas mais variadas situações da vida cotidiana. Na estância, tinham-se acostumado a não ser alegres. Ali se vivia em paz, mas era uma vida por demais silenciosa. Inácia, cujo espírito livre e indócil ansiava por emoções e por amor, queria existir sem tantos limites. Desde pequena, uma chama ardia dentro dela, era sempre a primeira a cantar, a dançar e a aceitar um passeio de charrete. Engraçado era que amasse tanto Matias, posto que o primo tinha um jeito sossegado e tão diverso do seu. Em verdade, deleitava-se na sua companhia; queria-o por perto sempre. Matias era um regozijo para a sua ansiedade e, mesmo sendo pacato e desconfiado, fazia de um tudo para agradá-la, buscando dentro de si um manancial de vontades que usava para levá-la aos passeios e para dançar nas festas domingueiras das estâncias da região.

Inácia fechou o livro e persignou-se. Desde que Teresa engravidara novamente, o silêncio noturno repetia-se e era possível dormir sem o acompanhamento dos soluços. Apagou a luz e repousou a cabeça no travesseiro, pensando em Matias. Iria casar-se no ano seguinte. Tinha sido uma cousa mui dura convencer a mãe de que aquela união era o seu destino. Não que Perpétua não acreditasse no amor; ela mesma havia amado seu marido e ainda chorava-o, escondida no velho escritório que mantinha intacto, como o tinha deixado Inácio no dia da sua morte. Mas Perpétua queria para a filha um partido melhor. Um homem culto, não um jovem de estância como era Matias. Com seus ares indiáticos. Com seu silêncio. Com aquele passado misterioso e um punhado de segredos que rodeavam a sua existência.

Custara-lhe muito convencer Perpétua de que, se não casasse com Matias, ela jamais desposaria outro. Faria igual a Manuela, que então, aos quarenta e dois anos, ainda esperava pelo tal italiano. Aquele argumento derrubara as objeções de Perpétua, e haviam sido feitos os acertos para o noivado e o casamento.

Um cachorro ladrou no campo ao longe. O ganido triste arrepiou sua pele, e Inácia fechou os olhos, tentando dormir. Alguma coisa a inquietava. Sabia que D. Antônia estava muito doente no Brejo, e que a avó tinha ido estar com ela. Tentou imaginar o que Matias estaria fazendo àquela hora – decerto velava a tia-avó. Tinham sido sempre muito dedicados um ao outro.

Inácia virou-se na cama. Ao lado, Isabel abriu os olhos no escuro e, com a voz rouca de sono, perguntou:

– Que horas são?

O cachorro ainda gania lá fora.

– Passa das dez...

A irmã empurrou as cobertas para os pés da cama.

– Está calor aqui – disse baixinho. – Maldito cusco. É por ele que vosmecê não dorme?

– Não – retrucou Inácia. – Eu pensava em D. Antônia.

– Vosmecê pensava era em Matias, que eu sei.

– Amanhã eu vou com a madre até o Brejo – disse Inácia com um pingo de ansiedade na voz.

– Vai ver o noivinho...

Isabel era brincalhona e apreciava certos chistes.

– Vou ver Matias e D. Antônia.

Isabel remexeu-se na cama:

– A madre disse que ela vai morrer. Fico um pouco triste, mas não muito. Afinal, ela já é mui velha, e não se pode ficar para semente.

– Não diga besteiras! Morrer é sempre mui triste, e D. Antônia é como uma madre para o Matias.

– Agora ele vai casar com vosmecê e não vai mais precisar de madre, Inácia.

– Sabe o que o marido de Teresa me disse outro dia? Que vamos ter guerra com o Uruguai. Por causa dos blancos. Disse que Antônio Netto está arreglando gentes para a peleja.

– Cruz em credo. Se tiver guerra, vosmecê não se casa.

– Caso sim. Nem que eu tenha que fazer como essas vivandeiras que seguem para a guerra atrás do seu hombre. Me caso e vou com o Matias, isso le juro.

Isabel retrucou:

– Deixe a madre ouvir isso. Ela le passa uma carraspana. – Virou-se de lado. – Agora, vamos dormir; afinal, vosmecê viaja amanhã. Vai ver o seu noivinho.

Inácia fechou os olhos. Queria descansar; se D. Antônia estava morrendo mesmo, era certo que Matias iria precisar do seu apoio.

No dia seguinte, D. Antônia estava morta. A irmã mais velha do general Bento Gonçalves da Silva morrera durante a noite, em silêncio, com olhos abertos e com um sorriso estranho no rosto, e tal fato provocara um comentário de D. Ana:

– Antônia deve ter ido com alguma cousa em mente. Já vi esse sorriso muitas outras vezes na vida. Foi com esse sorriso que ela arrancou Mariana lá da Barra, quando ela estava grávida do Matias.

Caetana deixou fugir um suspiro. Aos poucos as pessoas partiam, uma a uma. Era preciso acostumar o espírito.

– Antônia há de fazer muita falta – disse a uruguaia em voz baixa. – Em todos os malos momentos da vida, esteve ao meu lado.

D. Ana fez o sinal da cruz:

– Mais cedo ou mais tarde, nós todos teremos de nos haver sozinhos. Nem que seja na morte.

Dizia aquilo como um consolo; o desaparecimento da irmã mais velha era para ela uma tristeza muito difícil de superar.

Calado, Matias tinha os olhos postos no corpo de D. Antônia. Estivera com ela no último momento, e sequer sabia precisar o exato instante da sua morte. D. Antônia morrera discretamente. Sempre a tinha imaginado inquebrantável; a coragem era uma cousa que D. Antônia carregava consigo e que distribuía aos outros nos momentos necessários, como quem dá remédio aos doentes. Agora, morta sobre a cama de lençóis alvos e macerados pela última noite de padecimentos, a velha era uma massa miúda e pálida. Somente o rosto parecia intacto.

E aquele sorriso.

Matias também o conhecia. Vira-o recortar-se naquela boca nos momentos duros da vida. Vira-o nas boas horas, plantado naquela face serena onde as emoções não se deixavam entrever. Era com aquele sorriso que D. Antônia pelejava e vencia suas querelas.

Matias fez o sinal da cruz sem saber muito bem por quê. Acreditava pouco em Deus e na Sua benevolência, mas sabia que tal gesto era esperado por D. Ana e Caetana, que eram muito católicas.

– Temos que avisar os outros – disse depois de algum tempo. – Somente a família, como ela queria. Vou pedir que o pai cuide disto.

D. Ana assentiu:

– Mande o Netinho avisar José e Maria Angélica. E algum peão pode seguir até o Cristal e o Salso. – Gastou alguns segundos rememorando certos nomes, e então acrescentou: – E alguém deve ir a Pelotas. Manuela era mui apegada a Antônia.

Todos permaneceram calados.

Havia aquela coisa incômoda e intransponível, aquele silêncio sem desdobramentos que apavorava a todos. A morte era maior e mais perene do que as providências, mas aquilo de tomar disposições sempre era um modo de escapar da tristeza. "Quem se ocupa não tem tempo para sofrer", era o que D. Antônia costumava dizer.

Naquele momento, deitada na cama de todos os seus anos, D. Antônia parecia muito sozinha e apaziguada, finalmente livre de quaisquer atribuições ou juízos.

Matias caminhou até a janela e mirou o dia. Gostaria de rever Manuela, depois de tantos anos. Teria sido quando a última vez? No casamento de Joaquim ainda se tinham encontrado, e Manuela, muito séria e ainda possuidora de grande beleza, parecera um tanto abalada com as bodas do primo. Mas desde então se tinham passado cinco anos, cinco anos durante os quais Manuela jamais deixara sua casa em Pelotas. Naquele tempo, D. Antônia lamentara muitas vezes o destino da sobrinha. Matias sorriu. Por algum motivo que não podia compreender, admirava Manuela e a sua estranha perseverança em viver daquele amor tão único e tão triste.

As flores de um cinamomo pegado à janela do quarto de D. Antônia perfumavam o ar primaveril. Uma breve lufada de vento entrou pelas venezianas abertas, remexendo os cabelos cinzentos de D. Antônia. O súbito movimento, como se alguma coisa ainda vibrasse naquele corpo, emocionou Matias. Ele respirou fundo e conteve as lágrimas a custo. Tinha muita vergonha de chorar.

Quando a mãe morreu, ele se recordava perfeitamente disso, havia um sol como aquele. Um céu azul. A inconveniência daquela perfeição feria-o; de certo modo, porém, teria agradado a D. Antônia. Para ela, a vida devia seguir em sua normalidade a despeito de quaisquer percalços. E D. Antônia certamente consideraria a sua morte um pequeno contratempo e nada mais.

"Veja a vida como um plano amplo", era o que ela dizia a Matias. "Jamais vosmecê vai entender qualquer cousa sem mirá-la de longe. Mirando de perto, faz-se o ponto de cruz, mirando de longe, faz-se a vida."

Do seu lugar à janela, Matias olhou o campo vibrante de cores. O céu azul, o capim verde e alvoroçado de brisa, o horizonte longínquo. Uma campina desfazendo-se sobre o azul. A velha figueira onde outrora o professor lhe dava lições nas tardes de verão. O estaleiro à beira da água. Era naquilo tudo, em cada cantinho que seus olhos podiam perceber, que D. Antônia viveria daquele momento em diante.

Um cavalo relinchou ao longe e, da janela, Matias ergueu os olhos para o campo. Viu, no caminho que subia até a casa, a charrete que chacoalhava ritmadamente, guiada por um negrinho do Salso, um negrinho alforriado que ele conhecia muito bem.

Inácia estava chegando.

Matias não se furtou a um sorriso.

– Dona Perpétua e Inácia vieram.

Caetana acorreu à janela e sorriu ao ver a filha e a neta que desciam em frente à casa.

– Vão ficar mui tristes, é preciso les contar a notícia com cuidado – gemeu Caetana, e saiu segurando as saias do vestido negro.

Matias também se encaminhou para a sala, enquanto D. Ana, auxiliada por duas criadas, escolhia uma boa roupa para pôr na morta.

O relógio badalou a décima segunda hora do dia, e seu eco tristonho ficou ressoando pela casa lugubremente, como uma espécie de reclamação. Uma das criadas comentou que era D. Antônia quem dava corda ao velho relógio que tinha sido de sua mãe. A partir de então, para bem de que o tempo não cessasse de andar naquela casa, era preciso arranjar um responsável por aquela tarefa. D. Antônia já não vivia no tempo que o velho relógio contava.

Antônia Joaquina Gonçalves da Silva foi enterrada com grande pesar, e toda a família compareceu ao funeral no pequeno cemitério da Estância do Brejo. Lá estavam Maria Angélica e José com seus cinco filhos, Bento, Nicanor, Antônia e a pequena Faneca que, aos dois anos, empoleirada no colo da ama, maravilhava-se com as gentes sobriamente vestidas e tentava a todo custo fugir para a beira do rio. O mais novo dos filhos, Francisco, com oito meses, dormia num dos quartos da casa, alheio às tristezas dos adultos.

Maria Angélica chorava muito. Tinha aprendido a amar e admirar aquela velha senhora cujas palavras, se nem sempre eram belas e elogiosas, guardavam a verdade de todas as coisas. Ah, como sentiria sua falta... Parada ali à beira da cova, ouvindo o padre contar uma parábola, ainda podia ver a velha tia, muito magra e ereta, com seus cabelos da cor da borralha, com sua voz melodiosa e serena, mirando a barriga da última gestação e atestando-lhe que haveria de parir um menino.

Bento e Tomázia também estavam lá com os quatro filhos. Caetano e Clara tinham viajado toda a noite, desde Bagé. Leão e a esposa, Emília, tinham vindo de Pelotas com as três crianças. Ana Joaquina estava ao lado de Caetana, que chorava copiosamente, presa de uma solidão que não podia nominar. A velhice era um sofrimento sem remédios, e cada vez que um dos seus morria, ela sentia-se mais sozinha, mais cansada e mais incapaz. Mas a filha mais nova segurava-lhe a mão e lhe dizia cousas boas, que mirasse os tantos netos que já tinha, que visse as alegrias do futuro e esquecesse as misérias do passado. Caetana entristecia-se também pela falta de Marco Antônio que, depois da morte súbita da esposa poucos dias após o casamento, resolvera montar num cavalo e ganhar o mundo, mandando apenas notícias esparsas em breves cartas sem muita lógica, que mais a enchiam de angústia do que lhe traziam qualquer consolo.

O padre acabava de encomendar a alma da morta, e sua voz evolava-se na manhã límpida e quente de novembro. Caetana correu os olhos pelas gentes ao seu redor.

– Donde está o Joaquim?

– Foi levar a Josefina lá para dentro. A criança parece que começou a chorar.

Caetana suspirou. Sabia que o filho jamais poderia se sentir à vontade perto de Manuela, mesmo depois de casado.

E Manuela estava a poucos passos dali. Alta, mais cheia de carnes, com os cabelos escuros presos num coque, usando um vestido simples e de tecido barato, mas ainda bonita; havia qualquer coisa de inquietante na sua presença silenciosa. Caetana percebeu que a sobrinha não chorava pela tia, mas exibia um sorriso imponderável.

– Vou hablar com sua prima – disse à filha.

Saiu pisando leve, enquanto dois negros da casa derrubavam a terra sobre o esquife de D. Antônia e o choro de Ana elevava-se por sobre o murmúrio das gentes. Não queria olhar aquilo. Não tinha mais forças para tantas despedidas.

Acercou-se de Manuela e beijou-a de leve.

– Faz tempo que não le vejo, menina.

Manuela mirou a uruguaia. Aos sessenta e quatro anos, a beleza de Caetana se tinha dissipado de um todo, restando apenas aqueles olhos graúdos que as rugas contornavam. Os cabelos, que Manuela outrora penteara e cobiçara, estavam riscados pelas cãs e presos numa trança bem-urdida.

– A senhora sabe que me desgosta sair de casa.

Um sorriso triste estampou-lhe o rosto de carnes cheias.

– Vim por D. Antônia, pois muito a amei.

– Ela vai fazer muita falta.

– Mesmo de longe, pensava nela todos os dias. Houve uma vez em que somente o seu amor me livrou de enlouquecer... Mas, por fim, acabei enlouquecendo de um jeito ou outro, como dizem por aí. Não se pode fugir ao destino.

Caetana espantou-se. Sempre aquela agudeza.

– Não creio que vosmecê esteja louca, Manuela. Creio que é um capricho seu, e que le agrada jogar a vida fora.

– Viver é ir morrendo, tia. Todos nós jogamos um tantinho da vida fora todos os dias. Ninguém se escapa disto – fez um gesto indicando a cova recém-coberta, aos pés da qual Matias ajoelhava-se em silêncio. – Eu, pelo menos, sei por que vivi.

Caetana sorriu tristemente.

– Antônia viveu para este sobrinho...

Manuela deitou um olhar para Matias, que mirava a sepultura com os olhos secos.

– Matias há de virar-se mui bien. D. Antônia era ótima conselheira... A mim sempre me disse que estava jogando minha vida fora. Pena que nunca fui dada a ouvir conselhos, embora possa reconhecer a utilidade de alguns.

Manuela ergueu as saias e virou-se sem dizer adeus. Ultimamente, detestava a companhia dos outros. Detestava os olhares e as explicações que lhe pediam. Tinha vindo por D. Antônia. E por Matias. Não devia se esquecer de convidá-lo à sua casa em Pelotas. E, se ele fosse visitá-la, iria mostrar-lhe as velhas cartas de Giuseppe. Um dia, quando era menino, Matias teria dado qualquer cousa para ler aquelas cartas. Mas era uma tola. Agora o pequeno Matias era um homem. E os homens não sabiam sonhar. O sonho era um privilégio da infância e da loucura. O sonho era aquela cousa que ela guardava em seu peito e na qual regalava-se todas as noites no mistério da sua solidão.

Após o enterro, Inácia saiu em busca de Matias. Encontrou-o no velho estaleiro, sentado num toco de árvore. Seu rosto tinha ainda resquícios de tristeza.

– Como vosmecê está?

Achegou-se a ele com um cuidado amoroso, e Matias lançou-lhe um sorriso abatido.

– Não sei le dizer. É como se a morte dela fizesse toda a diferença, como se nada por aqui fosse igual a antes de ela morrer.

Inácia tocou-lhe o rosto. Os olhos dele, grandes, oblíquos, estavam úmidos de lágrimas, e ela sentiu a piedade crescendo por ele, como se ele fosse um menininho pequeno que precisasse de colo.

Ajoelhou-se ao seu lado.

– A morte faz isso... Tudo fica igual e tudo fica diferente, e mesmo que nunca se fale na cousa, ela está lá, no meio da gente. A minha casa, por exemplo, depois que o pai morreu, não teve um móvel trocado de lugar. No entanto, nada é como antes.

Matias segurou-lhe a mão e beijou a palma branca, macia e lisa.

– Eu vejo as cousas e penso nela, na velha Antônia, e nos seus juízos. – Suspirou. – De qualquer modo, não hei de mexer em nada até o nosso casamento.

Ela sorriu.

– Vosmecê precisa me prometer que vai ficar bem... Me aflige vê-lo assim.

– Se vó Antônia estivesse aqui, certamente me passava um tranco. Só faltava ela pegar uma vassoura e varrer a tristeza da cara da gente.

– A tristeza é um luxo ao qual ela não se dava, Matias.

Inácia mirou o céu de um azul claro e vivo. O rumor do rio cantava nas margens de capins altos. Alisou as saias do vestido escuro e ergueu-se.

– Vamos voltar, meu querido? Se a madre sai em minha procura, não quero nem ver.

– Mas e se estamos noivos?

Ela riu baixinho.

– Isso pouco importa a dona Perpétua. Diz que quem tem quatro filhas para criar deve ter olhos nas costas. Mal sabe que já os tem.

Matias ergueu-se. Ajeitou os cabelos num gesto que lhe era característico e tomou Inácia pelo braço. Na campina, os quero-queros cantavam alegremente para o sol.

A família VII

Não se passaram seis meses da morte de D. Antônia, e a guerra civil rebentou no Uruguai. Corria o mês de abril de 1863 quando chegou no Rio Grande a notícia de que Venâncio Flores, o caudilho colorado, invadira o Uruguai à frente de tropas organizadas em Buenos Aires com a ajuda do governo argentino, que lhe fornecera homens e patacões de ouro para a operação.

Notícias desencontradas davam conta de que o presidente uruguaio, Bernardo Berro, do partido dos blancos, assustado com a hostilidade recente das duas grandes potências vizinhas, Argentina e Brasil, tratava de buscar uma aproximação com o Paraguai, onde o governo de Solano López tinha certas ligações com os blancos uruguaios. Tal movimentação trouxe nova inquietude aos rio-grandenses. Fazia já algum tempo que as pessoas andavam temerosas por causa das atitudes que o governo de Berro tinha tomado contra os cidadãos rio-grandenses, taxando a movimentação do gado em pé pelas fronteiras e limitando o número de escravos nas propriedades de brasileiros residentes no território uruguaio.

D. Ana, em sua casa na Estância da Barra, acompanhava as notícias com ares inquietos. Dizia-se à boca miúda que cidadãos do Rio Grande eram encontrados mortos todos os dias em picadas uruguaias, alguns decapitados, outros apareciam com os documentos de nacionalidade enfiados na boca e com um balaço no peito. Eram coisas que apavoravam a velha senhora e que lhe tiravam o sono, quando então ela se quedava à janela do seu quarto, olhando o farol refletir sua luz nas águas pacatas da lagoa. Com os netos crescendo e a vida em relativa calma, D. Ana não esperava mais acompanhar outra guerra.

No entanto, algo lhe dizia que as tensões uruguaias não teriam bom termo. As relações do Uruguai não iam bem nem com o Império do Brasil nem com a República Argentina, e o Prata tornava-se, pouco a pouco, um caldeirão prestes a explodir. Dizia-se também que os paraguaios, oferecendo seu apoio aos blancos, tinham pedido explicações ao governo argentino sobre sua suposta ajuda ao caudilho Flores. Pouco a pouco, os países iam-se posicionando, e a única coisa engraçada daquilo tudo, aos olhos de D. Ana, era uma leve percepção de que, pela primeira vez em sua vida, ela via o Brasil e a Argentina caminharem para um certo alinhamento, já que o poder blanco não interessava a nenhum dos dois governos.

Certa tarde, em meados de maio, José chegou de Pelotas contando que os blancos e os colorados batiam-se em pelejas nas províncias uruguaias, e que alguns rio-grandenses, entre eles o general Antônio de Souza Netto, estavam juntando armas e homens com o intuito de lutar ao lado de Venâncio Flores.

– As cousas estão esquentando – disse José para D. Ana e Maria Angélica, que o miravam com olhos ansiosos. – Daqui a pouco, a água dessa fervura vai começar a chiar, ouçam o que les digo.

Maria Angélica estava grávida do sexto filho, e sofria com as notícias dadas pelo marido. Se as cousas estourassem, outra vez as famílias teriam que contabilizar os seus mortos. Aquilo era uma sina. Ao menos, para seu descanso, era certo que José, que já não era um moço e ainda por cima tinha o problema na perna, não iria para a guerra. Nem seus filhos, todos ainda crianças. Mas Maria Angélica temia pelos irmãos, principalmente por Marco Antônio, que andava perdido no mundo. Temia pelos arranjos sobre os quais se comentava. Se os quatro países envolvidos se desacertassem, a guerra seria grande e perigosa.

Com o filho pequeno dormindo com a cabeça apoiada na barriga de seis meses de gestação, ela cocou o marido com seus olhos inquietos:

– Vosmecê acha que as cousas caminham para onde?

José preparava calmamente um palheiro.

Lá fora, o vento de outono soprava ritmadamente. Recortado no céu cinzento, o farol luzia de brancura contra um aglomerado de nuvens escuras que anunciavam o frio.

– Eu tenho lá os meus receios. Ninguém conhece bem esses paraguaios... E o tal Solano López mandou um ultimato para o governo argentino. Por outro lado, a própria Argentina acabou de sair de uma guerra interna, e eu não sei se Mitre teria vontade de brigar com o Uruguai e com o Paraguai.

D. Ana bordava o enxoval do neto por nascer. Entre um ponto e outro, levantou seus olhinhos miúdos e disse:

– Mas o general Mitre tem patrocinado o Flores. Isso não se pode negar.

– Há muitas cousas em jogo, madre – ponderou José. – O Uruguai quer enfraquecer o poder que o Império exerce sobre ele. Não renovou um importante tratado de navegação e agora não podemos usar três rios que nos eram mui necessários.

– E o que o Mitre tem a ver com isso, meu filho?

– A Argentina quer minar o poder dos federalistas, madre. E eles têm forte ligação com os blancos uruguaios, por isso é que o general Mitre tem patrocinado os colorados chefiados por Flores.

D. Ana suspirou:

– Isso tudo é mui confuso, mas rezo a Deus que eles se acertem... A gente nunca deve perder a esperança na paz, ensine isso aos seus filhos, Maria Angélica.

– Se o Império entrar na guerra, os rio-grandenses é que vão lutar – retrucou a moça. – E meus filhos vão crescer na guerra, como eu cresci.

– Estamos sempre perto demais – respondeu José. – Estamos sempre com os pés no fogo. Não hay uma criatura neste Rio Grande que não tenha conhecido uma guerra.

D. Ana largou seu bordado no cesto e ergueu-se a custo. Ultimamente andava sentindo certas fraquezas, uma zoeira nos ouvidos. Mas não valia incomodar os jovens com os seus problemas, ainda mais com as cousas do jeito que iam. E ela sempre soubera muito bem que a velhice não era uma festa.

Mirou o filho e a nora:

– Vou lá para dentro ver como andam as cousas na cozinha. Vindo ou não uma guerra, é preciso comer direito.

Maria Angélica achou graça. Se tinha uma cousa que não faltava naquela casa, a despeito de quaisquer problemas ou contratempos, era uma mesa farta. Aprazia intensamente a D. Ana ver seus netos regalando-se nas travessas de carne assada e mogango caramelado.

Em Bagé, Caetano acompanhava o desenrolar dos acontecimentos no Prata. Se houvesse uma permissão do governo imperial, ele seria um dos primeiros a seguir para a peleja.

Tinha recebido carta do general Netto, na qual ele contava algumas das violências que a gente do Rio Grande vinha sofrendo no Uruguai. Eram quase quarenta mil brasileiros residentes naquele país, na maioria gente do sul que tinha terras e escravos, e que era alvo de agressões fortuitas e cruéis. Netto escrevera de um caso em que certo estancieiro fora morto e suas terras confiscadas pelo governo de Berro, ficando a viúva e suas filhas sem uma moeda que fosse. Havia relatos de atentados contra mulheres e de tocaias. Até mesmo o próprio general tinha escapado de uma emboscada em que certos uruguaios seus inimigos o tinham esperado numa curva do caminho, quando ele voltava de uma viagem de negócios a Paissandu.

Caetano Gonçalves da Silva andava afoito com aquilo tudo. Imiscuído ao sangue que corria nas suas veias estava aquele prazer pela luta, suas emoções e desafios. Ademais, havia naquela questão um tanto de honra: mais uma vez, o Império devia cousas aos rio-grandenses, que tinham suas propriedades vilipendiadas, carecendo de qualquer proteção do seu governo. Se Netto reativasse a Brigada Rio-grandense, ele deixaria a fazenda aos cuidados da mulher e dos peões e seguiria com as tropas do general farroupilha.

Era isso que tinha dito à esposa naquela noite de junho. Fazia frio e o minuano soprava lá fora, cantando nas janelas e fazendo o pequeno Ismael chorar de medo. Clara, que estava grávida outra vez, acarinhava o menino com gestos doces e pacientes.

Apesar das muitas gestações e da perda prematura da pequena Doroteia, que morrera de uma febre cerebral ainda aos três anos de idade, Clara era uma mulher bonita e elegante. Nem a gravidez avançada deformava-lhe as faces, lisas, coradas, onde dois olhos claros luziam, fitando o marido com um misto de ansiedade e de orgulho.

– Vosmecê devia era ficar conosco, a sua família, e não seguir para uma guerra que não le diz respeito, Caetano. Quem vive no Uruguai é o general Netto, não vosmecê.

Caetano sorriu da belicosidade da mulher, foi até ela e acarinhou-lhe os cabelos, enquanto o menino reclamava de medo, acocado no chão.

– Fique tranquila... Nada passou por enquanto. Mas se a guerra vier, é minha obrigação lutar. Faço-o por mim e por vosmecês.

Clara levantou-se e tomou o pequeno Ismael pela mão.

– Deixa de ter medo, filho – disse ela docemente. – É só o vento lá fora. E o vento não faz nada, é bonzinho.

Era um menino magriço, de cabelos louros, muito propenso a doenças do peito. Clara cuidava-o com todo o zelo, sempre temerosa de que alguma moléstia lhe sucedesse. Na época da morte de Doroteia tinha ficado meses trancada no quarto, sem querer ver ninguém além do marido e das crianças. Ismael era frágil, e Caetano temia tanto pelo menino quanto pela sanidade da esposa, caso alguma cousa de grave sucedesse àquele outro filho.

– Quer que eu chame uma das negras para pôr Ismael na cama? – perguntou ele.

Clara empertigou-se, e a barriga, pontuda, cheia, salientou-se sob os panos do vestido escuro.

Seus olhos azuis fitaram o marido, e ela disse suavemente:

– Não é preciso obsequiar-se. Se vosmecê vai seguir para a guerra, é bom que desde já eu comece a me virar sozinha por aqui.

Na sala dos fundos, as outras crianças gritavam numa brincadeira barulhenta.

– Não seja tão casmurra. Sou um oficial; se a guerra vier, cumprirei com o meu dever.

– Então vamos ficar esperando para ver o que decide o senhor imperador do Brasil – disse Clara com um sorriso.

Em princípios de 1864, depois de meses de ansiedade, D. Pedro II deu ouvidos às insistentes reclamações dos súditos rio-grandenses, representados pelo general Antônio de Souza Netto, que viajou para o Rio de Janeiro como um delegado dos pecuaristas da província do Rio Grande do Sul e de outros que, instalados na República Oriental do Uruguai, exigiam providências oficiais contra o governo dos blancos. Antônio de Souza Netto buscava o apoio do Império para invadir o país com uma brigada de quarenta mil almas.

Estava então no governo o gabinete liberal do presidente Zacarias Góes de Vasconcelos, que receava uma nova rebelião no Rio Grande, pois havia grande possibilidade de que eles se juntassem aos colorados e invadissem o Uruguai sem a aprovação do imperador – os rio-grandenses sentiam-se mais uma vez desamparados pelo poder central brasileiro. Tal atitude seria desastrosa para o Império e para o gabinete liberal progressista. Além disso, havia na Corte um clima muito favorável a uma intervenção no Uruguai.

Paralelamente a isso, o mandato do presidente uruguaio findava sem que a guerra civil permitisse a realização de novas eleições, de modo que os blancos permaneceram no governo, na pessoa do presidente do Senado, Cruz Aguirre.

O Império enviou então um seu representante ao Uruguai acompanhado de uma esquadra comandada pelo almirante Tamandaré, exigindo desse governo uma punição para os crimes cometidos contra cidadãos brasileiros e o respeito à propriedade e à integridade desses cidadãos. Enquanto isso, o governo brasileiro tratava de melhor distribuir as suas forças na fronteira. Também a Argentina tomava atitudes, enviando um chanceler para negociações com os blancos uruguaios. Assim, as duas maiores potências do Prata, até então inimigas, faziam seus últimos esforços para evitar uma guerra. Do seu palácio em Assunção, no Paraguai, Solano López acompanhava aquela dança política, enquanto mobilizava a população masculina para uma possível luta em socorro do Uruguai contra o Brasil.

Depois de várias negociações fracassadas, tendo os blancos desistido de tomar qualquer atitude conciliadora, armava-se o clima para a guerra. No dia 4 de agosto de 1864, o governo imperial deu um ultimato ao presidente Aguirre, concedendo-lhe prazo de uma semana para cumprir as exigências do Império do Brasil, caso contrário tropas brasileiras invadiriam o Uruguai em apoio a Flores, para garantir os direitos dos seus súditos que ali tinham terras.

No mesmo dia veio a resposta negativa. Quinze dias mais tarde, Brasil e Argentina assinavam um protocolo declarando ser a paz no território uruguaio imprescindível, e prometiam ajuda mútua nos esforços para a solução de todas as questões pendentes com tal governo. Não havia então mais qualquer solução diplomática que pudesse pôr fim à crise que se anunciava no Prata.

Poucos dias depois, Solano López mostrou-se contra qualquer ocupação do território uruguaio por soldados brasileiros. Nas ruas de Assunção, manifestações foram organizadas pela polícia do ditador, e Solano López pronunciava veementes discursos contra o Império do Brasil.

Em todas as estâncias e cidades do Rio Grande onde as tropas começavam a ser arregimentadas para a invasão do Uruguai, famílias atônitas observavam as nuvens negras e pesadas que, mais do que o frio do inverno, traziam o sopro e as sombras de uma nova guerra de grandes proporções.

Auroras e poentes e crepúsculos II

Meados de setembro de 1864.

Matias entrou na casa e espantou-se com o súbito silêncio dos cômodos vazios. Uma das empregadas acendera as luzes e fechara as janelas, mas a casa parecia, ainda assim, um território de ninguém. Desde a morte de D. Antônia, não havia dia em que ele não se pegasse esperando por ela. Às vezes, estranhava a falta de um prato na mesa do almoço; noutros momentos, chegava a abrir a boca para falar-lhe alguma coisa, e então se calava, as palavras morriam em silêncio – dava-se conta subitamente de que a avó já não estava mais ali.

Ele e o pai viviam de poucas palavras. João Gutierrez, com o lento passar dos dias, transformava-se cada vez mais no bugre que seus antepassados tinham sido. Vivia quieto, comia pouco, era uma sombra.

Matias contava o tempo para o casamento, que Perpétua tinha marcado para o começo do ano seguinte. Mas o fato é que os dias pareciam arrastar-se cada vez mais, e a solidão alargava as horas até o limite do suportável. Como se tais angústias não bastassem, o prenúncio de uma guerra avizinhava-se com rapidez. No pampa, muitos homens já tinham partido como voluntários para a invasão no Uruguai, e era comum ver peões seguindo pelas estradas no caminho da fronteira para se juntarem às tropas que, dizia-se, iam ocupar Salto e Paissandu.

Matias sentou-se na velha poltrona que antes D. Antônia usava para bordar e tirou as botas. Beata apareceu e lhe trouxe um mate e uma chaleira de água. Matias agradeceu em voz baixa.

Tinha voltado de viagem naquele dia, e ouvira muitas cousas no Rio Grande. Cousas que o deixavam temeroso e com vontade de apressar o casamento. Se a guerra viesse e o Paraguai resolvesse entrar na peleja e promover uma ação armada contra o Brasil, as coisas ficariam feias. Dizia-se à boca pequena, e Matias tinha ouvido tal informação de um sargento do exército, que as tropas paraguaias já dispunham de quarenta mil homens em estado de alerta. Era certo que, se uma guerra entre Uruguai, Brasil e Paraguai sucedesse, a Argentina não teria como ficar neutra.

Matias encheu a cuia com a água fervente e levou a bomba de prata à boca. As coisas que tinha ouvido faziam-no pensar em D. Antônia. A velha tinha morrido com a premonição certeira de uma guerra. Tinha-lhe pedido que se mantivesse vivo.

O mate quente e amargo alentou-o e trouxe um calor bom ao seu corpo. Aquele mês de setembro vinha sendo muito frio e chuvoso. Matias suspirou. Quantas vezes escutara o pai contar coisas da guerra quando era menino? Quantas vezes, brincando com seus velhos soldadinhos de chumbo, ele mesmo não vencera tiranos e fundara repúblicas?

Agora a guerra estava ali, batendo às portas do Rio Grande. Contava-se que Netto estava arreglando seus homens, e que os filhos de Caetana juntavam soldados para seguirem com eles até a fronteira. Matias certamente se uniria a alguma tropa. Não sabia explicar o motivo daquela decisão, mas era uma coisa que o destino lhe tinha imposto.

Estirou-se na velha poltrona de couro, esticando o corpo cansado da longa viagem. Da cozinha vinha um cheiro bom de carne assada. Sentia uma saudade urgente de Inácia, e tinha muitas cousas a falar com ela.

Fechou os olhos e imaginou-a, com seus cabelos escuros e aquele sorriso no rosto. Teriam de adiar o casamento, caso a guerra se prolongasse. Mas era de opinião que tudo poderia se resolver facilmente, caso o Império conseguisse, numa intervenção rápida e eficaz, tirar os blancos do poder no Uruguai. Solano López, por mais que fizesse ameaças, deveria sentir medo de confrontar-se com um gigante como o Império do Brasil.

– Volveu?

Matias ergueu os olhos e viu o vulto do pai postado sob o batente da porta. Num reflexo dos tempos de menino, sentou-se e sorriu para ele.

– Cheguei faz uma hora, pai.

– E entonces, como le foi a viagem?

– Os negócios foram bem. Mas ouvi umas cousas que me deixaram incomodado.

– Cousas sobre os colorados e essa tal guerra?

Matias encheu de novo a cuia e passou-a para o pai.

– Sobre isso e muito mais. Dizem que a gente do Rio de Janeiro está afoita. E o tal López, o ditador do Paraguai, fez ameaças ao Brasil. Parece que tomou as dores dos blancos... – Deu de ombros: – Ou tem medo de que o Império se engrace com eles.

João Gutierrez sorriu de leve.

– Se tiver guerra, eu vou. – Levantou o braço aleijado. – Mesmo sem uma mão, sou melhor do que muito bugre por aí. O bom é que, se eu morrer, nem farei falta.

– Não diga tonterias, pai.

O índio riu.

– Não é tonteria cousa nenhuma. Desde que sua madre morreu, estou avulso nesta vida...

Uma das negras entrou na sala com uma travessa de carne fumegante. Matias ergueu-se.

– Vamos comer. Como dizia vó Antônia, saco vazio não para em pé. – Sentaram-se à mesa em silêncio. Por fim, Matias emendou: – Amanhã vou para o Salso. Preciso ver Inácia.

Perpétua abotoou o vestido negro e olhou-se mais uma vez ao espelho antes de sair do quarto. Tinha um rosto liso, sem rugas, e os olhos opacos. Aos quarenta e nove anos, era uma mulher quieta, conformada com a vida de viúva. Lembrava-se muito bem do tempo em que fora feliz. Tal êxtase, a realização completa dos seus desejos e expectativas, agora até mesmo lhe parecia um pecado, um acinte contra Deus e a dureza da vida.

Ah, como se tinham passado os anos desde então, e quanto mudara a sua vida. Verdade que as quatro filhas estavam crescidas e sadias, mas era-lhe muito triste notar que a alegria se tinha ido da Estância do Salso juntamente com o desaparecimento súbito de Inácio.

Perpétua sabia muito bem, embora fosse incapaz de admitir isso, que grande parte daqueles silêncios e da seriedade que habitava a casa era sua culpa. Jamais achara normal ser feliz depois da morte do esposo e, de uma certa forma, proibira tal coisa às quatro filhas. Sempre acalentara a certeza de que teriam um grande futuro, caso escolhessem bons maridos. Quando Teresa casara com Júlio, um primo distante e bem-posto na vida, parecera-lhe que seu juízo tinha sido muito certeiro. Porém, desde então, a filha mais velha só tivera decepções e tristezas. Primeiro, fora a morte do menino Inácio, ainda em bebê. Depois, quando Teresa engravidara do seu segundo filho, ela acreditara que as cousas voltariam aos eixos, e passara a depositar todas as suas esperanças na nova gravidez da filha mais velha. A pequena Autília nasceu forte e chorando a plenos pulmões, mas acabou por falecer um par de dias mais tarde, para grande terror da família.

Sempre que Perpétua pensava na morte da netinha recém-nascida, seus olhos se alagavam de lágrimas. Que mãe haveria de querer para a filha tal desgraça? O leite escorrendo dos peitos sem a boca de uma criança faminta, a barriga ainda intumescida, aquela languidez em cujo colo faltava o calor da filha que tinha morrido em meio ao sono, sem um gemido.

Naquela noite não era diferente. Ao lembrar da menina, friazinha e pálida em seu berço, e dos gritos de Teresa, Perpétua começou a chorar. No entanto, já era a hora da refeição e todos deviam estar reunidos à sua espera na grande sala de jantar, onde os velhos móveis que tinham vindo da Corte ainda ocupavam os lugares escolhidos por Inácio.

Perpétua secou o rosto, ajeitou os cabelos novamente e saiu do quarto, deixando atrás de si um diáfano olor de flores.

Conforme imaginava, as quatro filhas e o genro estavam à mesa, aguardando-a. Teresa tinha o rosto abatido e cansado. Perpétua sabia que ela se trancava no quarto para chorar e que o genro andava um tanto enfastiado das tristezas daquela mulher que só lhe dava filhos de consistência frágil. As duas filhas mais moças, Isabel e Benta, falavam em voz baixa, comentando a iminência da guerra. Em seu lugar, à direita da mãe, Inácia ouvia-as com o rosto tenso.

Perpétua sentou-se à mesa e uma das criadas começou a servir a sopa.

– Então, vosmecês duas falam de quê? – perguntou Perpétua, à guisa de iniciar alguma conversação e esquecer os olhos lacrimosos de Teresa mirando o nada.

Foi Isabel quem respondeu:

– Falávamos da tal guerra, mãe. Hoje dois peões da estância seguiram para as bandas do Uruguai.

– Creio que seja cousa pouca – disse Perpétua. – Para quem viveu uma guerra como a de 35, isso não há de passar de um susto.

Perpétua mirou Inácia. A filha não tinha tocado na sopa. A colher de prata, limpa, repousava calmamente ao lado do prato.

– Não vai comer, Inácia?

A moça abriu um sorriso triste.

– O medo me tira a fome.

– Medo de quê?

– Se os homens vão seguir pra guerra, que será feito de Matias? – gemeu. – Dou voltas e voltas e somente penso nisso. No futuro dele, no nosso futuro.

Perpétua deteve-se por um momento. No fundo da sua alma, embora nada tivesse contra o filho de Mariana, sempre almejara um outro tipo de noivo para Inácia. A filha era muito alegre, muito afoita, precisava de um homem de pulso mais firme, de um homem mais vivido do que ela. Matias e Inácia se conheciam desde meninos, tinham a mesma idade. Aquele casamento não le agradava de todo, mas era um fato contra o qual ela não podia lutar.

Sorriu para a filha:

– Não se apoquente com isso, minha filha. Deixe as cousas na mão de Deus.

– Mas, e se o Matias for pra guerra? Os tios estão seguindo para a peleja, a senhora sabe.

– Se ele for, vosmecê o espera. Eu esperei o seu pai durante um tempo mui longo, depois que ele seguiu para a luta. Quando Teresa nasceu, ele estava perdido no mundo, sabe lá Deus em qual inferno.

Os olhos de Inácia se umedeceram.

– Madre, se o Matias for pra guerra, eu vou junto.

Perpétua mirou a filha:

– Vosmecê não me venha com bobagens. Lugar de mulher é dentro de casa. Se Matias for à guerra, vosmecê vai esperá-lo bem aqui sob os meus olhos.

Duas negras levaram a sopa e trouxeram os outros pratos. Teresa comia pouco, de olhos baixos. Júlio, seu marido, começou a contar dos preparativos das tropas do Império que se iam reunir na fronteira sob o comando do general Menna Barreto.

Inácia comeu um pedaço de carne sob os olhares atentos da mãe. Sentia um aperto no peito e uma vontade incontrolável de chorar.

Aquela guerra era uma tristeza. Aquela guerra, com seus mistérios e ventos e horrores, haveria de abraçar seu Matias e levá-lo para longe. Ela havia sonhado com um campo deserto coalhado de mortos. Ela tinha muito medo de que Matias morresse. Afinal, ali no Rio Grande, diziam que o vento tropeçava nos defuntos que as pelejas empilhavam pelos campos.

Inácia sabia muito bem que a mãe não apreciava aquele casamento. Fazia tempo que Perpétua lhe falava no neto de Domingos José de Almeida, que tinha sido um dos grandes amigos de seu avô, Bento Gonçalves. O tal Bernardino de Almeida era um bom partido, um grande estancieiro e um homem vivido, dissera-lhe a mãe, um homem com o qual ela teria orgulho de ver uma filha casada.

Agora vinha aquela guerra. Inácia torcia para que Matias não seguisse com os tios. Mas, no fundo, conhecia o noivo. Aquela calma misteriosa, aquele silêncio cheio de parcimônia, tudo aquilo era apenas uma fachada para a grande ânsia que habitava Matias.

Inácia mordiscou um pedaço de carne, mas o alimento ficou trancado a meio caminho no seu esôfago. Ela engasgou-se. Benta alcançou-lhe um copo d'água, tudo isso sob os olhares atentos de Perpétua, que lia seus pensamentos e adivinhava seus medos um por um.

Quando a tosse serenou, Inácia pediu:

– A senhora me dê licença? Hoje não posso comer.

Perpétua varou os olhos pelo rosto da filha. Ah, como a conhecia.

– Vosmecê pode ir para o seu quarto, Inácia. Mas não se esqueça, eu era jovem e vivi uma guerra. Não há nada que se possa fazer contra a vontade de Deus.

Inácia encolheu os ombros:

– Então eu vou rezar. Deus há de me ouvir.

– Reze, minha filha. É somente o que resta fazer.

Perpétua chamou uma das criadas e mandou então que trouxessem a sobremesa.

Do seu lugar, Teresa esgravatava o prato sem qualquer apetite. A guerra, para ela, era uma coisa distante demais, vazia demais. Ela já tinha seus mortos a prantear, e qualquer coisa que sucedesse nas fronteiras com o Uruguai desimportava completamente.

No dia seguinte, ao entardecer, Matias apeou na Estância do Salso.

Ao receber a notícia de que o noivo viera vê-la, Inácia correu para a frente da casa. Seu coração batia aos sobressaltos enquanto ela buscava Matias, sua figura esbelta, a camisa aberta à altura do peito, com um lenço vermelho, pelo qual ele tinha tanto apreço, atado ao pescoço.

Quando o viu, Inácia abriu um sorriso de alegria. Como amava aquele homem! O rosto de traços delicados, que ainda lhe lembrava a face do menino que um dia tinha brincado com ela por tardes inteiras, estava virado em sua direção. Era um rosto de expressão serena, cuja doçura contrastava com os olhos miúdos, negros. Era por aqueles olhos, tão arredios, que ela queria ver o mundo e experimentar a vida.

Parado sob o sol fraco da tardinha, Matias esperava-a. Soprava um vento frio e os quero-queros cantavam pousados ao largo. As noites no pampa ainda eram frias, a primavera vinha se atrasando naquele ano, quem sabe com medo da guerra.

Inácia correu para ele e atirou-se num abraço. Sabia que a mãe estava lá para dentro, caso contrário teria sido mais composta. Do corpo de Matias exalava-se um odor de fumo e de verbena. Ela acarinhou-lhe os cabelos, mirando-o por um instante contra o céu azul e escancarado onde algumas nuvens corriam levadas pelo vento.

Sorriu, depois disse:

– Tenho andado com o coração aos trancos. As cousas que se dizem por aí, Matias. Essa tal guerra... – Fitou-o, ficando séria de repente.

Matias conhecia aquele olhar.

– O que foi?

Inácia suspirou.

– Me diga, me diga que vosmecê não segue para a guerra.

Seu rosto contraiu-se, não tinha então mais nada da alegria de antes, mas um medo que lhe escorria dos olhos.

– Me diga que vosmecê fica comigo, como deve ser.

Matias afastou-se um pouco, como que para olhá-la melhor. Era tão bonita, tão ágil, de uma beleza leve, luminosa e inquieta. Sorriu, tomando as mãos de Inácia entre as suas.

– Vosmecê está com frio?

As mãos dela estavam geladas, e ele beijou-as com carinho.

– Estou é com medo. Tem alguma cousa dentro dos seus olhos, Matias.

Ele fitou o horizonte por alguns instantes. Ao longe, alguns peões conduziam o gado para o pasto. Começava a época de engordar as reses para o abate.

– Não vou le mentir. Eu vou seguir com a gente do Netto. Acho que é a minha obrigação. Até meu pai, com aquele braço aleijado que não serve para nada, vai seguir para Piraí e se unir ao exército.

Inácia desviou o rosto.

– Pensei que vosmecê me amasse.

– E amo. Mais do que tudo. Mas uma cousa não tem relação com a outra. Eu vou pra guerra, mas volto.

Inácia sentia uma angústia arranhando seu peito e crescendo, crescendo. Tinha ouvido tantas cousas sobre a guerra, sobre as esperas infindas, sobre as mortes.

– Numa peleja, ninguém sabe se volta, Matias.

– Eu sei – ele sorriu. – Não nasci para morrer de bala. Vó Antônia sempre dizia isso... E eu le prometi, na noite em que ela morreu. Prometi que nunca ia morrer em peleja, e que me casava com vosmecê.

Inácia baixou os olhos. Não tinha muito o que dizer. Era uma lógica cruel e eterna aquela: os homens iam, as mulheres ficavam esperando.

Achegou o rosto ao peito de Matias e disse com voz abafada:

– Se vosmecê prometeu a D. Antônia, então fico mais tranquila. Ela seria capaz de convencer até Deus.

Deram-se as mãos e puseram-se a andar na direção da casa. O vento de primavera brincava com a vegetação e escabelava as copas das árvores no capão ao longe.

– Eu achei que vosmecê vinha, Matias. Passei todo o dia pensando nisso.

Ele apertou a mão dela um pouco mais.

– Quando eu estiver longe, na guerra, ainda assim estarei perto de vosmecê.

Inácia buscou um fio de prata que usava ao pescoço. Tirou a joia, que tinha um pequeno camafeu de madrepérola com um perfil feminino incrustado em prata, e entregou-a a Matias:

– Tome. Leve com vosmecê... É uma joia que ganhei de meu pai. Sempre achei que essa figura era eu. Guarde-a com cuidado e me devolva quando vosmecê voltar. Será meu presente de casamento.

Matias segurou o colar por um momento, apertando-o na mão. Depois guardou-o na guaiaca.

– Vai estar sempre comigo. Quando eu voltar le trago. Junto, trarei as alianças do nosso casamento.

Chegaram na casa. Um silêncio manso pairava por tudo. As janelas azuis estavam com os postigos cerrados, e da sala vinha um som fino e leve de uma pianola.

– Teresa está tocando – disse Inácia. – Às vezes, senta-se ao piano. Mas é raro, geralmente está em seu quarto.

– E sua madre?

– Está lá dentro, mas vai querer falar com vosmecê.

Matias aquiesceu:

– Vim dizer a ela que nos casamos na volta. Sem festas nem preparativos. Não quero mais perder tempo.

Inácia sentiu o rosto enrubescer. Baixou os olhos. Quando tornou a erguê-los, havia neles um brilho vívido, ansioso. Ficaram ambos calados por um momento, ouvindo a música que Teresa dedilhava. Aquilo era uma espécie de despedida.

Por fim, Inácia rompeu o silêncio:

– Sempre achei que minha mãe fosse o maior impedimento entre nós. Fui mui tola. Agora vem esta guerra e estraga com tudo, todos os planos.

– Aprendi com vó Antônia a não fazer planos. A vida é imprevisível.

– Mas vosmecê me jurou que voltava vivo...

Ele riu:

– E eu volto. Para casar com vosmecê. Isso não é um plano, isso é o nosso destino.

Estavam muito perto um do outro e até mesmo o piano tinha deixado de soar dentro da casa.

Matias beijou-a. Era um beijo casto, que se tornou ansioso. Inácia sentia as batidas do seu coração e o sangue latejando na sua cabeça, que dava voltas sem conseguir pensar. Todo o seu corpo palpitava entre os braços de Matias.

O barulho de uma cadeira sendo arrastada no chão de madeira no interior da casa quebrou o encanto. Ele afastou-se dela sem vontade. Ela deixou-o afastar-se com o corpo trêmulo.

– Le juro que volto, Inácia. Meu destino é estar com vosmecê. Para sempre.

Ela sorriu. Seus olhos estavam úmidos.

– Vou contar cada dia. E estarei aqui, nesta casa, le esperando no final.

(Era o dia 18 de setembro daquele ano de 1864, e tinham ambos vinte e dois anos.)

A família VIII

Cristal, outubro de 1864.

Naquela tarde de primavera, Caetana estava à janela mirando o céu. Parecia uma coberta azul muito bem-passada, aquele céu. Ao longe, bem ao fundo, como uma massa disforme e esfumaçada, as coxilhas seguiam no rumo de Pelotas, como pequenos movimentos da terra, como ondas esverdeadas de um mar imóvel.

Caetana pensou com certa tristeza que tinha visto mui poucas vezes o mar. E agora já não havia mais tempo para vê-lo. Agora estava velha e cansada, e muito lhe custava brincar um pouco com os netos sem que a respiração se lhe alterasse e o peito se pusesse a bater num ritmo difícil de controlar. Dessas angústias do peito não falava aos filhos. Tinha aprendido durante anos com as duas irmãs de Bento a arte de morrer em silêncio. Era verdade, fazia muito tempo que descobrira: estava morrendo sem pressa. Umas palpitações, aquele cansaço. Certos pesadelos que espantavam o sono. Ah, o sono dos velhos era leve feito o filó... Sentada à janela que dava para o campo, sob aquele céu bonito de dar dó, ela pensava que, se Deus viesse ofertar-lhe um último desejo, queria mesmo era morrer tendo visto a neta Teresa com um filho no colo. Queria também morrer em tempo de paz, mas tal cousa talvez não fosse mais possível de ser atendida nem mesmo por Deus. Caetana suspirou e ergueu-se do seu lugar; sentia ganas de tomar um chá morno.

Num sofá ali perto, a esposa de Joaquim tecia. Caetana ergueu os olhos para a nora. Tinham uma relação cordial, mas eram quase estranhas. Caetana esforçava-se por aproximar-se, mas Josefina tinha um temperamento liso, escorregadio. Vivia muito quieta, pensando, analisando as coisas.

– A senhora está se sentindo bem? – os olhos da nora focaram seu rosto.

Caetana fez força para mostrar um sorriso:

– Estou mui bien, mas se eu tomasse uma xícara de chá, com certeza me quedaria melhor.

– Decerto que um chá aquece o peito. – Ergueu-se, deixando de lado o trabalho manual. – Vou mandar alguém le preparar.

Quando estava para sair da sala, o marido chegou. Joaquim vinha esbaforido e ansioso, trazendo uma carta na mão.

– É de Caetano – disse ele. – Congo acabou de entregar. Traz novidades.

Joaquim não tinha seguido com os irmãos para a guerra; com o passar dos anos, o filho mais velho tornara-se um pacifista. Dizia que tinha vivido uma guerra com tragédias suficientes para uma vida inteira. De volta ao seu lugar, Caetana sorriu discretamente. Sabia bem qual era a tragédia que o filho mais velho tinha vivido.

Joaquim parou no meio da sala e anunciou:

– Os homens do Menna Barreto invadiram o território uruguaio e ocuparam a cidade de Melo. Numa altura dessas, também o Salto já está nas mãos dos colorados.

O filho estava eufórico, e seus olhos brilhavam.

– Tal cousa quer dizer o quê, Joaquim? – perguntou Josefina, muito calmamente.

– Quer dizer que talvez essa guerra não passe de patacoada. O Uruguai vai estar nas mãos de Flores em pouco tempo. E a guerra pode acabar em breve.

Caetana persignou-se.

– Graças a Deus – disse ela, que morria de angústia pelos filhos que tinham seguido com a Brigada de Netto.

Rezava muito naqueles dias para morrer com todos os filhos ao seu redor. Joaquim parecia confiante no fim daquela contenda, e Caetana ficou aliviada. Até mesmo seu peito melhorava, aquecia-se.

Josefina alisou as saias do vestido e seguiu para a cozinha em busca do chá para a sogra; era mais de ocupar-se com as premências da rotina do que de ficar sofrendo por uma guerra que acontecia tão longe dali.

Com guerra ou sem guerra, ela pensou no caminho para a cozinha, Caetana andava muito pálida e cansada. E ela, Josefina, guardava aquele medo de doenças, ainda mais agora que tinha o menino. Às vezes, vendo a sogra naquele estado, temia pelos beijos que ela dava no filho, e então, às escondidas, corria a lavar o rosto do menino para livrá-lo dos germes da velhice e de outras cousas que ela nem sabia nominar.

A janela do quarto abre-se para a rua onde o sol impiedoso de novembro lambe as pedras do calçamento. As pedras, de um tom cinzento e indefinido, parecem pequenos animais rasteiros que se contorcem sob a luz da primeira hora da tarde.

Manuela olha a rua sem interessar-se por nada. O ar é uma massa imóvel e pegajosa que se cola ao seu corpo, umedecendo o vestido branco que ela manda lavar e passar com tanto zelo. Sempre veste esse traje à mesma hora, por uma velha intuição de que Giuseppe lhe chegaria pelo meio da tarde, como chegou na primeira vez, há tantos anos, na Estância da Barra.

Manuela tem quase nenhum interesse pelo mundo que se desdobra para depois das paredes daquela casa. A guerra no Uruguai, as tropas de rio-grandenses que seguiram para a fronteira, a iminência de um conflito envolvendo todo o Prata, tudo isso são coisas que a fazem sorrir. Seu desprezo pela vida é mais do que desapego, é tristeza.

Faz anos que anota cada coisa, cada pensamento, morte e nascimento. Os velhos cadernos estão guardados nas gavetas do armário. Anotou tudo isso para que não se esquecesse de contar a ele a vida que viveu nestes anos, enquanto o esperou dentro desse vestido de noiva que já começa a encardir-se pelo uso, a despeito do cuidado que a criada lhe dedica. Agora vai anotar sobre esta tarde. Dizer o quê?

Nenhuma folha se mexe nas árvores da casa em frente. Uma criança espia pela janela com olhos tristes de doença. Eu sufoco e envelheço, mas esta é somente mais uma tarde de um rosário de tardes inúteis.

A pena começa a riscar o papel, enchendo a folha branca com uma letra fina e elegante. E então passos enérgicos soam no corredor. Os passos da criada, única criatura que Manuela encontra nestes dias insípidos que têm todos a mesma consistência gelatinosa, esta cor pálida das coisas que não têm alma. Faz tempo que esta criada a serve pelo custo de alguns patacões e uma razoável ração de comida que Manuela nem controla. Ela mesma não desce à cozinha faz meses.

A criada bate na porta com ansiedade.

Manuela suspeita que alguma cousa sucedeu.

Pensa sem emoção em Antônio, que partiu para a guerra deixando a esposa e duas crianças pequenas. Mas Antônio sabe mais do mundo do que ela mesma jamais saberá; portanto não é justo que ela se preocupe com o irmão.

– Entra – diz Manuela secamente.

A criada tem o rosto corado por causa do calor e da excitação.

– Senhora, senhora! A guerra parece que começou!

Manuela desvia os olhos da mulher. Quando foi que começou essa sua ojeriza por gente?

– De que guerra vosmecê está falando, criatura de Deus? O Império já invadiu o Uruguai.

A criada está eufórica:

– Estão dizendo por aí! Parece que o tal do paraguaio, o López, prendeu um navio brasileiro *adonde* ia o governador de uma província.

– Vosmecê não está dizendo cousa com cousa – suspira Manuela.

Ah, se Giuseppe estivesse ali. Era um homem entendido nas pequenezas e nos mistérios das batalhas. Era um homem entendido em almas. Quantas vezes o vira comandando aqueles marinheiros todos, e como o amavam!

A criada espera que a patroa divague por alguns minutos. Já conhece os passeios do seu espírito. Na cidade, dizem que é louca. Mas gosta muito da patroa, não há loucura ali, tão somente uma tristeza infinita que se escapa das maneiras mais absurdas, como esse hábito que ela tem de usar um velho e surrado vestido de noiva.

A mulher tira do bolso uma folha de jornal dobrada em quatro e estende-a para Manuela:

– Leia, senhora. Me deram isto. Eu não sei ler, mas parece que aí fala da guerra.

Manuela toma o papel e desdobra-o com calma. É uma notícia de três dias atrás. Solano López apreendeu o *Marquês de Olinda*, um vapor de duzentas toneladas que fazia a linha Montevidéu-Cuiabá. No navio, seguia o novo presidente da província de Mato Grosso, que foi detido em Assunção, juntamente com uma carga de duzentos mil patacões em dinheiro que viria a servir para a administração daquela província. A tripulação foi liberada, mas o presidente, um tal coronel Carneiro de Campos, acabou preso na capital paraguaia.

Manuela lê a notícia atentamente, termina a breve leitura com um sorriso no rosto.

– E então, senhora?

A criada retorce as mãos. Tem um filho, do corpo de polícia de Jaguarão, que seguiu para a peleja.

Manuela mira a outra com seus olhos muito verdes, uma alegria invisível rebrilha estranhamente nesses olhos.

– Então que os homens são um bando de lobos. Os de cá e os de lá. E vai começar a escorrer o sangue. O sangue é alimento para este chão que não vive sem guerras, já le falaram isto?

A criada persigna-se, apavorada, e nega veementemente a afirmação de Manuela Ferreira.

Às vezes tem ânsias de fugir dali. Porém, tirante certas manias e alguns risos doidos que ela ouve nas horas mais absurdas da noite, este é um trabalho bom e honesto.

– E o tal López, senhora?

– Ao que tudo indica, está em guerra contra nós. Seja como for, daqui a pouco ele pode estar morto. Ninguém dura muito numa guerra.

Manuela pensa em explicar que somente Giuseppe tinha a capacidade de sobreviver a muitas guerras, como vinha fazendo ao longo da vida, mas perde a vontade de retomar a palavra e volta para o seu lugar à janela.

A criada retira-se com lágrimas nos olhos, pensando no filho soldado.

A carta chegou suja de terra e molhada de chuva à Estância do Cristal. Choveu muito durante todo o dia, e Clara andou de uma peça a outra como um bicho engaiolado, os olhos duros, tão lindos, mirando as gentes da família do marido como se todos fossem quase seus inimigos. As crianças comiam na grande cozinha repleta de mulheres e de segredos; ela, portanto, viu-se sozinha na sala com aquela carta na mão, queimando feito brasa.

Tinha raiva do marido porque ele a deixara ali. Tinha raiva do marido por causa daquela guerra. Tinha raiva de si mesma, por se ter deixado arrastar até o Cristal, quando queria mesmo era ter ficado em Bagé com os cinco filhos, perto do túmulo da pequena Doroteia. (Mesmo depois de todos aqueles anos, a dor pela filha é uma ferida sob a sua carne.)

Olhou a carta, rodando-a entre os dedos. Aquele envelope cumprira um árduo caminho até ali. O timbre do marido estava sujo de terra, mesmo assim ela imaginou as mãos magras e elegantes de Caetano na azáfama de escrever e timbrar a carta, e imaginá-lo inteiro, em todos os detalhes, fez com que se acalmasse um tanto. O fato era que realmente o amava, a despeito do muito que diferiam um do outro.

Da cozinha vinha o riso alegre das crianças. Eram muitas crianças naquela casa, como uma espécie de refugiados. Os filhos de Bentinho, o menino de Joaquim, as suas cinco crianças. As velhas negras da estância deviam estar em volta deles naquele instante, feito moscas atenciosas.

Abriu o lacre e leu a carta em coisa de um minuto. Era muito breve, o marido escrevia-lhe o essencial.

Minha cara esposa,

Depois de algumas semanas acampados na fronteira e nos ocupando de ligeiras escaramuças com tropas inimigas, partimos para reforçar o cerco a Paissandu juntamente com as tropas do general Osório. Alguns blancos têm entrado no Rio Grande e promovido saques, mas, há cousa de dois dias, alguns dos nossos homens encontraram uma dessas partidas blancas e com ela pelejaram até o completo desbaratamento destes hombres.

Morreram vinte, e os cinco restantes foram degolados sem muita piedade, enquanto o general Osório aplicou severíssimas penas aos dois soldados autores da chacina, que muito ódio sentem dos blancos. Netto tem estado comigo todos os dias e me conta da sua estância, esposa e filhas, enquanto eu le falo das nossas terras em Bagé, das crianças e de vosmecê. Essas tertúlias me fazem lembrar o pai e os anos daquela outra guerra, quando eu era ainda um menino.

Em breve seguimos para Montevidéu, juntamente com as tropas de Flores. Soubemos do sucedido com o *Marquês de Olinda*, e as cousas tendem a piorar, pois que Solano López nos considera hoje inimigos da sua pátria. Veremos então o começo de uma campanha que pode ser mui longa e traiçoeira, embora os homens do Império contem tão somente com uma guerra de poucos meses, pois diz-se que o Paraguai é uma pátria sem recursos. Porém ouvi dizer de boa fonte que Solano López conta com um exército de setenta mil almas.

Sinto a falta de vosmecês, mas a partida iminente para a capital uruguaia tem posto o acampamento em grande agitação, por isso findo estas linhas. Le peço que vosmecê transmita a minha mãe o meu afeto. Deus le abençoe e aos nossos filhos,

seu Caetano.

– Pensando na vida?

Clara ergueu o rosto com espanto. Um laivo de emoção ainda turvava suas feições. Na véspera tinha chorado muito. Era o medo da guerra, o medo da morte. Desde o falecimento prematuro da pequena Doroteia, tinha longos pesadelos. A morte avizinhara-se dela da maneira mais miserável.

Tomázia postava-se a poucos passos de si. Clara notou que o seu rosto sereno exibia um sorriso complacente. Tomázia era considerada por todos uma mulher sensata, e tal certeza, tão diferente do julgamento que faziam do seu temperamento inquieto, incomodava-a. Buscou algo para responder:

– Ando assustadiça, cunhada. Me desculpe. – Sorriu, mostrando a carta. – Era de Caetano.

Tomázia arregalou os olhos. Lá fora a chuva caía preguiçosamente.

– Dizia algo sobre a guerra?

– A cousa está só no começo, é o que parece.

Tomázia sentou-se. Sentia um incômodo corroendo suas tripas. Um queimor. Os sete filhos, na cozinha, gritavam e riam numa algaravia contagiante.

– Vosmecê tem certeza do que diz? Talvez o sucedido com o *Marquês de Olinda* não passe de um impasse diplomático.

– Não foi o que Caetano escreveu aqui – retrucou Clara, mostrando a carta aberta. – Há muitas cousas em jogo no Prata. E o tal López moveu-se no tabuleiro. Ele quer vencer a partida e tem setenta mil homens no seu exército.

– Um exército de decrépitos, creio.

Tomázia sorriu suavemente, como que se desculpando daquele seu irremediável jeito para a esperança. Nos olhos de Clara havia uma certa raiva, uma certeza.

– Agradeço a Deus que nenhum dos meus filhos tenha seguido com o pai – emendou Tomázia. – É uma dor a menos.

– Pois seu filho Bento não demora a seguir com os outros – adiantou Clara, com um gosto que foi se desvanecendo à medida que o pavor nascia no rosto da cunhada.

– Vosmecê crê nisso? Ele tem quinze anos, é um menino. A guerra há de acabar antes que ele vista um uniforme.

Clara arrependeu-se. Às vezes a língua era mais rápida do que o seu raciocínio. Na época da Revolução, seu irmão de dezesseis anos tinha morrido com um tiro na nuca, e fora enterrado em algum lugar entre Viamão e Porto Alegre. Lembrava do pai ao dar-lhe a notícia. Clara tinha perdido a mãe ainda muito pequena, e amava muito aquele irmão.

Amornou a voz e disse:

– Deixe estar, Tomázia. Não pense nisso por agora. Talvez uma guerra com o Paraguai não custe mais do que uns meses...

A gritaria estourou na cozinha. Jango e Amélia vieram correndo para as respectivas mães. Amélia, que tinha onze anos, a mesma idade do primo, atirou-se nos braços de Clara, chorando.

– O Jango disse que o pai pode morrer numa peleja... – gemeu a menina, enfiando o rosto entre as saias da mãe.

Jango ria.

– Eu disse mesmo. Homem não tem medo de morrer, só mulher é que tem.

Tomázia puxou a orelha do menino. Custava-lhe fazer aquilo, cobrar-lhe que dominasse seu espírito buliçoso.

– Deixe de tonterias, Jango. Ninguém vai morrer! Peça desculpas para a sua prima.

Amélia tinha os olhos cheios de lágrimas.

– Não peço cousa nenhuma! – retorquiu o menino. – Todo mundo vai morrer um dia.

– Que menino... – gemeu Clara. – De onde vosmecê tirou essas cousas?

– Foi a vó Caetana quem me disse. E é verdade. Eu já vi um monte de gente morrer.

Tomázia segurou o filho perto de si. Fisicamente, era muito parecido com o pai; ela temia por aquele temperamento angustioso e inquieto.

– A gente não morre, meu filho. Vai-se viver com Deus.

Jango deu de ombros. Seus olhos negros luziram, e ele retrucou antes de sair correndo para o campo alagado de chuva:

– Deus não vive embaixo da terra, onde botam os mortos.

E desapareceu sob a garoa fina antes que a mãe lhe desse qualquer reprimenda.

Tomázia tomou a mão da sobrinha:

– Fique tranquila, Amélia. Jango não sabe o que diz. É somente que os meninos estão afoitos com a guerra. Mas vai ficar tudo bem...

Em seu quarto, no silêncio do entardecer úmido e brumoso, Caetana rezava em voz baixa. Acende ao final da breve prece uma vela para a Virgem Maria. Pedira-lhe que o impasse no Prata tivesse um fim rápido e justo, com a deposição do tal López. No entanto, algo lhe dizia que aquele era um pedido vão. A santa não entendia de guerras, fuzis e arcabuzes, canhões e trincheiras.

Caetana suspirou longamente.

Lá fora, um vento tépido balançava as copas encharcadas das árvores do jardim, jogando leves borrifos de água para dentro do quarto de janelas abertas. Ela tirou outra vela da gaveta e acendeu-a. Seus olhos verdes, marcados pelos anos, eram cheios de fervor. Disse em voz baixa:

– Leve sob seu manto a vida dos meus filhos, minha santa.

Fez o sinal da cruz e ergueu-se.

Estava gasta demais para outra espera como aquela.

Nos primeiros dias do mês de janeiro de 1865, espalhou-se por todos os recantos do Império a notícia catastrófica de que o Paraguai havia invadido a lindeira província de Mato Grosso. Contavam-se as coisas mais terríveis sobre a invasão dos paraguaios, que tinham atacado e tomado posse do forte de Coimbra nos últimos dias de dezembro. O Coimbra era um posto de boa posição defensiva, com sólidas muralhas que terminavam no rio, porém pouco guarnecido por um exército mal-alimentado e quase sem armas. Defendiam o forte apenas cento e cinquenta homens que lutaram contra um efetivo de sete mil paraguaios.

Na Estância do Cristal, as mulheres foram tomadas de grande apreensão. Já não havia qualquer solvência diplomática para o impasse no Prata, e o Império mobilizava homens para enviar ao sul, depois de baixar um decreto criando os corpos dos Voluntários da Pátria, em que cidadãos de dezoito a cinquenta anos podiam se alistar sob o pagamento de um soldo de quinhentos réis diários e uma grande bonificação ao final da guerra, além de terras nas colônias militares agrícolas de diferentes províncias brasileiras.

Sentadas muito silenciosamente na sala da casa-grande, Caetana, sua filha Ana Joaquina, cujo marido, o comerciante Miguel Pinto, também tinha seguido para a guerra, Tomázia, Josefina e Clara ouviam Joaquim contar as barbaridades que as tropas paraguaias tinham cometido na província do Mato Grosso.

– As casas foram saqueadas e as mulheres sofreram violências ultrajantes – disse Joaquim, que tinha lido os periódicos de Porto Alegre e de Pelotas. – Um tal de coronel Barrios, comandante das tropas paraguaias e cunhado de López, deu exemplo tomando para si uma menina, de cujo pai a roubou antes de atirá-lo ao rio. Dizem também que muitos homens da vila de Corumbá foram mortos com lanças, e que um barco em que seguiam soldados brasileiros foi abordado, e todos os homens foram mortos a tiros. Después arrancaram-lhes as orelhas, que foram penduradas nos mastros do tal navio.

As mulheres não encontravam nada para dizer. As atrocidades narradas por Joaquim eram impensáveis contra uma população civil.

Clara começou a chorar em silêncio, e suas lágrimas ardiam como fogo, deslizando pelo seu rosto impassível.

Caetana respirou fundo e ergueu-se.

– Tudo isso é mui triste – disse finalmente. – Lembro-me bem de que Bento desistiu de tomar São José do Norte porque não havia outra saída para manter a vila além de incendiar suas casas. Mas isso foi em outro tempo, quando um homem de bem tinha a sua honra.

Suspirou profundamente e tornou a falar, com a voz mais firme:

– Por Diós, não pensemos mais nisto. Hay que seguir em frente. A guerra é sempre a guerra.

A filha mais nova e as três noras miravam-na com uma espécie de admiração. A uruguaia andava com passos trôpegos, mas a voz era firme, ainda havia uma grande força nos seus olhares, mais pálidos do que na juventude. Mal sabiam quanto lhe tinha custado aquela rudeza, aquela força. Havia aprendido com Ana e D. Antônia, nos longínquos, quase saudosos, tempos da Revolução.

– Onde estão os nossos? – perguntou Tomázia, por fim.

Joaquim sentou-se numa cadeira e começou a preparar um cigarro. Fitou a esposa de Bento:

– Por ora, creio que estão nos arredores de Montevidéu, com Netto e Osório.

– O que vai acontecer agora?

Em seu posto no sofá de veludo azul-marinho, encolhida como a menina que tinha sido na infância, Ana Joaquina começou a chorar. Tinha medo de que o marido morresse na guerra. Miguel não era um bom manejador de armas, nem sequer um grande cavaleiro.

– Não chore, hija – pediu Caetana. – É preciso ter fé e calma. Tudo há de arreglar-se.

Joaquim lambeu a palha com cuidado, fechando o cigarro logo a seguir.

– O que sucede agora é um mistério. Há hombres se arregimentando por todo o Império. Os que não querem seguir para a guerra mandam substitutos.

Calou-se; ele mesmo estava ali e não tinha intenção de seguir para a guerra.

Fazia calor naquela noite de janeiro. O céu estrelado estava impassível. Por um longo momento, Caetana sentiu a saudade roçando-lhe a alma. Em noites como aquela, quando o marido não estava em campanha, passeavam ao luar. Mas isso era naquele tempo, num tempo tão antigo que até as guerras eram mais justas.

Virou-se para as mulheres e disse:

– Creio que é hora de irmos dormir. As guerras só se fazem durante o dia, e as crianças desta casa, que não são poucas, acordam cedo.

Ana Joaquina sentiu um leve arrepio varar a sua pele, apesar do calor da noite de verão, quando a mãe fez menção aos muitos netos.

Fazia dois anos, tinha perdido, aos quinze dias de vida, a única filha, à qual dera o nome da avó: Caetana. Por ter tido um parto complicadíssimo, os médicos haviam sido categóricos: ela jamais poderia parir outra criança. Se dependesse do seu ventre, aquela casa e aquela família retumbariam para sempre no mais profundo vazio.

Auroras e poentes e crepúsculos III

Meados de janeiro de 1865, arredores de Montevidéu.

Mais de nove mil homens formavam o acampamento. Era uma tropa heterogênea, fatigada pelas longas marchas em péssimas condições de higiene e de alimentação. Uma interminável série de barracas armadas em longas filas formava caminhos sinuosos, por onde alguns cuscos famintos circulavam em busca de restos de carne.

O churrasco assava em varas junto aos braseiros, e os soldados espalhavam-se em tocos de árvores improvisados como bancos. Não havia qualquer sincronia nos uniformes da tropa comandada pelo general Manuel Luís Osório; a cavalaria estava cansada das longas travessias, e os bois, exauridos pelo difícil transporte da artilharia naqueles campos assolados por um verão invencível.

À sombra de uma árvore, sentindo o calor como uma massa pegajosa que se condensava sobre a sua pele e escorria-lhe pela fronte, Matias polia calmamente uma clavina Spencer.

Era primeiro-sargento da Cavalaria Ligeira do general Antônio de Souza Netto. Usava um uniforme azul-marinho que tinha adquirido com os próprios meios, e suava em bicas dentro dele. Os pés, apertados nas botas escuras e sujas do pó vermelho que se levantava do chão, doíam-lhe por causa do inchaço provocado pelo calor.

Matias olhou o céu. Era de um azul ardente, desdobrando-se até o infinito. Havia um silêncio só cortado pelo ruído das moscas, negras, gigantescas e asquerosas, que voejavam em torno da comida.

Ao longe, Matias podia divisar Caetano, que era coronel, e que conversava tranquilamente com Osório. Este usava um chapéu de feltro de copa alta, que jamais tirava da cabeça, e fazia grandes silêncios entre um comentário e outro. Matias não podia ouvir a voz do general, mas adivinhava que traçava planos.

Faltava então muito pouco para que Aguirre perdesse o controle da situação no Uruguai, ademais que os blancos já não podiam contar com qualquer apoio paraguaio. Era questão de tempo que Flores assumisse o poder.

Matias suspirou; havia em tudo um ar macilento e um clima de espera. Sentiu saudades das antigas tardes na estância, e de D. Antônia bordando em sua velha cadeira de balanço.

Matias lutara as suas pelejas. Tinha matado dois homens. Dois blancos. Ainda podia lembrar-se nitidamente do olhar que cada um deles lhe lançara quando, de cima do seu cavalo, acertara-os, um com a lança, o outro com um tiro no ventre, por onde se tinha esvaído um manancial de sangue que jorrara para o chão. Sonhava muitas vezes com aquela cena. O sangue empapando a terra. Acordava afoito, com sede, e com o rosto de D. Antônia, muito vívido e muito sereno, impresso na sua alma. Aqueles pesadelos repetiam-se. Matias fazia pouco caso deles durante o dia. Bento tinha dito que todos os homens viviam aquele choque no começo de uma guerra, e ele aceitara seu destino de horrores noturnos.

Não mais tinha visto o pai desde a partida da estância. João Gutierrez seguira para São Borja com as tropas de Davi Canabarro.

Um ajudante de ordens avisou que a comida da Brigada estava pronta. O churrasco era servido duas vezes ao dia, eventualmente acompanhado de um pirão de farinha mofada. Matias vinha emagrecendo por causa do calor e da má qualidade da comida.

Um vulto aproximou-se; Matias ergueu os olhos.

Por um momento a claridade cegou-o. Logo depois divisou a figura de Caetano.

– Entonces, como le vai a vida de soldado?

Caetano trazia um mate, que ofereceu ao primo.

– Não é das melhores, mas dá pro gasto.

– O Osório acabou de chegar de Montevidéu. Comprou cavalos e mantimentos. As cousas hão de melhorar. O moral das tropas é mui importante, e Flores está a um passo do poder.

– Estamos longe demais dos paraguaios, e Flores já não precisa de nós – disse Matias. – Por que não voltamos para o Rio Grande? Há uma possibilidade de López invadir as nossas terras.

Caetano sorriu:

– As distâncias são enganadoras, meu amigo. Nos quedamos aqui um pouco mais. Segundo me consta, o Império está coalhando a fronteira do Rio Grande de soldados.

Fazia cerca de um mês que estavam acampados ali à espera de novas ordens. Matias era então um jovem afoito por movimento. Jamais pensara que numa guerra os soldados ficassem tanto tempo acampados, sem terem com que se ocupar.

– Enquanto estamos aqui parados, os homens morrem de disenteria. A água não é boa. Ontem morreu um tenente de Caçapava.

Caetano arredou um toco de árvore para a sombra. Eram três da tarde e o calor parecia insuportável. Sentou-se e, enchendo outra vez a cuia com a água que um ajudante tinha aquecido, disse:

– Falemos de cousas mais amenas, meu primo. Como vai sua noiva, filha da minha irmã?

A lembrança de Inácia trouxe um sorriso ao rosto cansado de Matias.

– Le escrevi uma carta hoje, que segue com o próximo correio.

– Inácia é uma boa moça. Me alegro que se case com vosmecê.

Uma algaravia de vozes elevou-se a poucos metros dali, distraindo-os. Matias ergueu os olhos e viu dois soldados que se tinham desentendido, trocando socos e insultos. Um oficial apartou-os, aplicando logo depois os castigos necessários.

– A falta do que fazer é um veneno para a alma – arrematou Caetano. – Esses dois vão ser pranchados, com toda a certeza.

Matias deu de ombros. Os castigos corporais e o tráfico de prisioneiros de guerra eram cousas que o enojavam.

– Quanto a mim, tenho sangue índio... Sei ficar quieto feito um morto. Essa pasmaceira não incomoda, mas imagino que deveríamos estar na frente de batalha, em Corumbá ou Coimbra. Dizem cousas horríveis sobre a conduta dos paraguaios em Mato Grosso.

Caetano sorriu.

– A guerra é uma noite estranhíssima – disse antes de erguer-se. – Bueno, meu amigo, agora tengo que ir.

Seguiria para uma reunião com o general Netto e o estado-maior acampado nos arredores de Montevidéu.

Matias fitou o primo enquanto ele avançava por entre as barracas com seu caminhar firme. Caetano assemelhava-se muito ao velho general Bento Gonçalves, alto e ereto, sério e amistoso, um homem de poucos arroubos, que transmitia grande confiança aos seus soldados. Lembrava-se bem. Em criança, o general o tinha enchido de pavores, vinha dele uma aura de poder e de respeito que o deixava lívido, a ele, um menino pequeno com sangue bugre correndo nas veias.

Matias pegou da arma e ergueu-se, enfiando-se para dentro da barraca, muito estreita, onde o calor da tarde se fazia insuportável. Lembrou as palavras que Caetano lhe dissera sobre Inácia; o calor da tenda e a saudade da noiva comprimiram seu peito.

A tardinha de verão entrava pelas janelas abertas de par em par, trazendo consigo uma brisa que tinha cheiro de jasmins. Todo dia, àquela hora, o jasmineiro exalava seus odores; aquele perfume doce, lânguido e lascivo a fazia pensar em Matias.

Ah, como doía a falta do noivo, a quem não via havia dois meses. Tinha recebido duas cartas e lhe enviara outras três, mas a correspondência era truncada e difícil, e acreditava que sua última missiva, à qual acrescentara uma flor seca do jasmineiro, tinha-se perdido na poeira das estradas inquietas por causa da guerra.

Naquela tarde, Inácia encontrava-se na varanda. Fora um dia de grande movimento na Estância do Salso, por conta do batizado da pequena Maria, filha de Teresa. Depois de as duas primeiras crianças terem morrido em poucos dias, a chegada da menina era um alento na casa. Até mesmo Perpétua colocara um vestido de cor alegre, e com isso parecia ter remoçado uns dez anos.

Na sala, a mãe ainda recebia as últimas visitas. Inácia fugira por uns momentos, em busca do silêncio e daquele perfume. Andava por demais angustiada; as notícias que chegavam ao Boqueirão davam conta de que muitos homens morriam nos acampamentos, vítimas de disenteria e de outras doenças, e que no Mato Grosso uma cidade inteira tinha sido dizimada pelo cólera.

Inácia rezava todos os dias pela saúde de Matias, acrescentando no final da oração uma frase breve pelos outros parentes em campanha. Tinha muitos conhecidos na guerra, e outros tantos empregados da estância haviam partido como Voluntários da Pátria. A mãe alforriara uns tantos negros, e esses, por desejo próprio, também seguiram para a fronteira.

Falava-se muito que o ditador paraguaio era um homem sem alma. Em Corumbá, cidade do Mato Grosso tomada pelas tropas inimigas, tinham mandado a população civil para Assunção, e toda aquela gente, sob pena de ser fuzilada, entrara num barco em péssimas condições, partindo para o país inimigo somente com a roupa do corpo. Os oficiais paraguaios tinham roubado tudo de valor que essa gente possuía.

Inácia ouvira o cunhado dizer que o tal Solano López tencionava invadir o Rio Grande. Tal cousa enchera-a de pavor. A guerra era uma coisa tremenda e ameaçadora, e seu futuro, cuidadosamente planejado, parecia-lhe que se dissipava no ar, feito pó. Fez o sinal da cruz. Não gostava de acumular tais pensamentos. Principalmente, importava-lhe que Matias não morresse naquela guerra. De resto, mesmo que o Rio Grande fosse invadido, ainda estavam mui longe da fronteira, e o imperador, que lhe parecia tão grande e tão poderoso naquelas fotografias e imagens que dele tinha visto, jamais deixaria que o inimigo tomasse posse do Rio Grande.

O cheiro dos jasmins embriagava-a como vinho, evaporando-se no ar escaldado pelo calor do dia de janeiro. Olhou o sol que se punha ao longe, e estava assim, absorta nesse jogo de luzes, quando a mãe surgiu na varanda com um sorriso leve no rosto pacificado, trazendo pelo braço um homem que lhe falava muito amavelmente.

Inácia não o reconheceu. Era um homem alto, de tez clara e cabelos negros, volumosos, de fios grossos e brilhantes. Tinha o corpo bem-feito e movia-se com elegância, embora, Inácia notou, seus passos fossem curtos demais, talvez porque os pés, pequenos, não suportassem bem o peso daquela carcaça alta e bem-fornida de carnes. Não era um homem feio, mas de traços refinados, e tinha um sorriso amplo, juvenil.

Perpétua achegou-se à filha:

– Inácia, veja quem nos veio visitar. O senhor Bernardino de Almeida é neto de Domingos, um grande amigo de meu pai. Juntos, seu avô e Domingos de Almeida fizeram a revolução.

Inácia sorriu para o homem, que, num gesto elegante, beijou-lhe a mão estendida. Um leve arrepio, mais de medo do que de emoção, varou o corpo da moça.

– Muito prazer – disse Inácia. E, para justificar o tremor, acrescentou: – Começa a soprar uma aragem.

Bernardino sorriu-lhe. Perpétua lembrou a filha que ela e Bernardino já se tinham conhecido por ocasião do casamento de Joaquim.

Os olhos escuros e vivos do visitante derramaram-se sobre o rosto de Inácia:

– Minha mãe cultiva flores em nossa estância, mas nunca vi jasmins como estes. – Sorriu, acrescentando: – Venho ainda agora da estância, senhorita Inácia, e sigo para Jaguarão por conta da guerra, muito embora eu não a faça.

Inácia balançou a cabeça, sem encontrar nada para dizer. Foi Perpétua quem os salvou do silêncio:

– Saiba, senhor Bernardino, nos alegra muito que alguns homens de coragem permaneçam no Rio Grande para o caso de uma invasão paraguaia, como dizem.

– Esteja tranquila, senhora. O Império está cuidando das cousas. E nossos homens na fronteira estão em alerta.

Naqueles dias, em qualquer reunião social ou mesmo no silêncio noturno das casas de estância, todas as conversas versavam sobre a guerra. Inácia pôs atenção no assunto; pensava em Matias.

– Ouvi dizer que faltam homens na fronteira, senhor – continuou Perpétua.

– Pois é verdade, senhora, mas os Voluntários se encaminharão para lá. Milhares deles. Tudo vai correr a contento.

Bernardino mirou longamente o rosto de Inácia, tentando decifrar aqueles olhos. Perguntou por fim:

– E a senhorita, o que pensa disso tudo?

– Meu noivo foi para a guerra. Está com Osório, lá para perto de Montevidéu. Eu rezo todos os dias para que este López volte para o lugar de onde veio. – Inácia mostrou um sorriso triste. – O que está a suceder não é justo para conosco, que nada fizemos a ele.

Uma sombra ligeira passou pelos olhos do outro à menção de um noivo.

– Solano López é o ditador de um país pequeno, que busca ganhar poder nas relações do Prata. Duvido muito que tenha recursos bélicos ou financeiros para uma guerra grande com um império como o do Brasil. Talvez não passe de um inconsequente.

– Um inconsequente que tem sob o seu jugo duzentas mil almas, senhor – retorquiu Perpétua.

– Mas a Argentina está neutra – atalhou Inácia. – E se Mitre unir-se a ele?

– Jamais o fará. Sei de boas fontes que o general Mitre nos é solidário, senhorita.

Bernardino de Almeida mastigou alguns segundos de silêncio, depois disse:

– Mas reze por seu noivo, pois que nenhuma guerra é uma bênção na vida de um homem.

Um choro agudo de criança veio de dentro da casa, interrompendo a conversa. Com um sorriso alegre, talvez pelo choro daquela neta tão esperada, talvez pelo encontro que acabava de promover, Perpétua, que se tinha sentado numa cadeira entre o visitante e a filha, ergueu-se e avisou:

– Vou lá ver Teresa e Maria. Fiquem tranquilos aqui.

E sumiu-se para dentro da casa, onde as sombras da noitinha já obscureciam os recantos mais secretos.

Inácia olhava o visitante de sobreaviso. Estranhamente, lia naqueles olhos alguma coisa, um laivo de interesse, um levíssimo brilho que a incomodava. Como se adivinhasse os pensamentos da moça, Bernardino de Almeida indagou:

– Então é verdade que a senhorita tem um noivo nessa guerra?

Inácia quedou-se pensando longamente no que dizer àquele homem. O cheiro dos jasmins, doce e vaporoso, era uma terceira presença entre eles. E a fazia lembrar-se de Matias.

Os eventos sucederam-se rapidamente nos primeiros meses daquele fatídico ano de 1865. Em meados de fevereiro, Venâncio Flores tomou outra vez o poder no Uruguai. O caudilho colorado uniu-se à causa do Império na questão paraguaia, colocando homens e o uso do seu território à disposição do Brasil. Dois meses depois, Solano López solicitou autorização à Argentina para atravessar o território de Missiones, rumo ao Rio Grande do Sul. O general Mitre negou-lhe o pedido e, um mês depois, em 13 de abril, uma flotilha de barcos de guerra paraguaios atracou em Corrientes, promovendo um ataque de surpresa. Nos dias seguintes, Corrientes foi abandonada pelas autoridades, que não podiam lutar contra uma força muito superior à sua – a tropa paraguaia em território argentino chegava a somar vinte e duas mil almas.

Com a invasão, o Paraguai declarava guerra à Argentina. O presidente Mitre decretou o estado de sítio, e no dia 1º de maio de 1865, em Buenos Aires, Argentina, Brasil e Uruguai assinavam o Tratado da Tríplice Aliança contra o Paraguai.

Começava então a Guerra Grande.

A notícia do Tratado da Tríplice Aliança ecoou como uma bomba no acampamento onde estavam as tropas de Netto e de Osório. Sabia-se que Osório tinha viajado para um Conselho de Guerra do qual participariam também os generais Bartolomé Mitre, Venâncio Flores e Justo José Urquiza, e ainda o almirante Tamandaré, comandante da esquadra imperial.

Matias estava na sua barraca quando um soldado, um jovem vindo do Ceará que sofria com os rigores do inverno que se anunciava, entrou a gritar:

– Meu bom amigo, a guerra começa agora mesmo! Chega de se morrer de disenteria, vem aí a batalha! Amanhã levantamos acampamento e vamos todos para Corrientes.

Matias deixou de lado a carta que escrevia, as últimas palavras para Inácia morreram sem receber a cor da tinta. Guardou seus apetrechos numa pequena caixa de couro que tinha sido de D. Antônia e ergueu-se para ouvir a novidade que o cearense trazia. O ar na barraca era impregnado de grande umidade. O vento soprava nas paredes de lona, espalhando pelo acampamento uma espécie de lamentação quase sobrenatural.

Matias fitou o outro com espanto. Depois de meses de pequenas escaramuças em território uruguaio, vinha enfim a guerra.

– Vosmecê tem certeza do que diz?

Os olhos do soldado estavam arregalados de euforia:

– Vamos atravessar o rio Uruguai e marchar para Entre-Rios. – O soldado era muito jovem, magro demais, tinha a tez esverdeada por causa de problemas com o fígado. – Dizem que invadiremos o Paraguai pelo sul, aproveitando o domínio dos rios pela esquadra do Império.

Havia lógica naquele raciocínio, que parecia verdadeiro.

– Vosmecê sabe quando partimos?

– Ao raiar do dia – respondeu o cearense, cujo perfil parecia-lhe a cara de um morto que se tinha esquecido de morrer.

Matias vestiu o casaco de tecido azul-marinho, colocou o chapéu e amarrou um lenço no pescoço.

– Vai aonde, meu amigo? Não terminei de contar o que sei.

Matias mirou-o com descontentamento.

– Diga tudo de uma vez, homem! Não sou uma senhorita.

– Eu estava de serviço quando chegaram os informes. Parece que os aliados expulsaram os inimigos de Corrientes. Um combate rápido, no corpo a corpo, e os paraguaios bateram em retirada.

Quando o outro deixou a barraca, Matias começou a guardar seus pertences. Fazia meses que estavam ali naquele acampamento. Nos últimos tempos, chuvas torrenciais caíam à noite, e os soldados acordavam com as barracas cheias de água. Era comum dormirem sentados, com a água barrenta e fria pelos tornozelos. Muitos caíam doentes, e os hospitais andavam cheios.

Matias queria ir embora. Mesmo que fosse para Corrientes. Enfiou suas poucas roupas na mala. Guardou suas cartas, o bloco de desenhos e o colar que Inácia lhe dera na despedida. Então saiu. A noite tinha caído e fazia bastante frio. Fogueiras ardiam aqui e ali, e alguns soldados reuniam-se em volta delas, buscando um pouco de calor. Para os lados do rio, distinguiam-se os contornos do hospital de sangue, cheio de enfermos, principalmente nordestinos desacostumados às baixas temperaturas e à perene umidade do inverno uruguaio. Tinham contado a Matias de uma tropa inteira que, vindo do Nordeste do Brasil, morrera por causa do consumo excessivo de carne vermelha, e por causa do frio.

Acendeu um palheiro. Não havia sequer uma estrela no céu pesado e baixo, que prometia mais chuva para a madrugada. Lembrou-se de João Gutierrez e do jeito que ele tinha de buscar no ar o cheiro da chuva. Onde estaria o pai numa hora daquelas? Será que se encontrariam em Corrientes, depois de tantos meses sem qualquer notícia?

Saiu andando por entre as barracas. Reinava grande agitação na tropa por causa da partida iminente. O cheiro da carne assada, único alimento de que dispunham em meses, provocou-lhe certa repulsa. Lembrou-se das mesas fartas em casa de D. Antônia... Como estaria a estância? Como estaria Inácia? Não tinha recebido carta dela na última vez que o correio chegara.

Sua mente voejava. Tinha tantas cousas a saber, e tão poucas respostas. Um leve arrepio varou-lhe o corpo. Era a gripe. Desde a última chuva que inundara sua barraca, vinha sentindo aquela febrícula ao anoitecer. Porém, estava com sorte. Tinha visto muitos homens morrerem ali sem dar um tiro. Eram mortes vãs, provocadas pela penúria em que viviam as tropas.

Atravessou o acampamento até a grande barraca que Caetano ocupava. Um soldado raso fazia vigia na porta. Matias pediu para falar com o coronel; o soldado desapareceu por uns instantes, voltando logo depois.

Entrou na barraca. Uma fogueira ardia, fazendo desenhos inquietos nas paredes brancas e dando um certo aconchego ao lugar. Caetano estava ajoelhado ao lado do fogo, tinha a barba grande e os olhos cansados.

– Entonces, pronto para partir? – sua voz tinha uma nota de simpatia.

Matias assentiu:

– Qualquer cousa é melhor que estarmos aqui para sempre.

O outro riu:

– E o seu lado índio, meu amigo?

– Até ele cansou-se dessa pasmaceira e dessas chuvas.

Caetano chamou-o para perto do fogo.

– A guerra foi declarada, meu bom amigo. Um déspota como Solano López não pode permanecer no poder. O desgraçado invadiu o Brasil e a Argentina. E o nosso imperador só aceitará a deposição das armas quando López for morto ou capturado.

Um negrinho magro e miúdo, usando um velho dólmã do exército, surgiu das sombras trazendo uma cuia, que encheu com a água que esquentava à beira do fogo.

– Um bom mate é a única cousa que esquenta a carne de um homem...

Caetano passou-lhe a cuia, e Matias aceitou o oferecimento.

– O Paraguai é uma terra desconhecida, Caetano. Como o exército vai avançar por aqueles charcos e alagados? Tive certa vez um professor, ele quedou-se muitos anos na estância... D. Antônia me queria culto. – Matias sorriu. – Bueno, o professor contou-me certas cousas dos paraguaios.

– Estive com Netto que, por sua vez, esteve com Osório. O general Mitre prometeu ao povo argentino uma guerra breve. E na Corte espera-se o mesmo. Contamos com a carência dos paraguaios. Segundo consta, López tem muitos homens, pero mal-armados e maltreinados. – Deu de ombros. – Em verdade, os paraguaios não passam de um mistério.

– Também o nosso exército está carente – completou Matias, após esvaziar a cuia.

– O imperador, no entanto, sabe que uma guerra custa caro. E a guerra começa de verdade agora. Amanhã seguimos para Corrientes. Osório foi escolhido comandante em chefe das forças terrestres brasileiras. Ele é um bom estrategista, e os soldados o adoram.

O negrinho tornou a encher a cuia, entregando-a ao coronel Caetano. Nesse momento, um tenente entrou na barraca e anunciou:

– O general Netto quer le falar, coronel.

Caetano fitou Matias:

– Bueno, meu amigo. Le aconselho que descanse, se a chuva assim o permitir. Teremos uma viagem mui dura, e sabe lá o que vamos encontrar quando chegarmos em Corrientes.

Caetano abriu a porta da barraca e desapareceu silenciosamente em meio ao bulício do acampamento. Matias ficou olhando o fogo por alguns instantes, antes de seguir para o seu próprio alojamento. O embrulho que retorcia suas entranhas seria medo? Ele não ousava pensar. Saiu para a noite, sentindo o frio como uma língua a lamber seu rosto. O ofício da guerra era o ofício do medo. Mas tinha aprendido com D. Antônia que, sobre certas coisas, o melhor mesmo era manter silêncio.

A marcha para Corrientes gastou duas semanas e foi penosa. Chuvas torrenciais caíram ao longo de todo o caminho, e as barracas, dobradas e guardadas nos lombos dos cavalos, apodreceram e perderam a serventia. Dormia-se ao relento. Pela manhã, alguns homens acordavam com os pés congelados e não podiam andar. Dezenas de mulheres e crianças seguiam com a tropa. Eram chinas ou esposas dos soldados, que levavam consigo os filhos. Todos os dias enterrava-se uma criança que tinha morrido de frio durante a noite. Ninguém dizia nada, e as mães dos meninos mortos seguiam sob a chuva, com seus olhos esbugalhados e sem lágrimas.

Matias andava com o barro cobrindo-lhe os joelhos. A febre que o cortejara no acampamento agora voltava frequentemente, e ele tremia sem parar. O abrigo de lã, encharcado, pesava-lhe nos ombros e só fazia piorar a febre.

Quase ninguém falava durante essas travessias de longas horas. Os canhões atolavam, e gastava-se muito tempo para arrancá-los do barro. Muitos soldados que tinham partido doentes morriam ao longo do caminho, e a pneumonia fazia novas vítimas. Numa das noites, um soldado desertou. Encontraram-no no dia seguinte, caído em uma senda na mata, e ele foi fuzilado como exemplo contra novas deserções.

Matias contava os dias da cavalgada, mas as horas e os acontecimentos embaralhavam-se na sua mente atiçada pela febre. Certa feita, um cavaleiro encostou ao seu lado. Era o coronel Bento Gonçalves da Silva Filho. Tinham-se visto muito poucas vezes na vida; a barba escura e o porte elegante lhe davam algo que se assemelhava ao general.

Bento Filho sorriu sob a chuva. Sua voz soou abafada:

– Vosmecê não me parece bem.

Matias tocou na aba do chapéu ensopado.

– Uma gripe. Em Corrientes estarei bom.

Os cavalos escorregavam na lama, que parecia vir de todos os lados. Bento dominou a custo o seu tordilho.

– Se precisar de alguma cousa, me procure.

Fez um gesto de despedida e acrescentou:

– Nunca tinha reparado como vosmecê é parecido com a sua finada mãe. Fomos mui amigos. Isso já faz muitos anos.

– Tudo parece fazer muitos anos sob esta chuva, coronel.

Bento Filho afastou-se lentamente.

O mundo era triste, molhado e lento. Por vezes, Matias tentava recordar o semblante de Inácia como um paliativo para aquela viagem interminável, mas era com terror que se descobria incapaz de enxergar o rosto da noiva. Lembrava-se de seus olhos, lembrava-se da graça do seu sorriso de lábios bem-feitos, mas não conseguia jamais vê-la inteira. Aquele rosto amoroso borrava-se nas brumas da sua memória descolorida pela chuva.

A família IX

Princípio de junho de 1865.

Pela oitava vez teu ventre está cheio, Maria Angélica. Tens já sete filhos da tua carne, o último deles é esta menina que dorme em teu colo, sem saber que o mundo que a acolheu está em guerra e que todas as coisas que antes se acomodavam em seus lugares agora temem cada minuto, cada reles instante que se desdobra, posto que, deste novo átimo, pode nascer a sombra de qualquer notícia fatal.

Tu, que cresceste na guerra, sentes pena dos teus filhos. O medo é como um esmalte que se derrama sobre tudo, sobre a casa e sobre as gentes, quando a guerra sucede. O medo é este gosto acre na tua boca, que nem a mais doce das frutas pode apagar.

Tu te lembras muito bem daqueles anos em que tudo tinha a cor e o cheiro do medo, e é nisso que tu pensas ao te ocultares neste quarto, mirando o farol que ilumina a escuridão da noite de inverno. Talvez seja mesmo por isto que tu chores, Maria Angélica. Pela guerra, e não pela morte da tua tia, mãe do teu esposo, que aos poucos se fina no quarto ao lado do teu, doente dos mistérios que o tempo imputa a toda carne.

Tantas coisas se passaram nos últimos anos, Maria Angélica. Tens dentro de ti um manancial de felicidades e de dores, e é dele que tu te alimentas nestas noites frias, enquanto lá fora cai a chuva e, mais longe ainda, os homens se batem por certas coisas que talvez desconheçam. Faz muito que já não te lembras de Ricardo, teu primeiro amor. Para isto a vida é boa, para enterrar o passado. Os anos, Maria Angélica, são apenas areia.

A pequena Faustina remexe-se em teu colo e geme. A fome é o único flagelo que a fere, e nem por um instante, pois ao primeiro gemido uma das amas surge com o leite que a menina suga cheia de voracidade. Tu a miras com encanto. Com nostalgia, talvez. O colo da tua mãe é uma lembrança por demais vaga na memória da menina que tu já foste, mas é verdade que agora tu querias que Caetana estivesse ao teu lado como naqueles anos da outra guerra, quando uma palavra sua bastava para pôr o mundo em seu lugar.

Tu tens muito medo, Maria Angélica. Teu marido te disse que esta guerra não é como as outras; ficaste calada; é dever de uma mulher não retrucar o seu homem, mas nunca essas leis impediram que os pensamentos se fizessem e que a vida fosse regida por mistérios mais ocultos do que as palavras de um marido. Tu sabes que essa guerra é uma guerra como qualquer outra. Gentes hão de morrer, crianças ficarão à míngua, e muitos anos hão de passar até que a ferida destas mortes e de tanto sofrimento cicatrize nas almas humanas. Teu marido te disse que esta guerra é a maior de todas. Porém, cada morte é um fim em si, e talvez vinte almas valham o mesmo que o terror de uma, é assim que tu pensas. No quarto ao lado, D. Ana vive a sua guerra particular, e tu sabes bem que não há medicina ou baioneta, deus ou santo milagreiro que a salvem da terra e do esquecimento. De D. Ana ficarão este farol e uma lembrança que os anos se encarregarão de apagar. Não há nada neste mundo que perdure ao tempo. Nem este teu filho que ainda não nasceu e que se faz, tão puro e tão ingênuo, somente para viver um quinhão de coisas que o destino lhe traçou, sem que tu possas, por mais que o ame, demover um centímetro as tragédias e os sucessos que por ele esperam nesta vida.

Tu pensas nisso, Maria Angélica. E a luz intermitente do farol banha teus pensamentos. A guerra e seus horrores então se iluminam destas fagulhas de luz, e tu contemplas tuas ideias quase com desespero.

Contaram-te que os aliados venceram uma batalha naval que ganhou o nome de Riachuelo. As águas do rio Paraná, assim te disse teu marido, amanheceram coalhadas de mortos. A voz do teu marido era exultante ao contar-te que tal sucesso impediu o contato marítimo paraguaio com outros países, cortando assim o fornecimento de armas e mercadorias do Prata. Tu ouviste tudo em silêncio, porém tua alma quedou-se para sempre tomada das imagens daqueles mortos desconhecidos boiando nas águas de um rio que jamais verás. Por que choraste tanto, Maria Angélica? Porque tua carne, empenhada na tarefa de fazer a vida, feriu-se com o horror que o homem impõe a si próprio. Tu pensaste nas mães desses mortos todos, desses homens que, em meninos, foram gestados, ninados e acalentados por ventres e braços feminis, e que assim por tão pouco se desfizeram como se não fossem vida, mas qualquer coisa de inútil e de profano.

Ah, como tu odiaste então a guerra! Como tu odiaste os homens e as suas políticas. É por isso que tu agora te escondes, Maria Angélica, nos segredos deste teu quarto, enquanto todos dizem que te sentes cansada e triste, quando na verdade o que arde em ti é uma espécie de ódio pelo desprezo que os homens dão ao que de mais caro há dentro de ti, esta maravilhosa capacidade de fazer a vida, quando tudo em derredor promove o horror da morte.

Em meados de junho chegou ao Cristal a notícia de que os paraguaios tinham invadido o Rio Grande e tentavam tomar a vila de São Borja, onde uma pequena guarnição local, composta de não mais de 350 homens, lutara até a chegada de uma tropa de reforço, sob o comando de João Manuel Menna Barreto, e do 1° Batalhão de Voluntários da Pátria. Os moradores da vila fugiram sem levar pertences, e contava-se que, no horror da fuga, mães e filhos se tinham separado, e que muitas crianças acabaram morrendo nos campos em derredor. No dia 12 de junho, a vila de São Borja fora tomada pelas forças paraguaias, a despeito da grande resistência oferecida por Menna Barreto e seus homens.

Foi Caetana quem deu tais notícias às mulheres da casa. Tinha mandado Congo até Pelotas, de onde ele voltara com jornais e informações colhidas pelas ruas. Zé Pedra havia partido com mais alguns peões para unir-se às tropas que lutavam na fronteira.

Caetana contou-lhes que São Borja estava em poder das forças inimigas chefiadas por Estigarribia. Dizia-se que muitas jovens haviam sido violadas pela soldadesca paraguaia. Também haviam saqueado a igreja, como a maioria das propriedades particulares.

– Que diabo! – irrompeu Tomázia, num raro surto de desespero. – Será que o Império vai ficar de braços cruzados enquanto o Rio Grande é barbaramente saqueado?

Joaquim mirou a cunhada com seus olhos passivos, quase tristes.

Ultimamente, vivia cuidando das coisas da estância e prestava assistência médica aos peões e suas famílias. A leitura dos jornais que recebia era sempre um sofrimento. A guerra avizinhava-se. O governo pedia mais homens. Muitos peões tinham partido, e ele tinha mandado três escravos para a fronteira. Mesmo assim sentia-se em dívida; no Rio Grande, um homem devia conviver com o sangue e a espada.

Josefina, a um canto, olhava tudo com os olhos assustados. Seu ventre, inchado pela segunda gravidez, salientava-se por entre as fraldas do xale de lã negra.

– Essa invasão era esperada – disse Joaquim calmamente. – Faz algum tempo que o general Canabarro pediu reforços ao governo, mas os homens não vieram... Somente agora os aliados se mobilizam. Mas a guerra não chega aqui.

Josefina remexeu-se, incomodada. O ventre doía-lhe, fazia muitas noites que não dormia bem, presa daquela barriga gigantesca que sugava toda a sua energia.

– Quero ir para o quarto – ela gemeu.

Caetana mirou a nora. A barriga ainda era alta, faltavam várias semanas para a criança nascer. Sentiu certa pena da moça; ela também dera seus filhos para o mundo, e temia as guerras.

– Fique tranquila, Josefina. O melhor lugar para o teu hijo esperar o desfecho disto é dentro da barriga.

Virou-se para o filho mais velho:

– Leve-a para o quarto, Joaquim. E não falemos destas cousas na frente da coitadinha.

Josefina arrastou-se pelo corredor até o quarto e as outras mulheres ficaram na sala, muito quietas e ansiosas. Falava-se pouco, porque não havia muito a ser dito. As notícias que chegavam à casa só faziam aumentar o medo e a insegurança. Os homens tinham partido havia meses, e o correio era escasso e demorado.

Os dias passaram-se e, com eles, desdobravam-se os acontecimentos. O inimigo tomara Itaqui e seguia em sua marcha para a cidade de Uruguaiana. Dizia-se que o general Canabarro descumpria ordens e deixava de enviar reforços, enquanto Itaqui era saqueada pelos paraguaios, primeiramente pelos oficiais, que levavam os objetos de maior valor, depois pelos soldados.

Uma semana mais tarde, em 24 de junho, os invasores chegavam às margens do rio Ibicuí. Corriam pelo Rio Grande notícias de que Canabarro não atacava os paraguaios, embora tivesse armas e homens em seu poder. No dia 5 de agosto os paraguaios chegaram a Uruguaiana, e a população, em completo desespero e mal defendida por escassas tropas, fugiu em meio a total desordem. O inimigo tomou a cidade depois de um curto tiroteio, degolando alguns soldados brasileiros que tinham sido capturados durante a batalha.

Caetana entristeceu-se de maneira peculiar com tal notícia. Uruguaiana tinha sido fundada pelos farrapos em 1843. Ah, ela lembrava-se tão bem daquele tempo... O marido, certa feita, dissera-lhe que o nome da cidade era também uma lembrança dela. Muitas vezes Bento a chamava de sua "uruguaiana". E aquela cidade adorada tinha caído em mãos inimigas... Saqueada e destruída, aparecia nos sonhos de Caetana, e era com pesar que ela ouvia os relatos escabrosos do avanço paraguaio.

Toda a população do Rio Grande estava pasma ao ver a facilidade com que as tropas paraguaias invadiam e tomavam cidades, sem que o exército impedisse de maneira coerente o impulso inimigo. Os paraguaios eram classificados como maltrapilhos e mortos de fome, a maioria das tropas não tinha abrigos para o inverno, porém dizia-se deles que pelejavam como bárbaros, preferindo a morte à rendição.

No começo de julho, espalhou-se a notícia de que o monarca em pessoa viria ao Rio Grande com uma comitiva imperial, a fim de inteirar-se da guerra e defender uma das suas maiores e mais produtivas províncias.

Na Estância da Barra, D. Ana, moribunda, recebeu a boa-nova da vinda de D. Pedro II com um sorriso nos lábios ressequidos. Estava na cama havia quatro meses; as negras da casa diziam que não morria de muito teimosa que era.

– Bueno – sussurrou D. Ana em seu leito, a cabeça apoiada em travesseiros –, se o hombre não veio por bem, que venga por mal. Já era tempo de conhecer o filho insolente.

Suspirou, cansada do esforço de falar. Seus olhos opacos vagaram pelo quarto semi-iluminado. Voltou a mirar o único filho que lhe restava e resmungou:

– Pena que não estarei viva para saber do causo...

Falava com um sorriso, como quem fazia uma última troça. Não tinha medo de morrer, temia mesmo era deixar a estância e a família. A morte era em verdade um descanso, um luxo que, àquela altura da vida – quantos anos teria então? quase oitenta – ela almejava sinceramente.

José sorriu-lhe com benevolência. Pegou a mão esquálida entre as suas.

– Deixe disso, madre. Vosmecê vai estar viva para ver o último destes paraguaios ser expulso do Rio Grande.

– Ora, meu filho, não tenho ódio aos paraguaios... Já vivi o suficiente... – engasgou-se. – Já vivi para saber que ninguém sai vitorioso de uma guerra. Esses soldados são apenas uns miseráveis...

A voz escasseou, ela fez um gesto, pedindo um pouco da água da gamela ao lado da cama.

José atendeu-a.

– Não pense mais nisso, madre – ele pediu.

D. Ana bebeu a água em goles pequenos, sentindo o alívio escorrer por suas entranhas em fogo.

– Sabe no que penso?

Mirou seus olhos cansados no rosto do filho, cujo semblante marcado de rugas impressionou-a como se o visse pela primeira vez em muitos anos.

– Penso no menino Matias... Se morro e não levo para Antônia uma notícia dele, creio que não irei ao céu, mas ao inferno.

D. Ana não chegou a receber quaisquer notícias do filho de Mariana, tampouco tomou tino de que o imperador D. Pedro II, vindo a bordo do navio *Santa Maria*, chegara em Porto Alegre no dia 19 de julho. Morreu no dia seguinte ao entardecer, olhando a chuva que caía pela janela, quando o coração lhe faltou sem quaisquer avisos.

Maria Angélica saiu do quarto para o enterro da sogra apenas por breves instantes, espantando-se, ao mirar o caixão onde D. Ana descansava, por notar como era pequenina e magriça. Durante todos os anos que estivera entre eles, regendo as almas e o ritmo dos dias na Estância da Barra, sua vontade férrea e seu ânimo inalterável transformavam-na numa mulher imensa, cujo colo podia aplacar as mais terríveis mazelas desta vida.

A herança II

Ano de 1902. Paquete Itaipava, *rumo ao sul do Brasil.*

A viagem no *Itaipava* é uma imersão num mundo que vive à parte das coisas terrenas. É como um sonho, cuja duração se esfumaça nas longas tardes marinhas, que Antônio gasta à amurada, pensando coisas que jamais ousou.

Este interlúdio tem algo de mágico. É estranho como se sente num limbo entre o passado e o futuro, como se toda a massa de água que o rodeia anulasse o tempo, como se não viajasse então de um lugar a outro, mas entre duas épocas que jamais conheceu. Por vezes tem a estranha sensação de que não é mais ele, Antônio, mas o pai, na viagem que jamais ousou fazer, rumo a um passado que ficou perdido nas vaguezas do pampa.

Estes dias serão um segredo de seu. Com estas pessoas que vagam pela coberta olhando o céu sem nuvens, ele guarda em comum um destino – ou talvez nem isso, pois o paquete efetua paradas em Paranaguá, Desterro, Rio Grande, Pelotas e Porto Alegre –, entre si todos têm o segredo desses dias no navio. Talvez seja muito para ele... É um homem quieto, e somente agora é que pôde ver o quanto herdou os silêncios paternos. A mãe sempre esteve apartada dos dois pelo muro dos longos pensamentos que os roubavam de uma vida cotidiana que era o esteio de Ticiana de Oiny.

Quando os contornos da cidade do Rio de Janeiro desaparecem completamente, quando suas serras e morros se desfazem no azul do céu da tarde é que Antônio sente-se livre pela primeira vez. Esse longo momento é como a chave girando na fechadura das engrenagens da sua alma. Vai adentrar então um lugar novo, tão completamente misterioso que sente dentro de si a euforia do menino que já foi, tendo descoberto o mundo há tanto tempo que nem mais se recorda desta emoção.

Agora tudo é novo para ele uma outra vez. A partir de então se permitirá estar à mercê da vida. Depois de ver as últimas cores da cidade onde nasceu, desfaz-se de tudo. Quer seguir limpo para esta outra existência, com a qual o pai o presenteou.

O que encontrará na estância é um mistério para ele. Cinco dias ou uma vida inteira. O medo da solidão ou o prazer da solidão. Pensa nisso enquanto o paquete se afasta do porto rumo ao mar aberto. As peças de um jogo, do qual ignorantemente participou durante a sua vida inteira, começam então a se encaixar. E é tão estranho, é quase mágico, que todas as pessoas sejam exatamente isto que ele se sabe hoje: o fruto de uma série de acontecimentos há muito esquecidos e apagados, o fruto de outras paisagens e de promessas cumpridas ou não. Como uma equação matemática, que jamais se resolve mas prossegue, somando um dia ao outro, somando uma vida a outra, nessa faina de fazer o mundo.

Ele é a linha não escrita da última daquelas cartas que o pai lhe deixou, e que agora o esperam numa gaveta da cabine. Vai lê-las uma a uma, refazendo os passos de uma vida que Matias Gutierrez viveu e deixou para trás, por medo ou por arrependimento. Vai dissecar dores que, tendo sido vividas há tantos anos, ainda assim latejam naquelas velhas folhas amareladas pela umidade.

As cartas de amor que o pai trocou com a única mulher que possuiu a sua alma. Ainda agora espanta-o que o pai, uma criatura que ele jamais imaginaria capaz de uma vida tão agitada, tivesse experimentado um amor tão cabal, e o horror de uma guerra que lhe roubara parte da saúde e todo um plano de futuro. Subestimara-o por tantos anos, e agora lhe pesa a vergonha de ter vivido ao lado daquele homem – sim, porque antes de ser seu pai, Matias Gutierrez era um homem! – sem jamais ter atravessado as margens da sua alma.

Ah, como foi leviano, vendo no velho somente o que seus olhos queriam ver... E quantas vezes, incontáveis vezes, enxergou naqueles olhos a luz de uma confidência sem jamais se ater a ela, limitando-se ao silêncio. Agora tinha vergonha desta certeza, da certeza que lhe vinha de que Matias quisera, sim, se abrir com o filho, mas encontrara nele a barreira da desatenção.

Lembra-se bem de certas características do pai. A voz modulada que jamais se alterava, o passo lento, mas firme. Aqueles olhos negros, oblíquos, que jamais revelavam a sombra de um sentimento. Aqueles olhos febris e desconfiados do mundo. Matias Gutierrez escondera-se atrás do balcão da sua loja de comércio, escondera-se do seu passado, da saudade que o espreitava nos invernos que já não vivia. Quantas vezes o pai contara do frio daquele pampa, e seus olhos, por um instante, por uma fração imperceptível de tempo, se tornavam úmidos de uma saudade que ele parecia temer? Do passado vivido nas lonjuras do Rio Grande ficaram os estragos feitos pela doença adquirida na Guerra do Paraguai, naqueles charcos imundos e recheados de cadáveres que para sempre visitariam os terríveis sonhos de Matias Gutierrez.

Agora, no seu posto na amurada, sente-se como o velho, divide com ele aquela solidão terrível e inebriante. A hibridez do mar o encanta, esta grande massa sem forma nem controle, serena e furiosa ao mesmo tempo. O mar o acalma e o assusta. O mar o afasta do Rio de Janeiro, levando-o ao pampa gaúcho.

Antônio olha o céu onde as primeiras estrelas da noite surgem. Ao seu redor, um leve sussurrar de frases entrecortadas, de vozes de mulheres que passeiam na coberta, apreciando o frescor do anoitecer. Uma moça de cabelos claros passa de braço dado com uma velha senhora e lança-lhe um olhar alegre, aprovador.

Antônio sorri para si mesmo. Não tomou este barco em busca de aventuras amorosas, mas responde à moça com um toque no seu chapéu de palhinha clara. A moça baixa os olhos e ri, sem que a pobre velha que se arrasta pela coberta perceba qualquer coisa. Aquela velha e sua ignorância, pensa ele, de certo modo somos todos nós.

A moça desaparece no seu passeio, e Antônio ajeita a casaca clara antes de se retirar para a cabine. Não sabe diagnosticar a levíssima tristeza que dança em seu peito, apesar da beleza da noite e da calmaria do mar. O pai está entranhado na sua alma, e parece que segue com ele nessa viagem rumo ao sul.

Gostaria que ele estivesse ali uma última vez... A derradeira conversa. As coisas jamais perguntadas. Antônio sorri enquanto acende a iluminação da cabine. A luz oscila fracamente e forma sombras nas paredes revestidas de lambris. Não há mais tempo para ouvir o pai, e tantas horas, tantos dias se gastaram em vão.

Antônio pega no armário as cartas que Matias lhe deixou e atira-se na cama estreita. Despediu-se da mãe ainda naquela manhã em casa e viu-a chorar, acusando-o de abandono, acusando Matias de, na morte, finalmente roubar-lhe o único filho.

Antônio sacode a cabeça tristemente. O relógio de ouro em seu pulso avisa-lhe que são sete horas. Daqui a pouco a ceia vai ser servida no salão principal. Ver os mesmos rostos. A moça da coberta e seu sorriso convidativo. Os casais com seus filhos. O capitão e sua gentileza medida. Nada disso lhe interessa e, ademais, não sente fome. Em seu colo, as velhas cartas queimam como brasa. Querem contar sua história, porque a palavra escrita só existe aos olhos de outrem. Ele sorri. Encanta-o a tola ideia de que, de alguma forma, vai libertar o que essas missivas contêm. O gênio dentro da lâmpada.

Antônio respira fundo, fecha os olhos por um instante. O cansaço pesa nos seus membros. E o silêncio deste pequeno quarto é uma bênção.

Os últimos dias foram de uma agitada turbulência. A morte do pai virou-lhe a vida de pernas pro ar. Tem dormido cerca de quatro horas por noite. Fechou seu pequeno apartamento, tomando todas as providências para a longa viagem, e isso lhe custou uma boa incomodação. Agora a cama é tão agradável e o rumor do mar, tão leve.

Entra pela pequena janela a luz avermelhada que o sol poente derrama na coberta do navio. Na cabine, essa luz faz rebrilhar as coisas metálicas, o abajur de ferro à cabeceira, o puxador dourado do armário.

Antônio pensa no pai. (E então Matias Gutierrez está ali ao lado dele, sorrindo.)

Senta-se, apoiando as costas num travesseiro, e abre o maço de cartas. O papel amarelado desdobra-se, revelando uma letra miúda e bem-talhada que se derrama numas poucas linhas. Alguns trechos estão borrados pelo tempo, mas ele pode ver claramente a letra caprichosa de mulher.

Embaixo, na última linha, um único nome se desenha: *Inácia.*

Auroras e poentes e crepúsculos IV

Meu querido amor,

Tem me custado muito esta distância de vosmecê, e a toda hora me pego sofrendo, com lágrimas nos olhos, pensando na sua saúde e no seu bem-estar. Nem mesmo sei se estas linhas hão de chegar aos seus olhos, meu Matias, pois que o Rio Grande vive em tal estado de calamidade e de pânico que nada mais é certo, e quando o galo canta pela manhã anunciando um outro alvorecer, eu desperto na minha cama triste, dividida entre a felicidade de ter virado um dia a mais sem qualquer notícia ruim e o medo de que as próximas horas sejam portadoras daquilo que eu jamais quereria ouvir.

Ansiava muito saber do seu paradeiro, seu menino fujão; será que vosmecê ainda segue com as tropas da Brigada Ligeira do general Netto? Ninguém por aqui me sabe dizer se vosmecê está em Corrientes, em Concórdia ou em Uruguaiana, se vosmecê está com saúde ou doente desses surtos que têm acometido algumas tropas que morrem por essas estradas sem fim. Conta-se muito, meu amor, e imagine as tristezas e os desconsolos que isso me causa; imagine este meu coraçãozinho furioso, batendo, batendo por causa de vosmecê! Conta-se muito que os homens morrem às dezenas nas marchas por estradas alagadas, sem comida nem abrigo, à mercê do frio e da chuva destas terras.

E eu, eu penso em vosmecê, penso nos longos passeios que dávamos juntos, e leio e bordo e tento concentrar minha alma na sua vida, pedindo a Deus, todos os dias e todas as noites, que vosmecê esteja bem, esteja vivo, e que volte para mim. Ah, estes meus bordados, eles guardam em si a minha angústia e o meu medo, Matias... Eles é que amparam as minhas lágrimas, pois sim, meu amorzinho, eu choro escondida de todos, eu choro todos os dias, mas não diga isso a ninguém, que sou muito, mas muito orgulhosa mesmo... Diga que vosmecê tem uma noiva de muita coragem, que está a terminar o enxoval das nossas bodas.

Escrevo, talvez, estas cousas somente para mim mesma. Sempre é uma forma de aliviar meu coração. Passo os dias na sala, à espera de notícias, e busco em cada palavra, em cada frase que chega de fora, a derradeira pista da sua pessoa. Quem sabe esta carta me há de trazê-la? Quem sabe se Deus a entrega em boas mãos, e o tempo e as estradas e todas as graças confabulem para que eu leia as tuas palavras em breve, e assim serene este meu coração despedaçado de dor.

Fico por aí acendendo uma vela para cada santo, e nenhum deles parece disposto a me ajudar, meu Matias. Ninguém me conta de vosmecê, o que me faz crer que tampouco vosmecê saiba de mim... Esteve aqui há algumas semanas Clara Soares da Silva, que é esposa de meu tio Caetano, e que me contou que ele esteve em certo acampamento ao seu lado, mas isso faria cousa de quatro meses, e desde então a guerra tomou proporções tão mais graves que meu peito sequer pôde aliviar-se... Me sinto tão vazia de vosmecê, me sinto solta no ar deste inverno, vagando entre as nuvens baixas do meu medo que nada pode aplacar, nem a mais fervorosa das rezas (que minha madre jamais saiba que le escrevo tais palavras).

Tive outra notícia que me lembrou de vosmecê, e tão triste, meu Matias, tão triste que quase não ouso escrevê-la nesta folhinha branca e tão bonita; porém sei que a ignorância é mais cruel do que a mais dura das verdades, sei disso por causa deste silêncio, e é assim que le conto o sucedido, para que vosmecê tenha ciência. Foi o negro Congo, tão fiel criatura de minha avó, quem veio aqui nos anunciar que pelo dia 18 de setembro os aliados retomaram a cidade de Uruguaiana, depois de quase dois meses em que a cidade esteve sob o domínio das tropas paraguaias. Pois que Uruguaiana lhes foi entregue por um tal coronel Estigarribia, cujas tropas havia um mês que se vinham alimentando da carne dos gatos e dos cachorros (imagine!) que vagavam pela vila abandonada. Segundo o negro Congo, que então já é mui velho, mas tem a cabeça mais confiável do que qualquer jovem, foi numa dessas pelejas em Uruguaiana que seu pai, João, morreu. Uma lança paraguaia levou sua vida, e ele foi enterrado nos arredores da cidade por gente da sua tropa. Tal notícia chegou a Congo por intermédio de Zé Pedra (vosmecê se lembra do capataz do Cristal? Ele luta agora com a gente dos aliados), e o bom Congo então tomou de um cavalo e veio mui rapidamente contar-me tudo.

Meu bom amor, ai meu queridinho, quanto chorei por vosmecê... Esta odiosa guerra nos separa daqueles que mais amamos. Penso em quanto vosmecê desejaria estar ao lado do seu pai por um instante que fosse, e já meus olhos se turvam, e minhas lágrimas mancham a tinta destas palavras bobinhas que le escrevo.

Me perdoe, meu Matias, me perdoe, se um dia vosmecê ler esta carta, pela tristeza da notícia que le dou...

Se o que eu le escrevi for já do seu conhecimento, me perdoe repetir tudo outra vez, trazendo assim esta dor à sua alma. Pense que eu somente muito le adoro, e que conto os dias para revê-lo, pois que todo o meu afeto é seu, para sempre, sempre e sempre.

Sua Inácia.

Estância do Salso, Boqueirão, 25 de setembro de 1865.

Acampamento de Lagoa Brava,
arredores de Corrientes, novembro de 1865.

Matias sai da barraca e o ar da tarde bafeja em cheio no seu rosto, abraçando-o com suas asas sufocantes. Sente uma espécie de aperto nas tripas, um misto de fome e de repugnância que o persegue pelos dias e pelas noites. Come o mínimo possível, apenas para sobreviver. Comer é um sacrifício no acampamento das tropas aliadas; as moscas estão por todos os lugares, cobrindo a carne que sai do fogo antes que ela chegue à boca dos soldados exaustos, as moscas boiam na água de beber, formando uma nata negra e fétida nas cuias e nas bilhas.

Osório, o general cujo humor e a força Matias admira, falou certa vez, ao ver um jovem soldado com o uniforme recoberto de moscas: "As muquiranas são peça obrigatória do uniforme destas tropas." Tinha dito aquilo rindo, mas Matias sentiu uma tristeza em si, uma tristeza por ver-se naquele fim de mundo, naquelas margens alagadiças da região de Mercedes depois da dura trajetória em que tantos haviam morrido.

Faz duas semanas que estão ali, travando pequenos combates noturnos, avançando um tanto com uma patrulha, matando alguns paraguaios. Frequentemente, acorda no meio da noite com gritos. O inimigo costuma avançar no escuro, adentrando o acampamento e degolando soldados aliados. Estes gritos noturnos, horrendos, dançam na mente de Matias como um coro tenebroso do qual ele não consegue se apartar.

Matias segue até uma árvore, acomodando-se à sombra. Não há um alívio para o calor pegajoso que se derruba sobre tudo, aquietando as gentes, fazendo sofrer a cavalhada. Não há uma nuvem no céu de novembro. Escreveu uma carta a Inácia há cerca de dois dias, despachando-a pelo correio. Escreveu com os olhos cheios de lágrimas, pois somente aqui, neste acampamento triste e cheio de mortos insepultos, é que a carta da noiva o encontrou. Depois de meses, a voz de Inácia trouxe-lhe a notícia da qual já desconfiava. O pai estava morto. Tinha morrido na retomada de Uruguaiana.

Ao chegar ao acampamento da Lagoa Brava, Matias buscou por João Gutierrez, mas não o encontrou. Um tenente da Corte tinha-lhe dito que ambos haviam lutado numa mesma companhia, mas que, por causa das baixas, a tropa tinha sido desfeita e o tenente não tornara a ver o índio. Havia cerca de trinta e cinco mil soldados aliados acampados ali, às margens do Paraná; era, portanto, muito comum que um homem quedasse anônimo naquela aglomeração humana, mas Matias sentira algo nos olhos do tenente, Matias sentira algo em sua alma, e tudo parecia avisar que o pai tinha morrido. João Gutierrez queria morrer. Por isso seguira para a peleja, porque sempre lhe faltara coragem para a morte.

Sob a árvore, no calor fustigante das três horas da tarde, Matias vê o pai sendo varado pela lança inimiga. Vê seu peito perfurado de balas. Vê seus olhos turvos e o sorriso em seu rosto. Tinha-lhe custado muito viver até que o filho se tornasse um homem.

Não chorou pelo pai, recorda ele, afastando as moscas que insistem em pousar no seu rosto. Havia certas coisas que Inácia desconhecia. A vida de João tinha sido mui peculiar, assim como o seu amor pela filha rica de uma das mais importantes famílias do Rio Grande.

Aquele tal João Gutierrez pagara um preço por seu amor tão ousado... Mas quem não pagava o preço, afinal? A vida era um eterno acertar de contas, era o que dizia D. Antônia.

Tem lembrado muito da avó nestas marchas pelas terras alagadas rumo ao inimigo. Tem se lembrado das verdades que ela lhe ensinou naqueles tempos da estância, quando o mundo era apenas o lugar proibido pelo medo de sua mãe, quando a guerra era a brincadeira nas horas frescas da varanda, enquanto a avó contava alguns causos e os soldadinhos de chumbo aniquilavam-se com galhardia, silenciosamente, caindo no piso de madeira de varanda sem que Matias sentisse por eles um pingo de dó.

O sol arde no céu sem nuvens como uma joia. A poucos metros dali, um jovem soldado limpa com a mão a superfície branquicenta de um naco de carne que vai para o fogo; não há comida que não esteja tomada pelas larvas das muquiranas. Não há um segundo de paz. Matias vê um outro soldado tomar de um galão de vinho onde paira uma nata negra, as moscas afogadas. O homem não se dá ao trabalho de recolhê-las com uma colher, mas suga o vinho, filtrando as moscas entre os dentes e cuspindo-as de quando em quando no chão ressecado.

Ele mesmo não come faz quase dois dias. Soube que emagrecia quando se viu no espelho de um comerciante que apeou no acampamento. Os comerciantes estão começando a chegar, de olho no lucro certo – a guerra, afinal, é o grande comércio moderno. Quando se mirou no espelho, o que viu foi um rosto queimado de sol. Os zigomas, muito salientes, pareciam querer furar a pele. Os cabelos escuros, duros, e aqueles olhos tristes. Sempre teve um olhar triste. D. Antônia temia aqueles seus olhos. Agora, a guerra é um calvário que tem de carregar. Ele e esta massa humana que caminha e morre de doenças, e se esvai no hospital de sangue onde falta tudo, eles que se batem sem nem saber por quê. Matias não odeia os paraguaios. Não sabe a quem odiar. Se ao menos pudesse encontrar o tal López, aí sim, talvez enfiando a sua lança naquela carne odiosa, talvez a guerra lhe valesse de algo. Não pode odiar esta gente que viu, esfarrapada e faminta, estes cadáveres que secam ao sol. Não pode odiá-los, são muito parecidos com ele mesmo. Aqueles olhos tristes. Os mesmos olhos tantas vezes repetidos na face do inimigo, a mesma cara índia; ele se vê nestes rostos todos os dias.

Escreveu a Inácia contando que está vivo. Nada lhe disse do tempo que passou no hospital por conta dos pulmões. Nada lhe disse da travessia até ali. Para salvar as montarias, os soldados haviam carregado as selas dos seus cavalos. Ele mesmo puxara uma carreta por dois dias. O soldado ao seu lado morrera na segunda manhã de alguma infecção por causa da água (a água que bebem tem o cheiro da podridão). Bebe-se a morte por ali.

Não contou a Inácia que, segundo as informações que lhe deram, as tropas de Osório tiveram cinco mil baixas desde a partida de Montevidéu; era gente que tinha morrido nos hospitais do acampamento, era gente que tinha sido enviada, doente e debilitada, para morrer em Buenos Aires ou na capital uruguaia.

Ah, como pensa em Inácia... Ela é a beleza da vida, ela é a pureza pela qual ele anseia, o único esteio para a sua sobrevivência. É nela que pensa dia e noite, sob a chuva ou o sol escaldante. Foram os seus olhos que ele viu no rosto de um paraguaio que a sua arma acertou quando da fuga da tropa inimiga que viera de Corrientes... Os olhos de Inácia, arregalados, sem acreditar que ele pudesse, com aquelas mãos que tanto a tinham acarinhado, arrancar a vida de um jovem imberbe que tivera a sina de cruzar com ele tão somente porque usava sobre o corpo um uniforme vermelho sujo e esfarrapado. Inácia está em tudo, no céu e nas árvores, e quase pode jurar que, quando o vento vem, em um ou outro entardecer cujo frescor é uma bênção, ouve a sua voz sussurrando no ar, a chamar por ele, pedindo que ele não se perca em meio a tanto horror.

Às vezes Matias chora. A solidão neste acampamento, a morte que todo dia leva a sua cota, tudo isso é uma doença que envenena o seu espírito. Já não acredita em Deus. Acredita, isto sim, num futuro longe de toda esta atrocidade, quando poderá retornar à estância e aos braços de Inácia. Mata por isso, para volver.

A cantoria começa com o cair do sol. A 1ª Companhia de zuavos baianos canta ao entardecer. Os praças negros elevam suas vozes fortes, límpidas, numa música que os ouvidos de Matias não decifram. Tem na alma uma levíssima lembrança de outras vozes como estas, vozes que cantavam na estância, as vozes da gente que o tinha visto crescer. Alguns ainda estão na fazenda, a maioria foi alforriada e partiu, outros seguiram para a guerra.

Matias senta-se num tronco de árvore e observa os zuavos. Usam o mesmo uniforme que o exército francês usou na guerra da Argélia, as calças vermelhas, largas, bufantes, rebrilham sob o sol do ocaso. E os soldados cantam. Alguns deles tomam posição para a capoeira que se inicia. Uma estranha dança de corpos que se jogam no ritmo da música.

"Há alguma poesia em tudo, até mesmo aqui", pensa Matias. E houve um tempo em que ele mesmo queria a peleja, queria ser herói. A inocência do menino que não sabe o que é viver. Que não conhece a guerra nem os seus horrores.

A dança dos zuavos o distrai por um momento, uns poucos instantes em que um sorriso aparece no seu rosto. Há tanta coisa neste mundo que ele jamais conhecerá, esta gente mesmo que veio da Bahia, que tem esta dança e um brilho diferente no olhar.

As moscas afastam-se um pouco. Voltarão com sanha redobrada ao anoitecer. Os zuavos dançam pela última vez. A companhia vai ser dissolvida por Osório, por causa das muitas baixas que sofreu. Esses negros todos, reluzentes, vivos, fortes, vão ser enviados para outras tropas. É esta a última capoeira que o sol poente ilumina.

Um tiro ecoa ao longe. Matias ergue-se de um salto, tomando da carabina que nunca abandona. Há um certo movimento perto de um capão. Ele olha atentamente, enquanto a música para e os zuavos também tomam das suas armas.

Poucos segundos depois, mais dois estampidos, e surgem, vindos do capão, oito soldados aliados trazendo um oficial paraguaio ferido no ombro, mais dois corpos que são arrastados pelo chão, levantando a poeira vermelha e escaldante deste entreposto do fim do mundo. O oficial inimigo tem olhos verdes e vivos; mesmo maltrapilho e descalço, ele segue ereto, com a arma inimiga a tocar-lhe as costas. No rosto do soldado aliado, que o guia de arma em punho, há um riso estranho. Matias não discerne se esse sorriso triste, desdentado, é de escárnio ou de vergonha dissimulada.

Os zuavos voltam à capoeira.

Matias ergue-se e segue para a sua tenda com o coração pesado.

A noite cai e traz consigo um céu negro, sem estrelas. Matias está sentado diante da barraca, perto de uma fogueira onde a água para o mate é aquecida. Há a expectativa de um temporal pairando neste céu opressivo. Matias quer a chuva mas teme-a. Nada por aqui sucede de maneira sutil, e se chover muito, se destas nuvens se derramar muita água, o acampamento alagará – estão todos os trinta e cinco mil homens acampados às margens de uma grande lagoa, e o terreno não tem boa drenagem.

As nuvens pesadas não se movem no céu. João Gutierrez lia os segredos do tempo com aquela sua alma de índio. O que diria o pai destas nuvens tristes e baixas?

Comeu muito pouco ao jantar. Carne e um pouco de pirão de farinha velha. As tropas sofrem com a falta de alimentos. Para além do acampamento, as mulheres amontoam-se com seus filhos, as chinas e as vivandeiras. Antônio Chirú, um mestiço alto e delgado que se tornou amigo de Matias, contou-lhe que todas as noites morrem crianças para os lados de lá. Morrem de fome, de disenteria, de febre. Morrem sem qualquer auxílio. Morrem naquela guerra, sem saber por quê.

Pouco depois, os primeiros trovões retumbam. O tempo é este misto de calor e umidade insuportáveis, e horas de chuvas torrenciais que alagam tudo.

Ele não se dá ao trabalho de entrar na barraca. Ao menos as moscas darão uma trégua. Com o fim da chuva, é certo que voltam com fúria. Tem sonhado com estas moscas, negras, gigantescas. Sonha que elas lhe entram pelos ouvidos e pela boca, que voejam entre as suas entranhas, e então acorda no meio da noite, mergulhado no calor terrível, sozinho, irremediavelmente sozinho, com aquele medo dentro da alma.

Na barraca tem uma botija de vinho. Comprou de um comerciante a preço mui alto. Não é dado a beber, mas aqui, por vezes, quando a solidão é muita, Matias bebe.

Vai beber essa noite. Vai beber em homenagem ao pai. Em homenagem ao último homem que matou, aquele menino que nem tinha barba, e era tão parecido com ele mesmo alguns anos atrás.

A chuva começa a cair em grossos pingos, e os trovões agitam o céu. Uma criança chora ao longe, talvez de medo.

Matias vasculha o acampamento: a soldadesca recolhe seus pertences, os cavalos são acomodados em lugar protegido. Um alferes magro e com olhos injetados passa por ele assobiando uma música alegre.

Um vulto se acerca. Por precaução, Matias ergue-se. É um oficial aliado, é possível notar seu uniforme bem-cuidado assim que ele se achega à barraca, em frente à qual arde uma fogueira.

– Buenas, meu amigo. Vim ver como está passando vosmecê.

Matias reconhece a voz de Caetano. Desde o começo da guerra, Caetano Gonçalves da Silva tem sido um amigo.

– Aprochegue-se – convida Matias. – Posso le oferecer um mate.

– Um mate regala a vida – diz Caetano, sentando-se num toco de árvore sem incomodar-se com a chuva. – Como vosmecê tem se dado com estas moscas infernais?

Matias sorri.

– Bueno, não com o bom humor do nosso general em chefe. O gosto que elas têm não é do meu agrado. – Alcança o mate para o filho de Caetana. – Em verdade, tenho vergonha de estar aqui. Não sou um bom soldado... D. Antônia soube ler na minha alma. Tenho pena destes paraguaios, empurrados para a morte, uns pobres-diabos.

Caetano sorri no escuro. Costuma brincar de rememorar o rosto dos filhos. Vem esquecendo-os dia a dia.

– Todos nós estamos sendo empurrados para a morte a cada dia que passa. Estas chinas que cobram um punhado de sal e uma tira de carne, elas estão indo para a morte. O imperador está indo para a morte.

Matias espera que o outro acabe de tomar o mate e recebe a cuia, que enche e leva à boca. Depois de um sorvo, suspira. A chuva continua a pingar do céu.

– Do outro lado deste rio está o inimigo. É uma cousa estranha. Quando eu era criança, costumava brincar que era Garibaldi... Vó Antônia contava causos sobre ele, sobre sua coragem... – Dá de ombros. – Agora estou aqui, e não há coragem nenhuma...

– Todos nós sentimos medo. – Caetano sente medo de esquecer de vez o rosto dos filhos. – É intrínseco a uma guerra. Lembro que meu pai falava do seu medo, e ele lutou muitas guerras. Tudo pode acontecer quando invadirmos o Paraguai.

– Já morreu muita gente.

– E morrerão muitos más. López não se entregará, escute o que le digo. Antes, ele sacrifica todo o seu povo.

– Matei um menino naquele episódio da fuga de Corrientes. Não tinha mais que dezesseis anos... Sonho com seu rosto às vezes.

Caetano baixa os olhos para o fogo que a chuva começa a apagar. A dor de um homem é cousa por demais íntima.

– Certa vez meu pai me disse que um bom soldado ouve a sua consciência mas não a visita, meu amigo.

Caetano ergue-se. Passa a mão pelo rosto. A chuva, que cessou por um instante, recomeça a cair em grossos pingos, e o céu se inquieta outra vez.

– Vou-me embora. Durma com um olho aberto. Certamente teremos visitas esta noite.

Todos sabem que os soldados paraguaios atravessam o rio em canoas, indo até o acampamento aliado para matar e saquear.

– O preço de um bom sono é ter uma garganta degolada.

– Adiós, meu amigo.

Caetano sorri uma última vez. Tem os olhos cansados. Segue então pela chuva, que começa a apertar, desaparecendo como uma visão engolida pela umidade da noite baça.

Matias ergue-se e entra na barraca, onde o calor é inquietante. A chuva apaga aos poucos as fogueiras espalhadas pelo imenso e desorganizado acampamento das tropas aliadas.

Deita-se no catre de botas e de uniforme. Faz noites que não dorme. Corre no acampamento a história de um negro que luta nas ordens paraguaias e que certa noite, tendo invadido o acampamento argentino que fica para os lados de Ensenada, degolou nove soldados, metendo suas cabeças num saco de estopa como um presente que enviou para Solano López.

A noite ia alta no céu. A lua crescente, delgada e muito branca, derramava sua luz sobre o campo. Inácia, da janela do quarto, olhava a paisagem imóvel. Era estranho que seu peito estivesse sereno. Era estranho que sentisse até um certo gozo na beleza exemplar daquela noite de dezembro.

Inácia torturava-se com isso, com esses pequenos momentos de pura vida, quando Matias e aquela guerra infame estavam longe demais da sua alma; eram pequeninos intervalos de tempo nos quais ela deixava sua alma volar, nos quais se permitia a alegria de um momento leve, sem que o destino do noivo, sem que os horrores daquela guerra para onde seguiam todos os homens pudessem borrar a graça dos seus olhos de moça que tinha vinte e três anos e uma vida inteira pela frente.

Ao fundo, as árvores recortavam-se contra o céu claro, estrelado. Como a noite estava bonita e poética. Como gostava de ficar assim, sozinha e quieta, apreciando a perfeição milimétrica das estrelas no céu, como se fossem o bordado de um exímio artesão. No entanto, fazia três meses que vivia sem quaisquer notícias de Matias. Suas cartas, que ela escrevia em dias alternados, perdiam-se no vácuo dos mistérios. E ela sofria muito. Sofria com os olhares velados da gente da casa. Sofria com a ansiedade da mãe, que queria casar as três filhas mais moças, que queria a vida estável e decifrada, como se a vida pudesse ser assim.

Cerrou os postigos de repente. A tristeza voltava. Era um animalzinho de estimação. Era como a pequena Maria, que engatinhava pela casa, indo e vindo nas suas incursões misteriosas.

Inácia deitou-se na cama ainda com o vestido leve de algodão. Bateram à porta, e mandou que entrassem.

Era Perpétua. Vinha com um sorriso no rosto, e uma bandeja com um copo de leite e uma fatia de bolo.

– Vosmecê não comeu esta noite.

Inácia sorriu para a mãe:

– Estive sem fome.

– Mas precisa comer... Desta guerra é que vosmecê não se pode alimentar. É preciso viver, a despeito disso tudo.

O preço do equilíbrio da mãe era o não pensar. Inácia conhecia-a bem: suas negações, sua firmeza em realizar seus planos, sua vontade férrea que via apenas um objetivo pensado e calculado por ela mesma, segundo os desejos que o finado marido haveria de ter.

Inácia sorriu. Fazia muitos anos que se tinha esquecido do rosto do pai, de quem herdara aquele nome e, diziam, os olhos.

– Madre, meu noivo perdeu-se na guerra... Como é que posso não sofrer? Faz três meses que não tenho uma palavra sobre Matias.

Perpétua suspirou.

– Serene, minha filha. Tudo ficará bem.

Sentou-se à beira da cama da filha, enternecida pela sua beleza fresca, impecável.

– Eu já tive a sua idade, eu já vivi uma guerra, e amava seu pai... Sei como se sofre, Inácia. Mas o tempo tem que correr. E três meses não são nada numa guerra.

– Morre-se em um segundo, madre.

– Mas não se foge ao destino – concluiu Perpétua.

Queria falar à filha. Tinha recebido carta de Bernardino de Almeida. O neto de Domingos José de Almeida pedia-lhe permissão para uma visita e uma conversa. Sabia bem o que o outro queria – fazia muito tempo, mas ainda podia ver o desejo nos olhos de um homem... Tinha gosto naquilo. Não queria ver a filha casada com um menino. Ela mesma casara com um homem bem mais velho e fora mui feliz. Matias, embora fosse filho de Mariana, pouco servia para Inácia. Não, a filha precisava de alguém que a guiasse, pois que tinha um temperamento forte demais, livre demais, perigoso para uma moça.

Perpétua recolheu o copo, afagou os cabelos escuros de Inácia, ergueu-se. Não queria a filha sofrendo em vão.

– Agora vá dormir. Amanhã vosmecê pode receber a notícia que tanto espera.

Viu um brilho nos olhos da rapariga. Sentiu um levíssimo sopro de pena. Encaminhou-se para a porta, enquanto Inácia desatava os cabelos em frente ao toucador.

À porta, Perpétua virou-se e disse numa voz leve:

– Para a semana, o senhor Bernardino vem nos visitar. Recebi um bilhete... Parece que passa por aqui em viagem.

– Deveria estar na guerra com os outros. Alguém pode levar o tiro que nasceu para ele.

Perpétua persignou-se:

– Não diga bestagens. Ademais, nem todos os hombres seguem para a guerra. Há muito o que se fazer por aqui.

Inácia não respondeu. Viu a mãe fechar a porta silenciosamente atrás de si e ouviu seus passos miúdos, calculados, estalando no assoalho de madeira.

Olhou-se no espelho e viu ali um rosto de moça e aquele medo. Era o medo que turvava o verde dos seus olhos. Era o medo aquela umidade que lhe embaçava a vista, tornando o quarto e seus objetos uma única massa misturada e sem contornos. Era o medo. Era o medo. Era o medo aquele gosto de leite na sua boca ainda seca.

A família X

Manuela de Paula Ferreira estava deitada em sua cama. Num canto, no chão, o diário onde escrevera fervorosamente durante toda a madrugada. Depois de dois dias inteiros sem ânimo nem vontade para coisa alguma, passou a noite inteira à janela, escrevendo. As palavras do médico, que não queriam deixar seus ouvidos, aquelas terríveis palavras, a sentença de uma solidão tão irremediável, só lhe tinham dado descanso depois de serem expulsas para o papel.

Nunca mais teria um filho. Nunca mais. Aos quarenta e cinco anos, sua carne estava morta para sempre. Fazia mais de três anos que as regras lhe vinham faltando. Fazia mais de três anos que temia aquilo. E então, depois de ter passado mal, depois do incêndio em sua carne, aquele calor tão opressivo que a derrubara, sem sentidos, no chão do quarto, foi que o médico veio. A criada, em pânico, mandara chamá-lo.

Lembrava-se bem do rosto bondoso e sereno do doutor. Era jovem e tinha uma voz macia. Era jovem como um dia ela mesma havia sido. Tinha visto pena nos olhos daquele homem que certamente a conhecia. Falavam dela na cidade, era a louca. Manuela sorriu, deitada na cama. Tinha certo prazer nisso, em ser a louca. Tinha certo prazer em macerar sua dor. Não tinha pena de si... Era na dor que se aproximava dele, de Giuseppe. Aquele amor era a sua religião, tão insano e cruel quanto qualquer credo. Mas ela, ela não amava um deus, amava um homem.

O médico disse-lhe que seu ventre estava seco. Que andava muito fraca e necessitava de sol. Há quantos anos estava trancada naquela casa? Manuela não se lembrava. Tinha ido ao Brejo, quando da morte de D. Antônia. Uma ausência de dois dias, terrível como um exílio. Desde então, não saíra mais para a rua.

Bateram à porta.

Era a criada. A boa e velha mulher que cuidava dela. Tinha medo de qualquer afeto, por isso mal lhe dizia algumas palavras quando a urgência de uma necessidade imperava. Mas Manuela escrevera ao seu advogado. Tinha algumas poucas posses, que lhe haviam sido outorgadas quando da partilha dos bens maternos. Uma casa de aluguel, algumas cabeças de gado. A criada não ficaria à miséria.

A criada bateu à porta uma outra vez, bateu sem pressa, estava acostumada à patroa. Certas vezes, Manuela não a atendia e sequer lhe dava explicações.

Por fim, Manuela pediu que entrasse. A porta não estava cerrada, e ela pisou no quarto quase com medo. Tinha os olhos vermelhos.

– Vosmecê chorou?

– Estive preocupada com a senhora – disse a mulher. – A visita do médico, e agora esta carta.

Trazia nas mãos gordas e alvas uma carta pequenina.

Manuela sentou-se na cama. Alguns fios dos seus cabelos negros estavam brancos, matizando a longa trança que lhe caía pelas costas como um bicho de estimação muito manso.

– Vosmecê leu esta carta? Se está triste, sabe o que contém. – Deu de ombros. Desde sempre, as cartas eram-lhe portadoras das desgraças.

A mulher enrubesceu:

– Veio por um peão. Ele falou umas cousas.

Seus olhos encheram-se de lágrimas. A voz tremeu-lhe:

– Fico pensando onde é que está a piedade divina... Deus não devia permitir tais cousas.

Manuela estendeu a mão:

– Deus não existe. O que há nesta carta?

Fazia muito tempo que era imune às tragédias humanas. Fazia muito tempo que não tinha coragem de admitir a si mesma que perdera as esperanças. Mas ainda usava o vestido. Como por encanto, dentro daquela roupa ela acreditava. O amor era-lhe possível, o amor era seu, e Giuseppe chegaria no próximo minuto. Suspirou. Era duas num único corpo, talvez por isso não lhe tivesse sido dado um filho: parira-se a si mesma no decorrer daquela maldita vida. Mas alguém jamais a entenderia?

A criada entregou-lhe a carta, encolheu-se num canto e esperou.

Manuela abriu o envelope com os dentes, como uma dama jamais faria. Leu o conteúdo num breve segundo, reconhecendo a letra bem-cuidada da esposa de seu irmão. Como se chamava mesmo? Luíza.

> Estimada cunhada,
>
> Escrevo-lhe sob o impacto da mais viva dor, pois que fui informada de que Antônio pereceu às margens do rio Paraná, de um ferimento gangrenado. Morreu num hospital em Corrientes, nos primeiros dias de novembro. Eu e as crianças estamos muito abaladas, e uma visita sua, para que nos consolemos mutuamente e para que falemos das cousas que ficam em pendência, seria providencial.
>
> Nós duas, cara Manuela, pouco nos vimos, quis assim a vida, mas sempre le tive em grande estima, e vosmecê tem nas veias o mesmo sangue de Antônio. Somos da mesma família, portanto é muito justo que fiquemos as duas unidas nessa hora tão terrível.
>
> Luíza.
>
> Cara irmã: o peão que le leva estas linhas tem ordem de esperar resposta e, se possível, trazê-la consigo. É homem de minha confiança, venha sem medo.

Terminou de ler a carta, um peso no peito tirou-lhe as forças. Num canto do quarto, a criada chorava copiosamente.

Manuela fechou os olhos. Lembrou-se de Antônio e do muito que tinham vivido juntos. Sentia-se exausta, devastada. Porém nenhuma lágrima desceu dos seus olhos duros, verdes, esgazeados de pasmo.

Por fim, dobrou a carta e guardou-a entre as páginas do diário.

– Diga ao homem que espera lá embaixo que não vou.

A criada espantou-se:

– Não vai, senhora?

– Meu irmão morreu na fronteira com o Paraguai. Vosmecê sabe onde fica isso?

A criada balançou a cabeça negativamente.

– Nem eu. O que restou de Antônio está lá. Não há por que eu ir.

Andou pelo quarto, parando à janela.

A criada saiu, fechando a porta atrás de si sem fazer ruído.

A calçada em frente parecia desolada sob o sol abrasante de janeiro. As casas tinham as janelas fechadas para se protegerem do calor, e não se via vivalma andando na rua. Passava das duas da tarde. Manuela lembrou vagamente que não tinha feito sequer uma refeição naquele dia, enquanto mirava a rua, acabrunhada.

Na casa em frente alguém descerrou a cortina; um rosto, talvez de mulher, espiou rapidamente para fora, num gesto de medo, fortuito. Manuela viu a sombra de uns cachos loiros, viu uma mãozinha branca misturada entre as rendas da cortina. Viu a mancha azul de um vestido. E tudo isso, a janela, a moça que olhava, a rua, tudo isso se misturou como uma pintura desfeita aos seus olhos ardendo de lágrimas.

Saiu da janela.

Jamais haveria de chorar na frente dos outros. Era uma promessa que se tinha feito há muitos anos, quando soubera do casamento de Giuseppe.

Estância da Barra.

Uma gravidez sucedia-se a outra, e já então Maria Angélica não se lembrava do tempo em que seu corpo pertencera apenas a ela. A pequena Faustina tinha um ano e agora dava seus primeiros passos em torno da mãe.

Maria Angélica, sentada em uma cadeira na varanda, carregava uma gravidez de quase nove meses. A barriga imensa, dilatada, parecia crescer sob o leve vestido de verão, encobrindo-lhe a visão da lagoa, roubando seu viço e toda a sua energia. Imaginava que daria ao marido outra menina. Um pressentimento... Dizia que pressentimentos não passavam de caprichos, mas ela testemunhara D. Antônia ouvir as vozes da sua alma durante toda a vida, e a tia jamais se enganara. Não tinha sido D. Antônia, afinal de contas, quem lhe dissera que teria onze filhos? Lembrava-se bem daquela noite em que estivera no quarto da tia, e a boa mulher, com sua voz dura, com seus olhos mansos, lhe havia contado de um certo sonho.

A menina que andava pela varanda tropeçou e caiu. A negra Xica, que outrora tinha cuidado da própria Maria Angélica e que agora estava ali zelando pelos seus filhos, adiantou-se e pegou a menina no colo.

– Leve-a para um banho. Faz um calor insuportável – pediu Maria Angélica.

Os outros filhos andavam pela estância. Eram crianças saudáveis e agitadas. José devia estar com eles em algum canto, talvez tomassem banho na lagoa.

Ao fundo, cortando o céu de verão que começava a se carregar de nuvens escuras, o farol resplandecia. Maria Angélica fitou-o com amor. Gastava muitas noites ali, olhando as luzes do farol, aquelas luzes que tudo viam e que nada sentiam. Ah, que existência... Doía-lhe pôr filhos naquele mundo tenebroso. A guerra encarniçava-se mais e mais. Contavam de crianças morrendo de fome, de um país que empobrecia, cujos homens tinham desaparecido nas colunas de um exército corajoso e esfarrapado. Contava-se de mulheres que subsistiam e alimentavam seus filhos vendendo o corpo aos soldados por um pedaço de carne.

Quando se descobrira grávida uma outra vez, ah, como chorara. A carne da sua carne talvez um dia servisse a tais terrores. Temia muito pelos filhos. José dizia-a nervosa, cansada. Mas não era nada disso. Uma mulher não pode gerar uma criatura para a miséria.

Tinha começado então a alforriar algumas escravas, e agora a maioria das gentes na fazenda ganhava um pagamento e comida. Xica tinha sido a primeira. Fazia-lhe um grande bem ver aqueles negrinhos correndo com seus filhos e pensar que eram livres, e que poderiam crescer e sumir pelo mundo. Tinha alforriado dois negros, e mesmo assim eles haviam seguido para a guerra. Lutavam por uma terra que os tinha massacrado desde sempre.

Um rumor correu o céu. A chuva viria logo. Nuvens escuras acumulavam-se para os lados do farol de D. Ana. Dentro da barriga, a criança chutou com força, como se respondesse aos trovões que retumbavam no céu de janeiro.

Maria Angélica suspirou, numa vaga recordação... Havia muitos anos, numa outra tarde perdida no tempo, Ricardo tinha chegado morto ao Cristal. Lembrava-se tão nitidamente como se tudo tivesse acabado de acontecer, mas agora não sentia nada, nem tristeza. Esses eventos estavam todos esquecidos. Seu coração apaziguara-se, voltado para a maternidade, para aquele ventre inchado e vívido, imperioso. A vida tinha dado uma curva, ou fora ela mesma que se entregara à calmaria? Não sabia dizer.

Um ruído intenso de vozes ecoou atrás de si. José e os dois filhos mais velhos, Bento e Nicanor, apareceram, sujos de barro e molhados. Vinham rindo e falavam alto.

O marido acercou-se dela:

– Vai chover, Maria Angélica. Não é bom para vosmecê pegar esta friagem que sopra.

Maria Angélica sorriu. Tinha descoberto que a sua força era sutil. Rendia-se ao marido. Os dois meninos, saídos da sua carne, sorriram corroborando as palavras do pai.

– Vou entrar agora mesmo. Estive aqui mirando o farol.

– Precisa de consertos – disse José. – Amanhã tratarei disto.

Mancava muito da perna então.

Nicanor, que tinha nove anos e era esguio e moreno como ela, ajudou-a a erguer-se.

– Vamos para dentro, madre. O temporal não demora.

O filho sorriu, tinha uma boca larga, oferecida e fresca.

– Vamos, Nico.

Deixou-se acompanhar pelo menino, enternecida; a barriga pesava como o mundo.

Desatou a chover uma hora depois, e o temporal varou o pampa com extrema fúria. Os filhos ficaram à janela, espantados com a angústia do vento e a água que desabava do céu.

A criança em seu ventre nasceu naquela noite, e era uma menina.

A chuva fazia muito barulho no telhado, o vento soprava com força, querendo derrubar as grossas paredes da casa. Passava da meia-noite, e Perpétua estava em sua cama quando bateram à porta.

Era Teresa, e seus olhos pareciam loucos. No escuro, segurava uma vela. Tinha os cabelos desgrenhados, de um crespo pesado, caídos ao redor do rosto pálido.

– O que houve?

Perpétua ergueu-se da cama com a agilidade de uma menina. Tinha cinquenta anos então, e estava viúva havia dezesseis.

Teresa estava grávida do segundo filho. A barriga, de quatro meses, salientava-se muito sutilmente sob a camisola branca.

– Madre, a menina não está bem.

A voz da filha esvaneceu-se. Perpétua mirou-a com atenção, forçando os olhos no escuro do quarto onde a única vela bruxuleava. Viu que as lágrimas corriam pelo rosto de Teresa.

A filha mais velha era motivo de grande aflição sua. Quando moça, tivera medo da felicidade que Deus lhe dera, tão plena. Naquele tempo, a cada desgraça que sucedia aos outros vinha-lhe um pecaminoso alívio. Não havia desgraça para ela. Então Inácio morrera de repente e tudo mudara. Teresa, ao contrário dela em sua juventude, parecia condensar as tragédias do mundo. Tinha perdido sem explicação os dois primeiros filhos.

– O que Maria tem?

A voz de Perpétua soou firme.

Chovia muito lá fora. Era impossível sair pela noite em busca de um médico que ficava a léguas dali.

– Delira de febre, madre. E está vomitando. Júlio ficou com ela.

Perpétua enrolou-se num xale, calçou as chinelas. Deu um abraço na filha.

– Deus está conosco – disse.

Teresa olhou-a com ares descrentes, e ambas seguiram pelo corredor, onde algumas negras iam e vinham com compressas e bacias cheias de água.

Maria tinha então um ano. Era um bebê de cabelos escuros e olhos esverdeados, adorável. Deitada em seu berço, com o rostinho em fogo, sacudia-se em convulsão. Perpétua tocou-lhe a face rosada e viu que ardia em febre.

– Isso começou quando?

O genro mirou-a com horror:

– Acordou chorando há cerca de duas horas. Já estava quente assim.

– Não quis jantar – atalhou uma negra, a ama da menina.

Teresa, parada ao lado do berço, não ousava tocar na filha.

Perpétua sentiu medo. Pensava em Caetana, mas a mãe estava longe demais. Virou-se para Júlio:

– Mande selar um cavalo e envie o melhor peão da estância. O médico tem que vir o mais rápido possível.

– E esta chuva?

Perpétua mirou a menina remexendo-se no berço. Num impulso, tomou-a em seus braços. Maria abriu os olhos e pareceu reconhecê-la.

– Esta menina não vai morrer dentro desta casa – sua voz elevou-se até a dureza. – Mande vir este médico, lhe pagamos em ouro, se for preciso!

O genro desapareceu no escuro.

Perpétua ficou por muito tempo com a menina nos braços. As compressas de nada serviam. A febre queimava-a. De quando em quando, vomitava uma bile esverdeada. O corpinho, exausto, tremia aos solavancos. Teresa não ousava pegar a criança no colo, mas chorava e rezava num canto.

Perpétua sentiu raiva da fraqueza da filha.

As horas gastaram-se naquilo. O médico chegou ao alvorecer, mas então a menina já tinha morrido e Perpétua estava em seu quarto, os olhos secos. Estivera ao lado da neta no exato momento em que a alma deixara seu corpinho exaurido, e nada pudera fazer... Tal o seu terror, que se pusera a pensar como uma doida. Chegara a tomar uma resolução. A vida das filhas dependia dela, como a vida da pequena Maria tinha dependido dos pais, que não tinham ousado fazer nada além de chorar e de descabelar-se ante o inevitável. Mas ela, Perpétua, ela era forte. Inácio tinha-lhe dito aquilo quantas vezes? Quantas vezes as tias e até a mãe tinham falado da força feminina, da gana que uma mulher devia ter para manter a sua gente? Ela guiaria a família no meio daqueles dissabores, daquele horror que se tinha abatido sobre todos.

Algumas horas mais tarde, Caetana mirava a filha mais velha com seus olhos embaciados pelo tempo.

– Teresa não quer sair do quarto, hija... É melhor que fique por lá.

Se sofria, era calada. Caetana enterrava naquele dia o terceiro bisneto. Era uma sina que ela tinha de suportar.

Perpétua acabou de colocar o vestido de luto. A tarde ia pelo meio, e o sol de verão ardia no pampa lá fora.

– Teresa vai enterrar a filha. É a sua obrigação.

Caetana sacudiu a cabeça:

– Ela está grávida.

– Será rápido, madre.

Caetana suspirou, ergueu-se e caminhou até Perpétua, tomando-a nos braços. Havia calor naquele corpo, um calor que Perpétua reconheceu. Por um momento pôde sentir-se frágil como a menina que tinha sido havia tantos anos.

– Madre, me perdoe. Durante toda a noite, Teresa não fez nada... Ela morreu no meu colo.

– Teresa está em choque. Perdoe-a. Deus tem sido mui cruel com ela. – Suspirou. – Não deixe que esta dor endureça o seu coração, Perpétua. É mui fácil que isso suceda, não o permita, le peço.

Perpétua mirou a mãe. O tempo devastara completamente a beleza de outrora, mas havia ainda certa suavidade em seu rosto marcado de rugas.

– Deus não foi bom comigo tampouco, madre. Quando Inácio morreu, pensei que enlouquecia...

– Diós testa Seus filhos ao limite, mais cedo ou mais tarde. – Segurou a mão da filha mais velha: – Deixe Teresa em seu quarto.

Perpétua suspirou:

– Está bem. A senhora tem razão. Estou tão cansada... – Ajeitou os cabelos desgrenhados e o vestido. – Vou falar com ela.

– Diga-lhe que não tem culpa, hija. – Mirou Perpétua nos olhos, profundamente. – Teresa não tem culpa do destino que le foi dado.

Perpétua aquiesceu e fechou a porta atrás de si, deixando Caetana sozinha no quarto, pensativa e triste.

Depois do enterro, reuniram-se na sala. Isabel, Inácia e Benta estavam a um canto, todas tinham chorado muito. Viera pouca gente, e Perpétua recebeu os vizinhos com educação e polidez, mas Teresa não se afastou do quarto, e ninguém ousou perguntar sobre sua ausência.

No fim do dia, sem saber do ocorrido, Bernardino de Almeida apareceu para a visita que tinha combinado com Perpétua por carta. O luto da família o pegou de surpresa; ele viera dar os parabéns quando do nascimento da menina.

Perpétua recebeu-o com afeição. No meio da tragédia, a visita daquele homem sério, atento e afetuoso encheu-a de alívio. Viu os longos olhares que ele deitava para Inácia e fez o possível para deixá-los por alguns instantes a sós. Quando estava na cozinha providenciando um lanche para o visitante, Caetana veio ter com ela.

– O neto do Domingos me parece mui contente em rever Inácia – disse Caetana sem sorrir.

Um laivo de alegria cruzou o rosto de Perpétua e não passou despercebido a sua mãe.

– Eu faço muito gosto.

– Inácia é noiva de Matias. Antônia sempre quis este casório, e eu também.

Perpétua deu meia dúzia de ordens às negras, tomou a mãe pelo braço e levou-a para o escritório, onde poderiam falar mais à vontade. Havia um frescor na casa, o vento entrava pelas janelas abertas e voejava pelo corredor de paredes brancas.

– Bernardino é neto de um amigo do pai. Seria um bom casamento. E é um homem feito, constituído. Deixe que se conheçam, madre.

– Inácia e Matias se amam.

Caetana sorriu tristemente. Era um argumento frágil, aquele; no entanto, como acreditava nele!

Perpétua baixou os olhos por um instante. O que era o amor? A delícia, sem dúvida. Mas um sopro de Deus podia apagar aquele fogo.

– Matias não passa de um menino... Faz meses que Inácia deixou de receber notícias dele. Madre, vosmecê me ensinou que, na vida, às vezes é preciso ter pulso.

– Eu jamais me intrometi no destino de vosmecês. Os oito casaram com quem les gustó.

Perpétua fez menção de seguir para a sala; antes, porém, disse:

– Deixe as cousas como estão, madre. Eu le juro que não farei nada que a minha filha não queira.

Caetana aquiesceu. Quando Perpétua saiu, ela seguiu para o quarto de Teresa. A porta estava fechada; bateu de leve e sussurrou:

– Sou eu, hija, sua avó. Quero hablar com vosmecê.

Dentro do quarto, um leve ruído de passos.

Pouco depois a porta se abriu. Caetana mergulhou no interior da alcova, onde a luz da tarde ainda não tinha entrado.

(Na sala, Bernardino de Almeida conversa com Inácia. Sua fala é contrita, como mandam a tristeza da ocasião e a palidez da moça que é sua interlocutora. Dentro dos seus olhos, no entanto, há o brilho de um amor.)

Auroras e poentes e crepúsculos V

Acampamento de Talá-Corá, fevereiro de 1866.

Dois soldados abrem uma cova rasa no areal e dali retiram água em gamelas de barro. A água usada para preparar a comida, vinda deste areal, tem um tom amarelado e um cheiro fétido. Muitos homens caíram doentes, de acessos do estômago e de febres inexplicáveis, e o hospital, ao fundo do acampamento, nada mais do que uma cabana triste e coberta com um teto de palha, está repleto de almas.

Sob a rala sombra de duas árvores, alguns doentes esperam o seu lugar e a sua vez, deitados em enxergas dispostas no chão ressequido. Um deles, um homem de longas barbas e olhos esbugalhados que cocam o céu azul onde não corre nuvem nem um sopro de ar, geme alto. Tem o rosto coberto de bexigas negras, a pele é um papel que recobre os ossos, as mãos crispam-se de instante em instante, como se quisessem agarrar alguma coisa invisível ou, talvez, as moscas que rondam, a acossá-lo incessantemente.

Matias passa, e em frente ao hospital desvia os olhos, aterrorizado. Os homens têm morrido destas bexigas, um, dois, trinta. Não se sabe definir o modo como estes soldados se contagiam, mas Matias ouviu de um capitão que a varíola está se espalhando, e mata mais do que os paraguaios, os "caboclos" que atravessam o rio Paraná na calada da noite, cujos passos, ao som da grama seca sendo estraçalhada pelos pés descalços e imunes aos espinhos, trazem a morte por degola.

Matias afasta-se do hospital e vai para longe dos gemidos do moribundo. Não tem se apegado a ninguém. Durante esses meses todos, esses meses em que a solidão pesou-lhe como uma cruz, fez poucos amigos, à exceção de Caetano, a quem não mais viu nos últimos tempos – dizem que foi buscar tropas e que está em Corrientes, junto à oficina que o general Osório montou e onde são produzidos cartuchos para as tropas brasileiras.

Não quer amigos. Quer a solidão, vive este medo e este horror sozinho. O egoísmo desse desejo ajuda-o a seguir em frente, a despeito de tudo. (O egoísmo e a lembrança, sempre tão forte, sempre tão leve, sadia e branca e limpa, de Inácia.) Matias jurou que há de esquecer todo esse horror e que, na volta, quando reencontrar Inácia, jamais lhe dirá uma palavra que seja desse pesadelo.

Faz dez dias que os aliados acamparam ali em Talá-Corá. Muito perto, os restos do povoado de Itaty definham sob o céu escaldante do verão; algumas colunas de fumaça exalam seus últimos suspiros e extinguem-se com as chuvas noturnas. Os paraguaios saqueiam e destroem tudo à sua passagem, como uma maneira de causar a fome aos inimigos. Diz-se que nada sobrevive à sanha de Solano López, nem seus próprios homens. Matias viu um grupo de caboclos capturados pelos uruguaios: nada mais eram do que farrapos humanos, magros, desesperados de fome e de sede.

Correu pelo acampamento a notícia de que, finalmente, o almirante Tamandaré chegara a Corrientes com a 3ª Divisão Naval. Depois de uma angustiante espera, da indefinição do almirante, parece que enfim vão invadir as terras paraguaias.

Em frente à sua barraca, Matias senta-se num tronco de árvore. Quer adentrar este país misterioso, quer matar a cota de gentes que lhe cabe, quer volver para casa e anestesiar a consciência antes que seja tarde demais. Jamais se pensou capaz de encarar a morte desta forma. Mas quer matar, se é este o preço da sua vida, da vida antiga na qual ele deixou Inácia e o que lhe cabia de felicidade. Aqui, não vive. Aqui, espera. Aqui ele luta para não ultrapassar a tênue linha entre a razão e a loucura irremediável.

Do outro lado do rio correntoso está a força paraguaia. À noite soa o canhoneio, os caboclos montam em suas canoas e vêm matar alguns soldados. Desesperados de fome, os paraguaios roubam farinha e o que encontram pela frente. Matias sabe que são trinta mil paraguaios escondidos naquelas matas misteriosas, entre arroios alagadiços e brejos de águas fétidas e intragáveis, onde os mosquitos proliferam espetacularmente, voando por tudo, entrando pelos olhos e pela boca, entrando pelas narinas, como quando participou de uma pequena partida na qual foi averiguar a posição do inimigo e viu-se cercado pelo tiroteio. No meio da noite, agachado no mato, sendo devorado pelos mosquitos, uma granada explodiu a dois metros dele e arrancou um pé do companheiro. Escorregando no sangue que fugia por todas as veias daquele corpo destroçado, Matias trouxera o jovem alferes (era um rio-grandense de Bagé) pelo meio dos charcos e matagais. Trouxera o outro em seus braços, e rezava, e sentia o sangue, aquela coisa pegajosa e escura, grudando-se ao seu uniforme esfarrapado, destruído pelos espinhos das flores alvas dos aguapés. Por causa disso, ganhou uma medalha pequena e de metal vil, por causa deste horror que também lhe roubou o frágil descanso do sono.

Jamais dirá uma palavra disso tudo a Inácia, jamais um sussurro ou um pesadelo sobre isso. O brilho daqueles olhos, que ele viu menino ainda pela primeira vez, não foi feito para tais horrores.

Quantas vezes D. Antônia lhe tinha dito que não havia louvores na guerra?

Matias se ergue e entra na barraca. O verão lá fora em nada lembra os antigos, doces, apaziguados fevereiros da estância.

Abre uma pequena canastra de madeira que trouxe de casa com uns poucos pertences. Ali está o velho lenço encarnado, o lenço que, em menino, ele achava pertencer a Garibaldi. Ali, os cadernos e os lápis de desenhar, e alguns esboços do rosto de Inácia, o rosto de Inácia que dança na sua mente, brigando com o sono daquelas noites tenebrosas e úmidas.

Há um cheiro de podridão no ar; é o cheiro dos cadáveres da batalha de Corrales, quando os paraguaios desembocaram na calada da noite à margem do acampamento argentino. Durante um dia e uma noite, o barulho dos canhões e o tiroteio e os gritos eram a única música do acampamento. Os mortos foram enterrados, mas o cheiro de carne pútrida exalava seus odores ao entardecer.

Matias amarra o lenço vermelho ao pescoço e fecha os olhos. A luz dourada e mágica das antigas tardes no estaleiro do Brejo alagam os olhos da sua memória. Ah, como tinha sido feliz então. Agora, com o lenço amarrado ao pescoço outra vez, não sente nada, a não ser uma irreprimível vontade de chorar.

A cavalhada, inquieta, reluz na claridade do entardecer.

Alguns peões cuidam dos animais, vigiam. É comum que grupos de paraguaios avancem pelo rio em suas canoas e matem os bichos com os pequeninos punhais que trazem nas bocas de dentes podres. Por causa disso, Osório deixou ordens expressas de que os animais devem ser muito bem-cuidados. Com a invasão para acontecer de uma hora para outra, a cavalaria vai ser fundamental, e os paraguaios estão praticamente a pé.

Ao longe soam os canhões. A artilharia aliada, instalada em Corrales, vem bombardeando o forte de Itapiru, do outro lado do rio, onde López está aquartelado com seu estado-maior. A artilharia aliada é muito superior à paraguaia. Os canhões brasileiros, raiados, têm grande alcance de tiro. As balas paraguaias caem, na sua maioria, nas águas do rio.

Bento Filho está ali. Em certas horas, gosta de mirar a cavalhada. É ali que busca a calma. É ali que relembra sua casa, e Tomázia, e os sete filhos.

A lua começa a crescer no céu sem nuvens, redonda e branca. Pelos cálculos de Bento, é lua cheia. Um cavalo cinzento, portentoso, relincha feliz. Bento sorri para o animal, sorri da sua beleza perfeita. Sorri e sente pena: o destino deste bicho é morrer nos charcos do outro lado do rio. Talvez ambos, homem e cavalo, comunguem dessa mesma sina, mas como saber? Tudo o que sabe é que vão invadir o Paraguai por um trecho do rio Paraná que fica a dois mil metros de Itapiru. Será por ali que as tropas aliadas farão a travessia, amparadas pela esquadra imperial.

Sabe que falta pouco. Sabe que os soldados paraguaios estão do outro lado, passando fome e sendo atacados pelos mosquitos. Eles esperam, esperam para morrer e matar. Camuflados pela vegetação cerrada, vão tentar interceptar o avanço aliado, vão matar-se na refrega, vão deixar aquele chão empapado do seu sangue.

Bento ouviu da boca do general Osório que o exército brasileiro vai ser o primeiro a pisar em solo paraguaio. Bento ouviu e pensou no pai; talvez ele estivesse ali, assim como o velho Canabarro e como Netto. Mas Canabarro agora sofria uma investigação por seus atos relapsos quando da invasão paraguaia ao Rio Grande, e estava sujeito até mesmo à Corte Marcial; e Netto, ah, o general era ainda o mesmo hombre terrível e corajoso ao lado de quem Bento Gonçalves gostava de pelejar. Talvez o pai estivesse ali, talvez morresse ali, e não daquela morte estúpida. Então entrariam os dois juntos na terra paraguaia, e tudo aquilo teria outro gosto, não este, tão amargo.

Suspira. A noite desce rapidamente do céu, e a lua lança sua luz baça e muito branca sobre o mundo.

Pensa em Tomázia e nos filhos. Faz um ano que não os vê. Como era mesmo o sorriso de Tomázia, aquele sorriso tímido que ela lhe dava ao comungarem da mesma opinião sobre alguma coisa? Como era mesmo que a mulher sorria? O correio é difícil e as notícias se perdem. Um dia, faz muitos anos, também ele foi criança e teve o pai engolido pelos terrores da guerra, mas isso faz tanto tempo que mal se pode recordar.

Sob a luz fraca do lampião, Matias escreve. O barulho da metralha soa na noite, misturando-se ao ronco de um trovão. Vai chover em breve, e a pequena barraca certamente ficará imprestável. Ele vai ter que dormir ao relento, mais uma vez.

A chuva nesta terra é impressionante; é uma massa de água que desaba do céu, alagando os arroios e fazendo verter o caldo pútrido dos pântanos em derredor. Quando chove demais, as covas rasas dos cadáveres se abrem e surgem pedaços de corpos desfeitos – uma mão, uma falange, um crânio carcomido pelos vermes, que os homens pisam sem piedade, talvez com nojo, nunca com pena.

Matias força os olhos no papel branco onde, por um instante, consegue esquecer o acampamento e todos os reveses desta maldita guerra. Alguém disse que essa não é uma guerra como as outras, mas é a sua primeira guerra, e ele não tem meios de avaliar a vergonha, a fome, o horror e o medo. Ouviu estas palavras sem retrucar, imaginando a verdade que elas continham.

Lá fora alguém grita. Uma pequena contenda por uma china. Um oficial se interpõe, elevando a voz, dois tiros, um silêncio completo. Os homens têm brigado muito por causa dessas mulheres esquálidas que se acostam por um prato de comida.

Não consegue escrever o que sente. As palavras escapam dos seus dedos como pequenos pássaros arredios. Este amor que o inunda, este amor não foi feito para se dissecar em tinta e vogais e papel. Não. Foi feito para ser vivido, adorado, deleitado no contato com a mulher que ele sempre amou, que ele amou ainda em menino. Seria uma sina, esse amor? Como uma herança que desde sempre lhe coube?

Puxa o lampião para mais perto, escreve sobre o catre. Por um instante fica quase feliz, como se estivesse perto dela, tão perto como há meses não se sente.

Faz muito calor na barraca, um calor úmido, pegajoso.

> Naquele tempo, as noites de inverno eram compridas e eu somente pensava em vosmecê! Quantas horas, quantas vidas eu vivi ao seu lado naquelas vagas noites à beira do fogo, na estância de vó Antônia! E como fui feliz, construindo para nós vidas inteiras, tantas vidas, minha Inácia, eu e vosmecê, felizes como haveremos de ser assim que a guerra acabar.
>
> Não sofro nem vivo por aqui; há algo de fantasmagórico nisto tudo, e não é o horror nem a violência, mas uma cousa cabal, uma cousa reles, que reduz a vida ao mais frágil limite. A guerra, Inácia, reduz tudo à mais mísera condição. Sinto vergonha de ver as cousas que se veem nestes charcos; estes soldados, magros e esfarrapados, com seus olhos tristes e sua coragem, estes paraguaios que, capturados, ou seguem para lutar contra a sua própria pátria ou são vendidos como escravos.
>
> Ah, minha Inácia, vosmecê jamais saberá o quanto me faz falta, o quanto almejo, a despeito de tudo, até mesmo da honra, que a guerra termine. É a pureza do seu rosto, destes olhos que eu já não miro há tantos meses, que me guia, sustentando minha alma neste entreposto onde o som da metralha é a única cousa que me desperta do torpor. Que me importam os povos e suas

contendas? Que me importam os rios e os tratados de navegação, e os sonhos de um ditador cuja face, dizem por aqui, se parece com a de um touro? Que me importam esses hombres tão parecidos comigo, se todos eles nada mais são do que eu mesmo, perdido aqui nesse charco, todos nós fulminados pelo sol e comidos pelos mosquitos? O maior horror disso tudo não é a morte ou a desonra ou a escravidão, o maior horror é apartar-me de vosmecê, fazendo com que me espere, como tem me esperado já faz mais de um ano...

Não vou le dizer dos meus sofrimentos; o maior de todos é não le ver. A despeito de todas as indignidades possíveis, sigo e vivo. Quis a vida que a mim não me coubesse mais horror do que a batalha, do que a minha própria covardia, eu, que não fui talhado para isso, quanta vergonha não causaria a meu próprio pai, se ele lesse estas linhas que le escrevo... Vó Antônia leu com muita propriedade a minha alma quando disse tantas vezes que eu não tinha nascido para os campos de batalha.

Se ainda assim, tão fraco, vosmecê me quiser, juro que me manterei vivo, volvendo assim que for possível, e então para sempre. Ah, eu ainda sou o menino que certa vez teve medo de vosmecê, Inácia... Eu ainda agora tenho medo. Tenho medo de que me esqueça...

O céu clareia-se subitamente, e o rugido de um trovão, furioso, eclode pelo acampamento. A chuva desaba com tremenda fúria, sem avisos, estourando no tecido das barracas, formando uma música terrível, grotesca, que apaga todos os outros ruídos do mundo. Em poucos minutos, a água começa a subir dos arroios, brejos e lagoas que pontilham o acampamento aliado e seu entorno.

Matias recolhe a carta inacabada, guarda-a na canastra, em cima da cama. A água já lhe chega às botas, e o ruído da chuva nas paredes da barraca é insuportável aos seus ouvidos. Ele sai para a noite, deixando que o temporal caia no seu rosto. Lá longe, para os lados do rio, o tiroteio cessa de repente.

Dois dias depois, enquanto está de plantão numa trincheira avançada, Matias ouve a notícia de que o navio que seguia para Corrientes, levando o correio do acampamento e alguns soldados atacados pelas bexigas negras que iam para o hospital, tinha sido abordado por canoas inimigas durante a noite, numa curva do rio. Os doentes foram mortos sem piedade, e poucos marinheiros escaparam, caindo na água e nadando até as margens, onde se esconderam. Esses contaram que o sangue na casamata do navio subia até os tornozelos. A maioria da tripulação tinha sido degolada, incluindo o comandante da embarcação, que fora incorporada à frágil esquadra paraguaia.

16 de abril de 1866, travessia do rio Paraná,
fronteira com o Paraguai.

As águas tormentosas agitam-se com o espocar das balas e da metralha inimiga. Encolhido no convés de um dos navios-transporte, sentindo as balas zunirem por cima de sua cabeça naquela manhã nublada de princípio de outono, Matias aguarda um sinal para pular à terra inimiga.

Antes da travessia, Osório fizera uma proclamação às tropas brasileiras. O general era admirado por muitos, parecia ser imune à guerra, ao horror daquilo tudo. Sabia-se que era casado e fiel. Aquela guerra, com suas cruezas, parecia ganhar louvor nos ditos e nas ações do jovem comandante das tropas brasileiras.

Sentado no convés, a água escura rebentando aqui e ali, molhando o uniforme, as botas, a carne, Matias ainda escuta vivamente as palavras do comandante em chefe das tropas imperiais.

"É fácil a missão de comandar homens livres; basta mostrar-lhes o caminho do dever. O nosso caminho está ali em frente."

Do seu lugar, Matias ouve o fragor dos gritos dos soldados aliados que desembarcam na margem inimiga. Seria esse o seu dever? Morrer ali, do outro lado do rio? Seria essa a sua sina, a finalidade daquela vida? Queria perguntar a Osório, queria ouvir dele uma resposta. Sim, porque o general acredita, acredita piamente nas palavras que proferiu; Osório morreria de bom grado naquela guerra, morreria pela vitória. Mas, e ele? E ele, Matias? Ele quer morrer pelo Império? Ele quer o caminho do dever?

Os primeiros barcos chegam à margem do Paraná e os soldados, milhares deles, desembarcam sem qualquer resistência paraguaia. Corre pelas bocas que Osório foi o primeiro homem a pisar o solo inimigo, e que avançou a cavalo para reconhecer as terras sem nem esperar o desembarque do exército.

No meio da confusão, Matias abandona o barco junto com muitos outros soldados; faz parte desta massa que pisa a terra barrenta, seus pés afundam no chão junto a milhares de outros pés, e ele avança sem ver, avança naquela terra estranha e inimiga, aonde foi levado para matar ou morrer. A uma ordem, toma seu cavalo, monta-o. O terreno, alagadiço e recoberto de mata, vai engolindo aos poucos a soldadesca que por ele avança. Matias segue. Um vento fresco lambe seu rosto, ele esporeia o zaino; sobre sua cabeça, um céu de nuvens baixas e pesadas lança uma claridade opaca na manhã fria.

Matias sente a carne magra do cavalo sob as suas ancas. Um gosto acre ganha sua boca, um gosto de bile. Um calor de febre lambe seus membros. Pensa em Osório, na coragem do general. Avança com os outros, o grito dos outros é também o seu brado. Ele, ele não tem coragem. O pai poderia rir na cara dele, o pai que era guasca, que tinha perdido uma mão numa peleja e que contava aquilo com orgulho.

Os galhos espinhentos das árvores arrancam pedaços do seu uniforme. Matias leva a lança erguida; sem saber por quê, parece-lhe que esse gesto lhe foi soprado pelo pai.

Dez horas da manhã.

A vanguarda avança pelo único caminho, um trecho alagadiço onde os cavalos resvalam, engolidos pelo barro escuro, viscoso. A ordem é investir rumo a Itapiru. Matias segue cavalgando, grudado ao zaino. Um rumor estranho nasce à sua direita.

Gritos. Tiros de revólver. Uma tropa paraguaia, cerca de mil e oitocentos homens, surge de uma clareira na mata, emboscando a cavalaria. Eles vêm gritando. Magros, descalços, berram como bichos.

A marcha acelerada levanta uma nuvem de poeira vermelha em que cavalos e homens se perdem, engolidos pela refrega. Lanças furam a carne, um tiro rebenta a cabeça de um soldado aliado. A brigada do general Netto está cercada pelos flancos, os paraguaios matam e morrem aos berros; à frente de todos, Netto, de lança erguida, a espada luzindo, comanda a investida brasileira como se fosse uma espécie de deus.

Matias vê Netto ser envolvido por um grupo de paraguaios, esporeia o cavalo, avança em socorro do general. Um tiro certeiro arranca os miolos de um velho de barbas brancas e ele cai no chão. O sangue espalha-se sobre a terra; Matias segue, montado em seu cavalo. A lança vibra, ataca, mais um, e outro. O general Netto bate-se com um paraguaio montado num magro cavalo de pelagem cinzenta, talvez o comandante da pequena tropa que Solano López enviou do seu esconderijo em Itapiru (Solano López é um comandante que não peleja, e é odiado).

"Estes homens morrem por ele", pensa Matias, e crava sua lança num paraguaio que fere seu cavalo. Crava a lança com força, com raiva. Quase pode sentir a carne e os ossos sendo estraçalhados pela agudeza do metal. O paraguaio cai de borco na terra, solta um rincho fraco.

Matias está sem montaria.

É um bom cavaleiro, o pai gastou tantas tardes a ensiná-lo. Agora está a pé, no meio da refrega. A pistola erguida, o rosto chamusqueado pelos espinhos e sujo de terra. Um paraguaio ataca um soldado de uniforme aliado, enfiando-lhe uma adaga no pescoço. O homem cai jorrando sangue. Matias reconhece-o, era do Rio Grande. Um ódio profundo, um ódio por tudo aquilo, um ódio com gosto de passado o invade.

Ele persegue o paraguaio, não mais do que um rapaz cuja barba ainda não cresceu. Ele o persegue abrindo espaço entre a cavalhada, entre os homens que lutam, que caem na terra lodacenta. Osório peleja bravamente à frente dos seus homens, e a sua lança de ébano e prata rebrilha à luz da manhã.

Matias resvala no chão pegajoso, o paraguaio desvencilha-se de uma lança, fica um instante à mão de Matias. Em pé, no meio da peleja, Matias crava a adaga na camisa vermelha. Vê os olhos do paraguaio por um átimo. Olhos de um fulgor de orgulho. Depois mais nada, um baque, a terra.

Ao longe retumbam os canhões aliados, cuja esquadra bombardeia sem cessar o forte de Itapiru. Matias ouve a voz de alguém que o chama em meio à confusão. Ergue o rosto.

Montado num zaino muito negro, o coronel Caetano estende-lhe o braço em que brilha o distintivo dourado dos Voluntários da Pátria.

– Suba aqui, meu amigo.

O coronel tem um corte no sobrolho esquerdo e um sorriso triste no rosto bonito.

Matias dá um salto e acomoda-se na garupa do zaino. A refrega diminui aos poucos, à medida que os paraguaios vão sendo mortos. O zaino avança sobre os corpos caídos no barro, vai rumo à vanguarda das tropas, que segue para Itapiru.

– Vosmecê está bem?

– Sí – diz Matias. – Um paraguaio matou meu cavalo. Pelejei a pé.

– Estes soldados paraguaios morreram hoje porque o López não é bom comandante. Sacrifica seus homens sem pensar – fala Caetano, mirando os restos da luta. – Vosmecê podia se dar mal sem o cavalo. Esses caboclos são bons num combate no mano a mano.

– Meu pai era um índio que não se acreditava completo longe do seu cavalo. Agora le entendo.

– Conheci seu pai. Na Revolução.

Matias vê ao longe a figura do general Netto, garboso, sem idade, ostentando a lança erguida. O céu de nuvens escuras vai pesando sobre suas cabeças, ameaçador.

– A chuva não demora – Caetano comenta como se, de repente, estivessem ambos num passeio, e não no meio do campo coalhado de mortos.

Chegam junto às tropas. Os homens seguem no rumo do forte, sob o barulho do canhoneio. De resto, há um silêncio cheio de respeito, talvez de medo. Ninguém sabe o que há pela frente.

Na margem do Paraná, as tropas aliadas seguem desembarcando, e vão ainda despejar seus homens no solo paraguaio por mais dois dias.

Ao cair daquela tarde, o temporal desabou com fúria. Choveu granizo. As tropas de Osório e a Brigada Ligeira do general Netto estavam no rumo de Itapiru, mas não se podia seguir por causa do temporal.

O corneteiro-mor deu o toque de descansar, e as baterias foram cessando sua marcha, uma a uma. Os homens buscaram pouso como podiam, suportando o temporal sobre seus corpos, pois não havia refúgio ou esconderijo. No desembarque, não tinham trazido barracas ou mochilas; agora, ajoelhados, os cavalos uns contra os outros, eles sentiam os excessos do clima paraguaio.

Sob a copa de uma árvore pequena e retorcida, Matias experimentava as espocadas do granizo na sua pele como pequenos dardos, como pedras. Fechou os olhos. Com força. Fechou os olhos como um menino fecha os olhos.

Tentava esquecer o barulho dos canhões que zunem ao longe. Tentava esquecer o frio. Com esforço, apagando tudo, o mundo à sua volta, lembra somente de um banho de chuva na estância, quando ainda era menino, e o riso doce, leve, da mãe, cujas feições o tempo vem apagando da sua memória sem qualquer piedade.

Aquela primeira noite em solo inimigo foi desoladora. Apesar do cansaço, não se podia dormir. Osório gastou a madrugada toda rondando o acampamento e as tropas avançadas. A mata escura guardava talvez os perigos de um ataque planejado por Solano López.

Era uma madrugada úmida e fria, sem estrelas nem qualquer luminosidade, a não ser as poucas fogueiras feitas pela soldadesca. Os restos do temporal pingavam das árvores, empoçando o chão barrento. Pouco antes do amanhecer, rompeu um tiroteio intenso nos lados das tropas avançadas, onde estava a gente do comandante João Mallet.

Os atiradores inimigos estavam em frente às tropas da vanguarda, que se protegiam atrás dos carros de munição. Tiroteava-se, e o brilho dos fogos clareou subitamente a escuridão daquela misteriosa madrugada.

Matias tomou da clavina, carregando-a com a munição, e esperou que viesse uma ordem para seguir. Do rio, recomeçava o troar dos canhões raiados, que cometiam estragos nas tropas paraguaias.

A tropa de Matias não seguiu para a peleja, pois o ataque surpresa tinha sido perfeitamente dominado pelos homens de Mallet. Depois de duas horas de luta, quando amanhecia, o inimigo retirou-se para o meio da mata, deixando atrás de si a confusão dos feridos e os mortos.

Matias viu, muito mais tarde, os prisioneiros paraguaios recebendo comida e água, que eles ingeriam com desespero e sofreguidão. Eram uns pobres coitados, alguns usavam somente calças, nenhum abrigo ou sapato, apesar do frio e da umidade reinantes. Por um momento, terrível, recordou aquele jovem paraguaio que ele tinha matado com a sua adaga, recordou o instante agudo, doloroso, o longo olhar que também era o último. Recordou e sentiu horror de si mesmo.

Num canto improvisado de hospital, um jovem médico brasileiro esforçava-se para salvar a vida de homens sem uma perna ou um braço. Os gritos morriam no ar úmido da manhã recém-nascida, enquanto o médico, numa calma impressionante, cortava, suturava, e fechava os olhos aos que morriam.

Apoiado a uma árvore, contendo a ânsia que lhe nascia no estômago, contendo a vergonha e o medo e o horror em forma de bile, Matias respira fundo. Não há o que fazer. A sua mão, a sua adaga, ele está ali para a fúnebre tarefa de matar o inimigo.

Os presos paraguaios gemem de frio. Matias olha-os, e então decide. É como um seixo no meio do vento, vai para lá, vai para cá, dividido entre o horror e o medo, entre a raiva e a misericórdia.

Matias sai correndo.

Correu e buscou o cobertor.

Era só o que tinha de seu, além das armas, da velha canastra e do uniforme. Dentro do bolso, o soldo pago recentemente, depois de meses de atraso. Seguiu com o cobertor dobrado sob o braço enquanto cruzava o acampamento. O dia despertava e já havia grande alvoroço ao redor. Continuariam a marcha rumo a Itapiru. Dizia-se que López abandonava o forte e o Passo da Pátria.

Chegou até onde estavam os prisioneiros. Eram quase cem. Entre eles, muitos jovens, quase meninos. Num canto, agachado, um rapaz de olhos claros e rosto índio lambia uma ferida na mão. A pele dobra-se às bordas do ferimento. Aquela língua inquieta trabalhava como a língua de um felino. A ferida poderia facilmente arruinar, mas era considerada pequena demais para receber tratamento.

Sentiu pena do paraguaio. Não teria, como ele, mais de vinte e quatro anos. Ferido, não podia pelejar e ser incorporado aos aliados. Talvez acabasse sendo vendido como escravo ou coisa pior.

Estendeu-lhe a manta de lã.

– Para usted – disse.

O paraguaio olhou com uns olhos úmidos. Havia um grande espanto naquele rosto de traços rudes; seu olhar, porém, era doce.

Ele estendeu o braço depois de um longo momento e não disse uma palavra. Enrolou-se no cobertor fino e seguiu lambendo a ferida, que então já não sangrava mais.

Matias afastou-se rumo ao seu posto, o coração confrangido.

Estância do Salso, Boqueirão, abril de 1866.

Mal raiou o dia; o silêncio ainda estende seus braços sobre tudo. A casa, muito quieta, imersa na penumbra desta quase manhã, guarda o repouso de Perpétua e de suas filhas.

Teresa, em sua cama, tem os olhos fechados, mas não dorme. Pensa na filha morta. No último quarto do corredor, Inácia despertou faz poucos segundos. Está sentada na cama, os olhos arregalados. Pelas cortinas cerradas entra a claridade muito fraca do alvorecer.

Inácia ainda pode ver o rosto de Matias.

Sangrando.

Tinha a boca rasgada num horrível corte que transformava seu sorriso numa enorme dobra de carne ensanguentada. Ainda pode ver muito bem o rosto do noivo, lívido, caído no chão de um lugar que ela jamais conheceu. Seus olhos confusos varam o quarto, e nem a visão de todas as coisas, de cada móvel, de cada objeto e de cada centímetro desse lugar que, entre todos, é o seu, pode acalmar-lhe o coração desesperado. Porque desde menina teve medo dos sonhos. E este sonho é um aviso.

Recebeu uma carta de Matias datada de três meses atrás, dando conta de que marchava para a fronteira com o Paraguai. Era uma carta breve, triste, cheia de um amor que a fizera chorar. Já nem sabia se o noivo estava vivo ou morto, e agora aquele sonho... Tinha visto o rosto de Matias, o rosto do menino que ela amou e viu crescer junto de si, tinha visto aquele rosto deformar-se e sangrar até a mais completa palescência. Acordou achando que suas próprias mãos estavam tintas de sangue.

Sentada na cama, ainda sob o impacto do sonho, Inácia olha as próprias mãos. Alvas, mornas do sono. Sente raiva dessas mãos, cujo maior lavor é escrever, é bordar um enxoval que talvez jamais deixe a arca de madeira ao pé da cama, o enxoval com as letras dos dois nomes trançadas em fio de seda, a letra *I* e a letra *M*.

Talvez esse enxoval jamais cubra a cama das suas núpcias; talvez o noivo, nesta mesma alvorada, esteja morto e enterrado em alguma cova sem nome.

Ah, como dói este medo! Ah, como dói deitar-se e acordar nesta cama, neste quarto limpo, arrumado e triste, dia após dia, mergulhada no horror dessa angústia em carne viva.

Solta um único grito, fundo, desesperado, mas seus olhos, seus olhos estão secos como o campo em janeiro. Seus olhos são estéreis e baços, e ardem, ardem, ardem.

O grito de Inácia acorda a casa; desde a morte da menina Maria, o sono é leve nessas alcovas. Segundos depois, vestida com a sua longa camisola de algodão, Perpétua entra no quarto da filha.

– Inácia!

A voz da mãe parece vir de longe, de muito longe. Ela ainda grita, e esse grito, longo, triste, fundo feito uma ferida, é do tamanho da sua dor.

A mãe ajoelha-se ao seu lado, manda alguém trazer uma xícara de chá. Uma das negras da casa reza e acende uma vela para a Virgem. (Mata-se uma galinha no pátio, mas isso Perpétua jamais saberá, porque é segredo passível de castigo ou de demissão.)

Muito depois, depois do chá, depois do pranto, depois do carinho materno e daqueles olhares longos, oniscientes, quando o sol de outono já vai alto e a casa recobra o seu agitado ritmo, é que Inácia volta a dormir, exausta e trêmula.

Parada à janela, Perpétua olha a filha por um longo momento.

– Acho que agora ela se acalmou, madre.

Quem lhe fala é Benta, a mais nova das quatro meninas.

Perpétua suspira:

– Isto não pode ficar assim. Já vi cousas como esta. Sei que não terminam bem.

– Fazer o quê? Esta guerra, dizem que vai longe, madre.

Perpétua olha o campo para além das janelas; dentro dela nasce uma certeza como uma luz, como o sol que está brilhando lá fora.

– Inácia vai esquecer essa guerra e todo o resto. Vosmecê sabe do que estou falando, Benta... Não criei minhas filhas para a desilusão.

Na cama, Inácia remexe-se. A irmã corre para o seu lado e leva a mão à sua testa. Está febril.

Esteiro Bellaco, fim de abril, 1866.

Matias voltava de uma partida de reconhecimento. Embrenhado na mata espessa, chafurdando naquele terreno lodoso do Esteiro Bellaco, o cavalo lutando para avançar, ele parecia imerso num outro mundo, mineral e misterioso, triste, fantasmagórico. O mundo de um pesadelo que acompanhava seus olhos abertos, vigilantes.

Os juncos que formam muros de quase três metros de altura impediam o avanço das tropas aliadas e a observação mais completa da posição paraguaia, no braço setentrional do Esteiro, perto da fortaleza de Humaitá. Por isso, duas vezes por dia efetuavam-se aquelas pequenas expedições de reconhecimento – expedições essas que frequentemente acabavam em tragédia. Havia muitos paraguaios embrenhados naquelas matas agrestes, e a cavalaria aliada era atacada nessas diligências por grupos de homens magros e cheios de coragem, que vinham rastejando no lodo. Muitos soldados morriam nessas diligências, emborcavam no barro pútrido que por vezes os engolia sem deixar vestígios.

Matias guiava o cavalo no rumo do acampamento; estava cansado da longa jornada, quatro horas desbravando os canaviais e avançando no terreno lodoso. O animal, magro por causa da falta de um pasto decente, trotava muito lentamente.

No final daquela tarde, última do mês de abril, o ar tinha um cheiro de queimado. O acampamento do Passo da Pátria, incendiado pelos paraguaios quando da sua fuga, ainda fumegava, a despeito das chuvas que caíam diariamente. Ao redor de si tudo era úmido e pardo.

Matias fechou os olhos por um instante, recordando uma velha cena de verão na Estância do Brejo e o perfume de um jasmineiro que a vó tinha à janela do seu quarto.

Um rumor de passos e vozes ecoou atrás de si. Virou o cavalo, e esse movimento brusco alertou dois soldados que vinham com ele. Apontou a mata e disse:

– Tem gente ali!

Estavam na retaguarda da tropa e, sob a luz bacienta do entardecer, podiam divisar a vanguarda do acampamento aliado e os quatro canhões La Hitte que defendiam a posição.

Foi nesse instante que, do fundo de um juncal, surgiu de repente uma dúzia de cavaleiros paraguaios. As montarias estavam estropiadas, mas eles vinham gritando, brandindo suas lanças, as camisas vermelhas cobertas de barro. Eles vinham com os olhos injetados de fúria, querendo expulsar o inimigo da sua terra.

Matias sacou da pistola e deu um tiro, acertou um cavaleiro à altura do peito; o homem caiu emborcado no lodo, os braços afundaram na massa pegajosa, aquele rosto desapareceu do seu campo de visão. Outro e mais outro vieram. Matias avançou, gritando para o companheiro:

– Façam sinal para a tropa!

A um toque de corneta, uma vintena de cavaleiros da Brigada adiantou-se e a peleja foi rápida, fria e cruel. López mandava suas brigadas mal-armadas contra inimigo superior e, apesar da audácia, os soldados paraguaios morriam, levando vários aliados consigo.

Oito paraguaios caíram, dois foram feitos prisioneiros, nenhum cavaleiro da tropa de Netto morreu. Matias, cuja pistola desaparecera no lodo, levou um golpe de adaga na altura do ombro esquerdo. Quando ele saiu no rumo do acampamento, o sangue empapava o dólmã do uniforme azul-marinho.

Foi tratado por um médico argentino que tinha um olho vazado e que falava pouco. Não era asseado, e deixava a maioria do serviço para os seus auxiliares, porque estava exausto e bebia demais, comprando uísque barato dos comerciantes que proliferavam em Itapiru.

Matias sentou-se num toco de madeira, e um enfermeiro muito preto rasgou-lhe o uniforme à altura do ferimento.

– Esses caboclos filhos duma china – disse o enfermeiro em voz baixa – degolaram um amigo meu. – Mirou Matias. – Vassuncê ouviu um griteiro no meio da madrugada?

Ele passava no ferimento uma bucha de algodão amarelada, umedecida em água colhida num banhado próximo.

– Toda noite isso sucede – disse Matias, acompanhando o procedimento com certa angústia.

– É verdade – retorquiu o enfermeiro, jogando a bucha no chão e espiando a carne aberta de onde o sangue escorria, vermelho e vívido. – É verdade. Este lugar aqui é um inferno que só vendo. Meu amigo morreu com a garganta aberta de orelha a orelha, aquilo num era morte de homem.

O mulato deu de ombros. Usava um uniforme pequeno demais para o seu corpanzil, e estava descalço.

– Mas vassuncê é sinhô, logo se vê. Eu vim do Ceará, eu plantava açúcar. Não era vida fácil, não. No fim, dá tudo na mesma...

Dito isso, o negro sorriu e afastou-se.

O médico argentino deixou um oficial atacado de maleita, cujas febres o faziam tremer e gemer a despeito do quinino, e adiantou-se para Matias, limpando as mãos num avental sujo.

– Una estocada mui fea, amigo – disse.

Sua voz era meio sibilante. Ele examinou a ferida, sem suturá-la por causa da economia de material. Riu. Sua boca exalou um odor nauseabundo, alcoólico.

– Bueno. Mas los miolos não vão escapar por acá. Queda-te tranquilo. Ficas bueno en dos dias.

Matias não disse nada enquanto o outro passava uma atadura gasta ao redor do ombro ferido; lá fora, a noite desabava em poucos instantes sobre o acampamento. Aqui e ali, as fogueiras ardiam no campo depenado pela retirada paraguaia.

Matias Gutierrez saiu do hospital arrastando-se; alguns soldados menos graduados convalesciam a céu aberto, apesar do sereno espesso. Um vulto encolhido perto de uma fogueira chamou-lhe a atenção.

Era um homem negro, vestido com um uniforme de infantaria em farrapos. Os pés grandes, nus, estavam azulados pela falta de circulação sanguínea, e o rosto largo, marcado de bexigas pestilentas, mirava o céu da noite com seus olhos arregalados.

Alguma coisa naquele homem mexeu com Matias. No acampamento, no inferno daquela guerra, tinha visto muito poucos dos seus. O pai morrera longe, havia os filhos do general, e nada mais.

Aproximou-se. Seus olhos, turvos por causa da febre, focaram no corpo que ele descobriu já ser o de um cadáver. Aqueles olhos arregalados de um espanto que ainda era visível causaram-lhe grande comiseração. Por um instante a certeza não se materializou dentro dele, mas soprou, soprou o seu aviso. E então ele soube, embora não visse aquele rosto havia alguns anos: o negro caído aos seus pés, morto de varíola, era Zé Pedra, ele tinha certeza.

Reconheceu-o das várias vezes em que o escravo mais querido de Caetana tinha ido à estância, buscando ou trazendo D. Antônia das suas visitas à família do general. Fez o sinal da cruz, embora acreditasse cada vez menos que um deus estivesse zelando pelas almas em meio àquele horror.

Matias não ousou tocar em Zé Pedra por causa da natureza da sua morte. Seria, com certeza, enterrado em uma vala comum no dia seguinte ou jogado num pântano distante, onde serviria de comida aos vermes e aos insetos. Com um gesto afastou uma mosca que rondava o rosto estático, tão desconsolado.

Depois se ergueu e seguiu no rumo da sua barraca. Por causa da fome e do sangue perdido, sentia-se leve, um fantasma.

Naquela noite, teve febre muito alta. Durante toda a madrugada pôde ouvir, ao longe, o ruído das refregas na vanguarda do acampamento. A boca seca, que nenhum gole de água aliviava, importunava-o frequentemente. Estava sozinho na barraca pequenina, e o cobertor não alcançava para o frio que fazia tremer o seu corpo. O ombro doía-lhe terrivelmente, latejava.

Matias não tentava pensar em Inácia; ao contrário, a lembrança da noiva era afastada com dureza. Temia misturar seu semblante, mesmo que imaginário, ao horror daquela madrugada interminável. Tudo tinha um som abafado, até mesmo os gritos que vinham da vanguarda das tropas, tomadas de surpresa por um grupo de paraguaios que surgira atirando, para depois fugir rumo ao mato próximo, embrenhando-se nos juncais.

Depois de muitas horas de gritos e tiros, fez-se um silêncio pesado. Assim, o amanhecer foi estranhamente calmo, e então um homem aproximou-se da sua barraca, puxando o pano da entrada.

Matias não reconheceu o visitante num primeiro momento. Embotado pelo cansaço e pela febre, fitou-o com olhos vagos, úmidos, ardentes.

O vulto de Leão, recortado contra o céu rosado do alvorecer, pareceu-lhe a princípio uma aparição que a febre lhe mandava. Estava meio encolhido à beira da abertura no tecido embolorado pela umidade, usava um uniforme de capitão e tinha uma barba fechada, de um castanho escuro.

– Buenas – disse Leão, entrando no espaço exíguo, de chão batido. – Meu irmão soube que vosmecê foi ferido, não podia vir le ver. Vim eu.

Sorriu para Matias que, aos poucos, reconheceu-o.

– Le agradeço... Tive muita febre esta noite, mas creio que melhoro hoje.

Leão tomou de um pedaço de tronco que servia de banco e acomodou o corpo esguio, puxando as pernas contra o corpo.

– É preciso cuidar com estas febres. Mas vosmecê é mui jovem, decerto que amanhã está bem.

– Amanhã parece para mim uma eternidade. – Indicou o ombro. – Uma estocada funda, mas não pegou o osso.

– Ferva a água e lave com ela o ferimento. Joaquim ensinou-me isto. Parece que tem bom efeito. Os médicos daqui são uns carniceiros.

– O que me viu estava bêbado.

– Não le sobra tempo para dormir, e decerto bebe para ficar acordado. Por vezes, termina-se o serviço malfeito dos paraguaios num desses nossos hospitais de sangue.

Leão bateu com a mão na perna, ergueu-se como pôde. Matias permaneceu sentado em seu catre.

– Vi vosmecê umas poucas vezes, Leão. A sua visita me comove. Tenho poucos amigos aqui.

– Meu pai dizia que, numa guerra, os amigos de um homem são o seu cavalo e o seu juízo. Mas não há bom-senso nesta guerra, Matias. Ficaremos muito tempo nestes charcos, ao que tudo indica.

Leão contou que um oficial seu conhecido cavara um pequeno poço na sua barraca para recolher água, e depois de duas ou três escavadas do soldado que o servia, um cheiro nauseabundo tomara o ar. Tinham encontrado um crânio humano carcomido. Desistiram do poço, cavando outro um metro adiante.

– A morte vem por todos os lados nesta terra infeliz. – Tocou na testa, à guisa de cumprimento. – Cuide-se. Lave este ferimento com água fervida. Sei que vosmecê tem noiva.

– Espere... Ontem, vi Zé Pedra. Estava morto, nos fundos do hospital.

Leão mirou-o sombriamente:

– Morreu de quê? Tiro ou adaga?

– Bexiga.

– Esta guerra é uma desgraça. – Ergueu a mão: – Adiós, amigo.

Enquanto Leão saía para o campo, Matias viu a tímida nesga de sol entrar pela abertura na barraca e ergueu-se a custo. Lá fora, o acampamento acordava de mais uma noite de emboscadas. O sol tímido da manhã de fins de outono lambia o campo nu, enquanto um piquete de soldados levava a cavalhada a pastar muito longe, onde havia ainda uma rala vegetação que podia servir de alimento aos animais.

A herança III

Ano de 1902, Porto do Desterro.

O paquete *Itaipava* atracou no Porto do Desterro ao quinto dia. Chovia, e uma névoa fina cobria o mundo. Em sua cabine, com a alma cheia de perguntas e de mistérios, Antônio Gutierrez não sentiu qualquer vontade de seguir até a coberta e espiar a cidade onde se encerrava a viagem de boa parte dos passageiros da embarcação.

Durante a travessia tinha lido a correspondência inteira do pai umas quantas vezes. Eram cerca de vinte cartas trocadas entre Matias Gutierrez e Inácia de Oliveira Guimarães entre os anos de 1860 e 1866. Algumas haviam sido escritas durante a Guerra do Paraguai, entre elas, rascunhos jamais enviados, decerto compostos por Matias nos campos de batalha perto de Tuiuti, onde fora ferido e caíra doente.

Aquela leitura impressionara Antônio. Jamais havia imaginado o pai na pele daquele jovem apaixonado, perdido numa guerra tão terrível. Descobria tarde demais o homem que tinha sido Matias Gutierrez. O soldado que lutara e quase morrera na desolação dos campos paraguaios, o soldado que tinha medo, que agonizava de solidão em meio às maiores violências e a toda sorte de moléstias. Naquela guerra, o pai havia perdido a chance de ser feliz. Sim, pois Matias jamais fora um homem feliz, mas triste, com uma mágoa no peito, a mágoa de ter sido deixado por Inácia.

Naquelas cartas apagadas pelo tempo e pelo esquecimento, Antônio encontrara muitas coisas. A relação entre o pai e a neta do general Bento Gonçalves, os anos de amizade desde a infância, o amor e o noivado. Depois de um período de relativa comunicação, as cartas falhavam sem mais; era já a mobilização para a guerra grande. Uma lacuna que deixava o pai nos charcos de Tuiuti, onde, ferido, recuperava-se num hospital de sangue brasileiro.

Antônio jamais soubera se sua mãe tinha algum dia tomado conhecimento daquele noivado e daquele amor – Ticiana nunca lhe dissera qualquer palavra. O estranho de tudo era a grande mudança de rumo na vida do pai, que, durante a guerra, tinha planos de casar com a noiva e viver na Estância do Brejo. Mas o fato é que Matias tinha se casado com Ticiana de Oiny em meados em 1870 já na Corte, e ele mesmo, Antônio, nascera em 1872.

Antônio deixou de lado a bolsa com as velhas cartas, ergueu-se e caminhou até a escotilha, enfiando o rosto na pequena abertura redonda, como um menino que está no quarto de castigo e não pode ir à rua. O mundo lá fora era uma massa vaporosa e cinzenta. Amanhecia. Uma certa agitação indicava o início do desembarque das gentes que ficariam no Desterro. Antônio suspirou. Mais um dia e meio, e ele chegaria a Pelotas.

Numa caderneta guardada no fundo da mala trazia o endereço de Manuela de Paula Ferreira. Antes de seguir rumo ao Brejo, haveria de procurá-la. No entanto, a sua existência era um mistério, sequer sabia se a velha tia de seu pai ainda era viva. Se estivesse viva e um pouco lúcida, Manuela poderia contar-lhe algo sobre aquele amor. Durante os últimos anos, ela enviara ao seu pai duas ou três brevíssimas cartas, e Matias mandava-lhe semestralmente algum dinheiro por intermédio de um advogado de Pelotas.

Antônio afastou-se da escotilha e encaminhou-se para o armário onde guardava seus pertences. Remexendo numa gaveta, encontrou a pasta de couro recheada de documentos, vasculhou seu conteúdo por uns poucos instantes e encontrou um envelope sobrescrito com uma letra elegante e redonda. *Rua Marechal Deodoro, número 252.* Era ali que vivia Manuela.

Lá fora, a agitação aumentava. Os contornos do porto nasciam da bruma, misturando-se, surgindo da cerração para serem novamente engolidos pela massa úmida das nuvens. Fechando os olhos, Antônio podia imaginar o vento que lambia a praia do Desterro naquele amanhecer de setembro. O inverno do sul era intenso, e ele, nascido e criado no Rio de Janeiro, sentia o frio como uma navalha arranhando a sua carne. Enrolou-se num cobertor e acomodou-se outra vez na cama. Não pensava em dormir, sua mente fervia de ansiedades.

Pensava no pai. Não naquele homem que ele conhecera e que o tinha criado, aquele negociante que media palavras e que nutria por Ticiana um amor cheio de agradecimento. Pensava no homem dentro do homem, no jovem Matias Gutierrez, que voltara da Guerra do Paraguai ferido e doente para encontrar a noiva casada com outro.

Aquela era a tristeza que seu pai sempre levara na alma. Aquele era o amor que ele vivera em completo segredo por anos e anos, enquanto a sua própria família se formava, enquanto ele, Antônio, crescia, e Ticiana vivia seus dias talvez sabendo que o marido se casara com ela por desconsolo.

Era difícil imaginar o pai deixando suas terras para seguir no rumo do desconhecido. Antes de 1868, Matias Gutierrez jamais estivera na Corte, e verdade que Antônio nunca saberia os motivos que o haviam feito rumar para lá, e não para qualquer outro ponto do país, longe o bastante para fazê-lo esquecer seu amor malogrado.

Agora, sentado ali naquele camarote, rumo a uma terra que era sua, mas tão desconhecida, tão distante de qualquer coisa que tivesse visto em sua vida que nem sequer fechando os olhos podia evocá-la, Antônio sentia vergonha de si mesmo. Jamais perguntara ao pai qualquer coisa a respeito da sua vida. O passado era um limbo que ele jamais quisera enxergar e, no entanto, o pai lhe tinha deixado aquele segredo.

Remexeu mais uma vez na pilha de papéis até encontrar o que buscava. Um telegrama amarelado, um dos poucos contatos que Manuela tivera com Matias Gutierrez. Desdobrou a folha de papel com cuidado. A tinta havia desbotado, mas todos os caracteres eram ainda perfeitamente legíveis.

Antônio releu as brevíssimas linhas. Estranhamente, sentia-se triste como se aquele telegrama não tivesse então já tantos anos, mas acabasse de lhe ser entregue. Sentia-se triste como se aquela mulher fosse a sua, e não a noiva que seu pai seguira amando até a própria morte.

17 de julho de 1876

Caro Matias,

Inácia faleceu noite passada de uma febre cerebral. Grande tristeza. Na hora da morte, ela falou em vosmecê. Tenha perdão na sua alma, lembre-se do meu exemplo.

Manuela Ferreira.

Antônio fez as contas. Inácia tinha morrido jovem, aos trinta e cinco anos. Naquele tempo, ele mesmo era um menino de apenas quatro anos de idade.

Não podia precisar o que tinha sucedido ao seu pai quando do recebimento da notícia daquela morte. Talvez Matias tivesse seguido para o Rio Grande com a desculpa das terras, talvez tivesse ficado na Corte, negando pela derradeira vez aquele amor. Antônio lembrava-se de algumas viagens do pai, quando ele se ausentava para visitar a estância ou tratar de negócios em Porto Alegre ou Pelotas. Matias voltava dessas viagens exatamente igual; nunca lhes dissera uma palavra sobre o passado. Talvez nunca pensasse no passado, talvez seguisse pela vida sem olhar para trás.

Esparramado na cama, em mangas de camisa, tendo ao redor de si velhas cartas e documentos, Antônio sorriu das suas conjecturas. Que importava tudo aquilo agora? Aquela espécie de arqueologia do amor paterno? Importava somente a ele, Antônio.

Lá fora, o Desterro recebia os primeiros raios do sol invernal, que então vencera a persistente camada de nuvens que recobria o céu, alegrando aquela manhãzinha fria. Segundo seus cálculos, o paquete levantaria âncora em pouco mais de duas horas.

O *Itaipava* aportou em Pelotas no dia seguinte pela manhã. Antônio desembarcou com suas poucas malas, seguindo num carro de aluguel para o endereço que levava consigo.

Depois de pouco tempo, o carro parou em frente a um decrépito sobrado de esquina, cujas janelas, cerradas, não deixavam ver nada do seu interior.

– É aqui, amigo.

O homem do carro de aluguel recebeu seu pagamento, ajudou a descarregar as malas e partiu.

Na calçada, Antônio Gutierrez tocou a sineta da porta. Um som triste, desafinado, ecoou no arzinho úmido da manhã nublada. Faltavam poucos minutos para as onze horas, e a rua movimentava-se no seu ritmo cotidiano. Uma criança chorava em alguma casa próxima. Um vendedor apregoava suas mercadorias.

No sobrado, demorou até que um ruído se fez ouvir. Uma das janelas laterais, cuja pintura descascava, abriu-se sorrateiramente, e um rosto moreno, com um lenço à cabeça, espiou através da cortina corroída pelas traças. Pouco depois, a mesma mulher estava à porta, e parecia muito espantada em ver uma pessoa ali, sob o telheiro.

– Pois não? – sussurrou a mulher de olhinhos arregalados.

– Vim ver a senhora Manuela de Paula Ferreira.

A criada abriu um sorriso no qual faltava um dente. Era velha e tinha um olhar manso.

– O senhor tem certeza? A senhora Manuela, desde que eu estou aqui, recebeu, se tanto, uma dezena de visitas.

Antônio sorriu.

– A senhora está aqui desde quando?

A velha pareceu fazer as contas mentalmente.

– Faz quarenta anos.

– Sou sobrinho-neto de Manuela – respondeu, disfarçando seu espanto. – Avise, por favor, que o filho de Matias veio vê-la. Parti com pressa do Rio de Janeiro, não cheguei a lhe escrever.

Aquele nome, ressuscitado de um passado que a velha mulher já nem mais recordava, impressionou-a. Ela abriu a porta, destravando o ferrolho enferrujado, e deixou ver o pequeno vestíbulo onde um carpete corroído pelo tempo mostrava os restos da sua trama. As paredes, os móveis, o espelho sobre um aparador, tudo era velho, descolorido e triste. A casa tinha um cheiro de mofo que entrava em golfadas pelas narinas.

Antônio deu um passo para dentro; estava pasmo.

– O senhor me desculpe, mas dona Manuela não gosta de janelas abertas. A casa vive trancada e, com o tempo, pegou este cheiro. – Deu de ombros. – Mas é limpa.

A criada levou-o para uma sala onde móveis dispostos pareciam esperar a companhia de fantasmas. Um velho sofá de veludo vermelho cuja cor tinha chegado ao rosado muito claro em alguns pontos do tecido desgastado, estava a um canto perto da janela. Havia um piano fechado, uma mesa com bibelôs, uma namoradeira de veludo escuro e puído. Velhos castiçais de pesada prata espalhavam-se sobre um aparador.

– Sente-se, senhor. Venho em seguida.

Antônio andou pela sala olhando cada detalhe. As cortinas cerradas tocavam o chão, deixando entrar ali apenas uma claridade melíflua, quase triste. Abriu uma delas, e o sol da manhã deixou ainda mais velho o mobiliário. Um retrato numa das paredes mostrava uma senhora sisuda e morena, com olhos escuros. Tinha visto um único retrato de sua avó, Mariana. Os mesmos olhos. O pai contara-lhe certas coisas que o faziam acreditar que a mulher no retrato era Maria Manuela.

Olhou o quadro de perto. Aqueles olhos eram duros, fundos. Mesmo na sua estagnação de coisa inanimada, tal rosto pareceu-lhe infeliz; combinava perfeitamente com a velha casa.

Onde estaria Manuela? Fez as contas. Ela devia contar então mais de oitenta anos, e era um milagre que estivesse viva, trancafiada naquela casa onde o tempo não entrava. Andou mais um pouco e postou-se em frente a uma estante repleta de livros. Mirou as lombadas encadernadas em couro, sujas de pó.

– Vosmecê me desculpe. Faz tempo que não leio... Na minha idade, sabe-se tudo o que importa.

Antônio tomou um susto. Virou-se em busca daquela voz rouca, baixa, sussurrada.

Uma velha estava parada no meio da sala. Muito magra, alta, o corpo inclinado para a frente, como se não pudesse com o peso da cabeça, cuja cabeleira branca lhe caía até a base das costas. Um rosto marcado de rugas sorria benevolentemente para ele. Naquele rosto, dois olhos verdes, muito vívidos, cintilavam.

Antônio não encontrou o que dizer.

A mulher deu alguns passos trêmulos, mas seu rosto, seu sorriso, e principalmente aqueles olhos, pareciam zombar de tudo aquilo, daquela casa, daquele corpo, até mesmo dele. Manuela de Paula Ferreira parou a um metro de Antônio; usava um vestido de renda cor-de-rosa muito antigo, de uma moda passada havia décadas.

– O filho de Matias... – disse ela. – Então vosmecê voltou para a terra do seu pai. Sempre recriminei-o pela partida. Uma fraqueza de espírito à qual eu não me entreguei.

Seus olhos, Antônio agora podia ver melhor, fitavam-no firmemente para poder decifrá-lo.

Ela sorriu:

– E Matias, onde está? Veio com vosmecê, certamente.

Antônio falou pela primeira vez:

– Meu pai morreu há cerca de dez dias. Um mal cardíaco fulminante. Morreu no Rio de Janeiro, senhora.

Manuela esmoreceu um tantinho, mas permaneceu em pé e orgulhosamente ereta. Depois de um instante Antônio estendeu-lhe o braço, ajudando-a a sentar-se numa velha poltrona.

– Gracias, meu filho – ela suspirou. – A velhice impõe-nos este horror. Despedir-se de todos. E seu pai, se vosmecê me perdoa, foi a última pessoa viva a quem eu amei. – Apertou os olhos, mirando-o. – Vosmecê se parece com ele, mas é mais branco. Matias sempre foi, afinal de contas, um indiozinho. E mui teimoso.

– Meus avós maternos são franceses – disse Antônio. – Muito claros.

– Seu pai me era mui querido...

– Vocês se correspondiam eventualmente, eu vi essas cartas.

Manuela abriu um sorriso triste:

– Nunca le perdoei a fuga. Ele fugiu do Rio Grande.

– E casou-se com minha mãe no Rio de Janeiro.

– Esta é uma longa história, meu filho. – Pareceu confusa de repente: – Como vosmecê se chama?

– Antônio.

Ela riu, e faltavam-lhe dois dentes.

– Ah, isso mesmo. Uma justa homenagem... Seu pai me disse, da última vez que nos vimos. Isso faz para trinta e seis anos, se não erro minha conta.

Era o ano da morte de Inácia, pensou Antônio.

Manuela olhava-o firmemente; suas mãos muito brancas, magríssimas, tremiam em seu colo, como duas pequenas pombas assustadas.

– Meu pai deixou-me a estância em herança, senhora. Cheguei hoje no *Itaipava*.

– Ah, o Brejo...

Manuela pareceu voltar no tempo por um instante. Depois sorriu como uma menina, desculpando-se:

– Na minha idade, é preciso atar-se ao presente, pois toda a graça está no passado. Faz vinte anos que morri e que me esqueceram nesta maldita vida. Desde que meu Giuseppe faleceu.

– Giuseppe Garibaldi, o herói italiano.

– Sim, meu filho. Ele mesmo. Porém, quando nos amamos, ele era solamente um homem como os outros. Esperei-o por toda a minha vida, e de mim se pode dizer que fui corajosa. Porém preferem chamar-me de louca. É assim que o mundo recompensa o verdadeiro amor.

A criada entrou com uma bandeja, trazendo chá.

Antônio reparou que Manuela mal pousava os lábios pálidos na xícara de porcelana, molhando a boca sem beber.

– Faz anos que não recebo visitas, meu filho. Desculpe-me o chá. Deve estar mofado. A criada nem o sabe. Come fora, numa pensão aqui perto. Eu – sorriu, levando a mão descarnada ao peito –, eu vivo de ar. Tenho tentado morrer faz muito tempo, inutilmente.

Antônio reparou como era magra, o velho vestido dançava sobre seu corpo palescente, lívido e quase desprovido de carnes.

– Vim ver as terras do Brejo. Meu pai jamais me trouxe aqui, a senhora sabe.

– Um homem que foge não volta para visitar o passado, meu filho... Matias deixou de vir ao Rio Grande depois da morte dela. Vosmecê sabe de quem eu falo? De Inácia, a noiva de seu pai.

Antônio contou-lhe das cartas que o pai lhe deixara.

– Jamais ouvi dele uma palavra sobre ela, mas pensando bem, hoje posso dizer que ele era um homem triste.

– A tristeza do amor malogrado é uma doença, Antônio. Seu pai morreu do coração, mas não de um ataque. Morreu de sofrimento, eu o sei. Este verme também me corrói, porém lentamente... Ah, é um verme cruel.

Respirava com certa dificuldade, e calou-se por alguns instantes. Por fim, retomou a palavra:

– Vosmecê acreditaria se eu le dissesse que Matias vinha morrendo desde que nos vimos pela última vez? Esteve aqui, após ter ido ao cemitério ver a sepultura da pobre Inácia... Vi então que começava a morrer. Levou anos, era um hombre teimoso. A teimosia é um mal que levamos no sangue. – Olhou-o firmemente: – Vosmecê vai viver no Brejo?

– Eu pouco sei, senhora Manuela. Vim para ficar algum tempo.

– Um homem não foge à sua sina.

– Por que a senhora diz isso? – ele espantou-se.

– Porque sou louca, meu filho. É o que dizem nesta cidade, e eu, eu não gosto de decepcionar os outros. Na juventude, é claro, fui mais vivaz... Mas a velhice nos prega certas peças. E talvez eu seja mesmo louca. Quem há de saber? Faz tempo que eu descobri que Deus não existe, de modo que estamos sem qualquer juiz.

Antônio achou graça naquela lucidez amarga.

Então Manuela de Paula Ferreira ergueu-se com certo esforço, e seu rosto parecia ainda mais lívido do que antes.

– Agora vá, meu filho. Estou cansada e não quero morrer na sua presença. Não seria elegante de minha parte... Venha me ver em alguns dias. Desejo-lhe sorte no Brejo.

Antônio ficou parado no meio da sala cheirando a mofo enquanto a velha senhora saía pisando leve, trêmula, e desaparecia num corredor semiescurecido. Pouco depois a criada levava-o à rua, onde um carro de aluguel já o esperava para seguir viagem.

– Vá com Deus, senhor.

Antônio abriu um ligeiro sorriso lembrando das palavras que Manuela lhe dissera havia pouco; depois entrou no carro e indicou ao condutor o seu destino.

Auroras e poentes e crepúsculos VI

Esteiro Bellaco, 2 de maio de 1866.

Seu último cavalo morrera na noite anterior. Matias sentiu essa perda como a de um amigo, o melhor amigo. Agora é um cavalariano sem montaria, até que lhe arranjem outro animal, o que seria bem difícil – a maioria dos cavaleiros estava a pé por conta da má alimentação e da completa exaustão dos animais.

Amanhecera naquele dia com um peso a mais na alma, e acordou febril. A chaga no ombro havia cicatrizado, mas alguma coisa incomodava-o, alguma coisa para além daquela febre intermitente castigava-o, principalmente às madrugadas. Quando estava de vigia, tiritava entre os canaviais, e um ou outro companheiro tinha de trazer-lhe aguardente, que ele tomava com os dentes cerrados, espantando os insetos que vagavam por ali apesar do frio.

Por causa da magreza, o uniforme sobrava no seu corpo. Naquela manhã de maio, Matias Gutierrez vestiu-se, calçou as botas, tomou de um balde de água para lavar o rosto. Era cedo e o inverno ainda não tinha chegado, mas a tina de água exibia uma levíssima camada de gelo. Os membros doíam-lhe por causa da febre, mas ele saiu para o campo.

Os homens reuniam-se em torno das fogueiras, mateando e comendo o assado. Matias aceitou um naco de carne, apesar da ânsia que lhe percorreu as tripas como um aviso. Mastigou e engoliu com pressa, sem prazer nenhum.

Quando acabou de engolir o último bocado, um tenente de Uruguaiana chamou-o ao pé do fogo onde se aquecia.

– Como vai vosmecê?

– O ferimento cicatrizou – respondeu Matias, tomando seu mate.

O tenente estava enrolado num poncho de lã tosca, e tinha novidades.

– Hoje, bem cedo, Mitre ordenou que Venâncio Flores saia com uma tropa para fazer um reconhecimento do território inimigo. Vão penetrar naquela mata miserável.

Ambos olharam a vegetação cerrada que se erguia para além do esteiro lodoso. Parecia impenetrável. A mesma dúvida tomou-lhes a mente: como o general Flores, com seus três mil homens, entraria naquele muro de juncos cerrados, cuja altura alcançava facilmente os três metros, e cujas raízes, dizia-se, penetravam no barro tão fundo que era impossível arrancá-las?

– Aquela mata está cheia de paraguaios.

– Caboclada – cuspiu o sargento, cuja estância tinha sido saqueada na invasão de Uruguaiana. – Pois le digo que vou com o Flores. Não quero perder isso por nada. Um homem que se preze não deve passar um dia sem matar um paraguaio.

Matias viu a raiva dentro daqueles olhos vivos. Ele mesmo não sentia ódio, não sentia nada, a não ser aquela febre que o cozinhava lentamente, bebendo das suas forças e exaurindo-o até que seus pensamentos se transformassem numa confusão de ideias sem começo e nem fim. Ficou sentado no mesmo lugar, apático, enquanto o outro saiu em direção ao acampamento do general uruguaio. O tenente foi sem dizer adeus. Ia pisando firme, sem sequer imaginar que dentro de quatro horas ele estaria morto em meio ao lodaçal sanguinolento do Esteiro Bellaco.

Matias mirou o céu encoberto, tentando não pensar na guerra por um momento que fosse. O sol forçava uma tímida camada de nuvens; fazia frio. Por fim, ergueu-se e seguiu para a sua barraca. Seu corpo inteiro estava dolorido.

Às duas horas da tarde, para espanto do acampamento, começou um tiroteio cerrado. Em seu catre, Matias abriu os olhos, assustado. No princípio, imaginou que a algazarra fosse uma alucinação da febre; mas ao longe a fuzilada aumentava nitidamente, e também os gritos.

Correu para fora. O acampamento estava em polvorosa. Voava de boca em boca a notícia de que os paraguaios, escondidos na mata e em número de quatro mil, tinham caído sobre a vanguarda de Flores no momento em que ela saía para a tarefa de reconhecimento ordenada pelo general Mitre. Em pouco tempo os paraguaios já haviam capturado uma bateria de canhões aliados.

No campo devastado, os homens corriam de um lado a outro, preparando-se para a refrega. Inimigos invadiam o acampamento a galope, atirando, levantando poeira e brandindo suas lanças onde as bandeirolas vermelhas tremulavam à luz pálida da tarde nublada.

Matias correu para a barraca, pegou a pistola e a espada. A febre foi esquecida na urgência de lutar. Saiu correndo entre as barracas que iam sendo destruídas, incendiadas, pisoteadas pela cavalaria inimiga. Saiu correndo, defendendo-se, em busca de uma montaria. Os gritos e o tiroteio ecoavam. Os paraguaios, que tinham cercado as tropas de Flores, matavam e morriam com intrepidez, desaparecendo no torvelinho da refrega que crescia, que crescia como um pesadelo.

Matias Gutierrez jamais pôde recompor com exatidão a ordem dos acontecimentos daquele dia.

Não viu quando Osório avançou com seus homens em socorro de Flores. Os gritos e o terror atraíam então toda a sua atenção. Um alferes teve a cabeça decepada a poucos metros de si; o paraguaio que o matou lhe tomou a carabina e avançou para Matias. A lâmina inimiga brilhou um instante, brilharam os olhos do soldado paraguaio, que levava um lenço vermelho amarrado à cabeça. Matias tomou da pistola, fez pontaria certeira, o outro caiu de borco na terra barrenta.

Depois disso, correu; lembra-se de ter corrido por muito tempo, minutos intermináveis, durante os quais desvencilhava-se dos cadáveres caídos no chão, desvencilhava-se dos cavaleiros ensandecidos, das lâminas inimigas. No meio da refrega, temia ser pisoteado pelo tropel dos cavalos. Corria, corria em direção às águas do esteiro, onde a batalha sangrenta se desenrolava com terrível estrondo. Impossível discernir os corpos dos homens e dos cavalos, os mortos espalhados pelo chão, membros e cabeças, rostos de olhos saltados das órbitas.

Matias pulou um corpo onde faltava uma perna. Sentia a face salpicada de sangue. Lembra-se do sangue, rubro, pegajoso. Sonharia muitas vezes com aquele sangue, o sangue daquele homem. Lembra – disso ele lembraria para sempre com impressionante nitidez – que em certo momento ouviu um grito atrás de si. No meio de uma nuvem de poeira, surgiu um oficial aliado que montava em pelo trazendo um baio pelas rédeas, que entregou a Matias. Lembra-se disso como uma coisa mágica, pura, uma coisa vinda de um tempo antigo, talvez de uma tarde da sua meninice... A voz do oficial, "toma, hijo", elevou-se acima do barulho da metralha, dos gritos, do rugir dos canhões Lahitte que os paraguaios tinham capturado e que agora usavam contra a cavalaria de Flores e de Osório. Lembra-se do rosto daquele homem desconhecido, e esse rosto é a face do seu pai, do índio João Gutierrez.

Foi ele sim, foi ele quem arranjou aquele cavalo, e arranjar montaria no meio daquela peleja era coisa de mágico, era coisa de milagreiro mesmo. Matias pulou para cima do cavalo, pulou sem pensar. Quando se virou para agradecer – aquele cavalo ali, no meio daquela luta, salvava-lhe a vida –, já não mais estava o oficial ao seu lado, tinha desaparecido para sempre com o mistério do seu rosto de olhos oblíquos. Ao seu redor, somente a algazarra poeirenta da batalha cheia de sangue. E aquela voz, como um pássaro insensato, vagando nos seus ouvidos, "toma, hijo."

"Toma, hijo."

Então Matias desapareceu no meio da refrega, lutando com raiva, lutando com bravura, lutando para que o pai tivesse orgulho dele.

Um tiro de canhão inimigo abre uma clareira na cavalaria, jogando para o alto homens, animais e terra. Pedaços de carne humana espalham-se pelo chão. A um grito do general Netto, a cavalaria se reordena e avança sobre a infantaria paraguaia.

Mais à frente, Osório se bate com a bravura que ficaria para sempre lembrada: a um seu chamado, os homens se eriçam e enfrentam o inimigo, que cai, que resvala no chão pegajoso e pútrido, que é engolido pela água e desaparece sem deixar nem um sopro da sua existência.

Matias luta como num sonho.

Talvez seja a febre que o anestesia, que o joga neste delírio, que o faz ir em frente sem pensar, pulando de um segundo a outro com desespero. As patas do baio que ele monta pisoteiam homens que rastejam no lodo. Uma espada rasga a manga do uniforme, penetra sua carne; o sangue jorra angustiosamente. O sangue jorra, jorra, jorra, como a água de uma bica preciosa. Num suspiro de tempo, antes que perca as forças completamente, antes que toda a sua energia se esvaia com esse sangue, Matias ataca mais uma vez. Sua própria lança crava-se nas costas de um cavaleiro inimigo. O cavaleiro se vira, e aqueles olhos o fitam por um momento, enquanto o céu desaba em estrondos e as balas dos canhões levantam terra e carne, e o paraguaio cai ao chão, desaparecendo no barro sanguinolento e maléfico do Esteiro Bellaco. E depois disso não há mais nada.

Ao anoitecer, contam os mortos.

Mil e quinhentas almas do exército aliado pereceram no ataque surpresa das tropas de López. Os corpos estraçalhados de dois mil e trezentos paraguaios jazem misturados ao barro ou caídos nas águas pantanosas e cheias de répteis.

Matias abre os olhos.

A lua brilha no céu, milagrosamente. Talvez seja esta a primeira noite límpida desde que pisou o solo inimigo... As estrelas luzem sobre os destroços da batalha. Cavalos e homens. Uma massa de carne sanguinolenta. Braços emergem do lodo, rostos de olhos abertos fitam o nada. O cheiro da pólvora, o cheiro acre da pólvora mistura-se ao perfume adocicado do sangue que tinge o lodaçal à beira do esteiro.

Matias ergue-se com dificuldade, caminha entre os mortos. Ouve os gemidos dos homens feridos. Um grupo de soldados recolhe aqueles que têm chance de sobreviver – os outros morrerão no barro, feito cães. Ele caminha tropegamente, a febre outra vez nubla seus olhos. Perdeu muito sangue e não sabe exatamente onde está. Crê que é o Inferno. Crê que está morto. Desvia de uma pilha de cadáveres paraguaios: braços e pernas e troncos entrelaçados. Uma cabeça rola e cai aos seus pés. Aqueles olhos outra vez...

Sua boca é um poço de fogo. Ele caminha pisoteando aquilo que já foi gente. Caminha com horror, desviando-se como pode. As estrelas no céu. O cheiro de sangue nas suas narinas. Um silêncio pesado, pesado, que zumbe nos seus ouvidos.

E aquele céu de festa.

Cai de joelhos, por causa da fraqueza e da febre. Afunda no barro até a cintura, sentindo o gélido abraço pegajoso. Não ousa se erguer, a ânsia revira suas entranhas. A poucos metros, um soldado raso ateia fogo a uma pilha de cadáveres. Alguns cartuchos de munição esquecidos nos bolsos dos mortos explodem, cortando o silêncio terrível da noite.

Quando o calor aumenta, quando as chamas começam a lamber aquela montanha de carne morta, braços e pernas se movem hirtos, tomados de súbita vida. Um cadáver cai da pilha e rola pelo chão.

Matias deixa o rosto cair no barro e fecha os olhos.

No céu, as estrelas. Elas veem. Elas veem lá de cima, o que não é a mesma coisa. A primeira noite de lua na terra paraguaia. E os mortos revivem na pira, e ardem, e ardem, e abrem suas bocas contraídas num último grito sem som.

Mas as estrelas, pensa Matias, veem tudo de longe. Ele não. Ele está perto. Um corpo rolou, ardendo em fogo, e veio cair aos seus pés.

A bile sobe-lhe até a garganta. Está empapado de suor e de medo. Não lembra de haver comido nada mais do que um pedaço de carne pela manhã, carne como esta que se incendeia... Um espasmo varre seu corpo. Vomita um líquido pegajoso e branco; suas tripas revoltam-se até o limite, expulsando de dentro de si um pouco daquilo tudo, daquele horror.

E a lua brilha alta, impávida, no céu. De longe, lá de cima, não deve ser assim, tão devastadoramente triste.

Estância do Salso, 2 de maio de 1866.

Nada na noite silenciosa dizia-lhe dos horrores que eram vividos longe dali, nos charcos paraguaios, e talvez por isso, rainha absoluta desta ignorância que a punha quase leve, talvez por se ter acostumado ao segredo das cartas que não chegam é que ela bordava à beira do fogo, ouvindo, não sem certo prazer (um prazer nervoso, é verdade) as frases que lhe dizia Bernardino de Almeida, sentado à direita da sua mãe, na sala de visitas.

Ele tinha chegado ainda ao entardecer, de passagem para o Uruguai, onde iria tratar de negócios. Tinha chegado para vê-la, com o consentimento e o gosto de Perpétua, e agora dizia frases espirituosas, e contava-lhe velhos causos que faziam bem aos seus ouvidos já cansados de uma guerra que ia tão longe dali, e que só mandava avisos de morte e de lágrimas.

Não que não sofresse; seu peito andava sempre em desassossego, dando voltas e voltas em torno daquela saudade. Durante a noite, frequentemente acordava chorando e corria a orar para a Virgem, acendia-lhe uma vela e fazia promessas que jamais haveria de cumprir por causa da memória leve dos seus vinte anos.

Amava Matias... Tinha-o amado desde menina, mas o tempo era paliativo para as maiores dores – não tinha visto Teresa enterrar três filhos e agora ainda ter em si um sorriso novíssimo e terno para o pequeno Inácio, seu afilhado, que nascera ainda na semana passada?

Tentou concentrar o pensamento no que lhe dizia Bernardino de Almeida:

– Pois a senhorita deve um dia visitar-me na estância. Seria bom dar um passeio e mudar os ares.

Inácia sorriu para o visitante. Não era um homem sem atrativos, era até mesmo bonito. Um rosto sereno, de face límpida, escanhoada. Os olhos castanhos que sabiam olhar firme, os cabelos um tanto esbranquiçados nas têmporas, grossos, cheios, aparados à altura da nuca.

– Certamente – respondeu ela. – Vosmecês têm lá gente que veio da guerra? Ouvi dizer que alguns paraguaios andam por aí, trabalhando nas estâncias do Rio Grande...

– Temos dois paraguaios trabalhando por lá; foram feitos prisioneiros em Itaqui e não querem mais voltar para a sua terra.

– Dentro em pouco – emendou Perpétua, com a voz leve, levíssima, na qual Inácia farejou aquela alegria quase obscena que a deixava irritada e ausente –, dentro em pouco não terão mais pátria para onde voltar. Dizem que o tal López sacrifica toda a gente. Que evacua e incendeia cidades inteiras para que elas não caiam em poder dos aliados. Dizem que mata à menor suspeita.

Inácia encolheu-se. Numa voz grave retorquiu:

– Dizem que é louco, madre. Isso resume tudo.

E para irritá-la, e também para lembrar aos outros aquilo que era inominável, acrescentou:

– Tenho pena de Matias e dos outros homens que estão nesta guerra miserável.

Bernardino lançou-lhe um leve sorriso:

– Eles merecem a nossa mais profunda consideração, senhorita.

Perpétua adiantou-se:

– Seu cálice está vazio, meu amigo. – Chamou uma das criadas e pediu mais vinho. – Mudemos de assunto. Só se fala nesta guerra e nada mais.

– Falemos de outra cousa – concordou Bernardino.

Mirou Inácia com seus olhos ardentes:

– A senhorita Inácia gostaria de falar no quê?

Inácia largou o bordado.

Os olhos da mãe, postos nela, esperavam. A raiva que sentira havia segundos começava a se extinguir outra vez, levada por um sopro de juventude que o vinho e o calor do fogo faziam arder dentro de si. Lá fora, ela podia perceber, ventava muito.

– Creio que não sou boa companhia ultimamente. Uma noiva expectante não tem lá muitos humores.

Bernardino riu, porque não havia mais nada a fazer. A criada voltou com os cálices cheios de vinho e uma bandeja com doces, que depositou sobre uma mesa, enquanto Perpétua fingia costurar, embora amenizasse dentro de si o ressentimento pelo espírito indômito da filha. Num arroubo que para sempre louvaria, ergueu-se do seu lugar e disse:

– Os humores desta casa são da ordem que eu exijo, e hoje eu estou feliz. Teresa teve seu menino. A despeito da guerra e das notícias que nos chegam, a vida aqui está em seus devidos lugares outra vez. –

Sorriu para o visitante: – Vou ver o meu neto por uns instantes. Inácia por certo le fará companhia. Seus arroubos, embora ardentes, são passageiros; não se preocupe, senhor Bernardino.

Ergueu a barra do vestido e saiu da sala.

Bernardino, tomando novo gole de vinho, encheu-se de coragem e fitou a moça com uns olhos espichados. Quando teve certeza de que estavam a sós, sorriu brejeiramente e disse:

– Vosmecê tem motivos de estar aflita, senhorita Inácia... Eu le entendo, embora não ousasse le mentir que me encantei pela senhorita. – Engoliu em seco. – Vim esta noite aqui tão somente para vê-la.

Inácia sentiu o rosto ruborizar-se. Em toda a sua vida tinha amado seu menino Matias, e aquele amor, tácito e quase tão antigo quanto eles, não precisava de palavras ou arroubos como aquele. Gostou e sentiu raiva das palavras de Bernardino.

Presenteou-o com um longo olhar. Seus olhos cintilaram na morneza da sala vazia. Eram olhos cheios de medo.

– O senhor me diz cousas que não deveria...

– Logicamente que estou sendo ousado, tomei vinho demais. Perdoe-me... Porém a ousadia não tira a nobreza do sentimento que me trouxe aqui. Eu ousaria dizer que le amo, senhorita Inácia. Já não sou mais um menino, e confesso que nunca me imaginei presa de tais sentimentos.

Inácia enfiou a agulha no tecido, ocupada em disfarçar seu espanto e sua vergonha no bordado, onde errava o ponto. Ah, onde estaria o noivo numa hora daquelas? Sob o tiro de um canhão, mergulhado num pântano de cujos horrores se falava, talvez doente, talvez... Não, ela não ousava pensar.

– Senhorita Inácia?

A voz dele era doce.

Estavam sozinhos na sala e, sendo Perpétua tão exigente em tais cuidados, ela podia adivinhar os anseios da mãe. Mas a voz dele era doce, e repetia seu nome quase com vergonha. Para um homem forte e sério, era a voz de um menino arrependido.

– Senhorita Inácia? – Ele continuou: – Por favor, perdoe-me. Agora, quem foi tomado de um arroubo fui eu. Perdoe-me. Como le disse, jamais estive preparado para este momento. Não sou viúvo, nunca fui noivo. Meus amores não deixaram sequer um rastro na minha lembrança.

Ela mirou-o:

– Minha mãe teima em dizer que Matias está morto. A última notícia que tive dele data de novembro do ano passado. – Sua voz tremeu: – Pensa que me sinto orgulhosa de estar aqui? Pensa que meu remorso por ouvir as suas palavras não há de me buscar à noite? No entanto, le confesso, gostei de ouvi-las... Confesso-o em homenagem à sua sinceridade.

Bernardino secou o cálice de vinho.

O fogo crepitava na lareira. Muito longe, como se fosse em outro mundo, o menino de Teresa começou a chorar.

– Eu seria pretensioso se le pedisse licença para visitá-la? Como um bom amigo. Um amigo que faria de tudo para le dar notícias do seu noivo.

Os olhos dela brilharam:

– O senhor poderia?

– Tenho relações nas tropas brasileiras. Sempre se pode tentar.

Inácia sentiu um aperto no peito, o primeiro sorriso leve naquela noite nasceu em seu rosto; o outro não deixou de notá-lo.

– Ah, eu le seria grata para sempre. O senhor nem o imagina!

Bernardino prometeu ajudá-la ainda naquela viagem que faria ao Uruguai. Na volta, traria notícias. Pouco depois, Perpétua ressurgiu na sala com um sorriso no rosto, pois o neto mamava com fome de terneiro. Dizendo isso, tomou seu assento, sem deixar de notar que a filha parecia bem mais satisfeita.

No alvorecer do dia seguinte, Perpétua despedia-se do visitante no alpendre da casa. Fizera questão, apesar do frio. Antes de montar seu cavalo, Bernardino de Almeida disse-lhe:

– A senhora, que é mulher sábia, percebe naturalmente o muito que me encanta a vossa filha Inácia.

– É bonita, reconheço-o – sorriu Perpétua. – Tem um gênio talvez muito forte, o que me obriga a desculpar-me com vosmecê.

Ele riu:

– Gosto dela como é. – Baixou a voz: – Prometi-lhe trazer notícias do noivo. Chama-se Matias Gutierrez, não é mesmo?

Perpétua olhou-o gravemente.

– É um amor infantil. Matias é filho natural de uma prima minha, já falecida. Ficaram noivos antes da guerra, mas foi contra o meu desejo.

Fez-se um instante de silêncio; depois ela retomou a palavra:

– Francamente, não le entendo.

Bernardino montou seu animal. Dois outros vaqueanos que o acompanhavam em viagem apareceram, vindos das cocheiras. Ele tocou no chapéu à guisa de um cumprimento e disse:

– Há grande chance de a senhorita Inácia estar chorando por um morto. Nesse caso, posso consolá-la. Tenho bons informantes em Corrientes que podem descobrir o que foi feito do rapaz.

Perpétua benzeu-se. Um vento frio lambeu suas costas.

– Deus me livre de querer o mal de um parente tão próximo. Quero-o vivo, em casa.

– Não me leve a mal, senhora Perpétua... Há uma grande diferença entre o amor e o sonho de um amor. Conheço este engodo, senhora. Vou ajudar sua filha a descobrir o paradeiro do noivo; assim terei um motivo para estar com ela... Alguma cousa me diz que tudo que eu preciso é de um pouco de tempo.

– Tempo eu le darei, meu amigo. Tempo é o que mais temos nesta casa. Volte na semana que vem.

E ficou parada em frente à casa, pensativa, enquanto o outro seguia a galope pelo pampa, no rumo da estrada. Olhou o céu. Era azul, pálido. O inverno seria violento. Perpétua imaginou o inverno nos charcos paraguaios e sentiu um arrepio percorrer-lhe a espinha.

Entrou na casa fechando a porta atrás de si. O silêncio da sala ainda adormecida encheu-a de um prazer que só experimentava à noite, quando, fechada no escritório, evocava as longínquas lembranças do marido.

Acampamento de Tuiuti, meados de maio.

Tinham marchado por três dias, desde o Esteiro Bellaco. A tropa de Flores, com suas fileiras desfalcadas, vinha na vanguarda pela estrada que ligava o Passo da Pátria a Humaitá. No caminho, travaram-se pequenos combates e escaramuças; da mata de jataís saíam piquetes de paraguaios munidos de lanças, furiosos, dispostos a morrer. Eram poucos e sacrificavam-se quase com gosto naquelas pelejas.

Sentaram acampamento em Tuiuti.

Naquele terreno arenoso, cercado de charcos onde os juncos cresciam, o ar era morto e o frio, intenso. Estar ali dava medo. Como num palco de mau gosto, viviam à mercê de milhões de olhos inimigos, disfarçados na mata agreste, escura, ameaçadora.

A soldadesca aliada apertava-se num exíguo terreno seco no meio do lodaçal – a gente do general uruguaio Flores acampava à esquerda, Mitre à direita, Osório no centro; não havia espaço para manobras de guerra. Estavam cercados pela água e pelo silencioso mistério daquele lugar. Ao norte do acampamento, a lagoa de Tuiuti, a leste estava o pântano, ao sul, o Esteiro Bellaco, onde os mortos, a um palmo do chão, fediam e se decompunham num triste espetáculo. A oeste, a lagoa Piris. Era um beco sem saída, mas as tropas aliadas e seus comandantes ainda não sabiam disso.

Não muito longe dali, o generalíssimo López observava os movimentos inimigos e fazia planos. Quando os aliados chegaram em Tuiuti, López deslocou-se para Paso Pucú, onde se sentia seguro para comandar os acontecimentos e o ataque que lançaria sobre os aliados ainda em poucos dias.

Naquela noite, 23 de maio, quando soou o toque de recolher, os sargentos chamaram as companhias e, à frente das respectivas bandeiras, rezou-se o terço. As vozes dos homens elevaram-se no céu. Era um coro comovente de homens cansados, feridos e doentes. Trinta e duas mil almas clamando pela Virgem da Conceição e pedindo proteção à hora da morte.

Parado em seu posto, dançando aquele dueto com a febre que o perseguia incessantemente, Matias também rezava. Havia certa vaziez nas suas palavras, e sua mente voejava naquele céu frio e límpido, onde as estrelas começavam a luzir. A angústia crescia dentro dele. Aquele lugar, mais do que todos, incomodava-o. Sentia-se observado por milhares de olhos. Talvez fosse culpa daquela febre perversa; melhorara um tantinho, mas as suas visitas ao hospital eram frequentes.

Agora, pensava mais do que nunca em Inácia; seu rosto esfumava-se a cada dia, evaporavam-se os contornos elegantes, os olhos vívidos, a boca rosada. Inácia era uma mancha na sua mente devastada pela febre e pelo sofrimento.

Terminou-se a reza. A um toque, as companhias dispersaram-se silenciosamente. No acampamento apertado, os homens seguiam para as suas barracas, mas grande parte deles dormia em jiraus ao relento. Na vanguarda, vinte e oito canhões raiados miravam a mata escura.

Apesar do frio, Matias sentou-se sob o sereno. O céu ainda guardava muito ao longe um leve esfumaçar escarlate. A terra sob seus pés era vermelha e barrosa, diziam que guardava muito ferro nas suas entranhas. Matias recordou-se do Esteiro Bellaco, agora um depósito de mortos. Suspirou. Tudo aquilo, aquele grande espetáculo de morte e de horror, era um mistério para ele.

Tinha vindo para a guerra por uma questão de consciência, e porque crescera ouvindo dizer que um homem de bem se talhava entre pelejas. Crescera ouvindo de lutas onde havia o bem e o mal... Crescera sonhando com um herói italiano. Ali, no entanto, não havia heróis nem bandidos. Aqueles índios descarnados eram tão infelizes quanto a soldadesca aliada que penava sob a chuva e sob o sol. No tempo do pai, lutara-se por uma república e pelo fim da escravidão, e tinha sido aquele um bom sonho. Ali havia negros por toda parte no exército aliado, eles eram a maioria da tropa brasileira, e os mais aguerridos nas pelejas. Quando a guerra acabasse, como haveriam de voltar à lavoura e ao chicote?

– Pensando em quê, meu amigo?

A voz de Caetano arrancou-o dos seus devaneios. Caetano Gonçalves da Silva tinha o dom de materializar-se ao seu lado nos momentos mais insólitos.

Uma bruma esbranquiçada e lúgubre erguia-se do chão, escondendo os vultos ao longe. Matias disse:

– Pensava em tolices que nem Deus poderia esclarecer, se é que Ele existe.

– Se minha madre estivesse aqui, le diria que sem Deus não há nada. Porém, ela jamais lutou uma guerra.

– Bueno, isso certamente mudaria o seu ponto de vista...

Caetano agachou-se ao seu lado.

– Vim ver como vai vosmecê depois daquele ferimento do Esteiro Bellaco. – Abriu um sorriso: – D. Antônia me pediu.

– Pediu-lhe?

Caetano olhou o céu por um momento. A bruma invadia suavemente o acampamento buliçoso.

– Tenho sonhado com D. Antônia. Não sonho com Clara, por mais que eu deseje. Sonho com D. Antônia, e ela me pediu por vosmecê.

– De qualquer modo, vosmecê já me salvou a vida uma vez...

Caetano ergueu-se. Parecia incomodado.

– Este lugar me dá nos nervos. Estamos estrangulados aqui. E esta bruma traiçoeira!

A mata de juncais ao fundo deixava-se engolir lentamente pela névoa.

– Pelo menos dizem que López está longe.

– Não se fie, meu amigo Matias. López está em cada centímetro desta terra paraguaia. E nós, nós estamos no escuro. E a pé. Temos seiscentos cavalos cansados e famintos. Com tal cavalaria, não se pode nem parar uma missa sem correr o risco de apanhar das beatas – disse, tocando amigavelmente no ombro de Matias.

Engoliram o silêncio por alguns instantes.

– Bueno, me vou... Está tarde e é preciso dormir um pouco. D. Antônia por certo me há de visitar esta noite, tem sido mui fiel.

Matias sorriu tristemente; a febre aproximava-se como um animal à espreita.

Pensou em D. Antônia... A imagem da avó acorria-lhe com frequência. Quisera poder escrever-lhe e acalentar dentro de si a esperança de revê-la quando voltasse da guerra, sentada à sua cadeira na varanda da casa, com aqueles olhos indecifravelmente negros e serenos.

Caetano já se afastava, abrindo caminho na cerração leitosa, quando Matias se despediu, gritando-lhe um adeus.

Acordou no dia seguinte com o fragor da peleja. Espiou pela fresta da barraca e viu que o mato estava vermelho de paraguaios. Um ataque surpresa das tropas de López vinha cercando o acampamento aliado por todos os flancos, enquanto os generais atacavam, formavam batalhões que reagiam, e as baionetas cruzavam-se, penetrando a carne, derramando pelo chão o sangue de quatro nacionalidades, misturando-se este sangue ao barro e à água das lagoas já coalhadas de corpos.

Não lembra bem como, mas minutos depois, tonto de sono e de febre, também ele estava no meio da refrega. Combateu pela vida, combateu a pé, matando quem lhe surgisse pela frente, enfiando com prazer a baioneta na carne inimiga, atirando naqueles rostos tristemente iguais, avançando e recuando, pulando cadáveres e entrando na água suja do potreiro, sem perceber o passar do tempo, enquanto as horas,

uma,
duas,
três,
quatro,
cinco, escoavam-se.

Combateu até que o chão transformou-se num amontoado de cadáveres irreconhecíveis. Pernas e braços, cabeças decepadas, gente morta no fragor da maior batalha campal que a América do Sul jamais vira até então. (Muito mais tarde, Matias Gutierrez soube que naquela manhã combateu entre outras quarenta e cinco mil almas que trançavam armas, aos gritos por suas pátrias, por aquele percalço que se chamava honra e pela qual se morria tão dócil e grotescamente.)

Nunca precisou o número de homens que sua lâmina arrancou a vida, porque lutava feito um cão, porque se sentia morrendo ele mesmo a cada alma ceifada, porque tinha a boca cheia de barro, os olhos úmidos de lágrimas, e na garganta um grito que jamais deixou sua carne, escondido entre seus dentes, enraizado até a alma. E desde então, desde aquele horror à beira da lagoa de Tuiuti, onde salvou o corpo e perdeu o espírito, consta que para sempre não foi feliz.

A hora em que a baioneta paraguaia adentrou-lhe o peito foi para ele uma redenção e um choque. A lâmina suja de sangue, de tanto sangue misturado e seco, rasgando pele e músculos e entrando fundo até roçar-lhe o pulmão e a alma, fez seu trabalho no mais longo instante que jamais viveu.

Tinha então os olhos bem abertos, e bebeu daquele rosto, tão igual, tão diferente de qualquer outro homem, o rosto do seu derradeiro algoz – essa face que não lhe provocou ódio nem qualquer sentimento digno de nota – e olhou o céu, espantando-se por ser azul e lindo e parecer alheio a tudo; e então seus ouvidos deixaram de ouvir os gritos e os estrondos, e tudo se foi esfumaçando, tomando-se daquela bruma mágica e leitosa que sempre nascia do chão a poucos instantes da sua febre.

A bruma cegou seus olhos e o derreou no terreno barroso, tinto de sangue; nesse instante ele quis gritar, mas já então o grito se tinha emaranhado à sua carne.

Ele caiu. Por todos os lados e acima dele, a batalha continuou ferrenha; não era nada, só mais um corpo no lodaçal.

Espantou-se por não ter morrido, abrindo os olhos e vendo que já era noite outra vez. Estava estirado no campo de batalha; a um palmo dele, um paraguaio tinha os miolos de fora e um riso torto na boca cheia de sangue negro. Quis mexer-se, mas não conseguiu. Quis recordar Inácia, mas sequer podia nominá-la: tinha esquecido as palavras.

Tudo era dor e tudo tinha o cheiro áspero da carne queimada. Pilhas de cadáveres inimigos ardiam sob a luz das mesmas estrelas da noite anterior. Alguns soldados aliados arrastavam-se pelo campo recolhendo os feridos que gemiam. Quis chamá-los, não conseguiu. Mergulhou num poço negro outra vez.

Matias Gutierrez despertou incontáveis horas mais tarde, atirado sobre uma enxerga suja, num hospital de sangue.

Na sua boca havia o gosto da morte. O mundo embaralhava-se aos seus olhos, respirar era escalar a mais íngreme montanha, sendo apunhalado em todas as partes do corpo. Em meio à dor que o enlouquecia, pensou ver centenas de homens feridos que gemiam sob o céu azul e invernal; não havia nenhum médico por perto. A alucinação jogou-o novamente no limbo da quase morte. Ele rezou para que fosse a última vez.

Estância do Salso, junho de 1866.

Durante os dez anos que lhe restavam antes de morrer de doença, ela haveria de recordar em cada minúsculo detalhe aquele entardecer de inverno, quando recebeu das mãos de uma das irmãs o pequeno envelope cinzento que mudaria a sua vida para sempre.

Eram seis horas e já estava escuro.

Fazia um frio úmido e tristonho, e chovia lá fora quando Benta se achegou a ela com um olhar estranho e lhe disse:

– Esta carta, mandaram le entregar.

Inácia largou o bordado, com o qual disfarçava seus devaneios e uma vaga melancolia, e tomou do envelope que a outra lhe dava.

– Quem mandou?

– Um peão foi quem trouxe. Mas veio da parte do senhor Bernardino – disse a irmã, sorrindo de leve.

A casa outra vez estava pesada de dor: o pequeno Inácio tinha falecido havia uma quinzena. Morrera de mal súbito, como que para avisar a pobre Teresa que sua sina era mais pesada do que ousava ela supor. Desde então estavam de luto, e Perpétua andava trancada em seu quarto.

Inácia abriu a carta.

Exibia uma letra elegante e quase feminina. Tinha um leve cheiro de tabaco. Lembrava-se do toque do papel em que se selava o seu destino. Lembrava-se das frases, que eram seis. Lembrava-se do rosto da irmã, do genuíno terror no rosto da irmã, quando, ao ler a terrível missiva, desatara a chorar como uma louca. Era uma carta simples:

Senhorita Inácia,

Conforme le prometi, averiguei informações a respeito do paradeiro do vosso noivo, de nome Matias Gutierrez. Infelizmente, o que le tenho a contar não é motivo de gozo. Embora tal informação possa estar errada, o que não creio, ainda assim preciso comunicar à senhorita que o senhor Matias foi ferido na batalha de Tuiuti, onde pereceram corajosamente mais de mil soldados aliados, e três mil quedaram-se feridos. Consta que recebeu atendimento em hospital de sangue, estando gravemente ferido no pulmão direito e vítima de uma febre adquirida nos charcos paraguaios. Tal fato se deu três dias depois da batalha de Tuiuti, e dele não constam mais registros, o que faz supor que pereceu dos graves ferimentos sofridos em campanha. Sinto contar-le tal cousa, mas faço conforme o que humildemente le prometi, embora jamais desejasse ser o causador de uma tristeza.

Com pesar e eterno apreço,
Bernardino de Almeida.

Dois dias depois, a mãe aprumou-se toda e veio ter consigo.

– Acho que vosmecê tem uma decisão a tomar, minha filha.

Inácia estava em seu quarto.

– Não sei do que a senhora fala, madre.

Perpétua sentou-se à beira da cama da filha e olhou-a com uns olhos tristes e sinceros. Fazia dias que se perguntava que sina terrível era aquela que desabava sobre o destino das filhas e, consequentemente, sobre o seu.

– O senhor Bernardino veio ter comigo esta manhã, veio em segredo. Disse-me que a ama, e pediu-a em casamento.

Inácia ameaçou falar, mas a mãe calou-a com um gesto e prosseguiu:

– Seja paciente, minha filha, e deixe que eu termine o que vim aqui le dizer... Entendo que vosmecê sofra. Infelizmente, estas cousas sucedem... – Baixou a voz: – Eu também sofri com a notícia sobre a morte do menino de Mariana. Afinal, ele tinha o nosso sangue.

Inácia agarrou-se a uma suposição que vinha acalentando:

– Não é certo que ele morreu.

– Não, mas é mui provável. Os homens morrem como moscas nesta guerra. Simplesmente desaparecem. Ouvi dizer que quatro mil soldados estavam feridos e doentes nos hospitais aliados. É impossível seguir a trajetória de todos... Mas um ferimento de pulmão, e naquelas condições... – Sorriu tristemente. – Perdoe-me, filha, não é justo que vosmecê acalente uma esperança vã.

Inácia elevou a voz:

– O senhor Bernardino pode ter-se enganado, madre.

– Ele jamais seria tão imprudente.

A moça derreou-se na cama outra vez.

– A senhora quer o que de mim?

– Quero que considere o pedido que o senhor Bernardino le fez. – Acarinhou a mão branca, trêmula, da filha. – A vida segue, Inácia. E é preciso sobreviver.

Pensou no quanto odiaria, vinte anos atrás, aquelas palavras que lhe saíam da boca. Mesmo assim, prosseguiu. Era o seu dever de mãe.

– O senhor Bernardino seria um ótimo marido para vosmecê. E eu, minha filha, eu mereço este gosto. A vida tem sido mui triste por aqui...

Ergueu-se. Não tinha mais nada a dizer, e nem devia. Uma mãe não podia se dar ao luxo de ser romântica. Beijou a filha na testa. Um beijo leve. Antes de sair, pediu:

– Pense um pouco, e me avise quando tiver uma resposta.

Perpétua fechou suavemente a porta atrás de si.

Sozinha em seu quarto, Inácia mergulhou naquela angústia. Fazia dois dias que só queria chorar. Ah, que medo lhe dava a vida sem Matias... E o futuro? O futuro era uma coisa negra que ela não ousava encarar. Tinha muito medo, muito medo da morte, muito medo da solidão. Tinha medo até daquele amor que devia morrer dentro dela... Seria pusilânime a ponto de ceder tão facilmente ao horror que tinha à solidão? Quantas vezes ouvira a história de Manuela, que entregara todos os seus dias a um único amor! Quantas vezes admirara sua coragem, aquela altivez de espírito que a fizera resistir por tantos anos, apesar do escárnio alheio, apesar de todas as evidências... E Matias, estaria morto o seu Matias? Teria desaparecido do mundo aquele a quem ela amava com tanta ansiedade, aquele que era desde sempre o seu destino? Teria desaparecido simplesmente, sem que uma hecatombe, uma tragédia, um vento que fosse, viesse avisá-la do seu desaparecimento?

Como prova da sua suposta e tão provável morte, Inácia tinha aquela única carta e mais nada. Seria corajosa o suficiente para esperar, contra a vontade da mãe e da família, que aquela tenebrosa guerra acabasse, dali a um mês ou três anos, aguardando o retorno do seu amado, talvez ferido, doente ou mutilado para sempre, um retorno jamais confirmado, um retorno que nada mais era do que uma frágil esperança a guiar os seus dias?

Não, não sabia o que pensar. Não tinha dentro de si a fé suficiente para se amparar em Deus; estava completamente sozinha com o seu horror, com o seu medo, com a sua pequenez. Estava sozinha com a sua insignificância e com a descoberta de que era, no fundo, uma criatura frágil e temerosa.

Deitou-se na cama e enfiou o rosto no travesseiro, tentando livrar-se do turbilhão de pensamentos que a acossava sem trégua. Tinha que dormir, precisava do sono como um refúgio, talvez o único.

A família XI

Estância do Cristal, julho de 1866.

A carta que recebeu de Marco Antônio foi como um alívio. Fazia mais de um ano que não tinha notícias do filho. A carta, brevíssima, chegara com meses de atraso e dava conta de que o filho mais moço estava na guerra, mais precisamente no acampamento de Tuiuti, onde lutava junto com os homens do general Osório, que recentemente recebera o título de barão de Herval. Marco Antônio também contava vagamente de um encontro com Caetano, que era coronel e então estava à frente da Brigada Ligeira, pois o general Antônio Netto, ferido em Tuiuti, tinha sido enviado para um hospital em Corrientes.

Caetana guardou-a junto aos seus pertences mais queridos, e foi procurar Joaquim. Encontrou-o ensinando a lição ao filho mais velho. Achou-o triste.

– O que se passa, hijo?

Joaquim despachou o menino com uma desculpa.

– Sigo para a guerra, madre. Não há sentido em estar aqui enquanto os homens se batem naqueles charcos. É uma obrigação que me persegue. Tenho pensado nisso dia e noite...

Caetana sentiu o sangue fugir do seu rosto.

– Seu irmão mandou-me uma carta. Congo a trouxe faz pouco... Seu irmão Marco Antônio. Ao menos até maio estava vivo. Vosmecê sabe o que é isso? Tenho cinco filhos homens, tenho quase setenta anos. Quatro dos meus filhos estão naquele banhado, cercados de paraguaios, de doenças, de miséria. O quinto deles me diz que vai partir.

Sentou-se na cadeira onde minutos antes o neto tomava a lição. Sentou-se e mirou o filho, que também começava a envelhecer.

Joaquim sorriu bondosamente:

– Madre, sou médico. Os feridos morrem nesta guerra por falta de quem os trate. Dizem que há um médico para quinhentos soldados. A senhora imagina isso?

Caetana abaixou o rosto, olhando a mesa marcada pelos anos e pelo uso.

– Tudo que eu sei está no meu peito, hijo. Neste peito velho e cansado. Matias morreu nesta maldita guerra. Eu gostava daquele menino...

Joaquim pousou a mão nos cabelos brancos, longos, arrumados num coque bem-feito no alto da cabeça da mãe.

– Está decidido, madre. Esta noite eu conto a Josefina.

– Bueno, entonces vou rezar por vosmecê. É o que fazem as madres, não é, quando seus filhos vão para a guerra...

Sobrado em Pelotas, julho de 1866.

Manuela está sentada na cadeira em frente à janela. As horas, ela coleciona-as, enfileirando-as como as contas de um colar. Não tem muita noção do tempo. Não tem muita noção de nada, tudo que lhe importa é esta coisa dentro do peito, é este pássaro branco que quer bater asas. Tudo que lhe importa é ele.

Como é que pode pensar nele tanto assim? Como é que este amor, maldito como uma doença, engendrou-se na sua carne com tamanha força, com este desespero? O mundo está cheio de guerras. E é numa delas que ele anda. Ela tem certeza.

Mas Manuela não sabe de muitas coisas. Da doença que vem comendo os nervos, as articulações e a alma do homem que ela ama há tantos anos. Não sabe que ele vive com uma mulher humilde, uma mulher que não entende das grandezas deste mundo, uma mulher que o chama "general" e que, se é pouco entendida de política, ainda assim o cuida e atenua seus achaques com compressas e pomadas. Uma mulher que tem no ventre a última semente deste homem.

Ah, se Manuela soubesse. Teria se desfeito de tudo, teria vendido a casa, as joias, a alma. Teria tomado vapores e varado estradas atrás dele. A derradeira viagem. Levaria sua carne, essa carne já começando a murchar, levaria este rosto ainda viçoso, estes olhos tristes, ah... Mas Manuela não sabe.

Está sentada na cadeira em frente à janela. Pensando nele. Recorda uma tarde, trinta anos atrás. Recorda-a nos mínimos detalhes, os olhos cerrados como quem reza. Há na sua alma o tom de cada coisa, a cor exata do céu, dos olhos dele, a cor alva dos dentes dele, o verde do mato, o brilho mortiço da lagoa. Tudo perfeitamente rememorado. Um tesouro seu.

Quando batem à porta, é com raiva que abre os olhos. Nem este último consolo lhe permitem.

– O que houve?

A criada está ali. Sabe que a patroa detesta ser interrompida nesses devaneios, mas é urgente.

– Urgente? – indaga Manuela.

Quais urgências teria a sua vida, senão ele?

– Sim, senhora – diz a criada. – Há um senhor aí embaixo. E quer le ver.

– O nome dele?

– Joaquim.

Manuela sente um arrepio leve, levíssimo.

– Joaquim?

– Sim, senhora. Diz que é seu primo e que vai pra guerra.

Uma antiga coqueteria surge por um momento: ser bonita aos olhos de Joaquim. Era tão bom, ainda se lembra perfeitamente bem, era tão bom ter aqueles olhos pousados em si, ter os olhos masculinos vidrados no seu sorriso, naquele tempo, ah, naquele tempo...

Dispensou a criada e vestiu-se.

Quando desceu ao vestíbulo estava nervosa. Joaquim ergueu-se ao vê-la, ele também presa de uma velha magia, de um sentimento embolorado que nem os anos podiam apagar de todo. Mas era correto demais, era justo demais, era casado demais para mostrar a Manuela o brilho, o brilho único que os seus olhos tinham somente para ela.

Então pigarreou. Neste embaraço, gastou uns poucos segundos, mas quando a olhou, outra vez era ele mesmo. O homem justo.

– Estou seguindo pra guerra. Vim me despedir, Manuela. – Parecia triste, acabrunhado. – Nunca se sabe, não é... Numa guerra, tudo se pode passar.

Manuela deixou a sua mão um segundo entre as dele. Sentia já uma vergonha boba. Seriam dois velhos tolos vivendo um momento de saudade?

No espelho do vestíbulo, podia mirar seus perfis. Os cabelos de Joaquim estavam esbranquiçados nas têmporas, e uma certa gordura marcava seu rosto, uma gordura tranquila.

– Faz muito tempo...

Sabia que tinha dito algo completamente tolo. Mas o bom de ser considerada louca é que podia dizer qualquer coisa. Seguiram para a sala.

– Meu irmão morreu – disse ela.

Outra fala vã.

Joaquim fitou-a.

– Eu sei. Senti muito por ele. Essa guerra é uma indignação.

Manuela sentou-se à beira de uma velha poltrona que a mãe costumava usar. Por um instante sentiu-a ali, mirando-a com aqueles olhos duros.

– As guerras não prestam, não é? Mas fui feliz durante aquele tempo, durante a Revolução.

Joaquim baixou os olhos.

– Vosmecê sempre fala disso.

– Não falar disso é não falar de mim, a única cousa boa nesses anos todos... Aquele tempo. A despeito de tudo. – Suspirou. – Mas nada mais é como antes... Também por isso, não saio mais de casa.

– Minha mãe pensa muito em vosmecê, pensa com preocupação.

– Pois le diga que vou bem. Vosmecê está vendo. Vou melhor que muita gente, sem alegrias ou tristezas. É um bom jeito de se viver, como um pássaro. Flanando.

A criada entrou com o chá. Beberam em silêncio, mas as mãos, as mãos de ambos, segurando as antigas xícaras de louça portuguesa, as mãos de ambos tremiam. Talvez de medo, talvez de dó.

Depois do último gole, enquanto o líquido ainda aquentava-lhe as entranhas, Joaquim disse:

– Sigo para Tuiuti.

Ela sorriu tristemente.

– Se eu dissesse que ia rezar por vosmecê estaria mentindo. Faz tempo que não rezo mais. – Mirou-o por um longo instante. – Mas vou pensar sempre, pensar na sua saúde. Não vá deixar que um paraguaio le pegue em desprevenção... Vosmecê sempre foi um hombre tranquilo.

– Vou trabalhar num hospital de sangue.

– Não morra.

Ele riu sem jeito. Usava barba, uma barba curta, bem-aparada. Passou as mãos pelos fios.

– Tenho dois filhos. Quero vê-los crescer.

– Existe pouca gente por quem tenho afeto neste mundo. Meu irmão morreu, minhas irmãs morreram. Não tive filhos.

– Não pretendo morrer naqueles charcos, Manuela.

– Sua esposa ficaria inconsolável.

Joaquim ergueu-se:

– Preciso ir agora.

Pigarreou. Seus olhos se entristeceram de repente.

– Antes, porém, tenho de le contar uma cousa. Não é boa.

Manuela fitou-o.

Também o rosto dela, ele notou, guardava o passar dos anos. Somente os olhos, aqueles olhos verdes e agudos, eram os olhos da moça que ele amara.

– Diga sem medo. Não há nada que realmente me importe nesta vida.

– Talvez isso... – Joaquim titubeou. – Matias, seu sobrinho. Parece que morreu na guerra. Depois do ataque em Tuiuti. Esteve no hospital, mui mal, à morte. E mais nada.

O rosto dela empalideceu:

– Mais nada?

– Mais nada. Cremos que morreu. Os soldados têm morrido aos milhares, é impossível saber o destino de todos. Covas comunitárias, valas...

Manuela gastou um instante olhando o chão. O piso riscado pelos sapatos tinha uma rachadura a um canto, funda como uma cicatriz. Funda como uma cova diminuta. Depois ergueu o rosto e disse:

– Eu amava aquele menino.

– Sinto muito, Manuela, que seja eu a le dar a notícia. Depois de tanto tempo.

Joaquim encaminhou-se para a porta. Um aperto na garganta, e aquela sensação de que a vida tinha sido bem diferente do ideal. Manuela não tocou na fechadura, deixou que ele abrisse o trinco, deixou que a porta mostrasse uma nesga da rua. Não olhou para fora.

– Adeus, Joaquim.

– Adeus.

Ela ainda pensou em dizer: vosmecê tinha razão. Tinha razão, ele jamais viria. Tinha razão sobre a vida.

Mas não disse.

Dizer aquilo era capitular.

Depois que Joaquim saiu, subiu para o quarto e chorou. Ficou um pouco espantada. Fazia anos que não tinha lágrimas.

Auroras e poentes e crepúsculos VII

Não consegue respirar. Mergulha neste lodo e vê que o lodo é sangue, que está mergulhado no sangue até a boca, e que o sangue tem um gosto amargo, ferroso. O sangue misturado com a terra paraguaia.

Sente sede. E geme.

Água, água.

Um milhão de anos depois surge alguém com um cantil e derrama água na sua boca. A água também tem gosto de sangue. Tudo ali tem gosto de sangue.

E aquela dor. A dor maior do que tudo.

Está deitado numa padiola estropiada, sob um teto de palha, e o vento, o vento frio e úmido do inverno entra pelas frestas das paredes de madeira podre. O vento paraguaio tem cheiro de sangue. Sente frio, muito frio, muito frio.

Passam-se mais um milhão de anos, e aquela dor, aquela dor terrível que não o deixa morrer, que o alfineta à vida, e ele pede:

Vó Antônia, me deixa morrer, deixa, me deixa morrer, vó Antônia... Eu fiz tudo, não deu certo, agora me deixa morrer.

Mas vó Antônia não deixa.

Se Deus não existe, só pode ser ela que o prende ali, com aquela dor.

Ele quer gritar, mas não pode. Está naquele galpão empilhado com mais duas centenas de homens. Alguns morreram há horas, os olhos vidrados. Ele quer ser um deles, mas vó Antônia não deixa.

Vêm um médico e um pretinho que é seu auxiliar. Eles vão de um em um. Faz cinco horas que estão nessa. O médico tem o rosto encovado e olheiras fundas. Suas mãos de unhas sujas de sangue tremem um pouco, mas é o cansaço, e todo mundo compreende, até os mortos compreendem.

Lá fora é manhã ou tarde, impossível dizer. Mas há um sol pálido. Esse sol de inverno dos charcos paraguaios, como uma vela que não quer arder.

Chega a sua vez.

O médico ajoelha-se e examina a ferida. A carne de Matias arde em febre, mas o homem não se incomoda, está acostumado com a carne fria e a carne quente demais. Ou é a morte ou é a doença. E este aqui pelo menos está vivo. Mas não por muito tempo.

– Não por muito tempo – diz o médico sem emoção, enquanto limpa a ferida na altura do pulmão. A ferida profunda e estreita como uma greta.

– O que foi, doutor?

O negrinho, ocupado em afastar as moscas do seu rosto, não ouviu. Não ouviu o que o médico disse e pode ser importante, às vezes é.

– Este aqui não dura muito tempo – repete o médico. – A ferida arruinou. Como é o nome dele, vosmecê sabe?

O negrinho dá de ombros, segurando uma caixa de material cirúrgico muito gasto.

– Eu não sei, não senhor.

E o médico passa para o próximo.

Deitado ali, deitado ali à beira do abismo, Matias quer gritar. Quer gritar o seu nome. Gutierrez. Matias Gutierrez, da Brigada Ligeira. Por um segundo quer gritar. Vó Antônia tinha dito para ele viver, e os olhos de Inácia, aqueles olhos tão lindos de Inácia, não sabem chorar...

Mas o médico já está longe. E a voz dele, a voz dele é um sopro. Deste ou do outro mundo.

Matias está deitado, ao lado dele tem um homem morto. E é dia. Manhã ou tarde, neste hospital de sangue perto do Potreiro Pires, onde foi parar e talvez venha a morrer.

Estância do Salso, julho de 1866.

Inácia tinha pensado muito, tinha gastado horas inteiras, tardes inteirinhas daquele inverno triste e frio e escuro – talvez o inverno mais escuro da sua vida –, até que tomara a decisão.

Não fora uma decisão, mas uma espécie de amortecimento da sua alma, uma espécie de falência de todo e qualquer sentimento que ela ainda tivesse dentro de si. Morriam naquele inverno todas as sementes dos futuros sentimentos que um dia seu peito haveria de acalentar. E tinha sido por causa disso, tinha sido exatamente por causa dessa aridez que, numa tarde de chuva, lá pelas cinco horas, quando o céu, ele também tomado de uma melancolia aguda, já cedia vez para a noite, já aposentava as luzes do dia, fora exatamente nessa hora que ela se tinha decidido. Visto que estava morta mesmo, morta por dentro como se tivesse cem anos e não vinte e quatro, ela se tinha decidido.

Casaria com Bernardino de Almeida. Casaria com aquele homem que era tão doce, tão solícito, tão preparado para a vida. Aquele homem que vinha visitá-la semanalmente e que a ouvia com carinho, com paciência até, e que tentava alegrá-la com presentes e histórias encantadoras que levavam sua alma para longe das misérias daquela guerra. Casaria porque era o seu destino, e contra o destino (quantas vezes tinha ouvido a avó e as tias-avós dizendo aquilo?), contra o destino não se podia lutar.

Matias tinha morrido na guerra. Pensava nisso a cada minuto. Matias tinha morrido na guerra, e dez segundos de cada minuto do seu dia eram gastos mastigando essas palavras. Matias tinha morrido e ela estava viva, viva, viva. Por mais que odiasse aquilo, estava viva. E Bernardino amava-a.

Naquele entardecer, ficou ainda sentada à janela do quarto vendo a noite se espalhar pelo campo lá fora. Chovia fracamente, a mesma chuva miúda, monótona e triste que vinha caindo havia mais de uma semana. Era uma espécie de choro. Inácia pensava assim.

Olhando o bordado intocado no cesto aos seus pés, ouvindo os ruídos cotidianos da casa, o barulho das negras na cozinha, os pés que se arrastavam pelo corredor, as vozes abafadas que vinham do quarto ao lado, Inácia ficou muito tempo ali. Seu peito vazio, vazio, quase nem batia. Era uma espécie de paz. Enrolada no xale escuro, usando um vestido escuro, naquele luto dolorido que nem de longe deixava entrever o sofrimento que lhe ia pela alma, ela ficou ali muito tempo.

O céu era um breu. A chuva, depois de dias, serenava. Caíam os pingos frouxamente, caíam sem vontade, por ordem alheia, até que, enfim, se extinguiram completamente. Uma camada de nuvens baixas encobriu o pampa, e ela ali.

Passava das oito da noite. Naqueles outros tempos, na vida anterior a isso, jamais ela ficara tanto tempo inerte. Gostava dos afazeres rotineiros, andava de um lado a outro. Mas agora parecia que a morte de Matias tinha separado o tempo em dois, ela mesma fora separada em duas Inácias diferentes. E era estranho como a Inácia de antes, que era alegre, doce, intempestiva, era estranho como essa antiga Inácia podia observar a Inácia de agora, tão dolente e acabrunhada, e dar-lhe conselhos como uma velha.

Sim, ouvia a voz da outra Inácia em seus ouvidos, e ela dizia: "Case-se, não há mais nada a fazer." Ela dizia aquilo com muita certeza, e talvez um pouco tristemente também.

Finalmente, vieram chamá-la para o jantar.

Ergueu-se, passou um pente nos cabelos, mirou o rosto um pouco pálido no grande espelho de cristal do toucador, ajeitou o vestido e saiu. Não ia movida pela fome, com aquele passo ágil que era o mesmo passo da velha Inácia; ia movida pela ânsia de ter paz. Tomada aquela decisão, teria paz. Tudo estaria resolvido. Tudo, absolutamente tudo. E a vida dela, aquela vida decidida pelo destino, aquela vida traçada em instâncias desconhecidas, místicas, superiores, estaria enfim selada.

À mesa sentavam-se Perpétua, Isabel, Benta, Teresa e o marido. Uma negrinha da casa servia o jantar. A um olhar da mãe, Teresa pronunciou uma pequena oração.

Como é que ela podia rezar? Como é que ela podia rezar depois de tudo aquilo? Depois de quatro filhos mortos e enterrados, haveria ainda alguma coisa dentro daquela carne, alguma crença, algum brilho? Inácia, pasmada, examinava a irmã mais velha, olhava sua boca remexendo-se, escandindo as palavras, louvando; os olhos levemente cerrados, e a boca dizendo, dizendo, dizendo com fé.

Sua sopa esfriava no prato enquanto os outros já comiam, e foi então que Inácia entendeu. Aquela Teresa, aquela Teresa à sua frente, era a outra. Havia dois, três, cinco de cada um. Era isso que a vida fazia com as pessoas. Ia matando-as, matava um eu, depois o outro, e depois o outro. E então tinha-se que nascer de novo, e acreditar, e recomeçar outra vida do zero... Eram mortes silenciosas, que ninguém em derredor podia perceber. Olhou a mãe. Quantas vezes Perpétua teria morrido ao longo da vida? E sua avó, e D. Antônia? E até mesmo Matias, teria morrido na guerra antes do seu final derradeiro? Teria morrido quantas vezes naquela maldita guerra nos charcos paraguaios?

– Coma, minha filha.

A voz da mãe, muito leve, era uma ordem.

Inácia levou a colher à boca sem sentir o gosto da sopa. A outra que ela era ainda não podia sentir o gosto de nada. Ainda não estava pronta para esses pequenos prazeres, ainda não.

"Como eu era tola", pensou Inácia. "Como eu era tola, então."

A negrinha trouxe os outros pratos. Carne assada, arroz com verduras, pão caseiro. A família foi servida pela criada, auxiliada por Perpétua, que cortava a carne em fatias finas. Inácia também foi servida, e comeu tudo sem sentir o sabor de qualquer bocado.

Foi somente ao final da refeição, quando Júlio, o marido de Teresa, falava da Batalha do Boqueirão e da Batalha de Sauce, e contava da mortandade e do horror daquelas pelejas que tinham acontecido no pequeno intervalo de três dias, ao custo de milhares de almas aliadas e com um saldo de cinco mil soldados postos fora de combate, que Inácia interrompeu-o e disse com voz bem audível:

– Vou me casar com Bernardino.

Perpétua virou o rosto para ela:

– Como?

E Inácia repetiu:

– Vou me casar com Bernardino, mas tem de ser em breve... E não quero festas. – Fez um intervalo de segundos. – Não quero festas. Afinal, não ficaria bem.

O cunhado engoliu a narrativa, emudecendo. As três irmãs fitaram-na.

Inácia correu os olhos pelo rosto de Teresa, viu ali um luzir estranho, uma luz muito tênue e discreta; pensou: "Ela me entende. Teresa sabe. Sabe que eu morri. Ela, que já morreu quatro vezes."

Perpétua, que começava então a servir a sobremesa, espreitava a filha com um sorriso nos lábios.

Inácia virou-se para ela:

– Vosmecê não diz nada, madre?

Sua voz estava livre de quaisquer mágoas. Era uma voz branda, sem sentimentos, nem dor nem alegria. Perpétua largou a colher com a qual serviria a compota de figos e disse:

– Vosmecê me orgulha do seu bom-senso. Casar com Bernardino é o melhor pra vosmecê... Acredite em mim, acredite que a felicidade pode ser sóbria, minha filha.

Inácia abriu um sorriso vago:

– Eu acredito, madre.

E o jantar, naquela noite escura de inverno, acabou exatamente assim.

Hospital de sangue, arredores de Corrientes,
fim de julho de 1866.

Não tinha a mais remota ideia de nada. Que a guerra continuava, cruel e sangrenta, era fácil comprovar, porque todos os dias despejavam ali centenas e centenas de feridos que morriam pelos cantos, ao redor do pequeno hospital de madeira com aquele teto de telhas de barro e palha, aquele teto que a chuva lambia dia e noite.

Não tinha a mais remota ideia de como vinha sobrevivendo naquele delírio de febres, naquele charco de imundícies, com o fedor pútrido que exalava do próprio corpo.

As dores iam e vinham. A consciência ia e vinha. O médico ia e vinha, mas fazia pouca coisa, quase nada. Lavava o ferimento com uma mistura de cloreto de potássio e água, amarrava outra vez as ataduras sujas e fedorentas, e seguia em frente, para a próxima barraca, para o próximo moribundo. Jamais o médico podia permanecer mais do que cinco minutos, sempre havia alguém sem um braço ou com os miolos para fora, ou com as tripas escorrendo do ventre, sempre havia alguém vomitando sangue ou berrando ou simplesmente morrendo em silêncio. Aquilo era a guerra.

Se lhe contassem que estava seis quilos mais magro, que seus olhos se reviravam constantemente na cavidade das órbitas por causa dos delírios da febre, que fedia como uma coisa morta, que seu cabelo era uma pasta imunda e ainda coalhada de sangue seco, que seu uniforme rasgado em tiras estava duro de sujeira, ele não acreditaria.

Agora rezava muito para morrer, para ficar embaixo da terra, quieto, quietinho, e nunca mais ser incomodado por nada. Nem pela dor, nem pelo passado, nem pelo futuro. Nem pela imagem de vó Antônia, nem pelo rosto de Inácia. Nem pela mãe. A mãe às vezes vinha, tocava-lhe a fronte, chorava um pouco, de pena, certamente, e então ia embora para aquele outro mundo que ele já roçava, mas que era tão difícil de adentrar. O pai nunca veio; depois daquele episódio do cavalo, o pai nunca mais veio.

Foi numa manhã que o encontraram.

O homem no uniforme de capitão, com o emblema dos Voluntários da Pátria cintilando na manga de tecido limpo e bem cuidado, estava a caminho de Corrientes, levando um ofício para o novo comandante do Exército brasileiro, o general Polidoro da Fonseca Quintanilha Jordão.

Tinha parado ali, no pequeno hospital, porque trazia consigo uma tropa em que um homem tinha caído doente de bexiga. Andando a caminho da casa onde funcionava a enfermaria, com o soldado numa padiola carregada por dois negros uniformizados e descalços, o capitão atravessou a extensa fila de barracas brancas, sujas, onde os doentes que não cabiam na enfermaria eram deixados para morrer ou viver, conforme a sina, porque muito mais não podia ser feito por ali.

Alguns homens estavam ao relento naquela manhã fria de final de julho sob o sol fraco, e o capitão, seguindo entre eles, evitando tapar o nariz às exalações pútridas, às exalações da morte, sentia um aperto no peito, porque deixava o soldado doente para morrer ali. Mas conhecia aquela doença, tinha irmão médico, sabia bem que se o soldado seguisse com eles até Corrientes, que se dormisse mais uma noite com eles, e tinham vindo desde Passo da Pátria, logo teria mais dois ou três moribundos para cuidar.

Foi no caminho que notou aquela criatura com o corpo um tanto para fora da cabana de palha, a cabeça sobre o chão vermelho, a cabeça deitada diretamente na terra barrenta, o rosto emagrecido, de olhos saltados, convulsos.

Parou, tomado de um sentimento estranho, de vago reconhecimento. Naquela guerra tinha visto muitos amigos, muitos conhecidos da sua família. Tinha visto muitos deles mortos. Aquele ali ainda vivia. Estava malito, mas vivia.

Ficou um tempo parado, pensando. Deu ordem pros soldados levarem o doente de bexiga para a enfermaria. Ficou ali. Com a ponta do pé tocou no homem. Nada. Quem era o dono daquele rosto que lhe parecia tão familiar?

Abaixou-se, puxou as duas abas do pano que fechava a entrada daquela choça, espiou o corpo lá dentro. O uniforme, em frangalhos, era da brigada do general Netto. Reconheceu a casaca azul-marinho recoberta de barro seco, rasgada à altura do ferimento, aberta e sem botões. O peito, afora aquele abrigo, estava nu, e ele pôde ver a carne enegrecida, a carne putrefata ao redor da ferida que o homem levava no lado direito do peito.

Um enfermeiro passava por ali, trazendo uma tina com água sangrenta. Andava rapidamente, envolvido naquela tarefa tenebrosa de ajudar a morrer. O capitão chamou-o:

– Ei, hombre! Como se chama este soldado? – apontou o moribundo.

O enfermeiro deu de ombros.

– Sei lá. Chegou aqui já faz um mês. Está no morre não morre.

O capitão não se entregou. Porque conhecia aquele rapaz. Conhecia aquele rapaz e ele era muito moço para morrer. E era bonito, era bonito e triste naquela magreza cadavérica de quem fenecia.

Então, ajoelhado, parado ali naquele fim de mundo, na vizinhança daquela morte toda, foi que lhe veio na alma a lembrança, vívida, leve, esfuziante como um pássaro, a lembrança do menino que tinha ido poucas vezes ao Cristal, o menino de D. Antônia.

Era Matias. O filho de Mariana.

Era Matias, o filho da sua prima, o filho de João Gutierrez. Ele não tinha lutado com João na Revolução, ele era muito menino naquele tempo em que o índio perdera a mão, mas lembrava-se mui bien.

Marco Antônio Gonçalves da Silva lembrava-se mui bien. Ergueu-se e foi em direção à decrépita enfermaria do hospital. O cheiro de sangue ali era enjoativo. Havia um médico fazendo anotações numa mesa, havia alguns enfermeiros andando de um lado para outro, tontos como moscas, cientes de que todo mundo ia morrer mesmo, de um jeito ou de outro, e não adiantava nada ter muita pressa.

Parou em frente à mesa do médico e disse:

– Tem um hombre lá fora que vai morrer e é da minha família.

O médico olhou-o como a um louco. Marco Antônio continuou:

– Vim le comunicar que o levo comigo para Corrientes, onde vai receber melhores cuidados do que aqui nesta pocilga que vosmecês chamam de hospital.

O médico não se deu ao trabalho de zangar-se:

– Faça como quiser, capitão. Um a menos é sempre boa notícia por aqui.

E voltou aos seus alfarrábios.

Foi colocado numa padiola e seu corpo todo doía, tudo nele doía terrivelmente, como se estivessem moendo-lhe os ossos e como se a sua carne ardesse em brasa. Depois o cobriram, limparam seu rosto e verteram água à sua boca.

Durante a viagem, quase morreu várias vezes.

Por sorte, as chuvas invernais deram uma trégua enquanto a pequena caravana vencia os vinte quilômetros até Corrientes, atravessando o terreno lamacento, as picadas cheias de insetos e de cobras. Perto da cidade, tiveram até uma escaramuça com um bando de paraguaios mortos de fome.

Jamais soube que Marco Antônio seguiu todo o tempo ao seu lado. Que foi em silêncio, muito gravemente. Desde a morte da esposa vinte e um dias após o casamento, desde aquela tragédia, Marco Antônio falava muito pouco. Tinha fugido de casa para não enlouquecer. Tinha entrado naquela guerra para não enlouquecer. E ali, no meio daquele palco de horrores onde a maioria dos homens enlouquecia, num processo estranho e inverso e inominável, ele recuperava a sanidade.

Seguindo ao lado da padiola onde Matias, caído no torpor da febre, necessitando urgentemente dos cuidados de um bom médico, estava entregue aos seus delírios, Marco Antônio descobriu-se curado de tudo. Curado daquela doença que quase o matara: o desgosto. Quando estavam quase chegando ao hospital militar de Corrientes, onde deixaria Matias, foi que se achegou ao seu ouvido, e como um louco, como um capitão que ousava perder a confiança dos seus homens, deixou que um lado muito sentimental de si mesmo, um lado perdido, esquecido nos terrores daquela batalha cruenta, revivesse nele, e disse em voz baixa:

– Não morra, meu amigo. Eu vivi o inferno e saí dele. Não morra, meu amigo.

Foi repetindo aquilo até chegarem, foi repetindo aquilo como uma cantilena.

No hospital, quando uma enfermeira vestida de branco e com os olhos bondosos achegou-se para ver o desinfeliz que vinha naquela padiola caindo aos pedaços, Marco Antônio tornou a falar:

– Não deixe que ele morra. – E acrescentou: – Tem noiva. Tem vinte e poucos anos, é um menino.

A enfermeira sorriu docemente para aquele capitão de cabelos negros e olhos acabrunhados. Tinha visto centenas de meninos morrerem ali. Tinha visto coisas que jamais haveria de contar a alguém. Mas acreditava, ainda acreditava, e foi com sinceridade que lhe respondeu:

– Cuidaremos bem dele, señor.

Depois Matias Gutierrez foi levado para dentro do prédio de paredes brancas, limpo, com a longa varanda a contorná-lo, a varanda pontilhada de pilares, a varanda onde alguns oficiais convalescentes estavam sentados a olhar a tarde, com suas roupas limpas, com seus rostos pensativos, como crianças velhas demais postas de castigo por uma ama exigente.

Marco Antônio nunca mais viu Matias Gutierrez. Saiu de lá em direção ao posto onde funcionava o quartel-general das forças brasileiras, com seu ofício na maleta, com seus olhos graves, perdidos, ansiosos por algo que ele jamais haveria de reencontrar.

No hospital militar em Corrientes, Matias foi tratado por um médico de rosto sereno e limpo, um médico eficiente que lhe desinfetou a ferida no peito, cortou as carnes podres ao redor, lavou tudo com cloreto de potássio e com água limpa (não aquela água pútrida dos poços cavados perto dos cemitérios, dos imensos cemitérios de guerra que estavam por todos os lados). A ferida foi suturada, a febre foi contida, e ele recebeu alimento e água fresca.

Passou-se um mês inteiro.

Sua mente, um peixe inquieto nadando no mar do delírio, aos poucos foi voltando ao mundo, foi tecendo um ou outro pensamento vacilante, frágil feito cristal. Sua mente foi fazendo as primeiras, as mais básicas conexões, e ele voltou a entender os anseios do seu corpo. Primeiro isso. O frio, a fome, a sede. Depois o resto. A saudade, um vago medo, dolorido, intenso, da vida lá fora do hospital. Da vida que ele tinha esquecido e que tinha se esquecido dele.

Foi devagar, muito lentamente.

A guerra lá fora continuava, mas as enfermeiras, as duas velhas senhoras que tratavam de Matias, uma argentina e outra uruguaia, tinham cuidado suficiente para não lhe contar das tragédias que seguiam sucedendo naquela maldita guerra. Das mortes. Das batalhas ganhas e das batalhas perdidas. Da tomada do Forte de Curuzu e da derrota de Curupaiti.

E um dia ele quis ver o céu. Teve sorte, e ao mirar pela janela, ao ser levado até a janela pelas duas enfermeiras num passo fraco de quem não andava havia meses, o mundo girando, girando, as coisas ganhando a dimensão real, ele pôde ver um solzinho amarelento brilhando lá fora, por entre duas nuvens, numa nesga de céu azul.

A herança IV

Ano de 1902, arredores de Camaquã, Estância do Brejo.

A casa, baixa, esparramada, plantava-se numa elevação do terreno. Brilhava sob o sol poente, avermelhado, vívido como uma fruta ou uma joia, ou qualquer coisa de perfeito e de absolutamente enternecedor. Sob aquela luz tão linda e tão triste, pareceu a Antônio que a casa mostrava toda a sua força, a marca das veias nas paredes antigas, as cicatrizes dos anos – a casa tinha uma solidão imperiosa e cheia de orgulho.

Era a primeira estância em que punha os olhos, e aquele lhe pareceu um lugar mágico, onde o tempo não agia, mas andava num ritmo próprio, o tempo ali andava na ponta dos pés. Era como se, perdida nos anos, numa gaveta qualquer do passado, aquela casa, aquelas terras varridas de vento e lambidas pelo sol ameno do entardecer flutuassem acima de tudo. Por um momento, ao descer do carro de aluguel, enquanto tirava o chapéu de palhinha branca e deixava o sopro da brisa primaveril daquele final de tarde lamber seu rosto, sentiu que segurava um soluço dentro do peito. Sentiu que se emocionava com a simples visão da casa grande, retangular e velha, exposta sob o céu de tênue azul.

Tudo era nu e reto e amplo; era por ali que passava aquele vento que o pai chamava de minuano, pensou Antônio; e a lembrança paterna acabou de enternecê-lo. Foi com esforço que não chorou, com as malas aos pés e o chapeuzinho frouxo na mão direita.

A casa exibia uma varanda longa, um telhado feito de telhas de barro, muito vermelhas ao sol, uma dúzia de janelas enfileiradas como as contas de um colar na parede da frente, que era branca e despida de adornos. Um velho cachorro magricela estava deitado no primeiro dos três degraus da varanda e parecia pertencer à paisagem desde sempre.

Não havia mais ninguém ao redor; somente a casa, com sua figueira gigantesca e centenária, esperava-o. Ao fundo, quase confundindo-se com o horizonte, a imagem de umas cabeças de gado pastando era uma mancha escura e disforme, que ondulava no pasto verde.

Tirou do bolso o dinheiro, o motorista do carro recebeu seu pagamento. Antes de partir, o motorista perguntou timidamente:

– Vosmecê comprou a estância, amigo?

– Herdei-a – respondeu Antônio.

O homem tinha um rosto cheio e marcado de cicatrizes de varíola.

– Era da irmã do general Bento Gonçalves. Este lugar já viu muita cousa, teve grandes dias. Agora, o charque não vale mais nada, as cousas ficaram difíceis... – Mirou-o com uma tímida curiosidade: – Vosmecê é parente?

– Sou neto de Mariana Ferreira, que era sobrinha do general.

O outro assobiou. Enfiou o velho chapéu de barbicacho, desejou-lhe *buena suerte* e partiu, desaparecendo no campo matizado pela luz. Ao fundo, num sussurro, as águas do Camaquã deslizavam mansamente.

Antônio quedou-se com sua bagagem, parado a uma dúzia de metros da casa. Não tinha coragem de seguir em frente. Um cheiro de flores vinha até suas narinas, e aquela brisa adocicada, tão diferente da brisa marinha, dançava pela planura, rodopiando sobre o capim em torvelinho.

As janelas da casa, descascadas e velhas, as margaridas que cresciam desordenadamente no terreno que outrora fora um jardim, o jasmineiro na lateral de uma janela, os quero-queros, aquele silêncio profundo, longo, eterno, tudo pareceu que lhe surgia de um sonho, de um sonho que ele sonhara tantas vezes... Via a estância com os olhos do pai. Imaginou-o um menino brincando naquela varanda; imaginou D. Antônia a esperá-lo. Ao fundo podia ver, como um debuxo, o desenho de um galpão à beira da água. O estaleiro onde Giuseppe Garibaldi construíra seus navios que haviam cruzado o pampa mais de sessenta anos atrás. Um medo que ele não ousava admitir impedia-o de seguir em frente. Aquela tinha sido, para sempre, a única casa do seu pai... Ali estavam as imagens que os olhos do pai tinham visto; fora naquele chão que ele crescera e, mesmo assim, jamais ousara dizer qualquer coisa ao filho; mesmo assim, aquela casa, aquele campo de tantas léguas, jamais lhe foram mostrados. O pai privara-o daquilo, a estância para sempre vivera nos silêncios de Matias, na vagueza quase triste dos seus olhos esgazeados.

O cachorro ergueu-se do seu canto na varanda e veio arrastando o corpo até os pés de Antônio, onde se postou obedientemente. Seus olhos remelentos fitaram-no com doçura, ele abanou o rabo de fios ralos e pardos. Antônio acarinhou-o, e o cão amoleceu o corpanzil desengonçado.

Um galope se fez ouvir ao fundo. Antônio virou o rosto. Pelos lados do rio, um cavaleiro avançava, cortando o azul-dourado da tardinha.

Um minuto depois, um mulato claro de feições muito suaves e com inacreditáveis olhos azulados apeou à sua frente. Sorria de um jeito simpático, e tinha um palheiro enfiado no meio dos lábios grossos.

– Seja bem-vindo, seu Antônio. Esta é a Estância do Brejo.– Fez um gesto amplo, orgulhoso. – Até onde seus olhos podem mirar, a terra le pertence. E eu sou o Miguel.

Antônio sorriu, apertando a mão que o outro lhe oferecia. Ambos haviam mantido uma pequena correspondência para acertar a viagem.

– Você vive sozinho aqui?

O homem sorriu. Era um riso curto, afiado.

– Bueno, eu vivo aqui com a Maria, que vai cuidar da casa e da cozinha, se o senhor apreciar os seus serviços.

– Certamente que sim – retrucou Antônio.

Sentia-se aliviado por contar com o cuidado de uma mulher.

O capataz concentrou nele o rosto queimado pelo vento.

– Eu nasci aqui, numa casinha ao fundo, para depois do estaleiro. Meu pai era um negro desta estância que D. Antônia alforriou. Quanto a mim – sorriu –, dizem que sou neto do general Antônio Netto... Por causa dos olhos. Faz sessenta anos que ouço isso, mas nunca tive lá muita certeza, nem o pai sabia bem da cousa.

Antônio sorriu:

– Dizem que a voz do povo é a voz de Deus.

– Pois é, um dia eu le conto este causo, seu Antônio. Entonces, como eu le contava, minha madre e eu vivemos toda a vida no Brejo, e foi o meu pai quem tocou a estância durante a guerra, e depois, quando o seu Matias foi embora para a Corte.

– Meu pai sempre teve grande confiança nele.

Os olhos do capataz brilharam por um momento.

– Isto aqui já viu um tempo dourado. Agora o charque não dá mais pra nada, e quase não temos gado. Mas o pasto é bom, le garanto. O gado aqui crescia frouxo, frouxo.

Antônio sorriu tristemente.

– Meu pai cuidou pouco disto tudo, eu sei. Era penoso para ele, vivendo tão longe.

Ele tinha planos; durante a viagem inteira, traçara-os incessantemente. Tinha planos para aquela terra, pensou ele, mas teria a coragem de ficar?

O peão tomou as duas malas que Antônio trazia consigo.

– Vamos, seu Antônio, le mostro a casa.

Saíram andando. O cavalo pastava mansamente a poucos metros, e o silêncio, profundo, intenso, parecia descer do céu.

– A casa é habitável? Tem móveis, cozinha?

Miguel aquiesceu:

– Tem as cousas que eram de D. Antônia. Nunca se tocou um dedo nelas. O senhor há de ter um pouco de trabalho para reerguer isto aqui. Faz pra mais de dez anos que ninguém dorme sob este teto.

Antônio seguia-o; quando pisaram na varanda, a madeira cantou, rangendo com uma espécie de espanto por aquele peso humano inesperado. De perto, a casa mostrava sua boa construção e o desgaste dos anos. As paredes grossas e resistentes pareciam estar ali desde sempre, ostentando seus vincos e suportando o vento do inverno e a soalheira dos verões.

Antônio correu os dedos pelas paredes frias, rugosas. Uma espécie de arrepio invadiu seu corpo. Uma emoção.

– Meu pai nasceu nesta casa, Miguel?

O capataz abriu um sorriso e disse:

– Por supuesto. Parece que foi durante a Revolução. Naqueles tempos, isto aqui fervia – suspirou. – Hoje não, hoje todo mundo já morreu, todo mundo que se lembrava de alguma cousa... O seu nome é o mesmo dela, de D. Antônia.

– Uma homenagem – concordou Antônio.

Por que sentia aquilo? Um aperto à altura do peito, um calor no rosto, certa fragilidade que o obrigava a falar duro, a segurar seus olhares, a engolir em seco aquele revolver das suas entranhas?

O outro, alheio às suas invisíveis angústias, contou:

– Há um quadro dela na sala, de D. Antônia. Achei que vosmecê gostaria de ver.

Entraram. Dentro da casa, o cheiro do tempo recendia a picumã e alecrim. Fazia frio naquelas peças amplas e sombrias. Os poucos móveis, desbotados, estavam muito limpos e bem-dispostos. Na parede ao fundo, um quadro pintado a óleo mostrava a face de uma mulher sem idade, de cabelos cinzentos e miúdos olhos inteligentes; seu rosto, imperioso e severo, não denotava nenhuma emoção; parecia, isso sim, reinar sobre a grande sala de janelas fechadas.

Antônio parou a poucos passos da tela. Tinha imaginado D. Antônia, tentara compô-la, e quase esboçara um pequeno desenho daquele rosto impensável, do rosto que nascera em sua alma numa das noites no paquete. Via-a agora. Não levava qualquer semelhança com seu pai, a não ser, talvez, aquele jeito de dissimular as emoções, o rosto impassível. Quem quer que tivesse pintado aquele retrato, soubera captar esse talento para o refolho, essa contenção do espírito.

– D. Antônia – sua voz ecoou pela sala. – Engraçado, eu a imaginava mais velha.

– Ela não tinha o hábito de envelhecer – brincou Miguel, ao seu lado.

Antônio vagou pela sala ampla, seus olhos vasculhavam os detalhes, bebiam dali as respostas para as grandes curiosidades que tinha sobre aquela gente que jamais conhecera. Virou-se para o capataz:

– É verdade que ela criou o meu pai como se fosse sua mãe?

– D. Antônia tinha adoração pelo sobrinho. Foi o filho que ela não teve. É o que se conta.

Seguiram pela casa. Portas eram abertas, peças silenciosas exibiam-se com timidez. Antônio sentia que penetrava nas entranhas do passado. Pisava nas lajotas portuguesas onde o pai engatinhara. Conheceu a banheira de louça que, dizia-se, tinha vindo da Corte. Viu a cama na qual faleceu sua avó. Viu a cozinha com seu grande fogão a lenha, os armários de madeira escura, a mesa marcada pelo fio de tantas facas e cutelos. O cheiro da carne assando no forno despertou-lhe grande agitação no estômago.

– Maria está fazendo o jantar – esclareceu Miguel.

Enquanto percorriam a casa, Antônio percebeu que a noite baixava lá fora, mansamente. A paz daquela casa era quase melancólica. Somente o sopro do vento, que tinha crescido com a noite, fazia gemer as venezianas.

Imaginou-se ali anos seguidos. Seria capaz? Ou tomaria o paquete em um mês, correndo para o bulício do Rio de Janeiro? Tinha deixado lá a mãe, a loja da família, tinha deixado alguns amigos e nenhum amor.

Miguel cortou seu pensamento ao anunciar:

– Preparamos o quarto de D. Antônia. É o melhor da casa.

O mulato abriu a pesada porta, última do comprido corredor, e acendeu dois lampiões. A luz vaga, amarelada, desfez aos poucos a escuridão da peça. Era uma alcova grande, com uma cama imensa, ancorada no piso de madeira como um velho barco naufragado que Garibaldi tivesse deixado para trás na sua epopeia pelo pampa. As janelas abertas deixavam ver o negror da noite lá fora, e um recorte do rio ao fundo cintilava tenuemente à luz esbranquiçada da lua. O vento soprava. Miguel fechou as vidraças, que rangeram, incomodadas. Um crucifixo de madeira estava preso na parede à cabeceira da cama.

Antônio arriou o corpo sobre a cama, sentindo-se muito cansado de repente. O capataz, pedindo licença, saiu.

Sozinho naquele quarto, vendo as sombras bailando nas paredes, sentiu uma súbita vontade de chorar. Era um menino outra vez. Um menino descobrindo um mundo dentro do mundo. Para livrar-se do incômodo, levantou-se e tornou a abrir as vidraças. O vento lambeu seu rosto e fez balançar as cortinas antigas. Os grilos cantavam no mato, tudo era silêncio e paz e harmonia, mas o escuro parecia guardar um certo perigo.

Aquele lugar precisava urgentemente de vida. A casa, o campo, os barracões deterioravam-se. A estância tinha sido mantida por quase trinta anos sem muitos investimentos e, com a queda do charque, quase não rendia mais. Nos últimos tempos, ouvira Ticiana queixar-se de que as terras do marido davam somente gastos, mas Matias recusava-se a vendê-las.

Agora aquelas terras eram suas. Possuía um certo capital. A família da mãe era de posses, e o avô materno, que fizera dinheiro com o comércio e a importação, deixara-lhe um bom fundo. Ele poderia ficar ali, reconstruir a estância. Criar gado ou cavalos. Poderia viver ali, ano após ano, investir sua vida ali, fazer como o pai jamais fizera, apesar do seu amor por aquela terra. Suspirou longamente. A cabeça, cheia de angústias, era um peso sobre seus ombros. O cansaço da longa viagem parecia vinho que ele tivesse bebido além da conta. Voltou à janela, alta e estreita, e mirou o recorte de céu. A lua era nova, um risco luminoso.

O Rio de Janeiro, com sua ansiedade e seu fogo, estava longe, inalcançável. O Café Lamas com suas conversas de última hora, o cálice de vinho ao anoitecer, todos os velhos hábitos que cultivara ao longo dos anos e que lhe pareciam fundamentais para defini-lo, tudo desaparecia como um sopro. Gostou daquilo. De repente, sentiu-se grande e poderoso e tão vazio que era outro.

Estava ali. No Brejo. Mais uma vez, o rosto do pai, um tanto triste, com aqueles olhos fundos, rasgados, surgiu em sua mente. Ele lhe sorria, um dos raros sorrisos que guardara de Matias.

– Então, estou aqui – disse para as paredes. – E agora?

Sua voz evolou-se e morreu.

O barulho manso dos grilos e um grito rouco de um pássaro noturno que voava na imensidão do campo tornaram a encher o quarto, entrando pela janela aberta.

Uma hora mais tarde, à mesa, Antônio conheceu Maria e trocou com ela cinco palavras. Ao contrário do marido, era uma mulher calada e um tanto arredia. Depois de comer, foi ao escritório e remexeu nos livros, alguns devorados pelas traças, outros pelo mofo dos anos, mas a maioria estava intacta, com suas encadernações em couro, feitas à mão com maestria.

Imaginou a exuberância de outrora; a estância era um misto de simplicidade e de luxo. A casa exibia suas paredes nuas, com exceção do quadro da irmã do general e do crucifixo à cabeceira de cada cama. A boa louça europeia, agora lascada mas ainda magnífica. Os velhos móveis. A grandeza da biblioteca, recheada de livros cobertos de pó. D. Antônia, por certo, teria sido uma dama interessante, com boas leituras, uma raridade no Rio Grande daquela época. Escolheu um volume ao acaso. Examinou com atenção o velho romance, um antigo romance em francês, de Stendhal.

Teria sido lido por quem? D. Antônia? Seu pai não entendia o francês. Talvez sua avó, Mariana, que tinha recebido uma boa educação e aulas com uma preceptora em Pelotas, soubesse falar francês.

Antônio sentou-se numa poltrona de couro muito gasto, sem saber que cada coisa ali ocupava o mesmo lugar havia mais de cinquenta anos.

Um instante depois bateram à porta. O ruído, levíssimo, reverberou no profundo silêncio da casa vazia e sonolenta e caiu num abismo. Era Miguel.

– O senhor precisa de algo más?

– Está tudo em ordem, obrigado.

Quando o capataz já se retirava, a curiosidade fê-lo perguntar:

– Todos estes livros sempre estiveram aqui?

O outro respondeu por uma fresta da porta, sorrindo:

– Desde sempre. As noites de inverno podem ser mui longas. O senhor há de ver... Bueno, isto se ficar conosco até o inverno.

Antônio devolveu-lhe o sorriso. O vaqueano temia, talvez aquela visita fosse o prenúncio de uma demissão. Talvez o jovem da cidade grande vendesse aquelas terras por um preço qualquer e voltasse correndo para o Rio de Janeiro. Era isso que ele lia naqueles olhos miúdos, azulados na lenda do avô general.

Não disse nada. O outro despediu-se com um "buenas noches", e desapareceu no silêncio do corredor mal-iluminado.

Sozinho, Antônio recostou-se na cadeira, o livro ao colo. Fechou os olhos por um instante e adormeceu imediatamente.

Naquela mesma sala, muitos anos antes, dilacerado por um amor malogrado, seu pai decidira partir para sempre. O horror daquela noite, Antônio não sabia, ainda pairava ali, sobre os móveis, como um fantasma desesperado cuja fome o tempo alimentavam mais e mais.

Não recebeu visitas nem conheceu ninguém além dos sete vaqueanos que tocavam a estância. Havia carência de tudo, pouquíssimos animais, uma dezena de vacas, trinta bois que tinham sobrado do abate e dez cavalos que trabalhavam arduamente na lida da terra. Era janeiro, e a charqueada, agora reduzidíssima, ainda empestava o ar para os lados do saladeiro. O charque então era feito para consumo próprio e vendido para uns armazéns da cidade. Miguel contou-lhe que, em outros tempos, o charque seguia para a Bahia e para o exterior valendo seu peso em ouro, e a gente do pampa acumulara grande fortuna.

– Tudo vai desaparecendo agora. Esta estância está entregue aos seus fantasmas... – lastimou.

Antônio sorriu sem jeito.

Naquela manhã de céu muito azul, um calor ardente cozinhava o chão. De camisa, botas e calça, ele saiu pelo campo conhecendo as terras. Os fantasmas de toda aquela gente voejariam por ali, entre as ramagens dos umbus, subindo e descendo o caminho das campinas, correndo nas águas do Camaquã, barrentas e lúgubres? Estaria o pai por ali, como dizia o peão?

– Tenho planos – disse para Miguel depois de algum tempo. – Tenho lá uns planos para essa estância, mas é preciso pôr as coisas no papel. Isto aqui requer um bom investimento.

– É muita terra, seu Antônio. Muita terra boa.

Antônio olhou o horizonte; o campo verde terminava no céu. Não havia morro ou montanha, não havia nada, a não ser o desdobrar sem fim da campina.

– É, é muita terra. – Teve um súbito lampejo. – Poderia criar cavalos aqui. Mas eu não entendo nada de cavalos, meu amigo. Eu não entendo nada de terras. Desde sempre, eu vendi tecidos e modas para senhoras.

O outro abriu um sorriso em que faltava um dente:

– A gente faz de tudo nessa vida, seu Antônio. Mas quer saber de uma cousa? Acho que o senhor ia gostar disso aqui... Tal pau, tal lasca. O senhor tem essa terra no sangue.

O vento começou a soprar. Sempre na mesma hora, pontual, descabelando as poucas árvores. Antônio não retrucou o capataz. Precisava fazer as contas. Precisava ter certeza. No fundo, mais do que calcular um risco financeiro, ele tinha era medo. Tinha um medo carnal, medo daqueles silêncios, das noites que escorriam no breu, tinha medo da solidão.

Montou no zaino que cavalgava desde a chegada e virou-se para o outro:

– Sabe o que eu quero agora? Quero conhecer o estaleiro. O do italiano, o Garibaldi.

– Le levo.

Fez um gesto.

– Pode deixar, vou sozinho. Desde que cheguei quero ir lá.

O capataz observou o rapaz da cidade ir num trote leve rumo ao velho estaleiro abandonado. Até que o moço montava muito bem... Ainda não sabia o que pensar. A vida era cheia de manhas. Mas lá no fundo, como um cutuque, às vezes se pegava sorrindo.

A construção de madeira crescia ante seus olhos, brilhando sob o sol rubro, como se brotasse do chão. Teve um pensamento estranho enquanto se aproximava: eram seus olhos de menino que viam... Quantas vezes o pai lhe contara fantásticas aventuras do corsário italiano defendendo sozinho o estaleiro contra mais de cem imperiais? Naqueles causos feitos para menino sonhar é que Matias Gutierrez matava as saudades do passado, das coisas que deixara para trás.

Os olhos do menino viam a mágica; uma parte dele avisava que, sob o céu ardente de verão, o estaleiro nada mais era do que uma construção quadrada, tosca, de madeira gasta e sem cor, carcomida pelo vento e pelos cupins. O teto, recoberto de remendos, não filtrava o tempo. Imaginou o interior, cheio de sol e de chuva. Cheio de glórias e de pó.

Apeou. Seus pés afundavam na grama, o chão à beira do rio era úmido, fofo. Algumas árvores retorcidas pelo vento faziam sombra à entrada do velho galpão, e havia um certo olor no ar, um cheiro encorpado, de água, de mato, um cheiro que era uma segunda presença na devastada paisagem. Muitos anos atrás, Manuela teria estado ali para ver seu amor, teria vindo em segredo, ou talvez acobertada por uma das mulheres da família. Muitos anos atrás, aquele velho galpão guardara a paixão e o sonho de um herói. Agora, pensava Antônio ao abrir a porta empenada, o estaleiro guardava tão somente pó e vento, e os sussurros do Camaquã.

Ali dentro, a luz matinal filtrava-se pelas frestas da madeira, o chão era de terra batida, seca, vermelha. O deslizar do rio entrava pelas janelas sem venezianas, e as aranhas teciam suas teias nos cantos com toda a calma do mundo. Num canto, Antônio viu uma velha forja e restos de madeira. Sacos com ferramentas amontoavam-se perto de uma parede; o estaleiro tinha sido transformado numa espécie de depósito.

Inapropriadamente, sentiu-se emocionado. A voz do pai vinha de longe, das distantes noites de um menino que não queria se entregar ao sono. Aquele lugar era o palco daquelas noites... O pai, mais do que lhe deixar as terras do Brejo, plantara nele, talvez sem perceber, um certo amor pelo lugar onde crescera. Tinha sido um trabalho laborioso e sutil, uma espécie de ensinamento amoroso, pensou Antônio com os olhos úmidos.

Observou minuciosamente o lugar. Mais dois anos de descuido e aquele velho teto ruiria de vez, e então nada mais restaria do estaleiro farroupilha. Nada mais restaria da infância de Matias, que fugia até ali para desenhar e sonhar com aventuras mirabolantes. Não era isso que o pai lhe tinha dito? Não havia uma alusão a esses hábitos numa carta escrita a Inácia?

Saiu do estaleiro. Num cuidado vão, fechou a porta atrás de si. Se o tempo ajudasse, duas semanas de trabalho seriam suficientes para reerguer o grande galpão, calculou ele, mas era verão e o clima estava seco.

Montou no cavalo. O Camaquã cantarolava sob o sol quente do meio-dia. Sim, iria até a cidade e compraria o material para a obra. Contrataria um bom carpinteiro para organizar o serviço.

E não se sentia tolo enquanto voltava para a casa e para o almoço que Maria preparara, não se sentia tolo com aquele desejo temperamental, quase infantil. Fazia isso pelo pai, pelo menino que ele tinha sido. Pelo menino que talvez um dia voltasse a correr por aquelas paragens, escapando para o refúgio à beira do rio a cada vez que a tristeza ou o medo ou a vida viessem importuná-lo.

Fazia-o, pensou ele com um sorriso, quando já chegava defronte à casa, pelo menino que ele mesmo ainda era.

Naquela noite, na varanda, depois do jantar, Miguel achegou-se com o mate; tinham esses pequenos colóquios. Antônio contava-lhe como era o Rio de Janeiro, os bondes, os cafés, a vida na cidade. Miguel contava do passado da estância, dos escravos, do Rio Grande, das guerras.

Depois de sorver um último mate, quando já se preparava para ir, Miguel falou-lhe do farol. Era um bom causo. D. Ana, irmã do general, havia mandado erguer o farol para alumiar a lagoa. Durante anos e anos e anos, dizia Miguel, ele luzira sem faltar uma noite que fosse, sob temporal ou sob céu estrelado. Mas naqueles dias já não acendiam o farol de madeira. Somente durante o verão era que a luz noturna brilhava lindamente a poucos quilômetros dali.

– O tempo passou e o farol perdeu o sentido por causa das estradas de ferro – concluiu o outro, emocionado.

Antônio gostou da história.

– Na primeira noite de lua cheia, sigamos até lá, Miguel. Quero ver o farol de D. Ana.

– É uma cavalgada de duas horas, seu Antônio.

– Tenho treinado com afinco. Até a próxima lua, hei de ser um cavaleiro.

Miguel fez um muxoxo e disse:

– Não le duvido, seu Antônio.

Ergueu-se por fim, entabulando uma tímida despedida. Ia para casa sempre às dez horas.

Visitou Manuela assim que teve oportunidade de retornar a Pelotas. Ao voltar à mesma rua, ao pórtico do velhíssimo sobrado que agora refulgia sob o sol como um animal cansado e pálido, sentiu-se mesmo alegre.

A criada recebeu-o com um sorriso; ele foi levado à sala de móveis antiquados, ainda cheios de pó. A criada não ousou descerrar as pesadas cortinas, e Antônio acomodou-se numa poltrona para esperar Manuela.

Ela surgiu um tanto depois, usando um vestido branco muito gasto e que outrora devia ter sido rebordado de contas. Aqui e ali, os vestígios de um laborioso trabalho mostravam-se nas pequeninas pérolas que pendiam tristemente do cetim desbotado.

Antônio achou-a encantadora, e muito mais pálida e magra. Era então quase um fantasma, mas os mesmos olhos, de um verde desbotado e sábio, miraram-no à entrada da sala e, sorrindo, ela lhe disse:

– Ah, perdoe-me o atraso, meu amigo. Não estou acostumada com visitas, e tão frequentes...

Seguindo em sua direção, Manuela deu um passo de baile. O corpo, levíssimo, volteou-se e depois se precipitou sobre um pequeno sofá de veludo, onde ela caiu com um riso nos lábios esbranquiçados.

Antônio achou que estava estranha, mas foi com simpatia que teceu esse juízo.

Manuela não deixou de notar:

– Vosmecê me olha com espanto – riu. Seu riso era agudo. – Como os meninos da rua. Eles me olham todos os dias, e riem de mim... Por muitos anos treinei uma entrada triunfal nesta sala, rumo aos braços dele...

– Vim fazer umas compras na cidade. Não podia deixar de lhe ver.

– Por gosto ou por caridade? Sabe que, além de vosmecê, a única pessoa que eu conheci e que ainda vive é Joaquim? Sendo mais velho do que eu, o pobre Joaquim deve estar decrépito. – Sorriu tristemente. – Ele jamais ousou me perdoar.

Fitando-o nos olhos, numa rara eloquência entrecortada por acessos de falta de ar, Manuela Ferreira narrou-lhe suas desventuras com o filho mais velho do general Bento Gonçalves. Antônio ouvia enlevado.

– Como vosmecê pode ver, eu fui amada. E eu amei, digo-o com convicção. Ninguém jamais amou como eu, e este é o meu resumo.

– O amor é um mistério que eu desconheço, senhora. Um amor assim...

– Vosmecê é jovem, meu Antônio. Mas há de amar.

– Quem sabe encontre alguém. Se eu voltar ao Rio de Janeiro, talvez... Aqueles salões não chegam a me trazer saudades.

A velha riu. Seus dentinhos miúdos, desfalcados, surgiram entre os lábios murchos.

– Hay moças por aqui, meu bom amigo. Moças guapas. Mas creio que vosmecê as prefira mais mundanas, mais vividas. E é verdade que estamos parados no tempo. Aqui, bem, desde a Revolução Federalista, nada mais sucedeu... Talvez vosmecê sinta falta do seu comércio, da balbúrdia de cidade.

Cocou-o longamente com seus olhos fugidios enquanto afagava as saias do seu vestido. Depois disse:

– Talvez não, talvez vosmecê não sinta falta de nada disso... Vosmecê, Antônio, é mui parecido com seu pai. Mas saiba, o tempo aqui é empurrado para a frente pelas guerras e pelas revoluções.

Antônio sorriu. Admirava a agudeza daquele espírito.

– O tempo tem seus méritos aqui, a ver pela senhora – disse sorrindo.

Manuela Ferreira abriu um sorriso frágil, triste.

– Ah, vosmecê chegou tarde demais... Não sou mais do que a carcaça da mulher que eu fui. – Suspirou, tomando ar. – Faz vinte anos que morri, desde que Giuseppe morreu. Fui esquecida, meu amigo.

A voz tremia-lhe. Calou-se por alguns momentos.

– Bueno, mas falar dos velhos é mui dificultoso para os jovens. Falemos de vosmecê. Fica no sul, ao que me parece...

– Tenho pensado.

Pensava mesmo. Pensava por horas, noites inteiras. Não se deixava decidir. E Ticiana mandava-lhe cartas exigindo a sua volta.

– Ah! Se vosmecê ficar, há de redimir o seu pai.

Antônio vasculhou o rosto marcado de rugas. Os olhos verdes, aquosos, cintilaram por um momento, antes de se embaçarem outra vez.

– Redimi-lo de quê?

– Um homem não deve fugir da sua alma, caro Antônio. E a alma do seu pai estava aqui. Por isso, mais do que tudo, vosmecê voltou. – Calou-se por um instante. – Perdoe-me, Antônio, mas ouso le dizer que o maior defeito do seu pai foi a fraqueza.

– A fraqueza de partir?

– Oh, não... – Antes de prosseguir, ela encheu o peito de ar: – A fraqueza de partir sem ela, meu amigo. Sem Inácia. Naquele tempo, ele deveria ter ousado, não o fez. Uma mulher precisa de garantias.

A criada entrou com o chá. Quando ela saiu, Manuela acrescentou:

– Ela o amava, tenho certeza.

Mirou o ar, como se visse algum fantasma entre os móveis velhos, depois voltou-se para ele, o rosto parecendo perdido em devaneios:

– Ela o amava, a pobrezita.

– Inácia?

– Sim, a pequena Inácia. Mas não remexamos nas chagas do passado, meu amigo. Sabe de uma cousa? Tenho um sonho, confesso-lhe... Rever o Brejo. Lá eu fui mui feliz.

– Pois vá comigo ainda esta noite – pediu-lhe Antônio alegremente. O chá esfriava nas xícaras. – Vá comigo. Vou reformar o estaleiro.

Manuela suspirou. Disse por fim:

– Corro o risco de morrer no caminho.

– Que seja.

– Vosmecê é corajoso. Mas le digo, quero morrer entre estas paredes. Depois de tantos anos de claustro, seria injusto morrer em outro lugar que não fosse aqui. Ademais, os meus meninos, como ficariam? Todos os dias, quando seguem para a escola, têm o prazer de me ver à janela... Dizem que espero por Giuseppe, e é verdade. Gosto desses menininhos que me chamam de louca.

– Seria uma viagem curta, Manuela.

– Quem sabe? A morte para mim não tarda... Seria um último passeio.

– Não fale assim, por favor.

– Eu quero morrer, não se preocupe com isso. Agora vá, estou cansada.

Pouco mais tarde, depois de comprar havanas e uma garrafa de bom vinho, Antônio rumou para o Brejo. A noite derramava-se sobre o campo, e o ar, livre dos calores diurnos, era fresco e levemente perfumado de jasmins. Ele sentia-se quase feliz.

A família XII

Cristal, inverno de 1866.

A mala postal chegava em Pelotas muito raramente. O país estava amortecido por causa da guerra. Um clima triste, desiludido, pairava no ar, de norte a sul. O imperador tinha a sua imagem maculada por ter jogado o país inteiro naquilo que prometera ser uma guerra rápida, mas que se arrastava já por dois anos cruentos, levando embora a nata da população masculina. As estâncias e fazendas, sujeitas a pesadas requisições de escravos e de gado, também sofriam. A desilusão espalhava-se por todos os lados. E não havia criatura nenhuma, não havia um vivente em qualquer canto que não desejasse o fim daquela desumanidade. Dois mil, três mil, cinco mil soldados mortos. Essas eram as cifras que se contavam, que os jornais anunciavam. E tudo era culpa do imperador.

O cavaleiro ia subindo a coxilha, a maleta postal, acomodada à altura das ancas do cavalo, sacolejava ritmadamente. E ele pensava que se o Rio Grande tivesse virado república, que se aquela guerra na qual ele lutara vinte anos antes, ah, aquela guerra sim!, se aquela guerra tivesse dado certo, eles não estariam vivendo nada daquilo, e o seu filho, Libério, o coitado do seu filho não estaria perdido nos charcos paraguaios, um soldado de infantaria no meio de milhares de outros que morriam sem nem direito a uma cruz, o seu filho Libério, que ele nem sabia mais se estava vivo ou morto.

Pensava naquilo porque subia para o Cristal. Tinha muito respeito pelas gentes daquela casa, as gentes do general Bento. Aquele sim era um bom comandante, um hombre com alma. Ele mesmo, quando era moço e bom das paletas, tinha estado em São José do Norte. Ele mesmo lembrava mui bien daquela noite, o general Bento dizendo que não matava civis, e eles seguindo pela chuva, seguindo, seguindo. Tinham perdido a guerra, mas não a honra.

Nessa maldita guerra do Paraguai matavam civis, matavam mulheres, matavam crianças, matavam de tudo. A vida não valia nada.

E ele ali, subindo a estrada para a casa-grande, vendo a casa lá no alto da coxilha, branca, retangular, a casa imponente da família do general. Trazia uma carta na mala e vira o remetente. Tinha visto porque era seu dever examinar bem as cartas que entregava. O remetente era o capitão Marco Antônio Gonçalves da Silva, e a carta era para a viúva do general, a dona Caetana, a uruguaia.

Chegou em frente à casa. Um negrinho arrumava uns vasos de flor. Viu-o e saiu correndo para chamar um adulto. Naqueles tempos de guerra, todo mundo tinha medo.

Ele ficou ali, esperando. Achando a casa muito quieta. Não tinha ninguém por perto, nenhuma das crianças brincava na varanda aproveitando o solzinho fraco de inverno, aquele monte de netos do general, aqueles netos que o hombre nem tinha conhecido.

Um tempo depois, veio uma mulher de dentro da casa.

– Buenas?

Usava avental, era rechonchuda, de olhos mansos.

– Buenas, senhora. Carta para dona Caetana.

A mulher sorriu:

– Todo mundo foi para o Boqueirão. Todas as senhoras. Foram pelo casamento da neta de dona Caetana... Mas eu guardo a carta. D. Caetana vai gostar. Vive esperando carta dos filhos que estão na guerra.

O homem entregou o envelope muito sujo, amarrotado da longa viagem desde Corrientes, na província argentina. Entregou a carta e partiu deglutindo os mesmos pensamentos que mastigara durante a vinda. Ultimamente, só pensava naquilo.

Dois dias depois, quando Caetana voltou do casamento de Inácia com Bernardino de Almeida, a carta estava sobre a mesa, no seu quarto.

Foi com o coração aos pulos que abriu o timbre, reconhecendo a letra do filho mais novo, daquele filho que tinha posto o pé no mundo para esquecer a morte da esposinha. Foi com o coração aos pulos que seus olhos, agora fracos, ainda verdes, ainda bonitos de uma boniteza mansa, leram as linhas breves, em que Marco Antônio dava conta, para todos os efeitos, para acalmar as angústias das gentes da família, de que Matias Gutierrez, o filho de Mariana, tinha sido mui ferido em combate, naquela peleja de Tuiuti, mas que sobrevivera por um fio, e que agora se recuperava num hospital militar em Corrientes.

Caetana ficou lívida.

Era velha demais para tais sustos. Sentiu uma leve tontura nublar seus olhos, e por causa disso, e de um tremor que lhe tomou as pernas, sentou-se na cama com a carta ainda esquecida numa das mãos.

O sol de agosto entrava pelas frestas da cortina, banhava o piso de madeira. Aquele sol ainda ontem alumiara o casamento de sua neta Inácia. Tinha sido uma cerimônia íntima, só para a família. A neta casara com serenidade, sem estar feliz nem triste. Tinha mostrado uma força interior que teria orgulhado o avô... Ah, ela pensara muito em Bento durante o casório, porque a menina estava casando justamente com o neto do Domingos. Eles tinham sido grandes amigos, tinham lutado juntos pela República e, no final, o Domingos de Almeida fora um dos poucos homens em quem Bento continuara confiando até morrer.

Caetana tinha gostado daquele casamento; mas um incômodo, uma coisinha fininha, irritante, alguma coisa como um espinho invisível, ficara alfinetando a sua alma... Agora aquela carta estava ali. Aquela carta de Marco Antônio que dava conta de Matias. O rapaz estava vivo.

O espinho, o espinho na sua carne.

Desde quando parara de ouvir seus pressentimentos? Desde que ficara velha, desde que os olhos começaram a se embaralhar? Desde que Antônia morrera?

Mirou a tarde lá fora, o campo se estendendo naquele desdobrar sem fim, as águas do lago ao longe. Como iria contar a Inácia?

Suspirou fundo, porque não iria contar. Não iria contar absolutamente nada. Que a menina seguisse a sua vida de casada, que amasse aquele marido que Deus le tinha dado. Um dia, quando fosse o tempo, Matias voltaria do Paraguai, e aí a vida, a vida se encarregaria de resolver esse impasse.

Caetana ergueu-se com certo custo. Aquilo de sentar e levantar era dificultoso para ela. Aos sessenta e oito anos, a coluna reclamava de tudo. Num canto do quarto havia um pequeno oratório com a imagem da Virgem Maria. Acendeu duas velas. Duas velas pela vida de Matias.

Caetana ficou vendo as duas pequenas chamas, avermelhadas, ardendo mansamente, fazendo escorrer a cera, branquinha, até a base dos castiçais de prata, aqueles minúsculos castiçais que ela usava tão somente para suas oferendas. Por fim abriu um sorriso. Era assim que tinha de ser. O mais importante, o mais importante de tudo era que o menino estava vivo, estava bem.

Fechou os olhos e pôs-se a orar com fervor.

Auroras e poentes e crepúsculos VIII

Hospital em Corrientes, meados de outubro de 1866.

Matias está deitado na cama de lençóis limpos e olha a paisagem que a janela descortina. A mesma paisagem de meses. Perdeu um pouco a noção do tempo que gastou ali. No entanto, a primavera já se anuncia lá fora, uma buganvília que cresce num dos pilares da varanda agora mostra suas folhas verdes. Faz duas semanas que as folhas começaram a brotar, a mágica da primavera se mostrando naquelas folhas tenras, inquietas e frágeis.

Ele tem uma barba cerrada cobrindo seu rosto. Deixou-a crescer nos últimos tempos, a despeito dos pedidos incessantes das enfermeiras que vêm com a lâmina e a água, que limpam tudo por ali, zelando pela higiene de corpos e almas, zelando por aqueles pobres homens estropiados como se eles fossem uns filhos grandes demais, carentes demais, incapazes demais.

Uma cortina branca com uma grande mancha amarelada a um canto separa a cama onde Matias Gutierrez está deitado da próxima cama. O vizinho do outro lado da cortina é um homem de seus quarenta anos e perdeu um dos braços em Curupaiti. De vez em quando, monotonamente, o homem geme. É um uruguaio, e delira falando sempre numa fazenda e numa vaca doente.

Matias volta sua atenção para a rua. O pátio do hospital é de pedras cinzentas. Há um poço no meio desse pátio, e um jovem auxiliar, um menino de barba ainda incipiente, está envolvido na tarefa de tirar água do poço. Num canto, alguns doentes que podem andar tomam sol sentados em tocos de árvore. Um rapazito negrinho, magro e de olhos inquietos, varre o calçamento de pedras, varre sem pressa, sem gosto, sem vontade, com os olhos perdidos nos passarinhos que piam nos galhos das árvores. Talvez pense em um bodoque, em caçar os bichinhos. Quando tinha aquela idade, era o que Matias fazia; nunca pegou numa vassoura, mas também, antes dessa maldita guerra, jamais esteve em um hospital.

A febre agora, quando vem, é branda, e ele já pode respirar sem dor. A cicatriz em seu peito, arredondada, escura, ficará para sempre. Talvez a sua única condecoração naquela guerra.

Uma das enfermeiras contou-lhe que o general Osório abandonara o campo de batalha por causa de um grave ferimento. Matias sentiu um sincero pesar. Osório tinha sido um dos grandes homens daquela guerra terrível. Imaginou as tropas agora sem a força, sem o ânimo que o general lhes impunha. Soubera depois também do grande desastre e da mortandade que fora o ataque frustrado a Curupaiti. Tinham chegado ao hospital centenas de feridos, homens sem braços, sem pernas, homens com as tripas de fora, que morriam pelos corredores ou no pátio mesmo, naquele pátio que agora o negrinho varria com tanta displicência. Centenas de homens tinham chegado aos gritos – não havia nada mais horripilante do que os gritos de um soldado cujas pernas estão despedaçadas.

Uma enfermeira entra, examina sua temperatura e sorri.

– Sem febres hoje – diz ela bondosamente.

São três horas da tarde; é à noite que acontece o pior. Os pesadelos e a febre. Ele sabe que dentro em pouco terá alta, será liberado para voltar às fileiras aliadas, para voltar aos charcos, para matar e morrer.

Ultimamente tem sentido medo de pensar em Inácia... Faz tantos meses, tantos longos, infindáveis meses que ambos não têm notícias um do outro. Durante a doença, durante o terror daquela febre e da infecção, gritava por ela. Uma das enfermeiras contou-lhe, e sua voz era doce, tocada por aquele amor que ela vira aos berros, na quase morte que o roubara por meses da vida cotidiana do hospital. As mulheres são assim, amorosas, românticas, e foi essa enfermeira que veio, dia desses, com papel e pena, com aqueles olhos mansos, dizendo: "Vamos, dite a carta, eu me encarrego de remetê-la a Inácia."

Assim tinha seguido aquela única carta com uma letra diferente da sua, com a assinatura trêmula, com o seu amor todo. Matias ansiava para que a noiva a tivesse recebido.

Na carta, ele acalmava-a. Tudo terminaria bem.

Era estranho (ele tinha ditado isso à enfermeira, enquanto ela escrevia com sua letra cheia de floreios), era estranho, mas agora tinha certeza de que não morreria naquela guerra. Já havia passado por tudo, já tinha conhecido coisa pior do que a morte.

Matias ouve passos no corredor. A enfermaria é comprida e fria, as camas, uma ao lado da outra, separadas pelas cortinas, são como pequenos casulos de uma colmeia, uma colmeia de abelhas doentes.

Ouve passos, e eles se aproximam.

Matias desvia o olhar da janela (está ali porque a enfermeira-chefe gosta dele, a janela é o melhor lugar, a melhor cama, a mais disputada naquele entreposto de almas malsãs).

Desvia o olhar e fixa-o no pequeno espaço à sua frente, o espaço delimitado pela cortina e pela parede. E então, como que nascido do ruído leve dos passos no ladrilho, um homem para bem no meio do seu campo de visão.

Matias sorri. Seu sorriso exibe surpresa e uma sincera, genuína alegria. Quantos meses faz que não vê um rosto amigo? Um rosto "de antes"?

É o coronel Caetano Gonçalves da Silva que se posta à sua frente, também sorrindo, os olhos cintilantes, o uniforme bem-escovado, os cabelos escuros, e aquela bonomia, aquela aura de pura afabilidade que o rosto garboso faz salientar.

– Buenas, meu amigo. Como tem passado?

Matias ri.

– Quase me fui. Mas vosmecê vê, sou carne de pescoço. Estou aqui, quase curado.

– Muitos quilos mais magro – sorri Caetano. – Mas, como diria minha madre, sem uma unha fora do lugar. Soube por meu irmão que vosmecê esteve por um fio, atirado num hospitaleco daqueles onde depositam a soldadesca que vai morrer.

– Disso eu nem me lembro. Creio que estive morto por um tempo. É como se tivesse ressuscitado.

Caetano mira um instante a vista que a janela mostra. O mesmo pátio com seus doentes, agora sem o negrinho, que já acabou o seu serviço.

– D. Antônia me puxou as orelhas – diz. – Tinha le prometido cuidar de vosmecê.

Matias dá de ombros tristemente. Aquele nome, aquele nome para sempre lhe trará a saudade à flor da pele.

– Como andam as cousas em Tuiuti?

– De mal a pior, meu amigo. Curupaiti foi um grande desastre. O comando aliado está dividido, as cousas estão ruinzitas. Os argentinos querem um tratado de paz, a guerra está se arrastando. O imperador quer Solano López morto ou capturado. Ninguém se entende – suspirou. – Además, o general Netto morreu dias depois da peleja de Tuiuti.

Matias abaixou a cabeça.

– Foi uma luta cruel – gemeu Matias.

– O inimigo teve mais de dez mil baixas.

– E nós perdemos o Netto.

Caetano vira-se de costas para a janela, olha o rapaz na cama de hospital. O rosto encovado salienta os olhos indiáticos, escuros, luminosos. (Lembra-se dele em menino, um dia, andando pela mão de D. Antônia.)

– Perdemos o Netto e quase perdemos vosmecê. – Faz uma pausa. – Mas isso já está resolvido. Vim le avisar, meu amigo.

Matias mirou-o:

– Avisar-me de quê?

– Fiz uns acertos para que vosmecê volte para casa.

Matias abre a boca para falar alguma coisa, mas Caetano ergue a mão:

– Calma, meu amigo. Volver não é uma desonra. Muitos estão voltando, muitos menos doentes do que vosmecê. Además, vosmecê não pode mais seguir para o campo de batalha... Precisa de cuidados médicos, de repouso. E as febres?

– Vêm e vão.

Caetano sorri. Mira o outro como quem mira um filho, um irmão mais novo.

– Bueno, já está decidido. Vosmecê não sabe, mas tem muita gente pagando 600$000 para não vir, ou mandando escravos em seu lugar. – Um sorriso contido enfeita seu rosto por um instante. – Mas vosmecê não é como esses hombres, vosmecê vai volver, mas com uma cicatriz no peito. Vai volver com honra. O ofício que le desliga das forças aliadas está no meu bolso. – Tirou do bolso do uniforme um envelope. – Guarde-o. No final da semana vosmecê ganha baixa do hospital. Aí segue de volta para o Rio Grande.

Matias sente um aperto no peito. Uma estranheza. Voltar para casa tem um gosto ferruginoso, um gosto de medo. Fita o outro. Seus olhos, ardentes por causa da febre que começa, dizem muitas coisas.

– Tem certeza? Eu volto?

– Vosmecê já fez muito, Matias. Agora deixe com a gente.

Matias sente a quentura das lágrimas na face. Abaixa o rosto, tomado de súbita vergonha.

– Nem acredito, vou ver Inácia...

Caetano aquiesce. Sabe como é duro, as notícias de casa são escassas ali.

– Sim, vosmecê vai ver sua noiva, vai cuidar do Brejo. Somente assim a velha D. Antônia me deixará dormir, agora que cumpri o prometido. Vosmecê volta inteiro, afinal de contas. Lascado, mas inteiro. – Seus olhos nublam-se de repente. – Só le peço uma cousa...

– Peça qualquer cousa, Caetano.

Caetano abre um sorriso; quando sorri, é muito parecido com a mãe. A versão masculina do rosto da mãe.

– Quando vosmecê puder, vá até o Cristal e entregue isto para Clara, minha mulher. – Tira uma segunda carta do bolso. – Diga-le que estou bem, vosmecê mesmo está vendo. Diga-le que volto. Esta guerra acaba, mais dia, menos dia.

O sopro de uma brisa adentra a janela, fazendo dançar as cortinas que isolam os leitos. Caetano apruma-se, meio sem jeito. Parece um tanto emocionado por causa dos olhos, aqueles olhos claros, úmidos; mas seu rosto está sereno e controlado.

– Essas cortinas me lembram fantasmas – diz Caetano antes de sair. – Cuide-se, meu amigo. E seja feliz.

Matias ergue a mão num gesto de despedida.

Quer dizer algo, mas as palavras não lhe saem da boca.

Pelotas, outubro de 1866.

A casa em Pelotas é grande, bonita e arejada. Bernardino mandou arrumá-la, trocar alguns móveis, encher os vasos com flores, as cristaleiras com boas louças. Mandou fazer lençóis novos, finos, e cortinas claras. Tudo para Inácia.

Ela ainda lembra mui bem daquela tarde, dois dias antes do casamento, quando foi com a mãe até o endereço em Pelotas, o endereço que Bernardino lhes mandara com a pequena carta dando hora e dia, e avisando que ele as esperava.

Naquela tarde – era bem uma das últimas tardes daquele inverno maldito –, naquela tarde conhecera a casa. As janelas abertas mostravam o jardim amplo, o jardim que aguardava o calor do sol para fazer brotar suas rosas. Inácia vira aquela sala bonita, aquele jardim com flores, imaginara-se ali com o sol de verão adentrando a trama leve das cortinas, e não é que se tinha sentido feliz? Repousada também. Tinha se sentido repousada. Uma coisa estranha, como se a vida finalmente se encaixasse nos seus devidos moldes, como se desde sempre o seu lugar fosse ali mesmo, naquele sobrado elegante que ela acabava de conhecer, entre aquelas paredes, perto dos olhos dele, daquele homem gentil, sereno e amoroso. Uma coisa estranha aquilo tudo, como se Matias tivesse sido um perigo, um precipício por onde a sua existência poderia despencar. Como se Matias tivesse sido nada mais do que um sonho traiçoeiro.

Naquela tarde, dois dias antes do casamento, enquanto Perpétua se desdobrava em gentilezas para o genro, foi que Inácia entendeu o que era a segurança, e o quanto ela podia valer. Ah, tinha havido um momento, um único momento de perigo, um leve, levíssimo escorregão, pois quando entrara no quarto que seria deles, quando vira a grande cama esparramada no centro da peça, a cama com seus lençóis muito alvos, com sua colcha bordada, aquela cama onde ela perderia a virgindade e para sempre entregaria seu destino àquele outro homem, naquele exato momento as lágrimas lhe brotaram dos olhos. Mas tinha sido esperta, tinha sido ágil, abaixara o rosto, e esse gesto caíra muito bem, um simples gesto de pudor de uma moça de boa família ante a visão pecaminosa de uma cama para dois.

Agora está ali, e a grande cama não esconde mais segredos. Está feliz. Ama Bernardino. Ama-o com outro amor, não aquele amor agitado, aquele amor premente, suspirante e dolorido com que amava Matias. A Bernardino ela quer com calma, com doçura, talvez mais plenamente do que queria Matias – naquele tempo a euforia de amá-lo não a deixava pensar. Agora não. Agora pensa muito. Descobriu-se lúcida e tranquila e feliz naquela casa, a sua casa.

Inácia acaba de ajeitar os cabelos em frente ao espelho. O primeiro mês do casamento passou como um sopro. No começo sentiu medo, sim. Bernardino, no entanto, não teve pressa, não foi afoito, levou-a com sutileza, sabiamente. É mais velho, talvez daí lhe venha a paciência. A calma. Sim, ele é um homem calmo, mostra-se calmo nas situações mais adversas, como quando ela acordou no meio da noite chamando por Matias... Tinha sido um pesadelo. Matias ferido, sangrando. Mas então ela abrira os olhos, e ao abrir os olhos, ao dar-se conta de onde estava – naquela cama, naquela casa, ao lado do marido – então chorara ainda mais: a realidade dando conta de que Matias estava morto e nada mais podia ser feito. Naquela noite, Bernardino a acalentara ouvindo seu choro, seu choro dolorido como o choro de uma menina que tem medo do escuro, e não dissera uma palavra, não perguntara nada... Era um homem que sabia calar.

Inácia levanta-se. Uma última mirada ao espelho confirma-lhe que está bem. Os cabelos negros, presos no alto da cabeça, caem em pequenos cachos bem-feitos, emoldurando o rosto alvo e um pouco mais cheio do que em outros tempos.

Ela ajeita o vestido azul muito leve. O vestido que Perpétua mandou comprar na Corte junto com outras coisas do seu enxoval. Lá fora, a noite caiu. Dá para ouvir, muito longe, um homem que grita contra o imperador. Grita por causa da guerra.

Inácia sente um leve arrepio. Decidiu não mais pensar nessa guerra, ao menos por enquanto. Não iria lhe fazer bem.

Sai do quarto, desce as escadas, segue pelo corredor até a sala onde o marido lê os jornais. Bernardino lê os jornais tomando o cuidado de escondê-los por causa daquelas notícias. Ele não sabe da sua decisão, da decisão desesperada de esquecer a guerra, mas de um modo estranho a pressente. Bernardino jamais fala com Inácia sobre o Paraguai, sobre as tropas, sobre as batalhas nos arredores de Tuiuti; a guerra é um assunto proibido naquela casa.

Inácia para à porta um instante. As janelas estão abertas e entra a brisa fresca da noite de primavera. Bernardino a vê, dobra os jornais, joga-os a um canto, para trás da poltrona que ocupa, e lhe sorri.

– Vosmecê está mui linda – diz ele, satisfeito. Aponta a poltrona ao seu lado: – Sente-se aqui.

Inácia obedece-lhe com alegria. Daqui a pouco vão servir o jantar.

– Amanhã vou a Porto Alegre por causa de negócios – diz ele, olhando-a com aqueles olhos amorosos.

Ela tem um susto, leva a mão ao peito.

– Queria que ficasse...

Bernardino inclina o corpo na direção da esposa. Há algo diferente naqueles olhos, um brilho novo.

– O que foi? Tem medo, Inácia? Tem medo de ficar sozinha aqui com os criados?

Inácia sorri meio sem jeito.

– Não é bem medo. É outra cousa.

Leva a mão ao peito; esta mão branca, de longos dedos, uma mão inquieta que escorrega até o ventre.

– É receio – diz ela. – Receio de ficar sozinha logo agora.

– Logo agora o quê, minha querida?

Inácia abaixa a cabeça, e enrubesce. Mas sua voz insiste:

– Logo agora que vou ter um filho.

E então, então sente-se feliz. Sente-se feliz como jamais se sentiu antes. Sim, eu morri, ela pensa. Eu morri, mas acabo de nascer de novo.

Matias Gutierrez desembarcou em Rio Grande junto com outros soldados feridos e mutilados que voltavam do Paraguai; já no porto, enquanto andava com passos trôpegos, bêbado de ar, a febre outra vez ali, lambendo suas carnes com teimosia, ouviu contar que fora baixado um decreto dizendo que os escravos que lutassem nas tropas imperiais ganhariam a liberdade, e que os donos de escravos desapropriados pelo governo ganhariam indenizações em dinheiro.

Então ninguém mais queria seguir para a guerra? Ele tinha ido, e voltara. É verdade que voltara como um reles sopro do que fora outrora. Estava magro como um andarilho, sujo, o uniforme sobrava por todos os lados. A saúde havia piorado um pouquito, mas ele podia seguir numa carroça; tinha dinheiro no bolso para pagar a viagem a Pelotas, e de lá até o Brejo.

No caminho para casa, cortando o pampa fustigado pelo sol de novembro, Matias sentia-se quase um estranho. Aqueles campos cheios de paz, aquele verde, tudo aquilo tinha existido mesmo enquanto ele se afogava na imundície dos charcos paraguaios? Tudo aquilo, aquela beleza toda, aquela beleza desprovida de vaidade, discreta, aquela beleza infinita, e homens se matando, homens sendo estripados, queimados, mutilados. Era uma vergonha.

No fundo, no fundinho, misturado com uma coisa esquisita, uma leve sensação de que não tinha mais o direito de estar ali, ele sentia-se aliviado. Era como acordar de um pesadelo comprido demais. Ao seu lado, o homem que guiava a carroça de vez em quando fazia perguntas. Ele tinha visto o tal Solano López? O ditador tinha dente de ouro, comia em prato de ouro, vivia cercado de ouro como diziam? Era verdade que os paraguaios eram bons degoladores? Era verdade que tinha um monte de negros lutando, que os paraguaios chamavam os brasileiros de "macacos"?

Matias respondia muito brevemente às perguntas do velho. Na sua cabeça não havia mais espaço para nada, a não ser para aquele pampa tão igual às suas mais acalentadas recordações.

Além do pampa, pensava em Inácia. Cada trecho que a carroça vencia, ele contava, era um trecho a menos a separá-lo de Inácia.

Como reagiria a noiva ao vê-lo, depois daqueles anos? Como reagiria à sua magreza, à sua doença, à fraqueza que quase o tornava um velho?

Ninguém o esperava, nem no Brejo nem no Salso. Na pressa, na ânsia de voltar, não lhes escrevera sequer uma carta. Também porque as cartas mais se perdiam do que chegavam às mãos dos destinatários.

Do seu lugar na boleia, o velho fez um muxoxo, incentivando o cavalo a seguir. Eram quatro horas da tarde e a soalheira cozinhava o mundo.

– Não tem uma família que não chore o seu morto aqui no Rio Grande... – disse o velho. – Eu conheço um monte de hombre que fugiu pros matos só pra não ser recrutado. Bueno, no meu tempo, hombre que era hombre não fugia de morrer.

Matias não dizia nada. Apenas ouvia. Ou melhor, deixava as palavras do velho passarem por ele como se fossem vento. Só pensava na casa, na casa onde tinha crescido, na casa onde vivera com a mãe e com o pai, onde vivera com D. Antônia... Era triste que já não houvesse mais ninguém lá, que todos eles estivessem mortos e ninguém o esperasse, mas tudo iria mudar quando ele e Inácia se casassem. Encheriam a estância de filhos, e as coisas voltariam a ser como nos velhos tempos, como D. Antônia sempre quisera. A casa cheia, bem viva.

Riu sozinho. Ao seu lado, o velho ainda falava e falava, contando o causo de um paraguaio que vivia em Pelotas. Matias pensava em outra coisa bem diferente: antes de seguir para o Salso, antes de rever Inácia, tinha que ficar uns dias na estância, tinha que melhorar a aparência, engordar um pouco, raspar aquela barba e tirar a sujeira encruada no corpo. Tirar até a sujeira encruada na alma.

Enquanto a carroça seguia o seu caminho, o sol de novembro ardia no céu como uma joia.

Matias Gutierrez chegou à Estância do Brejo à noitinha. Como saída de um sonho, a casa da sua infância estava lá. No alto da coxilha, quieta. Um bicho dormindo seu sono. O velho levou-o pela estradinha por onde um dia, tantos anos antes, como vó Antônia gostava de contar, Giuseppe Garibaldi tinha chegado com seus estrangeiros para lutar pela Revolução.

Matias sorriu. Agora quem chegava era ele. Vinha sozinho, mais sozinho do que um morto. E vó Antônia não estaria na varanda, enroscada no seu xale, com aqueles olhos escuros.

A carroça parou em frente à casa. Matias pagou o cocheiro e apeou. Trazia uma pequena mala com seus estropiados pertences, nada que valesse, a não ser a canastra com seus materiais de desenho, que Marco Antônio tinha encontrado e mandado lhe entregar no hospital. Aquela canastra e o colar de camafeu que Inácia lhe dera na despedida. Pensou no colar e recordou que prometera à noiva voltar com as alianças... Como era ingênuo naquele tempo, antes da guerra. Riu sozinho enquanto o velho tocava a carroça para a estradinha outra vez. Já era sorte ele ter voltado com todos os dedos. Era sorte ele ter voltado.

Calmamente, como quem executa um ritual, deixou seus olhos mirarem a casa da sua infância. O silêncio descia do céu cheio de estrelas, soprava uma brisa mansa. Matias encheu o peito de ar. Aquele cheiro, o cheiro do Camaquã, era o cheiro da sua infância. Ficou algum tempo parado ali, respirando, olhando a casa, reconhecendo as árvores, a escada da varanda com seus velhos degraus desgastados pelos anos; ficou ali até que alguma coisa rebentou, quebrando-se dentro dele, espalhando estilhaços de um passado vivido e sepultado, e o choro veio como uma torrente incontrolável.

Um choro de dois longos anos. Um choro por causa da morte, do horror, do medo, da fome, do fedor e da solidão.

Matias caiu de joelhos e foi por gosto que deitou o rosto naquele chão, sentindo a frieza granulosa, sentindo a pulsação daquela terra. O chão da sua casa. Ali, naquele pedaço de chão, não havia nenhum morto enterrado, ali o cheiro era fresco, era cheiro de terra produtiva, a terra que seu pai tinha cuidado e amado, a terra que vó Antônia lhe deixara.

Chorando, chorando como um menino, deu-se conta de que tinha raiva de Deus. Tudo aquilo era uma brincadeira terrível. A guerra, a morte. A casa vazia, e tão linda, tão igual ao seu mais remoto anseio. Tudo aquilo era uma brincadeira de Deus, e Ele podia ser muito, mas muito cruel. Com o rosto quase colado ao chão, Matias não se deu conta de que um homem tinha chegado à varanda.

Era preto de olhos azuis. Devia andar pelos quarenta anos e usava roupa de peão. O homem ficou ali um montão de tempo, esperando. Esperando como uma sombra.

Matias chorava, e o homem esperando.

Foi depois, foi quando Matias sentou-se, o uniforme desbotado todo sujo de terra, os olhos ardentes por causa do choro e da febre, foi somente nesse momento que o homem desceu os degraus da varanda, um por um, pisando os quatro degraus com muito cuidado, como se não quisesse assustar aquele jovem recém-chegado do fim do mundo.

O homem postou-se diante de Matias, e seu rosto, na semiescuridão da noitinha coberta de estrelas, exibia uma emoção indescritível.

– Vosmecê voltou, sinhozinho...

Havia alegria e medo e espanto naqueles olhos de um azul muito cálido. E o homem disse (a voz dele era macia e morna como a voz de um amigo saudoso):

– Tinham dito que vosmecê tinha morrido, meu Deus! Que tinha morrido no Tuiuti, sinhozinho.

Matias secou os olhos e fitou-o. Era um negro bonito, e era bonito daquele jeito por causa do pai. O coração de Matias batia forte dentro do peito quando ele disse:

– Mas eu não morri, Netinho! Eu fui ferido no pulmão, isso foi em maio... Foi por uma lasca, mas eu não morri.

Netinho hesitou um momento; depois, num gesto impensado, atirou-se ao redor do corpo magro de Matias e apertou-o num abraço forte.

– Ah, que bueno! Ah, que bueno! Se o sinhozinho soubesse, se imaginasse o que a gente passou por aqui... Primeiro veio a notícia de que o seu João tinha morrido, después, a gente só esperando, todo mundo seguindo pra guerra, e o governo levando cavalo, homem e boi que só vendo... Mas a gente esperava, até que um dia veio aqui o Joaquim, o filho do general...

Netinho falava sem parar, como num surto de euforia, e seus olhos azuis lacrimejavam. Por um instante ele respirou fundo, enchendo o peito de ar, e prosseguiu:

– O Joaquim veio e disse pra gente que lamentava muito, mas que o sinhozinho tinha morrido no Paraguai.

Matias tremia, era impossível conter o tremor do seu corpo. Ao fundo, a casa branca parecia observar a cena com discrição.

– O Joaquim disse isso? Mas de onde ele tirou essa ideia?

– Parece que veio uma carta... Veio uma carta e a gente acreditou. Todo mundo tava morrendo, os soldados *tudo*! Aí então eu fiquei cuidando das cousas, cuidando do gado, do charque mal e mal, porque tá tudo parado. Mas a gente ia se virando, dando um jeito nas cousas. O Joaquim ajudava, vinha aqui na época das charqueadas...

Netinho abaixou-se e tocou o rosto de Matias. Aquele rosto sujo, barbudo, descarnado. Mas estava tão feliz, estava tão alegre que nem se incomodava de ver o rapaz magro daquele jeito. Comida, pelo menos, eles ainda tinham. Ia mandar matar um boi, um boi inteiro pra dar de comer ao neto de D. Antônia.

– Eu não acredito que isso tudo aconteceu – disse Matias. – Eu não acredito.

– Mas aconteceu, sinhozinho. Aconteceu assim igual ao que eu *tou* le contando. E a gente aqui, as negras *tudo*, a peonada, a gente só pensava em D. Antônia, e que não tinha mais dono a estância, e que ninguém sabia o que ia suceder quando a guerra acabasse. – Fez o sinal da cruz. – Mas graças a Deus que o sinhozinho voltou! Vou mandar a Beata acender uma vela no oratório!

E só então se deu conta, como se de repente visse pela primeira vez o homem à sua frente, da sua magreza e do seu cansaço. Aqueles olhos vermelhos... Só então ele pegou a mala ensebada e falou numa voz mais comedida:

– Mas vamos entrando, seu Matias. Vamos entrando... A Beata fez sopa. Ela vai le vai preparar um banho, vosmecê está precisando de um banho.

Subiram os degraus, pisaram na varanda. Netinho falando sem parar, falando com uma verve recém-descoberta, Matias pensando e pensando. Assimilando as coisas. E pensando um pensamento terrível.

O negro abriu a porta. De dentro da casa veio o cheiro que ele conhecia tão bem, o cheiro daquela sala, daqueles móveis, daquele chão de madeira.

E veio a negra Beata gritando: "Deus Nosso Senhor, Deus Nosso Senhor, o Matias voltou!"

A negra gritou isso umas seis vezes, depois se quedou parada, os olhos rasos d'água fitando o soldadinho esquálido que um dia ela tinha colocado nos joelhos para contar história do Boitatá. Matias beijou-a como se ela fosse a mãe que tinha morrido havia anos. Quando Beata se recompôs daquela emoção e tudo o mais, saiu correndo para aquentar a sopa e preparar um banho.

Matias não tinha coragem de seguir pelo corredor até a porta do seu quarto. Netinho segurou-o pelo braço, num gesto discreto mas firme.

– Vamos, seu Matias. Continua tudo no lugar de antes – disse ele. – Tudo esperando.

Foram os dois homens pelo corredor. Os mesmos aparadores, um quadro de D. Antônia, a estantezinha de livros. Tudo igual. Pararam à porta do quarto.

– Descanse um pouco, seu Matias. Tá tudo arrumadinho aí dentro. A Beata fazia questão.

Matias abriu a porta e as ferragens gemeram, reclamando. Antes de entrar, antes de mergulhar naquele outro mundo, naquele velho mundo onde tinha sido um menino e sonhado tantas coisas, ele perguntou:

– E a Inácia?

Netinho titubeou ligeiramente. Foi um segundo, um segundo talvez pressentido por Matias. Foi a palavra que não nasceu, escondida entre os lábios grossos do negro mais querido de D. Antônia.

Mas então Netinho disse numa voz lampeira:

– A Inácia vai bem, vai muito bem, sim senhor.

E tratou de desaparecer pelo corredor iluminado por velas.

Dentro do quarto, a velha viola que seu pai tocava antes de perder a mão na Revolução, a velha viola que ele mesmo aprendera a dedilhar, estava sobre a cama.

Como uma noiva.

Como se fosse a sua Inácia. Como se soubesse de tudo.

Depois do jantar, Beata levou-lhe uma xícara de chá de tília e compressas para a febre. Examinando a ferida no peito enquanto Matias estava deitado no velho sofá à beira da janela, a negra disse-lhe:

– Vosmecê vai ficar bom. Vou preparar um unguento que faz milagres. A ferida já está cicatrizada por dentro.

Matias suspirou. Durante a guerra, alguma vez alguém o tinha olhado com aqueles olhos mansos, aqueles olhos doces onde ele podia encontrar alguma coisa tão parecida com amor?

Pela janela de cortinas descerradas entrava a brisa fresca de novembro.

– Beata, se vosmecê soubesse... Essa ferida arruinou, não morri por detalhe. Fiquei jogado meses no meio até de gente morta.

A negra benzeu-se e mostrou o sorriso de dentes brancos:

– Foram as velas que eu acendi. E mais uma cousa, uma cousa que eu enterrei na beira do rio. Um presente pro santo. Eu pedi pra vosmecê voltar vivo de lá.

Matias tinha os olhos semicerrados e sentia-se mais perto da alegria do que jamais se sentira naqueles últimos anos.

– É verdade, Matias – disse Beata baixinho. – Lá no fundo, eu nunca acreditei que vosmecê tinha morrido. Nunca. Eu cuidava de tudo e ficava esperando.

Ele sorriu de olhos fechados:

– Estava tudo como eu deixei.

Beata aplicava compressas no peito e na testa de Matias. De quando em quando, trocava os panos, lavando-os numa bacia onde pusera água e ervas colhidas no quintal.

– E não? Pois, ora! Todo mundo acreditando, até o Netinho mesmo, acreditando... A peonada acreditando, indo embora. E eu nunca que acreditava, meu menino. – Suspirou fundo, com certa mágoa. – Aí, quando ela casou, fiquei louca...

Matias abriu os olhos e fitou-a.

O pensamento inconveniente. Ele de novo. Latejando.

Matias sentou-se de um pulo. Os paninhos das compressas escorregaram, deixando um rastro úmido no tórax emagrecido e marcado de cicatrizes.

– Quem casou, Beata?

A voz dele era urgente. Cheia de medo.

A mulher, nervosa, começou a recolher seus panos, lavando-os no balde. Não sabia o que dizer.

– Quem é que casou, Beata? – ele repetiu.

A pergunta ecoou brutalmente na sala vazia.

Beata ergueu para ele os seus olhos mansos; ali dentro daqueles olhos havia, de repente, uma tristeza infinita. Aquele era o menino que ela tinha ajudado a criar desde que fora viver com sinhá Antônia. Aquele era o menino mais lindo do mundo, ela tinha aprendido aquilo com D. Antônia, e como o seu ventre fosse seco, como jamais tivera uma cria sua, ela o tinha amado com um amor discreto e interminável.

Matias esperava uma resposta. Seu rosto não tinha qualquer expressão além daquela expectativa que fazia arquear um pouco suas sobrancelhas.

Beata perguntou:

– O Netinho não contou para vosmecê?

A cada segundo que passava Matias sentia mais medo. Sua voz tremeu um pouco, sutilmente, como um pássaro que se atrapalha no voo, quando ele disse:

– Ninguém me contou nada. Eu nem sabia que, para todos os efeitos, estava morto.

A negra suspirou:

– Imaginei mesmo que o Netinho ia se safar de le dizer... Os homens são meio covardes pra essas cousas.

Pôs a bacia de lado, achegou-se mais a Matias e prosseguiu calmamente:

– A Inácia, meu filho, a Inácia casou. Não faz nem três meses. Foi no fim do inverno ou no começo da primavera, não *alembro* bem.

A voz da negra ia e vinha, como que levada pelo vento. Os olhos secos, a boca seca, o coração saltando dentro do peito, Matias apenas escutava:

– Quando vieram me contar, fiquei muito brava. Ela é noiva do meu Matias, pensei. Não pode casar com outro! Mas aí todo mundo dizia que vosmecê tinha morrido, que a vida seguia, que a moça ia casar pro causo de não morrer de tristeza... E ela casou. Foi lá no Salso, na casa da madre dela. Não teve festa. – Baixou a voz. – Por causa do luto, não é?

E então Matias estava na lama, na lama imunda dos charcos paraguaios, e um cavaleiro pisoteava-o, tomava da lança para furar sua carne, e o barro entrava pela sua boca, pelos seus olhos, por todos os buracos da sua cara. Mas ele fez um esforço, ele virou o corpo, defendeu-se do ataque da lança inimiga. Ele conseguiu perguntar:

– Inácia casou com quem?

Sua voz era fraca, engrolada. Mas é por causa do barro. Beata não sabe, mas é por causa do barro. Ele engoliu muito barro.

– Com quem ela casou, o nombre e tudo, eu não me *alembro*. Mas sei que é um tal de neto de um amigo do general Bento. Sei que é gente conhecida, e que fizeram gosto.

Uma tropa paraguaia passa a galope. Todos, incondicionalmente todos fazem questão de pisotear seu corpo, seu corpo jogado no barro. Ele já é uma massa inerte, horrível, disforme. Mas o bom é que não sente nada, nada, nada.

Percebeu a mão da negra vindo de muito longe e tocando a sua testa.

– Não se apoquente com isso, meu menino – ela pediu baixinho. – A febre aumentou de novo, viu só? Mas eu vou curar a sua febre. Isso não é sezão cousa nenhuma, isso é só tristeza. Eu vou curar essa febre.

Matias fitou Beata como se então a visse pela primeira vez. Aquela pele lustrosa, preta, aqueles olhos mansos. Olhos diferentes daqueles outros, oblíquos, os olhos paraguaios.

Seu corpo todo doía.

Não havia uma palavra dentro de si, nada que pudesse cuspir, que pudesse dizer, que pudesse ofertar àquela mulher. As palavras ficaram para sempre perdidas no barro dos charcos de Tuiuti.

As coisas aconteceram de maneira muito rápida depois. A notícia do retorno de Matias, do milagroso retorno do filho de Mariana, aquele menino que diziam estar morto, enterrado em alguma cova coletiva nas quais metiam os soldados mortos, os milhares de soldados mortos nas batalhas da região do Tuitui, era uma coisa impressionante.

A novidade desviou-se cuidadosamente do sobrado onde Inácia vivia em Pelotas. O marido estava em Porto Alegre tratando de negócios (e havia, sim, muitos negócios a serem feitos naquele período de guerra), mas a criadagem sabia muito bem que aquela história toda não devia entrar no sobrado, atravessar aquelas paredes sagradas e ir tirar o sossego da patroa que estava esperando um bebê.

No entanto, não tardou que o fato chegasse aos ouvidos de Perpétua, no Salso.

Quando Teresa, a filha mais velha, entrou no escritório usando aquele luto que ela jamais tirava, porque quando tirava logo morria outro filho para ela usar preto de novo, Perpétua estranhou sua palidez.

– O que houve, minha filha?

Perguntou aquilo com certa calma. Teresa não estava grávida. Isabel iniciava um noivado promissor, Benta era uma boa filha, muito dócil, e Inácia ia muito bem em Pelotas. Mas chegou a cogitar que alguma coisa tinha se passado com a gravidez da filha recém-casada.

– Aconteceu alguma cousa com a Inácia?

Teresa, pálida, mais branca ainda pelo contraste com o vestido negro, respondeu:

– Com ela, não. Com o Matias. – Engoliu a saliva, torceu os dedos das mãos. – Ele está vivo. O Matias voltou, madre.

A princípio, Perpétua não entendeu bem:

– Como assim, voltou? O coitado morreu, Teresa.

Teresa aproximou-se da mãe:

– Não morreu cousa nenhuma. Ele voltou para o Brejo. Voltou ferido e doente, mas voltou vivo. Viram ele em Pelotas, e agora uma negra, que é parenta da Beata, veio contar a novidade. Parece que faz uma semana que ele voltou. Está acamado, lá no Brejo.

– Não é possível! – exclamou Perpétua, pasma.

Teresa deu de ombros. Pensava era na irmã. Viu a mãe erguer-se do seu lugar e sair andando pela peça, nervosa, segurando as saias.

– Mas eu vi a carta do Bernardino, Teresa! Eu vi tudo. Ele foi dado como morto pela oficialidade em Tuiuti!

– É mais uma das histórias desta guerra, madre. A senhora sabe, não é a primeira nem a última vez que sucede uma cousa dessas... Ele teve sorte. – Engoliu em seco: – Mas não muita, não é? A noiva casou com outro.

Perpétua empalideceu; não ousava pensar nas consequências daquilo tudo.

– Vou até o Cristal – disse.

– Ué, para quê?

– Vou falar com a minha mãe. A Inácia sempre ouviu a avó, sempre a respeitou muito. – Seus olhos estavam cheios de lágrimas. – E eu, minha filha, eu não sei o que fazer.

Teresa abriu um sorriso triste:

– Acho que a gente deve rezar... No meio de tanta morte, não deixa de ser um milagre.

Caetana Joana Francisca Gonçalves da Silva estava brincando de bonecas com a pequena Genuína, filha de Caetano, e com Rafaela, filha de Bento, quando uma das negras entrou na sala e, toda azafamada, lhe disse:

– Dona Caetana, a sua filha Perpétua está lá no escritório. Chegou agorinha mesmo... Mandei os peões que trouxeram ela lá pros fundos pra tomar um mate, mas ela não quis nem vir aqui. Disse que precisa le falar em separado, lá dentro.

Caetana suspirou calmamente. Estava esperando. Tinha contado nos dedos, e até que aquilo tudo tinha demorado para acontecer. Olhou as netas e disse:

– Fiquem brincando aqui, que eu já volto. Não se esqueçam de banhar as bonecas. Hoje foi um dia mui quente.

E foi para dentro, a cabeça erguida, já de cabelos muito brancos.

No escritório, encontrou Perpétua arriada numa cadeira. Parecia triste, muito nervosa e muito suada.

– Quer beber alguma cousa, hija?

Caetana sentou-lhe um beijo no alto da testa.

Era incrível como a vida podia ser prevista. Mas Caetana tinha deixado de lado aqueles avisos; depois de velha desaprendera a ouvir os chamados da sua alma. Agora, então, só adiantava remediar.

– Não quero nada, madre. – Perpétua mirou-a com angústia. – Tenho uma cousa para le contar.

Caetana sentou-se na velha cadeira de couro onde o marido costumava despachar seus papéis. Ao redor dos olhos, um mapa enrugado de pele contraiu-se.

Ela disse:

– Não precisa me contar nada, hija. Matias está vivo, eu já sabia. – Sorriu aquele sorriso elegante, fino, que tinha sido tão elogiado nos salões de outrora. – Por acaso ele volveu?

Perpétua deu um pulo:

– A senhora sabia, madre? E não me disse nada?

Caetana fez um gesto com a mão:

– Acalme-se, hija. Eu le conto tudo, na época não havia motivos para le contar. Fiquei sabendo dois dias depois do casamento. Recebi uma carta, uma carta do seu irmão, o Marco Antônio... Na carta ele contava que tinha achado o Matias num hospital de campanha, e que o menino estava entre a vida e a morte. Então ele levou o Matias para Corrientes, para um bom hospital. O Marco Antônio praticamente salvou a vida daquele menino...

Perpétua estava sentada outra vez.

– Não dá para acreditar, madre.

– Eu acho muito viável. Uma guerra é assim, os hombres são dados como mortos, como desaparecidos... Depois aparecem, vivos, vivinhos. E uma guerra destas proporções... Tudo é possível, hija. – Sua voz era rouca, mais rouca ainda agora, depois de velha. – Mas eu já sabia. Eu sempre soube, somente que não ouvi meu pressentimento... Era uma cousa dentro de mim.

– E Inácia, madre? E a coitadinha?

Caetana olhou suas mãos por um momento. Manchadas, marcadas pelo tempo. Mãos amarelentas. Quando era jovem, como Bento gostava daquelas suas mãos. Duas pombas, dizia ele.

Ergueu os olhos para a filha.

– E Inácia? Bueno, não se pode desfazer a vida... É preciso contar a Inácia.

Perpétua mirava-a calada. Disse, por fim:

– Foi por isso que eu vim aqui.

Caetana abriu um levíssimo sorriso:

– Eu sei. Eu imaginei. Eu falo com a menina, não se apoquente.

Uma criada entrou com uma bandeja de chá gelado. Caetana serviu-as. Mais tranquila, Perpétua perguntou:

– Tem notícia do Joaquim, madre?

– Está operando num hospital de sangue em Itapiru. É só isso que eu sei. – Suspirou, deixando o cansaço voltar ao seu rosto como uma máscara. – Essa guerra está me botando louca.

Naquela noite, eram quase dez horas, bateram à porta do sobrado em Pelotas. Inácia sentiu um certo pavor, tarde daquele jeito e alguém ali, só podia ser notícia ruim.

Estava lendo, sentada num sofazinho, quando aquelas batidas soaram, urgentes, perigosíssimas; e então tratara de chamar a empregada, e a empregada, por sua vez, chamara o cocheiro, que fora à rua ver o que estava sucedendo.

Inácia tremia levemente quando sua avó Caetana adentrou a sala tirando o empoeirado capote de viagem, com o rosto cansado e o mesmo brilho arguto nos olhos verdes coroados de rugas.

Tomou um susto ao ver Caetana:

– Vó! O que a senhora faz aqui? Tem alguém doente?

Caetana beijou a neta, um beijo longo, sereno, que em si já era uma resposta. Não, não havia ninguém doente. Ela viera àquelas horas da noite, desde o Cristal, porque era uma velha louca.

– E porque queria le falar, Inácia. Queria muito le falar já faz dias. E de repente eu vi que não dava para esperar mais... Fiz o Congo, coitado, que está tão velho, me trazer aqui, mais um dos piazitos lá da estância. – Suspirou. – Vosmecê sabe que a maioria da peonada foi pra guerra...

Inácia sorriu, mostrando a sala vazia:

– Eu também estou meio sozinha. Bernardino viajou.

– Eu sei, querida. Sua madre me disse.

– Uma viagem longa, de negócios. – Inácia sorriu meio sem jeito. – E eu não queria ficar aqui assim, por causa da gravidez.

Caetana lançou um sorriso para a neta:

– Eu gestei metade dos meus filhos longe do Bento, hija...

– Ah, avó, eu sou tão tola.

– Não é não, é apenas jovem. Está vivendo as cousas pela primeira vez.

Sentaram-se uma ao lado da outra sob a janela aberta. Iniciava-se dezembro e o ar era morno, trazendo o perfume das rosas e do jasmineiro que enfeitavam o jardim. A guerra seguia sem prazo para findar, e Caxias acabava de assumir o comando das forças brasileiras no Paraguai disposto a dar um desfecho àquela situação que tanto dinheiro consumia dos cofres públicos. Mas as duas mulheres não falaram disso. Caetana segurou as mãos da neta entre as suas, eram mãozinhas muito lisas, branquinhas.

– A gente vai aprendendo, hija... A vida ensina. Vosmecê vai ter este filho e outros, e vai ver como as cousas são simples.

Inácia mirou-a amorosamente.

– A senhora não veio aqui para isso, veio? A senhora não é uma velha louca, é a mulher mais lúcida que eu conheço. Não veio aqui só para acalmar as minhas angustiazinhas que, ao fim e ao cabo, não significam nada.

Caetana soltou um risinho.

– Não, eu não vim aqui pra isso. Vim aqui para uma cousa maior, para le dar uma notícia boa.

– Uma notícia boa?

– Sí.

A voz fraquejou-lhe um instante, enquanto Caetana escolhia as palavras. Aquilo de escolher as palavras certas era fundamental, era um talento que ela tinha aprendido com o marido.

Olhou a neta no fundo dos olhos e disse:

– Vim le dar uma notícia sobre o Matias.

O rosto de Inácia, aquele rosto bonito, alarmou-se subitamente.

– Sobre o Matias? Acharam o corpo dele?

Caetana esperou um momento. Falava então como quem compunha uma música, elegendo as notas com cuidado.

– Não, hija. Não é nada disso. Não há nenhum corpo para achar... Essa é a notícia.

Apertou mais aquelas mãos dentro das suas. Ah, como queria salvá-las da dor, da dor que era inerente à vida. Espreitou a neta e disse:

– O Matias está vivo, hija.

A menina olhou-a, pasmada, e seu rosto perdeu a cor. Caetana viu o lume naqueles olhos que, afinal de contas, eram tão parecidos com os seus. Passou a mão pelas faces da neta e falou baixinho:

– Matias está vivo. Voltou para o Brejo há uma semana. Essa é a boa notícia, Inácia... Avisaram-me hoje, e sabendo o quanto vosmecê ama esse moço, que é seu primo, meu sobrinho-neto, sabendo o quanto vosmecê o ama, achei que tinha de le contar o quanto antes. Por isso eu vim hoje.

A moça mirava-a com um ar ligeiramente apalermado, como se, numa parte mais profunda do seu ser, aquela informação ainda não tivesse alcançado o seu destino final. Ela olhava-a em transe. E pálida, muito pálida.

Caetana aproximou-se mais, envolvendo a neta numa espécie de abraço:

– Pense que bom, hija, que bom que ele não morreu. Foi um milagre.

As lágrimas correram pelo rosto de Inácia.

– O que eu vou dizer a ele?

Ela sacudia a cabeça pequena, redonda, com força. Seus cabelos começavam a escapar dos grampos, caindo em cachos pesados.

– O que eu vou fazer de mim, vó? Ele estava morto... Foi por isso que eu casei.

Caetana sacudiu a cabeça negativamente, com muita calma.

– Não, não. Vosmecê casou porque amou o Bernardino. Amou de um jeito diferente, Inácia. Mas amou. Existem vários tipos de amores, amores de muitas intensidades... Agora me diga: vosmecê não está feliz? Com seu marido, com essa criança na barriga? Me pareceu feliz quando eu cheguei aqui.

– Oh, sim, eu estou feliz! – disse a moça, confusa. – Mas é que eu, eu não sabia...

Caetana suspirou. Era impossível não sentir pena da menina, tão nova, tão ansiosa. E aquela palidez... Voltou a segurar suas mãos com força, numa espécie de alento, e disse:

– Bueno, agora vosmecê já sabe. Ele está vivo. Vosmecê está casada, vai ter um filho. São duas notícias boas. É verdade que não foi bem assim que vosmecês tinham planejado a vida... Mas, ah, se vosmecê soubesse, a vida nunca é como a gente planejou. Tudo tem que ser barganhado, conquistado com luta e suor, com esforço. E nem sempre a vida é uma linha reta, Inácia... Calha mais de ser um caminho tortuoso.

Inácia tocou o ventre. Um instante de alívio. Depois disse:

– Um caminho tortuoso que me levou para longe do Matias.

– Infelizmente.

A criada entrou com uma bandeja de chá, depositou-a numa mesinha e saiu sem ruído. Mas nenhuma das duas mulheres deu atenção ao bule fumegante e às xícaras vazias.

– O que eu faço agora, vó?

Inácia deixava as lágrimas correrem pelo seu rosto, e elas desciam, livremente, da face até o pescoço, deixando delicados rastrilhos de umidade.

Ela secou aquelas lágrimas com angústia:

– Tenho medo, pela criança... Estou muito nervosa.

Caetana esboçou um sorriso:

– Não se preocupe com isso. Ela é como um peixe no rio. Pode chorar, se vosmecê precisa.

– Eu preciso é fazer alguma cousa, vó... Matias vai me odiar pelo resto da vida.

Caetana farejou aquelas palavras, cada sopro de sentimento escondido naquelas palavras.

– Ele vai odiar vosmecê pelo resto da vida... Será mesmo? E vosmecê, o que vai sentir por ele?

Inácia fitou o rosto da avó. Ficou um momento quieta, pensando, correndo os riscos, avaliando. Mas se confiava em alguém na vida, esta criatura era Caetana.

– O que vosmecê vai sentir por ele, hija? – repetiu Caetana mansamente.

A voz de Inácia não passou de um sussurro:

– Amor.

Caetana manteve-se muito serena; era um jeito de ser que somente os anos ensinavam. Não adiantava forçar, não adiantava fingir, aquela serenidade vinha com a velhice, com as coisas vividas, com as dores e as alegrias. Segurou o rosto da neta com delicadeza, focando seus olhos nos dela, e sua voz era firme e clara, mas muito, muito amorosa, quando ela disse baixinho:

– Vosmecê pode amá-lo para sempre, Inácia. Isso não há de ser um problema. Mas vosmecê vai amar o seu marido, e vai amar este seu filho, e esta casa. O coração de uma mulher é infinito, ouça o que eu le digo. Infinito. – Sorriu. – Vosmecê me promete? Me promete que vai ser feliz com o seu marido?

– Prometo – disse Inácia, trêmula. E emendou: – Mas eu preciso ver o Matias, preciso contar para ele o que se passou.

– Por Diós, hija, isso é a única coisa certa a fazer. Por isso eu vim... Já avisei o Congo que amanhã bem cedo nós duas vamos até o Brejo. Vou com vosmecê. Não fica bem uma mulher casada, no seu estado, encontrar-se a sós com outro hombre.

Inácia aquiesceu.

Então era assim, ela pensou. E seria assim para sempre.

A herança V

Verão de 1902, Estância do Brejo.

Quando a lua cheia entrou, ainda ao entardecer, Miguel veio dizer-lhe:

– Se vosmecê quiser seguir até o farol, hoje à noite teremos bom tempo.

Antônio concordou com prazer. Queria conhecer o velho farol de D. Ana, sobre o qual o pai tão pouco lhe falara. Jantou mais cedo, ainda quando o sol se punha, e às oito horas os dois montaram em seus cavalos e seguiram por uma estreita picada no rumo que levava à Estância da Barra.

A lua, um halo perfeitamente redondo, de luz leitosa e clara, estampava o céu de janeiro. As constelações exibiam-se sobre o negror do infinito, imensos arabescos luminosos, cujas histórias e nomes Antônio ia passando em revista na sua mente com mania de ocupação.

Era aos poucos, muito lentamente, que seu espírito, acostumado à agitação viciosa da cidade, se entregava ao mistério do silêncio e da solidão. Era aos poucos, como que tateando por aquele universo escorreito, puro, feito de céu e de vaguezas, que seu espírito inflava, relaxava-se, deixava aproveitar a vida sem dividi-la em pedaços de tempo, em fatias organizadas por horários rígidos. Embora na estância ele levantasse muito mais cedo do que na cidade, embora tivesse então uma certa rotina na lida da terra, aprendendo com Miguel a cuidar do gado, a marcá-lo, a escolher as melhores cabeças num negócio de compra, ainda assim esse encadeamento era tão sutil e tão lógico que ele se sentia livre.

Mirou as estrelas ainda uma vez, recordando uma longínqua tarde de lições. Depois deixou a mente voejar pela estradinha estreita e deserta, sentindo o trote do cavalo, aquele trote manso, cadenciado.

Antônio e o capataz seguiam em silêncio, ouvindo o murmúrio das águas do Camaquã lambendo seu leito de pedregulhos. Na Barra, aquelas águas ajudavam a formar a grande lagoa, a imensa lagoa que espantava os viajantes chegados ao Rio Grande, porque era como um mar de água doce, um mar interno e misterioso.

O ar zumbia de insetos noturnos. Lá pelas tantas, Miguel cortou o silêncio dizendo:

– Contam que Giuseppe Garibaldi fez muitas vezes este caminho, quando ia até a Barra ver a sobrinha do general. Después seguiu para Laguna e casou com outra.

A luz da lua filtrava-se por entre as folhas do arvoredo que ladeava a picada, respingando uma claridade suave pela trilha de chão batido.

Antônio pensou em Manuela; aquela história, contada de boca em boca durante tantos anos, era a sua lenda. Não ousou dizer que talvez a velha fosse a mulher mais lúcida que já conhecera.

Mudando o assunto, indagou:

– Quem vive na estância hoje em dia?

– Um bisneto de D. Ana.

Os dois homens voltaram ao silêncio enquanto seguiam pelo caminho de terra, aqui e ali escondido pelo mato. O cheiro da água seguia com eles.

Uma hora depois, Antônio avistou a luz por entre as ramagens e sorriu.

– É ele – disse Miguel. – O velho farol.

– Quem cuida dele?

O outro contou que, antigamente, o farol era alimentado com madeira, e que dois escravos trabalhavam dia e noite em tal labuta, mas havia anos que o sistema tinha sido abandonado e substituído por alguma parafernália vinda de longe.

– Eu não entendo de modernidades, seu Antônio. O que sei é que agora existe um tal especialista para essas cousas de farol. – Pigarreou, meio sem jeito. – Vamos mais pela beira d'água. Logo o bicho vai surgir inteirinho.

Antônio guiava o seu cavalo pela trilhazinha. O ar fresco da noite, a brisa úmida do rio, tudo contribuía para o seu humor e aquela sensação leve de bem-estar.

Pouco depois viu o farol. Era uma construção de madeira pintada de branco, com cerca de quinze metros de altura. Sua base, muito larga, estava parcialmente envolvida pela bruma que subia da lagoa. Havia uma porta, trancada a cadeado, por onde se chegava à parte mais elevada da torre.

– Não é uma beleza?

– Um poema – retrucou Antônio, enlevado.

A luz amarelada piscava no alto do farol, iluminando as águas densas e pardas da lagoa. Dava para ver a vegetação ribeirinha que se tingia de tons, conforme o rebrilhar da luz. Ao fundo, quieto, o vulto da casa-grande.

– Não há inconveniente em estarmos aqui, Miguel?

– Que nada. Por aqui não hay disso, e muita gente cruza as terras um do outro com seu gado. Fique tranquilo, seu Antônio.

Antônio apeou.

A luz que ia e vinha, cintilosa, encheu seus olhos. Sentia-se um menino vendo uma coisa mágica. Saiu andando pelo campo ribeirinho. Sob os arbustos, os animais noturnos remexiam-se. Uma coruja cantou ao longe, e seu grito ecoou na noite silenciosa. A lagoa lambia ritmadamente a margem pedregosa.

As árvores eram uma massa escura que a luz do farol desvendava, logo sumindo, num jogo de luz e de sombras. Antônio foi seguindo pela margem da lagoa, pisando a terra úmida e fresca. Um morcego passou sobre sua cabeça, dando um rasante até a água.

O capataz ficara longe. A calma do lugar era profunda e perfeita. Antônio viu-se acometido de um súbito enternecimento; mesmo sozinho no meio da mata, sentiu vergonha daquele lampejo doido de emoção.

Sentou-se numa pedra à beira da água. A luz ia e vinha, ritmadamente. O escuro. A luz sobre as pedras, sobre a pele prateada da lagoa, sobre as árvores de folhas largas. O escuro. O ciciar dos grilos. A luz e sua esteira amarelada. O chão pedregoso, o escuro outra vez.

Antônio deixava o tempo passar, o tempo era o seu maior luxo.

Estava assim entretido quando ouviu um leve estalido de vegetação. Ergueu os olhos, achando que Miguel viera chamá-lo. O sangue parou em suas veias quando viu, a poucos metros de si, a figura da moça vestida de branco. Era alta, longos cabelos negros caíam-lhe até as costas. Tinha um rosto pálido e cândido.

Não sabia quem ela era. Sentiu-se envergonhado da sua figura, sentado à beira da água àquela hora da noite, um intruso. Deveria ser filha do dono da casa.

Ergueu-se. A moça mirava-o sem se mover, e parecia confusa. Seu rosto não demonstrava medo ou surpresa. Antônio sorriu. Um certo calor tomou-lhe as carnes, e aquele sorriso, tolo, inadequado, fugiu dos seus lábios.

Deu um passo em direção à moça e disse:

– Desculpe-me, senhorita. Não queria ser inconveniente.

Ela olhava-o. O vestido, iluminado pela luz do farol, reluziu. Estavam muito perto um do outro, e Antônio notou como era bonita.

Outra vez o farol escureceu.

Nenhum ruído vinha do mundo, a não ser o leve cantarolar das águas da lagoa. Antônio esperou a luz; quando o farol acendeu novamente, ela ainda estava lá. Parada no meio da mata, perto da picada que levava à casa, sorrindo.

Antônio avançou mais um tanto. Seu coração, presa do susto e de uma estranha quentura, batia atordoadamente. Por um breve momento, teve consciência de todas as coisas que se tinham entrecruzado para que ele estivesse ali, naquele exato segundo, às margens daquela lagoa, daquela lagoa e não de nenhuma outra, somente para ver aquela moça. Foi um instante, e o farol tornou a apagar-se.

Segundos depois, a luz amarelada não mais revelou a figura feminina entre as ramagens. Ela fugira.

Antônio deixou-se ficar ali, esperando. Impossível segui-la até a casa, seria uma inconveniência inadmissível. Depois de um tempo que lhe pareceu uma eternidade, deu a volta e foi ao encontro de Miguel.

Quando já chegavam ao Brejo, após cavalgarem em silêncio por quase duas horas, ele perguntou ao capataz:

– Você conhece a gente que vive na Barra?

– Mui pouco, Antônio. Parece que é um bisneto de D. Ana.

– Ele tem filhas?

– Deve tê-las – disse o outro com voz risonha.

Antônio mastigou o silêncio e a lembrança vívida da moça tão linda que vira às margens da lagoa.

– Encontrei uma moça por lá. Foi um momento. Ela olhou-me, depois fugiu.

Chegaram à casa. Antônio apeou. Miguel tomou o baio do patrão, despediu-se e seguiu para a estrebaria. Passava das duas, e a lua ia alta no céu sem nuvens.

Antônio entrou na casa vazia. Seus passos ecoavam incrivelmente no chão de madeira.

Deitado na velha cama que fora de D. Antônia, imerso na mais profunda calma, vendo a luminosidade da lua coada pelas cortinas, Antônio ainda pensava na mulher que tinha visto, ainda pensava nela como numa aparição.

Era linda, como era linda.

No chão, aos pés da cama, o cusco gemeu no sono e revirou-se no pano que lhe servia de enxerga. Antônio sorriu. Os lençóis de linho tocavam sua pele com indescritível volúpia, e tal gosto não podia ser atribuído à solidão. Sentia-se estranho, afoito. Sentia-se como um menino às vésperas da grande viagem de férias, e dormir era a última coisa que queria fazer.

Porque estava cansado da cavalgada e do longo dia, fechou os olhos, enquanto a madrugada de verão se gastava no campo lá fora. Mas sua alma se entretinha com aquele rosto... Com os olhos que o farol revelara, aqueles olhos inesperados.

Auroras e poentes e crepúsculos IX

O que faz uma mulher quando descobre que o homem amado, que ela julgava morto, está vivo? O que faz uma mulher quando, em verdade, esse homem, esse homem entre todos os homens do mundo, está vivo, e pensa, e caminha, come, sonha, dorme, esse homem tem dores, recordações; o que faz uma mulher se esse homem está assim vivo, lúcido, e talvez mais solitário do que jamais esteve? Se esse homem espera-a, e ela há de chegar de mãos vazias?

Inácia gastou as horas de viagem da sua casa em Pelotas até a Estância do Brejo pensando nessas questões. E por mais que pensasse, por mais que retorcesse os dedos e suspirasse, seu pensamento dando voltas e voltas como um bicho acuado numa gaiola, por mais que se gastasse naquela secura de quem já chorara uma noite inteira – tudo isso ante a presença circunspecta e amorosa da avó – por mais que conjecturasse, Inácia não podia chegar a qualquer conclusão.

Em verdade, pensava ela, recostada no banco duro da pequena caleche, havia somente uma única conclusão para aquilo tudo. Ela e Matias estavam separados para sempre. Era uma coisa sem retorno, era uma espécie de final para os dois. De uma certa forma, ambos haviam morrido naquela guerra, cada um a seu modo, duas experiências completamente diversas, incomparáveis. Agora, ressuscitavam. Ela não era outra? Era. E aquela outra que ela se tornara tinha um marido, e amava-o, tinha um filho no ventre; enfim, tinha outra vida. O mesmo talvez acontecesse com Matias. E tudo aquilo que ambos tinham vivido, tudo aquilo não passava de reminiscências.

Ela precisava aceitar. Pensava. "Eu tenho de aceitar, eu tenho de entender; afinal, eu caminhei por esta estrada, eu sou outra, não mais aquela jovenzinha que se despediu do noivo há tanto tempo, aquela jovenzinha que nunca tinha sofrido, sequer havia chorado."

A vida, dissera-lhe a avó, não podia ser desfeita. A vida não era como uma carta em que um vivente corrige seus erros sem pressa, passando a limpo cada pensamento, cada frase, antes de endereçar o envelope e, finalmente, dar curso aos acontecimentos. Não, para a vida não havia volta.

A caleche fez uma curva no rumo da entrada da fazenda. Soprava uma brisa boa, vinda do rio. Inácia recordou com alguma dor as tardes longínquas da infância, quando ela, em companhia de Perpétua, vinha visitar a família na casa do Brejo. Aquelas longas tardes em que brincava com Matias à beira do rio.

– Vosmecê está bem?

Caetana falava com ela pela primeira vez desde que haviam saído de casa.

Inácia sorriu para a avó. Como a amava... A companhia dela, silenciosa como uma sombra, a companhia fiel daquela criatura boa, dedicava, era um alento.

– Está tudo bem – disse.

– Tente não se deixar levar pela emoção, cierto?

Já dava para ver a casa lá no fundo, numa elevação do terreno. Inácia sentiu a angústia correr pelo seu corpo, e repetiu:

– Estou bem, vovó. Estou serena.

– Deus le abençoe.

Em poucos minutos Congo apeava.

No quarto, onde estava deitado pensando, simplesmente pensando, porque não conseguia fazer nada coerente naqueles dias, nada a não ser vagar pela casa como um fantasma, andando de cômodo em cômodo com o coração por um fio, com a alma dilacerada, com uma imensa, uma terrível pena de si mesmo, Matias Gutierrez foi pego de surpresa pela voz de Beata, que o olhava da porta. Beata tinha um jeito invisível de se locomover, mal pisando o chão.

– Matias...

Ele ergueu-se de um pulo.

Gastava seu tempo a formular um discurso, um apanhado de frases horríveis, de frases tenebrosas, falando em traição e em maldade, falando em frieza e em ambição, tudo aquilo para jogar na cara de Inácia, tudo aquilo se misturando à febre e ao amor num caldo grosso, quente, incômodo, que o arrancava do sono à noite e que o fazia sofrer durante o dia.

– O que houve? – perguntou ele, os olhos injetados. – Está na hora das compressas?

A negra balançou a cabeça de cabelos curtos; parecia um pouco nervosa.

– Não é nada disso. É que, é que... – pigarreou. – É que a senhorita Inácia está lá na sala, e disse que veio le ver.

Foi como se um raio caísse sobre ele. Foi como um tiro. Um tiro de canhão. E o corpo estraçalhado pela surpresa.

– Inácia? – A voz dele tremeu. – Não acredito.

– Tenha calma, Matias, vosmecê não pode se apoquentar assim por causa da febre e da ferida – pediu Beata. – Ela não veio sozinha, veio com D. Caetana, que pediu licença e se fechou no escritório, a coitada.

Matias ergueu-se com dificuldade. Estava somente de calças, arregaçadas, e o peito nu, descoberto, deixava ver a ferida saliente, de bordas vermelhas que começavam a cicatrizar. Ficou parado no meio do quarto, sem muita ação.

– É melhor vosmecê ir lá. Também não dá pra deixar a moça esperando pra sempre. – E a negra suspirou: – Se bem que ela merecia...

Quando ele apareceu, quando ele arranjou forças para se vestir, calçar as botas e lavar o rosto, caminhar, ah, caminhar pelo extenso corredor que levava à sala, quando tudo isso foi vencido com a devida coragem, foi que Matias a viu, parada à varanda, mirando o campo.

Mesmo sem ver-lhe o rosto, sabia que ela estava linda, que estava triste e que seus olhos estavam úmidos. Como, por Deus, era possível que aquilo estivesse acontecendo? Deu alguns passos meio trôpegos, sentindo-se um pouco tonto, um idiota, um fraco, doente e velho. E ela tão bonita naquele vestido de um verde muito claro, apoiada ao peitoril da janela, o corpo para o lado da varanda, e só os cabelos, longos, negros, inquietos, só os cabelos (como se eles fossem outra coisa, uma entidade alheia a ela, alheia àquilo tudo), só os cabelos voejavam para dentro da sala.

Reuniu forças e disse:

– Inácia.

A voz soou triste, um pouco frágil.

Ele odiou-se como jamais se odiara, e ficou ali, parado a poucos passos da porta que dava para a rua; em verdade, ficou entre a porta e a janela, com medo de atravessar o umbral e ver-se no mesmo ambiente que ela. Os dois sozinhos depois de tanto tempo, e tudo perdido para sempre.

Inácia virou-se lentamente.

Se viu sua magreza, se viu a palidez extrema do seu rosto, as faces encovadas, o cabelo cortado muito curto por causa dos piolhos que grassavam nos acampamentos aliados; se viu tudo isso, Inácia não demonstrou. Pousou nele aqueles olhos verdes, límpidos. Aqueles olhos que tinham sido sua única companhia no inferno das terras paraguaias.

– Matias...

A voz de Inácia escandiu as sílabas do seu nome com uma ternura indescritível.

Estranhamente, como jamais esperara, aquilo lhe trouxe raiva. Como ela podia, depois de tudo, dizer seu nome com tamanho carinho? Como ela ousava?

Matias ficou ali parado, sentindo a febre rondá-lo, dividido entre o amor e a raiva. Entre o alívio e o desespero.

Então disse:

– Eu soube... Vosmecê se casou.

Não tinha planejado dizer aquilo, facilitar de algum modo as cousas para ela. Mas tinha dito, as palavras haviam escapado dos seus lábios como se fossem ar.

Ela mirou-o longamente. Falavam através da janela.

– Disseram que vosmecê tinha morrido... – disse ela baixinho.

E então se pôs a chorar.

Estava parada com as mãos muito brancas agarradas ao parapeito da janela, os nós dos dedos apertados, vermelhos. Segurava-se ali como se estivesse à beira de um precipício. Ela mirou-o longamente, enquanto as lágrimas desciam, quentes (ah, Matias podia sentir-lhes a quentura), e então ela começou a contar que conhecera Bernardino à época do batizado de um sobrinho, e que recebera dele uma carta, pois ele era mui entrosado nos negócios da guerra, e disse, e disse e disse. Ia cuspindo as palavras, livrando-se das palavras, e com a voz trêmula, Eu não queria que as cousas tivessem sucedido daquele jeito, foi tão horrível a espera, foi tão horrível, vosmecê nem sabe como eu sofri, a solidão de depois, Matias...

Ele olhava-a quase com pena. Mas então vinha a raiva. Quem era afinal que tinha sofrido mais naquilo tudo? Ela? Claro que não. Para ele, a guerra, o horror, a doença. Para ele, o sofrimento de meses, e Inácia ali, tão linda, tão alva, tão elegante. Buscou a mãozinha agarrada ao parapeito e viu a aliança. Aquele aro de ouro.

– Vosmecê não provou da solidão por muito tempo, Inácia.

Ela olhou-o como se fosse louca:

– Vosmecê tinha morrido! E eu, eu tão sozinha... Para sempre, sozinha para sempre. E Bernardino foi tão bom para mim, preciso dizer-lhe, ele ouviu-me, ouviu cada palavra, cada palavra que eu dizia sobre você, sobre nós, sobre a minha dor.

Matias baixou os olhos. Ficou assim um bom tempo. Sua cabeça era oca. E a febre, a febre ali. A febre era a aliança que ele usava.

Depois de um longo momento foi que Inácia cortou o silêncio:

– Por favor, venha até aqui. Até a varanda. Estamos conversando através de uma janela.

– É verdade. Eu imaginei outra cousa para a gente. Mas, agora, de que adianta?

Ela abaixou a cabeça, os cabelos escuros vieram para a frente da sua face como uma onda.

– Venha até aqui, por favor...

Matias deu alguns passos, cruzou a porta. Sentia-se trêmulo. Na varanda, o sol da manhã lambia o chão de lajotas. Um vaso com flores estava sobre uma mesa velha. Ficaram um em frente ao outro. Eles dois e o silêncio. Eles dois e a brisa que subia do rio.

– A vida inteira eu achei que ia me casar com vosmecê, Matias.

A voz de Inácia falhava, era levada pelo vento e morria.

– A vida inteira – ela repetiu baixinho.

Matias olhou-a:

– Eu também. Mas eu estou aqui, não estou? Eu prometi que voltava... E voltei.

Então tirou do bolso o colar, o colar que ele guardara durante aqueles anos na guerra, jogando-o ao chão, bem aos pés dela.

No rosto de Inácia, tão bonito, havia uma tristeza maior do que o mundo todo. Ela respirou fundo, pensando nas poucas coisas que a avó lhe tinha dito, abaixou-se e recolheu o colar. O camafeu lascara-se com o impacto; Inácia alisou-o com a ponta do dedo, depois guardou-o na palma da mão e ergueu o rosto outra vez.

Dava para ver que estava lívida, e Matias desviou os olhos por um instante.

Inácia respirou fundo, fundo. Pensou no marido, no filho que trazia dentro da barriga; pensou na infância, em D. Antônia, nas noites que passara chorando a falta de notícias do noivo, pensou em tudo.

Olharam-se por fim. Estavam a poucos passos, mas Inácia percebeu como estavam distantes um do outro. Não era uma parede que os separava, não eram alguns centímetros. Não era nem mesmo aquela aliança no dedo, era uma vida inteira.

Então disse:

– Não me perdoe jamais, Matias... Vosmecê tem razão. Eu pedi que voltasse, e vosmecê voltou.

Ele viu que os olhos dela eram como duas estrelas verdes, muito vívidas, molhadas de lágrimas. Eram como aquelas estrelas que ele via nas noites do acampamento. Distantes, intocáveis, inesquecivelmente tristes.

– Não me perdoe jamais...

Ele tentou erguer o braço para tocá-la. Segurar por um instante apenas aquela mãozinha branca, fresca, de pele macia. Ele tentou, mas não pôde.

– Por que vosmecê diz isso, Inácia? Por que não quer que eu a perdoe?

As duas estrelas pousaram outra vez no rosto dele.

– Porque se um dia vosmecê me perdoar, se um dia nós dois estivermos juntos, numa mesma festa, numa sala, num encontro qualquer... – ela titubeou, chorando. – Se eu um dia... Se eu le encontrar na rua e vosmecê me olhar com calma, me olhar com outros olhos que não estes, estes olhos flamejantes com que me olha agora, se um dia esse momento chegar, Matias, então eu vou saber que vosmecê já não me ama mais...

Disse isso e saiu correndo, apertando com força o camafeu lascado. Não ousou olhar para trás e ver Matias na varanda, a criatura mais infeliz e mais solitária do mundo.

Não ousou.

Pulou para dentro da caleche, para a segurança da caleche onde o velho Congo a esperava, o velho Congo e sua discrição de árvore, sua devoção infindável à família do general. Sentada ali, tocou no ventre.

Não ousara contar do filho a Matias; mais dia, menos dia, ele iria saber. E então teria ódio dela, teria ódio dela para sempre. E aquela outra, aquela outra morta que ainda vivia ali, em algum lugar da sua própria alma, haveria de regozijar-se, porque a única forma de amor que poderia haver entre eles era o ódio. A noiva que abandonou o noivo para casar com outro... Era isso. Era assim a história deles, e as nuanças, as nuanças jamais haveriam de ter importância para alguém, a não ser para ela.

– Tudo bem, dona Inácia?

A voz do negro era solícita.

Ela fungou alto e disse:

– Tudo bem, Congo. Pode ir lá e chamar a vovó. Quero voltar para casa agora.

Congo aquiesceu e saiu andando sem pressa, enfiando os pés na grama verde que recobria a coxilha coalhada de sol.

E ela ficou ali, quieta, imóvel, olhando o céu de dezembro, onde as nuvens finas e brancas passavam rumo ao nada.

Matias Gutierrez jamais haveria de se lembrar da sequência exata dos acontecimentos daquele dia, depois que Caetana lhe dera um beijo rápido, um beijo triste. Jamais poderia, por mais que tentasse, reorganizar os fatos daquele dia, após ver a caleche descendo a coxilha no rumo da porteira, quando perdera sua Inácia para todo o sempre.

Lembrava-se de ter vagado por horas e horas, que a febre cozinhava seu corpo; talvez tivesse seguido diretamente para o estaleiro, onde Netinho o encontrou já de noite. Talvez antes tivesse caminhado até o cemitério que ficava nos fundos do terreno, atrás do pomar, e lá, ajoelhado à beira da lápide de sua mãe, gritara: "A culpa é sua, a culpa é sua, que foi morrer quando eu era menino, a culpa é sua, que não me amou até o fim, fugindo antes, igualzinho ao que Inácia acabou de fazer." Lembrava-se disso, certamente.

Todo o resto era uma neblina espessa de horror e de vergonha. Todo o resto era a febre, e um vazio fundo, fundíssimo, um vazio do tamanho do Camaquã na gaveta das suas recordações. Era noite quando Netinho o encontrou caído no velho estaleiro, para onde ele gostava de fugir em menino. Estava lá, num canto, no escuro, em meio à poça do seu próprio vômito, dormindo como um bêbado caído numa ruela qualquer.

Netinho vagara uma hora à sua procura porque Beata tinha feito a comida, tinha preparado as compressas, estava louca de nervosismo – desde a manhã ninguém podia precisar o paradeiro de Matias.

Netinho agachou-se perto dele e, tocando no alto da sua cabeça, sussurrou:

– Tá tudo bem com o sinhozinho?

Foi a primeira coisa que Matias ouviu quando abriu os olhos, no escuro úmido do velho estaleiro.

– Que horas são? – sua voz era débil.

– Devem ser umas oito da noite, sinhozinho, faz um tempo que escureceu.

Netinho levantou aquele corpo sem esforço, aquele corpo magriço e doente, e segurou-o, passando o braço dele por cima dos seus ombros com cuidado.

A voz de Matias se fez ouvir:

– Ela já foi?

– Faz tempo, sinhozinho... Eram onze da manhã quando ela foi – disse o negro mansamente. – Agora a gente vai pra casa. Vosmecê tá ardendo em febre. Uma quentura.

Matias gemeu, seu corpo doía inteiro.

Quando alcançaram o campo, o ar fresco da noite trouxe um certo alívio. Foi alívio suficiente para ele ter uma certeza:

– Não faz mal a febre, Netinho. Nem se apoquente com isso... Quero morrer, eu já devia ter morrido lá no Paraguai.

O outro suspirou. Já tinha visto muitos homens acabados, tinha visto muitos homens em farrapos, mas nenhum como aquele. Não disse nada, seguiu carregando-o sem muito esforço. Atravessavam o campo no rumo da casa. Lá em cima, o céu estava apinhado de estrelas. Estrelas frias e lindas como os olhos de Inácia.

Matias resmungou:

– Deus não existe, Netinho... Se eu ficasse lá naquele açougue disfarçado de hospital, eu tinha morrido logo.

Calou-se outra vez, a cabeça afrouxou e pendeu para a frente. Netinho redobrou a força. Um súbito vento varou o campo, sacudindo as copas das árvores.

O ar fresco da noite no seu rosto. E a voz do outro, que o carregava até a varanda:

– O senhor tá variando, sinhozinho... Deve ser a febre. Mas a Beata vai cuidar disso. Vai cuidar disso agorinha mesmo.

Matias passou muitas horas com a negra à sua cabeceira, rezando baixinho, incansavelmente. A febre subira muito e ela ficara ao seu lado, aplicando unguentos e lamentando aquela guerra, aquela maldita guerra que tinha destruído o neto de D. Antônia. Ver o menino daquele jeito, mau daquele jeito, era uma grande provação para Beata. De vez em quando, numa espécie de desabafo, ela dizia: "Ah, se D. Antônia estivesse aqui, aí sim eu queria ver..."

Amanhecia quando Matias começou a melhorar. Sua tez estava fresca e ele parecia imerso num sono tranquilo. A negra ergueu-se, recolheu bacias e panos e ervas, e tomou o rumo da cozinha. Ia descansar um pouco também.

Matias acordou logo depois, com o canto dos passarinhos no campo lá fora. Acordou num susto, a boca seca. Olhou em derredor sem reconhecer nada, a mente confusa por causa da febre, e o que viu foi um quarto vazio, um quarto levemente iluminado pela luz baça de um alvorecer, um quarto com uma única cama, com seus móveis de madeira, com o pequeno armário onde guardava suas coisas, com a escrivaninha. Viu as suas pernas sobre o colchão, aquelas pernas magras, de pele amorenada. E os dois pés, brancos, marcados de bolhas e cicatrizes.

E então, como num sonho, como num sonho descolorido, foi que concluiu: ele é que não ia viver por nada daquilo. Não tinha graça viver, e vó Antônia que o perdoasse. Todo mundo tinha morrido ou tinha ido embora. Quem não tinha morrido ia morrer ainda naquela merda de guerra que se prolongava até o fim dos dias.

E ele, quem era ele? Nem tocar mais a viola ele sabia. Era verdade, tinha acontecido aquela estranheza: desde que voltara da guerra, não sabia mais tocar a viola do pai. Aquelas mãos, aquelas mãos que tinham empunhado faca e pistola, que tinham empunhado lança e sabre, aquelas mãos não sabiam mais fazer música.

Engraçado, pensou ele, como não sentia pena. Tinha passado muitos dias sentindo uma terrível pena de si mesmo, e então ali, deitado naquela cama, com o dia alvorecendo lá fora, o que descobria é que estava incapaz de sentir alguma coisa. Sentir era como tocar música. E tudo isso, essas duas cousas maravilhosas que antes tinham dado propósito, tinham dado gosto à sua vida, essas duas cousas tinham ido embora junto com Inácia. Dentro dos olhos dela.

Ergueu-se e saiu do quarto pisando leve. Na guerra eles aprendiam a pisar leve para passarem despercebidos ao inimigo. Pensou em Beata e que aquela negra podia ir lá ensinar os soldados a andar com leveza, como um sopro. Matias riu disso, enquanto entrava no banheiro do corredor e abria o velho armarinho ao lado da pia de louça. Achou ali o que queria, a navalha de barbear.

Havia um espelho na parede do banheiro, ele olhara-se ali muitas vezes. Em menino, adorava subir num banquinho e ficar espiando seu próprio reflexo naquele espelho.

Olhou-se ainda uma vez e viu uma face exaurida. Os olhos oblíquos deitavam-se sobre a cinzenta sombra do cansaço. Eram olhos febris, e o rosto era um rosto triste. O rosto da sua própria mãe na noite em que ela morreu.

Pegou a navalha e, acompanhando seus próprios gestos pelo espelho, levou-a até a base da orelha.

É aqui que eu vou cortar. Bem aqui. O sangue vai esguichar, eu já vi isso. Os paraguaios faziam isso muito bem... Vai manchar o espelho, vai manchar o banheiro todo. E adeus. Rápido assim.

E então, quando ia enfiar a navalha, quando sentia a ponta da lâmina furando sua própria carne, foi que a viu...

Não estava no espelho. Era um reflexo perfeito.

Estava atrás dele, D. Antônia.

Balançando a cabeça numa negativa cheia de dor. Com aqueles olhos negros intactos. Com aqueles olhos que diziam. "Não é assim, meu filho, não é assim que se resolve a vida..."

Ele teve certeza de que era ela, D. Antônia.

A navalha caiu na pia fazendo um barulhinho esquisito, e Matias saiu correndo do banheiro.

Ninguém jamais soube daquilo. E um dia, depois de muitos anos, Matias também esqueceu o episódio. Não naquela madrugada, nem no dia seguinte, à mesa do café, quando chamou Beata e Netinho e lhes disse secamente, com uma voz exausta de tanto sofrer:

– Ontem à noite tomei uma decisão.

Os dois permaneceram firmes, parados diante dele. Por um longo tempo.

Parecia-lhes estranho perguntar sobre a decisão do patrãozinho. Mas Matias não falava nada, mirava-os apenas, talvez ele mesmo um pouco inseguro da decisão que tomara.

E então Beata indagou:

– Diz pra gente o que vosmecê decidiu, Matias.

– Vou-me embora – disse ele. – É isso, vou-me embora do Rio Grande.

Netinho foi o único que pareceu surpreso; Beata não. Alguma coisa na noite anterior avisara-a de que tudo iria mudar naquela casa. Alguma coisa se tinha quebrado junto com aquele amor.

– Vai pra onde, sinhozinho? – Os olhos azuis de Netinho cintilavam de ansiedade. – Vai pra onde? Vai fazer o que com essas terras *tudo*?

Matias ficou de pé com certo esforço. Apoiado na mesa, disse:

– Vou embora, isso é certo. Talvez para a Corte, tratar desta saúde arruinada... – Riu sem jeito. – Ou bem morro ou bem vivo. É, acho que vou pra Corte.

– E a estância?

– Eu tinha prometido a vó Antônia que ia cuidar disto aqui, que ia dar meu sangue por isto aqui... Mas agora eu não posso. Tão perto de Inácia, não posso... – Olhou o negro parado à sua frente e disse: – Vosmecê vai cuidar daqui. Já vinha cuidando mesmo, quando eu estava na guerra. Mas agora vai ter a diferença de que eu vou le mandar dinheiro. Todo mês. Vó Antônia me deixou um bom dinheiro, está num banco. Eu não quero o Brejo abandonado. Quem sabe um dia eu volto.

Beata não dizia nada. Bem de mansinho, ela chorava. Netinho começou a andar de um lado a outro, como se buscasse um argumento, uma desculpa para desiludir o patrão daquela fuga. Porém, não encontrava o que dizer.

– Como é que uma cousa dessas foi acontecer, sinhozinho, como é que foi?

Apoiado na mesa, um pouco tonto, com medo da própria decisão, Matias assegurou:

– Vai ficar tudo bem. Não era assim que vó Antônia dizia? Vai ficar tudo bem, não se apoquentem.

Partiu no dia seguinte muito cedo, sem despedidas. Antes de tomar a carroça que o levaria até Pelotas e o vapor que seguiria para a Corte, andou pela casa, andou pelo campo ao redor, foi até o estaleiro.

Amanhecia, a luz rosada deixava o estaleiro tão lindo quanto um brinquedo muito adorado por um menino, e então, tirando do bolso o bloco que tinha trazido e um lápis, Matias desenhou-o.

Não sabia mais tocar a viola, mas ainda desenhava. Desenhou apressadamente o estaleiro e guardou o desenho no bolso, sem saber bem por quê.

E partiu no rumo de Pelotas com a alma seca, seca.

Netinho guiava a carroça, e ambos iam calados, cientes da grandeza, da importância daquele momento, vendo o sol subir entre as coxilhas ao longe, aquele globo vermelho e ardente. Ainda estava fresco, o campo recobria-se do orvalho noturno, mas logo, em poucas horas, aquele sol de dezembro seria uma fornalha incandescente a cozinhar o pampa.

Acomodado no seu lugar, com a única mala aos pés, Matias enchia os olhos, acumulava na alma as imagens de casa. No fundo, bem lá no fundo, sabia que jamais voltaria a viver na Estância do Brejo. Essa estranha sensação era forte como uma certeza, era uma pedra no seu sapato, cutucando-o, avisando-o de instante em instante que ele partia para sempre. Naquela terra ficava o germe do seu amor por Inácia. E, sim, para consolo dela, para seu desgosto, ele seguia odiando-a. Não ia embora por amor, ia por ódio. E por medo, talvez.

Depois de um longo tempo de viagem, perguntou a Netinho:

– Vosmecê está com a carta que eu escrevi para a Clara, esposa do Caetano?

– Estou sim – respondeu o negro.

– Depois que me deixar no porto, na volta, leve a carta até o Cristal. Entregue nas mãos dela, Netinho... E peça desculpa pela minha ausência, diga que eu estou mui doente. – Sorriu olhando o pampa: – Não deixa de ser verdade.

Netinho assentiu muda e tristemente.

Era verdade. Todo mundo sabia que aquilo era verdade.

Quando estavam quase chegando na cidade, já nos arredores, vendo as primeiras construções, as primeiras casas de madeira com seus quintais modestos, com as crianças à varanda, brincando antes da soalheira, Matias perguntou:

– E o farol de D. Ana?

O negro estalou a língua:

– Tá lá, sinhozinho... D. Maria Angélica mantém ele bem aceso lá na beira da lagoa.

– Que bom – disse Matias vagamente.

E não falaram mais durante o resto do trajeto até o porto.

Naquela manhã do dia 14 de dezembro, uma sexta-feira, Matias Gutierrez acertou seu embarque na Cia. de Navegação Costeira, despachou a bagagem, que era muito pouca, e viu que tinha tempo de sobra para se despedir de Manuela. Por conta de um problema na alfândega, o barco sairia somente pelas duas horas da tarde.

Fazia muitos anos que não se viam, mas Manuela era a única pessoa a quem ele se imaginava contando a sua história, a última história da sua vida ali naquelas terras. Ele não pensava, na ânsia de partir e no desespero daquele amor, que a sua vida jamais haveria de se desatrelar do Rio Grande, de Inácia e do Brejo, mas seguiria de longe, como uma criança triste a especular o mundo através das vidraças.

Andou um pouco pelo porto, constatando a balbúrdia, vendo as gentes que seguiam, os carregadores enchendo as carroças com as mercadorias de um barco vindo de Porto Alegre, vendo uma mulher que vendia empadas e um cigano que anunciava saber a sorte dos viventes. Depois tomou um coche e mandou que o cocheiro seguisse até o endereço de Manuela Ferreira.

O dia anterior era uma lembrança ruim dentro dele. Inácia, as palavras que eles haviam trocado, e depois a sua partida e o horror que ele vivera... A navalha, o banheiro, o rosto da avó, tais coisas provocavam nele uma espécie de náusea, como se tivesse bebido demais.

A realidade da guerra agora lhe parecia mais justa. A vida, depois da perda de Inácia, podia ser mais dolorida do que aquela maldita guerra, porque era mais silenciosa, era incolor. Ele sofria; no entanto, não parecia justo que sofresse. Não tinha, por acaso, sido salvo do horror de um hospital de sangue no Paraguai? E agora ali, bem-vestido e bem-alimentado, agora ali, naquele coche, como era possível que penasse tanto?

Chegou ao sobrado perto do meio-dia, dispensando o cocheiro antes de bater à porta.

Tocou a sineta no pequeno alpendre empoeirado pelo vento seco de dezembro. Logo uma criada veio atendê-lo. A porta da casa se abriu e um cheiro de mofo, de igreja, escapou para a rua.

– Vim ver Manuela – avisou Matias. – Sou o sobrinho dela.

A criada olhou-o de cima a baixo, estranhando aquele homem em uniforme, com o símbolo dos Voluntários da Pátria preso à manga da camisa. Era muito magro e abatido, de uma beleza frágil, rasurada, exaurida.

– Sobrinho? Os filhos do seu Antônio ainda são crianças.

– Sou filho de Mariana.

A mulher deixou escapar um suspiro cansado. Sim, ela conhecia aquele causo. Pediu licença e foi ver a patroa, mas quando estava passando para dentro, ao encostar a porta, prendendo também o cheiro de mofo entre as paredes do sobrado, Matias se adiantou:

– Diga-le que vim me despedir. Que parto para a Corte.

A criada assentiu, sumindo depois dentro da casa.

Em seu quarto, Manuela esperava. Fazia muito tempo que a solidão ensinara-a a farejar certos acontecimentos. Era no ar que ela pescava o cheiro das pessoas, o medo das pessoas, e o seu próprio medo, aquela angústia que crescia dia a dia.

Naquela manhã, acordara muito cedo, e desde o abrir dos olhos é que pensara nele. Em Matias. Ele não tinha morrido, conforme lhe contara Joaquim, e disso ela já sabia. Caetana escrevera-lhe.

A carta de Caetana não a tinha espantado, como também não se impressionou quando a criada bateu à porta e, ao ouvir o seu costumeiro "entre", pisou no quarto avisando que lá embaixo se encontrava um soldado, um daqueles voluntários da guerra, que se dizia seu sobrinho.

– O nome dele é Matias.

Manuela assentiu calmamente. Tinha sentido no ar. Aquele cheiro morno.

– E o que ele quer comigo?

– Veio se despedir. Parece que vai embora.

Manuela sorriu tristemente. Era uma sina, sem dúvida. Apegar-se sempre aos homens que partiam. Primeiro tinha sido Giuseppe, agora aquele menino lá embaixo. Onde estava a coragem de lutar, de ousar contra o destino?

– Ah... – ela sussurrou, enfiada no seu vestido branco.

A criada esperava, cheia de paciência. Sempre aquilo, quando vinha alguém. Mas era verdade que havia um outro brilho naqueles olhos, um brilho triste no meio da luz verde daqueles olhos.

Manuela sentiu que suas mãos tremiam e depositou-as sobre o colo como se fossem dois bichinhos desobedientes e medrosos demais. Lutara tanto para estar imune àquilo, ao tremor e às lágrimas. Ao medo do abandono. Não do abandono da morte, porque quem morria não tinha escolha (ah, ela não era tão louca quanto diziam...), mas o abandono premeditado. O abandono que aquele menino que ela amara tanto estava prestes a cometer.

– E então, dona Manuela? O que eu digo pro moço?

Manuela mirou-a com seus grandes olhos úmidos.

– Diga-le que não vou – a voz era frágil, a voz de uma menina no rosto de uma mulher já um tanto além da madureza. – Diga-le que não posso. Não... Espere, vou le escrever um bilhete.

Deu dois passos até a mesa perto da janela, onde sempre havia tinta e papel. Escreveu rapidamente algumas linhas. Dobrou a folha com extremo cuidado, enfiando-a num envelope, e estendeu-o para a criada:

– Tome, le entregue isso. E diga que vá, que eu não apareço. Que me escreva seja de onde for...

A criada aquiesceu, virando-se para descer ao térreo, onde o rapaz esperava no alpendre. Já no segundo degrau, ouviu a voz da patroa:

– Espere...

Virou-se e a viu, o corpo um pouco para fora do quarto, aquele corpo temeroso, como se o corredor da sua própria casa fosse cheio de perigos.

– Diga-le que, enquanto eu viver, hei de querê-lo bem.

Depois se sumiu, fechando a porta atrás de si.

Parada perto da janela, Manuela Ferreira viu quando ele saía pela rua. Viu-o erguer os olhos (aqueles mesmos olhos de João) e mirar a janela do seu quarto.

Segurando um pranto que há muito não chorava, ela escondeu-se entre as sombras das cortinas. Ficou ali encolhida, sentindo um vago olor de maresia, um olor inusitado que vinha somente da sua alma. Ficou ali, vendo o sobrinho partir para sempre. Mais um, mais um, mais um. Por que era mesmo que todos partiam? Por que não se quedavam como ela? Por que uma árvore em meio a tantos pássaros afoitos, inquietos, fugidios? Ficou ali chorando.

Lá embaixo, na calçada, Matias abaixou o rosto e seguiu no rumo do porto. Mesmo lá de cima, Manuela não deixou de notar sua magreza e uma aura de dor, uma aura genuína que parecia luzir em torno dele enquanto as pernas se entrecruzavam na derradeira tarefa de partir.

Quase na esquina, ela então já debruçada completamente à janela, sentindo o vento e seus cheiros despudorados de mundo, viu que ele abria o pequeno envelope e que lia o brevíssimo bilhete.

Fechou os olhos por um segundo. Quase podia ouvir-lhe a voz. Decerto que a sua voz não mudara na guerra, muito embora ele todo fosse uma criatura completamente diversa. Quase podia ouvir-lhe a voz lendo as suas três frases, escritas tão apressadamente:

> Se vosmecê quer ir, que se vá. Mas jamais haverá de saber como teria sido se vosmecê tivesse ficado, jamais. Talvez seja esse o único segredo que eu levarei para o túmulo,
>
> perdoa-me, sua tia Manuela.

Depois Matias Gutierrez dobrou a esquina e desapareceu do seu campo de visão. E ficou somente a rua, a mesma eterna rua onde seu olhar haveria de se gastar até o último dos seus dias.

A herança VI

Verão de 1902, Estância do Brejo.

A vida na estância aos poucos tomava seu prumo. Antônio Gutierrez já andava a cavalo sem fazer uma figura muito ridícula, e sua dedicação, seu temperamento calmo e observador, davam-lhe grande crédito com os vaqueanos. Para a gente da terra, aquele moço da cidade grande tinha algo de meridional.

Suas dúvidas eram gastas na solidão do escritório. A mãe mandava cartas e telegramas pedindo que voltasse; por várias vezes sentira-se tentado. As lonjuras, o silêncio, o calor abrasante daquele verão longe do mar, tudo isso podia ser um peso difícil de se levar. Sentia saudade dos poucos amigos que deixara no Rio de Janeiro, do Café Paris, da euforia política da capital, do velho apartamento onde vivia. Sentia saudades de Ticiana. Mas voltar, ah, voltar não ousava.

O pai desejara que ele ficasse ali. De outro modo, porque Matias não vendera aquelas terras? E como explicar aquele enternecimento, aquele langor que era quase um arremedo de felicidade, quando na varanda, ao entardecer, vendo o céu rubro que se estendia sobre o pampa infinitamente, ouvindo o canto dos quero-queros, o leve rumorejar das águas do rio, ele se sentia pleno, realizado, pacificado até? Ele, que sempre fora inquieto, que deixara a faculdade, trabalhando no comércio da família por escrúpulo de esforçar-se num caminho novo, somente seu? Sim, era ali, naquele fim de mundo, que ele podia se ver sem enfeites. Tinha sido um fraco, um filho ingênuo, mimado pela mãe. O pai deveria ter sofrido por vê-lo crescer em meio à fartura (mas também Matias, por falta de coragem ou de perspectiva, não se deixara levar pelas mãos de Ticiana?), sem qualquer vontade de sua, sem brios.

Antônio escrevera uma longa carta para a mãe contando daquela descoberta. A estância era o seu primeiro desejo genuíno. Queria reerguê-la, e para isso usaria o seu fundo, usaria o dinheiro guardado no banco. O pai deixara-lhe mais do que uma herança, deixara um caminho. Um objetivo.

Na carta, pedira a Ticiana que contratasse um gerente para as duas lojas da Ouvidor. A mãe mandara-lhe depois um curto telegrama cheio de lamúrias. O filho estava louco. O Rio Grande não era um lugar são, dizia ela, pois se Matias sempre voltava dessas terras transtornado e macambúzio? O filho tinha que voltar ao Rio de Janeiro.

Mas os dias passavam e Antônio não voltava. Ao contrário, mandara Miguel e mais outro vaqueano ao Uruguai negociar uma partida de cavalos, queria dedicar-se à coudelaria. Aplicava-se na estância, via com olhos alegres o estaleiro, o velho estaleiro destruído, ganhar um pouco de vida, com madeirame novo.

Do Rio de Janeiro recebia os jornais em que se noticiava que o governo combatia a febre amarela com grande afinco, e que a cidade vinha sendo submetida a reformas urbanas. Não sentia saudades, era estranho. Talvez um leve, um levíssimo suspiro nascesse em seu peito quando pensava no mar. Ah, as noites marinhas, como eram lindas... O cheiro daquela brisa ainda ocorria-lhe, forte, vívido. O pampa cheirava a terra, era um cheiro lúbrico, mas sem a leveza do perfume marinho.

Engraçado; quando pensava nela, na moça que vira no farol, o olor adocicado, cálido, o perfume da lagoa, enchia suas narinas. Nunca tinha definido aquele olor, mas, agora, era esse o perfume daquela moça. Pensava muito nela, talvez fosse a solidão. Na vida mundana, nos salões cariocas, convivera com muitas mulheres. Ali, ali era o silêncio. Talvez por isso pensasse na moça e quisesse revê-la com tanta ânsia.

Era uma presença que o vigiava de longe, aquela lembrança. Surgindo por entre dois pensamentos, matreira, ela vinha crescendo aos seus olhos, dourada, vívida ao sol poente, feito brasa que o queimava. Já a esperava então, e a visita daquela lembrança era um medo e um consolo. Jamais se sentira tão livre quanto naqueles últimos meses. A moça do farol vinha-lhe como uma espécie de ímã, como algo que o atraía irremediavelmente, roubando dele a extrema e delirante liberdade da solidão.

Em meados de março, vencido pela ansiedade de sonhar com ela por várias noites, tomou o seu baio e seguiu para a Barra.

Ia com a alma por um fio, sentindo-se um tolo. Bateria à porta e apresentar-se-ia como o filho de Matias? Era muito improvável que o fizesse; não conhecia qualquer parente do pai, a não ser Manuela.

Por duas horas cavalgou a toda a pressa, sem saber o que faria ao chegar na estância. Era noitinha quando reconheceu a cerca, atravessando-a pelo mesmo caminho que usara com Miguel. Ladeava a lagoa, sentindo o calor que emanava da terra naquele anoitecer de final de verão.

O farol ainda não luzia. Antônio apeou e ficou por ali, sem saber o que fazer. Ao longe, a casa parecia deserta, não havia ninguém na varanda em frente e a maioria das janelas estava cerrada. Talvez tivessem viajado, estariam em Pelotas ou na capital?

Andou por ali por cerca de meia hora, mirando a vegetação ribeirinha. Uma cobra saiu detrás de um velho tronco caído, enrodilhando-se, e sumiu por entre as macegas. O cavalo inquietou-se e relinchou. Antônio acalmava o animal quando ouviu o ruído da folhagem atrás de si.

Virou-se.

Como por encanto, ela estava lá.

Desta vez usava um vestido azul, muito leve. Os cabelos negros, soltos, estavam enfeitados com uma margarida.

Ela sorriu-lhe como se o esperasse.

– Boa-noite, senhorita.

A voz dele ecoou no ar fresco. A cor rosada do céu ia aos poucos se apagando, e as primeiras sombras da noite surgiam.

O farol acendeu-se pela primeira vez, e Antônio sorriu àquela coincidência. A moça, em pé à beira da picada, segurando as saias do seu vestido de verão, apenas olhava-o.

Os deuses tinham lhe dado um presente, pensou Antônio, sem saber o que fazer. Esperava um sinal dela para aproximar-se. O baio, ainda assustado, escavava a terra a poucos metros dali.

Por fim, ela falou:

– Boa noite, cavalheiro.

Sua voz era levíssima, diáfana, quase infantil.

– Perdão se a intimido vindo aqui sem permissão – disse Antônio sorrindo. Deu um passo à frente. – Vivo ao lado, na Estância do Brejo.

A moça fez um sinal de entendimento. Não parecia surpresa, mas certa de que ele lhe daria, entre tantas, aquela resposta.

– Seja bem-vindo.

– Chamo-me Antônio Gutierrez, às suas ordens.

Ela tornou a sorrir. Tinha um rosto de traços elegantes, e olhos de um verde aquoso.

– Meu nome, senhor, é Carmosina.

Antônio não ousava se aproximar. O farol acendia e apagava compassadamente. Deleitado com a sua figura, com o negror e o brilho daqueles cabelos, Antônio não sabia o que dizer. Se estivesse numa festa, num encontro social, teria meia dúzia de tolices para agradar a uma dama, mas ali? Ali, na beira da lagoa, quase um invasor, ele que tinha vindo para vê-la como um menino que tem um sonho e se enamora de uma mulher casada, ele, o que lhe diria?

Alguma coisa, um mecanismo cuja existência Antônio jamais conhecera, se tinha rompido. Sentia-se tolo e exultante ao mesmo tempo. Por um átimo, lembrou-se do pai e do seu amor pela prima Inácia.

A coragem então lhe veio, e ele cortou o silêncio:

– A senhorita vive aqui?

– Sim. Gosto do farol. Venho sempre, nas noites quentes por certo.

– Certa vez eu a vi. Estava de passagem...

Ela sorriu:

– Eu sei. Recordo-me com perfeição – escandia as palavras com uma voz harmoniosa.

O farol escureceu nesse instante. Escureceu por um longo tempo, como um velho que cochilasse em meio a uma visita, deixando atônito o seu interlocutor. No escuro, sob o rumor da água, os dois aguardavam em silêncio, com ansiedade.

A luz voltou a cintilar pouco depois. Ela tinha se afastado um tanto em direção à casa e, parada no caminho de terra batida, olhava-o ainda um instante.

– Me vou. Tenho que ir...

Antônio avançou um passo.

– Espere... A senhorita é parenta de D. Ana?

– Ah, certamente. A família é mui grande.

A moça segurou a barra do vestido. Subitamente, parecia apressada, como se não pudesse estar ali, como se estivesse prestes a ser descoberta por alguém. Deu mais alguns passos trôpegos, reconsiderando seus gestos a cada instante, e por fim disse:

– Tenho que ir, cavalheiro. – Ousou fazer um aceno levíssimo. – O senhor volta?

Antônio sentiu o calor outra vez ardendo dentro dele.

– Se a senhorita o permitir.

– Venha ver-me, por favor. Aqui, aqui mesmo – deu-lhe um último sorriso. – Quando o senhor desejar. Eu estarei...

Desapareceu então por entre as ramagens, no exato instante em que o farol piscou outra vez, tomando um caminho secreto que deveria levar à casa.

Antônio, enlevado, feliz de uma felicidade quase cândida, esperou alguns instantes até que nada mais restasse ali do sopro daquela presença, a não ser o ruído cristalino das águas da lagoa sacudidas pelo vento de março. Então tomou do baio e partiu. Era noite.

Soprava um vento de chuva pela estrada silenciosa e escura, mas ele seguia feliz. Apaziguado naquela felicidade que aquecia o seu peito, uma alegria indizível que experimentava pela primeira vez em sua vida. Ria sozinho. Ele, que tinha conhecido tantas moças, que era considerado um bom partido no Rio de Janeiro, ele, a quem a mãe pedira tantas vezes que se casasse, ele, aos trinta anos, sem jamais amar, agora se via enamorado daquela mulher que mal conhecia, cujo nome – Carmosina! – acabava de descobrir...

Chegou em casa muito tarde, perdido nos seus pensamentos. Maria já tinha se recolhido, mas a mesa da sala estava posta e a comida esperava-o nos pratos cobertos. O cachorro, que ganhara a pecha de Barão, estava à porta, fielmente.

Jantou sozinho na mais completa paz. Enquanto tomava o vinho que tinha mandado trazer do Uruguai, pensava nela. Já não tinha mais medo; queria revê-la. Por ela, atravessaria aquela estrada todas as noites da sua vida. Por ela, talvez, tivesse vindo, e tal ideia, súbita, fê-lo arrepiar-se da cabeça aos pés.

Repetiu seu nome várias vezes, saboreando o som perfeito daquela palavra. Carmosina. Carmosina.

Atirou um osso ao cachorro:

– Coma, Barão! Hoje temos um banquete, hoje comemoramos. Você acaba de ver-me apaixonado por uma prenda. – Riu. – Não é assim que se diz por aqui, Barão?

O cachorro, ouvindo a voz do dono, abanou o rabo, satisfeito.

Auroras e poentes e crepúsculos X

Rio, 27 de fevereiro de 1870.

SEMANA ILLUSTRADA

OS VOLUNTÁRIOS DA PATRIA

A Semana Illustrada saúda, como toda a imprensa e população da Corte, os bravos voluntários da patria, cuja brilhante recepção se verificou na noite de 23 do corrente.

Durará ainda muito tempo na memória deste povo aquella noite de enthusiasmo e gloria. Todos, desde o augusto príncipe que rege este paiz, até o último cidadão, – se os ha ultimos no enthusiasmo e no direito ás glorias patrias, – todos cumpriram o seu dever.

A cidade vestia as suas mais bellas galas; flutuavam por toda a parte as bandeiras nacionaes e amigas; o povo enchia as ruas; as janellas estavam atopetadas de formosissimas damas. Reinava em todos o enthusiasmo e a ancia de contemplar o primeiro punhado de heróes que voltava ao seu paiz.

Apezar da longa demora no desembarque, motivada por uma circumstancia de força maior, o povo conservou-se nas ruas à espera das tropas. Estas surgiram, enfim, com o seu illustre chefe à frente, e desfilaram pelas ruas indicadas no programma.

Agitavam-se lenços, choviam flores, retumbavam gritos e vivas aos bravos. A alegria era espontanea, indescriptivel, universal.

Parabens á cidade que tão brilhantemente se desempenhou do dever em que estava de receber os defensores da patria. Louvores aos dignos estrangeiros aqui residentes, companheiros dos nossos infortúnios, alliados ás mesmas glorias, que com tanta expontaenidade saudaram comnosco a valorosa brigada de voluntários.

O povo do Rio de Janeiro ainda uma vez mostrou que sabe alliar as virtudes da paz ao amor da gloria, e apllaudir com alma e coração todos os que se elevam na estima dos seus concidadãos.

Sejam bemvindos voluntários da patria!

Matias Gutierrez está sentado à varanda do sobrado em Botafogo, onde vive com a mulher desde o casamento. Acabou de ler a notícia do término da guerra no jornal, aquela notícia que colocara o Rio de Janeiro e o país em polvorosa havia dias, e agora, sentado ali, recebendo a brisa da manhã no rosto, não consegue sentir nada, nada. Nem alegria, nem emoção, nem raiva. Seu peito é uma folha de papel em branco.

A guerra acabou, embora Solano López ainda esteja vivo. As três primeiras tropas dos Voluntários da Pátria que voltaram para o Brasil saíram em desfile pelas ruas da Corte. O que sobrou deles é que voltou. O que sobrou deles é que marchou pelas avenidas e ruas, ante aplausos ensandecidos – Ticiana teria tido gosto em ir acenar com seu lenço rendado, mas faltou-lhe coragem de convidar o marido. Matias viu nos olhos de Ticiana aquele desejo, a euforia compartilhada, aquela leve, levíssima coqueteria que por vezes o punha nervoso com a mulher, mas não lhe fez caso, e ambos permaneceram em casa durante todos os festejos.

Ele é que não ia ver aquele triste espetáculo, um bando de coitados mortos de fome de repente elegidos à categoria de heróis. Um brevíssimo brilho, e o esquecimento outra vez. Todos doentes, famintos e loucos, e a gente acenando das sacadas, a gente nos seus melhores trajes para recepcionar uma multidão de desinfelizes que não morreram por detalhe. Deveriam era ir lá no Asilo dos Voluntários da Pátria, na ilha de Bom Jesus. Lá sim é que estava a guerra. Lá o governo abrigava provisoriamente os soldados feridos, sem braços, sem pernas, os soldados de olhos vazados, os mortos-vivos; mas lá ninguém ia, lá não havia louros, nem lenços, nem gritos de viva.

Tudo aquilo era uma espécie de pilhéria macabra, pensava Matias. Aquela festa. Como se a guerra, a maldita guerra, tivesse sido uma coisa boa. Até o Império afundava-se nos azares daquela maratona bélica, pois os cofres do país estavam zerados, as fazendas sem os braços dos negros, e o imperador tinha sua imagem muito arranhada por causa da duração da guerra e das enormes perdas humanas. Milhares de soldados tinham morrido nos pântanos paraguaios, de fome, de frio, de cólera-morbo, de tiro ou de degola. Os que voltaram antes, esses são como ele, um pouco anestesiados para a vida, semiembrutecidos, tristes. Pouco mais do que uns trapos de gente.

Mas ele, Matias, não é apenas triste por causa da guerra. A guerra deixou nele aquela fraqueza, o sangue afinado, dizem os médicos. A guerra deixou nele aquele silêncio (se bem que o pai era um índio mais calado do que uma pedra). Ele voltou ferido do Paraguai e com o moral lá embaixo, porém foi Inácia quem lhe deu a estocada final, a faca enfiada no fundo da carne.

Da sala vem a voz leve de Ticiana dando ordens a alguém. Matias sorri, gosta daquele jeito altivo da mulher. Se não fosse ela, se não fosse aquela tarde em que Ticiana, fazendo visitas de caridade aos soldados feridos na guerra que estavam no Hospital da Santa Casa de Misericórdia do Rio de Janeiro, aquela bendita tarde em que Ticiana se postou em frente à sua cama com um livrinho de orações e um sorriso resplandecente no rostinho bem-proporcionado, não de todo bonito, mas com uma graça, um certo brilho nos olhos castanhos...

Lembra-se tão bem do sorrisinho um tanto petulante de Ticiana, e do jeito estabanado com que dizia as rezas... Aquela visita salvou sua vida. Aquela visita e as outras, mesmo quando teve alta, quando a febre sumiu-se de vez e Ticiana passou a recebê-lo em casa do pai, e ele deixava as horas correrem, as horas vagas, brancas, em que pensava em Inácia e remoía seu amor, até que as cinco badaladas batessem e ele então pudesse tomar o rumo da casa dos Oiny, onde era recebido por aqueles olhinhos vívidos, na grande sala com móveis franceses.

Dois anos daquelas visitas, e ambos estavam casados. Sem saber, por um simples lance do destino, por uma brincadeira boba, casara-se no exato mês em que a guerra que quase destruíra sua vida chegava ao fim, quando as tropas começavam a voltar daquela terrível campanha paraguaia, muito embora o tal López ainda esteja vivo em Cerro Corá e alguém ainda deva matá-lo, nem que seja de cansaço, pois assim foi exigido por D. Pedro II.

Matias pensa às vezes nisso, nas coincidências da vida. Mas será que existem mesmo coincidências? Se fecha os olhos, pode ver D. Antônia sorrindo para ele, "coincidência, meu filho? Tá tudo escrito, escritinho. Do destino ninguém foge; se fugir, cai de borco."

Uma criada surge, uma negrinha miúda alforriada que serve a casa. Não estranha o sorriso no rosto do patrão, o sorriso de quem anda falando sozinho. Ela oferece um suco de manga, foi dona Ticiana quem mandou trazer, e Matias aceita. Manga é uma coisa que ele jamais provou no Rio Grande, uma das tantas coisas que foi descobrir ali, na Corte.

Ticiana é muito atenciosa com ele. Matias não sabe bem por quê. Se fosse mulher, jamais iria querer casar com um hombre como ele. Um pouco adoentado, fugido do passado. Jamais. Ele mesmo às vezes se acha um cobarde, mas Ticiana vive dizendo que não, que ele é corajoso, afinal de contas foi-se embora do Rio Grande, começou vida nova.

Matias Gutierrez estica os pés, estica as pernas, respira fundo. Um cheiro de flor de laranjeira invade suas narinas. Ele sorri. Se Ticiana soubesse o que é coragem... Sua mulher, sim, é corajosa, até por isso casou com ele. Mas a vida é a vida, Ticiana tem um temperamento assim voluntarioso, o pai sempre lhe fez todas as vontades, a mãe morreu quando ela nasceu, e não tem irmãos. Talvez por isso tenha se apaixonado por ele. Ele, que anseia pelas decisões dela. Ele, para quem tanto faz. Tudo tanto faz. Trabalha na grande loja do pai de Ticiana, lá na rua do Ouvidor, trabalha e comanda tudo aquilo, uns dez empregados, as vendas, que são muitas, o negócio de importação de tecidos finos. Aprendeu tudo, todos os trâmites, deixando o sogro feliz porque agora a loja tem quem a cuide, pois ele está velho demais para a trabalheira administrativa. Matias apenas sorri para o sogro. Tanto faz. Aprendeu por inércia, burro nunca foi. O que falta nele é paixão. Mas cuidar da loja não exige amor, não mesmo... Ticiana sim, exige seu amor, parcimoniosamente, mas exige. Porém, é fácil amá-la, ela se deixa amar com simplicidade, amar para ela é aceitar aquele suco de manga que ele toma às bicadas mesmo sem muita vontade, enquanto espia o céu azul de fevereiro, o céu glorioso que ilumina o fim daquela maldita guerra do Paraguai. Aquele mesmo céu deve estar por cima da cabeça de Solano López, em algum lugar.

Matias consulta seu relógio de bolso, são dez horas da manhã; exatamente às onze e quinze ele toma a carruagem e segue para a Ouvidor. O cocheiro de libré leva-o sem conversas, todo mundo sabe que o seu Matias é muito calado. Ticiana tratou de avisar a criadagem. Todo mundo sabe que ele lutou naquela guerra, e olham-no com certo respeito cerimonioso. Matias aceita tais olhares. Sempre é um esconderijo, um esconderijo útil, simples e honesto, já que ele lutou mesmo naquela guerra.

Olha de novo a data no jornal, 27 de fevereiro de 1870. Faz três anos que não vê Inácia. Ele faz essa contabilidade todos os dias pela manhã. Três anos, dois meses e quinze dias, exatamente. Por mais que tente, por mais que amanheça pensando em quaisquer outras coisas, na esposa, na loja, nos negócios da estância que ele administra de longe, quando menos se apercebe, como um susto, como um aviso, surge aquela data na sua mente. Doze de dezembro de 1866, a última vez que a viu, na varanda da Estância do Brejo, e ela lhe pedindo "não me perdoe jamais..."

Ele demorou a perdoar Inácia.

Odiou-a sim, terrivelmente, por muitos meses. Odiou-a no navio, odiou-a naquela cama da enfermaria da Santa Casa do Rio de Janeiro, odiou-a depois, nos intervalos das suas visitas à casa de Ticiana. Odiou-a como um hábito, como um exercício de sanidade, como um elo. Mas um dia, enfim, deixou de odiá-la. Os homens não sabem odiar por muito tempo; isso de odiar miudinho é cousa de mulher. Quando se acabou o ódio dentro dele, simplesmente não sobrou nada. Seco, estéril, terra ruim era o seu peito.

Foi nesse chão amaldiçoado que Ticiana plantou sua semente. Um trabalho laborioso visto com certo medo pelo sr. de Oiny, a quem o súbito aparecimento daquele jovem esquálido, segundo-sargento de uma companhia das tropas aliadas, foi um imprevisto jamais imaginado. O sr. de Oiny esperava um casamento melhor para a filha, algum bom advogado da Corte, ou um nobre. Qualquer coisa melhor.

Mas tinha sido um homem que crescera na vida por meio do comércio, um burguês que apanhara muito e que entendia de ver as coisas para além das aparências. Claro que a confissão de Ticiana, que contara ao pai do seu amor e também que o jovem visitante não era um reles qualquer, mas um estancieiro com boas terras no Rio Grande, mudou um pouco as coisas.

Matias levanta-se da sua cadeira na varanda. É preciso vestir-se, a casaca, os sapatos bem-lustrados, é preciso seguir para a Ouvidor usando as roupas adequadas, não as botas que usa em casa, a camisa, o lenço que às vezes amarra no pescoço a despeito do calor.

Vai para o gabinete, olha os papéis sobre a mesa. Uma carta de Manuela. Escrevem-se às vezes, mais ela do que ele. Foi vê-la no dia da partida, mas a tia não o recebeu. Aquela recusa calou fundo. Uns diziam que era louca, o advogado que cuidava dos seus bens dizia que era louca. Matias sabia que não. Por isso aquela ausência. E ele partir sem um único adeus...

Abre a carta da tia. Umas poucas banalidades, nenhuma palavra sobre Inácia. Matias senta-se na cadeira em frente à escrivaninha. Sabe que Inácia teve uma menina alguns meses depois que ele abandonou o Rio Grande, em meados de 1867. Sabe que a menina recebeu o nome de Custódia. Chorou nesse dia. O ventre de Inácia deveria ter gerado um filho seu.

Guarda a carta da tia para responder mais tarde. Junto com a carta, vai mandar-lhe o dinheiro que sempre manda. Não que ela peça; o orgulho das mulheres da família pode ser maior que o dos homens. Orgulho de miudezas, mas perene.

Ticiana entra no escritório e beija o marido de leve na testa.

É uma mulher magra e pequenina, ágil. Tem mãos inquietas e uma voz macia e alegre. Os cabelos louros caem-lhe soltos pelas costas, pois ainda não fez a *toilette*. Usa um *robe de chambre* azulado, longo, com rendas, e sapatilhas que, pensa Matias, não durariam uma tarde nas durezas de uma estância.

– Dizem que estão a enfeitar a cidade na espera do regresso do Conde d'Eu, Matias. Mas falta ainda tanto tempo para o homem voltar, se ainda está no Paraguai! – ela comenta rindo.

A mulher para no meio do recinto e olha para ele como quem olha para um menino distraído demais.

– Vosmecê ouviu-me, meu querido?

Depois de ajeitar as gavetas e fechá-las, guardando numa delas a carta de Manuela, Matias se ergue.

– Eu li o jornal, Ticiana. É que a gente está feliz pelo fim da guerra. – Ele sorri meio sem jeito. – Só o López não morreu...

Ticiana desinteressa-se do assunto. Aquela guerra serviu ao menos para que encontrasse o seu menino. Aquele homem bonito, um pouco pálido, com aqueles olhos oblíquos que sabem varrer a alma de uma pessoa.

Ela chega-se para perto do marido:

– Vosmecê vai para a loja?

– Vou. Daqui a um pouco.

– E vem cedo? – Olha-o de modo brejeiro. – Queria passear com vosmecê no parque, à sombra das árvores... Eu e vosmecê, como dois recém-casados.

Matias fica meio sem jeito. Às vezes é difícil explicar à mulher que essas coisas, essas coqueterias, não são para ele. A faca. A ponta da faca fundo na carne. Inácia tinha matado tudo isso para sempre.

Faz um esforço e diz:

– Está bem, venho às quatro. Passearemos juntos.

A mulher bate palmas como uma menina. Às vezes é tirana, xinga os empregados, grita com eles. Noutras, quando está sozinha com Matias, é uma meiguice, um merengue, como diria D. Antônia.

– Fico esperando vosmecê – diz Ticiana, dando outro beijo no rosto do marido, bem pertinho da boca. – Agora vou sair, vou me vestir e sair.

– Vai aonde?

Ele pergunta com carinho. Sabe que ela gosta dessas perguntas, gosta que ele se interesse pelas coisas dela. Os passeios, as rosas, o piano.

– Vou ver a cidade enfeitada pela chegada dos Voluntários – responde Ticiana antes de sair para o corredor no rumo do quarto, onde vai vestir um vestido bonito, novo, e aprumar-se para o seu passeio.

Matias suspira. Tem vinte e sete anos e se sente como um velho. E Inácia, como era tola, ainda queria que ele a odiasse... Tirar força de onde?

Desceu da caleche algumas quadras antes da loja e seguiu andando. Gostava de ver a efervescência da Ouvidor, com suas lojas e escritórios, com toda aquela gente de um lado para outro, uns atarefadíssimos, outros passeando, mirando as vitrines, indo tomar um refresco. As mulheres de sombrinha de renda, os homens engalanados.

Era bem mais fácil sofrer no Rio de Janeiro. Ali na Corte havia um sem-fim de coisas que podiam arrancar os olhos de um homem de um problema monolítico. Era possível ir ao teatro, sair à noite, os bailes, cafés, e as damas da sociedade até bem apreciavam um certo ar de tristeza, uma coisa fluida que um homem mostrasse, como um desencantamento, um algo mais. No Rio Grande, lá era um homem e a sua alma. E todo aquele pampa. O dia inteiro era pensar e pensar.

Sim, tinha saudades do Rio Grande. Três anos sem pisar na estância. Um dia teria de prestar contas a D. Antônia pelo seu sumiço. Já imaginava a velha mulher olhando-o, balançando a cabeça com aquele ar desgostoso, sem dizer palavra, só derramando nele o caldo daqueles olhos negros.

Voltaria para rever a estância e levaria Ticiana com ele. A mulher, ele via, tinha muito medo daquela viagem, tinha medo do passado de Matias. Ela sempre dizia: "Eu aceitei vosmecê sem passado, não me traga ele para o nosso quarto, por favor."

Tinha contado tudo a ela, foi preciso. Não podia casar com Ticiana com aquele penhasco entre eles. Ela ouvira-o com os olhos pousados em seu rosto. Sem mexer nenhum músculo, logo ela que era tão inquieta, um passarinho. Ela ouvira-o sem espantos, ouvira do seu amor, do seu vazio, ouvira da vontade de estar morto, do arrependimento de não ter morrido naquela guerra; ouvira tudo para no fim perguntar:

– Vosmecê ainda tem vontade de morrer?

– Não – dissera ele sinceramente.

– Graças a Deus, porque eu não quero ser a viúva mais jovem da Corte.

E rira, rira com gosto.

Naquele dia, Matias se tinha decidido a casar com ela. Era a única mulher no mundo para ele.

Matias parou em frente ao prédio de esquina com grandes portas duplas que se abriam para a calçada. Uma grande placa em dizeres dourados anunciava: *Bazar A Francesa, desde 1832.*

Entrou na loja pisando leve. O movimento era intenso no balcão. Um dos caixeiros cumprimentou-o com um aceno, ele respondeu com um sorriso leve, ensaiado. Era sempre esse ritual. O aceno dos empregados, o seu sorriso simpático, distante, sorriso de patrão para empregado.

Caminhou até o escritório, atravessando o salão com piso de mármore naquele tom rosado que o Sr. de Oiny usara por gosto da sua filha, abrindo caminho entre as clientes e os rolos de tecido vindos da França. O ar tinha o cheiro adocicado das tinturas dos panos, das rendas, dos perfumes das mulheres que circulavam pela loja diariamente.

Entrou no escritório e fechou a porta atrás de si. A solidão, enfim. Era disso que ele gostava.

A herança VII

Inverno de 1902.

Era noite quando o carro de aluguel parou em frente ao sobrado. A iluminação a gás pontilhava as esquinas da rua Marechal Deodoro. Antônio Gutierrez bateu à porta e esperou uns instantes até que o rosto da velha criada de Manuela Ferreira espiasse por uma fresta.

Fazia muito frio. Enrolado num grosso capote de lã, Antônio foi recebido no pequeno e úmido vestíbulo. Enquanto despia o abrigo sob os olhares apagados da mulher, ouviu-a contar que Manuela estava doente, fazia um mês que não saía da cama. Há cerca de dois dias, dizia a criada num fôlego só, emendando as palavras, é que o médico tinha vindo vê-la, depois de muita parlamentação.

– Pedi e pedi e pedi, até que venci sua teimosia. Acredite o senhor que até mesmo a ameacei, disse que partia. Depois morre e vem um parente me acusar de maus-tratos! – E emendou: – Apesar de que, em vida, não le dão a mínima, nunca jamais alguém aparece nesta casa... – Mudou o tom, plantou um sorriso no rosto e, quase sem ar, findou: – Posso dizer ao senhor que ela é teimosa feito uma mulita, não é?

– E como vai ela? – quis saber Antônio, atordoado com a falastrina da outra.

– O médico não deu esperanças. E o senhor sabe? Ela até gostou. Riu muito, muito mesmo.

– É uma mulher corajosa.

A criada concordou e pediu que ele a seguisse.

Pela primeira vez passou da sala, atravessando um corredor iluminado por castiçais de pesada prata. A luz a gás não funcionava na casa. Um cheiro de mofo, tênue, dava voltas no longo corredor coberto por um tapete desbotado e limpo. Subiram uma escada; sob o peso do corpo de Antônio, os degraus rangiam preguiçosamente.

Pouco depois ele estava à beira do leito de Manuela. A cabeça afundada no travesseiro, não mais do que pele translúcida estirada sobre os ossos salientes, Manuela Ferreira lhe sorria. Os olhos, de um verde apagado, tinham recobrado algum viço.

– Enfim que veio, meu amigo. Talvez seja prudente que eu me despeça de vosmecê.

Sua voz era trêmula, mas cheia de afeto.

Antônio segurou-lhe a mão. Impressionou-se com o conjunto de ossos onde nasciam os dedos longos e encarquilhados.

– A senhora não me avisou... Teria vindo antes, com urgência.

– Vosmecê tem lavoros melhores, meu Antônio, do que cuidar de uma velha que se esqueceu de morrer. – Respirava com dificuldade. Confidenciou-lhe, sorrindo: – Este coração está quase parando, o médico me garantiu... Posso le contar então, ele vem buscar-me. Ele, meu Giuseppe... Faz anos que o espero, sim senhor.

Viu a alegria iluminar aquelas feições gastas e sentiu os olhos úmidos.

– O estaleiro foi arrumado, queria dizer-lhe. Fiz com que ficasse segundo um desenho que meu pai me deixou.

Manuela apertou fracamente a mão dele entre seus dedos.

– Ah, não me chame de senhora, meu amigo. Vosmecê nem sabe como estou feliz, finalmente... – Focou seus olhos no rosto de Antônio. – Está mudado... O que houve?

Pensou em falar-lhe da moça; não ousou.

– A estância me tem feito bem. Não volto mais a viver no Rio de Janeiro. Foi uma decisão muito elaborada, mas que me fez bem.

Manuela entregou-lhe um sorriso. Um leve ruído lhe nascia do peito quando seus lábios se mexiam, como um sopro, como um vento interno que lhe varresse as entranhas. Os cabelos dela, muito longos, desfeitos, caíam sobre o colchão de penas como fios de lã cinzenta que esperassem por ser tecidos.

– Fica, entonces?

– Fico, Manuela.

Os olhos dela luziram.

– Ah, que lindo...

A criada entrou, mirou-a, tocou-lhe a fronte, deitou um olhar complacente em Antônio e saiu.

– Esta me ama como um cachorro, coitada.

Um leve brilho voltava ao seu rosto junto com a sagacidade. Encheu o peito de ar e, num esforço, prosseguiu:

– Deixo esta casa para ela, bem a merece.

Antônio compungiu-se:

– Não fale assim, por favor.

Um castiçal de nove velas ardia sobre o criado-mudo. Manuela virou o rosto, contemplando a inquietude do fogo. Depois disse calmamente:

– Não tenha pudores com a morte, meu amigo. Afinal de contas, ela sempre vem. E eu, eu a espero há tanto... Estranho que venha a morrer tão perto de Josefina.

– Josefina?

– A esposa de Joaquim – sussurrou ela, enchendo o peito de ar num processo difícil e doloroso. – Morreu faz uma semana. Recebi uma carta dele, de Bagé. Josefina nunca gostou de mim... Tinha lá as suas razões, coitada, sempre com medo de que o marido viesse atrás da prima... E por tão poucos dias, morreu com medo de perder Joaquim!

Falava as frases entre suspiros, numa voz fraca. Antônio notava sua exaustão; disse-lhe que não queria cansá-la, que iria embora. Ela precisava de repouso.

Manuela Ferreira ergueu o rosto para ele. Seus olhos verdes, outrora os mais belos da província luziram ainda uma vez com a antiga resplandecência, como duas joias antigas no fundo de uma gaveta.

– Não diga tonterias, Antônio. Pois se esperava por vosmecê... Esta vida é estranha. Agora que estou me avizinhando da morte, finalmente me sinto bem.

Antônio, sem saber o que dizer, afagou-lhe a fronte. Estava fresca. A pele, de uma palescência luzidia, era seca como uma folha de papel. Estava emocionado, afeiçoara-se àquela mulher.

Ela sorriu:

– Me diga, vosmecê já desejou a morte de alguém?

– Eu? Minha vida não tem a emoção da sua, Manuela.

– Emoção, meu amigo? – Sacudiu o rosto tristemente. – Faz anos que não saio desta maldita casa... Sabe, eu quis que ela morresse desde sempre. Ela, Anita.

Respirou com dificuldade, cansava-se, mas não queria deixar de falar. Mirou Antônio com uma espécie de fervor:

– Pois ela morreu mui cedo. Se há um Deus, ele não é surdo aos caprichos de uma mulher apaixonada... Foi terrível. O remorso, o remorso, meu amigo, é o pior dos horrores. Perdoe-me, tal cousa não le importa; además, de que adianta? Vou morrer em breve. Diz o médico que talvez eu viva até o verão, mas creio que o pobre quer apenas me consolar... Enfim, é tarde demais para o remorso. Era preciso odiar Anita. Era preciso, mais do que tudo.

Manuela fechou os olhos. Estava exausta.

Antônio ergueu-se. Lá fora, o trote de um cavalo ecoava tristemente no calçamento da rua; ali dentro, a atmosfera lúgubre do quarto pesava-lhe no peito. O vento soprava e cantava nas janelas. Em sua cama, mergulhada em algum torpor da doença, Manuela parecia ressonar.

Antônio ficou longo tempo à cabeceira daquela cama. Vez por outra, a imagem de Carmosina tomava-lhe a alma, levando por um instante a tristeza daquela noite.

Muito mais tarde, Manuela tornou a abrir os olhos.

– Ah, vosmecê está aí, meu Antônio. Pensei que se tinha ido...

– Estive velando a senhora – disse ele, baixinho.

Ela sorriu. Tomava-se de um tardio amor por aquele rapaz tão parecido com Matias. Amava-o como ao irmão que morrera havia tantos anos; sim, amava-o com o amor puro com que amara o irmão naqueles tempos viçosos da juventude. Afinal, não tinham ambos o mesmo nome?

Num último esforço, pois estava muito cansada e seus olhos pesavam, disse:

– Eu escrevi, todos os dias. Era um hábito. Nunca tive com quem falar, meu amigo... São vinte cadernos. – Sua voz adquiriu um tom íntimo, de segredo: – Queime-os quando eu morrer.

Antônio aquiesceu. Parecia-lhe um despropósito negar qualquer coisa àquela mulher.

– Vou queimá-los, juro. Não pense mais nisso.

Tirou do bolso do casaco um lenço vermelho, muito velho, desbotado. Erguendo a mão bem no alto, deixou que o pedaço de pano se desdobrasse, inteiro, diante dos olhos cansados de Manuela.

Um lume nasceu naquele rosto.

– O que é isto? – a voz dela fraquejou.

– Era do meu pai... Tinha este lenço desde menino, e acreditou até morrer que pertenceu a Garibaldi. Achou-o no velho estaleiro, certa vez, sob um punhado de tábuas. – Antônio olhou-a com carinho. – Sei, Manuela, que todos os farrapos usavam o encarnado, e que esse lenço pode ter pertencido a qualquer um... Mas quis trazê-lo para você.

Ela sorriu, havia lágrimas no seu rosto. Tocou o lenço com os dedos trêmulos e levou-o para perto do próprio rosto.

– Ah, era dele... Era dele, eu o sei. Eu o sinto, meu amigo. O perfume do homem amado, o perfume do homem amado resiste aos anos... Ainda tenho-o dentro de mim, como se fosse ontem, como se nos tivéssemos despedido ainda agora.

Apertou o lenço, esfarrapado nas pontas, carcomido pelos anos, contra o rosto. E assim, com um sorriso agradecido, Manuela Ferreira lentamente resvalou para o sono da doença.

Antônio saiu do sobrado muito tarde da noite. A rua, deserta, varrida pelo minuano, parecia habitada por toda sorte de fantasmas. Vagou muito até encontrar um carro de aluguel. Indicou ao motorista o nome da estalagem onde pernoitaria e, enrolado no capote de lã, sentindo o frio gelar sua carne até os ossos, sentindo o frio embotar seu raciocínio, deixou que o pensamento voasse para longe, como alguma coisa volátil e desimportante, enquanto cerrava os olhos em busca de um instante de sono, de sonho, de esquecimento.

O dia amanheceu nublado e triste.

O mesmo vento da noite anterior varria as ruas de Pelotas, levando consigo as folhas mortas, que faziam estranhas evoluções pelas calçadas de pedras.

Antônio passou a manhã em negócios, acertando a venda de uma ponta de gado, foi ao banco, despachou um telegrama para Ticiana.

Manuela não lhe saía da cabeça. Vagando pelas ruas onde as gentes seguiam encolhidas de frio, olhando aqueles olhos perdidos, a pressa dos homens que iam para os seus balcões, a ansiedade das charretes, as vitrines das lojas femininas; olhando a vida de uma cidade que pouco a pouco empurrava o dia para a frente, sentia a angústia crescer em sua alma. Ele mesmo, tomando seu café num balcão, ele mesmo, despachando seus papéis, firmando vendas e comprando suprimentos para a estância, ele mesmo seguia em frente, a despeito da doença de Manuela.

Pela primeira vez, sentia-se irremediavelmente triste desde que chegara ao Rio Grande. Ah, provara do medo e da solidão em muitos momentos, provara até de um certo desespero talvez herdado do pai, mas jamais sentira aquela tristeza. Fria, inevitável. Uma tristeza que se imiscuía no gosto dos alimentos, até no calor da cama que ocupara no pequeno Hotel Lidor, naquela noite gélida de inverno.

Manuela era sua única amiga naquela terra. Sim, tinha planos de trazer Ticiana para estar com ele na primavera, tinha planos de apresentar-se às gentes da Barra, eram do seu sangue, afinal de contas; tinha planos de empreender uma pequena viagem ao Cristal, mas tais coisas ficavam sempre para adiante. Vagando pelas ruas, Antônio não se detinha em nada. Andava disperso e perturbado. Se Manuela morresse, morreria talvez a última criatura no Rio Grande que decerto se lembrava de Matias Gutierrez.

Entrou numa confeitaria e pediu um café.

Acomodou-se numa mesa a um canto; eram três horas da tarde, e a gente entrava e saía em busca de algo quente para espantar o frio. Um garçom de rosto miúdo atendeu-o prontamente, cheio de solicitude.

O café que o garçom lhe trouxera esfriava na xícara enquanto seu pensamento voava, diante do jornal que tinha aberto sem ler. Lembrava-se de algo.

Na estância, no fundo do terreno depois do pomar, havia um pequeno cemitério quase escondido pelas árvores. Ninguém o mostrara a Antônio, ele mesmo o havia descoberto num passeio recente. E qual não fora o seu espanto ao ver as lápides de Mariana, sua avó, e de D. Antônia? Eram lápides simples, de um mármore alvo e muito limpo (Maria decerto cuidava de manter a memória das duas mulheres). Tinha chorado muito, ajoelhado no barro. Tinha chorado por aquela parte da sua vida que ele jamais conhecera. Com Manuela tão doente, a morte outra vez parecia saltar das fímbrias de seu pensamento, aproveitando um instante, um descuido. Era preciso estar atento àquela tristeza. Manuela não merecia, ela que era tão forte. Súbito, pensou que se a tia-avó falecesse haveria de enterrá-la ao lado das outras parentas, no cemiteriozinho do Brejo.

O garçom aproximou-se. Com um olhar curioso, mirando o café ainda intacto, indagou:

– Não está bom, senhor? Quer que troque por outro?

Antônio derramou nele dois olhos confusos:

– Desculpe – disse. – Aceito outro. Seria excelente.

Enquanto o garçonzinho seguia até o balcão com sua bandeja de prata, Antônio, um pouco envergonhado, correu os olhos pelo salão elegante.

As mesas, cheias, espalhavam no ar um burburinho quase alegre. A vida na cidade tinha seu encanto, e ele também já fora assim buliçoso e eufórico. Mas o campo, aquele silêncio, aquele sem-fim de chão e de céu, tudo se havia entranhado nele naqueles últimos seis meses, e já não era mais o mesmo. Sentia-se um tanto incomodado ali, no meio daquela gente toda.

Às mesas, jovens senhoras conversavam. Homens de ternos elegantes, de chapéus bem-feitos comprados nas boas lojas que vendiam artigos franceses, sorriam para essas damas. Antônio repassou o rosto dos frequentadores desinteressadamente. O garçom trouxe-lhe novo café; agradeceu e sorveu um grande gole. Mais do que tudo, entrara ali para pensar. Não sabia bem em quê.

Uma mesa do canto chamou sua atenção. Em meio ao alvoroço alegre do café, vinha daquela mesa uma espécie de silêncio e de calma. Vinha uma coisa quase triste do vulto da única ocupante da mesinha lateral, meio escondida pelo balcão e por dois garçons que anotavam os pedidos perto da porta da cozinha.

Quando os funcionários do café saíram para atender novos fregueses foi que a moça, a ocupante solitária daquela mesa, descobriu-se aos poucos ante o olhar pasmado de Antônio.

Uma cabeça perfeitamente redonda, de longos cabelos negros muito espessos, olhava algo, talvez um livro, talvez um prospecto, e o rosto, abaixado na leitura, era um mistério somente revelado pela testa alva de onde nasciam os fios escuros, cuidadosamente presos por um enfeite de ouro. Então aquele rosto ergueu-se um tantinho, aquele rosto mirou o salão com um olhar esverdeado e pálido, um olhar sem interesse, de pura constatação de alguma coisa há muito sabida, íntima, certeira. Aquele olhar.

Antônio sentiu o sangue gelar em suas veias.

Era ela!

Qual não foi o seu espanto ao ver aqueles olhos lindos, mas, acima de tudo, aqueles olhos que pareciam tristes, derramando-se sobre ele numa súbita angústia de reconhecimento.

Antônio viu a face ruborizar-se um tanto, e os olhos de Carmosina, os olhos piscavam, como que buscando a certeza, como que espantando um medo – seria um medo? – de revê-lo ali. Mas então, nesse instante, ela sorriu-lhe. Todo o medo desapareceu do seu rosto, toda a ansiedade deu lugar a um sorriso leve, doce, um sorriso sem disfarces, que avivou toda a sua face até o pescoço, escondido entre as rendas da gola do vestido um pouco antiquado.

Antônio acenou em resposta àquele sorrisinho, e seu coração batia furiosamente. Erguia-se para seguir até ela, erguia-se com o coração aos saltos, subitamente feliz depois de horas de estranha agonia, quando Carmosina, com um gesto, um gesto delicado de sua mãozinha muito branca e enluvada, pediu que ele não se adiantasse.

Fique, seus olhos pareciam dizer.

Fique, pediu-lhe a mão acetinada, erguida no ar como um passarinho cheio de medo.

A alegria de Antônio esfumaçou-se, dando lugar a uma estranheza que não o largou mais. Carmosina mirou-o ainda uma vez. Pareceu que subitamente seus olhos enchiam-se de lágrimas, seu rosto outra vez angustiou-se.

Depois ela pôs-se de pé, apoiando o corpo na mesinha de mármore por um instante, antes de sair correndo pelo salão afora, sem despedir-se de ninguém, sem pagar a conta, e sem que ninguém lhe percebesse a estranha fuga.

Antônio ficou pasmo, colado à cadeira. Um medo vívido tomou seu corpo. Ela não queria vê-lo! Seria casada ou noiva, seria comprometida ou prometida a um outro?

Num súbito gesto, abrindo caminho entre as gentes que agora enchiam o salão, ganhou a rua. O vento frio ainda varria a cidade. Antônio olhou de um lado a outro da calçada, mas Carmosina havia desaparecido.

Voltou para dentro do salão sem saber o que pensar. Chamou o garçom e pediu a conta dos dois cafés que tinha bebido. O homem deu-lhe o valor de cabeça.

– Pago também a conta daquela mesinha ali, ao canto – disse ele, indicando a mesa que Carmosina ocupara, enquanto tomava da carteira. – A senhora que estava ali teve de sair com urgência.

O garçonzinho buscou a mesa, foi ao balcão dos pedidos e voltou dizendo:

– Senhor, ninguém consumiu nada naquela mesa. Para le dizer a verdade, ficou vazia o dia todo. É muito perto da cozinha, por isso os clientes não a ocupam.

Antônio olhou-o:

– Mas uma conhecida minha estava ali há pouco, e lia. Teve de sair com urgência, como lhe disse.

O rapaz deu de ombros, mexendo a casaca branca de garçom que era um pouco grande demais para o seu tipo:

– Então ela não pediu nada, senhor. Isso é comum. Hay gente que fica aqui lendo, olhando, mas não come nem bebe nada. Fazer o quê? Adeus, senhor.

Antônio deixou o salão e ganhou a rua outra vez; o ar frio que ele respirava doía nas narinas. Saiu andando sem rumo certo. Mais um instante e teria falado com ela, mais um instante, julgava ele, acabrunhado, enquanto dobrava a esmo uma esquina.

Auroras e poentes e crepúsculos XI

30 de março de 1872, noite.

Um dia, Matias Gutierrez contaria ao filho que ele tinha nascido no mesmo dia em que Caetana morrera lá no Cristal. Contaria por curiosidade, não porque aquilo significasse alguma coisa de importante a não ser que a vida era assim mesmo, um eterno círculo onde tudo se misturava; uns morriam, outros nasciam, uns eram felizes enquanto outros não eram. Mas ia contar ao filho, junto com um monte de outras cousas que, de repente, cintilavam no escuro daquele seu peito sem vontades. Coisas brilhantes feito estrelas, que vinham do passado, da poeira de um passado que ele se forçava a esquecer, para existir pelo menino mais uma vez.

Naquela noite, estava escrevendo no gabinete quando uma das criadas entrou ali sem bater. Era imprescindível que batesse antes de entrar. Até mesmo Ticiana batia àquela porta nas raras vezes em que ia vê-lo, quando não ficavam ambos na sala, tomando um vinho do Porto e trocando pequenas frases curtas, frases daquele amor tímido que ambos dividiam, ela mais fervorosamente que ele, tão avoado para tudo, até para querer bem.

A criada entrou sem bater no exato instante em que Matias terminava uma carta para Netinho. Era uma carta de instruções. O gado vinha morrendo de uma doença qualquer. Junto com a carta, mandava ordem para o capataz retirar dinheiro no Banco da Província.

De repente, bluct, e a porta se abriu mostrando a mesma negrinha miúda e vivaz que andava pela casa carregando bandejas e pratos.

– Seu Matias!

Ele ergueu os olhos com certo desalento:

– O que houve?

Sua voz nem se alterou, só os olhos luziam, como que dizendo que aquilo era demais. Aquela negrinha devia estar na lavanderia, isso sim. E vivia quebrando copos. Era um gritinho e, zás, um copo estraçalhado no caminho da sala de jantar à cozinha. A menina pareceu dar um pulo, como um relógio que acaba de receber corda, e disse:

– Dona Ticiana está parindo!

Foi então que Matias se lembrou. Mas como podia ter-se esquecido? Era bem verdade que ultimamente andava tendo uns lapsos de memória, o pensamento sumia, ia rumo a qualquer lugar e demorava para pisar no chão outra vez, mas esquecer aquilo? Esquecer aquilo era demais!

Enquanto se erguia, um pouco nervoso, perdoou a criada. Com os olhos. Era assim. Quem quisesse entendê-lo tinha que mirar dentro daqueles olhos.

– Onde ela está?

Saiu para o corredor com a menina atrás dele.

– Lá no quarto... E gritando, gritando mesmo. Saiu uma aguaceira por entre as pernas dela, e ela deu um grito, ui!, um grito alto.

Matias virou-se para a criada e disse:

– Manda o cocheiro buscar o doutor. Ele sabe onde é.

E saiu correndo para o andar de cima, pulando os degraus de dois em dois, o coração batendo acelerado dentro do peito, já que ele não tinha o hábito de sair pulando degraus no meio da noite.

Não tinha pensado em ter um filho. No princípio, a ideia parecera-lhe até mesmo absurda. A vida quase árida, somente regrada por aquele amor que Ticiana lhe ofertava, um amor diligente, quase materno, era o limiar da sua ambição. Mas um dia a esposa anunciara-se grávida no café da manhã, sentada na varanda, entre um copo de suco de laranja e uma fatia de bolo. Tinha sido exatamente assim, "estou grávida, Matias". Dissera com doçura, mas com aquela sua voz terrena, prática, a voz de decidir as coisas rotineiras. Estar grávida era tão normal, tão irrefreável e lógico quanto despedir uma criada, mandar embora o cocheiro ou mudar as cortinas da sala. Era uma tarefa feminina, como preparar o cardápio dos almoços.

Matias olhou-a por um longo tempo. Nunca Ticiana se parecera tanto com aquelas outras mulheres, aquelas que tinham ficado lá no sul, aquelas mortas, enterradas; nunca ela se parecera tanto com D. Antônia. Sentado ali, olhando o rosto da esposa, aquele rosto sereno, Matias chegou até mesmo a pressentir o vulto de D. Antônia a mirá-lo, como se ela também estivesse naquela mesa, dando um recado, um recado e um puxão de orelhas. Chegava a ouvir-lhe a voz dizendo: "Você não pode fugir da vida, meu filho. Não pode fugir do passado. A vida vem e puxa o pé da gente o tempo todo, não adianta."

Naquela manhã, amou um pouco mais a esposa, e foi para o trabalho com um sorriso novo no rosto, um sorriso que nada tinha de formal, que não era um esconderijo. Chegou até mesmo a trocar umas ideias com o cocheiro.

E desde então vinha acompanhando a barriga que crescia, vinha acompanhando aquele mistério; e assim, entre as brumas da sua tristeza, mesmo ele, que padecia daquele mal incurável, daquela desilusão, viu-se de repente a sentir amor pela criança.

O médico chegou logo depois, e a Matias foi ordenado que ficasse no corredor, enquanto o outro desaparecia no caminho que levava à alcova, carregando sua maleta de instrumentos.

Depois dos gritos de Ticiana, depois de um choro sentido e urgente de criança, dentro do quarto se fizera um silêncio total, quase fervoroso. Do seu exílio no corredor, Matias pôs-se a temer que algo ruim tivesse sucedido com a mulher ou com o bebê. Alguns instantes depois, a porta se abriu e o médico, aquele senhor grisalho, de olhos azuis muito claros, de *pince-nez* bem-arranjado na ponta de um nariz que parecia um tubérculo, meteu o rosto para o corredor e disse:

– Pode entrar, Sr. Matias. Venha conhecer o seu filho.

Entrou na alcova pisando em nuvens. Sentiu até mesmo uma brevíssima tontura. Deitada na cama, Ticiana mirava-o com um olhar muito sereno. Pensou que aquilo era um prêmio, aquilo de uma mulher poder tirar a vida do seu ventre. Com tanta porcaria que se passava no mundo, poder fazer aquilo. Outra vez, uma onda de agradecimento tomou seu rosto, corando-o.

Ticiana sorriu:

– É um menino, Matias. Um menino bem macho.

Somente então ele ousou espiar a trouxinha de pano acomodada entre os braços roliços e muito brancos de Ticiana. Num canto do quarto, a criada de Ticiana olhava tudo com os olhos úmidos de emoção.

Matias ajoelhou-se ao lado da cama, enfiando o rosto sem muito jeito entre as dobras do xale onde tinham aconchegado o menino. Era muito vermelhinho e parecia dormir. Tinha uma mecha, única, de cabelos muito negros no cocuruto. E aqueles olhos. Exatamente os mesmos.

A mulher então disse:

– São os seus olhos. Fisgadinhos. Olhos de índio.

Matias respirou bem fundo antes de responder:

– Os mesmos olhos do meu padre.

– Do João, o seu pai?

– É, do João Gutierrez, que casou com a minha mãe sem o consentimento da família. Eu le contei a história toda.

Era verdade, tinha contado tudo para Ticiana. Tudo, cada sopro da sua vida. Só nunca lhe dissera que todos os dias fazia aqueles cálculos mentais, aquela doideira. Todos os dias pensava em Inácia. Mas Inácia, pela primeira vez em muito tempo, não estava no seu pensamento quando ele disse:

– Olhei ele e lembrei do meu pai. Meu pai pequenino, como se um dia eu tivesse visto o bebê que João Gutierrez foi.

O médico saiu do quarto discretamente. Já tinha feito todas as recomendações necessárias. Matias não ousou mexer no menino, que dormia. E Ticiana, cuja capacidade de administrar as estranhezas do marido tinha aumentado muito com a gravidez, perguntou:

– Quer pegar?

Matias teve um sobressalto:

– Ainda não, tenho medo.

O menino gemeu, como se concordasse com os brios paternos, e Ticiana não insistiu.

– Que nome vamos dar a ele, Matias?

Ticiana mirava o menino, tão bonitinho, um indiozinho de rosto corado, um pequeno bonequinho morno, de mãozinhas arroxeadas. Ergueu os olhos para o marido. Havia uma coisa nova naqueles olhos.

– Quer chamá-lo João, em homenagem ao seu pai?

Matias mastigou o silêncio. Fitava o menino, sem pressa, deixando aquele amor crescer dentro dele.

– Não – disse por fim. – Vamos chamá-lo Antônio.

E Ticiana aquiesceu com um sorriso.

Era isso, tinham de chamá-lo Antônio. Não havia outro nome para aquele menino. Era Antônio, Antônio Gutierrez, e estava decidido.

A família XIII

Estância do Cristal, noite.

O ar está fresco e carregado de segredos. Um olor de jasmins, um pouco doce demais, enjoa Maria Angélica, talvez por causa da gravidez que faz seu ventre sobressair por baixo do pano do vestido negro que ela usa. Mandou alargar aquele vestido ainda na semana passada porque sabia. Não havia dúvidas de que a mãe estava à morte. Tinha alargado o vestido, e mesmo assim o pano apertava a barriga que não para de crescer.

Apesar do perfume açucarado, Maria Angélica não arreda pé da varanda. Mais um instante, pensa ela. Depois vai lá para dentro. Vai vestir Caetana para o seu velório, e essa é sua última tarefa para aquela mulher. A última. A mais dorida de todas.

O marido opôs-se firmemente àquela ideia. Com a gestação de quase seis meses, não era boa coisa sofrer tanto, e vestir um morto, vestir um morto tão amado, era uma tarefa terrível. Sim, é uma tarefa terrível, ela disse a José, mas é minha e de mais ninguém. Sou eu quem vai arreglar a madre, sou eu quem vai escolher o vestido do seu adeus, quem vai ajeitar os seus cabelos, agora tão cheios de cãs, sou eu quem vai cruzar aqueles dedos que tantas vezes acarinharam minha cabeça. Tantas vezes...

Em pequena, a mãe estava sempre presente. Quando seu primeiro noivo, Ricardo, morreu naquela tocaia, Caetana manteve-se serena e fiel, ouvindo as dores e até os xingamentos da filha. Aqueles dedos... Quantas vezes agarrara-se neles como um náufrago numa tábua? A cada parto, e já tinham sido nove, a cada tropeço, era a mão da mãe que ela buscava.

O cheiro dos jasmins roça seu nariz outra vez, e a custo Maria Angélica contém um espasmo. Leva a mão ao ventre.

– Calma, criança. Calma aí.

Fala com aquele filho desde que se descobriu grávida. É um hábito que espanta as gentes, mas falou com todos, falou com cada uma daquelas dez barrigas que carregou. Sorriu para a noite, como se sorrisse para a mãe morta. É verdade que passou mais tempo grávida do que qualquer outra coisa, nisso tinha puxado a Caetana. Um ventre fértil onde vingavam as sementes.

Maria Angélica olha o céu noturno. As estrelas estão lá, muitas; no entanto, talvez por causa do cheiro daquelas flores, talvez por causa de uma dor, levíssima, nas juntas do corpo, ela pode jurar que vai chover.

Amanhã estará chovendo, pensa. Amanhã, durante o enterro da mãe, vai chover. Vai bater água.

Caetana até que gostaria daquilo, de ser enterrada sob a chuva. Como uma semente que, no vaso, era regada para crescer bem. Caetana gostava da chuva, dizia que limpava o mundo.

As lágrimas escorrem dos olhos. Impossível contê-las, por mais que tenha se preparado por meses a fio para isso. A gravidez a deixa ainda mais frágil, mas chora sozinha, num canto daquela varanda deserta. Engraçado como, à medida que envelhece, vai ficando cada vez mais parecida com as tias. Agora só chora sozinha. Chorar na frente dos outros é uma fraqueza que ela não ousa cometer, pensa ela, ouvindo os ruídos que vêm da casa. O marido, as cunhadas, os sobrinhos e os filhos estão lá para dentro. Os irmãos, nenhum deles voltou da guerra, apesar de fazer quase um mês que o tal Solano López foi morto em Cerro Corá por um cabo brasileiro de nome Chico Diabo.

Isso sim é triste. A madre queria os filhos homens por perto. Morreu sem les dar adeus. Mas, pelo menos, eles estão voltando, todos vivos, para casa. Isso ela morreu sabendo. Deus é injusto, mas não é mau.

Caetana morreu com os seus filhos vivos, todos os oito. Talvez tenha sido o seu único pedido naqueles anos todos, aquelas velas, centenas de velas ardendo no oratório, todas pelas vidas dos filhos; mesmo depois da morte de Bento, as velas estavam lá. Caetana tinha visto mais guerras do que podia se lembrar, guerras grandes e pequenas, mas nenhuma mais sangrenta do que aquela, a Guerra do Paraguai.

– Maria Angélica...

É a voz de Tomázia. Aquela voz serena.

Ela vira-se. Parada à porta, a cunhada espera. Apesar da semiescuridão, Maria Angélica pressente aqueles olhos convulsos, o rosto machucado pelo choro. Tomázia afeiçoou-se muito à sogra durante todos aqueles anos de convívio. Seriam vinte anos?

– Quando foi que vosmecê casou com meu irmão?

Tomázia parece não estranhar aquela pergunta feita ali, à queima-roupa. Com um sorriso doce porém entristecido, ela diz:

– Foi em 47.

Maria Angélica assente:

– Faz mais de vinte anos. É uma vida.

– É... É uma vida. Vou sentir muita falta de Caetana. – A voz treme levemente. – Em verdade, não me conformo.

Maria Angélica caminha até a cunhada e toca-lhe o ombro afetuosamente.

– Tem que se resignar, Tomázia. Todo mundo morre um dia... Agora, sentir saudade, isso é outra cousa, uma cousa bem diferente. – Suspira, sentindo a umidade nos seus olhos, aquela umidade teimosa. – Eu vou sentir falta dela para sempre.

– Esta casa já não é mais a mesma.

As duas caminham juntas para a sala, de onde uma luz fraca se derrama.

– Esta casa morreu um pouco com ela – sorri. – Mas vai ter vosmecê. Eu sei, Tomázia. Eu sinto que de agora em diante vosmecê vai ser a alma desta casa, deste lugar.

A outra a olha, emocionada, e cessa de andar.

– Angélica...

– Psiu. Não diga nada. Isso é verdade, a madre queria que fosse assim. Nestes anos todos, ela preparou vosmecê para tocar isto aqui. – Segura as mãos da cunhada entre as suas. – Cuide do Cristal, eu le peço.

– Eu e Bento... Eu e Bento vamos cuidar daqui.

Maria Angélica sorri.

– Então está certo, então está tudo certo. É assim mesmo que tem de ser.

Entram na sala. Com exceção de José, que folheia um livro sem lê-lo, a sala está vazia. As crianças foram dormir. Clara foi dormir, Josefina está em seu quarto com os filhos. Ana Joaquina e Perpétua estão velando a mãe, junto a algumas das negras da casa. Teresa e Inácia ainda não vieram com seus maridos.

Maria Angélica ajeita os cabelos, seca o rosto.

Agora vai lá para dentro com a mãe. Ela e a mãe, pela última vez.

Uma semana depois do enterro de Caetana, numa manhãzinha triste de outono, Leão chegou em casa, vindo do Paraguai; era o primeiro dos filhos de Caetana que voltava da guerra. Através de um caminho tortuoso, viera de Assunción até Porto Alegre, seguindo numa carroça da capital até a estância dos pais. Tencionava ficar um dia ali, rever a mãe e descansar um pouco, tomar um banho e vestir qualquer roupa decente, pois seu uniforme estava em frangalhos, para depois seguir até Rio Grande, onde viviam a esposa e os filhos.

A carroça que o levou até a porteira foi paga com o relógio de bolso, a única coisa de valor que Leão carregava consigo. Mas estava bem-pago, porque tudo que ele queria era rever a casa branca por cima da coxilha, com aquele açude a seus pés; tudo que queria era dormir uma noite ali, uma noite bem-dormida, antes de correr até Rio Grande e rever Emília e as crianças.

Quando subia pelo caminho, vendo o pequeno jardim que Caetana plantara havia anos, seus olhos se encheram de lágrimas. Muitas vezes chegara a pensar que não volveria mais. A guerra tinha sido cruenta, e ele ainda trazia nos olhos as imagens daquela gente morta, das crianças definhando por causa da fome, das cidades incendiadas, saqueadas, das pilhas de cadáveres ardendo sob o sol. Enquanto avançava, tentou jogar para longe aquele pensamento. Era o fim daquilo tudo. Nunca mais uma guerra para ele, nunca mais.

Viu a casa-grande, esparramada, branca e quieta. Apressou o passo. Viu a varanda e uma das crianças brincando, não dava para saber qual delas por causa da distância e do tempo. Criança crescia feito mato, mudava muito. Aquele menino ali, brincando agachado no chão da varanda, podia ser qualquer um dos sobrinhos.

Então Leão correu. Correu tomado de uma urgência terrível. Correu rindo, como quando corria em menino, nas brincadeiras com os irmãos.

Chegou ao pé da varanda ofegante. O menino que brincava com uma espécie de cavalo feito de couro ergueu o rosto para ele, e não havia qualquer espanto naquelas feições, como se o pequeno esperasse aquele tio, como se soubesse que Leão chegaria da guerra exatamente naquele dia, exatamente naquela manhã.

– Oi, tio – disse o menino sorrindo. Parecia que se tinham visto no dia anterior.

O homem adulto, fardado, sujo e faminto não segurou uma lágrima, que escorreu, marcando seu trajeto na pele escura de poeira. Aquele menino, agora ele reconhecia, era Ismael, filho de Caetano.

Leão ajoelhou-se, afagou a cabeça de cabelos castanhos.

– Bonito esse seu brinquedo – disse sorrindo, segurando na garganta uma emoção danada.

– Foi o tio José quem fez. Ele veio aqui pro enterro na semana passada e fez esse cavalo pra mim. – Olhou o brinquedo. – Ficou bem bonito, até parece de verdade.

Um sopro frio correu pelas veias de Leão.

– Enterro? Enterro de quem, Ismael?

A voz grossa tremia um pouco. O menino notou e pareceu achar aquilo estranho, mas tanta coisa estava estranha ultimamente.

– O enterro da vovó. – Ele sorriu um sorrisinho triste, enviesado. – O senhor não sabia? A vovó foi pro céu.

Leão sentou-se no chão da varanda como que tomado de um choque. Por um momento não pôde fazer nada. Os braços não obedeciam, as pernas não obedeciam. A voz entalada na garganta não sabia formular palavra.

Enterro da vovó.

Ficou digerindo aquilo. O menino podia estar brincando, podia estar confundindo tudo. Mas Clara não tinha mãe, Clara, a esposa de Caetano, era órfã havia muitos anos.

Ergueu o rosto. Nesse momento viu um vulto de mulher parado na varanda. Era Josefina.

A mulher de Joaquim deu um passo em sua direção. Parecia estar dividida entre a alegria de revê-lo e a decepção por não ser o seu marido quem estava ali, de volta da guerra.

Leão foi direto perguntando:

– A madre morreu? É verdade?

Josefina balançou a cabeça lentamente.

– É verdade, Leão. Dona Caetana morreu.

Ele engoliu a saliva.

– Quando?

– Faz uma semana – respondeu Josefina em voz baixa.

E então, somente então, foi que Leão começou a chorar. Chorava como uma criança.

Josefina, meio sem jeito, mandou o sobrinho ir brincar lá para dentro e depois se agachou ali, em busca de um jeito de consolar o cunhado.

Auroras e poentes e crepúsculos XII

Rio de Janeiro, 1876.

O pequeno Antônio tinha mudado muita coisa na vida de Matias, menos o silêncio. Ainda era um homem quieto, dava mesmo para contar as palavras que ele dizia ao longo de um dia inteiro. Falava o estritamente necessário, e não porque fosse triste – aquela tristeza da guerra, aquela dor que Inácia lhe infligira, tudo ia passando aos poucos, apagando-se. Matias não gostava de falar porque tudo parecia desnecessário demais. Com o olhar é que se entendiam as gentes. E uma ou duas frases para acertar detalhes. De resto, falava-se por causa da solidão. Ticiana falava por causa da solidão, porque não gostava de ficar sozinha, e falava e falava com o filho, falava o tempo inteiro com o menino sem escolher assunto, botando para fora qualquer tolice que lhe vinha à mente; e o menino, o pequeno Antônio, com aqueles olhinhos esgazeados, com aquela cara de indiozinho só que com a pele mais branca, o menino ouvia tudo. Ticiana falava até sozinha. Era verdade. Muito comum era entrar na saleta e ver Ticiana com seu bordado, tecendo seus juízos em voz alta, e então Matias lhe dizia:

– Vosmecê não segura uma palavra dentro da boca, Ticiana.

E ela lhe sorria.

Aquilo, o jeito do marido, ela bem que gostava. Ticiana gostava da calma de Matias. Gostava que ele ficasse quieto, ouvindo-a, concordando ou discordando apenas com um olhar. Porque Matias não era o tipo que mandasse os outros ficarem quietos; qual nada, era um homem avoado, que ouvia e ouvia, às vezes entrando no assunto, noutras simplesmente voejando pelos vieses do seu pensamento enquanto ela falava as coisas mais prosaicas da vida cotidiana.

Naquela tarde, enquanto o pequeno Antônio, que estava com quatro anos, brincava de correr pela sala, Matias desenhava. Era verdade que o menino havia trazido de volta aquele seu gosto pelo desenho. A viola não, a viola ele não tocaria jamais. Tinha sido coisa do passado, coisa da estância; não se imaginava ali, naquela casa na Corte, tocando a velha viola do pai. Tinha até mesmo deixado a viola para trás, porque entendia que o antigo instrumento era parte daquela casa do Brejo, aquela casa que às vezes vinha à sua mente como um sopro, um sopro cheio de saudade.

– Pare quieto, Antônio. Quero arreglar uma cousa aqui no desenho.

O menino obedeceu. Parou um instante na frente do pai, as perninhas curtas, um pouco abertas demais, e ele ali, desequilibrando-se, rindo de feliz, rindo de viver.

Matias sorriu. Como amava aquele menino.

– Pode ir – disse ele depois de uns instantes.

E viu o filho sair voando pela sala outra vez, desviando das poltronas e de um aparador com um vaso caro.

No desenho, tentava esquecer a casa. A casa de D. Antônia. Agora sonhava com a estância. Sonhava todas as noites. Tinha até mesmo telegrafado para Pelotas em busca de notícias de Netinho, porque alguma coisa ruim podia ter se passado por lá que explicasse aqueles sonhos persistentes. Riu baixinho, inclinando o rosto para a mulher não perceber aquele riso. Ele acreditando em premonição parecia mesmo uma das suas velhas tias.

Antônio saiu gritando pela sala:

– Vai alazão, vai!

Do seu lugar, Ticiana sacudiu a cabeça. Aquele menino, por mais que ela tentasse, tinha uns modos de peão.

– Meu filho, pare de correr tanto – ela pediu.

Matias ergueu o rosto para a esposa; ali naquele olhar havia uma recriminação, mas também havia carinho e uma espécie de amor.

Matias Gutierrez ainda seguia, todas as manhãs, no horário de sempre, para a loja na Ouvidor. Os negócios iam bem e, apesar da morte do pai de Ticiana, que falecera de um mal dos rins, Matias abrira mais um comércio, e vinha acumulando bons lucros.

Jamais se imaginara um negociante. Lembrava-se bem das longínquas lições de matemática com o professor que D. Antônia tinha trazido para a estância apenas para lecionar ao menino. Aquele homem doce, meio frágil demais para a lide campeira; nunca mais ouvira falar dele. Fazendo anotações no livro-caixa, Matias sorriu. Ah, se o velho professor o visse, ou até mesmo D. Antônia.

D. Antônia não, ocorreu-lhe subitamente. Do outro lado do mundo, lá onde viviam os mortos, D. Antônia teria vergonha do seu menino. Não pela loja, mas pela fuga. Pela fuga do Rio Grande e daquela terra que ela tinha amado em cada centímetro, e que deixara para ele de herança. Aquela terra, lá no Rio Grande, deitada nas beiradas do Camaquã, sendo gerida por Netinho. Aquela terra que não dava lucro, apenas sobrevivia tristemente, como um cão esquecido pelo dono.

Bateram à porta do escritório; um amanuense seu auxiliar entrou dizendo:

– Está uma algazarra lá fora. A rua está fervilhando de abolicionistas.

Matias olhou-o sem muito interesse. Pouco se importava. Pelo imperador, aquele velhinho alquebrado de olhos bondosos, não tinha nenhum afeto. Aquele velhinho tinha mandado milhares de homens para a morte no Paraguai. Disse para o funcionário:

– Esqueça o lá fora. Isso passa logo; temos que organizar aqui os lançamentos monetários da semana passada.

O rapaz suspirou e sentou-se no seu lugar, à direita do patrão, aquele homem moreno, de rosto indiático e sem idade definida.

Assim ia a vida.

Na loja, as amolações cotidianas do trabalho; em casa, a mulher e o filho.

Era uma vida muito melhor do que ele jamais imaginara quando tomou um vapor no rumo da Corte, para fugir de Inácia e do seu passado. Era uma vida digna, limpa, até mesmo feliz. Ticiana era uma boa esposa, amorosa, um pouco decidida demais, mas perfeita para ele. Davam-se pelo silêncio, ela compreendia que o marido somente podia amá-la na discrição, e aceitava tudo. O menino, por sua vez, exigia um amor intenso, espremendo de Matias o caldo de uma emoção que ele julgava morta.

E então, quando Matias Gutierrez tinha certeza de que havia sobrevivido, quando tinha certeza de que o precipício por onde quase se lançara estava longe, longe, de uma lonjura inalcançável, foi que recebeu um telegrama de Manuela.

Era o princípio da noite, e a iluminação a gás brilhava sua luz amarelada pela rua. Matias estava sentado na sala, lendo a *Vida Fluminense*, e uma das criadas acabara de levar o pequeno Antônio para a cama, sob protestos furiosos do menino, quando Ticiana entrou na peça com o rosto um pouco pálido e aquele brilho, aquele brilho que Matias bem conhecia, ardendo dentro dos seus olhinhos vivos.

– Chegou um telegrama de lá – disse Ticiana.

Era o único ponto de atrito entre eles. O *lá*.

Ticiana insistira muito com o marido para que ele vendesse a estância, cortando assim o cordão umbilical que o ligava ao passado. Cada proposta dessas era rechaçada com o silêncio glacial de Matias. Ele jamais venderia a Estância do Brejo enquanto fosse vivo, tinha-lhe dito aquilo uma vez e não diria nunca mais.

O telegrama ficou pousado na mão de Ticiana por um brevíssimo momento. Olharam-se nos olhos, Matias pegou-o sem pressa.

Aquelas cartas eram somente as cartas da sua família, da diminuta família que então se resumia a Manuela Ferreira.

Mas um telegrama, pensou Matias, era coisa de urgência. Manuela escrevia-lhe longas cartas, cartas cheias de reminiscências, tingidas com a sua letra inquieta e elegante. A tia não guardava recursos para mandar telegramas à Corte se o motivo não fosse premente. Essa certeza, nascida de súbito, começou a encher-lhe o peito de ansiedade.

Enquanto ele abria o envelope com cuidado, do outro lado da sala Ticiana observava-o, fingindo remexer num vaso com flores.

E então Matias leu:

17 de julho de 1876

Caro Matias,

Inácia faleceu noite passada de uma febre cerebral. Grande tristeza. Na hora da morte, ela falou em vosmecê. Tenha perdão na sua alma, lembre-se do meu exemplo.

Manuela Ferreira.

No começo não sentiu nada. As letras ali, boiando em frente aos seus olhos. A luz do lampião borrando os arabescos do tapete. E a sua mão trêmula segurando o quadrado de papel onde aquelas frases iam impressas.

Ficou ali parado, sentindo a dor que bocejava dentro dele, acordada de súbito depois de tanto tempo. Depois de tanto tempo, que já parecia morta. Se jamais tivesse lido aquilo, Inácia ainda estaria viva para ele, mas agora não havia como retroceder, os caracteres impressos na folha de papel ardiam diante dos seus olhos.

Por um segundo, recordou-a como a tinha visto naquela manhã na estância, tão linda com seu vestido verde, com seus cabelos escuros e aqueles olhos luzidios. Aquela Inácia, morna, aquela moça cheia de graça, agora não existia mais. Que caminho teria seguido? Que doença, que horror a teria consumido para que morresse assim, tão jovem? Tudo o que sentira por ela naqueles anos, naqueles dez anos em que não se tinham visto, enquanto ela fazia a sua vida e ele fazia a dele, era um amor fantasiado de ódio, um amor forte, que ele tentara matar, mas em vão.

Sentado na cadeira, com o telegrama ainda em sua mão, Matias não conseguia ordenar seus pensamentos. Ela tinha morrido, e aquilo lhe parecia tão impossível como a maior das tragédias. Tudo continuava igual, Ticiana a fitá-lo por entre as rosas do vaso de faiança, lá fora os resmungos do tigre, o negro encarregado da ordinária tarefa de jogar os despojos da casa no mar, o filho tão querido que dormia no andar de cima do sobrado. Ele mesmo, ainda com o jornal aberto à sua frente sobre a mesinha. Mas aquele telegrama mudava tudo.

Aquele telegrama mudava a ordem da vida. *Tenha perdão na sua alma*, escrevera-lhe a tia. "Coitada", pensou, "se ela soubesse".

Sentiu uma súbita vergonha daqueles pensamentos todos. Aqueles pensamentos tidos ali, na presença de Ticiana. A mulher não merecia, tão boa com ele. A mulher olhava-o cada vez mais ansiosa, esperando, esperando, até que não suportou mais o silêncio, e pela primeira vez na vida atreveu-se a interromper um devaneio de Matias:

– Aconteceu alguma coisa?

Matias ergueu os olhos para ela.

Era uma mulher miúda, de traços finos, com um rosto comum. Era uma mulher elegante, com seus vestidos de renda, com sombrinhas coloridas e sapatos feitos em Paris.

O que iria dizer-lhe? Que tinha morrido, ainda hoje, a única mulher que ele realmente amara na vida? Que tomaria um barco da Loyd e iria para o sul a fim de despedir-se de Inácia? Que tudo desmoronava ali, naquele instante, e para sempre, como se somente então ele, um ingênuo, um tolo, percebesse que vinha construindo castelos sobre a areia movediça?

Não podia dizer nada disso, não para ela.

Guardou ainda uns momentos de silêncio. Ticiana esperava. As rosas, no seu vaso, pareciam esperar também. Por fim ele disse:

– É um aviso de falecimento.

Era um homem que não sabia mentir. Era neto de D. Antônia, e D. Antônia jamais tinha dito uma mentira na sua longa vida.

Ticiana levantou o busto, num gesto de atenção. Deu alguns passos para mais perto do marido.

– Quem morreu?

E então ele falou, porque desde sempre havia contado tudo, tudo, para ela. Havia contado o maior segredo da sua vida para ela. Abriu a boca e falou baixo, devagarzinho, quase sem crer naquela ousadia:

– Foi Inácia quem morreu – e, às últimas palavras, sua voz titubeou.

Ticiana arregalou os olhos.

– *Ela* morreu?

Matias assentiu. Lá fora, alguém passou cantando uma quadrinha alegre.

– E agora, Matias? Vosmecê vai fazer o quê?

Ela cruzou os braços, olhando a feição do marido, e então, com a certeza que lhe veio, acrescentou numa voz um tom mais alto:

– Não acredito que vosmecê vai fazer alguma coisa.

Ele ergueu-se. Sem querer, tinha amassado o telegrama. Com cuidado, desdobrou-o até que ficasse o mais liso possível. Aquele cuidado vão fê-lo corar. Depois de um instante, fitou Ticiana e disse:

– Eu vou para o sul. Vou e volto, vai ser uma viagem curta. – Seus olhos pareciam pedir perdão. – Se eu não for, jamais esquecerei tudo isso, Ticiana.

A mulher pareceu subitamente cansada.

– Se vosmecê for, não precisa voltar.

Mas ela estava mentindo, e ambos sabiam. Matias sentou-se outra vez. Por que lhe devia tanta coisa? devia-lhe aquela vida, o filho e uma certa sanidade? foi que voltou ao seu lugar e, respirando fundo, tornou a falar:

– Ticiana, por favor, entenda. Eu preciso ir.

A mulher encostara-se à parede, sentia-se fraca. Tanto tempo, pensava ela, tanta dedicação. E tudo ali, inerte, esperando para brotar.

– Se eu entender isso, Matias, vai sobrar o que para mim? – Seus olhos enchiam-se de lágrimas.

Matias notou que era a primeira vez que a via chorar; nem quando o pai falecera ela chorara.

É forte. Tão forte quanto aquelas mulheres de lá. É um muro. Se fosse com ela, não voltaria. Não olharia para trás.

Sentiu todo o peso do mundo sobre seus ombros.

– Sou um fraco, Ticiana. Eu vou.

Ela olhava-o com os olhos subitamente arregalados. Fraco? Pela primeira vez em todos aqueles anos via o brilho naquele rosto, via uma chama acesa.

– E o menino?

– O menino fica com vosmecê. Vou e volto em dez dias. – A voz suavizou-se: – Eu le juro.

A mulher não tinha mais forças. Eram muitos anos lutando contra aquilo tudo, e subitamente havia perdido a batalha. Aquiesceu, movendo a cabeça redonda, pequena.

– É preciso cuidar com a tal febre – disse ela, molemente. – A febre grassa nos navios, Matias.

Matias sorriu, agradecido. Ergueu-se, andou até ela, envolveu-a num abraço. Havia vários tipos de amores no mundo, pensou.

– Obrigada, Ticiana – disse baixinho. – E não se apoquente. Eu não vou pegar a febre.

Uma semana mais tarde, Matias Gutierrez entrou no Cemitério Municipal de Pelotas, seguindo por entre as cruzes até o local que o encarregado à entrada lhe havia indicado como sendo o jazigo da família Guimarães.

O vento invernal soprava por entre as lápides, subindo e descendo, dando voltas no terreiro. Matias sentia frio. Fazia muitos anos que não experimentava o inverno gaúcho, e aquela saudade surgiu-lhe em cheio, como um pássaro negro muito familiar que viesse pousar no seu ombro. Era um dia de sol fraco, e a paz tristonha do cemitério anestesiou um pouco a sua dor. Tinha sido uma viagem estranha, e mais ainda a chegada. Andara com medo pelas ruas de Pelotas, com medo de ser visto, com medo da saudade, com medo do passado. Andava sem olhar para os lados, sem qualquer ambição de reconhecer uma rua, um prédio, uma coisa qualquer que pudesse evocar nele a mais frágil lembrança. Não, não queria lembrar. Tinha voltado para acabar de matar aquilo dentro dele.

Pisando o gramado ressecado pelo vento minuano, Matias seguiu até a indicação da estátua de mármore representando um anjo ajoelhado, de cabeça ligeiramente inclinada para o lado esquerdo. Um anjo triste e acabrunhado.

Era ali, sob a asa daquele anjo, que ela estava.

Com os olhos baços, sentindo-se envolto numa névoa de dor, uma dor quase nítida que lhe apertava as juntas, que sufocava sua garganta, ele ajoelhou-se na terra vermelha e úmida de sereno. Era ainda manhãzinha, e o cemitério estava vazio.

Matias deixou que o vento lambesse seu rosto. O vento frio, frio, com aquele cheiro característico, um cheiro de água de rio e de mato. Leu a inscrição na lápide, o nome dela inteiro, a data do seu nascimento e a da sua morte. Tão perto uma da outra, aquelas duas datas, a vida tinha sido um sopro. Passou os dedos pela lápide, sentindo a frieza da pedra de mármore.

Então era assim que tudo terminava. Daquele jeito. Então ambos tinham vivido tanto para chegar ali. Em verdade, nada mudava... A morte punha um termo em tudo e, no fim, na última pedra da estrada, todos se igualavam. Ele e o marido dela. Ambos. Ali, naquela manhã, ambos estariam tão longe dela quanto de Deus.

Pensou em dizer algo, mas nada havia para ser dito que já não fosse tarde demais para ser ouvido.

Ficou ali muito tempo, até quase a primeira hora da tarde, causando estranheza ao coveiro que viu aquele homem distinto, com cara de gente da Corte, todo trajado de negro, ajoelhado na terra por horas a fio. Ajoelhado, sem rezar, sem chorar, sem sequer mover um músculo. O rosto erguido. Os olhos secos. De longe não dava para ver aqueles olhos puxados, olhos de índio da terra. Não, de longe não dava. Parecia gente graúda, da cidade grande, gente de sangue nobre. Tinha até nobreza na dor, pensou o coveiro, indo e vindo na sua tarefa de levar pedras, de limpar as sepulturas, de aplainar o terreno.

Quando o relógio de bolso acusou faltarem dez minutos para as treze horas, foi que Matias Gutierrez se ergueu. Com muito custo. Ergueu-se com dor nas pernas. Com os olhos ardentes e secos. Olhou mais uma vez a sepultura dela, entre outras duas que ele não quis ver a quem pertenciam. De um modo estranho, sim, era verdade que aquilo era muito estranho mesmo, eles agora estavam juntos. Para sempre. Unidos naquele silêncio, somente eles e o silêncio. Sem amor, sem ódio, sem nada. Para sempre.

Saiu andando na direção de onde viera, e estava tonto, cambaleando. O vento tinha aumentado, despenteava seus cabelos.

Sentiu um braço tocando seu ombro e teve um estremeção. Viu o rosto do coveiro:

– O senhor precisa de alguma cousa?

O velho, sujo de terra, olhava-o com olhos preocupados.

– Está tudo bem, meu amigo.

O coveiro aquiesceu.

– O senhor ficou cinco horas ali – disse ele com certo espanto. – Cinco horas. Eu estava pensando em chamar alguém da administração.

Matias mirou-o:

– Cinco horas? – Sorriu tristemente. – Que cousa, para mim não passavam de uns minutos.

E depois seguiu, desaparecendo no rumo da cidade, os ombros baixos, os olhos duros. Sem amor, sem ódio, sem nada. Para sempre.

A Reforma

Órgão do Partido Liberal

Porto Alegre, 23 de junho de 1882

Redactor-chefe A. L. da F. Palheiro

(A Reforma publica-se todos os dias a excepção dos immediatos aos santificados)

A Pátria (Montevidéu), 10 de junho, foi obsequiada com telegramas datados de Roma em que diz que o intrépido guerreiro Giuseppe Garibaldi morreu em consequência de uma BRONCHITIS AGUDA.
Immensa consternação na cidade, fechando-se immediatamente todas as casas de negócio e suspendendo-se as funcções theatraes. As repartições públicas tiveram o pavilhão oriental a meio pao e foi declarado dia de luto nacional.

Pelotas, algum dia do mês de junho de 1882.

Manuela de Paula Ferreira está olhando para a rua.

Encostada à janela da casa decrépita em que viveu os últimos trinta e sete anos da sua vida, Manuela está olhando para a rua. Com os olhos postos nas pedras deste calçamento, foi que gastou a sua vida, uma vida árida e tão solitária, em que somente se regozijou numa única esperança: o retorno de Giuseppe.

Ah, como sonhou com ele, tantas noites! Tantas madrugadas o seu corpo fremiu por ele, deitada na velha cama de lençóis frios que somente recebia a sua própria solidão, como um ritual cuja fé se alimentasse de si mesma. Porque sempre acreditara que aquelas horas empilhadas, aqueles dias de uma vaziez quase asséptica estariam garantindo para ela a realização da sua vida. A volta de Giuseppe Garibaldi. No entanto, a vida agora lhe mostrava que o tempo nada significava, que a vontade humana, mesmo a mais urgente e suprema das vontades, era tão somente um capricho no destino já traçado das criaturas. E isso, essa certeza que hoje despencava sobre seus ombros, é que a fazia tanto ansiar a própria morte.

Quantas vezes, ao longo dos anos intermináveis, não ouviu a voz de D. Antônia, que lhe vinha como um vento de outro mundo, atravessando as venezianas, entrando pelas frestas das portas, escapando das gavetas repletas de antigas cartas em que os nomes de um monte de mortos se repetiam sempre e sempre com seus signos de letras desbotadas... Quantas vezes não ouviu o chamado daquela mulher que, a seu modo, soubera tanto da vida. No entanto, tapara os ouvidos. A voz solene e grave, rouca de eternidade, não lhe dizia mais nada. Manuela tinha enveredado por aquela floresta de desespero sozinha e, estando no mais profundo das suas ramagens cheias de silêncio, jamais ousaria voltar para a vida, para a vida que teria sido normal para as outras mulheres.

Não para ela. Nunca para ela.

Durante anos e anos, anotando nos seus cadernos cada sopro da vida de Giuseppe que lhe chegava, tinha traçado uma espécie de mapa, um caminho onde poderia facilmente encontrá-lo quando despertava no meio de suas noites densas de silêncio. Um posto onde, somente pousando a ponta do seu dedo, ela podia vê-lo e podia sentir o que lhe ia pela alma.

Sim, pois sempre, em cada dia daqueles anos, desde aquele remoto 5 de julho de 1841, quando pusera seus olhos pela última vez nos olhos dele, tinha acompanhado cada cousa, cada alegria, cada vitória e cada derrota de Giuseppe. O que dele se sabia sempre lhe chegava aos ouvidos, de um jeito ou outro. Sempre.

A morte de Anita, as suas duas filhinhas que tinham morrido, ambas de nome Rosa, tudo, tudo tinha sido do seu conhecimento. A doença que lhe ia comendo o corpo e a vontade pouco a pouco, o refúgio naquela pequena ilha onde Giuseppe vivera seus últimos anos e tivera seus últimos filhos com outra mulher. Tudo, exatamente tudo que lhe dizia respeito chegara-lhe aos ouvidos mais cedo ou mais tarde. Aquilo era uma espécie de destino.

Um dia – Manuela sempre sentira isso no mais profundo do seu ser – Giuseppe voltaria para estar com ela, para dizer-lhe as palavras que ela tinha esperado ouvir durante todos aqueles intermináveis anos, enquanto envelhecia na mais pura solidão. Enquanto morriam as gentes ao seu redor. Enquanto ficava mais empobrecida e as terras herdadas do pai eram vendidas para saldar dívidas. Enquanto a família, a cidade e o Rio Grande mutavam-se a ponto de lhe serem completamente estranhos para sempre. E assim Manuela vinha esperando durante todos aqueles anos.

A maior fé e o maior amor de uma mulher eram os dela. Tinha acreditado naquele homem mais do que em si mesma, e por isso não se exasperava ao ver que o espelho, com o passar inabalável do tempo, não mais lhe devolvia a mesma face hermosa de outrora, o mesmo viço, mas os traços exaustos de uma velha mulher triste.

Ah, Manuela até mesmo se orgulhava. Era sobranceira no seu amor por aquele homem. Porque um dia, por um átimo, com um céu de estrelas sobre suas cabeças, um céu que jamais haveria de se repetir em qualquer noite de qualquer terra, Giuseppe lhe tinha falado de amor. Cristalizado no tempo, aquele amor quedava-se eterno. Era todo e intensamente seu, e tão puro que jamais ousara maculá-lo com o toque de outro homem, com o beijo de outro homem, com o corpo de outro homem dentro da sua carne.

Agora, parada em frente à janela, Manuela fita a rua quase deserta. Ainda é muito cedo, a manhã mal se insinuou entre os sobrados da rua de pedras, e paira sobre a cidade de Pelotas uma bruma fina e úmida.

Em meio à vaporosa manhã branca, Manuela imagina ver a figura dele a fitá-la do meio da calçada, sorrindo-lhe o seu riso tépido de salteador, de pirata. Como da última vez, quando ia seguir com os lanchões farroupilhas através do pampa gaúcho, para o mar e para o mundo. Irremediavelmente para longe dela. Manuela sorri, e em seu riso frouxo e triste há alguma coisa de tão frágil que um espectador teria chorado de pena. Mas faz muitos anos que ninguém se ocupa de Manuela. A mãe e o irmão morreram, ela vive na velha casa cheia de ratos e fantasmas tão somente na companhia de uma criada. Manuela está vestida de branco. O vetusto traje de noiva que ela mesma fez durante suas velhas noites de espera.

Tudo nela é velho. A roupa de rendas gasta, comida pelas traças, frouxa à altura dos magros quadris. O verde dos olhos. Sua carne é velha, amarelada como papel de muitos anos. Sua mão, agarrada à beira da janela, tem a pele tão pálida que parece se derreter sobre os ossos. No entanto, há na sua figura qualquer coisa de belo, de grande, de tão trágico.

O riso estático preso em seu rosto agora vai desfalecendo aos poucos, como uma pálida estrela que acaba de morrer, gelando-se para sempre. Toda essa espera, todos os anos, e por fim a grande, a absurda e eterna separação. No seu caderno de cousas, de segredos, onde tudo que ele viveu está escrito e subscrito com sua letra torneada, nem mesmo falta acrescentar a derradeira nota (Manuela é muito cuidadosa nesses assuntos que regem seu amor).

As duas linhas de vida, que outrora se cruzaram em tão inolvidável paixão, jamais hão de se tocar novamente. Agora, nesse caderno de lembranças, um dia alguém vai anotar a data da sua morte. Nada mais. As páginas que ela lhe tinha reservado, as páginas para Giuseppe, receberam há pouco o último apontamento.

Porque Giuseppe Garibaldi morreu. Impossivelmente, como uma pilhéria do destino, ele morreu.

Manuela ainda não acredita, embora tenha sentido, há cerca de uns seis dias, aquela dor que lhe varou a carne. E então, naquele dia, tinha chorado muito, tinha chorado velhas lágrimas com gosto de ferrugem... Então, naquele dia, mesmo sem ousar crer, mesmo sem ler o jornal que lhe mandaram de Porto Alegre, ela sabia de tudo.

Indiferente ao fenecer da alma de uma velha dama postada à janela e à angustiosa morte de um grande herói, uma criança vem pela rua com seu passo alegre. Um menino magriço que segue para a escola com alguns livros sob o braço. Esse menino passa todos os dias em frente ao sobrado onde Manuela vive suas horas iguais. E todos os dias grita: "Olha a noiva! A noiva de Garibaldi! A louca!"

Hoje não é diverso.

Ele não sabe da dor de Manuela, ninguém sabe. Mesmo se tivessem conhecimento, quem haveria de se compadecer dos pesares de uma louca? Talvez somente Joaquim, lá nas terras onde vive, para os lados de Bagé, possa arranhar de leve o atroz sofrimento que Manuela sente, mas entre Joaquim e ela há um orgulho ferido, e o orgulho é um despenhadeiro.

Lá embaixo, na rua, o menino procura a janela no andar superior do sobrado, a janela onde Manuela espia o lento desenrolar da vida na cidade de Pelotas. A eterna janela com suas velhas cortinas que um dia foram azuis.

E o menino a vê.

Enfiada no seu vestido branco, como sempre. Não há manhã em que ela não esteja lá. A louca Manuela Ferreira.

O menino olha Manuela por um instante e sorri. É como um jogo para ele, ela estar lá, encarapitada na sua janela, é uma coisa que abre seu dia. A velha vestida de noiva, como se alguém a quisesse levar ao altar...

Então o menino grita:

– Olha a noiva! A noiva de Garibaldi! A louca!

Ele grita a plenos pulmões e sua voz dança no ar, e dá voltas pelas úmidas pedras do calçamento.

As pessoas da vizinhança já sabem então que são sete horas da manhã e que Manuela está de pé, à janela, esperando por ele. Como tem feito todo dia nos últimos trinta e sete anos. Porque esperar por ele é a única coisa que lhe resta fazer.

As pessoas não sabem que agora não há nem isso. Que se acabou. Faz alguns minutos, a última linha do caderno foi escrita na mesma letra elegante. As pessoas não sabem que Manuela Ferreira ainda teria vinte anos para escrever esta derradeira nota.

Na rua, o menino acabou de gritar, e então desata a correr, mesmo sabendo que ela jamais virá atrás dele. O menino dobra uma esquina, os livros sob o bracinho ágil, e desaparece na bruma. Como se nunca houvesse existido. Igual a tudo na vida. Uma ilusão, um sonho. Uma luz que brilha e se apaga.

Do seu lugar à janela, Manuela pensa essas coisas. Seu pensamento é uma série de palavrinhas soltas na bruma da sua dor. Pequenos grãos que ela não separa, não escolhe, não utiliza. Eles vêm e vão. Brilham e se apagam. Finitos e desnecessários. Como os grandes acontecimentos da vida de um morto.

Manuela tenta sorrir e não consegue; gosta daquele menino, gosta dos seus brevíssimos encontros pela manhã, porque ele é uma das escassas coisas que regem a sua vida vazia. Mas hoje o sorriso ficou preso nos seus lábios murchos e não saiu. Hoje Manuela está oca; tudo nela é tão débil que nem o pranto se decide a brotar, mas fica dançando nos seus olhos baços, como um rio que quer apenas morrer. Tudo nela quer apenas morrer, mas ainda vinte anos a esperam, vinte anos de longa e inabalável solidão: a prisão daquela vida que ela mesma erigiu.

Ele não mais virá.

Todos os jornais do mundo noticiaram o seu falecimento, como convém a um grande herói da humanidade, e hoje, junto com o leite, ao levantar-se antes do raiar do dia, Manuela encontrou à porta da sua casa o periódico liberal *A Reforma.* Alguém o depôs ali para que ela o visse, e o abalo da notícia não a deixou pensar em quem teria feito tal coisa. O que lhe importa agora?

Giuseppe morreu em Caprera, a pequena ilha na qual fez seu lar. Depois de tantos anos naquela lenta e desgastante espera, aparece o fim do caminho. Giuseppe, o seu amor, o único homem de toda a sua vida, a única boca que ela beijou, já não existe mais. Já não é. Impossível deixar de pensar assim, porque havia algo nele de perene. Havia nele algo de eterno, como o próprio suceder dos dias. Uma chama que jamais se extinguiria.

Manuela sente que agora, finalmente, as lágrimas rolam pelo seu rosto cansado, e já não é sem tempo. Porque morreu o seu homem. Porque agora ela mesma pode (e quer, ah, como quer!) desfazer-se em cinza e pó, virar nada para todo o sempre. Esses olhos de um verde esquálido, esses olhos que envelheceram e perderam o seu foco a mirar a mesma rua, a mesma eterna rua por onde ele nunca pisou, nada mais têm a esperar.

Enfim, a vida acabou-se.

E ela, ela mesma é aquela árvore que o jornal cita. Ah, esta é a verdade! E ninguém jamais saberá disso, a não ser eles dois.

Aquela árvore gigantesca que tombou após o funeral de Giuseppe, aquela árvore cujo desmoronar impressionou a todos e ainda impressionará para sempre aqueles que conhecerem a história; aquela árvore é ela.

Sempre foi uma árvore na vida de Giuseppe Garibaldi.

Por isso ficou.

Por isso deixou-se ficar, raízes plantadas na terra do Rio Grande, olhos e copa fitos no céu, enquanto os anos e os invernos se sucediam. Ela era, de algum modo, uma parte muito frágil dele, a parte que se rendia ao chão.

Ela, Manuela, tinha vivido sua vida arraigada, tinha aceitado esta reles parte do seu grandioso destino. Tinha orado por ele e tinha amado por ele durante tantos anos. Ela, Manuela, era uma espécie de amuleto enterrado nas funduras da terra, como um daqueles santos que os negros às vezes enterravam nas encruzilhadas para afastar os maus espíritos.

Manuela continua chorando. Seu choro é morno e quieto como o choro do fantasma que um dia ela há de ser. Está chorando e rindo.

Ela, que sempre foi uma árvore. Raízes cravadas no chão, esperou por Giuseppe durante todos aqueles anos. Quarenta anos, desde que ele partira com Anita, o filho Menotti e algumas juntas de bois, para fazer a vida no Uruguai.

Mas agora tudo se encaixa.

A gigantesca árvore que tombou sobre o lugar escolhido por Garibaldi para ser seu túmulo.

Agora tudo se encaixa.

De um modo ou de outro, sempre estiveram juntos. Esteve com ele em cada segundo, cada tiro de canhão, cada assalto, naufrágio e batalha, vivendo com ele sob a sua própria pele, discreta como o fantasma que um dia há de ser. Ela foi o sol e o vento, foi a longa jornada e a noite. Ela foi a carne tenra sob o lençol, e foi a fome. Foi o alimento e a jornada. Foi o filho nascido e o filho morto. Ela foi a vitória e a condecoração, o fogo na lareira e a chuva.

Nunca se ausentou dele. Nunca.

Ela foi o último instante. Foi a agonia e foi o cântico. Ela foi a árvore tombada em Caprera.

Manuela, sorrindo e chorando, ausenta-se da janela. É preciso anotar isso no livro. Algum dia alguém haverá de ler.

A herança VIII

Janeiro de 1903, Estância do Brejo.

Completava seu primeiro ano no Rio Grande.

Os últimos tempos pareciam-lhe uma vida. O Rio de Janeiro, a vida na casa materna, tudo se apagava como uma aquarela que a chuva borrasse, lenta e pacienciosamente. Antônio comprazia-se em recomeçar; tinha então trinta e um anos, e o Brejo era o sonho que jamais ousara. Comercializava seus primeiros animais, tinha contratado mais seis vaqueanos, seguia bem. Quando ia à cidade, já era cumprimentado por algumas pessoas; aos poucos se tornava um deles.

Recebia semanalmente a *Gazeta de Notícias* e o *Correio Mercantil*. No Rio de Janeiro, construíam a avenida Central, alargavam-se praças, modernizava-se a capital da República. Oswaldo Cruz tinha finalmente vencido a febre amarela depois de tantos disparates, como a Revolta da Vacina. Acompanhava o governo de Rodrigues Alves sem grande interesse, lia as crônicas sobre a vida mundana carioca, e tudo aquilo o espantava, porque havia pouco tempo ele também estivera lá, ele também vivera aqueles minutos espraiados de uma fugaz alegria. Agora, no entanto, amava o silêncio do pampa como uma medicina. Amava os entardeceres de misericordioso silêncio, as longas horas noturnas à beira do fogo da lareira, na sala deserta onde lia os velhos romances de D. Antônia, onde logo começaria a ler aquele livro que a mãe lhe comprara na Livraria Garnier, na rua do Ouvidor, e que se intitulava *Os sertões*.

Eram seis horas, e ele rumava para a estrebaria a fim de ver os animais. Sabia que pelo meio da manhã a soalheira castigaria o pampa. Sabia que o calor se emanava do chão como um miasma que sufocava. Essa era a desculpa que Ticiana lhe dava para não vir vê-lo no verão; no inverno, a mãe negava-se a suportar os rigores do frio austral. Na última primavera, quando em vão se esforçara em trazê-la, Ticiana alegara um mal dos pulmões e se quedara em sua casa no Rio de Janeiro, descansando à janela do quarto (pois o que sua mãe mais apreciava, como uma boa carioca, era viver às janelas, olhando a vida das ruas). Antônio descobria assim, comparando os hábitos da mãe com essa nova vida de silêncios, de trabalhos e entardeceres solitários, a grande distinção entre aquelas gentes: os cariocas amavam a vida para fora, a vida que ia além das janelas, eles amavam o mundo, enquanto os rio-grandenses viviam para dentro, virados para o pampa e para a alma.

Achou graça do seu pensamento e riu baixinho enquanto seguia pelo campo, o chapéu enfiado até o meio da testa, o cachorro ao seu lado, farejando o mato ainda úmido de sereno. Então, pensou nela. Ela vinha-lhe sempre. Entre uma divagação e outra, entre duas frases, entre o almoço e o mate, sempre ela.

Ali mesmo, enquanto pisava o campo ressequido pelo sol, sabia que ela o espreitava como uma sombra, das tantas que desciam das árvores do capão. Tinha perguntado a Miguel se uma Carmosina vivia na Barra. Miguel dissera que não. Carmosina?, indagara-lhe, os olhos rasgados cintilando de dúvida. Jamais conhecera ou ouvira falar de uma Carmosina por aquelas bandas. Devia ser visita na casa, dissera o capataz.

Vezes seguidas, durante a noite e em outras tantas tardes, fora até o farol em busca de rever a moça. Mas desde o encontro na confeitaria em Pelotas, havia meio ano, não tornara a encontrá-la. Tinha certeza então de que Carmosina era uma visita na casa da Barra, e que já partira para a sua cidade.

Nunca mais a veria, aquela era a sua dor.

À hora do almoço, Maria entrou nervosamente na sala trazendo um telegrama vindo de Pelotas, e parou a dois passos da mesa. Antônio acabava de comer.

– Patrão, isto acabou de chegar de Pelotas. Veio com urgência.

Segurava o envelope na ponta dos dedos, como se fosse algo extraordinariamente perigoso. Antônio pegou o telegrama e abriu-o sem ocupar-se da angústia da criada.

Leu-o em breves instantes. Era muito curto, por uma questão de óbvia economia, e dava parte da morte de Manuela Ferreira por um problema do coração.

Ele levantou o rosto:

– Que dia é hoje, Maria?

– Vinte e três de janeiro, patrão.

Antônio suspirou com tristeza. Manuela Ferreira falecera havia dois dias em sua casa de Pelotas, no meio de uma madrugada.

– Pode tirar a mesa, Maria. Vou para Pelotas.

A mulher não se conteve:

– Sucedeu alguma cousa, patrão?

– Minha tia-avó, Manuela Ferreira, morreu do coração – a voz dele era pesarosa.

A criada baixou os olhos miúdos, mirando o chão e percebendo, num relance, que o piso carecia de cera.

– A tal noiva de Garibaldi... – Benzeu-se: – Que Deus a tenha.

Antônio seguiu para Pelotas uma hora mais tarde, e nunca a viagem foi tão penosa para ele. Seguia a cavalo; o caminho do Brejo até Pelotas tinha de ser feita daquele jeito. Não havia ainda o conforto de um trem naquele trecho. Ele seguia sob o calor, enquanto o sol vespertino abrasava a vegetação e tudo parecia lento, exaurido e murcho. Até seus pensamentos murchavam sem completar-se.

Chegou ao anoitecer.

Enquanto Antônio seguia pela rua, o trote do animal ressoava no chão de pedras, acompanhando as batidas do seu coração. A determinada altura, parou por um instante e olhou em volta; em tudo aquela era a mesma rua onde estivera outras tantas vezes, as mesmas fachadas dos mesmos sobrados, os eternos ruídos domésticos, uma criança que chorava, uma voz de mulher que praguejava contra os mosquitos e o calor, uma negrinha ao portão olhando o nada, esquecida dos seus afazeres. Em tudo era a mesma rua onde Manuela vivera, e como lhe parecia triste, como lhe parecia lúgubre então, como um pedaço da cidade esquecido no tempo, pairando acima de tudo, imune aos acontecimentos do mundo.

Seguiu até a casa e apeou. Antes de tocar à porta, ergueu os olhos. A janela no andar superior, onde Manuela se quedara por tantos anos a olhar o mundo através da vidraça, aquela janela em que os meninos jogavam pedras, estava cerrada para sempre.

Sentiu os olhos marejados. Foi com a mão trêmula que bateu à porta. Depois de alguns minutos, um tempo que custou a passar, a velha empregada de Manuela surgiu vestindo luto.

O rosto da mulher, ao ver Antônio, compungiu-se.

– Ah, senhor... Ah, senhor... – gemeu ela, fungando. Abriu caminho para que ele entrasse no vestíbulo quente.

– Entre, seu Antônio... Entre, por favor.

No vestíbulo, Antônio alcançou-lhe um lenço e a velha assoou o nariz com aparato. Depois deitou seus olhos cansados nele e disse:

– Ela morreu rindo... Faz dois dias. Esteve mui malita, a coitadinha, com palpitações e desmaios. Fui chamar o doutor, ele quis levá-la.

– Ao hospital?

A criada balançou a cabeça:

– Sim, à Santa Casa. Mas ela negou-se. Gritou com fúria, senhor. Não sei como tinha voz. Então o médico partiu. De um jeito ou de outro, era o fim da coitadinha... Tinha oitenta e três anos, senhor, e nunca soube ser feliz.

Antônio correu os olhos pela casa. Parecia morta também havia muito tempo, com seus velhos móveis desbotados, as janelas cerradas e o cheiro de bolor.

– Ela foi feliz ao seu modo – disse ele, pensativo.

– Era tão boa! Esteve aqui um advogado falando num tal de testamento. Eu não entendo destas cousas, senhor, nem sei ler e escrever... Mas a pobrezita – e a esta altura a criada desembestou a chorar outra vez –, a pobrezita deixou-me esta casa... Ah, era uma santa. Foi enterrada ontem, e só estive eu a orar por ela...

Antônio sorriu tristemente pensando no enterro da tia-avó, na solidão daquela morte. Depois perguntou:

– A senhora Manuela deixou-me algo? Um pacote?

A criada pensou um pouco, clareou as ideias.

– Sim, senhor. Ela deixou umas cousas, parecem livros. Vou já buscar.

Voltou logo depois com dois embrulhos enrolados em papel pardo, amarrados com um cordão grosso e bem-atado. Antônio notou que a criada já andava pela casa com certos ares de dona, ajeitando um detalhe aqui, outro ali.

– Foi isso que ela le deixou. – Tirou do bolso do avental um envelope: – E esta carta. Escreveu um dia antes de morrer.

Antônio viu a letra, trêmula, que desenhava o seu nome. Sentiu outra vez a tristeza rondá-lo. Ergueu o rosto para a criada:

– Estes pacotes, não posso levá-los agora. Um carregador do hotel em que me hospedarei virá buscá-los ainda esta noite.

A velha assentiu. Despediram-se. Antônio foi embora e já era noite. A iluminação a gás, amarelada, tristonha, pontilhava as esquinas da cidade. Havia um certo burburinho de verão, e as pessoas passeavam alegremente nas ruas, aproveitando a fresca.

Antônio foi direto para o hotel em que costumava se hospedar, mandou que buscassem a encomenda e trancou-se em seu quarto.

Depois do banho, refrescado da viagem, foi que abriu e leu a pequena carta de Manuela.

> Meu bom amigo,
>
> Deixo com vosmecê a história da minha vida. São estes os cadernos que enchi durante o tempo em que me arrastei pelo mundo. Comecei a escrevê-los pouco antes de completar quinze anos, quando o gosto da mocidade me trouxe o prazer das palavras. Findei-os ontem, pois sei que morro ainda amanhã... Ele há de vir buscar-me, meu Giuseppe, saiba, portanto, que morrerei feliz.
>
> Não chore por mim, le peço. A minha vida foi o que tinha de ser. A sua, meu amigo, entre tantas glórias que le esperam, foi o último consolo de uma velha louca.

Pedi-lhe certa noite que queimasse esses cadernos. Queime-os, por favor. Mas se vosmecê quiser lê-los, se vosmecê quiser gastar o seu tempo com isso, há de encontrar neles um pouco da história daqueles que le engendraram. Faça como quiser, desde que o último destino dessas páginas seja o fogo.

Da sua,
Manuela Ferreira.

Olhos de vidro

Era um menino, e aquela avó emprestada, maior do que todas as cousas do mundo, le disse uma vez,

Esta vida é um azougue, há de se estar de olho aberto.

Isso foi um dia, fazia muito, quando ainda existia o tempo, e era possível medi-lo pelas noites de verão, pelas boas horas na sanga, pelo pão assando no fogão a lenha.

Aquele tempo sim é que tinha sido vida.

Porque vó Antônia sabia das cousas é que vivia le atentando que tomasse tino, que não era fácil. Talvez imaginasse que era cobarde para as pelejas, por isso que o fez estudar.

Porque vó Antônia sabia das cousas é que morreu calada, caladinha, sem deixar escapar sopro ou palavra, mas tendo a cautela de espiar por cima do lençol dos dias, e morreu sabendo da Guerra Grande e de mais um monte de tragédias que ela levou pro céu bem segredadinhas, porque não havia causo de remediar o irremediável.

Depois dela, nenhuma mulher pareceu forte ao menino, nem aquela que ele amou.

Forte era esquecer? Forte era deixar partir um amor feito folha no vento de primavera? Forte era festejar o ódio ao invés de festejar o amor?

O causo é que o menino não a tinha amado porque era forte, mas divina. (Foi aprender o sentido dessa palavra só muito depois que deixou de rezar, ai, Deus le perdoe.) Era um menino assim, meio avoado.

Mas isso vó Antônia sempre dizia.

Até na guerra era avoado. Matava assim, por azar ou sorte. Tinha um medo danado daquilo de morrer e matar. Pois não é que soldadinho de chumbo não sangrava?

O pai, que era índio guasca, nunca le contou nada.

E amar tanto, faça-me o favor, não combinava com sangue.

Depois pegou doença e tomou tiro e sentia o cheiro ruim da sua própria carne apodrecendo.

E veio um moço que o salvou.

Ficou sempre pensando que aquilo só podia ser cousa dela, lá no céu. Ela fez um pouco, não podia fazer tudo, coitada da vó Antônia.

Quando o menino voltou pra casa, não é que a moça já tinha aliança no dedo?

Era um menino sem sorte, desde que a mãe morreu mui cedo.

Que dor era aquela!

Não havia dia, não havia noite, não havia cama, cobertor ou lua que amenizasse o sofrimento daquela ferida. Picada de cobra? Era bolinho. Ferida de bala, bem que ele quis!

Doeu mais do que podia lembrar. Ai, que cousa, meu Deus do céu.

Tudo virou pó na cabeça dele. Um menino triste é demais até pros anjos. Ele mesmo estava que nem podia.

Pensou em voltar pra guerra.

Não dava mais.

Pensou em tiro, em faca, em corda. Pensou em tudo, mas a merda mesmo é que não tinha coragem. Nem palavra feia ele dizia, só pensava.

Então meteu o pé no mundo.

Fugiu, cobarde. Desde sempre as gentes daquela família tinham ficado, nunca jamais se ido. Mas ele foi.

Conheceu o oceano, aquele montão de água junta, e sentiu falta da vó na travessia, porque uma vez, havia uma resma de tempo, eles tinham combinado de ver o mar juntos, juntinhos.

Do outro lado do mar, o menino casou e teve filho. Ter filho foi a única cousa boa que le sucedeu na vida.

Aí, veio uma manhã em que morreu aquela moça, a única.

Nesse dia, que vergonheira, foi que perdoou mesmo. Mas então não adiantava mais nada. Chamava Inácia!, e o mundo nem se mexia. Chamava "Inácia!", e sua voz se perdia no vento.

Foi difícil, mas ele prosseguiu vivendo.

E depois dele, o filho.

E o filho do filho dele.

A herança IX
(final)

Os cadernos de Manuela ficaram muitos dias esperando. Folheava-os, via a letra elegante que riscava as páginas amareladas, via a mudança do traço lapidado pelos anos; era o passar do tempo que o tornava mais firme, o traço de uma mulher adulta, que amava e enfrentava o mundo com audácia. Nos últimos cadernos, já a letra outra vez era trêmula – Manuela retrocedia no caminho por onde tinha vindo; era a velhice.

Foi numa noite de chuva que começou a lê-los.

Lá fora, o fragor dos relâmpagos e dos raios prateava o campo perigosamente. A casa vazia reverberava os estrondos celestes, enchendo-se de luzes fugidias, de brevíssimas refulgências prateadas. O cusco, enfiado embaixo da mesa, gania às vezes de medo. Antônio sentou-se perto da janela, gostava das chuvas. Uma negra que lavava roupa em casa de sua mãe certa vez dissera-lhe: "Vossa mercê é filho de Iansã." E contara-lhe da rainha dos raios e das tempestades.

Por que se tinha lembrado disso agora? Fazia anos e muitos temporais que tal imagem não lhe ocorria. Não sabia o que tinha sido feito da tal negra, mas jamais esquecera sua voz rouca, funda, que lhe falava daquela crença misteriosa que sempre fazia Ticiana se benzer três vezes. Lá fora, a chuva desabava no campo encharcado, varrendo as coxilhas como se quisesse limpar o mundo pela força da sua ira.

Antônio pensou na cavalhada. Os animais deviam estar com medo, coitados, igual ao Barão, cujos olhinhos pretos miravam-no com ansiedade, como se fosse ele o dono do tempo que esbravejava lá fora, lavando o pampa. Então tomou do primeiro caderno, deixando de lado sua preocupação com os cavalos. Dividia-se entre um desejo forte e um certo receio. Era a segunda vez que se via ante as confidências de um morto; um certo melindre, a angústia de vasculhar uma vida que não era a sua, visitou-o por um momento. Mas então se lembrou de Manuela, do pequeno bilhete que ela lhe deixara.

Era verdade que qualquer narrativa somente existia perante os olhos alheios. E os seus, os seus olhos, seriam os únicos a ler daqueles segredos. Depois, conforme lhe tinha jurado, só haveria o fogo... Abriu a primeira página como se procedesse a um ritual. Com um leve consolo, viu o texto cheio de adjetivos, um texto feminino, quase doce. Podia ouvir a voz de Manuela soprando em seus ouvidos. Começou e ler:

> O ano de 1835 não prometia trazer em seu rastro luminoso de cometa todos os sortilégios, amores e desgraças que nos trouxe. Quando a décima segunda badalada do relógio da sala de nossa casa soou, cortando a noite fresca e estrelada como uma faca que penetra na carne tenra e macia...

Um vento forte, imperioso, começou a soprar no campo lá fora, balançando as copas das árvores do capão, fazendo ranger as madeiras da casa-grande e espalhando a chuva em direções opostas.

Antônio fechou os olhos, saboreando aquele som: as árvores trêmulas, cujas folhas e galhos roçavam-se uns nos outros, como o leve ciciar de um imenso animal. Ele gostava, mais do que tudo, do vento no capão. Era aliviante.

Voltou à leitura um pouco emocionado. Logo encontrou uma primeira menção a sua avó Mariana e a Perpétua, mãe de Inácia. A narrativa de Manuela iniciava-se no primeiro dia do primeiro ano da Revolução... Sessenta e oito anos passados, Antônio Gutierrez lia aquelas frases; podia enxergar, crescendo na vaziez silenciosa da sala, o vulto daquelas gentes que o tinham precedido. Haviam vivido como ele, experimentando as mesmas ansiedades e desejos, os mesmos medos, talvez. Tinham ousado, talvez mais do que muitas gerações. Sob aquele mesmo céu que rugia lá fora, haviam existido e morrido.

Sob a mesa, Barão soltava pequenos uivos. Agora os estrondos dos relâmpagos demoravam a soar; primeiro a luz argentada de um raio riscava o céu, clareando o campo, entrando através das vidraças até lamber o piso de madeira aos pés de Antônio; depois, quinze segundos, vinte segundos, e assim se iam espaçando os rumores intensos do céu. A tormenta, enfim, afastava-se.

Antônio desviou os olhos do diário, mirou o cusco.

– Fica calmo, Barão – disse rindo. – O temporal está seguindo adiante. Logo para.

Começava então a entender os meandros do pampa. Os segredos dos seus ventos, do seu sol, das chuvaradas invernais. Começava a entendê-lo e defini-lo, como aquelas linhas escritas a pena também definiam uma gente e seus amores.

Leu por muito tempo.

Quando seus olhos cansaram, quando tinha descoberto da vida de Manuela, dos amores de Joaquim, de outros tantos fatos passados havia muito desaparecidos, foi que guardou o primeiro dos cadernos.

Lá fora, a chuva serenara. Uma primeiríssima, leve, quase invisível luz rosada surgia para os lados do horizonte. O céu, apaziguado, curvava-se ao dia. Eram cinco e meia da manhã, e Antônio decidiu sair a cavalo.

Não, não conseguiria dormir. Lendo o diário de Manuela, parecia-lhe injusto, triste, que aquela voz que lhe contava tantas histórias, que lhe contava de D. Antônia, de D. Ana e de Caetana, que aquela voz leve, tão jovem, já não existisse mais. Foi até a estrebaria e encontrou os animais extraordinariamente serenos. Em poucos minutos, selou o baio e saiu pelo campo.

Sem pensar muito, movido apenas por aquele desejo, por uma esperança inexplicável, quase tola, seguiu no rumo da Estância da Barra, até o farol. Foi pela estradinha de terra num trote largo. O ar fresco, puríssimo, e o céu lavado daquela manhã de começo de março encheram-no de energia e vontade.

Também ele tinha um tempo a viver. Seus sonhos, seus amores, seus projetos, tudo guardava um prazo finito; era carne, cedo ou tarde morreria de velhice ou de doença, e com ele seguiriam todos os seus rastros. O que sobrava de uma alma? Vagas linhas deixadas num caderno? Um amor, talvez, que fosse legado pelo sangue. A terra ou um punhado de histórias que se iam distorcendo através dos anos, contadas de uma boca a outra nas noites longas de inverno?

Árvores, animais, gentes, tudo estava condenado a perecer. Inscrito na história dos anos, mas morto, morto, para sempre. Naquele alvorecer, seguindo pelo campo, pensava na urgência de ser feliz, antes que fosse tarde demais.

Vendo o sol que subia no céu de um azul muito claro, Antônio Gutierrez avançou pela estrada que ladeava a água e seguiu até a construção alta e pálida do velho farol. Ali apeou.

O sol muito tênue, de uma morneza boa, filtrava-se por entre o arvoredo. O farol parecia dormir naquela manhãzinha silenciosa e cansada dos fragores da noite. Andou um pouco; nada se movia, exceto a água que roçava a terra barrenta. Os passarinhos cantavam nas árvores ribeirinhas. Escolheu uma pedra, grande, encravada profundamente no chão, e ali se acomodou. Apesar da noite insone, estava lúcido, calmo.

Tolice imaginar que a veria por ali num alvorecer como aquele; se estivesse na estância, Carmosina dormiria como os outros. Jamais uma moça estaria naqueles confins vendo o dia raiar; toda aquela tolice de vagar até ali era fruto da leitura da noite.

Ele esticou o corpo, enfiando a mão na água, e lavou o rosto. O sol lambia amorosamente a lagoa. E foi então que ouviu a voz, como se viesse de um sonho:

– Antônio...

Segurou a respiração. Virou o rosto.

Parada a poucos metros dele, Carmosina sorria-lhe, envolta nas sombras das árvores.

– Você!

Disse sem pensar, as palavras fugiram da sua boca. Prosseguiu antes que a coragem lhe faltasse:

– Queria tanto vê-la.

Carmosina sorriu para ele. Vestia-se simplesmente, um traje branco, sem adornos, os cabelos soltos, o xale sobre os ombros redondos e alvos.

– Eu sabia que vosmecê viria... Eu o esperava. Desde a noite, Antônio. Desde a noite eu estive aqui.

Antônio sentiu-se confuso:

– O temporal serenou faz pouco... A senhorita?

Ela sorriu outra vez; era um sorriso lânguido que iluminava a sua face quase juvenil.

– Ah, eu abriguei-me no farol. Há uma saleta; costumava brincar lá quando era criança, muito tempo atrás.

Antônio avançou lentamente até ela. O sol, entre as ramagens, agora banhava em cheio o rosto de Carmosina com sua luz de um dourado claro.

– Esperou-me, então – disse, comovido. – Mas como poderia saber?

– Há cousas que não se explicam...

Um calor bom corria pelo seu corpo, revigorando-o. Estendeu a mão na tentativa de tocá-la, mas a moça afastou-se rapidamente. Ele sorriu e disse:

– Eu queria tanto revê-la. Faz muito tempo que a procuro.

– Oh, há certas cousas que vosmecê não sabe, Antônio... Certas cousas que eu queria contar a vosmecê...

Os olhos dela luziam e pareciam dizer "não tenha medo, somos íntimos". Os olhos dela pediam sinceridade, mas também exibiam um certo medo que a fazia recuar um passo cada vez que ele avançava ao seu encontro.

Ficaram assim por alguns instantes, até que Antônio perguntou:

– Posso vê-la outra vez? Aqui ou na sua casa? Eu poderia falar com a sua família. Seria o certo, se a senhorita não for casada, eu espero.

Olhou então os dedos longos, magros, nos quais nenhuma aliança luzia. Sentiu grande alívio; abriu um sorriso, que ela notou:

– Não sou casada, Antônio.

– Pois então falarei com seu pai ou sua mãe. Não haverá problemas... Sou filho de Matias Gutierrez, sou neto de Mariana Ferreira. Afinal de contas, somos até aparentados. Seria bem simples!

Ela sorriu. Seus olhos, tristes, tristes, seguraram a ardência das lágrimas. Tinha outra vez o rosto coberto pelas sombras, e ele não podia ver a sua face angustiosa.

– Eu sei quem vosmecê é... Sabe-se de tudo por aqui. – Pareceu soluçar. – Temos pouco tempo, Antônio, tão pouco. As cousas todas estão escritas, desde sempre.

Antônio sentiu-se confuso.

– Não a entendo, Carmosina. Você é noiva, compromissada com outro? Que coisas são essas de que você fala?

Ela deu de ombros:

– Oh, a vida... A vida e a morte. Eu e vosmecê, tudo está selado. – Falava muito vagamente, como se estivesse confusa. – Mas não importa. Venha ver-me, Antônio. Ainda uma vez, aqui... Depois vemos o que pode ser feito.

Deixou de pensar nas vaguezas que a moça lhe dizia e assentiu:

– Aqui. Mas quando?

– Amanhã. À meia-noite, quando todos dormem.

Carmosina tinha outra vez voltado a uma zona de claridade, e ele pôde ver que seus olhos cintilaram quando ela disse baixinho:

– Eu queria le dizer, sim, eu ousaria le dizer...

– Diga.

– Queria le dizer para que soubesse... Desde a primeira vez, eu o amo.

A voz dela morreu no final. Leve, levíssima, mais suave que o sussurrar da lagoa.

Antônio Gutierrez estremeceu; o que sentia era medo ou alegria? Uma agitação de sangue e de vísceras, e aquele gosto na boca, aquela euforia.

– Eu também, Carmosina. Eu também a amo. Absolutamente.

Carmosina deu um passo para trás, soprando um beijo na palma da mão. Era linda, e o sol da manhãzinha lambeu seus cabelos muito escuros, tingindo-os de luz.

– Agora me vou. Ah, me vou feliz...

Saiu correndo pelo meio da vegetação cheia de sombras. Quando já alcançara o farol, gritou:

– Le espero amanhã!

Sumiu então no rumo da casa, como um sopro ou um sonho bom que se desfizesse com o dia. Antônio ainda ficou muito tempo por ali, às margens da lagoa, pensando em tudo que sucedera.

Por fim, partiu, com medo de que o encontrassem, e que isso pusesse tudo a perder.

Dormiu muito, até quase a tarde.

Passou o dia esperando o novo encontro. Mal cuidou das coisas da estância; a alma escapava-lhe por qualquer deslize. Só pensava nela, em Carmosina.

Depois do jantar não conseguiu ler. Nem o diário de Manuela (começava então o segundo caderno) nem os jornais que tinham chegado de Porto Alegre. As letras dançavam ante seus olhos. De minuto em minuto consultava o relógio, cujos ponteiros pareciam se arrastar numa muda contenda contra ele. Enfim, às dez horas da noite seguiu no rumo da Barra.

O ar noturno era quente, o mês de março arrastava consigo os restos do verão. As estrelas luziam no céu sem nuvens, enquanto Antônio recordava a primeira vez que empreendera aquela travessia, acompanhado por Miguel. Quanto tempo se passara desde então! O último ano parecia-lhe uma vida. Ultimamente, tencionava ir passar uns tempos no Rio de Janeiro, onde aproveitaria para rever a mãe e tratar de negócios. Agora, seguindo no rumo do farol, sonhava levar Carmosina consigo, como sua noiva. Que prazer teria em apresentá-la a Ticiana!

Chegou ao farol um pouco antes da hora combinada; acomodou o cavalo e sentou-se num canto. A lua muito clara enchia a mata de luminescências; de resto, tudo era silêncio.

O farol luzia, acendia, apagava.

E ele esperou. Esperou muito tempo, mas nesta noite ela não veio. Com o coração partido, louco de ansiedade, pensando até mesmo em bater à porta da casa da estância e apresentar-se numa hora tardia daquelas, consultou o relógio. Passava então da uma hora.

Às duas, montou e voltou para o Brejo.

Não sabia em que pensar; talvez algum imprevisto tivesse prendido Carmosina em seu quarto, uma visita tardia, uma doença. Sentia-se apreensivo, triste, temeroso.

Em casa, na varanda, Barão esperava-o. Afagou o cusco e entraram, ambos cabisbaixos.

Quase uma semana se passou, e ele ansiava por rever Carmosina. Temia empreender outra viagem noturna ao farol e quedar-se esperando por horas e horas, sem sucesso. Andava nessa angústia. O estaleiro, os cavalos, nem uma das melhores éguas, de nome Alva, que tinha dado cria, nada o arrancava do torpor.

Uma tarde, o capataz, sorrindo, disse:

– Vosmecê bem que anda com a pulga atrás da orelha. A cavalhada vai bem, seria causo de quê?

Iniciavam então, ele e o filho de Netinho, uma amizade feita de silêncios, de longas horas passadas no campo, na lide com os animais.

– É por causa de uma mulher, Miguel. É por causa de uma mulher que eu conheci lá no farol, naquela noite em que você me levou.

O outro riu, mostrando os dentes brancos.

– Ah, buenas. Esses desassossegos são mesmo cousa de rabo de saia. Mas se é isso, tem conserto. Vosmecê é um homem guapo, a tal moça deve estar le esperando. – Baixou a voz: – Sabe o que é, seu Antônio, é que as moças daqui são mais quietas, tem cabresto. Não são lá como as moças da cidade grande.

Voltavam com a cavalhada, dois peões vinham atrás, tocando os animais do fundo. Antônio deixava o ar lamber seu rosto; quando estavam perto da cocheira, disse:

– Vá lá que você tenha razão. Quem sabe estou acostumado com as mulheres do Rio de Janeiro. Nesse caso, faço o quê?

– Bueno, o senhor tem que ir lá e falar com o pai da moça, ou com o irmão. Tem que falar com um hombre da família. É assim que é o certo por aqui.

– Então vou hoje mesmo.

– Pois vá agorita, seu Antônio. Não se pode perder tempo nesta vida, é o que a minha madre sempre dizia. Ainda mais em se tratando de mulher.

Seguindo o conselho de Miguel, Antônio voltou para casa, tomou banho, vestiu uma roupa melhor e, sem comer, mesmo com a fome enrodilhando-se no seu estômago, tomou o rumo da picada que unia as duas estâncias. No caminho, pensava: de fato, era muito estranho que, naquele ano inteiro, não tivesse recebido notícia da gente da Barra. Uma visita, nada. As novidades corriam até mesmo ali, naquele descampado, e teria sido muito natural que alguém viesse lhe dar as boas-vindas. Fazia-o ele então, com o intuito de rever Carmosina, e com atraso de muito tempo.

Chegou na Barra era noitinha. O sol se punha e uma luz pálida, de cor indefinida, coloria o mundo, a lagoa e o farol.

Antônio seguiu pelo caminho que jamais trilhara e que levava à casa. Depois de alguns minutos, viu-a. Era grande, esparramada e retangular, tão parecida com tantas outras casas-grandes de estância; tinha uma varanda na frente e uma trepadeira de buganvílias crescendo até o telhado. As janelas, pintadas de azul, estavam cerradas, talvez por causa do calor da tarde.

Apeou em frente à varanda e o baio pôs-se a pastar junto a um capinzal. Antônio subiu os três degraus desgastados pelos anos, atravessou o avarandado, bateu à porta, que era muito larga e exibia um ferrolho antigo, enferrujado.

Esperou por algum tempo. Dos lados da lagoa vinha o sopro de uma brisa mesclada de odores. Ele sentia um certo medo, que era também ansiedade. E se Carmosina viesse atendê-lo? O que lhe diria?

Depois de uns minutos que lhe pareceram eternos, uma empregada surgiu à porta. Era velha e biliosa, mirou-o com desconfiança. Não parecia acostumada a visitas.

– Bueno, em que le posso servir?

Antônio apresentou-se, disse que era da Estância do Brejo, era o filho de Matias Gutierrez.

O rosto da mulher foi serenando; ela exibiu um sorriso curto e disse:

– A vida dá voltas... – Estalou a boca. – Faz muchos anos que seu pai esteve aqui pela última vez, acho até que D. Ana ainda era viva! Dizem que foi enterrada lá na capela, sob o altar, mas eu nunca que vi.

O rosto cerrou-se de repente, como que tomado por uma má lembrança, e ela quis saber:

– Em que le posso ajudar, seu moço?

Abrira a porta e mostrava o corpo magriço, o avental de tecido branco. Antônio espiou para dentro, viu a sala grande, bem-arrumada, com uma antiga pianola a um canto.

– Vim ver o dono da casa – disse ele. – Vim me apresentar. Faz já bastante tempo que estou tocando a estância aqui do lado.

A mulher suspirou.

– Mui justo, é uma terra boa. Mas o senhor José não está. Tem um ano que anda pelos lados de Porto Alegre, por causa da saúde. Ele e a esposa. Vieram há uns meses, mas foi pouso de semana, não mais.

Antônio arrefeceu.

– E um filho, uma filha? Será que não quereriam ver um parente?

Da soleira da porta a empregada riu, mostrando a boca em que faltavam dois dentes.

– Ai, seu moço, os filhos estão para a capital. Estudam, são doutores, essas cousas importantes.

– E Carmosina?

Antônio pronunciou o nome como um sopro. O rosto da mulher não se alterou.

– Carmosina? Não tem ninguém aqui com este nombre, moço. As meninas são casadas e vivem para Pelotas, mas nenhuma delas se chama por este nombre.

Antônio não conseguiu esconder sua confusão. A mulher, parada à porta, impacientava-se.

– Tem certeza, senhora? Se eu a vi, Carmosina... Era morena, tinha uns vinte anos, talvez mais. Disse-me que vivia aqui.

A velha riu. Limpando as mãos no avental, tratava de puxar o ferrolho, dando a entender o final da entrevista.

– Deus me perdoe, o senhor cruzou com uma doida. Já le disse, não tem ninguém aqui com esse nome. Quando o patrão volver, le conto da sua visita. Ele vai querer le encontrar, é certo. – Foi puxando a porta. – Adiós.

Antônio viu-a fechar a pesada porta, passando o ferrolho; escutou ainda o ruído das chinelas se arrastando no chão de madeira, depois se virou e saiu.

A volta foi feita num sopro, e o caminho desapareceu na desordem dos seus pensamentos. Não podia entender o que se passava. Teria a tal moça realmente lhe pregado uma peça? Seria uma louca qualquer, dessas que vagavam sem paradeiro pela noite? Ou louca era a velha empregada, com aqueles olhinhos miúdos e desconfiados? Talvez precisasse empreender uma nova visita, torcendo para ser recebido por outra pessoa e não pela mulherzinha que cuidava do sobrado.

Chegou em casa depois das dez da noite; Maria e Miguel já se tinham recolhido. Jantou na sala, em companhia do cachorro e de uma garrafa de vinho. Ultimamente vinha bebendo. Era culpa da solidão. As noites, bem que Miguel lhe tinha dito, sabiam ser longas no pampa.

Depois do jantar, pegou do cálice, sentou-se à luz e começou a ler as anotações de Manuela, com a intenção de esquecer os acontecimentos do dia. Os anos passando entre as linhas daquele texto, naquela noite teve o gosto de chegar à narrativa do nascimento de seu pai, ali mesmo na Estância do Brejo.

Leu até muito tarde, dominado por uma ânsia de chegar adiante, desvelando os dias, os misteriosos segredos daquelas vidas, os fios da tapeçaria que tinham tecido aqueles destinos e que, hoje, também teciam o seu.

Antônio leu e leu e leu.

A letra miúda, às vezes borrada de lágrimas, dava o testemunho de uma moça corajosa em seu amor, de uma moça de nome Manuela que se entregou a um corsário italiano e por ele deixou de viver, morreu virgem, na mais perfeita solidão. A letra dessa moça desenrolava-se em frases, em linhas inteiras, parágrafos e folhas. Contava da vida das gentes que tinham feito uma república, que tinham morrido sob o fio das espadas, contava os segredos de mulheres trancafiadas em uma casa por uma dezena de laboriosos anos. Contava de um amor proibido entre uma moça de família fina e um peão mestiço de índio, contava de um menino que crescia sob o amor de D. Antônia. Ele lia sem parar. Lá fora, a noite esfumaçava-se. Lá fora, no perfeito silêncio do pampa, os primeiros pássaros começavam a cantar com timidez enquanto ele lia um caderno e outro e outro.

Os olhos cansavam. Tomava o último cálice de uma garrafa já vazia, e Barão dormia a sono solto no seu lugar sob a mesa, enroscado num velho tapete.

Manuela contava muitas mortes e nascimentos. Nomes e datas, bem anotados, um ao lado do outro, com aquela caligrafia impecável de quem então vivia apenas para registrar.

Antônio, perdido no compasso daquela parábola, vivia aquele suceder de acontecimentos, suspirando em falso, acompanhando os segredos, um a um; a morte do general Bento, e muito tempo depois, aquele tempo feito de páginas, de ideias, de frases, veio então a morte de sua irmã Antônia. E outra guerra. A Guerra Grande.

Manuela contava pouco. Então já não mais se ausentava do quarto, no sobrado em Pelotas. Manuela contava horrores, e num dado momento, num parágrafo escrito às pressas, úmido talvez de lágrimas, a notícia falsa da morte de Matias Gutierrez, ferido numa batalha e morto num hospital de sangue dos aliados, apareceu ante seus olhos. Manuela sofrera com aquela notícia, e a letra, trêmula na folha de papel, dava testemunho da sua dor.

Antônio deixou de lado os cadernos, buscando nova garrafa de vinho. Bebia para esquecer o desaparecimento de Carmosina? Bebia por causa da solidão?

Abriu a garrafa sem dificuldades nem remorsos, e voltou à leitura. Pelas janelas abertas, as primeiras luzes do alvorecer entravam, trazendo o vento fresco, úmido, que ainda tinha o cheiro da noite. Enquanto retomava a leitura do ponto em que havia parado, uma misteriosa certeza foi tomando o seu coração.

Sobre a mesa, o lampião apagado. Antônio pegou um novo caderno, o seguinte, e viu a letra mais encorpada, densa, a narrativa do casamento de Inácia com Bernardino de Almeida, uma data borrada, uma frase de recriminação. Um amor não era para ser abandonado, Manuela acreditava nisso. Tinha vivido sob esse signo.

Depois, enquanto lia, a convicção crescendo em seu peito, um sopro de medo que se levantava do nada como uma sombra noturna, Antônio olhou ao redor de si. Viu a sala vazia, com os mesmos móveis intocados – tinha vivido ali sem ousar trocar o lugar de uma cadeira.

Viu o campo lá fora e, sobretudo, aquele céu rosado e vago, morno de luz, cheio de segredos e de vontades terríveis. Aquele céu, aquela casa, a terra, aquela sala e até mesmo ele, tudo parecia mentira, um sonho, areia e pó, tinta numa folha de papel.

Voltou os olhos para as páginas do caderno. As letras dançavam porque ele estava bêbado.

Foi sem espanto, sem emoção, foi com uma vagueza que se assemelhava ao horror e ao desencanto da loucura, que ele leu, num canto da página, com aquela letra azul apagada pelos anos, a pequena, quase desimportante anotação:

> Carmosina, filha de Inácia, nascida em 1870. Faleceu em Pelotas, aos quatro anos de idade, de uma febre maligna.

Seus olhos dançaram, desfocados do texto.

O vinho fazia estragos no seu estômago. Ele forçou a vista. Era preciso ter coragem. Era preciso. Mais abaixo, um último comentário.

> Era uma menina parecida com a mãe.

Antônio deixou cair o velho caderno aos seus pés, e ele abriu-se numa confusão de folhas borradas de tinta. O cusco ergueu-se do seu canto sob a mesa, sentindo no ar a descarga elétrica daquele medo, e veio farejar o dono, abanando o rabo.

Tudo era uma loucura ou o efeito do vinho?

É o efeito do vinho. Bebi demais, quase duas garrafas. Amanhã vou até lá, falo com ela. Não estou sonhando. Não sou louco. Eu existo e ela existe.

Saiu andando pela sala vazia, correndo os dedos pelos móveis, sentindo nos dedos a textura, o peso e o volume de cada coisa naquela sala, passando os dedos insistentemente por cada coisa, jarro, mesa, livro, cadeira. Tocava em si mesmo, notando com alívio a sua própria carne, a sua pele arrepiada. Notando com alívio a sua existência.

O caderno de Manuela continuava no chão, aberto ao acaso. Num súbito arroubo de desvelo, Antônio recolheu-o, ajeitando as páginas com cuidado. Guardou-o no armário junto com os outros, os já lidos e os intocados. Seguiu pelo corredor, pisando tropegamente. Dentro dele nascia o horror como uma onda de bile que lhe subia pelas entranhas. Fogo. O fogo queimava-o por dentro.

Da cozinha, ao fundo, vinham os primeiros ruídos do dia; Maria já chegara para o serviço. Ele seguiu para o quarto, fugindo. Não queria que o vissem naquele estado. Tinha vindo fazer uma coisa ali. Tinha vindo. E ficaria.

Um espelho no corredor.

Antônio parou e mirou-se na lâmina de vidro e aço, vendo seu rosto cansado, os olhos ardidos, o cabelo desfeito, e aquele sorriso quase tolo. Como era parecido com o pai! Era tão parecido com o pai que quase chegava a se assustar.

Abriu a porta do quarto e avançou aos tropeções. Dentro de si, o medo e a ânsia, o enjoo do vinho e a angústia, tudo se misturava num lento arder, queimando, queimando. Carmosina, morta aos quatro anos... Deveria haver outras Carmosinas naquela família que gostava de repetir nomes. Deveria.

Jogou-se sobre a cama, desfazendo a ordem das cobertas alvas. A letra de Manuela formava palavras aladas que dançavam diante dos seus olhos como pequeninos pássaros zombeteiros, enquanto Antônio Gutierrez se deixava levar pelo cansaço do dia. E então o sono caiu sobre ele, um manto escuro, envolvendo-o na bruma, na humilhação do esquecimento, no torpor do álcool, no silêncio do nada.

No dia seguinte, ao cair da tarde, os cadernos de Manuela conheceram o fogo.

fim

Agradeço ao senhor Egon Ziebell de Abreu pela história que ele me contou e que virou título deste romance.
Agradeço ao senhor Sérgio da Costa Franco, que esclareceu todas as minhas dúvidas, sempre.
A Raul Moreira.
E a Claudia Tajes, pela paciência de ter lido o livro.

Este livro foi composto na tipologia Minion, em corpo 10/12,5, e impresso em papel off-set 63g/m² no Sistema Cameron da Divisão Gráfica da Distribuidora Record.